思露心雨

曹震 著

下

黄河出版传媒集团
宁夏人民出版社

思露心雨

目录 contents

上册

中 册

下 册

第二十七集　如梦似幻

DIERSHIQIJI RUMENG SIHUAN

一

真善美是人性的根本，当然也有假恶丑的基因；公平正义博爱是人类的承续，当然也有偏执乖离促狭的变异。有时在冠冕堂皇的道理中，博大精深的说教里，有了清晰的明辨熟谙的阐释；有时在日常的生活里，琐屑的过程中，有了直接的接触切身的感悟。特别是在普通的黎庶百姓身上，平常的举动，拙朴的行为，简单的想法，直观的思绪，平平淡淡中彰显着人性的根深蒂固，呈现着人性的枝繁叶茂，给人以深刻的教诲，澄明的启迪。一个说不清楚缘由的遗弃，不管借口如何，总是带着恶的瑕疵；一个发自本性的收养，不管理由怎样，总是有着善的晶莹；不经意间诠释了善良的真谛，演绎了善良的至理。一个被遗弃了的幼童，一个被淡漠的农民，偶然的相遇，简单地相识，熔炼了几十年的相依为命，精萃了几十年的父女深情，把大爱镶嵌在心灵中，把善良融汇在生命里，把一生的艰辛劳作精心哺育化为温馨的日子，把一生的勤奋努力德行孝先化为美好的岁月。趋炎附势的时俗风尚中，不时被这些事迹所感动；追名逐利的贪婪痴迷中，不时被这些身心所警醒；那点自以为是的成就，那点自欺欺人的名声，那点眼前既得的花里胡哨，那点当下享受的纸醉金迷，在善良面前，渺小卑微，过眼云烟。

二

在繁复琐屑的生活中，可能会磨蚀掉品性里许多有棱有角的鲜明特点，在为人处世的历练中，可能会湮没掉情趣里许多色彩纷呈的独特个性，但纯真善良美好的根本不能分崩离析，公平正义澄明的意蕴不能支离破碎。品性的劲拔伟岸，是时俗风尚里的清风，时刻拂拭着浓淡不均的红尘；情趣的典雅温润，是追名逐利中的清泉，时刻洗涤着薄厚不一的污垢。人们既要有群体的崇山峻岭，也要有个体的峰峦叠嶂；人们既要有共性的江河湖海，也要有个性的溪流瀑布；人们既要有共同的黄钟大吕，也要有特殊的琴瑟箫笛；人们既要有万象的丰富充盈，也要有自我的璀璨缤纷。人生如旅，可以有多种多样的行程，无论坎坷崎岖，还是平坦顺畅，都要有自己真实的身影；人生如梦，可以有多种多样的憧憬，无论云诡波谲，还是花好月圆，都要有自己的心声。时代的价值取向，社会的取舍标准，生活的得失权衡，人生的成败评论，不管其多么冠冕堂皇理直气壮，都要呈现品性的真谛，彰显情趣的意蕴，都要根深蒂固的秉持，枝繁叶茂的蓊郁。个性的精萃，人格的净化，它来自于本性，成长于过程，提升在自我和社会的双重锤炼之中，映照在苍茫的原野，闪烁于深邃的苍穹，体现在每一个人的身心。

三

历史是既往事实与过程的回顾，也是当下现实与行进的记述；历史是纷繁复杂的旁征博引，也是条分缕析的抽象辩证。刹那的回望，历史已在当下延展；瞬间的感喟，历史已被眼前熔铸。人类不断推动社会的发展，时代的进步，人们不断创造物质的丰富，精神的充盈，但其博大精深的内涵依然源远流长，神奇奥幻的本质依然根深蒂固；

波飞涛卷或风平浪静，枝繁叶茂或萧瑟凋零，只是内涵的不断深化，本质的不断延伸，形式的不断变化，表象的不断纷纭；脉还是那个脉，根还是那个根，道理还是那个道理，真谛还是那个真谛。试想衣食住行之改观，试问婚丧嫁娶之演变，试议物质之获取，试论精神之享受，这些内涵的高度抽象，本质的精萃概括变化了吗？没有。只是内涵更深刻了，本质更深奥了，只是形式更复杂了，表象更奇诡了。历史发展的现象是由简单到繁杂，但其内在的规律却是大道至简；历史发展的速度是由缓慢到快捷，但其客观的真谛却是天人合一。无论已有的行程还是继续的行程，无论继承中的发展还是发展中的继承，既是一种历史的回望，又是一种历史的创造，更是一种历史的倾诉。

四

历史是一部纷繁复杂的实践记忆，更是一部云诡波谲的思想阐述。真实的场景剧目，具体的人物事件，已无法精确地回复，不能翔实地重现，但残垣断壁，颓殿废寺，边墙城堡，古塔荒冢，碑石龛台，驿路断桥，却在时光的飞驰中闪烁着幽幻的意蕴，令人回味无穷，浮想联翩；鸿篇巨制，文章典籍，稗闻秘籍，书画声律，风情俚俗，言传身教，却在岁月的变幻中呈现着奥秘的真谛，令人殚精竭虑，超凡入圣。历史是不断回望中的思索，继续前行中的思绪，从一定意义上讲，历史就是一部包罗万象，博大精深的思想史。人们在回忆过去时，已不是情景交融的直接感受；人们在回味往昔时，已不是身心具备的真切感悟；而是经过一番条分缕析后的精神回复，辩证诠释后的心灵映射。即便是比较客观的白描，也会渗透了浓郁的主观色彩；即便是比较冷静的陈述，也会融汇了执着的声情并茂；已经是一种精神的追忆性描绘，已经是一种心灵的寄托性抒发了。

五

要克服自我的鄙陋粗俗，扫除自我的猥琐阴晦，就要持之以恒的精萃自己的品性，陶冶自己的情趣，纯真质朴，典雅温润，光明磊落，恬淡安和；要战胜自我的萎靡颓唐，去除自我的偏执促狭，就要始终不懈地锤炼自己的意志，开阔自己的胸襟，壁立千仞，劲拔伟岸，海纳百川，深邃辽阔。大千世界，万象纷纭，都有其深刻的本质，复杂的表象；人生如旅，为人处世，都有其独到的意蕴，具体的行为。必要的精明，适度的城府，也是正常，但包裹得太密，隐匿得太深，以致刀枪不入，风雨难沁，精神就会腐朽霉烂，心灵就会枯萎干涸；阳光雨露不能沐浴，就不会生机盎然蓬勃蓊郁，清风明月不能抚慰，就不会清逸俊朗澄明恬淡。时俗风尚中，真假交融善恶混同美丑掺杂；追名逐利中，是非纠葛对错交织好坏缠绕。人们既有光明磊落的淋漓尽致，也有云诡波谲的曲径通幽；人们既有公平正义的理直气壮，也有私心杂念的隐晦乖戾；人们既有循规蹈矩的心安理得，也有巧取豪夺的张皇四顾；人们既有水到渠成的富贵安康，也有坎坷阻滞的囊中羞涩；这很正常，无须涂脂抹粉乔装打扮，不要精雕细琢刻意掩饰。直面地应对，坦然地担待，精准地解析，深刻地反思，才是明心见性的菩提；反复的精萃，持久地陶冶，始终地净化，不断地升华，才是超凡入圣的至境。

六

人生一个情字而了得。有真才能有情，有善才能有情，有美才能有情，似乎是天经地义的公论；假中是否有情，恶中是否有情，丑中是否有情，似乎是扑朔迷离的私见。情为何物，众说纷纭，莫衷一是，不外乎发自于心，思之于脑，抒之于言，行之于形的神形兼备。情何以堪，云诡波谲，幽幻奥妙，无非是映照自然，承载时代，彰显社会，温蕴生活的物我相通。是情者，皆为纯真善良之人，是倾心尽力，是真情实意，是生理的相适，是心理的交融，其始终是纯真洁净，既有具象之枝繁叶茂，更有心象之蒂固根深。是情者，可有虚无恶陋之人，是趋炎附势，是投机取巧，是一时的宣泄，是暂时的寄存，其终究是敷衍了事，既无精神之源远流长，更无心灵之高歌低吟。当今时代，眼下社会，一段时间里，时俗颓废，世风日下，人心不古；情之内涵尽失，情之外延泛滥，情之意蕴萧索，情之表象浮华；只有交际应酬之功、实惠功利之意；只有随波逐流之行，浮光掠影之味。利益的交割、得失的权衡已变成了情的主要内容和评价标准了。莫谈情，好一个水中月镜中花，休言情，好一个心已碎性空灵。

七

心灵的宁静最为重要，因为一浮躁就会失去品性的纯真质朴，让时俗风尚的烟火熏染；因为一焦灼就会失去情趣的自然灵动，让追名逐利的尘埃侵扰。只有沉浸于心的独白，才能倾诉真实的语言；只有沉浸于心的思索，才能感悟人生的真谛。有时候人们只要平静下来，一切都会或多或少呈现出自己真实的面貌，一切都会或深或浅袒露自己的心声，一切都能得到诚恳真切的交流，一切都能得到清晰明确的答案。心灵的宁静又太难得了，因为风云变幻的时代，繁杂喧闹的生活，有太多的诱惑，太多的追求，精神的家园充斥着趋炎附势的烟熏火燎；因为云诡波谲的社会，阴晴圆缺的人生，有太多的期望，太多的梦幻，心灵的故乡纠葛着急功近利的盘根错节。有时心灵的宁静近在眼前，不经意间，稍纵即逝；有时心灵的宁静远在天边，刻意追寻，缥缈无迹；有时心灵的宁静是繁华喧闹中的梅兰松菊，暗香如故；有时心灵的宁静是孤独寂寞中的高山大海，劲拔伟岸。

八

人生如旅，崇山峻岭的攀登，江河湖海的跋涉，每个人都有自己丰富多彩的行程；人生如梦，阴晴圆缺的经历，悲欢离合的品味，每个人都有自己刻骨铭心的感悟。人生的神奇，是起始与归宿的无限循环，连绵不绝；人生的奥妙，是新生与衰亡的永恒交替，生生不已。人们以具象的个体而璀璨缤纷，以抽象的共性而简练明晰；人们以物象的呈现而浓妆淡抹，以心象的映照而朴素归一。人们始终在征途中，蚀刻下自己深浅斑驳的足迹；人们始终在追寻里，雕凿着自己云诡波谲的心路。面对风云变幻的世相，纷繁复杂的时局，不要任情使意的盲从或逆怼；面对眼花缭乱的事物，盘根错节的人际，不要率性随心的褒扬或贬弃。面对急风暴雨，不必惊慌失措；面对风平浪静，不必慵懒无为；面对天时地利，不必狂妄自大；面对坎坷曲折，不必退缩消极。穷则独善其身，秉持心灵的那份宁静与恬淡，修身养性，蕴情养意，不失宇宙之情怀；达则兼济天下，坚守精神的那份劲拔伟岸，运筹帷幄，决胜千里，壮怀激烈，不失天地之胸襟。

九

保持心灵的宁静。大千世界，万象纷纭，一切复杂多样的表象离不开其内在的本质，一切云诡波谲的变化离不开其深刻的规律。表象的千姿百态，让人目不暇接，眼花缭乱，映射着本质的简练精确；变化的神秘莫测，让人神魂颠倒，汪洋恣肆，闪烁着规律的执着恒定。没有丰富的感性体验，不可能达到高度的理性结晶；没有繁复的物象品味，不可能实现深刻的心象升华；没有理性的千锤百炼，无法陶冶感性的晶莹剔透；没有心象的精雕细琢，无法精萃具象的交相辉映。心灵的宁静是涵化一切的源泉，心灵的宁静是温蕴一切的根本。时俗风尚的烟熏火燎，有时让品性浑浊，情趣污俗；追名逐利的锱铢必较，有时让心胸促狭，境界鄙陋。失去了心灵的宁静，人们沉溺于繁闹喧嚣，无法品味自然社会璀璨缤纷的意蕴；失去了心灵的宁静，人们浮沉于随波逐流，无法感悟时代人生博大精深的真谛。有时宁静很疏远，有时宁静很亲近；有时宁静很稀有，有时宁静很富裕；有时宁静至高无上，有时宁静日常平淡；有时宁静蓊郁温润，有时宁静枯涸萧索。

十

沉溺于功利，满足于实惠；权衡于当下，计较于眼前。欲壑难填的奢望，巧取豪夺的行为；心浮气躁的筹划，诡异乖戾的伎俩；看似繁华喧闹，熙攘纷纭，实则畸形变异，荒诞不经。衣食住行，生老病死，生活之常态；物质积累，精神创造，社会之根本；美好的向往，积极的探索，人生之真谛；众生的幸福，天下的安和，时代之趋势。山重水复的社会画卷，崎岖蜿蜒实属正常，高歌低吟的时代旋律，清浊混杂也不意外；一时的急功近利，锱铢必较也可容忍，短暂的精神浮躁，心灵焦灼也可理解。但长久的持续，一味的迁就，盲目的推波助澜，偏执的火上添油，就会导致人们品性情趣的猥琐鄙陋，心胸境界的促狭浅薄；就会造成时俗风尚的乌烟瘴气，社会生活的污泥浊水；终究会失去根深蒂固的基础，枝繁叶茂的发展；终究会断绝源远流长的承续，江河奔流的进步。理想可以辉煌壮丽，实践可以璀璨缤纷，思想可以博大精深，行动可以雷厉风行，关键要以社会的持久发展为根本，以人类永恒的进步为动力，小我中有大我的引领，大我中有小我的支撑，功利嵌入奉献社会的山脉，实惠融入造福民生的江河。一滴水，要有江河湖海的伟岸，一粒沙，要有峰峦叠嶂的劲拔。

十一

风云变幻的时代，云诡波谲的社会，繁复琐屑的生活，天罗地网似的将人们尽情地笼罩；烟熏火燎的时俗风尚，纵横交错的人情世故，盘根错节的名缰利锁，严丝合缝般地将人们悉数的囊括。一切都在紧密的联系中表里相通，一切都在相互的缠绕里彼此融合；一切都有特殊的解析，一切都有共同的阐释。人们冠冕堂皇地占据着社会主人的宝座，人们理直气壮地披挂着生活至尊的装饰；人们精彩绝伦地装扮着生旦净末丑，人们淋漓尽致地演绎着唱念做打舞。随波逐流中，品性有些浑浊；趋炎附势中，情趣有些庸俗；财富攫取中，心胸有些促狭；感官刺激中，境界有些浅陋。有时人们成了自我进化中的变异，社会发展里的畸形；有时人们成了个性精萃中的残渣，时代进步里的灰垢。没有个性生机勃勃的蓊郁，就没有共性欣欣向荣的辉映；没有具象璀璨缤纷的张扬，就没有心象晶莹剔透的映射。一粒沙石，也有其意志的劲拔伟岸，一滴水珠，也有其胸襟的深邃辽阔。

十二

世事艰难，人生不易；回味无穷，感慨不已。岁月不居，一边强化着记忆的根深蒂固，一边凋零着追思的枝繁叶茂；时光如流，一边明晰着回望的源远流长，一边漫漶着感喟的云诡波谲。残垣断壁的承载，青史黄卷的记述，亭堂殿阁的默示，琴棋书画的倾诉；真切的场景不再，生动的剧目已无，只是按图索骥的追索，寻章摘句的辨析，浮想联翩的想象。英雄豪杰的鸿烈，贩夫走卒的卑微，高僧大德的智慧，才子佳人的情趣；声情并茂已烟消云散，神形兼备已虚无缥缈，只是大江东去的联想，落英缤纷的幽幻，暗香浮动的梦呓。自然的沧桑巨变，社会的交相更替，时代的纷纭变幻，生活的繁杂诡秘，一页页轻轻地掀开，一页页重重地掩去；时俗风尚的熏陶，人情世故的品味，成败炎凉的砥砺，悲欢离合的感喟，一点点浅浅地回复，一点点深深地精萃。历史中有了现实的回光返照，现实中有了历史的交相辉映。每一代人都有自己为人处世的具体内容和方式，也呈现着纷繁复杂的社会特征；每一代人都有自己悲欢离合的心路历程，也彰显着云诡波谲的时代精神。人生既是个性的千差万别，也是共性的连绵起伏；既是偶然的璀璨缤纷，也是必然的晶莹剔透。历史既是日积月累的沉淀，也是日新月异的升华；既是过去旁征博引的复述，也是现在神形兼备的描绘。客观地看待历史，平静地感悟人生，无论大小多少，长短厚薄，无论膨胀萎缩，蓊郁枯萎，有点返璞归真的净化，有点明心见性的超逸，足矣。

十三

把激情凝结成冰，把意趣漫化为雪，从晶莹剔透中品味水的宁静，在轻扬散漫里感悟水的空灵。没有一丝涟漪的委婉，没有一点波澜的冲动，平静地镶嵌在苍茫的原野，映照着深邃的苍穹；没有一丝缠绵的眷顾，没有一点萦绕的依恋，恬淡地陪伴着嶙峋的孤独，抚慰着萧索的寂寥。如梦似幻中，清泉澄澈，溪流潺湲，瀑布飞跃，碧潭幽深，江河蜿蜒，涛飞浪卷，湖泊点翠，天光云影；如梦似幻中，晨露澄亮，晚霜凄清，润雨柔和，霰雹生硬，雾霾迷离，云霭轻盈，朝霞夕晖，万象缤纷。远去了山重水复的攀登跋涉，熨平了褶皱斑驳的得失权衡，净化了泥沙俱下的随波逐流，凝结了此起彼伏的高歌低吟，冷冷清清，平平静静；散去了竹篱茅舍的晨炊暮烟，飘走了青史黄卷的残灯断烛，掩去了阴晴圆缺的斑驳陆离，精萃了悲欢离合的天人感应，飘飘洒洒，轻轻盈盈。是品性有意的凝练，还是情趣无意的飘逸？是精神有意的沉寂，还是心灵无意的升华？水的精华，水的灵魂。

十四

往事如云烟，轻轻地在回望中浮起，缓缓地在感喟中落下；一幅山水画坎坷蜿蜒的展示，清晰而又朦胧。往事如梦幻，静静地在回味里凝聚，淡淡地在感悟里消散；一曲交响乐云诡波谲的演绎，激越而又沉郁。清晰中，有点条分缕析旁征博引的偏执，朦胧中，有点粗枝大叶浮光掠影的散漫；激越里，有点神飞思扬淋漓尽致的夸张，沉郁里，有点殚精竭虑锱铢必较的刻板。有时想在清晰中呈现风云变幻的场景，却不愿追索刻骨铭心的情节；有时想在朦胧中彰显繁杂喧闹的剧目，却不愿触摸情真意切的角色。有时想在激越里张扬丰功伟业的豪迈，却不愿诠释成败荣辱的因果；有时想在沉郁里演绎阴晴圆缺的幽幻，却不愿品味悲欢离合的奥秘。具象的璀璨缤纷让人眼花缭乱，抽象的盘根错节让人枯燥乏味；物象的丰富充盈让人目不暇接，心象的浓妆淡抹让人神魂迷离。清晰的记忆让人愉悦或尴尬，朦胧的回味让人欢乐或伤悲，激越的追索让人奋进或盲动，沉郁的感喟让人沉沦或超逸。往事如云烟，始终在眼前萦绕，往事如梦幻，始终在心灵孕育。

十五

面对大是大非，既要全面客观地了解，也要正确合理地把握；既要公平正义地秉持，也要理直气壮地宣示。纷繁复杂的表象需要条分缕析的梳理，云诡波谲的变幻需要鞭辟入里的辨析；破碎零乱的具象需要感性的包罗，简练精致的抽象需要理性的精萃。这里不仅是实践的疆场，思想的领域；更是心灵的家园，精神的高地。因为面对大是大非，已涉及了品性的界定人格的区分，已具有了道德的内涵境界的意义。面对大是大非，一切科学的分析，逻辑的演绎，辩证的诠释，正确的评判，实践的检验，都是是与非、对与错、好与坏的鉴别与应对；不能似是而非的含糊不清，不能左右摇摆东倒西歪，不能趋炎附势委曲求全，不能诡异乖戾晦暗龌龊。或是人性纯真善良美好的彰显，或是人性虚假恶劣丑陋的暴露；或是人格劲拔坚韧坦荡的弘扬，或是人格猥琐鄙陋阴暗的呈现；或是时代进步的根深蒂固，社会文明的源远流长；或是时代倒退的残枝萎叶，社会愚昧的干涸荒凉。

十六

乱象丛生是因为根基不正，条理不清是因为渊薮混沌。表面的异动，总是内里的问题；物象的杂乱，总是心象的迷蒙。浮云遮眼、百态不解，没有精神的高度；浓雾锁思，万象迷离，缺失心灵的清逸。不能只停留在现象的萦绕中，偶然的纠缠里，而要追根溯源，揭示其内涵的本质，必然的规律；不能只沉溺于具象的接触中，感性的体味里，而要辩证明晰，精萃其抽象的意蕴，彰显其理性的真谛。繁华喧闹，唯有宁静以对；急功近利，唯有恬淡相应。秉持那份劲拔伟岸的孤独，高瞻远瞩，拨云开雾，领略苍穹的深邃幽幻；坚守那份浑厚拙朴的寂寞，见微知著，披荆斩棘，感悟原野的辽阔奥妙。人们总想在时俗风尚中有自己的标新立异，人们总愿在功名利禄中有自己的一席之地；人们总是短视地沉迷眼前地既得，人们总是促狭地贪图当下的享受。经意或不经意间，退化了品性，销蚀了情趣，桎梏了胸襟；自觉或不自觉中，磨损了意志，僵化了思想，颓唐了精神。乱象丛生，直达心灵是六根尚未清净；条理不清，贯通灵魂是还未明心见性。

十七

时俗风尚的繁华喧闹中，拥有一点苍茫萧瑟的寂寞；追名逐利的盘根错节中，拥有一点劲拔伟岸的孤独；山重水复的万象纷纭中，拥有一点超凡脱俗的恬淡；悲欢离合的人生百态中，拥有一点明心见性的宁静；精神的至高之境，心灵的至美之韵，大概就是这样的吧！人生一世，历览春风夏雨秋霜冬雪，历经春耕夏耘秋收冬藏，时光的雕凿。岁月的蚀刻；人生一世，崇山峻岭的攀登，江河湖海的跋涉，坎坷曲折的品味，荣辱得失的感悟，时代的砥砺，社会的陶冶。人生一世，柴米油盐酱醋茶的品味，琴棋书画诗酒花的温蕴，生活的琐屑，日夜的繁复；人生一世，生旦净末丑的角色，浓妆淡抹神形兼备，唱念做打舞的演绎，精雕细琢淋漓尽致，因果相系，缘由萦绕。阅人无数，历事繁多，物象丰盈，心象幽奥。桃花源畔，五柳村前，可有落英缤纷的眷顾？古道驿站，断桥残亭，可有暗香如故的依恋？五岳巍峨，青衣委婉，可有踏月归隐的谪仙？风和日丽，曲水流觞，可有点墨珠玑的书圣？碧云黄叶，北雁南飞，可有离醉的戏目？红楼如梦，悲金悼玉，可有天上人间的旋律？人生一世，有点孤独，有点寂寞，甚好。

十八

只有孩童的纯净天真，才能唤醒我们麻木的灵魂；只有孩童的稚嫩好奇，才能激发我们萎靡的精神。像春风抚慰，让沉寂已久的生机盎然萌发心田；像春雨温润，让难能可贵的天真活泼蓊郁胸襟；一切世俗的风尘都被涤荡，一切名利的污垢都被清除。思想上的乖戾猥琐在孩童面前烟消云散，行动中的狡诈诡异在孩童面前分崩离析；追名逐利的疯狂攫取在孩童面前支离破碎，锱铢必较的贪婪享受在孩童面前了无踪迹。人们需要山重水复的砥砺，成败得失的精萃；人们需要阴晴圆缺的陶冶，悲欢离合的净化；人们需要自然的严寒酷暑，社会的云诡波谲；人们需要时代的风云变幻，生活的繁杂琐碎。但在孩童面前，深刻的反思，尖锐的解析，精练的逻辑，辩证的诠释，显得矫揉造作；在孩童面前，品性的修持，情趣的孕育，心胸的涵护，境界的升华，显得苍白无力。生命的启迪，胜过一切鸿篇巨制的阐述；生命的教诲，胜过一切理直气壮的演绎。面对孩童，明心见性的菩提有了晶莹剔透的映照，面对孩童，返璞归真的超越有了灵动奥妙的辉映。

十九

有时表面上看似很急促的事，其实并不紧迫，因为既没有什么实质性的内容，也不是马上需要处理的要务，只不过迫于趋炎附势的附会和时俗风尚的钳制，呈现出风急火燎的焦灼和迫不及待的浮躁。人生有限，抓紧时间，多做事情，充实自我，奉献社会，无可非议，但一味的急功近利，巧取豪夺，锱铢必较，贪婪无度，却是发展中的畸形进步里的变异。特别是急促的盲动，偏执的跟随，痴迷的依附，癫狂的追逐；满足于表面的繁华喧闹，沉溺于形式的冠冕堂皇；脱离现实，隔绝民意，远离时代前进的趋势，违背社会发展的规律；祸及当下，荼毒未来，贻害无穷也。注重于璀璨缤纷的表面文章，痴迷于千姿百态的表面形式，满足于虚张声势的速度，沉醉于名实难副的质量，从根本上讲，是品性猥琐，情趣庸俗，视野促狭，心胸浅薄，精神萎靡，心灵枯涸；没有底气，没有定力。

二十

要保持心灵的平静，是非常难做到的。长期的思维模式和行为习惯，把身心寄付于一种繁杂喧闹的环境中，缠绕于追名逐利的氛围里。功利的市场法则，实惠的价值评判，让人眼花缭乱，手足无措；癫狂的巧取豪夺，痴迷的阴谋诡计，让人筋疲力竭，神魂颠倒。时俗风尚的风吹草动，功名利禄的云诡波谲，纷纭变幻，真假混淆；人情世故的盘根错节，成败得失的权衡演绎，善恶交融，是非难辨。偶尔的平静，挡不住花言巧语的聒噪，掩不住口是心非的鼎沸，隔不断红尘俗雨的侵袭，去不了心烦意乱的萦绕；偶尔的平静，停不住物质财富的锱铢必较，除不去精神刺激的奢侈萎靡，丢不掉物象的璀璨缤纷，达不到心象的晶莹剔透。有时表象的平静，内在的涛飞浪卷；有时内在的平静，表象的暴风骤雨。有时激越中萌生了平静的意蕴，有时黯淡里销蚀了平静的情趣；有时执着中疏离了平静的幽幻，有时散漫里凝聚了平静的奥义。有点刹那的休眠，有点瞬间的失忆，有点思绪的苍白，有点精神的空虚，谈不上真正意义上的平静；有点孤独的浏览，有点寂寞思考，有点返璞归真的净化，有点明心见性的超越，持之以恒，贯穿始终，才是平静的境界。

二十一

人类思想的启蒙者总是具有悲剧性的色彩，人类精神的缔造者总是具有悲壮性的意义；因为掀开了伊甸园真实的帷幕和通晓了神秘的智慧，启蒙者变成了被驱除和压抑的对象；因为窃取了天庭中灼热的火种和奥妙的哲理，缔造者变成了被禁锢和折磨的载体。人们从愚昧走向聪慧，不是简单的一刀两断，而是彼此纠缠中的相互砥砺；人们从野蛮走向文明，不是随意的分道扬镳，而是彼此萦绕的相互精萃。主体客体的分辩，厘清了自然与社会的渊薮，促进了人类的自我觉醒；但从何处来，在何处立，到何处去，始终考问着人类的精神。偶尔必然的解析，明晰了存在与规律的根脉，加速了人类的自我成熟；但真假交融，善恶纠缠，美丑混淆，始终鞭笞着人类的心灵。启蒙者描绘了被启蒙者祈盼的天堂圣境，也开启了永无止境的痛苦追索，有时必须以自我的放逐，个体的牺牲，唤醒众生，成就群体。缔造者谱写了被缔造者向往的人间福地，也揭开了山重水复的磨折砥砺，有时必须以自我的孤寂，个体的煎熬，标新立异，引领时代。启蒙者是精神的烛照，缔造者是事业的辉映，都是以燃烧自己为代价的；启蒙者是思想的先驱，缔造者是行动的巨擘，都是以指引众生为使命的。既要忍受当时的非难，也要承载后世的妄议；既要面对绚烂的花环，也要担当尖刻的荆棘。

二十二

思想者不止是痛苦的，而且往往是悲剧性的，因为思想的火花一迸发，精神的灵光一闪现，总是受到传统的非难，时俗的排斥，当下的质疑，既得的压抑；能否燃起熊熊的火焰，形成燎原之势，还要看当时的时代特点，具体的社会环境，普罗大众的生存状况与精神状态，社会精英的思想水平与行动能力。思想家盗来启迪人类智慧的天火，燃烧自己，释放光芒，发扬光大，普度众生，本身就具有殉道的神圣意蕴，牺牲的悲壮色彩。马克思曾说“共产主义像一个幽灵在欧洲徘徊”，此意深刻至极，也悲壮无比。具有真理意义的思想总是在少数人的头脑中诞生，犹如浩瀚苍穹里的星光，在云遮雾绕的时俗风尚中，在盘根错节的思想观念里，在繁复琐屑的生活中，在参差不齐的人群里，很难立刻得到认可，马上得到响应，只有持之以恒的传播，坚持不懈的普及，由点到面的拓展，由小到大的蔓延，才能形成运动，开辟道路，变成事业，建立制度，创造民族国家的辉煌，实现人类的大同。这是一个艰难困苦的奋斗过程，也是一个殚精竭虑的精萃过程，思想者必须承受孤寂与痛苦的煎熬。

二十三

冬日的阳光，透过寒冽的裹挟，轻轻地暖暖地照在身上，给人以柔和温润的拂拭，慵懒散逸的慰藉，胜过春日之鲜丽，夏日之浓烈，秋日之斑斓。这是一种淡淡的，可令人细细品味的抚摸，从脸上、身上到心上。清冷中的矜持和温柔里的散逸，让心灵变得宁静澄澈，不染一点浊尘秽气，没有一丝繁华喧闹，徜徉于一种家园的温馨之中；竹篱茅舍，清溪环绕，晨炊暮霭，鸡鸣犬吠；柳荫翁媪，家长里短，花前稚童，玩耍嬉闹；荷锄踏月，归牧伴星，清风徐来，暗香浮动，安谧静好，不知是现实的五柳村，还是梦中的桃花源？沉浸在这冬阳的温馨柔和中，身心已融化成了光的弥漫，不知是自我的宁静淡泊销蚀了沉积的尘垢和俗念？不知是冬日的温柔轻暖溶解了缠绕的名缰和利锁？只是宁静中的宁静，淡泊中的淡泊，只是无语中的无语，无为中的无为。

二十四

人们愿意去旅游，喜欢到大自然或异国他乡中观风赏景，特别是喜欢到没有去过的地方寻奇探幽。这既是一种身体的休闲和享受，更是一种心灵的回归和陶冶。尤其是在城镇化的加速度中，人们脱离自然越来越远，在自己熟悉的环境里待的越来越长；一切都顺理成章的发生，一切都按部就班的发展，一切都是意料之中的运作，一切都是命中注定的安排。缺失了自然璀璨缤纷的映照，全是社会时俗风尚的熏染；缺少了自我劲拔嶙峋的独立，全是群体繁闹熙攘的混同。品性的棱角被研磨得圆滑世故，情趣的奇瑰被雕凿得支离破碎；胸襟的开阔被阻塞得促狭鄙陋，精神的澄明被搅扰得阴霾浑浊。逐渐地退化了思想的敏锐，销蚀了行动的敏捷，就像一潭死水微澜，了无意趣，犹如一堆枯枝萎叶，毫无生机。所以，有时亲近一下自然，崇山峻岭，江河湖海，梅兰松菊，清风明月，忘却一会世相的萦绕，净化一下布满红尘的品性；有时感触一下异域、民俗风情、历史沿革、现实状况，生活花絮，脱离一会蜗居的压抑，求得一点情趣的潇洒和随意。品性的陶冶，情趣的孕育，离不开璀璨缤纷的具象品鉴，离不开条分缕析的抽象精萃；心胸的开阔，精神的澄明，离不开千姿百态的物象映照，离不开幽幻奥秘的心象升华。人们愿意去旅游，多少证明了人们有了一些物质的基础，多少说明了人们有了一些精神的寄托。

二十五

衡量人生的价值，不同的时代有不同的坐标，不同的社会有不同的评价；同一时代不同时期会有不同的时俗风尚，同一社会不同地域会有不同的价值判别；更何况人生百态，万象纷纭，每个人也会有自己的权衡和演绎。但万变不离其宗的是人性中真善美或假恶丑这个根本的坐标，是贯穿于人生的始始终终，渗透于人生的方方面面，具有举足轻重、一言九鼎的地位。能成为一个具有什么样的品性和情趣的人，能成为一个具有什么样心胸和境界的人，既要具象的表现来说明，也要抽象的辨析来印证；既要物象的事实来呈现，也要心象的精粹来彰显，唯有人性中的真善美或假恶丑才是根本的坐标，终极的判定。品阅世事，臧否人物，出发点有不同，落脚点有差异，视角不一样，方法不相同，但实事求是，客观公正，以人性为根本，是不能逾越的底线，不能取代的至尊。一个什么样的人，一生的价值如何，剥去附着在身上的各种装饰，去掉缠绕在头上的各种光环，真实地呈现在人们面前。

二十六

有时理解了的事物并不是完全意义上的认识，客观性的把握；因为在理解的过程中，所运用的逻辑推理，辩证演绎，带有一定的主观色彩；所形成的概念定义，判别结果，具有一定的思维惯性；可能会或多或少遮蔽事物的本来面貌，影响把握事物本质的能力。从事物绝对运动相对静止的意义上讲，理解是绝对中的相对认识，相对中的绝对把握，任何思想的形成既是一种成果，同时也可能是一种桎梏。事物的绝对运动和相对静止充斥于认识的全过程，感性的丰富多彩和理性的精雕细琢始终分庭抗礼又交相辉映，具象的璀璨缤纷和抽象的条分缕析始终鲜明对照又彼此承应。当人们享有思想之果并过分依赖的时候，可能会失掉对新事物的敏感或对旧事物的新认识；当人们沉溺思想耕耘并一味痴迷的时候，可能会导致历史的虚无或对现实的迷蒙。人类的思想史就是绝对运动与相对静止的永恒辩证。

二十七

人们的精神面貌，犹如山重水复疑无路，柳暗花明又一村的幽幻；人们的心灵境界，就像横看成岭侧成峰，远近高低各不同的奥妙；呈现的都是人们的品性情趣，彰显的都是人们的意志胸襟。一粒沙石，不在于自己的卑微平常，关键是否具有壁立千仞的劲拔；一滴水珠，不在于自己的渺小平淡，关键是否具有海纳百川的伟岸；平常中，有自己生旦净末丑的角色，唱念做打舞的演绎，无论高低贵贱，倾心尽力，物我相忘；平淡里，有自己阴晴圆缺的品味，悲欢离合的感喟，无论荣辱得失，恬淡超逸，天人合一。人们有共同的时代场景，社会舞台，但只有参差不齐的剧目，千差万别的情节；人们有共同的衣食住行，理想追求，但只有贫富不均的生活，高低不同的享有；人们有共同的时光如流，却有截然不同的行程；人们有共同的岁月更迭，却有丰歉不一的结果。人们不能没有自己的精神风貌，无论意气风发，神飞思扬，还是萧瑟零落，孤独寂寥；人们不能失去自己的心灵境界，无论原野苍茫，苍穹深邃，还是晓风残月，暗香如故。

二十八

很多的自然景观，已失去了原始的面貌和本真的风韵。太多的精雕细琢，破坏了鬼斧神工的苍茫浑厚；太多的规划布局，割裂了天造地设的神奇奥妙。人烟熙攘，车水马龙，店铺林立，旌旗招展；既缺乏身体力行的寻奇探幽，也没有惊心动魄的品味感喟，萦绕着一种被时俗风尚熏染后的萎靡，呈现着一种被任情使意强制后的腻味。有时浏览一处精神向往的自然风景，观赏一处心灵祈盼的山水佳境，不仅非常难得，甚至是一种奢望了。每当走进一处鲜有人力雕凿绝少世相痕迹的山水长卷时，总会被崎岖坎坷的崇山峻岭，嶙峋怪异的峰峦叠嶂所惊诧，总会被潺湲激越的溪流瀑布，蜿蜒盘桓的江河湖海所动容；每当漫游一处人迹罕至鸟兽出没的沧桑图画中，总会被生机盎然的杂花野草，蓊郁茂盛的古树新林所赞叹，总会被悦耳动听的鸟鸣虫吟，清风明月的暗香浮动所感喟。这是自然的直接映照，还是心灵的间接反观？这是物象的真实记载，还是心象的幽幻描绘？有时的心由境造，人始终是自然之子，离不开自然的孕育；有时的境由心造，自然始终是人的精神意象，离不开人的感悟。所以，真正的自然之情境既是现实的景致，也是理想的梦幻，既在天地间，也在心灵中。

二十九

只有人性中的纯真善良美根深蒂固，社会的发展才能枝繁叶茂；只有人性中的虚假恶劣丑陋分崩离析，时代的进步才能稳如磐石。如果人性的基因在时代的发展中不能正常的进化，只是疯狂的变异；如果人性的基因在社会的进步中不能持续的发展，只是乖戾的畸形；如果真善美魂消魄丧，只是口是心非的说教；如果假恶丑恣肆妄为，只是苟且放任的敷衍；终将会造成人类品性的退化，情趣的鄙陋，胸襟的促狭，精神的颓废，心灵的晦暗；终将会导致时代发展的阻滞，社会进步的倒退，物质文明的腐化，精神文明的猥琐。人性的衰败，将会使自然的长期演化功亏一篑；人性的堕落，将会使社会的持续发展中途夭折。特别是在物欲横流，价值弥漫，功利至上，实惠为尊，疯狂掠夺，奢侈享受繁闹喧嚣的环境中；特别是在道德滑坡，意志颓靡，思想懵懂，行动燥乱，理想黯淡，信念脆弱浑浊迷离的氛围里，必须挽狂澜于既倒，从人性的根本抓起，这比什么都重要。人性不存，何论家国情怀；人性不显，遑论中华复兴；人性不再，哪有源远流长的历史，举世瞩目的当今，灿烂辉煌的未来。弘扬真善美不是冠冕堂皇的说教，而是精萃心性的根本，鞭笞假恶丑不是虚张声势的空谈，而是净化心性的至道

三十

孤独是一种状态，拥有一隅相对隔离时俗风尚的时空；孤独是一种境界，孕育一处相对卸去名缰利锁的天地。孤独是人生中不可或缺的精神陶冶，孤独是生命里难能可贵的心灵净化。孤独中看到了自己

真实的身影，劲拔或平缓；孤独里聆听了自己真切的心声，激越或深沉。只有在孤独中，才能品味大千世界的万象纷纭；只有在孤独中，才能通晓时代发展的云诡波谲；只有在孤独中，才能体会衣食住行的生活繁琐；只有在孤独中，才能感悟悲欢离合的人生如梦。孤独中，品性裸露，情趣纷呈，心胸豁然，纯真善良美好尽情释放，虚假恶劣丑陋悉数暴露；孤独中，历史的回望，现实的思索，未来的向往，精神自由的驰骋，心灵超逸的翱翔。有时害怕孤独，只想沉溺于随波逐流的苟且偷安；有时拒绝孤独，只想缠绕于急功近利的巧取豪夺；有时需要孤独，只想有点超凡脱俗的清逸恬淡；有时依恋孤独，只想有些明心见性的升华超越。孤独远在天边，一朵白云的缥缈；孤独近在眼前，一缕清风的抚慰，其实，孤独始终在心间。

三十一

人，时光之游子，岁月之过客；崇山峻岭中，一粒沙石的寄寓；江河湖海中，一滴水珠的依附。人，具象之身躯，抽象之心灵；风驰电掣中，一花一世界；稍纵即逝中，一果一乾坤。有限的人生，无限的向往，有时躯体和灵魂交相呼应，相得益彰；有限的生命，无限的追求，有时现实与理想针锋相对，剑拔弩张。岁月不居，躯体总要灰飞烟灭，只是渐渐地漫漶成支离破碎的印象；时光如流，灵魂总会虚无缥缈，只是淡淡地消隐为云雾缭绕的梦幻。一切都是后人们回望中的无可奈何，一切都是后人们感喟里的似曾相识。不要痴迷长生不老青春永驻，每一代都有自己的春风夏雨秋霜冬雪；不要奢望盛世不衰一劳永逸，每一辈都有自己的春耕夏耘秋收冬藏。人生是一幅代代描绘的画卷，每个人都有自己的浓墨重彩；生命是一曲辈辈谱写的旋律，每个人都有自己的高歌低吟。生之欣悦，死之淡然，生死交替，生生不已。

三十二

品性既有先天的遗传基因，又有后天的变异成分；既有正常的进化历程，又有异常的畸形路径。不良环境的制约，不良风气的熏染，会影响其正常的发育；不当教育的蚀刻，不佳行为的雕凿，会扭曲其健康的成长。一方面，脱离现实生活的主观臆断，违背客观规律的强词夺理，空洞虚无的理论说教，苍白乏力的思想演绎，会造成品性的浮夸虚幻，失去质朴的根基；一方面，沉溺时俗风尚的依附攀比，痴迷追名逐利的巧取豪夺，趋炎附势的随波逐流，诡异乖戾的锱铢必较，会导致品性的促狭鄙陋，失去纯真的底蕴。没有具象的繁复琐屑，就不会有抽象的提纲挈领；没有抽象的逻辑辩证，就不会有具象的条分缕析。没有物象的丰富多彩，就不会有心象的晶莹剔透；没有心象的精萃净化，就不会有物象的陶冶梳理。品性的纯真，是善良美好的源泉；品性的虚假，是恶劣丑陋的泥淖。品性不可能绝对的纯真，白璧微瑕，要有明心见性的自觉；品性不可能恒定的僵固，激浊扬清，要有超凡脱俗的升华。

三十三

有时感觉最真切的不是身心俱在的现实，而是源远流长有些漫漶的历史；因为已经过去的岁月才让人感到踏实，已经流逝的时光才让人觉得稳妥。回望中，融入浓郁想象色彩的山重水复，柳暗花明，令人神往；记忆里，凝结厚重情趣意蕴的音容笑貌，家长里短，让人沉醉；品味中，成败兴亡，荣辱得失，云淡风轻的散逸；感喟里，阴晴圆缺，悲欢离合，千丝万缕的萦绕。太多的倾诉，可以任情使意，淋漓尽致，无须张皇四顾；太多的寄寓，可以率性随心，汪洋恣肆，无须隐瞒压抑；高歌低吟，喜怒哀乐，长论短诵，古今中外。现实中的感受，却似水中月镜中花般的朦胧，犹如云中神雾中仙般的幽幻，龙蛇不见身影，虎豹难觅踪迹，世相纷纭变幻，人事云诡波谲，让人五迷三道，稀里糊涂，七荤八素，头晕脑涨！推杯换盏，朋友何在？琴棋书画，知音哪里？人情世故，底蕴可在？追名逐利，公道谁论？让人思想迷离，行动乖戾，精神浮躁，心灵焦灼。所以，人们总愿意回望历史中，让清澈的碧泉，潺湲的溪流，飞跃的瀑布，蜿蜒的江河，深邃的海洋，滋润精神的家园；人们总想回味记忆里，让竹篱茅舍，青史黄卷，粗茶浊酒，梅兰松菊，暗香浮动，温蕴心灵的故地。

三十四

心灵中的浮躁与焦灼，是现实生活里一种无可奈何的映照，凭借自身的聪明才智，可以做的事无法倾心尽力的进行，不想做的事却要精疲力竭的应付，言不由衷，行不达意，名实不副，情理相悖，敷衍中的尴尬，承应里的苦恼。世相纷纭，生活熙攘，因果诡异，矛盾乖戾，理想和现实有时畸形，思想和行动有时扭曲。正因为如此，让心灵在浮躁中沉稳下来，有一点明心见性的精萃，让心灵从焦灼中冷静下来，有一点超凡脱俗的净化，也是一件好事。人们在时俗风尚的熏染中容易痴迷，在急功近利的追逐里容易偏执，在物质财富的充盈中容易奢侈，在精神刺激的享受里容易萎靡；人们在人情世故的磨砺中容易圆滑，在家长里短的琐屑里容易猥琐，在锱铢必较的盘算中容易促狭，在随波逐流的苟且里容易沉沦。品性的纯真，情趣的典雅，胸襟的伟岸，人格的劲拔，需要日积月累的陶冶；胸襟的伟岸，精神的澄明，心灵的超逸，需要持之以恒的升华。繁华喧闹中的恬淡之心，平静之意，难能可贵；云诡波谲里的精神自由，心灵浪漫，不可多得。

三十五

岁月不居，一切都只争朝夕的向云诡波谲的未来奔去；时光如流，一切都日夜兼程的向幽幻奥妙的向往涌动。回望中，深谷幽涧，峰峦叠嶂，点缀着崎岖坎坷的经历；溪流瀑布，江河湖海，萦绕着蜿蜒曲折的行程。回味里，原野苍茫，起伏的褶皱，交错的斑驳，浓墨淡彩的涂抹；苍穹深邃，固执的日月，散逸的星辰，晶莹剔透的辉映。刹那间，往事历历，场景清楚，情节明晰，音容笑貌，仿佛就在眼前；瞬时节，情景渺渺，支离破碎，事物模糊，人际漫漶，已是过眼云烟。只有精神上的依恋，阴晴圆缺，一幅似曾相识的画卷，只有心灵上的眷念，悲欢离合，一曲余音缥缈的旋律。苍凉中，形单影只的孤独，一粒历史的沙石，有多少欲说还休的惆怅；萧瑟里，悄无声息的寂寞，一滴历史的泪珠，有多少情景交融的忧虑。一点率性随心的思绪，在初冬柔和的阳光中尽情地弥漫，在寒冽的空气中悄然地凝固；一点任情使意的梦幻，在初冬寂寥的萧疏中轻扬地飘起，在冷峻的沧桑里淡然地隐逸。

三十六

崇高与伟大不像巍峨挺拔的崇山峻岭，直接的呈现，让人目不暇接，随意观览；也不像逶迤盘桓的江河湖海，直观彰显，让人流连忘返，尽情品阅。崇高与伟大不像苍茫辽阔的原野，万象缤纷，让人率性随心，轻易获取；也不像幽幻深邃的苍穹，日月星辰，让人任情使意，顺畅的探索。崇高与伟大的意蕴是平常平静，崇高伟大的真谛是平淡平凡。在源远流长的自然进化中，崇高伟大只是无数一沙一石的凝聚，一点一滴的融汇；在枝繁叶茂的社会发展中，崇高伟大只是无数一枝一叶的蓊郁，一花一草的繁茂。不要只知晓鸿篇巨制的博大精深，还有呕心沥血的殚精竭虑；不要只看到丰功伟业的壮丽辉煌，还有克艰攻难的千锤百炼；不要只沉溺于时俗风尚的涛飞浪卷，还有中流砥柱的嶙峋劲拔；不要只痴迷于眼前当下的丰裕充盈，还有深邃辽阔的天高地远；不要只仰慕英雄豪杰高僧大德的功业，还有黎民百姓芸芸众生的奉献；不要只追求璀璨缤纷光辉灿烂的光环，还有求真务实克勤克俭的火焰。崇高伟大不是无源之水，来自平常平静；崇高伟大不是无本之木，来自平淡平凡。

三十七

我不是贤人更不是圣者，没有什么值得自豪的富贵，更没有可供炫耀的名声，就像一缕清风，拂过苍茫的原野，在生机盎然的万物纷纭中穿行；就像一朵云絮，飘过深邃的苍穹，在幽幻奥秘的日月星辰下游弋；就像一粒沙石，融入沧桑的莽原，在峰峦叠嶂或塬峁盆谷中生息；就像一滴水珠，汇入亘古的水系，在溪流瀑布或江河湖海中涌动。感受着自然的万象缤纷，领略着社会的繁复喧闹；观览着时代的云诡波谲，品味着生活的酸甜苦辣。经历过人情世故的阴晴圆缺，感悟过人生如梦的悲欢离合；经受过春风夏雨秋霜冬雪的洗礼，承接过春耕夏耘秋收冬藏的检阅。只是一种平常的生存，平淡的生活；只是一种平静的意蕴，平凡的境界。没有功成名就的志得意满，卑微琐屑的心灰意懒；没有神飞思扬的汪洋恣肆，缄口结舌的抑郁晦涩。静静地相守着那份难得的孤独，有点明心见性的感悟，默默地秉持那份不易的寂寥，有点暗香如故的自觉。

三十八

你是上天的神韵，你是大地的精灵；你是万物的芬芳，你是生命的结晶。你是纯朴天真的品性，你是清逸典雅的情韵；你是深邃辽阔的胸襟，你是澄明洁净的精神。你的举手投足，都能触动我的心；你的啼笑喜嗔，都能激荡我的情。你从生命的源泉里带来朝气蓬勃的清新，晶莹碧透；你在生命的长河中闪烁幽幻奥妙的光芒，璀璨缤纷。时俗风尚的烟熏火燎，在你面前云淡风轻；名缰利锁的盘根错节，在你面前分崩离析；荣辱得失的锱铢必较，在你面前虚无缥缈；阴晴圆缺的悲欢离合，在你面前散淡超逸。一切浓妆艳彩的装饰，在你面前黯然失色；一切冠冕堂皇的说教，在你面前缄口结舌；一切人情世故的云诡波谲，在你面前云淡风轻；一切精神的痴迷浮躁，在你面前澄明安和；一切心灵的妄臆焦灼，在你面前恬淡宁静。孤独中，无须过多的感受，只有你稚嫩的身影；寂寞里，无须太多的沉吟，只有你纯净的心灵。涵蕴精神的家园，温润心灵的故乡，不只是明心见性的修持，不只是超凡脱俗的陶冶，更有后辈纯真质朴的启迪，更有新人晶莹碧透的辉映。啊，我那可爱的小孙女。

三十九

人世沧桑，万象纷纭，有许多暂时不为人知的奇形怪状，有许多长久不为人晓的诡异奥妙；因为其表现的云诡波谲，隐藏的幽幻神秘，增添了许多神追思往的梦牵魂绕，带来了许多殚精竭虑的寻觅探索。有多少弄明白搞清楚了的欢欣鼓舞，有多少懵懂中纠结里的痛苦沮丧；有多少刻骨铭心的记忆，有多少情真意切的向往。无论物象上的把握，还是心象上的品阅；无论具象上的占有，还是抽象上的扩张；无论客观规律的隐匿，还是主观意志的张扬；无论专心致志的执意，还是浮光掠影的光顾；总想观览奥秘的表现，品味奥秘的内涵，总想领略奥秘的意蕴，感悟奥秘的真谛。其实，任何奥秘都是尚未被了解的自然瑰宝，还没被精萃的人类智慧结晶，只是有时在功利至上实惠为尊的环境中，在贪图眼前沉溺当下的时俗风尚里，变成了贪婪无度的借口，疯狂掠夺的凭据。自然源远流长，社会根深叶茂，要有相互适应的尺度，时代风云变幻，人生悲欢离合，要有彼此承应的砝码，不能造成相互之间的对立，不能造成彼此之间的伤害。人，不可能完全通晓自然，也不可能彻底明了自己，这是永恒的奥秘，也是无限的动力。

四十

时代进步，社会发展，物质财富不断地增加，精神财富不断地积累，人们创造了前所未有的丰功伟绩，人们赢得了举世无双的辉煌灿烂；但也遗留下一些物象的乌烟瘴气污泥浊水，制造了一些心象的残垣断壁支离破碎。特别是品性的退化，情趣的鄙俗，胸襟的促狭，境界的低下，精神的颓唐，心灵的阴晦，让人痛心疾首；公平的缺失，正义的凋零，平等的消退，博爱的变异，理想的淡漠，信念的疏离，让人惊诧不已。物质财富的疯狂掠夺，精神刺激的贪婪享受，抑制了本性的真善美，放纵了本性的假恶丑，人们变成了异化的零件，社会变成了畸形的模具。人们在舍本逐末中忘记了根深蒂固，人们在急功近利中丢失了源远流长，人们在锱铢必较中丧失了博大精深，人们在眼前当下中沉沦了高远超逸。好像有所得，似乎有所想，可精神中已没有了那份淡泊和宁静，心灵中已没有了那份纯真和质朴。

四十一

人到老年，有点恬淡虚幻的自欺，也是正常的事情，因为此时一切的努力均有了丰歉不一的结果，一切的愿望都有了尘埃落定的归宿。孩童的幼稚，少年的天真，青年的热烈，中年的沉稳，像清泉涌动溪流潺湲，在人生的山川蜿蜒曲折地流淌，有瀑布的喧闹，有深潭的寂静，有江河的奔腾，有湖海的盘桓，有严寒酷暑的砥砺，有风霜雨雪的浸润，有那峰峦叠嶂中的低吟浅唱，有那江河湖海里的高歌雄浑。此时的记忆把逝去的音符逐一串起，时常在心头响起，脑中萦绕；一曲回味无穷的旋律，时断时续，此起彼伏，成为主演，现实中的一切反倒成了一种衬托，变成了配角。看什么是什么，即便不是什么也是什么，想什么是什么，可能不是什么也是什么，一种恬淡虚幻的自欺，让精神散漫清朗，让心灵温馨安逸。

四十二

独处静坐，聆听冬的思绪在心中缓缓地游动；原野苍茫深沉，万物萧瑟寂寥，紧紧地搂抱着希望的种子；用僵硬固执的呵护，强制的休眠；用幽幻奥妙的梦幻，温馨地孕育；又一个生机盎然璀璨缤纷的来临，又一个草木蓊郁万紫千红的盛景。极目远望，看着冬的天空，湛蓝湛蓝的，不时有一股凛冽的寒风，挟持一缕云絮，遽然地飘过，有几分时光飞逝的急促，又有几分岁月更迭的从容。在独处中会有淋漓尽致的畅想，在寂寞中会有殚精竭虑的深思；品味的是形单影只的冷峻，感悟的是返璞归真的超逸；一点任情使意的自由驰骋，一点率性随心的散漫翱翔。人是社会的动物，总希望在繁华喧闹中风生水起，总愿意在时俗风尚中蓬荜生辉；人是自己的主人，也要有点超凡脱俗的净化，也要有点明心见性的升华。独处静坐，领略冬的意蕴。

四十三

人生初始，犹如白纸，在成长的道路上，被生活磨砺得千姿百态，被自我涂抹得浓妆淡抹；在发展的过程中，被社会熏染得五光十色，被时代蚀刻得凸凹斑驳；好一幅山重水复的画卷，好一曲悲欢离合的旋律。有峰峦叠嶂的坎坷崎岖，艰难困苦的攀登；有江河湖海的蜿蜒曲折，辛劳勤奋的跋涉；有高楼大厦的崇光泛彩，钟鸣鼎食的豪奢；有竹篱茅舍的晨炊暮霭，粗茶淡饭的平常；有功成名就的志得意满，荣华富贵的熙攘；有生计劳作的繁复琐屑，养家糊口的凄惶。一张白纸，浓墨重彩，淋漓尽致；一段人生，成败得失，云诡波谲。原有的天真质朴化作了红尘禄利中的掠取，原有的安详和顺变成了锱铢必较的欲望。一切都湮没了初始的清澈，有些同流合污的苟且；一切都疏离了启程的澄明，有些乌烟瘴气的寄付。年龄愈长，这种感觉愈深，阅历愈多，这种反思愈重。回味中，总想洗去布满身心的尘垢，还自己一个淡泊宁静的境界；感悟里，总想剥离缠绕身心的藩篱，还自己一个清逸超越的灵魂。这需要深刻的反思，直面自己的行为，袒露自己的心灵；这需要持久的修炼，净化自己的经历，精萃自己的思想。

返璞归真不是简单的重返，而是明心见性的升华，超凡脱俗不是直接的到达，而是浴火重生的超越。

四十四

具象的繁复琐屑，抽象的精致简要，交相呼应；物象的璀璨缤纷，心象的晶莹剔透，相得益彰。既是一种实实在在的身体力行，又是一种真真切切的殚精竭虑；既是一种神神秘秘的精神陶冶，又是一种幽幽幻幻的心灵精萃。经历的山重水复坎坷蜿蜒不一而论，品味的阴晴圆缺悲欢离合无须繁证，但菩提的灵动根深蒂固，时时地彰显，处处地印证，一花一世界，一叶一乾坤。自然的万象缤纷，社会的云诡波谲，时代的风云变幻，人生的诡异奥秘，真假善恶美丑的夹杂，是非对错好坏的交融，终是杂念与正义的砥砺，偏执与超越的纠葛，终是激浊扬清的升华，明心见性的超越。一方面，解脱不是长久的解脱，而是时时的警醒；解脱不是最终的解脱，而是处处的觉悟。一方面，解脱不是眼前的清楚，而是源远流长的知晓；解脱不是当下的明白，而是地老天荒的通达。矛盾乎？不矛盾，不矛盾乎？矛盾。

四十五

当官为吏不易，做好官佳吏更难，因为当官只要具备一定的理论基础专业知识管理能力，把握天时地利的机会，运用巧妙诡异的手段，施展相时夺势的方法，便能风云际会，如愿以偿；特别是在庸俗生活风气里，趋炎附势，拉帮结派，巧取豪夺，阴谋诡计，捞得个一品二衔，三府四衙的，也囊中探物，手到擒来。选官之标准，择吏之规则，不同的时代有不同的评阅、不同的社会有不同的鉴别；同一时代不同阶段也会有不同的权衡，同一社会不同的时期也会有不同的界定；所以，当官为吏也不是唾手可得的家常便饭，好人坏人，高人低人，雅人俗人，善人恶人都有当官为吏的，虽然长短不一，褒贬不同，但都会有一本心知肚明的难念之经也。但当好官做佳吏就更难了，因为要以品性为基石，以情趣为底蕴，胸襟博大精深，境界清逸澄明。要有纯真善良的禀赋，光明磊落，公平正义；要有劲拔伟岸的人格，壁立千仞，海纳百川；要以平等普世为准则，要以善良博爱为导向，要以求真务实为内核，要以家国民众为根本。独善其身，内在的严格要求，明心见性的自觉，克勤克俭的修持；兼济天下，外在的强制约束，秉公执政的清明，运权为民的普惠。当官为吏不易，做好官佳吏更难，德才兼备的检验，举贤任能的评定。

四十六

故乡情怀，始终在精神里蓊郁；家园意蕴，始终在心灵中繁茂。人们时常愿意追本溯源的呈现过去，在回望中以期有点返璞归真的寄付；人们时常喜欢魂牵梦绕的追索既往，在返观里有些情真意切的感喟。竹篱茅舍，晨炊暮霭，田野稼禾，牧场牛羊，阡陌曲径，村庄谷场，溪流环绕，草木葱茏，一幅田园诗般的画卷；鸡鸣犬吠，平常生计，家长里短，光阴年景，稚童嬉闹，村老闲聊，井边呢喃，柳下絮叨，一曲桃花源似的旋律。贫瘠消隐在自然的场景中，困顿离场于生活的琐屑里，有点梦幻的朦胧，有点描述的夸张，记忆中总是这样的画面，回味里总是这样的风韵。其实，回忆中更多的是寄托了人们对眼前生活的一种反思，对当下社会环境的一种观照。因为久居世俗风尘，长期追名逐利，得失权衡，荣辱计较，精神焦灼，心灵浮躁，品性斑杂，情趣俗陋，胸襟促狭，意志委顿，在随波逐流中迷失着自我。所以，故乡情怀就像一股清泉，洗涤尘俗，滋润心灵，返璞归真，家园意蕴犹如一缕清风，拂去妄念，澄明精神，超凡入圣。其实，故乡已不在，它只是心中的一份依恋；家园何处寻，它只是精神里的一份寄托。日暮乡关何处是，烟波江上使人愁。

四十七

中国的史书，鸿篇巨制，博大精深，涵纳浩繁，涉猎繁琐；正解与野说交杂，明闻与暗意相融，事实与虚妄掺和，定论与质疑纠葛。阅读时需要三思才能概略其貌，品味中需要精细才能略晓其意，求证时需要博览群书以辨真伪，通达时需要旁征博引以明虚实。很多正史，经过朝廷的审查编撰，皇帝的御览钦定，为我所用中有很多精雕细琢的抑制或夸大，借鉴观照里有很多浓墨重彩的隐讳或肆意，承前启后中有很多主观臆断的扭曲或变异，继往开来里有很多偏颇的评论或臧否。几千年来，中国传统文化中成则王侯败则贼的理念，隐恶扬善尊崇避讳的做法，使历史记述的客观性真实性受到了极大的伤害。伏笔曲意，云诡波谲，已是惯例；随波逐流，趋炎附势，已成习俗。文人墨客能有一言之实，要冒时俗风尚之责难；史家专著能有一章之真，竟遇杀头灭族之险恶。所以，很多野史稗文，杂说俚语，笔记闲言，心得偶记，真中有假，假中有真，虚中有实，实中有虚，雾中看花，水中望月；要弄清史实，厘清脉络，明晰因果，彰显义理，非有一番殚精竭虑的功夫，坚忍不拔的毅力。走马观花，浮光掠影，是不能客观公正的把握，更遑论实事求是品鉴了。阅读史书要精心，切不可随意。

四十八

故乡只是一幅可远观可欣赏可回味的画卷，使人产生千丝万缕的愁绪；故乡只是一曲可聆听可吟哦可感喟的旋律，使人萦绕欲说还休的忧伤；无法再去身体力行的徜游，无法再去情真意切的品味。时过境迁，田园诗般的一切都被当下的时俗风尚所湮没，都被眼前的急功近利所解构；往事如烟，桃花源般的一切都被急促的趋炎附势所占有，都被贪婪的巧取豪夺所充斥。竹篱茅舍，小桥流水，古道驿站，晨炊暮霭，故乡是脑海中散漫的幽灵；原野稼禾，阡陌牧笛，谷场井台，音容笑貌，故乡是心头萦绕的梦幻。沉溺于眼前的走马观花，麻醉于当下的浮光掠影，人们就像随波逐流的浮萍，没有根基，没有方向，随风而转，随波而行；专注于急功近利的攫取，偏执于锱铢必较的奢靡，人们犹如随风飘荡的浮云，没有依恋，没有寄托，瞬间而来，刹那即去。没有了根深蒂固的基础，没有了源远流长的渊薮；在庞大的社会机器中异化为一个孤独的零件，在飞速的时代变幻中扭曲成一片寂寞的虚无。故乡是一种精神的警示，故乡是一种心灵的呼唤，永恒映射，无限连绵。

四十九

用自悟去求证世俗的解脱，以自觉去映照世相的超越，只是一种精神的抚慰心灵的安顿罢了。因为，扫除积尘、洗涤污垢，明心见性，超凡脱俗，既是一种精神的净化，心灵的精萃，具有解脱的意蕴，物我观照，身心映射，繁复陶冶，无限锤炼，又是一种精神的重启，心灵的再生，具有承续的奥妙。梳理后的抽象又会被新的具象所缠绕，空明后的心象又会被新的物象所侵蚀。人生有限，始终的修持，生命无限，永恒的追求。所以，高僧大德往往在禅意中，不论博大精深的演绎，直指眼前的衣食住行；仁人圣者往往在妙示里，不作幽幻神秘的诠释，直达当下的悲欢离合。顺应人之品性，信手拈来，便是鸟语花香，求得一个自然的启迪；依据人之情趣。随意牵起，便是璀璨晶莹，达到一个日常的明示。自悟是精神的常态，行云流水，闲云野鹤；自觉是心灵的本真，物我相忘，天人合一。

五十

静的表象繁多，内涵不同，静的演绎杂乱，诠释迥异。繁杂琐屑的人情世故，盘根错节的名缰利锁，时俗风尚的趋炎附势，得失权衡的锱铢必较；火烧眉毛，光顾眼前，功利实惠，专注当下。人们殚精竭虑的贪恋，身体力行的攫取，恨不能三头六臂，七魂八魄，全用在应对之中，看似忙得不可开交，但从内心深处来言，却没什么深思熟虑，反而处于一种空旷寂寥虚无缥缈的境地，有一些死水微澜深谷幽涧的宁静，这是一种精神空虚的变异，心灵苍白的畸形，属于浅层次的范畴，但又是非常普遍的社会现实。正因为如此，所以有些人就沉溺于繁复琐屑的事务之中，纠缠于云诡波谲的人际之里，渺小的事变成宏大的事，简单的事变成复杂的事，浅显的事变成深奥的事，短暂的事变成久远的事，没事还要找事，一事还要生出多事，让自己麻醉于表象忙乱，浅层的敷衍，让思想如一粒灰尘，随风飘荡，随遇而安；这种所谓的静，是对达到真正心灵宁静需要反复陶冶，持续精萃的一种逃避；是对实现真正心灵宁静需要不断净化，长久升华的一种拒绝。所以，有时精神的空虚，心灵的苍白，绝不是真正的宁静。

五十一

任何理论学说，都有其生存的条件发展的环境，都有其具体的内容和多样的表现，呈现着其客观存在的现实性和运动变化的必然性，不是无源之水，不是无本之木。任何思想观念，毕竟只表现了某一个时段的偶然形态，映照了某一因果的必然内涵，呈现着其阶段性的特征和相对静止的面貌，不是历史的虚无，不是现实的漫漶。时代在发展，社会在进步，人类不断地提升着适应发展需要的素质能力，不断精萃着推动进步要求的精神智慧；是一个不断波浪式起伏的过程，是一个不断螺旋式上升的经历。既有中流浩荡激浊扬清一泻千里的雄浑豪迈，也有倒行逆施污泥浊水的萎靡沉沦，但毕竟向前向上的趋势是任何力量也阻挡不了的，青山遮不住，毕竟东流去。同时，也应注意发展的阶段性特点，进步的稳定性状态，横看成岭侧成峰，远近高低各不同；尊重规律，驾驭趋势，掌控节奏，把握尺度，防止或杜绝极端化的倾向，避免主观臆断的过度超前，克服消极萎靡的拖沓滞后，保持健康可持续的发展。

五十二

学习是一个既简单又复杂，既浅显又深奥，既清逸又深沉，既愉悦又忧戚的综合性问题。从哪一点触及，都会掀起众说纷纭的波澜；从哪一面介入，都会引发莫衷一是的风云；犹如一个魔球，晶莹剔透，崇光泛彩，神秘奥妙，幽幻迷离。全面解析，准确定义，辩证诠释，合理演绎，见仁见智，很难万全；顾及一点，信手拈来，轻揉杂拌，品尝回味，倒有一点皮毛的认知，粗鄙的见解。有时在学习中，如果一味的随心所欲，囫囵吞枣，浅尝辄止，不求甚解，关注于一星半点的刺激，三言两语的惬意，就会对知识缺乏比较客观全面的了解，鞭辟入里的辨析，就会偏执于任情使意的僵化，率性随心的毁弃。特别是不经过自己专心致志的研习求证，殚精竭虑的反复思索，以个人需要颠倒真假，以自我私欲混淆是非，势必会固化妄念，增持迷蒙，污浊品性，庸俗情趣；以时俗风尚为圭臬，以功利实惠为至尊，势必会人云亦云，随波逐流，胸襟促狭，人格猥琐。人们依托品性精挑细择，凭借情趣寻章摘句；人们根据眼界引经据典，度量胸襟旁征博引。人们更要千锤百炼的陶冶，精益求精的净化；人们更要明心见性的菩提，返璞归真的超越。学习不只是经验的借鉴，知识的了解，理论的掌握，更应该是性情的温蕴，精神的澄明。心灵的安和。信手拈来，适情达意，入心进脑，深入浅出。

五十三

回味历史，展望未来，其实就是在审视现实；臧否人物，评价时事，其实就是在诠释自我。在现实的山重水复中，有些不知身在何处的混沌；在人世的云诡波谲里，有些不识心在哪里的迷蒙。追本溯源，历史的映照，总有曾经沧海难为水的回味；未来的向往，总有除却巫山不是云的感喟。触类旁通，人物的兴衰，总有似曾相识燕归来的身影；时事的起伏，总有无可奈何花落去的心灵。源远流长的历史，精练了多少坎坷蜿蜒的行程，神秘幽幻的未来，散逸了多少希望的憧憬；承前启后中现实如何精准明晰的定位，继往开来里现实怎样义不容辞的使命。成败荣辱的人物，浓缩了多少悲欢离合的真谛，风云变幻的时事，凝聚了多少阴晴圆缺的意蕴；万象纷纭中自我如何壁立千仞的担待，时事萦绕里自我如何海纳百川的兼容。历史的启迪，未来的引领，立足现实，克艰攻难，开拓进取，彰显当代波澜壮阔的风韵；人物的借鉴，时事的品阅，涵蕴性情，开阔胸襟，砥砺奋进，彰显自我名实相副的身心。根深蒂固，才能枝繁叶茂，源远流长，才能海阔天空。

五十四

做父亲的人应该像一座大山，即便自己身心卑微，生活繁琐，经历坎坷，成就平淡，也要挺直腰杆，昂扬身躯，意志劲拔，胸襟伟岸，筑起自己的蜿蜒连绵，盘亘于苍茫的原野。做父亲的人应该是一座大山，即便自己身心高贵，生活安康，心想事成，志得意满，也要涵护家人，善待众生，精神柔和，心灵温馨，铸就自己的峰峦叠嶂，矗立于深邃的苍穹。生命赋予了父亲神圣的使命，必须义不容辞的承接；人生寄托了父亲崇高的责任，必须倾心尽力的担待。父亲是一个平常的称谓，能衍生出许多生动幽默的叫法；父亲是一个深奥的字眼，能幻化出许多神奇奥妙的意蕴；父亲是一个简单的身影，看得见摸得着听得到叫得来使得动；父亲是一个复杂的心灵，见得多识的广做得多想得杂管得宽；父亲是一个充满无限疑问的课题，绚烂璀璨，众说纷纭；父亲是一个拥有永恒诠释的答案，晶莹剔透，一目了然。大山般的父亲，从地火喷涌中升腾，昼夜相继的陶冶；在板块碰撞里崛起，日积月累的砥砺。大山般的父亲，从尘土沙石中积聚，百折不挠的拼搏；在断层褶皱里屹立，坚忍不拔的奋起。崇山峻岭的欣悦，深谷幽涧的忧戚；朝霞晚辉的温蕴，风霜雪雨的精萃；阴晴圆缺的感触，悲欢离合的品味；淋漓尽致的豪兴，暗香如故的意趣；家长里短的温润，天伦之乐的超逸。做父亲就应该像一座大山，做父亲就应该是一座大山。

五十五

人必须有美好的梦想和希望，即便是无法实现也要坚持，因为失去了梦想和希望，现实生活中的真与假善与恶美与丑，又有什么底蕴呢？人们总是把现实中的既得利益和所谓的成功津津乐道，沉醉于一种物质享受和精神刺激的自我满足之中，缺乏一种平等博爱的普世情怀和对人类大同世界的美好向往，随波逐流，浑噩苟且，沉溺眼前的功利，满足当下的实惠，失去情怀的人生又能有什么意义呢？梦想和希望具有空幻的色彩，有时甚至是可望而不可即无法实现的，但人类如果没有了这种精神的向往，心灵的祈盼，那和动物又有什么区别呢？无论时代如何变幻，社会如何进步，人类如何发展，决不能失去对未来的美好向往和对真善美的追求。梦想温蕴着品性情趣的本真，希望引领着胸怀境界的方向。

五十六

有品位的生活在现代社会中，需要具备诸多条件，其中住宅环境就是一项非常重要的内容，这很正常；但有时达到了登峰造极的地步，甚至变成了衡量生活品位的唯一标准；时时说屋，处处谈房，搞得人灰头土脸，身心疲惫，精神焦灼，心灵浮躁。住宅失去了应有的定位与功能，畸形变异，扭曲乖戾，成了财富的聚宝盆，思想的摇钱树，荒谬到直接与品位画等号，与精神境界论高低。旧时竹篱茅舍，窑洞土屋，荒园野径，篱笆柴围，安放日出而作的辛勤，日落而息的梦幻；也有梅兰松菊的情趣，清风明月的意蕴，粗茶浊酒的豪兴，天伦之乐的温馨。现在高楼大厦，明堂亮室，曲径通幽，花草蓊郁，休憩追名逐利的疲乏，得失权衡的梦呓，也有为人处世的熬煎，云诡波谲的磨砺，锱铢必较的纠缠，家长里短的萦绕。住宅环境可以提供生活品位的物质基础，但也说明不了生活品位的精神内涵；住宅环境可以反映社会的进步生活的繁荣，但也印证不了性情的好坏境界的高低。因为，品位是山重水复的精萃，柳暗花明的陶冶；品位是阴晴圆缺的净化，悲欢离合的升华；品位是精神的清逸温馨，心灵的恬淡超逸；品位是禀赋的淋漓尽致，境界的晶莹剔透。不能让住宅环境成为时俗风尚的风向标，不能让住宅环境成为世道人心的销蚀剂。

五十七

中国传统文化的社会礼仪，源远流长，涛飞浪卷，几千年传承，数万代延续；中国传统文明的社会礼仪，根深蒂固，枝繁叶茂，涵蕴家国，浸润众生。其时间之长久，空间之广阔，内涵之深奥，外延之曼妙，意蕴之深远，意义之重大，古今少有，世界为尊。无论鸿篇巨制，旁征博引，还是经史子集，精雕细琢，都很难演绎清楚，诠释明白；无论百家争鸣，众说纷纭，还是权势决断，一言九鼎，都很难全面品鉴，精准定论。最核心的锁钥在于礼仪融入到人们的品性情趣之中，渗透到日常生活的里里外外；最关键的枢纽在于礼仪嵌入到社会的制度机制之中，贯穿于行为习惯的方方面面。既有博大精深的理论体系，又有条分缕析的流程规范；既有日积月累的思想教诲，又有耳闻目睹的言传身教；既有日积月累的历史沉淀，又有承前启后的现实创造；既有繁杂琐屑的心理呈现，又有晶莹剔透的精神彰显。传统文化历来秉持讲究平和，致力中庸，追求公允，实现大同的理念；始终坚守和而不同，和和与共，物我相忘，天人合一的精神；就要有与此相适应的思想准则行为规范，就要有与此相匹配的礼仪制度运作规程。以礼而治，仁义道德，以仪而行，循规守矩，这样才能达到礼仪之邦的境界。所以，传统文化的社会礼仪，绵延流长，余音不绝，有其厚重的基础，深刻的意蕴，至于怎样继往开来，发扬光大，值得研究探索，但绝不要轻易否定，随意贬弃。

五十八

文化是一个国家根深蒂固的精神内涵和枝繁叶茂的外在表象，文化是一个民族源远流长的心象映射和涛飞浪卷的物象辉映；文化是一个时代精神的晶莹剔透，文化是一个社会风韵的璀璨缤纷。而文化人更是芸芸众生中一些相对精英的阶层，是文化的重要载体和承担者。文化人的定义五花八门，文化人的面貌千姿百态；文化人的使命莫衷一是，文化人的职能众说纷纭。但文化人修业从政，为官做吏却是从古至今一种顺理成章的选择，一条理所当然的路径。因为社会需要文化人来运筹帷幄，建章立制，辨析时势，赞画谋略，安抚众生，经略内外，指教引领，安邦治国；当今时代，就是精兵强将也需要精通军事文化之人来担待，遑论各行各业了。正所谓使命神圣，责任重大，关乎生存，决定发展，任重道远矣。但是文化人的毛病也非常多，有的时候有些人，趋炎附势，投机取巧，炫耀矜持，诡异乖戾，言不由衷，文过饰非，眼高手低，虚张声势，随波逐流，攀龙附凤，品性龌龊，情趣鄙俗，心胸促狭，精神阴晦，骄奢狂妄，沉沦萎靡，也是生旦净末丑的精彩绝伦，唱念做打舞的淋漓尽致，污染环境，败坏风气，荼毒当今，贻害将来。所以，社会需要文化人，更需要光明磊落公平正义的文化人，更需要家国情怀诗意民生的文化人。

五十九

心中如梦似幻的乡愁，是人们对从何处来的懵懂，对在何处立的茫然，对向何处去的迷蒙；也是人们对过去魂牵梦绕的回望，对现实情真意切的感悟，对未来神秘幽幻的向往。时代变幻，社会发展，田园诗般的山水画卷被工业化的利刃解构得支离破碎，桃花源似的生活场景被现代化的洪流冲击得分崩离析。精神的家园，少了点枝繁叶茂的蓊郁，多了点盘根错节的荆棘；心灵的故乡，少了点晶莹碧透的清逸，多了点云遮雾绕的朦胧。竹篱茅舍，小桥流水，荷锄踏月，晚风牧归，已是回望中的愁绪；粗茶浊酒，琴棋书画，梅兰松菊，青史黄卷，已是回味里的忧患。在人类的进步中，有时以牺牲传统文化为代价，换取暂时的快速发展，但始终不会持久，只有继承中的创新，延续里的变革，才能源远流长，实现可持续的发展。没有乡愁的时代是枯涩的，没有乡愁的生活是鄙陋的，乡愁是剪不断理还乱的精神脉络，乡愁是丢不了去不掉的心灵家园。

六十

向往心灵的宁静是因为无法宁静，追求精神的安和是因为无法安和，时俗风尚的繁华喧闹淹没了心灵的澄明清逸，急功近利的巧取豪夺扰乱了精神的恬淡安和。没有了劲拔嶙峋的孤独，只是随波逐流的浑噩；失去了伟岸深邃的寂寥，只是聒噪熙攘的浅薄。精神浮躁，人生的意蕴缺失了根深蒂固，无法枝繁叶茂；心灵焦灼，生命的真谛没有了晶莹碧透，无法璀璨缤纷。我们只是活着，为了现实的生存，为了未来的发展；我们只是活着，为了眼前的既得，为了当下的享受。领略了万象纷纭的时代变幻，经历了汹涌澎湃的社会发展；品味了繁复琐屑的生活磨砺，感触了云诡波谲的人情世故。有时激越，有时沉默；有时欣悦，有时忧伤。有时志得意满，有时灰心丧气；有时神采飞扬，有时意兴阑珊。但始终无法找回那份心灵的宁静，始终无法找回那份精神的安和；像蓝天白云，悠然的相会；像清风明月，自然的相逢；像朝朝露晚霜，悄然的萌生；像清泉流溪，恬然的涌动。

六十一

忧愁是一种情景交融的意蕴，神形兼备的境界。因为人生就是崇山峻岭的攀登，坎坷崎岖；江河湖海的跋涉，蜿蜒曲折；因为生命就是阴晴圆缺的品味，荣辱得失，悲欢离合的感喟，刻骨铭心。岁月不居，人生如旅，过去的回忆，现实的思索，未来的向往，丰富得像一桌甜酸苦辣的宴席，琳琅满目；时光如流，人生如梦，奥妙的剧目，生动的角色，精彩的演绎，浓郁得像一坛醇厚幽幻的老酒，回味无穷。原野苍茫，苍穹深邃，人生苦短；世事沧桑，云诡波谲，人生似幻；化作胸中的一种情怀，忧愁悄然而生；成为精神中魂牵梦绕的画卷，心灵中天长地久的旋律，成为诗词文章中永远的咏诵，声律管弦不绝的吟唱。这种情怀萌发于人的性情，来自于对人生捉摸不定的忐忑，来自于对生命神秘奥妙的敬畏；这种意蕴孕育于人的心胸，来自于对宏大社会的迷惘，来自于对深奥自然的懵懂。个人有限的人生，短暂的生命，本身就具有忧伤的色彩、愁苦的意蕴了。所以，忧愁是一种如梦似幻的意蕴，也是一种明心见性的境界。

六十二

高瞻远瞩，历来为人所称颂，因为身在高处，其视野必开阔，胸襟更宽广；因为心在高处，其精神必澄明，境界更超越。凭高而览，原野苍茫，苍穹深邃，地老天荒；登高而望，万象纷纭，人世沧桑，兴衰熙攘。摆脱了时俗风尚的萦绕，去除了名缰利锁的桎梏，千般情趣，万种风韵，任情使意的驰骋；抛弃了荣辱得失的权衡，淡漠了悲欢离合的演绎，精神恬淡，心灵飘逸，率性随心的翱翔。孤独中，意志劲拔，壁立千仞，看清了自我的身影，也看明了世相的奥妙；寂寞里，胸怀伟岸，海纳百川，聆听了自我的心声，也感悟了众生的意蕴。高瞻远瞩，孑然的嶙峋，孤高的挺拔，也有些高处不胜寒的萧瑟，寂寞开无主的冷清；高瞻远瞩，意兴的精萃，思绪的陶冶，也有些岁月不居人生如逝水的凄楚，时光如流生命似云絮的忧患。

六十三

去除博大精深的精雕细琢，崇光泛彩的浓妆淡抹；去掉唯我独尊的冠冕堂皇，万世楷模的道貌岸然。去除条分缕析的辩证诠释，精益求精的逻辑演绎；去掉顶礼膜拜的香火烟云，权势钦定的褒奖颂扬。孔子其实就是一个身体力行，殚精竭虑，求真务实，学而不厌，诲人不倦的教师；孔子其实就是一位品性淳朴，情趣淡雅，心胸温蕴，博闻强识，通达澄明的智者。一言一行，都呈现着人性纯真善良美好的真谛；一举一动，都彰显着仁义礼智信和的意蕴；一点一滴，都是公平正义的普世情怀；一生一世，都是光明磊落的人本境界。语言之质朴，行为之淳厚，道理之澄明，思想之清逸，让人如沐春风润雨，如浴朝霞夕晖，让人明心见性的精萃，返璞归真的净化。与各种鸿篇巨制中的描写、殿堂庙宇中的供奉、王侯将相的祭祀、芸芸众生的膜拜相比，更喜欢在书堂里娓娓道来的讲解，循循善诱的启迪；更喜欢游说中情景交融的教诲，欣悦忧患的解析；更喜欢弟子迥异参差的臧否，乡邻野老家长里短的闲谈；更喜欢大道既隐无可奈何的倾诉，闻道明理后天真率性的张扬。

六十四

科技进步，时代发展，人们的联系日益紧密，信息技术网络工程的普及，突破了时空的限制，消除了时空的距离，言谈举止就在眼前，音容笑貌就在当下，天涯咫尺已成为现实，环球通达已成为轮廓。但诧异的是，有时人们因为这种紧密的联系反而有所疏远，有时人们因为这种无间的交往反而有所阻滞。一切都要经过精雕细琢的包装，浓墨重彩的修饰；一切都要云诡波谲的编纂，诡异乖离的设计。直面的视频，缺失情真意切的倾诉；文字的来往，充斥粗暴鄙陋的攻击；思想的交流，缺乏条分缕析的阐述；观点的切磋，弥漫尔虞我诈的诋毁。无聊的八卦，虚幻的是非；胡编乱造的奇闻逸事，信口雌黄的污秽猥琐；放大的隐私乌烟瘴气，缩小的真相扑朔迷离；趋炎附势的跟帖，同流合污的附会；主播的神秘莫测千变万化，粉丝的涛飞浪卷癫狂痴迷；咦于唏，一团乱麻，扯不断理还乱，一洼呢喃，沉不下提不起。虽然有点言过其实，但这乱象需要认真地对待，及时地清理；虽然有些讥讽嘲弄，但这畸形需要合理地校正，正确地引导。人们不能因为信息技术的发达，失去自己的本真，造成精神的隔离；人们不能因为网络工程的普及，失去联系的本意，造成心灵的孤寂。

六十五

渺渺一粒沙，融入群山中，峰巅无真迹，幽谷有踪影；凭高气势炫，落地意凋零，坎坷身影乱，崎岖心灵惊。朝霞映春色，晚辉照秋韵，云雨润夏趣，风雪掩冬情；星光直道暗，皓月曲径明，草木知时节，清泉没时辰。出言少思索，行动多任性，时俗风尚急，追名逐利猛；俯仰皆为势，来去哪有根，品性常浮躁，崎岖总郁闷。得失不经算，取舍难衡定，欣悦有知己，忧伤缺故人；庙堂谋方略，陋室养自尊，把酒问因果，品茶论古今。年老去凡俗，岁衰洗风尘，竹篱茅舍处，鸡犬有清音；青史黄卷淡，粗茶浊酒浓，稚童绕膝闹，野老往来亲。心静止如水，淡泊凝为冰，浮想日日起，深思夜夜生；来是一粒沙，去是一粒尘，原野任辽阔，山川自嶙峋。随风起虚幻，落地亦消隐，往事如云烟，人际难觅寻；清逸待自己，豁达容世人，渺渺一粒沙，且在万象中。

六十六

赤子之心是最难得的。因为经过人生山重水复的砥砺，成败得失的陶冶，已将它雕琢得千姿百态，涂抹得浓墨淡彩；因为经过生命阴晴圆缺的历练，悲欢离合的精萃，已将它蚀刻得玲珑剔透，浸润得幽幻迷离。尘埃密布，灰垢厚重，断层交错，褶皱纵横；思想迂腐，行为迟钝，精神萎靡，心灵恍惚。远离了品性的纯真，情趣的质朴；淡漠了眼界的澄明。心胸的温蕴。有时看到稚童玉琢粉妆般的容貌，蹒跚地学步欢跃地嬉闹，犹如回到了童年；有时听到孩子天真稚趣的呢喃，好奇地提问直率地应答，就像再一次新生。这是一种对赤子之心的历史追忆，更是对赤子之心的现实拷问，这是一种明心见性的陶冶，更是返璞归真的净化。时俗风尚的熏染，名缰利锁的缠绕，人们不断获取丰富的物质财富，享受瑰丽的精神成果，推动着社会的发展和自我的进步；巧取豪夺的作为，锱铢必较的算计，人们不断放纵疯狂攫取的行为，膨胀奢侈贪婪的欲念，造成时代的畸形和自我的变异。有时诡异乖戾，尔虞我诈，云诡波谲；有时投机取巧、同流合污，歪风邪气；有时功利至上，贪图眼前，胸襟促狭；有时实惠至尊，沉溺当下，境界鄙陋。赤子之心情何以堪，淡然出场；赤子之心意何以为，寂寥隐逸。赤子之心是最难得的，不会简单的时光回复，而是自我的精神菩提，不会自然的岁月变幻，而是自我的心灵超越。

六十七

因为沉湎于自己的有知而导致自己的无知，因为明白了自己的无知而达到了自己的有知；既是一种习以为常的见识，更是一种鞭辟入里的哲理；既是一种扪心自问的警示，更是一种超凡入圣的印证。因为无知而不断地认真学习，努力求索，勤奋钻研，博览广阅，殚精竭虑，身体力行，践行实履，增长了知识，提高了能力，拥有了智慧，实现了有知的层次；同时，因为品阅了繁杂喧闹的世相，知晓了云诡波谲的人际，领略了博大精深的道理，感悟了简练精准的规律，明白了人生有限知识无涯的真谛，达到了无知的境界。无知的开始，有知的积累；有知的升华，无知的超越。无知到有知，波浪式的前进；有知到无知螺旋式的上升。对于以往的历史，还有很多未曾知晓的隐逸；对于当下的现实，还有很多尚待解析的疑惑；对于遥远的未来，还有无法穷尽的奥秘。对于从何处来，还没有明晰的渊薮；对于在何处立，还没有精准的定位；对于向何处行，还没有清楚的标的。有知与无知的辩证，有限与无限的统一，引领思想向更高处飞翔，指导实践向更广处驰骋，精神的原野，璀璨蓊郁，心灵的苍穹，幽幻深邃。

六十八

传世之学必有传世之人，而传世之人的品性和情趣，眼界与胸怀，意志和韧性，精神与境界，却是承续传世之业的根本。峰峦叠嶂，多少英雄豪杰；江河湖海，多少高僧大德；梅兰松菊，多少仁人智者；琴棋书画，多少风流人物。丰功伟业，已是山高水长的渔樵问答；经书圣籍，已是香火缭绕的低吟浅唱；至理名言，已是云淡风轻的粗茶淡酒；浓墨重彩，已是漫漶萧疏的余音绕梁；但自由之思想彪炳千秋，独立之精神辉映万代。中华文化源远流长，根深蒂固，博大精深，贯通古今，自成体系；中华文化融汇万流，枝繁叶茂，浩繁浑厚，贯通中西，涵蕴精华。中华文化有暂时的停滞，局部的断裂，但依然壁立千仞的劲拔，海纳百川的伟岸；中华文化有时歧路徘徊，误区踟蹰，但总是中流浩荡，气势磅礴。中华文化贯穿于时代发展的全过程，渗透于社会生活的细节里，体现在芸芸众生的身心中，彰显于人类精神的海洋，屹立于人类智慧的高峰！传世之学要有传世之人，传世之人要有传世之学。

六十九

人世沧桑，时势纷纭，云诡波谲，变幻莫测，有时让人难以捉摸，但人性这个根本始终源远流长，涛飞浪卷，根深蒂固，枝繁叶茂。不论是风雨如磐的艰难岁月，还是阳光灿烂的美好时光；不论是烽火连三月的流离失所，还是悠然见南山的恬淡安逸；不论是疾风骤雨的开创时期，还是克艰攻难的发展阶段；不论是时俗风尚的烟熏火燎，还是追名逐利的熙攘喧闹；只要人性存，良知在，一切的艰难困苦都会烟消云散，一切的阻碍羁绊都会分崩离析。当然，秉持人性的真善美，要倾注毕生的心血；弘扬人性的真善美，要付出相应的代价；而这种倾心尽力的涵护，持之以恒的砥砺，又为人性的不断升华奠定了更为坚实的基础，开辟了更为广阔的前景。大千世界，芸芸众生，让人魂牵梦绕刻骨铭心的人太多了；万象缤纷，繁杂琐屑，让人情景交融感慨万千的事太多了；但透过具体的人和事，始终感触到人性晶莹剔透的内核，沐浴璀璨缤纷的光芒；始终温蕴着纯真善良美好的根本。指引超凡入圣的方向。人们有时会偶尔失足，有时会瞬间迷惘；人们有时会旁门左道，有时会歪风邪气；人们有时甚至会猥琐鄙陋，有时甚至会污泥浊水；人们有时甚至会恶贯满盈，有时甚至会龌龊肮脏；但人性始终壁立千仞的嶙峋劲拔，海纳百川的深邃辽阔，不断地精萃，不断地净化，不断地升华，不断地超越，谁也无法阻挡。

七十

去除思想的焦灼，平息行为的浮躁，方法很多，技巧不少。或寄情于山高水长的自然，或感喟于万象缤纷的社会；或回味于源远流长的历史，或憧憬于幽幻神秘的未来；或沉浸于青史黄卷的研习，或交付于琴棋书画的挥洒；或潇洒于粗茶浊酒的随意，或专注于好友知音的应答；但最根本的还是精神的恬淡清逸，心灵的宁静安和。大千世界，红尘滚滚，扑面而来时俗风尚，盘桓萦绕的功名利禄；求富贵求权势求尊荣者不绝如缕，求新奇求怪异求时髦者过江之鲫。天下熙熙，利来利去；天下攘攘，名来名往；扰得人人心浮气躁，焦头烂额；搞得人人身心疲惫，精疲力竭。日积月累，品性芜杂，情趣俗陋，眼界短视，胸襟促狭，精神萎靡，心灵晦涩；经年过岁，清泉委顿，溪流干瘪，瀑布不鸣，幽潭隐匿，波涛不兴，死水微澜。所以，要正本清源，从纷繁复杂的具象纷纭中，品味条分缕析的抽象意蕴；从云诡波谲的物象变幻中，感悟晶莹剔透的心象真谛。去粗存精，去伪存真，去繁就简，求得精神的恬淡清逸；明心见性，物我相忘，天人合一，达到心灵的宁静安和。

七十一

风云变幻的时代条件下，血雨腥风的社会环境中，人们比较注目事关生死存亡的大局，比较侧重兴衰成败的枢要，相对冲淡了一些个人之间的深仇宿怨，相对减弱了一些阶层之间的剑拔弩张；即便因为恶劣环境酿造的极端思想，艰难条件产生的残酷做法，导致了一些匪夷所思的伤害，痛心疾首的恶果，也能以拯救民族为使命，光复国家为责任，蒙垢含冤，忍辱负重，光明磊落，大义凛然。正所谓疾风知劲草，烈火炼真金也。但在相对和平发展的时期，相对平稳进取的阶段，人们比较关心眼前的功利，比较重视当下的实惠，相对增加了一些个人之间的锱铢必较，相对聚集了一些群体之间的参差隔阂；即便确立一种远大的理想宏伟的目标，具体的任务翔实的方法，调动了各方面的积极性创造性，推动了社会发展民生改善，也会因为物质财富的差别，精神享受的悬殊，贫富对持，阶层固化，歧义纷呈，观念迥异。正所谓横看成岭侧成峰，远近高低各不同矣。凝聚民心，精萃共识，既要有科学的理论方针政策，又要有正确的道路制度措施；既要有执政中坚精英分子的引领，又要有黎民百姓芸芸众生的拥趸。务必尊重客观规律，符合国情民意；务必把握方针趋势，秉持求真务实。切不可任情使意的牵强附会，满足于表面的浮华喧闹；切不可率性随心的胡编乱造，沉醉于虚幻的盛世自娱。

七十二

品性的纯真，情趣的典雅，意志的劲拔，胸襟的伟岸，是一种崇高的理想境界，是一种恒久的现实修持；但在世俗的社会环境中，具体的生活氛围里，却往往依附于时俗风尚，屈从于权势名利，因为能得到眼前的实惠，享受当下的好处。所以，一遇到荣华富贵的诱惑，稍一疏忽，那点品性情趣便随波逐流，趋炎附势；一遇到功名利禄，稍一闪失，那点意志胸襟便巧取豪夺，同流合污。一有风吹草动，眼观六路，耳听八方，俯仰之间，没有了根基；一有急风暴雨，察言观色，谄庸媚俗，转瞬之间，丧失了脊骨。日积月累，养成了一种畸形的思维定势，变成了一种鄙陋的行为习惯；长此以往，形成了一种变异的圆滑世故，造成了一种荒谬的经世致用。而更可怕的是，沉溺其中而不自知，麻木其里而不知警，不以为耻，反以为荣，贴上时髦的标签，冠冕堂皇，涂上流行的色彩，璀璨缤纷。人类的悲哀，有时在于物质的贫瘠和精神的缺乏，有时却是物质丰富精神充盈后心灵的丢失。

七十三

信仰是人安身立命的精神根脉，是人特立独行的精神源泉。信仰可以有博大精深的内涵，云诡波谲的外延；信仰可以有神秘奥妙的意蕴，众说纷纭的阐述。追本溯源，都是对现实生活的揭示与提炼；正本清源，都是对未来理想的寄托与祈盼。只有建立在人性纯真善良美好基础上的信仰才是永恒的，只有建立在人类生理不断完善心理不断成熟基础上的信仰才是神圣的，只有建立在思想自由意志独立基础上的信仰才是超越的，只有建立在符合客观规律适应发展趋势基础上的信仰才是生动的，只有建立在明心见性的觉悟超凡脱俗的升华基础上的信仰才是根本的，只有建立在公平正义普世情怀基础上的信仰才是牢固的。信仰陪伴你经过风雨见过彩虹，信仰引领你攀登崇山峻岭跋涉江河湖海；信仰涵蕴你思想丰盈行动敏捷，信仰启迪你感触成败得失品味悲欢离合；信仰是你的精神家园，要让它根深蒂固枝繁叶茂；信仰是你的心灵故乡，要让它源远流长汹涌澎湃。社会发展，时代进步，人类文明，可以用多种指标去衡量，而最关键的就是每个人心中的信仰。你有信仰吗？

七十四

当淡漠童话时，既表明了人们适应社会生活，为人处世的成熟谙练；也印证了人们沉溺时俗风尚，随波逐流的圆滑世故。当疏远童话时，既说明了人们思维方式的顺理成章，行为习惯的得心应手，也昭示了人们精神不再浪漫的驰骋，心灵不再自由的翱翔。品性的纯真质朴，情趣的坦诚直率，眼光的清澈明亮，胸怀的晶莹碧透，已蒙上了时俗的风尘，已刻上了名利的印迹，已塞满了痴迷的欲念，已充斥着诡异的伎俩。所以，现在每见到稚子孩童，心里总会涌出一种难以诉说的激动，难以描绘的情感，一颦一笑，一举一动，一言一行，一静一动，仿佛展开了一卷璀璨缤纷的童话，唤醒了沉寂已久的心灵；现在每看到童话书籍，心里总会呈现一种诗情画意的场景，神奇奥秘的剧目，一章一节，一词一句，一行一段，一图一画，就像迎来了一群天真烂漫的孩童，激发了萎靡多时的精神。人们不断地创造着日益丰盈的物质财富，人们不断地收获着日益繁盛的精神成果，童年是一个不可逾越的精神轨迹，童话是一个不可替代的心灵境界。没有童年回味的人生阴晦乖戾，没有童年感悟的世界荆棘丛生；没有童话的人生黯淡无光，没有童话的世界荒芜萧瑟。

七十五

对于人类而言，技术性的生存，还是艺术性的生存，二者既相互的对立，又紧密的联系，二者既特立独行，又交相辉映。因技术性的生存是基础是载体，艺术性的生存是灵魂是境界，二者的特殊指向不同，具体要求迥异，路径方法参差，各有自己的具象实证和物象表现，混淆起来就会无法界定；但彼此的普遍归纳现象，认识本质，把握规律，却有抽象辨析心象诠释的共性目的了，割裂开来就无法涵盖；关键是要把握住它们之间相互区别的度和相互联系的脉。人们往往因为偏执于极端而导致事业的畸形，人们往往因为迷蒙于笼统而造成人生的荒谬。只有掌握好二者的尺度，才能争奇斗艳；只有处理好二者的关系，才能相得益彰。人生不能没有技术性生存发展的砥砺，不能缺失艺术性涵化温蕴的陶冶，生活不能离开柴米油盐酱醋茶，不能丢弃琴棋书画诗酒花。当今时代，人们往往急功近利，注重技术性的应用，满足眼前的实惠，沉迷当下的功利，置艺术性于荒芜，缺乏诗意的栖居，思想浅薄，情趣鄙陋，精神焦灼，心灵浮躁，哪能有什么全面的发展呢?

七十六

快乐不只在于快乐淋漓尽致的过程，也在于快乐充盈丰裕的结果；生活中有很多的快乐，身体力行中直接地感受，神飞色舞里尽情地享用。像一幅美妙的山水画卷，峰峦叠嶂，江河湖海，好奇地展开，满意地掩去；似一曲悠扬的交响乐，高歌低吟，激越婉转，欢悦地聆听，畅意地欣赏。但好像缺少点意蕴深长的魂牵梦绕，回味无穷的余音绕梁。快乐不仅是回望中情真意切的眷恋，更是感悟里幽幻奥妙的向往；很多已经逝去的快乐，记忆中情景交融，品味里刻骨铭心。犹如重启尘封已久的人生历程，坎坷崎岖，蜿蜒曲折，艰难地攀登，辛勤地跋涉，就像唤醒沉寂多年的生命意蕴，荣辱褒贬，成败得失，阴晴圆缺，悲欢离合。让我们经历了一种超验性的陶冶，感受了一种意念性的精萃。回味过去快乐时油然而生的快乐感，远远超越了当时的快乐；感悟以往快乐时超凡脱俗的快乐感，远远升华了当时的快乐。所以，对于快乐的感受不只在快乐之中，而是在快乐之后，甚至在很长很长的岁月之后。

七十七

理论是灰色的，生活之树常青。人世间有很多区分事物的标准，臧否人物的品鉴；有很多殚精竭虑的语言表述，身体力行的习惯评价；有很多纷繁复杂的理论体系，众说纷纭的思想观点；有很多精雕细琢的定义，繁琐细腻的规范；都是自然社会思维里规律与现象的相互观照，都是时代生活人生中物质与精神的相互辉映，都具有绝对运动相对静止的属性，都具有永恒性阶段性的特点，不能故步自封，僵化腐朽，也不能恣意妄为，虚无缥缈，因为没有放之四海而皆准的思想，没有包罗万象而恒定的理论。所以，不能把一些自然和社会发展中不断涌现的事物，用简单的标准和语言范式去评判，不能把时代和生活变化中不断呈现的人物，用僵化的观念和思维模式去臧否。评价事物臧否人物，决不能离开当时的时代背景，具体的社会环境，特殊的物质条件，相应的精神水准。譬如一件远古的艺术品，以什么标准来衡量，不能完全用现代艺术的观念去审视，不能完全用现代艺术的工艺去衡量，即便能有所再造，但这绝不是所谓的创新，只是一种模仿。因为无法还原当时的生活环境，工艺水平和欣赏标准，无法品味真切的艺术氛围。譬如一件新生的事物，以什么观点来评价，不能完全用过去的理论体系去生搬硬套，不能用即成的思维模式强扭死拽，即便有一星半点的了解，也不能急促的定义，盲目的结论，而要通过深入的实践，获取大量的感性材料，去粗存精，去伪存真，由表到里，由此到彼，上升到理性的高度，再经过实践的检验，才能真正地把握。生活生机盎然，理论璀璨缤纷。

七十八

孑然一身并不是孤独，沉默无语并不是寂寞；孤独不是个性的孤僻乖离，寂寞不是自我的隐晦封闭。盘根错节中的嶙峋，繁华喧闹里的静谧；孤独是精神明心见性的超然，寂寞是心灵返璞归真的安逸。孤独是一种主动的修炼，寂寞是一种自觉的陶冶；孤独是一种思想的净化，寂寞是一种智慧的升华。名利场中的劲拔伟岸，是非地里的恬淡宁静，既是一种理想的追求，也是一种现实的精萃，既是一种人生的品味，也是一种生命的感悟。解除名缰利锁的羁绊，穿越时俗风尚的萦绕，有点特立独行的身影，有点暗香如故的心灵。苍茫的原野，草木蓊郁，群芳呈妍，清泉澄澈，溪流潺湲，峰峦叠嶂，深谷幽涧，精神自由地驰骋；深邃的苍穹，晶莹碧透，神秘幽幻，清风拂煦，白云逶迤，日月生辉，群星璀璨，心灵浪漫地翱翔。孤独中物我相忘，寂寞里天人合一。

第二十八集　殚精竭虑

DIERSHIBAJI DANJING JIELÜ

一

不要被“创新”和“进步”的时髦字眼所迷惑，时代的进步社会的发展不是用几个带有褒义的字词就能概括的，更何况这样的字眼有时看似很冠冕堂皇，其实经不起事实的推敲，经不起实践的检验，遑论历史的评阅了。社会发展的客观规律有其深刻的必然，丰富的外延；时代进步的万象缤纷有其诸多的原因，繁杂的结果；呈现出普遍性与特殊性的统一，阶段性与永恒性的辩证。得失褒贬不能率性随心的用几个花里胡哨的字词所界定，不能任情使意的用几个似是而非的语言所诠释。让精神驰骋起来，不要给它套上华丽的缰绳笼头；让心灵翱翔起来，不要让它蒙上璀璨的浓妆艳彩。一切都有其生存发展的特征，崇山峻岭，江河湖海，一切都有其生存发展的历程，坎坷崎岖，蜿蜒盘桓，无须用时髦的语言去炫耀。无须用华丽的辞藻去粉饰。横看成岭侧成峰，远近高低各不同，直面纷繁复杂的社会发展，应对云诡波谲的时代变幻，求真务实，光明磊落。真诚坦荡，宁静安和，不要自吹自擂，无须装腔作势。

二

人们殚精竭虑地谋划，倾心尽力地拼搏，总想在时俗风尚中能够展示自己的身影，总想在追名逐利中能够彰显自己的成就；以荣华富贵来印证自己的志得意满，以功成名就来说明自己的高人一筹，以璀璨缤纷物质财富演绎人生的意蕴，以冠冕堂皇的精神说教诠释生命的真谛；顺理成章中好像有些变异，道貌岸然里好像有点怪异。告别了稚子童年后，似乎一步步远离了初始的纯真质朴；走上了社会舞台后，似乎一天天承蒙着世俗的烟熏火燎。学习的过程被功利化到了极致，分数决定一切；工作的经历被实惠化到了顶端，名利高于一切；物质财富的多寡是天经地义的价值尺度，精神刺激的深浅是理所当然的衡量坐标。想法不问好坏，手段不管优劣，唯以眼前的获取、当下的享受为重；品性不论高低，情趣不讲雅俗，唯以时俗的流行、风气的时髦为最。真善美有所疏离淡漠，漫漶在空洞说教的云遮雾绕中；假恶丑兴风作浪，浸淫在日常生活的锱铢必较里。人们赢得了日新月异的全面发展，也销蚀了一些白璧微瑕的精髓；人们取得了举世瞩目的辉煌成就，也湮没了一些晶莹剔透的品质；人们沉醉于生活的丰富多彩，也造成了一些光怪陆离的畸形；人们麻木于自我的特立独行，也孕育了一些诡异乖戾的变异。人们要时刻的警醒，不能忘乎所以；人们要始终的修持，不能半途而废；根深蒂固，才能枝繁叶茂，源远流长，才能浪卷涛飞。

三

当代社会，科技发达，日新月异，信息网络，涵盖寰宇，通信系统，包罗天地；人们的联系非常紧密，弹指一挥间，东西南北，近在眼前，古今中外，汇入心里。什么都看到了，什么都知晓了，什么都通达了，什么都解决了，但仔细琢磨，深入思考，却发现这种紧密的联系反而造成了一些疏离，导致了一些隔膜；人们的日常走动少了，亲身体验没了，情景交融缺失了，耳鬓厮磨不在了；刹那即到的信息，瞬间即达的视频，编织成了盘根错节的藩篱，密不透风的桎梏，将人们隔离成了一个个咫尺天涯的孤岛，拘囿于一个个自我放大的牢笼；人们好像被封闭于一个光怪陆离的水晶魔球之中，在璀璨缤纷中只有自己孤独的身影，在烦恼喧嚣中只有自己寂寞的心灵。所以，科技进步的代价也是不小的，它不在表面，而在于内心，在于人们是否能享受到情真意切的品味和水乳交融般的感情，在于人们能否享受到耳提面命的教诲和高山流水般的切磋。纵横交错的信息交流，缺失了点诗意的温蕴，俯仰即到的紧密联系，缺失了点幽幻的祈盼，不知是世界小了，心灵大了，还是远方近了，心灵远了？

四

以成人们的思维模式去看待孩子的天真幼稚，以成人们的行为习惯品鉴孩子的活泼好动，是极端错误和不理性的。因为一颗纯真质朴的心灵总是充满着奇思妙想，因为一颗诚挚敞亮的心灵总是洋溢着期盼渴望。率性随心正是孩子们晶莹剔透的品性，任情使意正是孩子们璀璨缤纷的情趣；海阔天空正是孩子们澄明辽阔的胸襟，物我相忘正是孩子们清逸超越的境界。而成年人总是在浸透了世俗观念的陈词滥调中妄加指责，总是在积淀了名利陋习的陈规陋矩中随意评判，好像理直气壮，冠冕堂皇，其实荒谬绝伦，似乎义正词严，道貌岸然，其实毫无道理，就像拿一只脏刷子在雪白的墙上涂抹，是一种对纯洁的侵凌，对天真的摧残。有时仔细想一想，孩子们的所想所思，所作所为，幼稚单纯，直率认真，不正是成人们早已远离的那份品性吗？不正是那份成人们早已淡漠的情趣吗？无可奈何花落去，似曾相识燕归来。

五

认识时代，了解社会，不只是一时一势一人一事的分析和见解，更是高屋建瓴见微知著，对一种趋势的预判和把握，必须从历史的渊源去梳理，从现实的状况去分析，从未来的趋向上去探索，才能看到其基本的生成渊薮和主要的发展脉络。这里需要关注的是对“势”的分析，因为构成“势”的因素很多，也很深奥，既有纷繁复杂的偶然表象，又有深刻厚重的必然内核；既有因果联系的盘根错节，又有时空纠缠的云诡波谲；既有客观规律的制约，又有主观能动性的作为；既有精英集团的引领，又有黎民大众的呼应；而其中最重要的则是对“势”中所体现的“道”的遵循和掌握，才是至关重要的精要中枢，建功立业的宏图大略，因为不符合规律的发展，不符合事实的造势，不符合民心的时髦之举，皆是皮毛之之作，泡沫之为，适应不了时代前进的潮流，符合不了社会发展方向，代表不了人民的意志，终究会折戟沉沙，昙花一现。

六

用寂寞战胜寂寞，用孤独战胜孤独，因为一切的作用力都有相应的反作用力，一种状态的克服最好的方式是用它本身。任何想充填寂寞的内容都很无奈，任何想赶走孤独的方法都很无聊；只是刹那的释放，不能彻底的根除；只是瞬间的解析，不能永远的超脱。从寂寞孤独中孕育的，往往是深刻的哲思，崇高的信仰，劲拔的意志，伟岸的胸襟，还有那浸透灵魂的反思和梦想；认识自我难于认识它物，而只有认识自我才能使人不断地升华，不断地超越。孤独中，有物我相忘的心灵映照；寂寞里，有天人合一的精神辉映。孤独中的孤独不是孤独，寂寞里的寂寞不是寂寞。

七

想先辈们，艰难困苦，浴血奋战，拯救民众于水火，振兴民族于危困，承续源远流长之大统，开拓巍然屹立之基业。克艰攻难，开疆辟土，以天下为己任；南征北战，东驰西奔，以国家为至尊；虽万难于不顾，虽九死而一生。长城蜿蜒，烽火连天，边墙突兀，金戈铁马；

贺兰山上，喋血芳华，黄河岸边，英风激越；舍生取义，气壮山河，未曾有丝毫享受，半点休憩，鞠躬尽瘁死而后已。后人相继，家风延续，奉事业为圭臬，尊民众为根本，精通于术业，熟谙于道理；勤奋工作，身体力行，殚精竭虑，精益求精，各行各业，尽显风采；勤俭持家，诗书传代，慈善普惠，德馨涵盖，承前启后，继往开来。然今执政者中，平庸者熙熙，卑鄙者攘攘；欺世盗名，穷天下之财富，攫人民之奉献，饱一己之私利；巧取豪夺，窃国家之恩泽，损民族之大业，成一家之豪奢；倒行逆施，披共产党之外衣，行龌龊之勾当，做肮脏之劣迹，败中华之根基，真正让人愤慨不已，是可忍孰不可忍也！治国必先治吏，正人必先正己，执政党尤要警惕，从自我做起。

八

冬无严寒并不是什么好事，季节有它内在的要求和表现，没有凛冽的寒风刺骨，凝结的冰天雪地，没有大地的山舞银蛇，原驰蜡象，红妆素裹，分外妖娆，冬天的意蕴便少了许多。夏无酷暑也不是什么可心的事，失去了赤日炎炎的高温，庄稼的成长成熟就会大打折扣，各种植物的光合作用就会减少许多有效的机会，生机盎然，蓊郁葱茏的季节就会失去绿意。所以，在地球什么样的经度上，要有清晰的时间度量，在地球什么样的纬度上，要有其分明的季节标志，要有与之交相辉映的各种景观风貌。当今时代，科技固然发达，制冷造热的本事愈来愈大，季节的自然变幻，正常交替，已发生了巨大的变化，界限不清，物候模糊，春夏秋冬，彼此交融；既是一种社会的进步，也是一种自然的反动；既是一种生活的享有，也是一种情趣的缺失。没有了季节特征的岁月，总感到缺点幽幻的祈盼，没有了季节风情的时光，总觉得少点曼妙的梦幻。

九

人一生到底要做什么，能够做什么？这是人类自身始终萦绕的永恒命题，也是一个众说纷纭见仁见智的难点，源远流长的历史渊薮，纷纭变幻的现实生活，神秘幽幻的未来向往，让人魂牵梦绕，有些无可奈何花落去，似曾相识燕归来的欲说还休；鸿篇巨制，汗牛充栋的文章典籍，旁征博引；世事熙攘，俗务纷扰的人情世故，品鉴印证；让人殚精竭虑，有些横看成岭侧成峰，远近高低各不同的欲罢不能。看似一个神奇奥妙永无止境的命题，看似一个云诡波谲莫衷一是的难点，其实很简单，那就是做人，做一个正常的人，这就是根本的答案，这就是精要的解析。大自然长期的孕育，生命持久的演化，生物不断的遗传变异，物种不断的辐射蔓延，人类应运而生，区别于万物。无论在什么样的时代条件下，什么样的社会环境中，什么样的生活氛围里，什么样的人生历程中，唯有真正做人，才能秉持人性，抛弃愚昧，品性纯真，情趣雅致，胸襟豁达，境界高尚。时代的陶冶，社会的锤炼，生活的精萃，人生的砥砺，唯有做一个正常的人，才能弘扬真善美，抑制假恶丑，通达人情世故，知晓天韵地理，为人处世光明磊落，为学求道殚精竭虑，明心见性物我相忘，超凡脱俗天人合一。所以，做人是根本，做正常人是真谛。

十

在何处诵经并不重要，在何处修行也不打紧，无论是繁华喧嚣的闹市，还是寂寥萧瑟的荒郊；无论是隐匿于深山老林，还是远遁于江河湖海。无论是竹篱茅舍的残灯断烛，还是庙堂大厦的香火萦绕；无论是殚精竭虑的面壁十年，还是明心见性的一朝顿悟。道场不可或缺，程式不能敷衍，但根本还是超凡脱俗的净化，物我相忘的升华。一心向善，万念俱寂，一切都平静如止水，平淡似清风，一切都平常如岁月，平凡似时光。无须璀璨缤纷的渲染，不用神秘幽幻的夸张；无须条分缕析的演绎，不用云诡波谲的诠释。品性的涵护，情趣的温蕴；精神的澄明，心灵的清逸；在于一种不以物喜，不以己悲的通达；在于一种吾心世界，世界吾心的豁然。大千世界，万象纷纭；物象繁杂，心象幽深，不可能面面俱到，一网打尽；也不能强制锁钥，一锤定音。只能以理想信念为引领，慈悲普世的情怀，公平正义的胸襟，真善美的弘扬，假恶丑的抑制，殊途同归，以达至境。所以，何处诵经修行并不重要，而在于用什么心则是根本。

十一

身体力行的实践，殚精竭虑的思索，寻找一种具有普遍性的真理，其实就是把握一种客观规律；因为真理是客观规律绝对性涵盖下的相对性呈现，也是客观规律相对性呈现中的绝对性彰显。说真理是客观的，因为其蕴含着事物的本质和规律；说真理是主观的，因为其反映着人们的实践和认识。真理是不以人们的主观意志为转移的客观存在，真理是依据客观存在经过人们正确反映的主观展示。人是自然长期演化的物种，具有客体的属性；人是社会持久锤炼的精英，具有主体的禀赋。只有在人的身上，既存在着主客观的对立，更实现着主客观的统一；只有在人的心上，既充盈着主客观的参差错落，更闪烁着主客观的交相辉映。人不在，万物与吾何哉？万物不存，人何以堪？吾心即世界，宇宙便人心，当然，人在于不在，世界依然，但没有人感知的世界，也就失去追求真理的意义了。

十二

历史犹如一条长河，源远流长。清泉涌动，溪流潺湲，幽潭沉寂，瀑布腾跃，江河蜿蜒，湖泊盘桓，涛飞浪卷，海纳百川；每个时段都是丰富多彩的呈现，每个形态都是意蕴缤纷的彰显。独特的环境，具体的条件，云诡波谲的场景，神秘幽幻的剧目；多少生旦净末丑的角色，多少唱念做打舞的演绎；多少阴晴圆缺的变幻，多少悲欢离合的循环。回望中，有时是云遮雾绕的朦胧，有时是晶莹剔透的澄明，有时是丰功伟业的丰碑，有时是残垣断瓦的碎片；回味里，有时是鸿篇巨制的文章经典，有时是浓墨淡彩的诗赋词篇，有时是英雄豪杰的雄浑，有时是才子佳人的婉转。似真似幻中，无法精雕细琢的梳理；魂牵梦绕里，无法情真意切的编纂。它只贯穿在人们似清晰非清晰的回忆中，它只渗透在人们似明白非明白的感喟里；唯有亘古至今的中华精神雄浑磅礴，中流浩荡；唯有震惊中外的中华文明璀璨缤纷，光辉灿烂。历史犹如一条长河，涵纳每一滴水的渺小身躯，汇成孕育万物的精神；温蕴每一滴水的柔弱心灵，铸就上善若水的境界。

十三

人活在世上要经历很多事，接触很多人，要适应时代，适应社会，适应生活，所谓的“适者生存”吧。所以，为人处世中会碰到许多违背常理的事，遇到许多诡异乖戾的人；理想与现实有时尖锐的对峙，有时紧密的结合；主观和客观有时执拗的背离，有时融洽的和谐；这很正常也很普遍，没什么大惊小怪的。但有时玷污人性，鄙俗情趣，扭曲常理，违背规律，颠倒黑白，混淆是非的人和事，就让人是可忍孰不可忍了。既不能随波逐流，逆来顺受，浑浑噩噩地苟且偷生；更不能趋炎附势，同流合污，猥猥琐琐地攀援依附。每个人都有自己的聪明才智，都要在时代的大熔炉中去历练，都会与自然、社会、生活相处，都要与具体的人和事打交道，但最重要的是要坚守品性的纯真，情趣的诚朴，人格的劲拔，心胸的伟岸，精神的澄明，心灵的超逸。守住那条始终不能逾越的底线，纯真善良美好；秉持那条始终不能淡漠的界定，己所不欲勿施于人。只有这样，才能在复杂的社会里，熙攘的人群中，有自己鲜明的个性，有自己独特的风采，有自己知行合一，名实相副，德高望重的人生。

十四

人们往往痴迷于名利的攫取中，沉溺于贪婪的欲念里，注重眼前的既得，满足当下的享受；随波逐流，实惠为本，趋炎附势，功利至上，品性猥琐，情趣鄙俗，人格委顿，气节二字销声匿迹，荡然无存了。红尘滚滚，禄利重重，精神的家园繁闹喧嚣，烟熏火燎；心灵的绿洲荆棘丛生，污泥浊水；哪还有孕育气节的沃土，滋润气节的雨露？哪还有抚慰气节的清风，照耀气节的阳光呢？天下熙熙皆为利来，天下攘攘皆为利往，疯狂的攫取贪婪的欲念占据了人生的制高点，巧取豪夺锱铢必较成了生存发展的第一要义。追名逐利，无所不用其极；攀权弄势，无所不尽其力。卑躬屈膝，低眉折腰，谄庸媚俗，圆滑世故，为虎作伥，同流合污，已成一些人经世致用的圭臬，为人处世的法宝。大凡讲气节的，孤独中的劲拔，寂寞里的伟岸，恬淡中的澄明，宁静里的超逸，现在愈发珍贵难觅了。

十五

坚定崇高的理想信念，坚持正确的发展目标，运用合理的方法手段，经历持续的克艰攻难，创建公平正义的社会制度，营造风清气正的社会环境，夯实共同富裕的社会基础，孕育光明正大的社会精神，面临诸多的挑战，充满诸多的机遇，但正确的方向不能轻易地改变，前进的步伐不能随意的延缓，有力的推动不能缓慢的迟滞，凝聚的士气不能散漫的敷衍。因为如果大目标是荒谬的，一切努力只能加重错误，只能导致惨痛的失败；如果大目标是正确的，不思进取无所作为，更会造成巨大的损害。有时为了赢得一个美好的未来，可以忍受一时一段的坎坷崎岖，蜿蜒曲折；有时为了达到一个理想的目标，可以忍耐一势一事的艰难困苦，磨折砥砺。殚精竭虑，为远大的目标呕心沥血；忍辱负重。为持久的发展倾心尽力；这种思想和行动必须秉持正确的方向和切实的方法，必须蕴含国家的复兴人民的福祉。不要拒绝崇高伟大，因为它是平常平凡的精萃，不要淡漠平常平凡，因为它是崇高伟大的基石。

十六

简单是物象纷繁复杂的根蒂，宁静是心象云诡波谲的渊薮；枝繁叶茂，葱茏蓊郁，根深蒂固的简单涵护；波飞浪卷，蜿蜒曲折，源远流长的宁静温蕴。有时简单在经纬交错，盘根错节的纠缠中，悄然的隐匿；有时宁静在繁闹喧嚣，熙攘聒噪的萦绕里，淡然的遁迹；有时简单在条分缕析，精雕细琢中，壁立千仞，孤独的回望；有时宁静在澄明净化，清逸升华里，海纳百川，寂寞的感喟。人们离不开简单和宁静，可能会有意的淡漠，无心的疏离，但它贯穿人生的始终；人们去不掉简单和宁静，可能会短暂的相忘，长期的忽视，但它渗透生命的全部。在时俗风尚的熏染中，在追名逐利的缠绕里；在应对生存发展的外在挑战中，在调节焦灼浮躁的内在矛盾里；简单与宁静拥有的时间会更短暂，占据的空间会更为狭小；有时风驰电掣，稍纵即逝，来不及品味；有时昙花一现，余音绕梁，来不及感悟。寻求简单和宁静是一种精神的陶冶，达到简单与宁静是一种心灵的净化。

十七

历史映照着既往的场景，陈述着过去的剧目，演绎着逝去的人事，诠释着静止的因果，好像是铁板上钉钉，没有什么可怀疑的。但事实上，历史的真实内容和变化过程，历史的偶然事件和必然规律，历史的深刻内涵和丰富表现；与亲历者的感触和思考有直接的关系，与回忆者的品味和见识有密切的影响，与撰写者的情感和好恶有倾向的取舍，与执政者的需要和品鉴有选择的褒贬。有些看似情景交融的过程，洗涤浓墨重彩的渲染后，裸露的却是面目全非；有些看似证据确凿的事实，去除旁征博引的论证后，呈现的却是匪夷所思；有些看似入木三分的阐释，剥去冠冕堂皇的装饰，展现的却是是非混淆；有些看似众口一词的臧否，剔掉浓妆淡抹的色彩，却是黑白颠倒。人们在回顾历史时，从文书典籍中得到比较系统的了解，或从残垣断壁的遗迹里有所考证；从鸿篇巨制的正史中得到比较全面的把握，或从零碎繁杂的稗史里有所补充；客观事实的记述与主观选择的相互交融，整体过程的描绘与具体细节的雕凿彼此纠缠，于是那个真实的历史多少带有了一些云诡波谲，多少掺杂了一些神秘幽幻，所以，品鉴历史不能一味的偏听偏信，也不能一味的否定贬弃，而要去粗存精，去伪存真，实事求是，客观公正。

十八

人们既是历史的践行者，在崇山峻岭的攀登中，在江河湖海的跋涉里，留下自己的足迹；或坎坷崎岖，或四通八达，或曲折蜿蜒，或一泻千里，或功成名就，或折戟沉沙，或志得意满，或沉沦消极。人们又是历史的书写者，在风云变幻的时代中，在繁华喧闹的社会里，记述自己的经历；或焦头烂额，或殚精竭虑，或克艰攻难，或逃避溃退，或光明磊落，或鄙俗猥琐，或风清气正，或污泥浊水。实践中，受时代条件的制约，社会环境的约束，人们往往沉溺于眼前的既得，满足于当下的享受，拘囿于具体的事务，纠缠于繁琐的人际，锱铢必较于得失取舍，盘算权衡于荣辱褒贬，有些不识庐山真面目，只缘身在此山中的迷离。记述中，阴晴圆缺的感触，悲欢离合的品味，人们往往专注于客观理由的搜罗，偏执于主观借口的堆积，放大殚精竭虑的勤奋，缩小萎靡不振的懒散，张扬冠冕堂皇的成就，隐匿猥琐鄙陋的缺点，有些掩耳盗铃的自作聪明，自欺欺人的自以为是。实践中的迷离需要书写中的陶冶，书写中的怪异需要实践中的精萃；实践是身体力行的书写，书写是精益求精的实践。实践中的成败需要书写中的解析，书写中的得失需要实践的印证；实践是情真意切的书写，书写是刻骨铭心的实践。人们不仅是历史的实践者，更应是历史的书写者，二者相得益彰，交相辉映。

十九

人间一个情字儿了得！谁能说得清，谁能道得明，纵然鸿篇巨制，汗牛充栋、文章典籍，浩如烟海，诗词曲赋，苍茫如山，也难尽其奥妙的内涵和缤纷的表象；纵然有丰富的经历，复杂的遭际，切身的感触、深刻的品味，刻骨铭心，魂牵梦绕，也难诉其神奇的意蕴和幽幻的真谛。人间一个情字儿了得？阅世浅时，情是呢喃挚语；历世深矣，情是哲理宗教。经历少时，情是耳鬓厮磨；砥砺多矣，情是山盟海誓。为己所用时，情真意切，水乳交融；为众所用时，惺惺相惜，终成和谐。来时轻轻或重重，形影轻扬，精神愉悦，幽思缠绵，心灵温馨，去时淡淡或浓浓，如梦似幻，柔情似水，魂飞魄散，暗香如故。人间一个情字，谁能说得清！

二十

时间只是一种客观存在，茫茫宇宙从何时起始到何时终了，没有明晰的界定；从何处萌发向何处蔓延，没有精准的标志。时间只是人类从大自然脱颖而出后逐渐形成的主观概念，既是对客观存在的一种认识，更是人类生存发展的一种映照。不管是宏伟壮丽的丰功伟业，还是日常平淡的简陋生活；不管是博大精深的理论建树，还是街头巷尾的家长里短；不管是山重水复的崎岖蜿蜒，还是四通八达的一泻千里；不管是成败得失的人生感触，还是悲欢离合的生命品味；对于时间而言，只是对人生的一种计量，对生命的一种刻度，只是对精神的一种承载，对心灵的一种寄托。可以蚀刻可长可短的印记，可以涂抹可浓可淡的色彩，可以有追本溯源的依托，可以有憧憬未来的凭据。当今时代，人们已远离了日出而作日入而息的生活，时间的内涵不断地丰富，时间的外延不断地拓展，时间的速度不断地加快，时间的容量不断地膨胀；人们沉溺于时俗风尚，偏执于急功近利；关切眼前的实惠，急不可耐；满足当下的享受，迫不及待。有限的时间，塞满了疯狂的攫取，充盈了痴迷的贪婪；有限的时间，没有了精神的陶冶，缺失了心灵的净化。其实，时间夜以继日，年与时驰，依然如故，只是在人们的精神中扭曲，只是在人们的心灵中变形。

二十一

简单里讲，过年就是想在热闹中图个潇洒，一年忙碌到头，有几天的休养生息，走动走动亲戚，慰劳慰劳肠胃，安歇安歇身体，放松放松头脑，云里雾里的一番你来我往，糊里糊涂的几多推杯换盏，人情世故的应酬之中许多往事也就回味了，风俗习惯的承应之中新的希望也就萌生了，总把新桃换旧符，何况春打六九头，又该一年的辛苦了！农耕时代，传统社会，田园生活，家国情怀。人们按照季节行事，春风夏雨秋霜冬雪；人们依据节气劳作，春耕夏耘秋收冬藏；二十四节气，都有其详细的内容和具体的规矩，都有其对应的礼数和适当的仪式，情景交融，精彩纷呈。唯有这春节是超越其上的年节，气势宏大，内容繁杂，礼仪尊贵，程序严谨，印象深刻，影响久远，天南地北，异国他乡，无不为之魂牵梦绕，日思夜想也。已是精神家园心灵故乡的境界，礼仪之邦文明之国的高度了，具有超凡入圣的神秘教色彩和涵蕴万象的哲学意蕴，源远流长，根深蒂固。所以，春节既是一种辞旧迎新的季节转换，更是一种承前启后的精神升华，既是一种追本溯源的人生回味，更是一种返璞归真的心灵超越。现在这种感觉还有吗？

二十二

过年是一个物质的会餐，无论家境如何，条件好坏，财富多寡，相对于平常的日子，衣要穿的花哨些，食要备的多样些，住要扫的净洁些，行要走的潇洒些；从古至今，随着时代的进步，社会的发展，生活的改善，这点基本的内容不断充实有所提高，和过去比，现在天天都是过年了。同时，过年也是个精神的相聚，要敬天地、祭祖先，祀神灵，祈福求祥，保佑安康，求得精神上的寄托；要走亲穿友，访古探新，追本溯源，祈盼未来，获取心灵的温蕴。开天辟地，人们总是牵扯着从何处来的疑惑，纠缠着在当下立的思索，萦绕着向哪里去的憧憬，过年是一个人生连接的枢纽，是一个生命循环的要津。所以，过年的内涵是很深刻的，过年的仪式是隆重的，过年的气氛是欢快而庄重的，过年的意蕴是诙谐而哲理的。现在令人难堪的是物质条件丰盈了，生活水平提高了，精神享受丰富了，但心里总是空荡荡的，过年没有个喜庆，缺少了激情，连热闹也持续不了几分钟，更别提那些情景交融的年味，魂牵梦绕的年景了。

二十三

过节，就像越过一条沟，跨过一道坎后的回望；过节，犹如爬了一段山，游了一段河后的感喟。告别了旧符代表的逝去，迎来了新桃昭示的未来。在一种不是礼仪胜似礼仪的程序中，在一种不是神圣胜似神圣的活动里，在一种不是游戏胜似游戏的场面中，在一张不是集会胜似集会的熙攘里；烟花缤纷，香火萦绕，红灯高悬，鞭炮恣肆，是辞旧迎新的圣典；敬神祭祖，追本溯源，阖家欢聚，枝繁叶茂，是继往开来的宣告。访亲探友，推杯换盏，走门串户，街头巷尾，是人情世故的纽带；天南地北，异国他乡，征夫眷恋，游子向往，是家园情怀的渊薮。没有这个节，何显这个灵；没有这个节，何有这个情。

几千年就这样延续下来，内容有增减，仪式有变化，但呈现的文化源远流长，彰显的精神蒂固根深；数万代就这样传承下来，时代纷纭变幻，社会云诡波谲，但流淌的血液一脉相承，孕育的心灵安和温馨。此时此刻，何人不起故乡情。

二十四

人们有丰富的奇思妙想，也有具体的功利目标；人们有殚精竭虑的思考，也有倾心尽力的行动；但都萌发于人性这个根本，孕育于人性这个渊薮。不管是性善性恶的分道扬镳，还是性善性恶的相互纠缠；不管是性善性恶的剑拔弩张，还是性善性恶的犬牙交错；人性的种子，在时代的土壤中生根发芽，在社会的风雨中抽枝长叶，在生活的浸润中不断成长，至于以后是棵什么树呀，是棵什么花草呀，是什么立柱栋梁呀，是什么无用之才呀，受客观环境的制约和主观条件的影响，那就另当别论了。为人处世，就是人生的基本使命，就是生命的具体责任，当然这既是真善美与假恶丑的针锋相对，也是真善美与假恶丑的相互渗透；并非绝对的隔绝，极端的分离；也不是好坏的混淆，是非的颠倒。依然是对兽性的严加防范，对野蛮的驯服教化，对愚昧的启迪教诲，对冲动的抑制消解；弘扬真善美，贬斥假恶丑，涵护品性，温蕴情趣，开阔胸襟，提升境界。所以，从人性的角度，要有持之以恒的修炼，要有超凡脱俗的净化，要有明心见性的精萃，要有返璞归真的升华。

二十五

人们坚定的追逐着理想，勤奋的实践着希望；在崎岖坎坷的崇山峻岭，艰难的攀登；在蜿蜒曲折的江河湖海，辛苦的跋涉。观览了风云变幻的时代，领略了云诡波谲的社会；经历了繁杂喧闹的生活，感悟了阴晴圆缺的人生。享受了成功的喜悦，接纳了失败的沮丧；品味了顺利的欢欣，咀嚼了挫折的苦涩。其实，这只是一种物象的精神折射，一种具象的心灵映照，看似葱茏蓊郁璀璨缤纷，好像成绩斐然硕果丰盈，只不过是物质形态的堆积，精神刺激的汇聚，时俗评价的权衡，自我度量的演绎，心灵依然空无一物，虚无缥缈。你不去想、你不去做，是一种自由放任；你在想、你在做，又是一种执拗焦灼；始终感觉精神才是最真实的存在，心灵才是最诚挚的依靠。但它们如梦似幻，看不到踪影，寻不着踪迹；有时在孤独中呈现，有时在寂寞中彰显，只能明心见性的感悟，只能暗香浮动的品味。

二十六

人有时会自己原谅自己，自己放松自己，自己宽慰自己，自己麻木自己，自己解脱自己，自己敷衍自己；人们有时会自己苛求自己，自己约束自己，自己谨慎自己，自己清醒自己，自己纠缠自己，自己计较自己。自己和自己，有时相得益彰，有时剑拔弩张；自己和自己，有时交相辉映，有时分崩离析。自己与自己的较量中，能否从具象的繁杂到抽象的精练，由物象的缤纷到心象的澄明；自己与自己的和谐里，能否从被动的依附到主动的适应，由本能的反应到自觉的调节。自己与自己的磨砺中，能否从云诡波谲的偶然精萃出提纲挈领的必然，由万象纷纭的自然净化出晶莹碧透的超然；自己与自己的融合里，能否从时代的进步中涵蕴精神家园的葱茏蓊郁，由社会的发展里升华心灵故乡的温馨超逸。人生如旅，崇山峻岭的攀登，江河湖海的跋涉，不管客观环境好坏；人生如梦，阴晴圆缺的感触，悲欢离合的品味，不管主观意蕴深浅；关键在于精神恬淡的自适自律，心灵清逸的自悟自觉。不以物喜，不以己悲，物我相忘；自由思想，独立意志，万象归一。自己认识自己。

二十七

阅读就是阅读，没有什么深奥的道理，也没有那么多的内容和具体的要求，更不需要繁文缛节的形式和刻意；信手拈来、随意浏览，糟粕与精美共赏，疑义与真理同析，相逢意在，过后情依；天依然是天，地依然是地，人依然是人，只不过苍穹深邃湛蓝碧透了，原野苍茫辽阔广远了，人事清新质朴自然了。所以，不要把阅读涂抹上冠冕堂皇的色彩，套上僵固刻板的枷锁，赋予过分神圣的意义，而应是一种举目投足间的自然品阅，率性随意间的心领神会。可以阅读神奥奇妙的自然，可以阅读云诡波谲的社会，可以阅读阴晴圆缺的人生，可以阅读悲欢离合的生命。无字之书要身体力行的践行，倾心尽力的品味；有字之书要殚精竭虑的思考，旁征博引的验证。有时的阅读曲径通幽，有时的阅读直达心扉；有时的阅读佶屈聱牙，有时的阅读流畅清逸；有时的阅读晦涩乖戾，有时的阅读通达顺意；有时的阅读浮想联翩，有时的阅读一语中的。阅读是生活，有心的感喟；生活是阅读，无意的品味。专心致志，精雕细琢，阅读的精萃；囫囵吞枣，浅尝辄止，阅读的散逸。

二十八

真理不是由辩论得来的，但辩论可以使描述真理的语言和表达真理的逻辑更为明确规范，便于人们知晓和把握。所以，真理的客观本质与真理的主观表述，相互联系，又有所区别；真理本身和为真理的辩论，相互依存，又彼此各异；不然真理的客观性就会被湮没在语言与逻辑的主观形式中，失去了应有的本性；而辩论的主观性又依附于真理的客观性必然性上，被人们理所当然的视同为真理本身而接受，形成了一种理性的荒谬。所以，对于真理的辩论历来不绝，但对其客观性的揭示和主观性的表述，要有清晰的解析，明确的诠释，不能混淆不能分离，真理和对真理的辩论最终都需要实践的检验。有时，人们沉溺于阐述和辩论之中，打的是真理的大旗，包含的却是自己的欲望和做法，主观强制的嵌入真理之中，自以为就具有了真理的意义，其实纯粹是掩耳盗铃，自欺欺人了。

二十九

历史的许多细节很难弄清，即便是条分缕析，旁征博引，精雕细琢，考据推理，也无法完全清晰明了的呈现；有些记述者或当事人因为受当时客观环境和主观条件的制约，加上情感志趣的色彩，取舍臧否的倾向，真实的细节也会变得模糊起来，所以历史虽然已经过去，好像已铁板钉钉盖棺论定了，其实，云遮雾绕的，还有很多说不清、道不明的缺憾。但有一点可以肯定，就是要在当时的时代大背景社会大环境下去梳理有些小细节，诠释有些微过程，相对会全面客观一些，真实准确一些；因为恰恰有些局部的小事件，短时的小变故，看似简单，却对引发全局的波动，长远的变化，时代的转折，社会的更迭，起到了千钧一发，举足轻重的作用，放到全局的高度和长远的深度上看，具有关键枢要的地位，革故鼎新的意义。所以，读历史既要系统化全面性，高瞻远瞩，也要精细化具体性，见微知著。只有两者相得益彰，才能映射历史的全面客观，真实详要。

三十

家风问题，说小了是一家几代之琐事，说大了是社会发展之枢要。因为家庭是社会的细胞，家风的俗雅，影响着社会风气的优劣，社会风气的好坏也会决定着家风的歪正。时至当代，社会风云变幻，发展之快，家族分崩离析，解构之疾，前所未有。几世同堂之盛况，只是灿如廖星，少之又少；家族繁冗之景致，只是凋零萧条，不可多得；更遑论家风之绵延不绝，庭教之源远流长了。但应该看到，在相对破碎的家族群体中，在相对单一的家庭结构中，仍然需要有一种风气去熏陶去教诲去引导，这就是基于品性涵养，情趣孕育，心胸陶冶，境界提升的家风养成和一脉相承了；既要有传统性的博大精深承前启后，又要用现代化的精益求精继往开来，既要有根深蒂固的家庭家族情怀，又要有枝繁叶茂的国家民族精神。家族看似碎片化，实则已上升到国家的层面；家庭表面很单一，实则已融入到民族的高度；个体性的家风已成为整体之风的内核，已成为国家之风、民族之风的根本了。所以，家风之涵蕴，切不可随波逐流，妄自菲薄，而要倾心尽力，孕育培养，社会发展之需要，人类绵延之根本也。

三十一

文化的承载是多样的，但首先便是文字。因为文字的创造，是人类从蒙昧愚钝走向文明开化的标志，更是人类超然万物感知世界的精要；是一座鬼斧神工精雕细琢的丰碑，更是明心见性认识自我的锁钥。过去把文字视为一种至高无上的神圣，仓颉造字，天雨粟，鬼神泣，说明人类具有了感知自然通晓社会，明白生活感悟生命的能力；同时，因为创造文字的艰难，认识文字的深奥，使用文字的局限，掌握了一定的文字，就拥有了驾驭社会生活的话语权，代表了凌驾众生之上的社会地位，具有了精神引领和心灵抚慰的强大作用。随着文字数量的不断增加，意蕴的不断深化，随着文字的不断普及，受众的不断扩大；逐步贯穿社会生活的方方面面，渗透黎民百姓的里里外外，成为耕读文化的基本条件，成为做官为吏的必须阶梯。尊崇文字，精研细琢，既是个人学识的呈现，也是家庭地位的展示；既是社会文明的彰显，也是品性情趣的映照。所以，文字也就显得格外的珍贵，被赋予各种形体，继承中不断地发扬光大，开拓中不断地推陈出新，根深蒂固，枝繁叶茂。随着时代的发展，科技的进步，文字的形式愈益简单明了，书写方式简洁实用，运用日益功利化，作用非常实惠化，但在广泛应用中，其自身的渊薮黯淡了，蕴含缺失了，韵味减少了，意境浅薄了，只是一种符号，而没有了文化的内涵，许多人认识文字但已不懂的文字了。

三十二

盼望了整整一个冬天，漫天的雪花才姗姗来迟，飘然而下，仿佛释放了过分积聚的能量，铺天盖地，刹那间，苍穹朦胧，原野漫漶，一切都笼罩在如梦似幻的灵动之中，一切都呈现着神妙莫测的奥秘。雪是水的精灵，是冰的浪漫；雪是云的晶莹，雨的散逸；是形态中最富有诗情画意的朋友，是质态中最值得推心置腹的伴侣。它从何处而来，隐匿在天宇的幽静之处；它向当下挥洒，飘散在大地的繁闹之境；它向何处而去，遁迹在人们的寂寥心里。唯有它能弥漫峰峦叠嶂的坎坷崎岖，混沌江河湖海的蜿蜒盘桓；唯有它能洁净万物，化腐朽为神奇，将一切装饰得粉妆玉琢，还一个晶莹剔透的梦幻；唯有它能净化心灵，孕育春的繁花似锦，温润夏的葱茏蓊郁，渲染秋的五彩斑斓，描绘冬的清冽超逸。纷纷扬扬，飘飘洒洒，像一片雪花的飞舞，不辨东西南北，不知前后左右，只是自由的遨游，轻扬的飘逸。

三十三

挂在墙上的琴，成了一种装饰，孤独的荒芜着高山流水，寂寞的干涸着余音绕梁；无动于衷的相伴着和光同尘的无聊，死水微澜的泛起点虚无缥缈的遐想。只把悠扬的倾诉，深沉的思索，轻轻地沉淀在精神的家园；只把浓郁的情趣，幽幻的祈盼，默默地掩映在心灵的故乡。蒙尘的琴身，松懈的琴弦，失去了温柔的抚慰，没有了激情的弹奏，静静地注视着一切，又把一切嵌入到时光的荏苒中；斑驳的琴面，凋零的琴弓，失去了昔日的光泽，没有了当时的风采，淡淡地品味着一切，又把一切归于岁月的流逝里。今天，拂拭了琴身，更换了琴弦，洗涤了琴面，修理了琴弓，能否保留那逝去的音符，追寻那久远的旋律？能否回味那神秘幽幻的场景，情真意切的剧目？高山流水，春花秋月；晓风杨柳，暗香浮动。金戈铁马，烽火狼烟；大江东去，边关明月。英雄豪杰，才子佳人；高僧大德，黎民百姓。已不是情景交融的演奏，只剩下如梦似幻的依恋，让人神追思往。稚童的天真，少年的好奇，青年的蓬勃，中年的沉稳，老年的散淡，不经意间成了欲说还休的眷念，让人魂牵梦绕。今天，轻轻地拿起，一个童话般的回望，慢慢地放下，一个禅意似的感悟，还是挂在墙上，明心见性的映照，返璞归真的召唤，心里依然是琴声袅袅，诉说着永恒的祈盼。

三十四

生活的真谛其实非常简单，也很平常，只不过是人们把它搞得复杂化了，试想春风夏雨秋霜冬雪，四季相交，天地轮回，没有什么可值得大惊小怪的，但经过自然科学家的论证，文人骚客的描述，便有了丰富的内涵和多样化的外延，林林总总，变成了复杂而难以琢磨的神秘奥妙，情趣盎然的意蕴缤纷了。当然这也是人类区别于其他动植物的高明之处，因为有了诗意的栖居，才有了品性的温蕴，情趣的典雅，胸襟的伟岸，意志的劲拔，才有了物质生活的充盈，精神生活的丰富，才有了心灵的自由和浪漫，境界的澄明和高远。当然也会有其他方面的旁门左道，歪理邪说，倒行逆施，浑浊龌龊。所以，生活既是人们生存发展的实际，也是人们浓彩淡墨涂抹的渲染；璀璨缤纷，五光十色，云诡波谲，变化万千，看花了眼球，迷乱了神经，其实也有一些人类自乱其性，自迷其心的味道。

三十五

总想一层层剥掉身上的装饰，露出人生的本色；总想一遍遍刷洗心上的尘垢，显出生命的原质；总想回归到一种朴实无华的质朴中，与真实的身心达成默契；总想沉浸在一种宁静淡泊的安然里，与诚挚的精神达成共识。一次次殚精竭虑的解析，却又一次次如梦似幻的掩饰，就像漫天的雪花，朦朦胧胧，飘飘洒洒，山舞银蛇，原驰蜡象，白茫茫大地清逸净洁，一切的参差都失去了明显的差异，一切的色彩都归入了纯真的单一。用春风夏雨秋霜的萦绕来孕育几场不可多得的漫天冬雪，用春耕夏耘秋收的凝聚来精萃一些难能可贵的晶莹洁白，虽然非常短暂，却感到格外的愉悦，因为精神上有了超凡脱俗的净化，心灵中有了明心见性的超逸。返璞归真是一个无法期冀的梦幻，一个永恒纠缠的向往，犹如漫天的冬雪，总是悄然的来又寂静的去，总是默默地去又轻轻地来。

三十六

情感和理智只有超然于名利之上时，才是比较真实可靠的，即便情感表现的过于热烈，理智表达的近乎僵硬，但其真实性可靠度会因为这种热烈和僵硬显得更为纯洁。一旦加入利益的因素，渗入实惠的成分，就像酒中兑水一般，其浓度会淡下来，味道会变异，杂质会多样，品位也就匪夷所思了。以名利为圭臬的情感与理智，会变得锱铢必较，得寸进尺，眼光短浅，心胸促狭，贪婪中玷污了品性和情趣，痴迷里湮没了思想和意志；没有了情真意切推心置腹的交流，失去了鞭辟入里振聋发聩的切磋，只是一些逢场作戏的应酬，只是一些似是而非的敷衍。以名利为至尊的情感与理智，在现实生活中很实用，也很盛行，但已远离了它们的本质所在，只是充当了时俗风尚中的装饰品，人情世故里的调和油，追名逐利时的润滑剂。人生离不开必需的名利，但它必须置于情感与理智的驾驭之下，而不是凌驾其上，为所欲为。

三十七

人们可以如梦似幻地想象，在率性随心中让精神自由的驰骋，在任情使意里让心灵浪漫的翱翔，但久而久之，总感到一种虚无缥缈空洞，云遮雾绕的迷蒙；犹如变幻莫测的清风，光怪陆离的浮云，随波逐流的浮萍，总是缺乏一种依托性，总是没有一种归宿感。于是，怀旧的情感向往的思绪便寄托于具体的物象上了，乡村里的竹篱茅舍，土窑泥屋、晨炊暮霭，鸡鸣犬吠，田间牧场，稼禾牛羊，街头巷尾，家长里短；原野里的芳草萋萋，杂花点点，树木葱茏，藤葛蓊郁，梅兰松菊，清芬温蕴，牡丹玫瑰，芳华肆意；山岭中的清泉澄澈，溪流潺湲，小路蜿蜒，曲径通幽，莺啼雀鸣，燕来鸿雁去，幽涧深谷，群峰嶙峋；初升的朝阳，静夜的圆月，温馨的清风，柔妙的云絮，琴棋书画的问询，浊酒粗茶的应答，苍凉古寺的青灯黄卷，巍峨殿宇的经史子集；让人的心象散漫于其间，做一个有承载的梦游。所以，精神再高逸，也离不开物质的承载，心灵再超越，缺不了具象的反照。因为触景生情，感物成思的过程，才感到一种精神的安然；情景交融，物我相忘，才感到是一种心灵的升华。

三十八

旅行是一种好奇，愉悦，情趣盎然的身体力行，旅行是一种品味，思索，意兴温蕴的殚精竭虑；旅行是一种纠缠，繁闹，盘根错节的南来北往，旅行是一种孤独，沉默，分崩离析的你走我去。只有这种方式，可以不断地变幻时间和空间，观览万象缤纷的自然风貌社会场景生活细节；只有这种方式，才能领略神奇奥秘的客观物象云诡波谲的主观心理；实现外在之品味内在之感喟的琴瑟和鸣，达到神形兼备情景交融神形兼备的交相辉映。旅行是一个大概念，无论是实地的行走，思想的品阅，直接的感受，间接的回味，都可以纳入其范围。人本身就是百代之过客、时光之逆旅，从根本的意义上讲，人生即旅行，无论崇山峻岭的坎坷崎岖，江河湖海的蜿蜒曲折；生命即游弋，无论柳暗花明的荣辱得失，阴晴圆缺的悲欢离合，谁也无法抗拒。当然，旅行的方式又是多种多样的，因景而异，因人而异，因情而异，因意而异，只要能精萃品性，陶冶情趣，净化精神，升华心灵，达到一定的境界，肯定也是有意义的。

三十九

漫天飞雪，原野银装素裹，山川粉妆玉琢，极目远望，天高地阔的晶莹洁净，地老天荒的幽幻空灵。春节的热闹还在火红的萦绕，悄然而至的雪花又多了几分洁白的轻扬；是想挽住游子的怅惘，还是想顾及慈母的踟蹰？是想系住游子的启程，还是想拴住亲情的归宿？有太多欲说还休的无奈，有太多余音绕梁的隐忧。刚刚停驻一会赶回家的脚步，来不及过一个完整的春节，又要匆忙迈开离家的腿，奔赴千里征程，万里疆场；鞭炮的声响还在耳边萦绕，新贴的对联依然鲜艳夺目，煮熟的饺子还未吃够，清纯的小酒还未喝足，推心置腹的眷念还未淋漓尽致的倾诉，魂牵梦绕的依恋还未率性随心的表述。心要留，情要守，心欲碎，人欲去，归乡的焦急又化作离家的忧愁。告别中千言万语的难过，离开时滴不尽的泪珠，幻化成漫天的雪花，又一次挥挥洒洒，飘飘扬扬，不见回时归心似箭的踪影，不见去时蹒跚徘徊的踪迹，一个洁白空灵的世界。

四十

只有天公作笔才能有这样的大写意，江山万里为底蕴，漫天飞雪为意兴，崇山峻岭，粉妆玉琢，苍茫原野，银装素裹，一望无际的晶莹洁白，一览无余的寂寥空灵，好一幅气势雄浑意境深奥的万里江山雪景长卷啊！自然鬼斧神工的造化，颠倒乾坤的功力，那是人间能涵化了得，引无数英雄尽折腰也。宏图大志，丰功伟业，不过是自然缤纷万象的映射；功高盖世，盛誉泽被，不过是社会博大精深的观照；就像书画名家一隅之精彩绝伦，一时之淋漓尽致，以小见大之呈现，以少见多之彰显而已；那似这天公之作，无人企及，不可攀比也。人常曰，心有多大，胸有多广，则境界就会有多深邃多辽阔，此意不差，但人毕竟是大自然之子，万物的一个生灵，切不可一味的自尊自大起来，置天地于荒蛮，视万物于芥蒂；偏执的以为吾就是世界，世界就是吾；荒谬的沉溺眼前的功利，当下的实惠；贪婪无度，掠夺有加，终将遭到自然的报复，时代的唾弃。自然有造化，万物有兴衰，时代有更迭，社会有变幻，人生有成败，生命有生死，不是主观臆断的虚幻，而是客观规律的实在。漫天飞雪，也是一种警示，也是一种启迪吧。

四十一

人，什么民族的人，什么国家的人；什么人种的人，什么性别的人；什么年龄的人，什么阶层的人；什么面貌的人，什么心灵的人；什么时代的人，什么社会的人；旁征博引，众说纷纭，条分缕析，莫衷一是。其普遍性的本质和特殊性的表象，深刻的内涵和繁杂的外延，让它的概念深奥而精练，含义复杂而简单。具象的璀璨缤纷，抽象的提纲挈领；物象的千姿百态，心象的云诡波谲。离开具体的人，无法说明概念的人；离开抽象的人，无法解析具体的人；既不能偏执的用概念的人去僵化的诠释芸芸众生，也不能荒谬的用具体的人去极端的演绎黎民百姓。因为，人的辩证法是最神奇奥秘的，也是最诡异乖戾的。有时在时代变化的某一时期，比较鲜明的抽象了人的本质；有时在社会发展的某一阶段，比较突出的彰显了人的真谛；有时在繁杂琐屑的生活中，映射出品性情趣的真假善恶美丑；有时在阴晴圆缺的人生里，闪烁着精神的澄明或浑浊心灵的高尚或龌龊。亘古至今，人们似乎弄清了自己，又仿佛懵懂了自己，这是人类永恒的奥秘。持之以恒的认识自己吧。

四十二

人不可能没有欲望，否则就不称其为人了。人的欲望又是多种多样的，既有具象性的指向，也有抽象性的弥漫；既有物质形态的目标，也有精神形态的境地；这都是很正常的。关键是人的欲望要有一定的合理性，建构在正常的追求和努力之上，始终秉持公平正义倾心尽力；要有一定的度，增之一分不为其过，减之半分不为其失，光明正大，取之有道，得之有理；从意义上讲要正当正常正确，从数量上言要适可而止，恰到好处。无论是求富求贵、追名逐利，满足于感官，还是愉悦于精神，都应该拥有一种正常合理的价值取向，都应该处于一种适度中和的界定之内。给欲望注入精神家园的情怀，让它能够诗情画意的栖居；给欲望浸润心灵故乡的意蕴，让它能够明心见性的超逸。放纵的欲望是疯狂的，极端的欲望是痴迷的，没有引领的欲望终会烟消云散，没有约束的欲望终会分崩离析。

四十三

人们非常重视新旧交替，因为过去的已经很熟悉，引不起人们过多的关注，在日积月累的氛围和环境中有些麻木和僵硬了，取得成绩的喜悦和遭遇挫折的沮丧都已镶嵌在了自己的历程中，初览新奇，久看生厌；更何况还要在原来成功或失败的基础上，去实现更高的目标更美好的未来，正所谓旧的不去新的不来，辞旧刻不容缓，迎新时不我待。特别是在现代社会中，人们急促的奔波，匆忙的赶路，力求日新月异的发展，转瞬即变的进步。速度越来越快，力度越来越大，范围越来越广，影响越来越深；来不及辞旧的归纳整理，迎新就已蓬勃汹涌了。新旧交替，犬牙交错；推陈出新，彼此交融。传统社会里，与自然变化和季节更替相连接，与农耕文明或游牧风俗相适应，辞旧迎新总要有一个比较漫长的过程，必须按顺序逐一排列，分步实施；

总要有一套比较系统的仪式，必须依规矩按部就班，循序推进；所以，就显得格外的庄重，有一种神圣的历史感，因为辞旧不离传统，迎新不忘继承，二者是有机地统一。现在承前启后，继往开来，革故鼎新，开拓进取已是声势浩大，铺天盖地，气势磅礴，震古烁今，但总感觉缺少点厚重的历史感，缺少点深奥的神圣性。

四十四

太阳从云朵的间隙露出半个笑脸，白雪皑皑的原野一片晶莹，湛蓝湛蓝的天宇，白云羊群似的游弋，阳光幽幻般的跳跃，交相辉映，空灵飘逸，与一望无垠寒冽净洁的原野彼此观照，描绘出了最壮观最美丽的立体画卷。晶莹洁白的原野，澄明通透的阳光，一碧如洗的苍穹，轻灵飘逸的云朵，无限的遐想自由的驰骋，不尽的情思散漫的翱翔。似乎只有在这透明和纯净中，心灵才是真实的、自我的；似乎只有在这宁静和恬淡里，精神才是自在的、超越的。人们追求由简到繁的结果，经历由少到多的享有，但背负的包袱也越来越重，沉淀的灰垢也越来越厚。品性浑浊，时俗风尚的熏染；情趣俗陋，追名逐利的缠绕；精神焦灼，烟熏火燎般的烦恼；心灵浮躁，云诡波谲似的乖戾。需要些明心见性的自觉，也需要些触景生情的感悟，湛蓝的苍穹，灿烂的阳光，洁净的原野，清逸的云朵，陶冶了精神，升华了境界，净化了心灵，实现了超越。

四十五

人的情感最深厚最浓郁的是在心里，一旦爆发出来，能量就会不断地释放，浓度也会不断地稀释，天长日久，也就相对的平淡和平常了；就像火山一样，巨大的热能憋在胸中，孕育的时间可能很长，积聚的能量非常巨大，总是在漫长的等待中，总是在久远的沉默里；瞬间的喷发，禅那的释放，激烈而壮观，雄浑而炽烈，天地震颤，万物惊秫；慢慢的和缓下来，平静下来后，逐渐的冷却凝固，回归到了原来的状态，甚至变成了死火山的印象。从这个角度看，自然界中的死火山是情感的记忆，活火山是情感的现实，而蕴藏巨大能量的地火则是永恒的情感源泉。而由于人们目之所及，力之所达，心之所思，神之所往，沉溺眼前的既得，痴迷当下的享受；趋炎附势，随波逐流，只是浮光掠影的敷衍，推杯换盏的应酬；缺少了情感枝繁叶茂的品味，根深蒂固的感悟；缺少了情感源远流长的积聚，涛飞浪卷的宣示。一味地把情感诠释为爆发式的状态，一味地把情感演绎成片刻间的刺激。

四十六

文化与读书有关系，读书多了一定会有相应的文化，或多或少不一而论；但不一定就必然具有文化，或有或无匪夷所思；文化与读书没关系，不读书也可能具有一些文化，或高或低参差不齐，但不一定就随意具有文化，或深或浅云诡波谲。有天书地书万物这本自然之书，有时代生活人生这本社会之书；有鸿篇巨制经史子集文章典籍之书，有俚俗混杂百味纷呈家长里短之书；有真与假善与恶美与丑针锋相对又相互纠缠之书，有是与非对与错好与坏剑拔弩张又彼此渗透之书；有经世致用追名逐利计较眼前盘算当下之书，有明心见性超凡脱俗陶冶精神净化心灵之书；但是否能从中精萃出文化的意蕴，感悟到文化的真谛，达到文化的境地，不好轻易臧否，不可妄下结论。就像放羊的老汉和大学的教授，读书是不一样的，但感悟有时却惊人的相似。一辈子放羊，感触了春夏秋冬，熟悉了四季变化，读懂了自然之书，便有了牧羊之道，升成了简单朴素的哲理；读了一辈子书，汲取了繁杂丰盈的信息知识，辨析了众说纷纭的思想观念，杜撰了博大精深的理论体系，最后归结起来，也是高度概括精练抽象的哲理。读书与文化，好像能说得清，却又感到讲不明，剪不断理还乱，头晕脑涨，暂且消停一下吧。

四十七

文化最本质的呈现是道德的高度精神的境界，一个人读书不读书，固然非常重要，区别很大，面貌参差，思想悬殊，但能不能具有文化的内涵，却是一种身体力行殚精竭虑的道德精萃，是一种超凡脱俗明心见性的精神陶冶。品性的纯真需要文化的涵蕴，情趣的高雅需要文化的温润；胸襟的伟岸需要文化的开拓，意志的劲拔需要文化的砥砺。真假善恶美丑需要文化的条分缕析，弘扬或贬斥；是非对错好坏需要文化的解构辨析，坚持或抛弃。不同的文化，可以帮助人们提升道德的高度或降低道德的水准；不同的文化，可以引领人们达到精神的清明或坠入精神的泥淖。同一的文化，也会因人而异，开出不同的花朵，结出不同的果实；同一的文化，也会因时而变，长出不同的躯干，展开不同的枝叶。文化看似璀璨缤纷，其实朴素纯真，道德的高地澄明净洁；文化看似繁华喧闹，其实诚挚温馨，精神的境界宁静清逸。有时人们打着文化的旗号，干着不文化的勾当；有时人们披着文化的外衣，裹着不文化的龌龊；有时人们让文化冠冕堂皇，充当追名逐利的缘由；有时人们让文化声势浩大，装扮趋炎附势的依据。有时文化让人顶礼膜拜，尊崇有加；有时文化让人任意践踏，随便丢弃。面对文化，不知说什么了，沉默无语。

四十八

人生是一眼就能看穿的，阴晴圆缺，悲欢离合，从生到死，不过是瞬间的事；生活是一眼就能望透的，山重水复，柳暗花明，从来到去，不过刹那的景。在这个有限的时空里，无非是柴米油盐酱醋茶的繁复琐屑，琴棋书画诗酒花的感触品味；无非是春风夏雨秋霜冬雪的时光轮回，春耕夏耘秋收冬藏的岁月更迭。在这个短暂的舞台上，无非是生旦净末丑的精彩绝伦，唱念做打舞的淋漓尽致；无非是天时地利人和的风云际会，艰难困苦繁重的砥砺磨折。人只不过是时光之逆旅，百代之过客而已，成败荣辱，得失好坏，烟消云散，风平浪静，都得从哪里来到哪里去。但有意思的是，这种人生看似一目了然，却代代承续，根深蒂固；这种生活看似一览无余，却辈辈担待，枝繁叶茂。人们勤奋的努力，执着的追求，克艰攻难，开拓进取，不断谱写着奋斗者的旋律；人们身体力行，殚精竭虑，呕心沥血，精益求精，不断描绘着创造者的画卷；那就是远大的理想，坚定的信念；那就是精神的向往，心灵的祈盼。人生的意蕴，是看穿后的精神超越，生活的真谛，是看透后的升华。

四十九

民族国家的物质形态呈现，精神意蕴彰显，能凝聚人心，增强士气，团结力量，形成强大，这一点毋庸置疑。但当它长久的沉淀，逐渐的凝固，自我封闭，僵化保守时，就会造成民族的衰亡；当它随波逐流，丧失个性，自我解构，漫漶特征时，也会导致民族的沉沦。纵览古今，横阅中外，民族国家问题始终是一个时代发展社会前进的核心内容，来不得半点的忽视，容不得丝毫的懈怠。当今世界，超越民族国家利益的各种理论和观念也不断涌现，模糊民族国家特征的各种思潮和舆论甚嚣尘上，但绝不是代表人类实现大同社会的共同理想，绝不是帮助人类实现理想生活的公平行为，而只是一些霸权民族强势国家推行自己全球战略和意识形态，获取更大权力和利益的一种借口，只是一些投机政客无识文人的钻营和浅薄。只有民族的才是世界的；只有国家的，才是全球的；只有人类最诚实质朴的品质才是跨越一切藩篱的真谛，只有民族国家公平正义富裕强盛文明，才能消除各种障碍和隔阂，冲破各种偏见，真正达到一种环球同此冷热的境界。

五十

人们常标榜自己的内心如何强大，其实这只是一种牵强附会的说辞，一种自我安慰的依托；人们常展示自己的内心如何坚韧，其实这只是一种欲盖弥彰的无奈，一种自我解脱的凭据。自然的长期演化，物竞天择，孕育了人类；社会的不断发展，精雕细琢，塑造了人类。大千世界，万物纷纭，人们既有主客观统一于一体的和谐，也有主客观分离于本身的矛盾；既有物象纷繁复杂千差万别的呈现，也有心象云诡波谲特立独行的彰显。人们往往在强调自我修炼的重要性时，过分夸大思想的效用，忽视品性的底蕴；过度膨胀意志的作用，淡漠情趣的涵养；偏执于循规蹈矩的苛刻，疏离了自由散逸的灵动；专注于修身养性的坚韧，丢失了返璞归真的温馨。把精神绝对的固化，以求得内心强大的印证；把心灵极端的僵硬，以求得内心坚韧的观照。其实人性中最柔韧的那部分，是心灵的纯真善良美好，人性中最温馨的那部分，是精神的平凡平常平静；犹如苍茫辽阔的原野，承载了崇山峻岭江河湖海；就像深邃幽幻的苍穹，容纳了浩瀚银河日月星辰。坚强的种子，长出了参天的树和丰硕的庄稼。内心的强大是精神澄明的呈现，内心的坚韧是心灵温馨的彰显。

五十一

诡异的思想，枯燥的条理，陈旧的逻辑，僵化的理论；生搬硬套的强制性灌输，繁文缛节的频繁性说教，使人们的精神晦涩而偏执，使人们的心灵僵硬而萧索。把一些简单的事实复杂化，把一些平常的人际错综化，把一些常识抛之脑后，把一些道理随意践踏；沉醉于一种自我感觉的任情使意，沉溺于一种唯我独尊的率性随心。追求时俗，附庸风潮，囫囵吞枣，浅尝辄止；断章取义，零敲碎打，真假不辨，是非不分；看似冠冕堂皇的学习，毫无学习的意蕴；貌似殚精竭虑的研究，却无研究的思路；不知是学习的沉沦，还是研究的堕落？为学日增、为道日损，没有前者丰富的积累，就不会有后者精准的萃取，没有后者高瞻远瞩的映照，就不会有前者见微知著的关注。为学要博大精深，明道要晶莹剔透；为学要博闻强记，明道要超凡脱俗；为学要博采众长，明道要提纲挈领；为学要深思熟虑，明道要明心见性。学习必须是内容与方法的和谐，阅览与品味的交融；学习必须是继承与扬弃的结合，感触与升华的匹配。否则，陈旧的内容，扭曲的主题，僵化的格式，教条的方法，既不会领略学习的意蕴，更不会感悟学习的真谛。

五十二

当人们沉溺于眼前的既得，满足于当下的享受时，似乎有些功成名就的愉悦，志得意满的欣喜，好像一切都顺理成章，水到渠成，感觉圆满了。其实，精神中依然笼罩着欲罢不能的惆怅，心灵中依然萦绕着欲说还休的忧郁；因为，任何阶段性的成就与终极性的向往始终纠葛，任何有限性的获取与无限性的欲念永远缠绕。即便存在与意识珠联璧合，物质与精神交相辉映，也只是永恒之链上一个短暂而微小的环节；即便具象与抽象琴瑟和鸣，物象与心象同频共振，也只神奇奥秘中一个简单而零碎的插图。因为，精神层面的浮想联翩是难以平复的，心灵深处的魂牵梦绕是不易抚慰的。人们从何而来，追本溯源，有太远的回忆；人们在何处立，旁征博引，有太深的思考；人们向何处行，云诡波谲，有太高的向往。人生如旅，走不完的山重水复，代代承续；人生如梦，思不尽的天高地远，辈辈寻觅。

五十三

事物的宏大与渺小，不只在于客观的数量与质量，而且也在于主观的计量与测度；事物的重要与轻淡，不只在于物象的时间与空间，而且也在于心象的品阅与感悟。有些事看似宏大，其实只是客观被主观放大后的映射；有些事虽然渺小，其实是客观被缩小了后的观照；有些事看似重要，其实只是心象被物象制约中的变异；有些事虽然轻淡，其实是心象被物象桎梏里的扭曲。人是主体客体的辩证，有时剑拔弩张的对立，有时珠联璧合的统一；有时针锋相对的排斥，有时交相辉映的缠绕；对于具体的事物，会有不同的认识和见解，会有不同的鉴赏与评判；对事物的宏大或渺小，重要或轻淡，会有不同的定位和应对方法，具有意想不到的效果。所以，成大事者，也有以小见大的气概，据小事着者，也有以大领小的风范。有些大事是从大处着眼，小处着手，或从小处着眼，大处着手，功效不同；有些小事从小处着眼、大处着手，或从大处着眼，小处着手，结果迥异。风云际会，时势变幻，事物之辨析，处置之方法，参差缤纷，云诡波谲，成败得失，实践验证，何定论之？

五十四

没有思想的底蕴，没有理论的厚重；没有对经验的精萃，没有对道理的领悟；没有对品性的涵护，没有对情趣的温蕴；没有对精神的陶冶，没有对心灵的净化。上不求其道，中不求其形，下不求其行；所思无境界，所行无依凭。见风使舵，八面玲珑，处世之圆滑，应人之熟谙，其实，只是用小聪明对待大智慧，用小计谋应付大道理，用私心揶揄公正，用俗念遮蔽澄明，看似风生水起，得心应手，实则是人生的变异，生活的畸形，人间的丑剧也。但凡此类人，不以为耻，反以为荣，骄横傲慢，趾高气扬，小人得志，鸡犬闻升。趋炎附势，以得到实惠为圭臬；巧取豪夺，以攫取功利为至尊；狐假虎威，以谄权媚势为荣耀；欺世盗名，以哗众取宠为风韵；信口雌黄，以混淆是非为特长；狼狈为奸，以结党营私为根本。长此以往，人性尽失，只是一场面上的混混而已。为人者，必修其身，养其性，正其心，诚其意，明其道，悟其理，精神清逸，心灵超逸，方为本真也。

五十五

人们在社会生活中，总要从事具体的工作，承担相应的责任，这是平常之事；无论专业迥异，岗位不同，职位有别，身份悬殊，褒贬大小，得失多少，都应身体力行，主动适应，精益求精，尽职履责，特别是操权弄势者，尤要谨言慎行，倾心尽力。但有时由于当事者的昏庸和蛮横，附庸者的谄媚和鼓噪，往往把正常的事变成一种不正常，把应尽的本分该做的工作变成一种任情使意的渲染，率性随意的炫耀；小题大做，唯恐世人不知；一惊一乍，唯恐天下不晓；为点争名夺利的成就，志得意满的名貌，虚张声势，天花乱坠，自以为是，忘乎所以，最终落得个名实不副，分崩离析，孤家寡人，众叛亲离的境地。所以，执政当权者要修身养性，正心诚意，光明磊落，公平正义；个人之能力与岗位之要求相适应，个人之作为与责任之轻重相匹配；不要因自己职位的高低，放大成绩或缩小缺点；不要因自己职责的大小，彰显自我或压抑群体。要有防微杜渐的深思熟虑，明心见性的自我觉悟；要有率先垂范的殚精竭虑，风清气正的社会涵蕴；既要注重自我的警醒，也要警惕时俗的熏染；既要坚持自我的净化，也要防止附庸的缠绕。

五十六

这么多年了，听过了无数繁闹喧哗的声音，领略了多少甚嚣尘上的聒噪，承受了无数追名逐利的纷争，品味了多少时俗风尚的萦绕；耳朵里磨出了置若罔闻的老茧，心灵中织出了浑然不觉的僵壳。日积月累，精神麻木了，年与时驰，心灵寂寥了。一任耳边飞过劲风，响过雷霆，下过暴雨，飘过雪花，笼过浓云，罩过淡雾；一任耳边欢声笑语，幽咽泣凄，黄钟大吕，残箫断笛，高歌劲吼，低吟浅唱。在充满繁声的时代中，在拥塞噪音的社会里，人们逐渐的耳聋了，因为太多的声音使人不知所措，无法厘清；太杂的声音使人不明就里，不能辨析。听不到音符灵动的跳跃，听不到旋律悠扬的飘逸；听不到高山流水的幽幻，听不到渔樵问答的奥妙；只剩下一种欲罢不能的尴尬，欲说还休的无奈了。最想辟一寂静之隅，孤独的聆听，血液恬淡的流淌，神经委婉的松弛，细胞温润的安缓，肌肤悠然的温蕴，精神清逸的漫游，灵魂空灵的翱翔，一颗心执着地弹奏着清越的音符，涌动着温馨的旋律。

五十七

冬季开始从僵固中缓慢的隐退，在太阳的朗照下，一切都泛起了一丝暖意的慵懒，有些似睡似醒的迷糊，有点如梦如幻的朦胧。残雪在一点点地融化，覆盖的画面悄悄地淡化，冰迹在一片片的消解，凝结的旋律轻轻地涌动，苍茫的原野逐渐回复原有的面貌，是又一次的回归，还是又一次的启程？一点从寒冽中陶冶的冷清，开始在季节的变幻中升温；一点从僵固里安顿的静谧，开始在岁月的交替里萌动。回望还未条分缕析的厘清，精神又要自由浪漫的驰骋；回味还未精雕细琢的辨析，心灵又要神奇幽幻的翱翔；感悟还未从眷念中深情的告别，行动已崇山峻岭的攀登，江河湖海的跋涉；感喟还未从依恋里珍重的交代，思想已阴晴圆缺的诠释，悲欢离合的演绎。交替中的承前启后，哪里是原因哪里是结果？因和果珠联璧合。循环里的继往开来，何处是起点何处是归宿？始与终交相辉映。只是在季节的交换中，时间溜得飞快，空间变得急迅，让人有点匆匆而逝的伤感，让人有点恋恋不舍忧情。试想人生如旅，在不同阶段，对岁月不居的品味是不同的；试想人生如梦，在不同的境遇，对时光流逝的感悟也各有千秋；但人生的意蕴根深蒂固，人生的真谛源远流长，永远在心中。在太阳的朗照下，思绪随光的放射而飘逸，散漫空灵，缥缈无迹。

五十八

愚昧有时看似懵懂鄙陋，倒也简单明晰；文明有时看似精明典雅，却又繁杂而迷离。因为愚不可及，只要顺其自然，混溶万物，率性随心就可以了；无须过多魂牵梦绕的欲望，殚精竭虑的思索，也没有什么波诡云谲的方法，刁钻古怪的技能；稀里糊涂的承天应命，昏头晕脑的适应生存，自然而然的身体力行，理所当然的任情使意。虽然看似野蛮，倒有一丝顺理成章的风趣；看似愚昧，倒有点大智若愚的意蕴。因为聪明绝顶，人们不断地创造着繁盛丰盈的物质财富，不断地孕育着璀璨缤纷的精神生活；不断地推动着时代的进步社会的发展，不断地改变着生活的面貌自己的内心。同时，也承载了沉重的物质包袱，套上了紧密的精神枷锁；侵蚀了纯真质朴的品性，熏染了清逸诚挚的情趣；壅塞了伟岸开阔的胸襟，颓唐了嶙峋劲拔的意志。文明是一根所向披靡的金箍棒，也是一把劈斩内外的双刃剑；懂得越多，获取越大，欲望也被刺激的越贪婪，掠夺也被促动的越疯狂；征服自然的范围和力度不断的加大，修持自我的净化和精萃不断的加深。文明的物质呈现要与精神的彰显相适应，文明的物象纷繁复杂要与心象的晶莹剔透相匹配。

五十九

心灵中感悟的道理，有一种玄幽的味道，欲说还休，说出去就有些俗了，要是遇上俗人再俗语一下，那点意蕴就荡然无存了。所以，美好的感悟还是留在心里，免得遭受世俗凡尘的熏染，如若不甘，抒之于笔墨，付之文字，简单写下来也就是了。世间人们都在追名逐利，大多数的朋友也不过是一些利益的交集者或思想的暂同者，能达到高山流水般的知音程度的就非常稀少了。所以，不要刻意去追寻，只能在精神上碰撞，心灵中感应了。物象璀璨缤纷的呈现，心象未必晶莹剔透的彰显，有些道理虽然有客观标准，但主观的感受却是因人而异，千差万别的。品茶饮酒，观花赏月，有独处的雅韵，也有会友的情致；谈古论今，解疑释惑，有自思的品味，也有群论的感喟；但必须是精神的独立，心灵的自由，率性随心，知情达意。

六十

人们把爱倾注到孩子身上，既是一种承前启后的天性，更是一种祈盼未来的精神。人类要延续，新老交替是不可抗拒的规律；人类要发展，继往开来是不能逾越的使命；总是会把对未来的美好向往执着追求寄托于后代身上。回望过去的行程，回味以往的经历，感到充实而丰富，又觉得虚幻而欠缺；感到欣悦而满足，又觉得忧伤而遗憾；真正感悟人生的意蕴，明白生命的真谛时，岁月已逝，时光不再。精神的家园葱茏蓊郁，却也荆棘丛生，需要条分缕析的梳理和清除；心灵的故乡生机盎然，却也尘垢厚积，需要精雕细琢的辨析和净化；而孩子们的纯真稚嫩诚挚质朴犹如清风明月，抚慰精神，恰似阳光雨露，沐浴心灵；让人有重生一次的激越，再活一次的欣慰。这种感觉如梦似幻，没有任何功利的色彩；这种感觉如影随形，又在具体的现实中呈现。所以，爱孩子不只是天性的使然，更是精神的升华，不是一厢情愿的付出，而是相得益彰的回报，因为从孩子身上得到的远远比我们给予的多得多，应该最感谢的是他们。

六十一

现在有些震耳欲聋的口号和声势浩大的做法，只是停留在理论的渲染和氛围的营造上，并没有贯穿于具体的事物和过程中，渗透于翔实的内容和人身上。一说到概念的人民便热泪盈眶，但对具体的民众却熟视无睹；一谈到抽象的苦难便悲天悯人，但对实在的苦难却无动于衷。一味的虚张声势，好像高度的重视，一味的大张旗鼓，似乎尽心的担待；殊不知哗众取宠，招摇过市，是对民心众意的最大阉割，是对家国情怀的最深肢解，是比欺骗更恶劣的欺骗，是比伪善更卑鄙的伪善。为政者，只有从具体的人和具体的苦难入手，才能陶冶出刻骨铭心的救赎情怀，才能真正形成治理和解决问题的方略，才能具有普度众生的慈悲善举，才能实现国强民富的宏图伟业。求真务实，不忘根本，共同富裕，不忘初心。

六十二

久远的记忆，在岁月的云遮雾绕中透出一星半点，在时光的如梦似幻里闪现东鳞西爪，遇到合适的环境，恰好的氛围，就像清泉涌动，溪流潺湲，瀑布飞跃，湖泊盘桓，河流蜿蜒，让你感到一种似曾相识，久别重逢的感动。其实，记忆是不会被尘封的，只是人们总是专注于眼前的既得，沉溺于当下的享受，偏执于现实的进取，憧憬于未来的理想，淡漠了追本溯源的回味；只是人们总是膨胀欲望的贪婪，扩大掠夺的疯狂，痴迷巧取豪夺的功利，满足功成名就的实惠，疏离了明心见性的感悟。记忆不需要刻意地翻动，不经意间的探访，是那样的顺其自然，让你领略走过的行程，观赏逝去的风景，回味当时的情趣，山重水复，柳暗花明；记忆不需要执着地拨弄，不经意间的浏览，是那样的水到渠成，让你看到崎岖蜿蜒的轨迹，天真稚嫩中的着朝气蓬勃，艰难困苦里的奋发激越；阴晴圆缺，悲欢离合。记忆，精神家园的春风夏雨秋霜冬雪；记忆，心灵故乡的清风明月朝霞夕晖。人生怎能没有记忆！

六十三

尊重生命，是时代进步的重要尺度，社会文明的根本标志，具有深刻的内涵，丰富的外延；但现在已经变异成了一句冠冕堂皇的口号，扭曲成了一种欲盖弥彰的装饰了。它纠缠在旁征博引的鸿篇巨制中，萦绕在理直气壮的众说纷纭里；呈现在一些政策的繁文缛节中，彰显在一些政客的花言巧语里。急功近利的时俗风尚中，品性疏漏情趣鄙陋；巧取豪夺的价值取向里，胸襟促狭意志颓废；生命只是行尸走肉的简单适应，不再是璀璨缤纷的精神意蕴；生命只是生老病死的生理躯壳，不再是晶莹剔透的心灵境地。生命中的真善美不能发扬光大，生命里的假恶丑不能抑制清理；生命在不同的群体有着千差万别的对待，生命在不同的家国有着截然不同的境遇。一个时代没有尊重生命的底线，一个社会缺失尊重生命的道义，荒谬的进步，畸形的发展又有什么意义呢？一个世界没有尊重生命的共识，一个寰宇没有尊重生命的行动，人类的进步，人类的发展又从和做起呢？不能只停留在源远流长的纵向比较中，满足于一时的心安理得；不能沉溺于参差迥异的横向诠释里。麻醉于暂时的丰功伟绩。要有生命从何处来的追寻，要有生命在当下立的思考，要有生命向哪里去的展望，尊重生命，物我相忘，尊重生命，万众归一。一点一滴的温蕴，一分一秒的涵护，一人一事的做起，一家一国的鼎力！环球同此凉热。

六十四

人的无聊和无聊的人是两个不同的概念，具有不同的性质，前者是人的正常形态反射，后者是人的异化扭曲表现，在现实生活中，人们会遇到各种问题，产生各种想法，具有各种行为，当然也会有无聊的时候，有时甚至这种无聊是人生的一个伴侣，生活的一种佐料了。但一个无聊的人却另当别论了，因为它划分了人的品性，归入到一种另类的表现中去了。世上无聊之人是社会的产物，不同的时代有不同的表现，但其共同点是一样的，缺失品性的涵护，没有情趣的温蕴，缺失意志的劲拔，没有心胸的伟岸，缺失精神的澄明，没有心灵的清逸；随波逐流，随风飘荡，趋炎附势，同流合污，圆滑世故，八面玲珑，谄庸媚俗，瞬间俯仰。一切都要玩弄于股掌之中，一切都要达到自我的私欲；一切都要摆布于算计之中，一切都要满足个人的贪婪。人生不可能没有无聊之时，但绝不可做无聊之人。

六十五

有时很想有一阵小迷糊，让头脑处于混沌朦胧的状态，刹那的看不清，听不到，瞬间的想不起，做不了；无论是欢欣喜悦的幸运，还是灰头土脸的糟糕；无论是功成名就的痛快，还是挫折失误的懊恼。不是不愿意面对现实，而是现实中时时相遇；处处相逢的繁华喧闹，让人心浮气躁；不是不愿意认识现实，而是现实里云遮雾绕，盘根错节的繁复琐屑，让人头晕脑涨。久染芝兰，不闻其香；久熏鲍肆，不觉其臭。品性猥琐，情趣俗陋，精神萎靡，心灵晦暗也。固然，人们有一定的反思本领，自净能力，去假存真，去恶存善，去丑存美，具有超凡脱俗的净化，明心见性的陶冶；但日久天长，沉浸其中，日积月累，反复交替，心里也是不好受的。试想有些佛堂僧舍，道观寺院，设在崇山峻岭之中，江河湖海之畔，非经攀登跋涉不能抵达；也是一种变幻风景的启迪，身体力行的品味，也是一种转换时空的昭示，殚精竭虑的感喟。所以，身在闹市，心居凡尘，有时来点小迷糊，也算是一点顺其自然的修持，且让阿弥陀佛一会吧。

六十六

现代社会的人，就像漂浮的云朵，随风而来、顺风而去；犹如无根的浮萍，水涌而起，水落而没。虽然各种努力打上了身份印记，蚀刻了地位的标志；虽然各种拼搏建构了栖居之家，营造了生活之室；但总感觉没有精神家园的枝繁叶茂，心灵故乡的根深蒂固。现代化并不是一种辞旧迎新的简单隔离，针锋相对的剑拔弩张；而应该是一种继往开来的转乘，承前启后的开辟；发展中充分彰显传统与现实的相得益彰，进步里充分呈现田园与城市的交相辉映。有些已基本达到现代化水准的国家或地区，经过艰难曲折的砥砺，成败得失的历练，在快速发展巨大变化中，依然树木葱郁，花香鸟语，小桥流水，蓝天白云，天然的景色与繁忙的步伐达成了一种和谐，飞速的发展与安闲的休憩形成了一种共振，人们的精神寄托始终在具象形态上有一种直观的映照，人们的心灵向往始终在物象风貌里有一种通达的辉映。人类不能以失去自然环境为代价，那是毁灭母体，人类不能以丧失精神家园为成本，那是葬送自己，那样的生活有什么意义可言呢？

六十七

思想的博大精深和心灵的清纯单一是辩证统一的，只有思想的丰富深厚，才能洞悉天地通晓万物，品味社会感悟人生，才能了解现象，认识本质，把握规律，驾驭趋势，只有思想的殚精竭虑，才能观览纷繁复杂的物象，品阅云诡波谲的心象，才能条分缕析的梳理具象，逻辑辩证的精练抽象；明晰万事万物的意蕴，揭示心灵的真谛。只有心灵的清纯单一，才能高瞻远瞩，见微知著，摆脱时俗风尚的云遮雾绕，解除名缰利锁的盘根错节；壁立千仞，一览众山，海纳百川，涵纳万流，超凡脱俗，明心见性；让思想沿着正确的方向，运用正确的方法，达到正确的境界。所以，要提升人的素质，唯有其二者的统一，才能达到高远深邃的境界，各有侧重，彼此融通，相得益彰，交相辉映；才能形成舒展自由浪漫的羽翼，翱翔于幽幻奥妙的灵空。

六十八

儿时的启蒙，故乡的启程，看似简单，也很平常，但也蕴含着一定的道理，带有一定的喻示。启蒙的好坏，影响着未来成长的品质；启程的优劣，奠定着未来发展的基础。启蒙是品性情趣的开发，启程是身体力行的践履；启蒙在于主观世界的孕育，启程在于客观环境的涵护；二者具有鲜明的特点，又相互交融。亘古至今，始终为人们所重视，正所谓千里之行始于足下，万里征程发自内心。人生如旅，事业的高低可以衡量，事业的大小可以度衡；事业的成败可以品鉴，事业的好坏可以评论。有太多的原因结果需要诠释，有太多的偶然必然需要演绎；有太多的主观客观需要梳理，有太多的具象抽象需要辨析；但一切的根源直指心底，还要追寻那儿时的启蒙和故乡的启程。有时想一想，启蒙时的纯真诚挚，是何等的高洁；一路时俗风尚的熏染，名缰利锁的缠绕，在回望中不断地清除解脱，再一次的启蒙。有时忆一忆，启程时的家园情怀，是何等的深厚淳朴；一路阴晴圆缺的品味，悲欢离合的感悟，在回味里不断地净化精萃，再一次的启程。不要沉溺眼前满足当下，不要盘算成败计较荣辱，追本溯源，儿时的启蒙和故乡的启程，返璞归真的映照，明心见性的辉映。

六十九

战胜一切的信心，不只是体现在解决具体事务或问题的详细措施中，更主要是彰显于坚定的信念执着的精神英雄的气概上。世间之事太多太杂，不可能穷尽，人们只能依据现实的条件和自身的素质，去从事某一项具体的工作，具有相对比较专业的职守和能力；人们只能根据客观的环境和主观的努力，去建树一项宏大的事业，具有高瞻远瞩的谋略见微知著的方法。而最为关键的是具备什么样的实践能力，思想观念；拥有什么样的核心力量，理论基础；达到什么样的精神高度，心灵境界了。有了这种英风飒爽，气势磅礴，宏图伟业，克艰攻难，砥砺奋进，众志成城的精神，就能战胜任何艰难险阻，克服危乱动荡，小则践履职能，做好自己的工作，大则建功立业，实现宏伟的目标。从这个意义上讲，战胜一切的信心，是客观与主观的辩证，是宏观与微观的共振，是物质与精神的交融，是个人与群体的互动。理想信念是信心的真谛，精神境界是信心的根本。

七十

对于春天的感悟在冬天里最深刻，对于春天的企盼在冬天里也最迫切。因为，在苍茫辽阔的冬季，给春天铺展了博大精深的舞台，在寒冽萧瑟的冬季，给春天凝聚了如梦似幻的向往。思春不在春，而是冰天雪地的映射，感春不在春，而是晶莹剔透的辉映。此时人们被裸露的原野压缩的身躯就像一座孕育已久的火山，总想激情四溢的爆发；人们被深邃的苍穹凝固的心灵犹如一条按捺不住的河流，总想波飞浪卷的涌动。人们非常关注春天轻盈的脚步，留意春天的轻灵的身影，往往在不经意间，原野中绿雾萦绕、枝头上鹅黄缥缈；人们仔细聆听春天的音符，捕捉春天的旋律，往往在一刹那时，莺歌燕舞的呢喃，清风细雨的吟唱。祈盼中，幽幻的想象慢慢合上冬天的帷幕；向往里，奥妙的抒发轻轻奏响春天的序曲。冬天里，又一次深情的回望。

七十一

闲人，无所事事的时间多，有所事事的时间少。因为受自己主观因素的影响和客观条件的制约，大多都处于一种欲说还休，欲做无行的状态之中。由于相对的时间比较充裕，思想之漫漶，行动之松散，既无目的，又无章法，兴随其来，意随其去，真真做一个闲人也。当然这种状态并非专门指向某一部分群体或个人的作为，而是说芸芸众生都容易感染上的精神状况；品性中喜欢自然，爱好纯真，安于悠闲，崇尚温馨的本真，时时刻刻都想任情使意的脱颖而出；情趣里向往自由，追求浪漫，注重欣悦，执意挥洒的意蕴，方方面面都想率性随心的涌动呈现。时俗风尚的繁华喧闹中，追名逐利的焦灼急促里，总想拥有一份精神的宁静淡泊，总想得到一种心灵的安谧超逸，哪怕时间短暂，享受片刻，也是休闲了。当然，做闲人不易，因为有衣食住行养家糊口之煎熬，生存发展建功立业之压力，如果具有了一定的物质基础，到有点做闲人的底气；但精神上的空白，用什么去充填？山重水复成败得失的感喟，阴晴圆缺悲欢离合的品味，有时一番超凡脱俗的净化，明心见性的精萃，还是闲不下来的心绪。好一个闲字了得，好一个闲人难为！

七十二

维系情感的方式多种多样，但最根本的却是精神的滋润，心灵的温蕴。东土西域，北国南疆，远邻近舍，异国他乡；鸿雁传书，青鸟探望，信息往来，视频光顾；偶然的惦念，时常的牵挂，咫尺天涯的感触，天涯咫尺的品尝；时空隔离的问候，时空交融的应答，精神家园的根深蒂固，心灵故乡的源远流长。只要心里有了，便是一种品性的依附，情趣的寄托，友谊的精粹；只要心里有了，便是一种精神的映照，心灵的辉映，诚挚的升华。情感是具象的纷繁复杂，抽象的精雕细琢；情感是物象的千姿百态，心象的晶莹碧透。有时近了，缺少点期待的情愫；有时远了，失去点直接的感触。有时淡了，并不说明彼此的疏离；有时浓了，并不代表彼此的紧密。好酒之贮藏，时间越久，甘醇香冽，回味无穷；好花之释放，时间虽短，芬芳四溢，暗香如故。所以，距离产生或销蚀美，时间凝聚或解构情，唯有精神的涵护，心灵的孕育，才是山盟海誓的根本，天长地久的真谛。

七十三

具象的为人所感触，抽象的为人所思考；物象的为人所品味，心象的为人所感悟；既有特殊的表象，又有普遍的内涵；既有具体的表现，又有一般的意蕴；更有一种依次相连的递进，彼此交替的循环；更有一种感性理性的演绎，原因结果的诠释。因为，人们首先生活在各种直观感触的具象世界中，极目望去，回首而来，皆是复杂的事物与人际，鲜活生动，璀璨缤纷；只有深入实践，大胆探索，获取丰富的感性知识，积累丰厚的经验教训，去伪存真，去粗存精，找出其共性的本质和深刻的内涵，把握其规律，熟谙其趋势，才能形成条分缕析的逻辑，精明简练的概念，博大精深的理论，还要在实践中继续的验证。这似乎完成了一个认识的过程，达到了一种理想的境地，其实，在这个过程中，还需要精萃出一种精神，陶冶出一种心灵，达到一种超凡脱俗物我相忘的升华，明心见性天人合一的超越，才是一个比较完整的过程。

七十四

无知是人们的底色，人们都是从无知中走出来的，没有无知这张白纸，哪有山重水复的画卷，高歌低吟的旋律；没有无知这座舞台，哪有生旦净末丑的角色，唱念做打舞的演出。正因为人们无知，才开始在实践中学习，在学习中实践，攀登有知的峰峦叠嶂，跋涉有知的江河湖海；正因为人们无知，才身体力行的践行，殚精竭虑的思索，以坚忍不拔的努力，分享无限中获得的那一份有限的知识，领略永恒中感悟的那一份相对的真理。人们不是永远无知的奴隶，而是始终追求有知的使者；无知不是人们背负的枷锁，而是砥砺奋进的动能。人们在无知的挑战中不断地应对，实现有知的丰富多彩；无知在不断地考验着人们的韧性，呈现无知的幽幻奥秘。无知不是人们敷衍推诿的借口，有知不是人们自以为是的理由；人们无须因无知张皇四顾，束手无策，人们无须因有知志得意满，目空一切。无知与有知针锋相对，剑拔弩张，无知与有知相得益彰，琴瑟和鸣。知之为知之，不知为不知，是知也。无知应有知，有知也无知，真知也。

七十五

人们有了远见卓识的时候，觉得可以行得更远，走得更稳，但总是在很短的路途中步履蹒跚，行动迟滞，甚至倒行逆施，重蹈覆辙；

原因是眼前的既得阻碍了远大的视野，当下的享受壅塞了辽阔的胸襟；感性的刺激遮蔽了理性的前瞻，物象的繁杂迷蒙了心象的澄明。有时近在咫尺的东西容易被人们及时看到，无须花费过多的精力，损耗过重的成本，大小多少，甜酸苦辣，实惠即可到手，名利直接享有，于是经过深思熟虑形成的指导思想，宏观预判，战略考量，具体措施全部抛到了脑后，沉溺于今朝有酒今朝醉的短视和狭隘之中，导致了阶段性发展的畸形，造成了持续性进步的断裂。这里有一个拷问，即便确立了科学的指导，正确的理论，先进的制度，得当的方法，高瞻远瞩的见识，见微知著的谋划；如果没有纯高的理想坚定的信念，没有坚忍不拔的意志持久韧性的定力，没有公平正义的精神光明磊落的心灵，是不可能根深蒂固，枝繁叶茂，开花结果的。品质和境界最终决定事业的成败，对于这一点必须要有清醒的认识。

七十六

有些人圆滑世故，八面玲珑，很会为人处世，俯仰之间，得心应手，似乎非常练达，特别精熟，但出发点和落脚点却总是建立在自我之上，运作过程操作手段只是围绕个人名利，从来不去考虑事情的客观公正性，他人的真实感受性，始终以自我为中心去划一个为己所用范围，用自我的标准去衡量去测度事情臧否人物；久而久之，其自如的程度和娴熟技巧天衣无缝，随心所欲，但品性的猥琐情趣的鄙陋越集越厚，人格的乖戾境界的低下越聚越浓，终为人所不齿也。大千世界，万象纷纭，人既是客体的呈现，又是主体的彰显，是在待人中完善自我的，是在处事中成就自我的，倾心尽力处理好各种事务，诚挚坦荡顾及伙伴同仁；以崇高的理想为引领，以共同的事业为根本，以具体的工作为载体，以众多的人际为互动，求同存异，和衷共济，才能彰显做人的格调和品位，才能推动事业的发展与进步。能生存会发展固然重要，但怎样生活的有品位有品格，就难能可贵了。

七十七

当代人漂游天涯海角，散落四面八方，东西南北的安身，异国他乡的寄居；故乡的场景日益的漫漶，故乡的风韵逐渐的淡漠，故乡的依恋如梦似幻，故乡的眷念云遮雾绕。故乡总是和山川田园河流相伴，故乡总是和竹篱茅舍土房窑洞相连；故乡总是牛哞羊咩鸡鸣犬吠，故乡总是晨炊暮霭日月星辰；故乡总是清风白云蓊郁葱茏，故乡总是春耕夏耘秋收冬藏；故乡总是童音稚嫩老声苍劲，故乡总是井旁树下家长里短；故乡总是春天沃野的绿夏天漫地的荫，故乡总是秋天斑斓的画冬天晶莹的梦；故乡总是严父的耕耘慈母的针线，故乡总是安逸的码头温馨的港湾；故乡总是天伦之乐的根脉家国情怀的渊源；故乡总是起始的踟蹰回归的蹒跚。不经意间，故乡魂牵梦绕的盘旋；不经意间，故乡刻骨铭心的镌刻；不经意间，泪眼婆娑的回望；不经意间，心灵忧伤的感叹。故乡在哪儿呢？

第二十九集　物我相忘

DIERSHIJIUJI WUWO XIANGWANG

一

有些圣人的境界、贤人的作为、善人的心怀，做一个平凡的人、平静的人、平常的人。因为有了做人的目标，所以不会随波逐流；因为有了做人的基准，不会是非不分；因为有了做人的底蕴，不会看不清社会更看不清自己。人生一世，匆匆而来，悄悄而去，在短暂的行程中留下的只是一段回忆，无论成败得失，悲欢离合，犹如一缕清风，一朵云絮，转瞬即逝，就像一粒沙石，一滴水珠，渺小卑微；但做人的底线要坚守，失去品性的人龌龊污秽；做人的要求不能低，流于恶俗的人猥琐鄙陋；做人的底蕴不能丢弃，失去了境界的人晦暗乖戾。人生世上，会有山重水复的经历，阴晴圆缺的品味；会有志得意满的通达，困顿阻滞的酸涩；但精神中要有自我向往的追求，心灵里要有人格修炼的精萃，做一个平常平凡平静的人，这是根本啊！

二

认真学习，勤奋工作，坦荡为人，公正处事，不求闻达，淡泊名利，拥有精神中的那份恬淡安和，心灵中的那份宁静温馨。一生追求，目标很多，风云变幻，行程已过，山高水阔，风景依然，起始和归宿似乎紧密的相连，消失了时间的刻度，但精神的空间璀璨缤纷，心灵的境界幽幻奥妙了。学习不辍，是一种秉性使然，没有实惠的催促，功利的牵扯；修身养性，正心诚意，顺其自然，恬然自得，没有刻意的强制，偏执的约束；超凡脱俗，返璞归真，不断精萃，反复净化，没有精心的装饰，细致的雕凿；明心见性大概是一种先天与后天的相得益彰，起始与归宿的交相辉映吧。松生深涧、兰幽峡谷，无须别人的品赏，自有清风的抚慰，明月的朗照；竹林摇曳，梅影疏离，不要外界的侵扰，自有雨露的滋润，冰雪的涵蕴。所以，一种习惯的养成最终是要超出习惯本身的，一种情趣的孕育最终是要超越情趣原有的，行到水穷处，坐看云起时，自然恬淡，不亦乐乎！

三

追求往往是不追求，因为得到的愈多，思考的愈深，就会升成一种对具象成果之上的抽象境界，物我相忘，天人合一，自然而已。所以，人们从天真、质朴、纯洁中走来，在具象的实践中感触着成败得失，在抽象的思索中品味着甜酸苦辣；在山高水长的行程中积累着物象的成果，在悲欢离合的感悟里又剥离着心象的包袱，清除心灵中的灰垢，达到一种灵魂的超越。为学日增，为道日损，二者是相辅相成的，没有前者便失去了繁杂丰盈的基础，没有后者便失去了精益求精的超越。历事愈久，阅人愈多，精神中的条分缕析诠释辩证就会愈加精练，心灵里的平凡平淡平静平常就会愈加安然，还一个客观公正的真实，还一个明心见性的自觉。明月清辉，温润太阳的炽热，映射太阳的通明后，意蕴更深远，情致更悠长了。

四

虚空里人觉得更虚空，无聊中人感到更无聊，寂寞里人觉得更寂寞，孤独中人感到更孤独；但一切心声却都是从这种境界中产生的，因它们提供了殚精竭虑的原野，让思想自由的驰骋；因它们创造了魂牵梦绕的苍穹，让向往浪漫的翱翔。只有在这种虚无缥缈，空灵幽幻中，行为习惯委顿散淡，深思熟虑分崩离析，有点返璞归真的意蕴；只有在这种了无生气，嶙峋孤立时，才能聆听心灵的音符血液的旋律，才能看到精神的伟岸意志的劲拔。人生在世，始终处在繁杂喧闹的环境中，身体力行基本上被生活的环境所约束，深思熟虑基本上被社会的强势所控制；久而久之，顺其流、从其俗，只是一番时俗风尚的随波逐流，只是一种趋炎附势的顺其自然。至于自身何为，自心所想，缺乏殚精竭虑的思索，没有明心见性的陶冶，沉溺于浮光掠影，麻木于浅尝辄止，品性晦暗情趣猥琐，心胸促狭精神萎靡，没有了个性的昭示，失去了自我的境界。所以，有时虚空无聊的绝地反而容易萌生碧绿的芳草，绚烂的花朵，蓊郁的林木；有时寂寞孤独的萧瑟反而涌动澄澈的清泉，蜿蜒的江河，深邃的海洋；因为，它有了自我。

五

心如赤子，何必管群非众议；身如松竹，哪管它风霜雪雨。殚精竭虑，不计时俗风尚的熏染，自有海纳百川，陶冶净化的境界；身体力行，岂管追名逐利的纠缠，自有壁立千仞，伟岸劲拔的品格。黄钟大吕难鸣，安于空灵，于寂寞之中聆听天音地籁；超然卓立不行，嶙峋坚挺，于孤独之中彰显气爽神清。任凭人间是非重，自有一颗本真心；不论社会变幻急，谁云几多淡雅情？有一点品性，岂容谄媚之举；有一点情趣，不为陋俗浸淫；有一点意兴，经史子集，金戈铁马，明月天山长相忆；有一点温蕴，梅兰松菊，琴棋书画，暗香如故君自明。一生无所成事，但不能败身；一生无所收获，但不能俗心。坚守一点轻狂，留得几点精神，拥有一点志趣，领略天下风云。

六

低调不是猥琐，淡泊不是慵懒，宁静不是沉沦，孤独不是封闭。一切的身体力行来自于合乎天道地理的自然之行，一切的殚精竭虑来自于感同身受的人生历程。巍峨挺拔的崇山峻岭离不开苍茫辽阔的大地，璀璨缤纷的日月星辰，离不开深邃无限的苍穹；一个身再高大也是一个身，只在一生一世中发挥着有限的作用；一颗心再博大也是一颗心，只在生死交替中呈现着微弱的光影。用成果来衡量自己，并不能证明成果的丰盈；用成功去评判别人，并不能昭示成功的厚重。用歉收检验自己，并不能解析后悔的缘由；用挫折诠释别人，并不能说明痛苦的原因。有时的低调是一种山重水复的回望，有时的淡泊是一种云淡风轻的释然，有时的宁静是一种悲欢离合的安谧，有时的孤独是一种明心见性的超越。

七

生活很平常，是人类把它复杂化了，这里所说的复杂化不是它的具象内容和抽象概括，而是高度意象上的本真。因为生活就就像一条大河，发端于冰峰雪岭，在时代的阳光下融化，在社会的怀抱中聚集，点点滴滴，溪流潺湲，支支脉脉，江河蜿蜒，星罗棋布，湖泊盘桓；跨过崇山峻岭，穿过苍茫原野，九曲回肠，一泻千里，终向大海奔去；其最根本的意义就是这样的简单和平常。生活的具体内容包含着生活的意蕴，但并不是直观的呈现；生活的繁杂形式表现生活的真谛，但并不是随意的彰显；生活本身与对生活的感悟有时针锋相对，有时交相辉映；生活的物象感触与心象品味有时南辕北辙，有时相得益彰。有时沉溺于一种即时即兴的生活中，却感知不到生活的意蕴，有时脱离了一种追名逐利的生活时，却领略了生活的真谛。生活其实很平常，但人类总是把它复杂化了，陷入不识生活真面目的境地。

八

人们在不同的时代条件下，不同的社会环境中，不同的生活氛围里，走的却是同一条路，即从生到死，从死到生，生死交替，生生不已。一切的变化都是风云变幻的场景，一切的延续都是承前启后的剧目，一切的角色都是生旦净末丑的演绎，一切的表演都是唱念做打舞的诠释。重复中的重复，原因结果环环相系，一条永恒之链；回味中的回味，偶然必然节节相溶，一条无限之谜。试想远古人类，在当时的自然和社会条件下是柴米油盐酱醋茶，琴棋书画诗酒花，今人又何尝不依然如故呢？一切物质的获取可以纷繁复杂变化无穷，但都离不开衣食住行这个根本；一切精神的享受可以璀璨缤纷云诡波谲，但都离不开感触品味这个渊薮。内容深奥，形式繁多，不外乎一种身体力行的感受，殚精竭虑的思考而已，初始与归宿这两点是任何人都要面对的交集，无法改变的。从这个角度看，人们的物质生活要丰富，精神生活要充实，但境界要澄明悠远，心灵要安和超逸，让繁华服从于平淡，让喧闹服从于平静，让宏伟服从于平凡，让奇异服从于平常。

九

一部《红楼梦》，关键是这个梦，似梦非梦，如梦是梦，梦到了极致，梦到了空灵。人世间的千姿百态都化作了一个个欲说还休的梦，生活中万象纷纭都变成了一个个欲罢不能的梦，人生中悲欢离合、洁净起始、污淖归程的悲剧，终将孕育成白茫茫大地真干净的梦。因为只有梦，才能在真实中品味真实的精髓，寻求到精神中的那份神秘幽幻；因为只有梦，才能在悲喜中感悟悲喜的妙谛，祈盼到心灵中的那处太虚仙境。梦可以任情使意的回望，清晰明朗却又模糊漫漶；梦可以率性随心的回味，刻骨铭心却又疏离凋零；梦可以自由浪漫的驰骋，倾心尽力却又浮光掠影；梦可以虚无缥缈的翱翔，轻盈超逸却又魂飞魄散。只有梦，让烟熏火燎的时俗风尚呈现一场钟鸣鼎食鲜花烹油的盛宴；只有梦，让繁华喧嚣的追名逐利彰显一场因果相报盛极而衰的惨景；只有梦，让品性情趣萦绕爱的温蕴；只有梦，让心胸境界渗透情的浸润。大观园是一个亘古至今的意象，红楼梦是一个永恒不息的精神。人间哪里有梦？人间何处不是梦！

十

能改变自己的只有自己，既是一个日常的见识，又是一种激励式的教诲；既是一个经验的告白，又是一种哲理性的阐释。从内在的因素来讲是可以的，但也要有诸多外在的条件，从主观的能动来看是积极地，但也要有客观环境的匹配。人是大自然之子，社会性的动物，二者相辅相成又彼此相异，其身上凝聚着强大的自然力量和社会机能，具有主客体的具体特征，具有主客体的辩证统一；如何处理好人与自然、人与社会、人与自身的关系是根本，三者缺一不可。所以，我们讲只有自己能改变自己，不是脱离自然的自我禁锢，不是隔绝社会的自我封闭，不是疏离生活的自我桎梏；而是一种适应中的求索，生存里的探究，发展中的精萃，是一种认识本质，尊重规律，把握趋势的能力，是一种主客观相互适应交相辉映的精神。有时的自然神奇奥秘，有时的社会云诡波谲，有时的生活眼花缭乱，人们的认识水平，适应程度，感悟能力，驾驭水准也会参差不一，都会体现在具体的个人身上的，从这个意义上讲，自己要改变自己，也只有自己才能改变自己。

十一

人们能孕育枝繁叶茂的物象形态，但离不开心象的根深蒂固；人们能推动纷纭变幻的具象流动，但离不开抽象的源远流长；人们可以创造丰富充盈的生活内容，革新纷繁复杂的生活形式，提升日益增长的生活水平，但生活的本质依然；从这个意义上讲，客观的规律永远制约着人类，永恒的奥秘永远萦绕着人类。人们的生存发展不能狂妄到要超越一切，主宰一切，因为历史的延续，社会的发展，人类的进步总是无限链条上的一段或一环，总是呈现出阶段性的内容和特点，进一步证明只能是对永恒的相对了解，只能是向无限的有限认识而已。所以，人们要在征途中善于思索，把握住节奏，以达到适应客观符合主观的一种精神平衡，不要偏执极端，引起异化，导致畸形，使身心分离，使物质和精神形成过大的差异甚至尖锐的对立，那样也会使人类的发展失衡乃至心灵发狂的。

十二

人们总是喜欢从别人的思想和行为中去认识自我的问题，找出借鉴的理由，确立评判的标准，表面上看似乎是一种比较普遍的外在的客观尺度，从实质上讲不外乎也是内在的主观自照而已。因为，人们把自己的所思所行总是建立在一种价值坐标上，这是内心的一种主观要求，但自证的作用非常有限，而且有时捉摸不定，把握不准，需要影射到外在的标准上去衡量，才能真正树立起自我评判的观照。这样一来，个性有时就会被时俗风尚所熏染，被急功近利所侵袭，自我只是一种被动的映照，而不是真正发自内心的精萃与升华了，无法达到明心见性超凡脱俗的境界。有时人们强调从心性上去专注个人的修炼，达到一种内省的通达，但其价值评价却依然不在内心的自证与品鉴，而在于一种外部的反照与回馈。所以，中国社会中的自我和个性是畸形的。

十三

阅历是身体力行的提炼，是殚精竭虑的精萃，是一个人理论水平和实践能力的综合表现，是一个人行为习惯和思维模式的有机结合。有阅无历，缺少行万里路的亲力亲为，只能是象牙塔中的星光；有历无阅，莽行中纵然经风见雨，终究不谙生命本体和生活本质的真谛。所以，不能把阅历简单的看成只是一种过程，或一种过程的粗浅总结，它绝不是简单的记忆描述，更不是简单的结论定制，而是富有内容和情节，极具变化与形态，跌宕起伏的实践过程、更是博大精深，意蕴深奥，内涵丰盈的心路历程。阅历是物象的璀璨缤纷，阅历是心象的交相辉映；阅历是具象的云诡波谲，阅历是抽象的晶莹剔透。有阅历的一句评价，看似平常，意蕴深奥，反复咀嚼，回味无穷，因为回味和感悟阅历，为人们不断地阅历提供了深刻的思考和借鉴。

十四

从丰富的客观事物中揭示本质，找出规律，条分缕析的逻辑演绎，精雕细琢的辩证诠释，系统化的编纂理论化的阐述，形成璀璨缤纷的理性说教意念指导，上升为一种精神的引领心灵的启迪，这是先贤圣哲高僧大德的不世之功，精妙之要。叙事娓娓道来，论理辞简意深；梳理款款有致，解析精练透彻。神奇奥秘的自然，繁复琐屑的生活，云诡波谲的社会，纷纭变幻时代，用朴素的言辞平常地表述，用通达的意蕴平静的解析，却达到了润物无声，醍醐灌顶，明心见性，超凡脱俗的境界。所以，读先圣之书不只是一种知识和学问的汲取，更是一种精神的陶冶心灵的超越；当读其句、阅其章、悟其理、明其道、得其境的时候，心灵早已飘出书面，达到了一种如梦似幻，神思妙意，物我相忘，天人合一的空灵至境。青史黄卷，文章典籍，开卷有益，品味无穷，无论浅尝辄止囫囵吞枣，还是殚精竭虑精益求精，总能体会到博大精深的意蕴，神奇幽幻的真谛，此读书之乐也。

十五

内容和形式是辩证的统一，没有内容的形式和没有形式的内容都是不可能的，但在现实中这一客观真理往往是在扭曲中表达的，是在畸形中呈现的，有时甚至是在荒谬中彰显的，乖离中映照的，因为形式和内容背离的时候多，而相符的时间少，究其原因，不外乎人们在现实中比较注重与自己利益攸关的东西，把眼前的既得当下的享受看得至关重要，从而忽视了内容形式的辩证统一。有时形式夸张或萎缩，远离内容之实；有时内容直裸或隐匿，没有形式之躯；结果是导致对事物的片面认识，偏执解析，名实不符，表里不一，造成了内容和形式的相互对立和彼此伤害。为人处世，必要注重二者的辩证统一，更要注重其相互的多样性匹配，方能名实相副，相得益彰。

十六

人们秉持远大的理想，坚守崇高的信念；人们专注具体的目标，执着翔实的行动。在现实中不断地勤奋努力，攀登跋涉，克艰攻难，开拓进取；也不断地调整校对，退让妥协，曲折迂回，忍辱负重。趋利避害，顺其自然中有建功立业的雄心壮志；敢于拼搏，勇于进取里有追名逐利的倾心尽力；山重水复，成败得失中有刻骨铭心的回味；阴晴圆缺，悲欢离合里有如梦似幻的感喟。随着年龄的增长，经历的增多，行为习惯思维模式已成为阅历的品鉴，实践经验理论水平已成为阅历的映照时；一切都悄然于平静平凡之中，因为懂得了来自于自然复归于自然的生命意蕴；一切都安谧于平常平淡之中，因为明白了萌生于社会归寂于社会的人生真谛。时光之过客，岁月之游子，人生的常数，生命的法则，虽然因人因时因社会因时代有时不同，内容纷繁复杂形式变化万千，但其基本规律则是永恒的。所以，人们离不开现实的大地，更不能缺失精神的天空，在努力与向往之中，书写自己的画卷，谱写自己的旋律；流星般划过天宇。

十七

心静如止水，只是相对安谧的一种状态。因为总会清风拂煦，润雨抚慰，天光云影，日月星辰，在宁静的水面荡起波澜，绘入色彩，使明净变得浓妆淡抹起来；因为总会有莺歌燕舞，青鸟鸿雁，清泉涌动，溪瀑喧闹，在宁静水面激起音符，演绎旋律，使静谧变得高歌低吟起来；因为总是野草杂花，林木蓊郁，梅兰松菊，暗香四溢，在宁静的水面熏染芬芳，萦绕馥郁，使恬淡变得氤氲浓郁起来。心静如止水，只是春风夏雨秋霜冬雪陶冶后的平淡，春耕夏耘秋收冬藏精萃后的平常，只是山重水复成败得失净化后的平凡，阴晴圆缺悲欢离合升华后的平静。有了艰难曲折的砥砺和丰富多彩的阅历后，经过沉淀，凝结，净化，蒸腾、升华，变成一种晶莹剔透的清逸，形成一种幽幻奥妙的安谧，此时，灵魂的翅膀歇息，思想的脉搏停顿，一幅山水画卷的悠远，一曲天地旋律的飘逸，一颗心灵的梦呓。

十八

人们的心灵史，是自己秉持生命的笔墨，在时代的场景社会的幕布上，留下唱念做打舞的演绎和生旦净末丑的形象的过程，更是一种人生超越的凤凰涅槃生命升华的返璞归真。因为只有精神的火焰炽热灵动，才会让心灵在光明与黑暗的交替中璀璨缤纷，在欢乐与痛苦的变幻里交相辉映；才能真实却又简单明了地记录下思想的轨迹，如梦似幻的捕捉到灵魂的踪影。心灵史不只是简单地反映纷繁复杂的客观事物，详细记录云诡波谲的发展过程；不只是单纯地蚀刻丰富的思想内容，雕凿幽幻的精神意蕴；而是在实践基础上，在物象形态上的一种心象活动，有直观、有理性、有抽象，更有梦幻般的情调。所以，心灵史应该是最丰富、最浓厚的，直通灵魂的幽径。

十九

试看古代圣贤，固然有鸿篇巨制的典籍，繁文缛节的阐述，精雕细琢的考据，旁征博引的说教，但许多意蕴深远，哲理精要的论述，却是遣词造句，言简意赅；说文讲意，抑扬顿挫；解惑释疑，委婉动听；传道明理，直达心扉。在非常简单的文字，平淡的语词，自然的抒发，精准的阐述中，揭示了自然中神奇的造化，昭示了社会中丰富的内涵，呈现了生活中深刻的意蕴，彰显了人性中奥妙的真谛。言传身教，耳提面命；殚精竭虑，精益求精；学而不厌，诲人不倦。没有冠冕堂皇的装腔作势，没有诡异乖戾的故弄玄虚，没有趋炎附势的奴颜婢膝，没有哗众取宠的谄庸媚俗。在行云流水般的倾诉中，在鞭辟入里的应答里，在淋漓尽致地挥洒中，在娓娓而述的细腻里，博大精深的意蕴璀璨缤纷，天籁地韵的道理晶莹碧透。让世上所有的人不论其地位、学识、经历如何，都会产生一种高山仰止的向往，景行行止的追慕，虽然学说杂呈，流派纷纭，褒贬参差，臧否悬殊，但其人格的魅力，思想的光辉，始终给人以刻骨铭心的尊崇，普照千秋的温蕴。

二十

躲避繁闹有时是自觉的、主动的，有时是盲目的、被动的，前者在于心灵的智慧和理性，后者在于心情的起伏和状态。但从逃避的意义而言，都实现了一种对宁静状态的选择。具体来讲，前者是一种超凡脱俗的成熟，精神上的真正超越，后者则是一种触景生情的反应，情绪上的抗拒。因为生活中繁闹的内涵太深，外延太广，内容太多，形式太杂、频率太密，影响太大，时俗风尚烟熏火燎，追名逐利盘根错节，成败得失锱铢必较，阴晴圆缺焦灼浮躁，使人们产生了一种欲罢不能的尴尬，欲说还休的无奈，于是就有了各种抗拒的方式，排遣的举动，既有主动的净化自觉的超越，也有被动的敷衍盲目的推诿；既有精神返璞归真的引领，心灵明心见性的启迪，也有任情使意的淡漠，率性随心的排斥。好像殊途同归，但毕竟境界是不一样的了！

二十一

气质不只是人音容笑貌行为举止的外在表现，而是深厚思想和博大情怀的辉映，是阅历丰富与经验繁多的彰显，是一种在实践中先天遗传与后天修持的有机结合，是一种在生活里物象精萃好与心象净化的相得益彰。有多大的舞台就有多大的人物，同样有多大的人物也就有了多大的演出，而造就人的气质，不外乎先天的承续，后天的历练；是一种品性情趣的生动演绎，是一种心胸意志的集中体现；但气质最重要的是在于精神的纯真挚朴，心灵的清逸净洁。只有壁立千仞，才能高瞻远瞩，见微知著，劲拔伟岸，超凡脱俗；只有海纳百川，才能虚怀若谷，激浊扬清，深邃辽阔，升华超越。举手投足，身体力行，言谈举止，孔武有力，温文尔雅，英风潇洒，和煦温馨；为人处世，光明磊落，公平正义，率性随心，任情使意，聪慧明智，神清气爽。内化于心，外显于形，涵蕴万物，充盈天地，此乃气质也。

二十二

历史不只是鸿篇巨制的典籍，虽然已条分缕析的梳理，精雕细琢的编纂，旁征博引的诠释，求证考据的解析，依然包含着丰富的内容，有着很深的哲理，需要人们去不断地了解、认识、掌握；历史不只是沧桑零落的遗迹，残垣断瓦、亭台楼阁，破庙颓寺、孤坟荒冢里，有一种精神贯穿其中，有一种文化闪烁其间，带给人的不是简单的物象追寻，而是深奥的心象思索。有很多时空的场景有待于人们去充分的展示，有很多事件的剧目有待于人们深度的挖掘，有很多人物的情节有待于人们细腻的提炼。历史不只是有限人生的点缀具体生命的闪烁，源远流长，波飞浪卷，意蕴是无限；历史不只是各种社会形态的雕凿不同时代特征的镌刻，根深蒂固，枝繁叶茂，真谛是永恒。人们从远古走来，在现实中挺立，向未来奔去，创造着历史，记述着历史，承载着历史，延续着历史，既要看到它独领风骚的容貌，领略它特立独行的风采，更要品味它博大精深的胸襟，感喟它涵蕴万代的境界。

二十三

太阳使出浑身的力气，把自己的光和热充分的释放，率性随心地倾泻在苍茫原野，任情使意地充溢深邃苍穹，让万物浸润在光的洗涤中，通透豁亮，让一切裸露在光的净化里，璀璨晶莹。光天化日中阳刚之气得到了最大的张扬，淋漓尽致里蓬勃激越得到了最好的宣示；一切只有在阳光中，才能生机勃勃欣欣向荣，一切只有在阳光中，才能枝繁叶茂茁壮成长。当然对于有些生物、植物来讲就另当别论了。月亮柔媚，用自己的清冽化解了太阳的炽热，把直率的拥抱变成了温柔的抚慰，温蕴了过于直白的光亮，消解了过于浓重的燥热，只用清辉温馨的拂煦万物，只用散淡轻盈的弥漫天地，精神中充溢着清逸恬淡，心灵里飘逸着幽幻奥秘。太阳不能缺失，月亮岂能疏离，都是造物的深谋远虑，都是精神的渊薮根基，都是心灵的曼妙超逸。

二十四

人格的高尚来自于人性的平凡，人性的平凡在于纯真善良美好的秉持，虚假恶劣丑陋的抑制。崇山峻岭的攀登，江河湖海的跋涉，阴晴圆缺的经历，成败得失的品味，经磨历难，砥砺锤炼，人性始终坚守自己的本色，涵护自己的底蕴，丰富自己的内涵，提升自己的品质；纷纭变幻的时代，云诡波谲的社会，繁杂琐屑的生活，跌宕起伏的人生，春夏秋冬，悲欢离合，人性不断地净化，反复的精萃，温蕴自己的精神家园，滋润自己的心灵故乡。人格的劲拔，基于人性的伟岸；人格的高尚，来自人性的平凡。只有人性源远流长，人格才能涛飞浪卷；只有人性根深蒂固，人格才能枝繁叶茂。一切崇高的人格都是平凡人性的凝聚，但总会被一些表面的虚饰所遮掩；一切崇高的人格都是平凡人性的呈现，但总是被一些功利的色彩所涂抹。纵贯历史，横览当代，站在人格峰峦之上的不是权势的大小富贵的多少，而是平常、平凡的人性之真。人性之善、人性之美！

二十五

心灵的对话是一件很平常的事儿，因为，人们时时处处都会对自己的行为和想法进行一些反思，或深或浅，或浓或淡，都会有一些深思熟虑的品味；心灵的对话又是一件很严肃的事儿，因为，人们在所思所想中，是否在斟酌中拥有一种深刻，是否在解析中保持一份真诚，发自内心而不是率性随心，出于自觉而不是任情使意。心灵的对话，不只是自言自语自警自省的自我表达，也是长期积累的先贤圣哲的教诲经史子集的孕育在自己心灵中的相互切磋，更是与当下时代现行社会现实生活具体人生的激烈碰撞。思之愈深，索之愈切，会有一种殚精竭虑的辨析，刻骨铭心的触动，会在精萃中让自我有所超越，会在净化里让灵魂有所升华。真正的心灵对话，既是自然的，又是刻意的；既是行云流水，又是精雕细琢；既是针锋相对，又是相得益彰；既是色彩纷呈，又是交相辉映。

二十六

文化的力量非常巨大，但积聚能力的过程非常漫长，因为人类走出荒蛮的开始，文化在混沌中有了灵动，品味万象，感悟生活，明白事理，知晓自我；因为人类脱离蒙昧的启程，文化在懵懂里有了幽幻，生根发芽，茁壮成长，根深蒂固，枝繁叶茂。历经沧桑，承载巨变，时光荏苒，岁月更迭，时代发展，社会进步，人类在适应生存完善自我的过程中不断的成熟，也创造着璀璨缤纷的文化，从物质形态、精神形态、制度形态到生理形态，心理形态，灵魂形态，无不打上文化的印迹，无不闪烁着文化的色彩；不同的区域，不同的民族，不同的时代背景，不同的社会阶段，不同的生活环境，不同的人生历程，文化又呈现出远近高低各不同的特征，彰显着赤橙黄绿青蓝紫的光芒。追根溯源，文化是人类品性情趣的凝聚，心胸意志的精粹，文化是精神晶莹剔透的映照，心灵轻扬超逸的梦幻。

二十七

当春风轻轻地拂煦，春潮微微地涌动，春意悄悄地的弥漫，凝固了一冬的大地开始苏醒，万物都在期待着一种无言却庄重地召唤，屏声息气，默然以待，犹如迎接未来即将开启大幕时的期望，又似送别过去马上掩去帷幕时的依恋，等待着什么呢？沉寂了太久的大脑，在冬天的寒冷中凝结了多少思想的结晶，灵魂变得有形而通透起来，在生命的光中闪烁着幽幻神秘的色彩，只有此时才能比较全面和直观地透视自己、看清全貌，有点明心见性的感悟，返璞归真的启迪。抽象的意蕴有了具象的承载，心象的超逸有了物象的依靠；精神的虚无缥缈有了晶莹剔透的彰显，心灵的如梦似幻有了澄明清亮的映照。当这些随着春的到来悄悄地融化时，流水般的灵魂又不安起来，在苍茫的大地上涌动，在深邃的高天上翻滚，在草芽和枝条上闪现，在心灵深处开始了又一次的萌动。

二十八

在寒冽的冬季，原野萧瑟，万物凋零，好像人们的思想也由于温度的下降，时空的萧疏，变得有些呆滞，反应也有些迟钝；身体力行有些沉重僵硬，行为举止有些死板拘谨，仿佛一切都被寒冷冻结，凝固成一种实实在在的物象。灵魂在此时才相对的安静下来，可以一览无余的看看周围，可以明心见性的审视一下自我，有了比较独特的心灵对话氛围。所以，冬的季节特征具有一种让人可以感受到虚幻缥缈的实在体验，有一种可供人欣赏奇诡曼妙的直观品阅；当它开始融解在春风春雨里，消失在春草春花中，融汇于春潮春意时，依恋之情顿上心头，因为，短暂的凝结涌动了起来，一切又处于蓬勃的喧闹之中，一切又为将来的重塑提供着最丰富的素材。

二十九

内心的动与静，一方面是由外在的多种原因引起的，另一方面主要是在于自我的思想与情趣了。人世间万象纷纭，事物繁杂，人际纠缠，关系交错，决定着人们身体力行的作为，殚精竭虑的考量；历史的回望，现实的品味，未来的憧憬，影响着人们为人处世的态度，建功立业的期望。人们有限的身心要承载纷繁复杂的世相，以作为为基点，把各种各样的冲击波按距离速度频率程度逐一排列开来，由中心向边缘，有内涵到外延，进行一番梳理和分析，进行一番权衡和抉择，前后相系，左右相连，上下交织，内心始终处于动荡之中；只有经过去粗存精，去伪存真的辨析，从具象到抽象，从物象到心象的升华，达到了精神的澄明，心灵才会相对平静下来。同时，动的大小和深浅，静的速度和程度，也受到人们自身素质的影响，品性情趣，人格气质，眼光见识，胸怀境界，都决定着内心的动与静的范围与质态。

三十

赤子之心既是一种美好的祈盼，也是一种现实的追求，既是人生纯真质朴的起始，也是生命返璞归真的归宿。风尘时俗的熏染，追名逐利的蚀刻，成败得失的砥砺，悲欢离合的磨折，心灵早已失去了晶莹碧透的本色，精神早已黯淡了清逸澄明的底蕴；更多的是冠冕堂皇的浓妆艳彩，趋炎附势的随波逐流，诡异乖戾的浮躁焦灼，锱铢必较的贪婪奢靡。没有了品性的暗香如故，没有了情趣的云淡风轻，没有了人格的劲拔伟岸，没有了胸襟的深邃辽阔，只是一具机械性运动的机器而已。身心疲惫，沉溺于眼前的实惠，满足于当下的功利；精神委顿，云遮雾绕的迷蒙，如梦似幻的虚无。有时刹那的警醒，掀开回望的帷幕，追本溯源，有一种刻骨铭心的召唤；有时瞬间的觉悟，张开向往的翅膀，地老天荒，有一种魂牵梦绕的灵动。孤独中，看清了嶙峋的身影；寂寞里，聆听了真切的心声。赤子之心，还会在繁华喧闹中展现初始的清纯鲜活吗？还会在超凡脱俗里闪烁归宿的永恒光芒吗？

三十一

日子缓缓地从身边悄悄地逝去，记忆静静地从心头轻轻地升起，为了抚慰征尘满身疲惫满心的自己，总想从记忆的源泉引来清凌凌的溪流，洗濯心灵的污垢，祛除心灵的沉疴。记忆的源泉总是那样的平常平淡，但让人感到格外的温馨；回望的溪流总是那样的平静平凡，但让人觉得异常的柔和；品味中有太多的刻骨铭心，言谈举止音容笑貌就在眼前；感喟里有太多的如梦似幻，奇妙的舞台变幻的剧目缈若烟云。因为，一切初始的懵懂总是清纯质朴的，沁入心脾，温润胸襟；一切启程的无知总是天真澄澈的，放飞理想，驰骋行动。有了山重水复的行程，成败得失的权衡，有了阴晴圆缺的感触，悲欢离合的感悟，对照自己的过去和现在，天壤之别不在于时光的流逝岁月的变化，而是精神家园是否还根深蒂固，枝繁叶茂，心灵故乡是否温馨安和，清逸灵动。真的，急促前行的人应当经常回忆一下起点，回望一下行程，那会前行的更稳健，生活得更充实，精神更澄明，心灵更超逸。

三十二

等待是一种煎熬，也是一种享受，因为心里的企盼充满了率性随心的猜测，任情使意的遐想，让殚精竭虑呕心沥血的思绪披上了如梦似幻的翅膀，在希望的宇空尽情地飞翔。享受等待，因为太多的设想会脱离现实的条件，在精神的桃花源中自由的嬉戏，去掉陈旧的装饰，披上稚朴的外衣；享受等待，因为太多的预测会超越具体的环境，在心灵的乌托邦散漫的游弋，解脱既定的枷锁，放飞灵动的畅想。享受等待，焦急地看着分秒的流逝，把融化的冰山雪峰变成涓涓细流，滋润风蚀的品性，干涸的情怀，孕育生命的幼芽，生机勃发，茁壮成长，让精神家园枝繁；享受等待，就像贮贮藏的美酒，默默地酝酿绵厚的甘洌，清芬的醇香，悠长的回味，凝聚岁月的精华，深情地等待着那开口时的惊诧和激动。经受等待的煎熬，享受等待的愉悦。

三十三

人们看似生存在物象的场景中，其实是沉浸在心象的幽幻中。人们看似活动在具象的剧目里，其实是孕育在抽象的奥妙里。因为，具象的纷繁复杂，总要抽象的条分缕析，演绎诠释；物象的纷纭变幻，总要心象的陶冶精萃，净化超越。身体力行的具体活动可以暂时的休憩，但殚精竭虑的普遍思维却很难停歇，甚至睡梦中也会有一部分在活动着。这样就给人带来了更为悠长的思索时间，更为广阔的思维空间，可以在自由浪漫中释放五花八门的想法，辐射四面八方的思绪。无论真假善恶美丑，还是对错是非好坏；无论山重水复成败得失，还是阴晴圆缺悲欢离合；构成了心灵史的点点滴滴，字字句句、篇篇章章。当这种漫游式的想法被深度挖掘，系统梳理，逻辑演绎，辩证诠释后，可能会形成一种思想观念或理论体系，充填到人类的精神宝库中，呈现在个体的知识结构里。所以，要善于在日常的这种看似无思的有思中，去捕捉零星的遐想，去网罗孤立的灵感，充实自己的精神，温蕴自己的心灵。

三十四

生命的意义只能让生命的本真去印证，它不在于时间的长短，不在于意蕴的深浅，不在于内容的多少，不在于形式的繁简，不在于附着在自身的成败得失荣辱褒贬，不在于它人的价值鉴定时俗评判。生命的意义在于人性光明磊落公平正义的弘扬，兽性野蛮粗暴愚蒙昏庸的贬斥；生命的意义在于人性纯真善良美好的彰显，虚假恶劣丑陋的抑制。唯有其品性的晶莹碧透情趣的温雅安和，才能展示其深刻的内涵；唯有其胸襟的深邃辽阔意志的劲拔伟岸，才能体现出其浑厚的底蕴；唯有其明心见性的精神返璞归真的心灵，才能彰显其神圣的真谛。人生如旅，没有一点多余的停留。让幼小的生命多看一些启程的风景；没有一点多余的驻足，让稚嫩的童心多看一些鲜艳的色彩；没有一点多余的回望，让少儿多看一些天真好奇；没有一点多余的浏览，让青年多看一些朝气蓬勃；没有一点多余的品阅，让成年多看一些山重水复；没有一点多余的鉴赏，让老人多看一些悲欢离合。人生如梦，像一阵清风，拂过苍茫的原野；像一缕白云，飘过深邃的苍穹。经历时光的变幻，春风夏雨秋霜冬雪；经历人世的沧桑，春耕夏耘秋收冬藏。生命具有特立独行的生理蕴含，精益求精的心理意义。

三十五

不要说青春已去，两鬓的白发里萦绕着生命的悲欢离合，掩不住心中激越的企盼和执着的追寻；不要说青春不再，满面的皱纹里蚀刻着人生的山重水复，丢不掉心中深情的回望悠长的品味；不要说青春远离，佝偻的身躯承载着繁杂琐屑的生活，仍旧春耕夏耘秋收冬藏的勤奋；不要说青春难回，疲惫的心灵凝聚着神奇奥妙的梦幻，依然春风夏雨秋霜冬雪的精萃。有了峰峦叠嶂的攀登，壁立千仞的劲拔一览众山的伟岸，松生涧中的孤傲兰在幽谷的清逸；有了江河湖海的跋涉，海纳百川的辽阔涵化万象的深邃，蜿蜒曲折的吟唱中流浩荡的高歌。青春是年轻的伴侣，青春是年老的知己；青春是花好月圆的家园，青春是暗香浮动的故地。青春是启程的萌动，青春是归宿的安逸；青春是一往无前的进取，青春是返璞归真的升华。青春是由小到大的成长，也是由老到小的超越；享受了青春要向青春致谢，远离了青春要向青春靠拢。青春不是年龄锱铢必较的刻度，青春是心灵如梦似幻的境界。

三十六

心灵清静，一切随缘，没有繁文缛节的仪程，不需旁征博引的辨析，只是一种品性的自然流淌，思想的随遇而安，只是一种情趣的率性随心，意蕴的灵动缥缈。一切的造化离不开尘世的烟熏火燎，一切的存在离不开俗事的盘根错节，一切的本真表现在芸芸众生的行为和思想里，一切的至蕴呈现在万象纷纭的变幻和灵动中。太多的实惠，太多的功利，太多的说教，太多的诠释，太多的渲染，太多的演绎，不是智慧崇光泛彩的阐释，而是将灵性的思想披上了世俗的装饰，不是心灵超凡脱俗的升华，而是把幽幻的精神涂上了风尚的色彩。美好的境界，只能靠心灵的清逸纯净才能搭建，太多的精雕细琢反而对它是一种亵渎，一种扭曲。既然修行，便是超脱，清静无因，纯正无果。

三十七

滚滚红尘中，人们急功近利的追逐着当下，锱铢必较地盘算着眼前，物质财富无论大小多少，精神财富无论深浅高低，只要能即时的享有，片刻的享受，尽情地品味，随意的挥霍，便是莫大的成功或荣耀了。其实，物象的璀璨缤纷并不能直接的呈现心象的神秘莫测，具象的纷繁复杂并不能精准的彰显抽象的幽幻不定；灵魂看似无影无踪，却是始终萦绕人生的终身伴侣，它无时不在无处不有，只是悄然地藏匿在心灵的某一个角落，不会主动出来，不会强扬过目，只等到人们功成名就志得意满，或壅塞阻滞心灰意懒之时，才静谧的映射，轻盈的观照。或洒下点润雨以温蕴浮躁，或送来一阵清风以拂煦焦灼；或明月朗照般地熨平骄奢，或赤日炎炎般的燃起颓唐。无须熙攘的陪衬，行云流水；无须多彩的粉饰，平淡无奇；自然地唤醒被人们长久淡漠的纯真质朴，有点超凡脱俗的净化，有点明心见性的感悟。

三十八

心儿平静了，才能看到自己的真性情，看清社会的真面貌，看准时代的真特征；心儿平静了，才能辨别自我的对与错，社会的是与非，生活的好与坏。心儿平静了，才能知晓时俗风尚的渊薮，追名逐利的根脉；心儿平静了，才能明白物质形态的璀璨缤纷，精神意蕴的云诡波谲。心灵单纯了，才不会被各种各样的欲望所纠缠，不会被各种各样利益所萦绕，不会陷入心浮气躁的焦灼里；心灵单纯了，才不会被各种各样的贪婪所迷惑，不会被各种各样的掠夺所痴迷，不会坠入身心疲惫的浮躁中。心灵单纯了，看天是天，看地是地，看山是山，看水是水，看物是物，看人是人，万象归一，本真呈现；心灵单纯了，一切浓墨淡彩消失，一切装腔作势去除，一切成败得失退隐，一切悲欢离合散逸，明心见性，真谛辉映。心儿平静了，聆听自我的心声，感悟天声地韵；心儿单纯了，反照自我的身影，品味物象纷纭。

三十九

学了很多知识，头脑固然丰富了许多，但并不说明思想就有多么高深；懂了许多专业，为人处世的本领增添了不少，但并不说明能力就有多么强大。经历多了，历事久了，有些人生的体验有所积累，有些人世的道理有所知晓；但简单的经历叠加，并不说明阅历的浑厚，粗糙的经验累积，并不证明见识的深刻；因为缺少精雕细琢的精萃，殚精竭虑的陶冶，只是一本流水账般的记录，并无精神的升华。为学日增，多多益善，为道日损，至简至纯，二者的表现形式相反，而内在方向却是一致的。因为认真学习，深入实践，阅览万象，通达众生，博采知识，增长阅历，奠定了精神品味的基础；因为去粗存精，去伪存真，逻辑推理，辩证解析，认识本质，把握规律，确立了心灵感悟的境地；二者相得益彰，达到至真至善至美的意蕴，二者交相辉映，彰显清逸澄明超越的真谛。

四十

声声佛经，句句禅意，语言中浸淫着天国的福音，头脑里温蕴着仙境的圣谕，身体力行践履着普度众生的善举，殚精竭虑彰显着拯救灵魂的启迪。远处望，如梦似幻，一种精神的召唤；近处行，朴素诚挚，一种作为的修持。在时俗风尚烟熏火燎中，有了一点清澈通透的感觉；在追名逐利的盘根错节里，有了一点轻扬超脱的菩提；在成败得失的锱铢必较中，有了一点返璞归真的意蕴；在阴晴圆缺的悲欢离合里，有了一点明心见性的超逸。心路崎岖，总感到经典未谙熟，机缘未明晰，打坐有形态，参禅无会意，满足于一种寄付性的仪式，安然于一种求祈式的念度；心路漫长，总万象纷纭，众生繁熙，世相斑驳，自我迷离，沉溺于一种条分缕析的习惯，麻醉于一种僵硬刻板的规矩。说到底还是缺少对人生因缘真切的明了，缺乏对生命因果超验的品味。五官不明，六根不净，自证它证，皆是心证。

四十一

传统时代的耕读之家风，是与当时的生产力水平和生产方式相适应的，是与时代条件和社会环境相匹配的，是与家庭结构家族脉络相联系的，是与成员素质群体状况相吻合的，是与历史的传承现实的发扬相交融的，是与个人的追求社会的需要相呼应的。所以，家风源远流长，根深蒂固，博大精深，浑厚淳朴，引领风气，教化时尚，彰显规矩，约束行为，历久弥新，枝繁叶茂，浸润家园，涵护故乡，意蕴深远，回味无穷。特别是在当今社会，世风纷纭变幻，流俗云诡波谲，更显其凝心聚力的作为，家国情怀的力道；虽然有些凋零萧瑟，支离破碎，甚至荒芜干涸，难觅踪迹，但有一点，其品其情其意，珍贵无比，要知晓其深刻的内涵，领略其丰富的外延，净化其繁杂的底蕴，精萃其奥妙的精神，穿透时空的藩篱，超越时代的界度，在当今的社会中发扬光大，焕发生机，涌动活力；唯此承读，才能使中华文化在不同的时代一以贯之，唯有弘扬，才能使中华文化经历千秋万代而光辉灿烂。

四十二

当一个社会中，上至执政集团下到黎民百姓，权利都能得到保障，义务都能得到承担，善举都能得到弘扬，恶行都能得到惩处时，就说明这个社会是公平正义，风清气正的。这是一种美好的理想，也是一种紧迫的实践，对于当代中国来讲，法治的理念要确立，法治的架构要合理，法治的内容要科学，法治的实施要准确，法律的建设要扎实，法律的普及要深入。对于现代社会来言，由谁来立法，立什么样的法，是法治的根本，是法治的精髓，只有真正站在人民大众的立场上，代表人民大众的利益，符合社会发展的规律，适应时代进步的趋势，具有本国的特色，涵蕴普世的道理，才能立出好法，制定善法，推行良法，才能保证国家的长治久安，民族的繁荣昌盛，人民的安居乐业，世界的融洽和谐。如果立法以一集团一群体的利益为出发点，以一时一势的炎凉强弱为依据，就会导致法律的畸形荒谬，恶劣粗鄙，造成法治的昏暗猥琐，龌龊肮脏。有无法治固然重要，有无好法良法善法更为关键，能否深入普及坚决贯彻执行更为紧要了。

四十三

人生在世，为人处世，或弄巧成拙，或求拙成巧，既是一种具象的表现，也是一种抽象的解析；既是一种物象的纷呈，也是一种心象的诠释。老子把很多具有贬义或中性的字词赋予了褒义或倾向的演绎，注入了生动活泼云诡波谲的意蕴，揭示了客观世界主观世界的相互关系，具有了辩证的意义。但有些描绘也拘泥于一种技巧性的精雕细琢，有些阐述也刻意于一种诡异性的殚精竭虑，反而削弱了自己大道至简的真谛，疏远了万象归一的境界。因为只有赤子之心，纯洁清明，才是人的精神家园，心灵故乡；因为只有赤子之心，朴拙诚挚，才是真善美的渊薮，性情意的根基。无论字词褒义或贬义的萦绕，倾向或中性的纠缠，只是一种主客观因素变化发展中的契合而已；只有达到天人合一的道，涵化万物的德，才能说达到了一种至高无上的境界。

四十四

要有驾驭知识的能力，要有提高思想的修持，把学到的各种知识和实践的丰富成果，进行比较系统的归纳梳理，通过具象的条分缕析，上升到抽象的逻辑辩证，正确的指导自己的实践，不断地深化自己的思想，这是对学习的要求，也是学习的目的。有时因各种原因，主观的努力与客观的环境不适应，自我的动力与群体的氛围不匹配，那么，孤独的历练寂寞的陶冶就上升到了至关重要的位置。“穷则独善其身”，品性的涵护，情趣的温蕴，意志的砥砺，胸襟的开拓，孕育的是一种精神的境界；殚精竭虑，精益求精，力求对事物全面客观的认识，对本质深刻辩证的通晓，对规律正确的把握，对趋势科学的预判，达到的是一种智慧的高地。人的发展，是主客观的辩证统一，既有剑拔弩张的对峙，也有琴瑟和鸣的和谐；既有犬牙交错的纠葛，也有相得益彰的融通；既有具象的盘根错节，也有抽象的条分缕析；既有物象的璀璨缤纷，也有心象的晶莹剔透；无论客观环境如何，现实条件怎样，精神升华心灵超越，只能由自我净化自我精萃来完成。

四十五

他是万物的奇葩，天地的精灵；偏偏以世人有限的身心去承接那云诡波谲的无形命运；赋予身前的辛酸和荣耀已被风雨淹没，附着身后的盛名和神话却在流传中蔓延。是人又不是人，一个精灵，游荡于天地之间，深谙自然的秉性；是仙又不是仙，缥缈于云雾之中，通晓万物的情韵。心中的向往，只有寄情于山高水长才能淋漓尽致的张扬；心中的祈盼，只有相忘于风尘俗世才能幽幻神妙的挥洒；在出世与入世的萦绕中挣扎，在沉溺与超脱的纠缠里徘徊，携带一生的浪漫豪迈，呼风唤雨，承霜接雪，揽星招月，披霞映辉，三山五岳，江河湖海；留下几多的幽幻飘缈，飞流直下，轻舟万里，嶙峋崔嵬，曲折蜿蜒，淋漓酣畅，天上人间。本是灵魂的游子，却落在飘零喧嚣的尘埃！

四十六

读懂了李白，就明白了世俗与理想之间的悲哀；读懂了李白，就明白了升华与沉沦之中的忧伤。一介布衣，仗剑四方，云游天下，那是建功立业的抱负；诗酒年华，锦心绣口，山河入怀，那是涵蕴万物的情怀。抛不开的家园千般醉，斩不断的故乡万重情，走不完的功名利禄道，看不尽的人间冷热脸；任情使意的高歌低吟，率性随心的浓墨淡彩，天生我材必有用的豪迈，斗酒诗百篇的酣畅，化作幽幻曼妙的诗句，铸就气势磅礴的史诗，汇成惊天动地的诗海，升华出一个浪漫灵动的诗仙。三山五岳，江河湖海，给予生命的承重，留下三分明月，一江碧涛，洗涤被风尘浸染的心灵，被功名阉割的情怀。踏月去，清光四溢，夜夜入梦来。永远读不懂李白，魂牵梦绕；永远读不懂李白，如梦似幻。

四十七

何必追根溯源，还原一个骨肉的真身；何必寻章摘句，呈现一个心灵的轨迹；在诗情中，光焰万丈，气吞山河；在幻境中，清风明月，诗酒年华；把没想的都想到了，还不及他一丁点的游风侠骨；把没看的都看透了，还不如他一丁点的天地情怀；有谁能读懂人间的仙人，有谁能看懂酒中的精灵。在那绣口锦章词章里，是天地造化的神韵；

在那回肠荡气的诗文中，是自然灵性的歌唱。不要还原他的过去，因为已经过去；不要憧憬他的未来，因为没有未来；不要追寻他的身影，因为已经散逸；不要侵扰他的心灵，因为已经缥缈。眼前只是似真似幻的谪仙，心里只是魂牵梦绕的诗魂。

四十八

有时过度追求一个明晰的道理，不如寻找一个幽幻的梦境，因为道理固然非常重要，但却刺痛了我们的纯善之心；被玷污了的道理满身的污垢，梳理后露出自己残破但真挚的心，看到它的斑斑伤痕，虽然是砥砺后的精髓，净化后的结晶，但让人痛心于道理难道只能在乌烟瘴气中呈现，在污泥浊水彰显吗？人们沉溺于追名逐利的欲望里，沉醉于巧取豪夺的享受中，精神被销蚀的苟苟且且，心灵被熏染的浑浑噩噩，只有点掩耳盗铃的自作多情，只有点孑欺人的自以为是。需要时光顾一下尘封已久的道理，却很难感触它的心酸，知晓它的伤痛；梳理时回复一下淡漠已久的道理，却很难品味它的孤独，领略它的寂寞。真的，有时不想过度追求一个明晰的道理，于心不忍，只想留一个幽幻的梦境，容纳更多的纯真善良美好。

四十九

劲风狂暴，黄沙肆虐，铺天盖地，万物朦胧；塞北的春天里，迎接的第一场风沙，是那样的雄浑厚重，是那样的暴戾冷硬，因为只有这样的扫荡，才能剥掉冬天留下的僵壳；只有这样的清除，才能解脱岁月交替的桎梏；只有这样的唤醒，才能催促春天的苏醒；只有这样，才能拨动时光飞度的时钟。在昏天黑地中，一切都失去了往日的萧瑟寂寥，一切都融入到当下的喧闹混沌；一切都失去了冷峻的线条沧桑的面貌，一切都泛动其浮躁的谋划焦灼的盘算；把回忆搅割得支离破碎，把向往酝酿的五花八门。只有这样一场掀开天幕的风暴，才能奏响春天的序曲；只有这样一场牵动地帷的沙尘，才能铺垫春天的舞台；为鹅黄柳绿开道，为花红草绿启程。塞外的春天，浑然漫卷后清新，显得格外的隆重，又分外多情。

五十

客观地公正地看待问题，是在丰富的感性体验和精练的理性精萃中实现的。因为，人是认识问题、解决问题的实践主体，只有在自身的主观能动中和大量感受性实践里，才能领略万象纷纭自然社会，品阅纷繁复杂的时代生活，才能通过对客观事物的接触了解，积累大量的具象性材料，提炼出抽象性的逻辑概念和思想理论。对事物客观公正的认识，往往是在与主观偏差的交锋中实现的，对感性全面正确的梳理。往往是在与理性偏执的纠葛中达到的。人们一生中总是在追求全面和客观，公正和理性，这是一种指向性的目标也是具体的探索过程；实践使人们与客观世界紧密的联系，使自我的感性搜索和理性辨析不断得到培养和提升，从而能够包揽客观的璀璨缤纷，精练主观的晶莹剔透，形成全面客观，公正理性的思想和智慧。

五十一

敢于接受一切，要有一种海纳百川兼容并蓄的气度，但这不够，还要善于接受一切，要有一种激浊扬清消融净化的境界；因为深邃辽阔的海洋，既要有博大精深的量度，可以涵纳万流，净化清浊，也要有超凡脱俗的功力，可以陶冶品性，温蕴情趣，始终拥有自我净化的禀赋，失去了自净的能力，随着纳入杂质的增多，本身也会污浊不堪的。所以，海洋在大气环流中不断地变幻，在海陆交汇中不断地循环，承前启后，吐故纳新，砥砺奋进，始终不渝，才有了自己的浑厚伟岸。所以，敢于接受一切是一种态度，善于接受一切是一种境界；敢于接受一切是精神的张扬，善于接受一切是心灵的映照。

五十二

天涯咫尺，情系万里，撑起深邃的苍穹，敞开苍茫的原野；湛蓝的天宇，日月升腾，群星闪烁，清风拂煦，白云飘逸，放飞如梦似幻的想象，率性随心的自由翱翔；沧桑的大地，芳草绿茵，百花璀璨，山清水秀，葱茏蓊郁，挥洒如胶似漆的眷念，任情使意的浪漫驰骋。孤独中，只是一种情怀的倾诉；寂寞里，只是一种思恋的企盼。越鸟巢南枝，胡马依北风，精神家园的根深蒂固，心灵故乡的源远流长，化作眼前的枝繁叶茂，变成当下的涛飞浪卷。远方的遥望，已是朝思暮想的牵挂，盘根错节的交织；深情的呼唤，已是日积月累的祈盼，精雕细琢的镌刻。诚挚的爱，在平常平淡中孕育的博大精深；诚挚的情，在平凡平静里酿造的甘洌清醇。青史黄卷，短暂的熨平跌宕起伏的思绪；粗茶浊酒，片刻的激起波澜不惊的意兴；梅兰松菊，可曾映射彼此的身影？暗香四溢，可曾沁润你我的心灵？说不清理还乱的情丝编织成经纬交错的思念之网，捕捉每一次的遐想，每一次的灵动。

五十三

春水平静，刚从冬的凝结中融化，浑身透着寒洌中的清净，澄澈的几乎透明；一个漫长季节的休眠，沉淀了多少繁华喧闹的时俗风尚，孕育了多少神奇奥妙的如梦似幻？心里更敞亮了，湖面也就更宁静了；天上的云絮轻盈地飘过，照一照自己的身影；飞鸟不时掠过湖面，清脆委婉的呢喃，让湖水打个激灵；似睡似醒的小鱼儿轻缓地游动，不愿搅动这晶莹碧透的安谧。岸柳开始吐出鹅黄嫩绿脑袋，杂草漫漶着飘逸朦胧的绿茵，林木膨胀着干枯的身躯，有的花儿已迫不及待地萌发蓓蕾了。春水平静，像是一个期待已久的处子，宁静平和中有一种欲罢不能的冲动，内心的祈盼已开始悄悄地弥漫，滋润着塞外萧瑟干涸已久的身心。春水平静。

五十四

有些仪式或形式看似无用，其实蕴含着丰富的历史积淀，有些仪式或形式看似荒诞，其实蕴藏着深厚的文化传统。年年逢季节进行的祭祀，岁岁按时辰举办的仪典，无论是以国家形态进行的民族大祭，还是家园情怀的黎民卜祀，都怀有对自然天经地义的敬畏，对生命神秘莫测的虔诚，对祖先追本溯源的崇拜，对生活枝繁叶茂的祈盼。每一次的祭祀都是情真意切的宣示，每一次的仪典都是刻骨铭心的熏陶，每一次的程序都是历史的铭记，每一次的情节都是现实的警示，每一次的运作都是未来的憧憬。唯有此时，品性不能污秽，情趣不能鄙陋，心胸不能促狭，精神不能乖戾；唯有此刻，苍天不能欺瞒，大地不能疏远，祖先不能亵渎，生命不能淡漠，是一种潜移默化的教诲，是一种水乳交融的引导。所以，看似荒诞的形式确有其真实的内容，深刻的蕴含，因为它是一种灵魂之间的交流，心灵之间的对话。当今社会，还有多少这样的祭祀仪典，还有多少这样的精神陶冶心灵净化呢？

五十五

人这一辈子，可能取得一些成绩，赢得一点声望，获得一定地位，但这都不是根本，只是附着在世相中的花絮，人生上的装饰；随着时间的推移，或多或少，或大或小，或浓或淡，变化纷纭，幽幻莫测，但人还是那个人，不能因为这种看似实在的表象，把自我蒙蔽了，自以为是，高人一等，沉浸于一种良好的自我感觉之中，还不时地去炫耀张扬，让别人尊崇和羡慕。自知者明，要明白人生的本质，是平凡和平常的，生命的意蕴是平静平淡的。无论丰功伟业还是琐屑日常，无论志得意满还是困顿阻滞，都是主观努力和客观环境适应或背离的结果，都是偶然表现与必然规律切合或扭曲的实相；是融汇在时代洪流中的一滴水，是镶嵌进社会群山中的一粒沙。要始终牢记，人是自然之子，社会之子，没有什么值得骄傲自大的，更不能让别人高看自己，沉醉于虚荣之中。

五十六

每临大事有静气，是一种涵养，是一种气度，是一种胸怀，是一种境界。只有博览事务，熟谙世理，经磨历劫，砥砺精萃，知晓人生意蕴，感悟生命真谛之人才能有此风范。缺乏理论的浸润，没有实践的积累，缺少为人处世的历练和品味，没有一定的眼界和胸襟，就会品性浅薄，情趣庸俗，眼界短视，心胸促狭，往往是置小利于眼前，忘大义于脑后，精神焦灼，心灵浮躁，哪里有静气可言矣。所以，要达到每临大事有静气，必须要有深厚的理论涵养和丰富的知识熏陶，要有身体力行的实践和殚精竭虑的思索，更要有一种自我警醒，自我剖析，去粗存精，去伪存真的净化和超越。人正则气清，心正则身直，胸阔则蕴广，境高责行达。静气之养不易也！

五十七

人们因为追求太多，欲望太盛，才迷失了自我，失去了本真，陷入繁杂迷乱的泥淖而不能自拔，甚至是越陷越深。人类是大自然之子，历经漫长的遗传变异，不断地进化超越，具有了强大的思维功能和行动能力，逐渐凌驾于万物之上，自以为是的变成了自然的主人；于是以自然环境为率性随心的舞台，以纷纭万物为任情使意的仆役，演绎起一幕幕血雨腥风的掠夺之剧，让功利性的进攻变得无法阻挡，让实惠性的攫取变得毫无节制；自己要疯狂的贪婪，自己也无法把握，自己要痴迷的掠夺，自己也无法控制，到底要走向何处，自己也无法弄得清楚，搞得明白，陷入一种巨大的盲目之中。所以，人类的悲哀在于进化中自我警醒的比重越来越少，发展里自我净化的能力越来越弱，以至于行走于盲目之间，思想于短视之中，把眼前的既得当成了长远的目标，把当下的享受当成了终极的理想。

五十八

中国不缺文化，文明数千年，源远流长，涛飞浪卷，根深蒂固，枝繁叶茂，博大精深，灿烂辉煌，群星璀璨，万象缤纷，真是个锦绣之邦；中国又没文化，因为夜以继日的生活在文化的浸润中，日积月累的安逸于文化的温蕴里，对文化反而生疏了，麻木了，行为习惯，思维模式失去了文化的灵动，销蚀了文化的敏锐，更别提内涵的深化外延的拓展了。中国文化包罗万象、气势雄浑，可以为一切事物作注，可以为一切行为作释，可以丰富任何人的思想，可以影响任何人的行为；但因为其集繁杂琐屑与精精明提要于一身，聚鸿篇巨制与零敲碎打于一体；融百家争鸣百花齐放之蓊郁，汇万众熙攘家长里短之纷纭；有时其正能量让负能量抵消掉了，最后归于一个平衡的零状态。特别是近代以来，中西碰撞，古今交割，中国文化的整体被肢解了，脉络被割断了，蕴含被扭曲了，真谛被湮没了；世相纷纭，各取所需，搞得支离破碎，分崩离析，往往打着继承发扬的旗号，填着为己所用的私利，经常看到冠冕堂皇光彩夺目的昭示，却无追本溯源承前启后的真意。文化何其少也！

五十九

坚守的只剩下那点孤独的精神家园，寂寞的心灵故乡了。这里没有时俗风尚的繁华喧闹，没有追名逐利的巧取豪夺；这里没有成败得失的锱铢必较，悲欢离合的跌宕起伏；这里只是清风明月般的洁净，清泉碧流似的澄明，可接纳的只是天真稚嫩的孩童，返璞归真的老人；这里只是上善若水般的安然，明心见性似的恬淡，可融汇的只是纯真质朴的品性，典雅散逸的情趣。盘根错节的名缰利锁，分崩离析后嶙峋的身影，烟熏火燎的人情世故，烟消云散后安谧的心灵。孤独中，回望崇山峻岭，有点壁立千仞的劲拔；寂寞里，品味江河湖海，有点海纳百川的伟岸；正是这样的独处静守，才感悟到了人生的意蕴生命的真谛，才通达了自然的本真社会的奥秘；它们是那样的平凡平常，它们是那样的平静平淡，让人率性随心的畅想，让人任情使意的挥洒；没有浓妆艳抹的渲染，没有云诡波谲的算计，没有矫揉造作的虚荣，没有强词夺理的粗鄙。孤独中的身影，寂寞里的心灵。

六十

很多简单明了的问题，有时让人糊涂；有些复杂深奥的事情，有时却让人精明。因为，简单明了的问题裸露直白，人们习以为常，熟视无睹，置若罔闻，不去详细的了解精心的研究了，顺其自然的对待，理所当然的臧否了；殊不知往往简单明了的问题蕴含着深刻的内容复杂的关系，掉以轻心，反而失误，所以，遇到简单明了的问题就糊涂，是思想的底线出了毛病。复杂深奥的事情，前后左右、上下内外，原因与结果盘根错节，表象和本质云遮雾绕，偶然与必然如梦似幻，物象和心象云诡波谲，人们感到束手无策，神秘莫测，就要身体力行的践履，全面客观的了解，殚精竭虑的思考，精准细致的演绎解析，如果事关切身利益，更是全力以赴，不敢有丝毫马虎大意，专心致志，精益求精，非要闹出个水落石出，道清理明才行，因此，显得非常精明。所以，有时真理的平常呈现简单昭示，人们不会倾心尽力的关注；而名利的频繁吸引急促召唤，人们却迫不及待的追附。

六十一

平常的道理因为素面朝天简单而裸露，人们反而置若罔闻，熟视无睹，就像天天沐浴着阳光，领略着温润，却很少感悟它的伟大。人们常常陷于一种自我虚荣的包裹之中，因为太多的私心杂念，太多的诡异乖戾，总想用五光十色浓墨艳彩精心的装扮，总想以冠冕堂皇道貌岸然巧妙的遮掩，自欺以至于欺人，以为世界本来就应如此，真理本就非此莫属。久而久之，在一种自我的麻醉中，置客观现实于不顾，视常识道理于不存，把虚虚荣当成真实，把造作当成本真，把油滑世故当成为人处世的圭臬，把营私舞弊当成巧取豪夺的法宝，言不由衷，词不达意，漫天要价，就地还钱，品性猥琐，情趣鄙陋，精神晦暗，心灵萎靡，所以，不要一味的沉溺于博大精深璀璨缤纷的虚幻里，而应努力在直面常识，知晓道理，求真务实的修持中；不要一味的麻木在掩耳盗铃自欺欺人的虚假里，而应历练在砥砺身心，精萃性情，明心见性的超越中。

六十二

为人们所实用的各类器物，本来的价值就是满足最基本的需要，使人们拥有一定的物质享受和精神品味而已，无论质地如何，工艺好坏，其使用价值是一样的，这是它的本质所在。但在人类的追求之中，本是质地简单纯朴的各种器物，披上了等级的装饰，打上了阶层的符号，熏染上了时俗风尚的色彩，镌刻上了名缰利锁的印记，变成了人们彰显身份地位，昭示成败得失，炫耀攀比的圭臬；附加的世俗成分和流行意蕴已远远超越了本身的使用价值，寄托的心理意象和社会风韵远远高出了本身的交换价值。说雅了是一种文化上的展示，说俗了是一种欲望的宣泄，说深了是一种文明的映照，说浅了是一种流俗的反观；这些都可以理解，但过分地追求则使器物的金钱砝码不断增加，快速膨胀，滋生出浓烈炽热的烟熏火燎；而文化蕴含日益消减，不断萎缩，降解了温润浑厚的清逸典雅，实在是有些荒诞不经，不忍与闻了。

六十三

人们生活在不同的时空中，对各种事物就会有不同的品味，同样一件事情在不同的时空中呈现，人们的感触和领悟也会有所不同。人在路途中，心在征程里，时间在无限地延伸，空间在无限地拓展，但在某一个交集上，人的行程、心的重点会和时空交相辉映，产生异彩纷呈的特别感受。所以，人们身心的轨迹与时空的场景有相得益彰的一面，也有特立独行参差迥异的一面。由于人的精神意象复杂或简单，深厚或浅薄，浓烈或恬淡；由于人们的行为乖戾或正常，急促或缓慢，持久或短暂；也会延长或压缩心灵的时间，呈现出曲折的状态；也会膨胀或萎缩心灵的空间，呈现出悬殊的境界。既要品味物象的璀璨缤纷，也要感悟心象的晶莹剔透；既要感触具象的盘根错节，也要品悟抽象的条分缕析；根深蒂固的原因结果有枝繁叶茂的表象，源远流长的偶然必然有涛飞浪卷的气势，认识事物，把握本质既要精准明确，也要富有特色和情趣。生活常青，思想蓊郁。

六十四

人生如旅，崇山峻岭的攀登，坎坷崎岖，江河湖海的跋涉，蜿蜒曲折，一条跌宕起伏的行程；人生如梦，山重水复的砥砺，成败得失的陶冶，阴晴圆缺的感触，悲欢离合的品味，一条如梦似幻的心路；身体力行，殚精竭虑，艰难困苦，玉汝于成，让人有一种崇高的精神，激越的感受，回味无穷，感慨不已。但具有一定的阅历，达到一定的境界时，这种汹涌澎湃的感觉逐渐被平常平凡的意蕴所抚慰，这种壮怀激烈的情绪逐渐被平淡平静的安然所温润；从风霜雪雨到云淡风轻，从波澜壮阔到平静安逸，是超凡脱俗的净化，是返璞归真的精萃，是精神的超越，是心灵的升华。有时孤独的回望，云遮雾绕的场景已漫漶迷离，云诡波谲的剧目已消解散佚，只有启程时的天真好奇；有时寂寞的思考，生旦净末丑的角色已凋零隐逸。唱念做打舞的演绎已虚无缥缈，只是归宿中的幽幻奥秘。放飞灵魂，自由的翱翔，不管到哪里。

六十五

想单独的平静的品味一点精神的果实，实在太难了，因为植根于现实生活中的人生之树，汲取了太多时俗风尚的阳光雨露，吸收了太多追名逐利的营养肥水，欲望愈加的根深蒂固，贪婪愈加的盘根错节，攫取愈加的枝繁叶茂，掠夺愈加的肆无忌惮，只是沉溺于眼前的既得，只是满足当下的享受；没有了汲取历史养分的执着，没有了茁壮现实躯干的努力，没有了舒展未来枝叶的祈盼。清风拂煦，无动于衷，无聊的摆动着枝叶，没有一点情趣；润雨滋润，无关紧要，空虚的抖索身躯，没有一点意蕴；阳光的抚慰，淡漠疏离，懒散的萎靡，没有一点激情；明月的朗照，晦涩的迷离。没有一点清逸。硕果不多，颗颗酸涩，收获不大，粒粒干瘪；单独的品尝，繁杂琐屑的纠葛，无法条分缕析的辨析，平静的品味，繁闹喧哗的缠绕，无法殚精竭虑的感悟。真的，想得到点心灵上的感悟，想有些精神上的品尝，非常难了。不知是树已如此，还是心已凋敝?

六十六

现代社会发展的速度快，可预见的事情多，所以人们的想法也就更为复杂，往往一些比较简单的事，赋予了充分的前瞻性分析和长远性的测度，并且从所谓的战略眼光搞出了繁多的预判方案和应对措施，看似非常细密和尽善尽美了，其实过多的缜密反而增加了不必要的负担，以至于还未行动，束缚已生，思想僵化，包袱沉重，让迸发的激情和想象全湮没在了精雕细琢的繁琐细节之中。规划人生、设计未来是对的，要有前瞻性的思考和战略上的统筹，但这是宏观性粗线条的，属于精神指导的层次，属于灵魂超越的范畴，有了这种憧憬，使人有冲动有热情，面对任何情况，都会激发各种应对的办法。相反过分的规划细致的安排，有时反而会湮没创造的激情，销蚀聪颖的智慧，迟滞前进的步伐。

六十七

长期受宏大叙事的熏陶，经常受冠冕堂皇的教诲，开口就是宏词丽句，张嘴就是博大精深，一整套理直气壮的意识形态，一系列字正腔圆的叙事风格，装模作样的肢体形态，矫揉造作的话语范式，给人以虚伪、矫情和极大的不自然，给人以枯燥，干瘪和极强的不自信。只有发自心底的话才能比较真实、比较直白，虽然这点真实未必真实，但它是一种自然的流淌；虽然这些直白未必直白，但它是一种直率的倾诉。剔除脑子里的高上全假大空非常难，一是自我虚荣的需要，一是社会熏陶的结果，长此以往，变成了一个与自我相去甚远的随波逐流，一个与个性背道而驰的同流合污，没有了小溪流的清亮欢歌，没有了清风明月的爽朗，没有了空谷足音的安谧，没有暗香如故的清纯，多得只是枯燥乏味的说教，多的是刻板腐朽的灌输，长此以往，会导致精神家园的荒芜，心灵故乡的干涸。

六十八

有远大的理想和努力的方向是好事，指引人们把握机遇，迎接挑战，克艰攻难，勇往直前；但过多地寄托于未来迷恋于向往，把精力耗散在孜孜以求的企盼之中，现实的努力就会大打折扣，如果处心积虑地执着于完全的等待之中，那就南辕北辙，事与愿违了。所以，任何理想和信念都是双刃剑，既有鼓舞人们奋斗的正能量，也有削弱人们意志的副作用。精神的能动性非常之大，但作用的引领性非常重要，作用的实践性非同寻常，更何况它在每个人心目中所占的分量又不同，所以其产生的效果也就因人而异了。有远大的理想，崇高的信念，坚定的意志，有扎实的行动，勤奋的努力，就会求真务实，持坚披锐，开拓进取，激发人们巨大的能量，调动各方面的积极性创造性，取得可观的成就，也会缓释人们暂时的痛苦和不幸，促进人们实现自我价值，呈现社会成果。

六十九

热血沸腾，激情澎湃，克艰攻难，建功立业的精神悄然的隐退，因为时代的场景纷纭变幻，社会的舞台云诡波谲，生活的剧目繁杂喧嚣，人生的演绎萎靡琐屑。沉溺于时俗风尚的烟熏火燎，执拗于追名逐利的巧取豪夺，专注于眼前既得的锱铢必较，沉醉于当下享受的庸俗奢靡；一味的贪婪和掠夺，一味的享受和挥霍，精神璀璨缤纷的昭示，被鄙陋粗俗的宣泄所代替，心灵晶莹剔透的映射，被龌龊晦暗的张扬所遮蔽；没有了回肠荡气的豪兴，温润典雅的情趣；没有了壁立千仞的意志，海纳百川的胸襟；趋炎附势谄庸媚俗横行霸道；随波逐流阴谋诡计畅行无阻。人类究竟要干什么？伤害了自然，玷污了时代，败坏了社会，荼毒了生活，还要丢失掉人性中纯真善良美好的那份本真吗？人类究竟想要什么？回望源远流长的历史，是否还有些从何处来的思考；感悟枝繁叶茂的现实，是否还有些在何处立的警醒；憧憬幽幻奥秘的未来，是否还有些向何处去的祈盼；还要泯灭掉涵化万物净化自我的那份觉悟吗？

七十

当人类将自然肢解的四分五裂时，也将自己的心灵化成了碎片，没有了一个天人合一的自然环境，也就没有了一个物我相忘的精神家园。从大自然怀抱中孕育成长的人类，回报自然的不是倾心尽力的涵护，精雕细琢的维系，而是大规模的践踏、掠夺，使承载万物，哺育人类的自然千疮百孔支离破碎面目全非，使孕育精神的家园变成了垃圾场污水池，使温润心灵的故乡变成了荒漠地荆棘丛；摧残了自然，也侵蚀了社会，污染了自然，也荼毒了人心。人们总是在自我感觉特别清醒时干出最糊涂的事情，人们总是在自以为是极度膨胀时做出最愚蠢的行动；人们总是在打着最漂亮的旗帜，喊着最壮观的口号时，干着最肮脏的勾当；人们总是在披着最华丽的装饰，写着最美丽的文章时，刻着最龌龊的印记。人们啊！要自省自警，毁灭自然也就是毁灭自己。

七十一

我爱我的孩子，因为他是我的孩子。和其他孩子一样从小到大，有着同样的人生轨迹，有着从幼儿园、小学、中学、大学、研究生的经历；有着学习，工作，生活，家庭，奋斗者的轨迹；但他的不同是早早远离了我们力所能及的关照范围，只有情真意切的牵挂，而缺少直接的涵护温蕴，只有刻骨铭心的思念，而没有实际的指教帮助。在自我拼搏中，生活于异地别域，在自我奋斗里，作为于异国他乡，承担着物质上的精打细算，承载着精神上的孤独寂寞。在失去熟悉环境和紧密关系的支撑中，总是一个人展翅飞翔，无论风雨雷霆，还是阳光灿烂，勇敢地应对，坦荡的处置，赢得了自己的尊誉，取得了自己的成就，没有一丝的退却和软弱，没有一丝的消沉和气馁；有时的牢骚只是一种思恋的倾诉，有时的絮叨只是一种挂念的萦绕，始终温润着我的心，牵动着我的魂，天涯咫尺，就在眼前，父子深情，铭记心中。夜深人静，又想孩子了。

七十二

因为心中有大海般的深邃辽阔，所以，父亲的情怀看不透，看不尽；因为心中有高山般的巍峨挺拔，所以，父亲的意志看得见，认的清；其实，父亲的心胸就像连绵无垠的地平线，上上下下总是牵绕着儿女深情；其实，父亲的意志犹如犬牙交错的分水岭，前前后后总是连接着家园意蕴。因为，生命赋予了一种责任，人生交付了一种使命；

天生让你成为山脉，壁立千仞的挺拔身躯，承载事业家庭的重负；天生让你成为海洋，涵纳百川的伟岸心灵，温蕴天伦之乐的安馨。你是根深蒂固的大树，总有枝繁叶茂的绿荫；你是幽幻奥妙的天宇，总有日月星辰的辉映；你是平静安详的港湾，总有启程的祝福，回归的祈盼；你是魂牵梦绕的故乡，总有离别的凄清，返程的热望。其实，父亲给了给孩子们有限的庇护，更多的是一种精神上的慰藉，心灵上的寄托。因为，有了他，人生的征程不管四通八达，还是崎岖蜿蜒，奋勇前行；有了他，生命的场景无论阴晴圆缺，还是悲欢离合，璀璨缤纷；因为有父亲始终在心中。

七十三

心情总想平静，像圆月寻找一弯湖水，天上水中两相辉映，只有清光弥漫，一切都在澄明的柔和之中；灵魂总想安谧，像幽兰安得一深涧，清风拂煦白云缱绻，只有暗香如故，一切都在恬淡清逸的幽静里；春草绿茵茵的漫漶原野，秋叶红彤彤的漂浮山林，时光轻轻地流淌，岁月静静地变幻。其实，心中的安静与否，灵魂的安宁与否，是对来时纯洁真诚的回顾，是对现实繁杂喧闹的抗争，是对未来如梦似幻的憧憬；是一种行程复行程，长亭更短亭的品味，是一种曾经沧海难为水，除却巫山不是云的感喟。一切都在平静中得到了净化，一切都在平静里实现了超越；精神家园，竹篱茅舍，梅兰松菊；心灵故乡，青灯红烛，琴棋书画；孤寂中聆听天音地籁，万物吟诵，有了精神的灵动，心灵的飘逸。

七十四

总是默默地开放，不带一点事前的渲染，春风微度中，把攒了一冬的劲都使了出来，不经意间，漫野的绿草如茵，满湖的碧波荡漾，漫枝的鹅黄柳绿，满树的粉妆玉琢；岸柳飘曳着柔嫩的枝条，丁香撒着浓郁的芬芳，芦苇钻出嫩绿的小脑袋，一切都是那样的顺其自然，平静安和，一切又是那样的突兀惊诧，热烈激扬。没有莺飞草长的灵秀，没有春雨杏花的温蕴，没有春江水暖的悠然，没有姹紫嫣红的璀璨，北国之春，只是一阵暴烈急促的风沙后，山川万物刹那间的变了模样，让人来不及回味，来不及感喟。江南是温润的，春天像个娉婷的女子，姗姗登场，柔情似水，意蕴幽幻；塞北是粗犷的，春天像个刚烈的汉子，粗鲁莽撞，敞胸露怀，意气风发，心花怒放。春天都有自己特立独行的登场，都有自己标新立异的亮相，不管怎样，它来到了眼前，融入到心上。

七十五

春天是热闹的，牵开了生机盎然的大幕，呈现出万紫千红的剧目，演绎着璀璨缤纷的华章。自然积聚了一冬的能量和活力任情使意的爆发，人们憋了一冬的激情和向往率性随心的释放，愿望借着生机勃勃时光发力，想象凭着欣欣向荣的季节张扬。其实，春天是孤寂的，因为外在的繁华喧闹飞快的挥洒掉了心灵中积蓄已久的情感，留下了苍茫辽阔的空旷；因为表象的璀璨缤纷尽情地洋溢了精神里储备多时的意兴，剩下了悠远深邃的寂寥；有太多孤独的回望，有太多寂寞的回想，有太多如梦似幻的品味，有太多云遮雾绕的惆怅。春天铺开了想往的征程，拓展了行动的疆场，开始了又一轮的急促奔忙，开启了又一轮的浮躁焦灼。春天能否拥有一点孤独的身影，寂寞的心灵，保持自己平静恬淡的心境，好去收留一些冬天的凋零萧瑟，地老天荒?

七十六

人们具有真善美的禀赋，也隐含假恶丑的基因，有些人执拗于素质的缺陷，在后天的发展中，又放大和固化了这种缺陷，以至于造成了遗传变异的扭曲，进化发展的畸形，双重的结合，形成一种品性的晦暗乖戾，情趣的猥琐荒诞，精神的萎靡浑浊，心灵的诡异龌龊。视功利为圭臬，奉实惠为至尊，以私心杂念为根本，以巧取豪夺为真谛，拒斥纯真善良美好，充溢虚假恶劣丑陋，将阴暗的心理放大到了极致，将肮脏的伎俩用到了极端，导致了自我的堕落，也荼毒了社会的风气。所以，我们强调后天培养教育的功能作用时，千万不要陷入其无所不能的怪圈，因为有些人性中的残缺和奸诈是可以抑制的约束的，但兽性的本能是无法彻底清除的。如果先天的缺陷不能正视，又缺失后天倾心尽力的教诲和明心见性的修持，就会造成人类的退化与没落。江山易改，本性难移，山川易动，本性可修。

七十七

独处是一种时空的状况，更是一种精神的境界。独处的物理时空可大可小可长可短，独处的精神境界可高可低可近可远；独处的物理时空可以精确的度量，独处的精神境界则参差悬殊了。独处因环境而异呈现出千姿万态，独处因人物不同而表现的云诡波谲；以天高地远之境独处，听到的是自然之声韵，感触的是自然之性情；以山高水长之境独处，品味的是崎岖坎坷的攀登，感喟的是蜿蜒曲折的跋涉；以竹篱茅舍梅兰松菊独处的，品阅的是青史黄卷的意蕴，领略的是哲理禅意的真谛；以繁华喧闹门可罗雀独处的，是超凡脱俗的净化，返璞归真的精萃。独处是一种持之以恒的修炼，不论环境的好坏；独处是一种明心见性的菩提，不论因缘的是非；独处是一种精神追根溯源的回望，独处是一种心灵如梦似幻的向往；独处不讲身在哪里，心在何处；独处不谈何时顿悟，哪里超越。

七十八

有人身在蛮荒也不能独处，因为精神的粗鄙需要世俗的奉迎；有人身处闹市依然能独处，因为心灵的纯真无须喧嚣的烘托。大千世界，芸芸众生，义利相融，得失相交，汇成滚滚的洪流，人类的纯真善良美好贯穿始终，彰显其中，人类的虚假恶劣丑陋混杂其中，隐匿其里；人们既要柴米油盐酱醋茶的盘算，也要琴棋书画诗酒花的品味；人们既要建功立业的勤奋拼搏，也要身心和谐的温馨安逸。所以，独处乃是一种美好的向往，一种执着的追求，一种品性的涵护，一种情趣的温蕴，一种意志的坚韧，一种境界的超逸。只有达到身心的独处，才能真正领悟人生的奥义，通晓生命的至理；只有实现身心的独处，才能彰显物我相忘的本真，明心见性的真谛。

七十九

因为独处，才有了一些深入的思考，一些明晰的思路；才有了一些逻辑辩证的思想，一些如梦似幻的思虑；因为独处，不为时俗风尚的熏染，陶冶了纯真质朴的品性，不为名缰利锁的缠绕，涵蕴了朴素恬淡的情趣。因为独处，在神奇奥秘的自然，在纷纭变幻的时代，在云诡波谲的社会，在繁杂熙攘的人群，在繁复琐屑的生活，拥有一份人格的劲拔，意志的坚韧；因为独处，追名逐利的锱铢必较，成败得失的权衡算计，阴晴圆缺的跌宕起伏，悲欢离合的感触品味，拥有了一份精神的净化澄明，心灵的升华超逸。就像清泉澄澈，溪流委婉，瀑布飞溅，江河蜿蜒，湖泊盘桓，汇入大海的辽阔深邃；犹如明月的朗照，晶莹温蕴，清辉万里，拂煦品性，慰藉情趣，别有一番精神的雅致和灵魂的飘逸。独处一隅，青灯红烛，青史黄卷，粗茶浊酒，闲词淡句，竹篱茅舍，梅兰松菊，物我相忘，天人合一，不知是现实的营造，还是梦中的描绘？

第三十集 人生如旅

DISANSHIJI RENSHENG RULÜ

一

大河滚滚，水丰流急，一泻千里，将一切杂物裹挟而下，呈现的是宏伟和壮观；但枯水季节，河道陡狭，水流萧疏，陈渣污滓泛滥而上，呈现的是干枯破败、污秽不堪的容颜。这里说得是，干事业要有一种超然于前的预判，日积月累的积聚，勤奋扎实的劲头；涓涓细流，涵纳融汇，以成江海，形成宏伟壮阔气势磅礴的主旋律正能量，以万流归宗的博大精深，激浊扬清，化解琐屑，消除杂音，以成大势。如果抓不住这个重点，就会失去高瞻远瞩的澄明，见微知著的敏锐，无法适应发展规律，驾驭前进趋势，无法形成万众一心的精神引领，众志成城的同心协力，就会让颓废消极弥漫，歪风邪气盛行，销蚀掉前进的能量，阻滞发展的速度。但要汇集众多的支流，必须涵护源泉，疏浚通道，充盈细流，彰显特色，使各种看似很小但又关系大局的问题得到合理的解决，使各种看似琐屑但又影响趋势的能量得到及时的聚集，正所谓小河有水大河满，大河有水小河满，彼此交融，相得益彰。

二

待人无数，匆匆都是过客，没有太多的深交挚友，更谈不上几个高山流水的知音了。人情世故，东西南北，男女老少，你来我往，或深或浅，或长或短，三教九流，七荤八素；大多只是一种工作中的交往，职业上的接触，生活里的纠缠；语言相适的多几句絮叨，话不投机的少一些应酬，性情融洽意趣和谐的寥寥无几，时俗应对风尚接续的比比皆是。年与时驰，意与日去，场面上的盘根错节，心灵中的影单形支；所以，有时非常想念在部队服役时，一帮天南地北的年轻朋友，一群生龙活虎的疆场战友，为了多学点知识，开阔一点视野，多长点见识，丰富一些思想，利用一切关系，疏通许多渠道，克服诸多障碍，想方设法搜罗一些为时令所禁的书籍，藏厝于库房马厩，隐匿于营区旮旯，挤出不可多得的闲暇，精心阅览，刻苦品读，只怕落后他人；稍有一点自我的见识，偶有一些不同的观点，不时激烈争论一番，虽不至于剑拔弩张，但也是针锋相对，虽不至于慷慨同声。但也是惺惺相惜；那种真性情、有担当，以理为上的纯真率性，激越豪放，使自己永难忘怀。宦海沉浮，几多历练，为人处世，已有阅历，颇多见识，但独缺的是粗茶浊酒，残灯断烛，青史黄卷，挚友知音，谈天说地、心无旁骛，直言相切，发自心中的真切和质朴，情趣相投，知心达意的氛围了。

三

人的骨气是一种内在的涵护，外在的砥砺，经过长期磨炼后形成的一种气质和精神。看透人情世故，并不是随波逐流，八面玲珑；看透生活诡秘，并不是趋炎附势，圆滑世故；明白人生意蕴，并不是随便俯仰，任意攀附；知晓生命真谛，并不是顺其自然，无所作为。人要有自己内在的涵养，外在的气度；要有远大的理想，坚定的意志；要有劲拔的人格，伟岸的胸襟；要有澄明的精神，清逸的心灵。没有理性的蕴含，达不到超凡脱俗的境界，没有血性的陶冶，也登不上人格的高峰。冷眼向洋看世界，热风吹雨洒江天，博大的胸怀，高远的心态，坚韧的意志，超然的意蕴。当人们过度沉溺于时俗风尚的谄媚时，当人们极端倾注于追名逐利的攀附时，当人们为成败得失锱铢必较时，当人们为阴晴圆缺悲欢离合时，要有自己卓然而立的风骨，劲拔伟岸的品格，要有精神的特立独行，要有心灵的标新立异，自己是什么样就是什么样！

四

人们要达到精神的自觉心灵的自悟，是要经历一个漫长而艰难的过程，因为人类的社会性本质使个体处于一种强制的集体架构之中，虽然保留了个人的一些特点，但因为受生产力水平的制约，社会结构的束缚，主流意识的浸润，传统习惯的影响，时俗风尚的熏陶，人们总是在一种既定的状态中生存发展着。长此以往，往往形成一种习以为常的精神依附和随波逐流的心灵被动；自由思想淡泊，独立精神欠缺，人格猥琐，意志颓唐，品性的真善美总是在冠冕堂皇中得不到倾心尽力的弘扬，品性的假恶丑总是在虚张声势里得不到分崩离析的清理。从这个意义上讲，自然的长期演化，社会的长期发展，既有人类遵从自然，建构社会，超然万物，凌驾一切之上的整体独立，但也存在自我削弱，个性萎靡的缺失。社会绝不是铁板一块的僵壳，而应是生机盎然，璀璨缤纷的有机体。

五

故乡温馨安谧。风轻轻地拂煦，没有一点儿喧闹，云淡淡地飘逸，没有一丝儿缠绕，鸟儿清脆的啼鸣，增添了沟里的空寂幽幻，溪水潺湲的流淌，道出了谷底的孤独奥秘。几声鸡鸣犬吠，几声羊咩牛哞，伴着村庄的矜持，一种天地生成的静谧，将一切如梦似幻的笼罩，仿佛生命的表现不是盎然的生机和喧闹的表现，唯有这持之以恒的安静才是它的源远流长，才是它的根深蒂固。安静中，回望的画面在眼前掠过，回忆的旋律从脑海中起伏，从沙漠深处走来的孤单身影，从沟底徜徉而来的脚步，窑洞土屋飘逸的晨炊暮霭，五谷杂粮凝结的日月星辰；漫山的绿茵如织，野草的漫漶，杂花的闪烁，沟畔的林木枝繁叶茂，葱茏蓊郁，蜿蜒曲折的萦绕。时光仿佛不再流动，岁月好像就此休憩。

六

这里失去了时空的意义。任何东西在此都停止了运动，凝结成一幅地老天荒的画面；任何东西在此都融入了灵动，漫漶出人生如梦的旋律。小溪流缓缓地流过了多少个岁月，不知始终；幽深的沟谷蜿蜒曲折地匍匐在丘陵荒垄，蚀刻了连绵起伏的悬崖峭壁，浸润了葱茏蓊郁的通幽曲径。此中的你我只是万物中的一沙一粒、一草一木，不知从何处来又向何处去；此中的岁月是混沌的遥远，还是明晰的当下？此处的时光是亘古的盘桓，还是未来的休憩？一切都是那样的古朴自然，没有时俗风尚的烟熏火燎，没有追名逐利的趋炎附势，没有繁闹熙攘的人情世故，没有成败得失的浮躁焦灼；只有清逸淡然的心，只有孑然独立的影，只有止于宁静中的晶莹碧透，只有灵魂何时轻轻地归来，啥时悄悄地飘去。

七

这里没有时间的催促，只有四季顺其自然的画卷；这里没有空间的召唤，只有岁月变幻的旋律；这里没有时俗的纷纭，只有风吹沙扬，云来雨去；这里没有时尚的喧闹，只有兰花花的情，信天游的意。生命从这里孕育，是那样的简单安谧，不需要陪衬的喜悦欢欣；人生从这里开始，是那样的自然和谐，不需要深刻地诠释演绎；灵魂任情使意的驰骋，率性随心的翱翔，寄付于山川林木沙石草花，飘逸于春风夏雨秋霜冬雪，散淡于梅兰松菊暗香浮动，浸润于清泉涌动溪流潺湲。

无须起始的标示，不用行程的印迹，没有归宿的界定，如梦似幻的故乡是无法阐释的精灵圣地，幽幻奥妙的家园是无法描绘的心灵殿宇。时间何在，空间哪里？

八

春回大地，万物昭苏，等待的过程很漫长，来临的时刻又很突兀。转瞬之间，芳草萋萋，杂花点点，枝头鹅黄柳绿，湖中碧波荡漾；刹那之时，远山含黛，近水呈碧，原野生机盎然，苍穹晶莹欲滴；春天来到了人间，春天沁入到了心里。黄土丘陵，黄沙崖畔，一条清澈温柔的溪流滋润了一沟的葱茏蓊郁，清风拂煦着晨炊暮霭，白云萦绕着窑洞土屋，日月星辰辉映着牧野田畴，青灯红烛温蕴着家长里短。春风夏雨秋霜冬雪，没有什么惊天动地的时代故事，没有什么纷纭变幻的社会剧目，生死交融，生生不已；春耕夏耘秋收冬藏，没有什么跌宕起伏的生活波澜，没有什么云诡波谲的人生奥秘，日出而作，日入而息。简单的不能再简单的品性，平淡的不能再平淡的情趣，平常的不能再平常的行为，平静的不能再平静的思绪；时光在此驻足，岁月在此休憩，一切都回到了生命的原点，一切都像亘古至今的承续，默默地品阅着一切，一切也琢磨着自己，心里充满了欲诉不能欲说还休的惆怅；静静地把头颅放低，把眼界放下，把精神熨平，把灵魂放飞，徜徉在故乡的怀抱，飘逸在家园的梦里。

九

人们向往的目标有时太高太远，虚无缥缈，以至于远离了根深蒂固精神家园；人们实施的行动有时太急太猛，急功近利，以至于搅乱了温馨安谧的心灵故乡。时俗风尚，繁闹喧嚣，膨胀着贪得无厌的欲望，追名逐利，锱铢必较，放纵着巧取豪夺的伎俩，满足眼前的既得，沉溺当下的享受；胸襟促狭，境界浅陋。行动已脱离了身体力行的轨迹，思想已疏远了殚精竭虑的精萃；纷纭变幻中迷失了正确的方向，云诡波谲里销蚀了坚定的信念；具象的纷繁复杂中，抽象有些迷蒙；物象的璀璨缤纷里，心象有些糊涂。虽然有了巨大的进步，飞速的发展，虽然有了物质的丰富，精神的充盈，但缺少点灵魂的拷问，心灵的陶冶，缺失点精神家园的温蕴，心灵故乡的涵护。

十

无论大小多少的成就，都要冠冕堂皇的炫耀；无高低深浅的成功，都要声势浩大的渲染；无论大小多少的物质财富，都要璀璨缤纷的呈现；无论雅俗清浊的精神享有，都要天花乱坠的彰显。好像是无所不能，一切都在眼中胸中手中的掌控里；好像无所不至，一切都在可得可控可享的把握中；人们自高自大的面向过去，好像是一种成功的进取，面对精神家园，却显得那样的轻浮；人们自以为是的面向未来，好像是一种激越的祈盼，面对心灵故乡，却显得那样的浅薄；犹如一缕尘土弥漫在阳光的照射中，具有了意想不到的色彩，便把自己也当成太阳了。人们不能沉溺于眼前的功成名就，当下的志得意满；人们不能满足于纵向比较的进步，横向测度的发展；生命需要承前启后，人生需要继往开来。不忘初心，方得始终，源远流长，基业常青，根深蒂固，事业永恒。

十一

我享受不了繁杂，只能品尝孤独；我适应不了喧闹，只能安于寂寞；我已不能工于心计，去谋略什么厚黑之术；我已不能执于功力，去实现什么成就事业；守住的是那颗经磨历劫的心，得到的是那千雕万刻的情；像一条疲惫的小河缓缓地流淌在故乡的怀抱里，像一粒痛苦的沙尘轻轻地揉在故乡的泪眼中。拼搏进取的激情从故乡萌发，克艰攻难的脚步从故乡启程；一切的向往离故乡越来越远，一切的回望离故乡越来越近。偶尔的回归，短暂的返程，一点故乡的温蕴；瞬间的回味，刹那的感悟，一点故乡的浸润。物是人非，山河依旧，多了些树木花草；清溪蜿蜒，崖畔崎岖，多了些断壁残垣；让人情不自禁，泪流满面，心潮起伏，意蕴深沉。我的故乡在哪里呢?

十二

走出故乡，总要想让世人知道我们是谁；回到故乡，却要让故乡重新认识我们。没有了岁月的回复，只有眼前的依附；没有了时光的返程，只有当下的寄存。走出了多少赤子，回来了多少游人，送走的是朝气蓬勃的身影，迎来的是沧桑白发的心灵。只是默默地相守，一任时代的风云抚慰故园旧貌；只是静静地等待，一任生活的雨露滋润故园的新景；送出的越来越多，留下的越来越少，走出的越来越多，回来的越来越少。古村夕照，断桥茅篱，淡月残星，土墙窑洞，清溪潺湲，绿荫蓊郁，还是那份纯朴宁静，还是那份安逸和谧。物是人非，斗转星移，不知是人在故乡，还是心在故乡；地老天荒，如梦似幻，不知是故乡在召唤，还是人在召唤故乡。

十三

从繁杂到简单，说起来非常的容易，真正做到又非常的难。因为从简到繁容易，是一个逐步增加不断积累的过程，机遇和挑战让人目不暇接，只有倾心尽力的应对；而从繁到简非常不易，似乎可以轻而易举的就能瞬间实现了，但从精神上解脱心灵上超越，却又非常的艰难。因为，人们启程时纯真质朴，犹如白纸一张，可以浓墨淡彩的涂抹，可以日积月累的增添，逐步绘出五颜六色的图案，形成山高水长的画卷，不断迸发七上八下的音符，汇成悲欢离合的旋律；经过长期的历练，达到一定的程度，适应了时俗风尚的品鉴和自我的满足后，基本凝固了，成为一种成果的串联和成就的堆砌，盘根错节的纠缠。

而要让这种沉重的负担卸去，固然可以借助自然的力量，运用社会的知识，依托思想的解析，凭借智慧的诠释，但最重要的还在于精神的净化，心灵的超越，没有超凡脱俗的精萃，没有明心见性的觉悟，是很难达到由繁到简的。

十四

远离俗事，不再沉浸于繁杂琐屑的繁文缛节；远离俗人，不再缠绕于人情世故的云诡波谲。像一阵清风，轻轻地拂过一切，不留任何的偏执；像一阵细雨，潇潇地浸润万物，不留过多的僵化。像一粒泪珠挂在大地的额头，映照苍穹的深邃悠远，年年岁岁；像一丛小草伴着四季的脚步，铺展原野的苍茫辽阔，岁岁年年。心中所想的都漫漶成了明月清辉，心里所念的都幻化成了溪流潺湲，不经意地温蕴着梅兰松菊的精神家园，不经意地涵护着暗香浮动的心灵故乡；只是在孤独中守望着那份无法拒绝的孤独，只是在寂寞里拥有着那份无法排遣的寂寞。

十五

故地重游，乡间的沙土路还是那样的温柔松散，萦绕盘桓，可曾还有儿时跳跃的印迹，今天又覆上老迈的步履，是追溯启程时的天真烂漫，还是寻觅归宿中的沧桑寂寥？时光雕凿了层层叠叠的丘陵沟壑，岁月蚀刻了斑斑驳驳的峁梁崖畔，厚重的黄土，散逸的沙粒，积淀成亘古至今的小路，行走其上的人代代相继，辈辈承续，路还是那条路，蜿蜒默默地向远方延伸，曲折地在沟涧回旋，串联起窑洞土房，晨炊暮霭，萦绕着鸡鸣犬吠，家长里短。一路的杂草丛生，野花璀璨，林木蓊郁，溪流潺湲，斗转星移，风景依旧；一路热情粗犷的问候，亲切直率的应答，小米粥洋芋擦擦的温馨，清炖肉荞面饸饹的浓郁，回味无穷，物是人非。小路担负着启程的昭示，承载着回归的呼唤，让久经历练的身心回到过去，抛却了时俗风尚，丢掉了追名逐利，精神舒缓心灵轻松，只让步伐更慢更缓，因为时光在这段小路上走的太急太躁，岁月在这段小路上变得太快太猛，如今缓慢的感触，仔细地品味，还是那样的温柔，还是那样的松散。

十六

太阳挥洒的是崇光泛彩的雨，月亮散逸的是清逸温润的泪，星星闪烁的是晶莹碧透的露珠，银河萦绕的是神奇奥妙的水乡，一切都源自心灵中美好的向往和幽幻的祈盼。流光溢彩的普照，浸润了清新纯朴的心灵，滋生出蓬勃向上的欲望和情怀，使劲地走向阳光；有时少了点温润，多了几份浮躁，少了点清逸，多了点焦灼，意气风发的攀登，斗志昂扬地跋涉，给心灵留下平静安谧的空间越来越小了；有时清辉氤氲清凉弥漫月光抚慰孤独温蕴寂寞，有了几份欣悦也有几份的忧伤；有时如梦似幻的憧憬被露珠儿惊醒，满天的繁星，闪烁着精灵般的眼睛，让心灵产生无限的遐想，刚刚串起来露珠的项链，转瞬间，在太阳光里蒸发，在月辉中凝结，在星空中散逸，在心灵中重复又重复。

十七

有的人精神世界是丰富多彩博大精深的，只是为别人所不知，有时更不想为别人所知，就显得表面上的生疏简陋，形态中的形单影只。殊不知，其深奥的理性和清纯的天性以各自不同的方式沉浸于其中，很多闪光的火花不时飞迸，当然有的可能燃成精神之火炬，有的则稍纵即逝，变成了永恒的奥秘。正因为如此，客观公正地看待每一个人，是了解众生和认识自我的前提，是品味物象感悟心象的一个窗口。因为，人性的纯真善良美好的本能，会贮藏着丰富的智慧基因，甚至人性的虚假恶劣丑陋的痼疾，也有反面的营养可汲取，只是在社会的锤炼中，自我的陶冶里，有什么样的身体力行的实践，有什么样的殚精竭虑的思考，有什么样的精神净化，有什么样的心灵超越而已。精神世界有时梅兰松菊的呈现，有时暗香浮动的温蕴，有时山高水长的彰显，有时明心见性的精萃。

十八

人们总是瞩目于耀眼的伟大，崇拜光环下的英雄豪杰；人们总是尊崇于深奥的禅意，迷信神秘中的圣僧大德。人们总是喜欢璀璨缤纷的繁华，艳羡时俗风尚的喧闹；人们总是愿意沉溺功成名就的眼前，满足志得意满的当下，人们总是偏执于痴迷的贪婪，刻意癫狂的掠夺；人们总是纠缠于精神的浮躁，萦绕心灵的焦灼。其实，人们永远生活在自己的世界中，别人的眼光里，只是把自己的身体力行不断地膨胀，把自己的深思熟虑不断地放大，把时俗的评判当成自我衡量的坐标，把风尚的臧否作为得失的品鉴，让内在的虚荣和外在的风气将自我挟持。人本来很平常，不过是自然界的一个生命物种；人本来就很平淡，不过是社会肌体中的一个细胞；人本来就很平凡，不过是万物缤纷中的一个精灵；但有时人总会失去自己的本质，丢失自己的意蕴，变成了不是自己的自己。

十九

物质世界的神奇璀璨缤纷，精神世界的奥秘云诡波谲，人们是无法全面了解深刻认识的，更何况实践力度不断地加大，范围不断地扩展；思想深度不断地延伸，广度不断地拓展；过去的还未完全弄清楚，现在的还未彻底弄明白，未来的更渺渺无期了。更何况大千世界的风光无限是人类有限时光无法对应的，只能相对于某一时空的彼此交融，相对于某一阶段的相得益彰，犹如无数的具象的珍珠，被精练的抽象串成珠链，给神奇奥秘的世界一个概括性的说法，求得一个较为合理的解释，赢得一点自我的感觉吧！但透过表象认识本质，通过偶然把握规律，经过状态熟谙趋势的精神，则是至关重要的，因为只有这个看似虚幻的灵根，才是人类得以生于世长于世识于世超于世的根本，才是人类涵化万物知晓事理明白自我的真谛。

二十

历史上象征国家的诸多礼器，本身就代表了当时的天经地义民心，是一种用特殊形态彰显的国家意志，民族精神。试想我们的先人是以什么样的情怀去对待这样经天纬地的圣典，是以什么样的胸襟熔铸这千秋大业的基石。国之重器的形成，必须要有与之相应的实力和制度，必须要有与之对应的礼仪和规范，必须有与之相匹配的圣君明主，必须要有与之相契合意识形态。拥此重器者，道在仁在礼在则器存，道失仁废礼亡则器失；犹如当今之人，建功立业，追名逐利，只有名正言顺，心诚意明，取之有道，得之有理，方可成功，反之则深受其害矣。正可谓世界诸事不是不可求，但求之有道求之有德，这是正论。往往有些心术不正之小人可能得其一时之势利，终不能彰显大道之尊崇也，虽有国之重器暂时之拥有，终究不能长治久安，绵延赓续的！

二十一

琴心剑胆，要得是一个文武兼备，情趣交融的相得益彰，要的是一个特立独行，标新立异的交相辉映。形单影只，如梦似幻，剑啸琴鸣，如急似缓；无风尘之熏染，无时俗之缠绕，精神恬淡，心灵清逸，聆听天籁，细品地韵，唯自心平气静；暗香如故，清芬散逸，起承转合，高低起伏，心绪之安然，意兴之净洁。高山流水，明心见性，有无知音不改其品性；阳春白雪，返璞归真，有无附和不改其情趣；琴音即心音，自听自乐自省自明，何求外物以映衬乎？龙飞凤舞，电闪雷鸣，剑锋凛冽，光影四射，不在于淋漓尽致的挥发，而在于自由洒脱的放任；天地之气，在于一身，阴阳之交，存乎一式，来之有源，去之有踪，全凭一个水到渠成。剑随心舞，琴随心音，终是个行云流水，率性随心。

二十二

安于寂寞，不求闻达；只愿孤独，特立独行。身在名利场，人在是非中，不染世俗风尘；心怀天地，情蕴万物，不屑功名利禄；来也是一阵清明，去也是一种透彻，无须太多的虚饰，更无繁杂的空名。包揽的天地只在心中，孤独的品味；涵纳的万物只在意中，寂寞的感悟。清风拂煦，不留痕迹，清辉漫漶，没有身影，苍茫原野，只是一草一木，一沙一石，一点一滴；深邃苍穹，只是一风一云，一日一月，一星一辰。说什么壮志凌云，本就是一片云；谈什么功名成就，本就是一缕风。该经历的已经历，没有什么可留恋，该明白的已明白，没有什么可疑惑，物我相忘，何不放飞一颗心，平静如常，平淡如流，平凡如尘，便是天生的心性。

二十三

“智者不惑”，是一个标准，更是一个过程，是一个理论的概括，更是一个实践的结晶。只有深入实践，勤于钻研，博览群书，精研其理，才能形成量丰而质胜的智力架构，形成丰厚的学养和思想，才能对客观事物有正确的认识和见地，达到不惑的境界。而要能入其学，持之以恒，日积月累，终成智者，则需立志高远，意念执着，恒心韧常，把天下事当作己事，方才能身体力行，殚精竭虑，夜以继日，年与时驰，在艰苦辛劳地探索中，求得对真理的把握和认识，达到高瞻远瞩，见微知著的境界。所以，智者不惑是一个内涵深刻而外延丰富的精神指要，也是一个倾心尽力不断追求的实践过程，更是一个明心见性的检验标准。

二十四

“仁者不忧”，知天达地，涵蕴万物，感悟生命，通晓人生，阅览时代、品鉴社会；弘扬纯真善良美好，抑制虚假恶劣丑陋，锤炼品性，陶冶情趣，拓展眼界，开阔胸襟，意志劲拔，境界伟岸。宇宙精神，普世意蕴，家国情怀，民生真谛，敬畏生命，珍视人生，此乃仁者之境界。唯有出自性情，通达心扉，光明磊落，公平正义，才能壁立千仞，海纳百川，高瞻远瞩，见微知著，具有包容万象，涵化一切的精神。唯有身体力行的砥砺，殚精竭虑的精萃，超凡脱俗的净化，明心见性的超越，才能视功名利禄为过眼云烟，觉成败得失为虚无缥缈，具有清逸澄明的精神，恬淡超越的心灵。万事万物，各有其形，同有其理，禀赋不同，大道归一，仁者心忧天下，何忧之！忧之不仁也。

二十五

“勇者不惧”。达勇者之境，必有智者的博大精深真知灼见，仁者的涵化万物，包容一切，以此境界约束或激励，何不勇也！然世间诸事，也要勇字当先才能敢于实践，敢于思考，敢于应对，敢于追索，才能成就智识之精神，仁者之境界矣。所以，勇者的起始要以智仁为引领的方向，以智仁为砥砺的过程，以智仁为回归的品鉴，只有这样的勇才是大勇真勇，气概通天地，声名震九州，让人内透于心，外显其形矣；也只有以此勇为动力，才能不惧于任何艰难困苦，挺立于跌宕起伏，攀登于崇山峻岭，跋涉于江河湖海，不畏坎坷崎岖，不惧蜿蜒曲折，一览无限风光。大千世界，万象纷纭，没有勇不能生存，休谈发展；但愚昧盲动不是勇，暴躁冲动不是勇，主观臆断的冒进不是勇，趋炎附势的依附不是勇；勇离不开仁的孕育，智的涵化，也是智仁的载体，也是智仁的凝聚，是三者的有机统一。

二十六

这个时代世俗的让人难以描绘，实惠翻滚、功利滔天，人们沉浮其中不能自拔，混溶其里而不自知。本是人情世故云淡风轻的交往，生生变成了功名利禄烟熏火燎的相许；原来纯真诚挚你来我往的情意，活活演化成了趋炎附势巧取豪夺的盘算。人心之伤在于缺乏真正的相知相遇，人心之痛在于缺少真正的相亲相爱。清风明月，求得是一个清逸净洁，朝霞夕晖，盼得是个光明磊落；精神之相通，心心灵之和谐，不比什么都强吗？这世上荣华富贵固然不坏，功成名就当然很好，心想事成固然可喜，志得意满当然可贺，但以此为衡量的圭臬，品鉴的至宝，却是社会的变异，时代的畸形，生活的萎靡，人心的晦暗了。

二十七

博览群书，增长知识，提升智慧，其实是一个身体力行的历练，殚精竭虑的陶冶的过程。文章需要多看，不下功夫是不行的，知识需要多学，不用精力是难得的，但智慧的生成，却不只是学识知识简单的积累，自然而然形成的，必须要对前者进行深入的钻研与思考，去粗存精，去伪存真，由此及彼，由外到里，形成独到的见解和正确的研判，上升到一种精神的指向，这样才能达到智慧的层面。所学所识，满足于一知半解，停留于浅尝辄止，囫囵吞枣，不求甚解，固然也是一种积累的方法，但博闻强识，深思熟虑，精益求精，更为超凡脱俗，净化超越的关键至要。是故文人墨客的任情使意，率性随心，学究夫子的寻章摘句，精雕细琢，仁人圣者的超凡脱俗，高僧大德的明心见性，内涵参差，外延迥异，不只在于读书多少，知识深浅，而在于其精萃其意蕴，升华其真谛的境界了。

二十八

适当的与世隔绝，是一件好事，因为精神上的浮躁心灵中的焦灼，有些物象的隔断，心象的阻绝，在相对的孤独寂寞中，远离尘嚣，超脱繁闹，屏息静气，安神养意，温蕴性情，涵化心胸，让灵魂得以清净安谧。适度的远离人事，也是一件好事，因为行为中的盘根错节，思想上的嘈杂熙攘，有些具象的疏离，抽象的淡漠，在相对的萧瑟苍凉中，解脱藩篱，去除桎梏，特立独行，标新立异，净化思想，升华精神，让心灵得以轻盈超逸。主动或被动的有点孤独，看清自己的身影；自觉或随意的有点寂寞，聆听自己的心声。沉溺于趋炎附势的声色犬马，名缰利锁，失去的是心灵的自由和精神的独立；执拗于巧取豪夺的成败得失，锱铢必较，销蚀的是意志的坚韧人格的劲拔；久居芝兰之室，不闻其芳馨；久处鲍鱼之肆，不觉其腥秽。适当的与世隔绝，也是一种精神的造化，适度的远离人事，也是一种心灵的超越。

二十九

生命之重在于它不能承受之轻，纵然一粒沙石的卑微，一滴水珠的渺小，哪怕一缕轻风的拂煦，一朵云絮的飘逸，都是博大精深的彰显；生命之轻在于它不能承受之重，崇山峻岭，坎坷崎岖中的攀登，江河湖海，蜿蜒曲折里的跋涉，都是神形兼备的呈现。自我的感知，只有在社会大潮的涛飞浪卷中才能明白；本我的价值，只有在时代风云的云诡波谲里才能昭示。平静是在繁华喧闹中陶冶的，平淡是在起伏跌宕里精萃的，平凡是在成败得失中锤炼的，平常是在悲欢离合里净化的。经磨历劫的品味砥砺，经难历险的感喟，超凡脱俗的觉悟，明心见性的超越，生命的轻重是自我的身体力行殚精竭虑，生命的轻重是社会的精雕细琢千锤百炼。会当凌绝顶，一览众山小，大概就是这样一种境界吧；行到水穷处，坐看云起时，大约就是这样一种意蕴吧！

三十

春雨姗姗，几度欲临又悄然的淡去，让人在祈盼中焦灼的等待，今日漫天的挥洒，原野氤氲，万物葱茏，一派润泽之气象，生机勃勃，欣欣向荣也。时俗风尚的熏染，烟熏火燎，名缰利锁的缠绕，盘根错节，品性荒芜，情趣萧索，心胸促狭，思想凋零，精神浮躁，灵魂苍白而无力，只剩下随波逐流的苟且偷安，和光同尘的虚无缥缈。一场春雨，滋润万物且不多言，沁入心脾却是大事，因为借自然之景，挽颓废之意，引无根之洁净，濯心灵之萎靡，是天怜其民，不使沉沦哉。细雨浸润，云遮雾绕，远山朦胧中的连绵起伏，近水涟漪里的委婉旖旎，绿茵漫野，杂花点缀，林木蓊郁，给干涸的心灵注入无限的活力，鹅黄柳绿，新意萌发，粉妆玉琢，含苞欲放，精神自由的驰骋，心灵轻扬的飘逸。不知是人品味着春雨，好事春雨感悟着人，只是静静地融化在春雨里。

三十一

孩子的努力，历历可数，孩子的奋斗，章章生辉；千里求学，孜孜不倦，万里奉事，倾心尽力。勤勤恳恳以求大道，兢兢业业秉公执事，老老实实做人，坦坦荡荡从业，以天下为己任，以事业为根本；无趋炎附势之心，无随波逐流之意，无急功近利之促狭，无锱铢必较之算计；自立自强，自警自省，千难万险砥砺奋进，描绘奋斗者的篇章，经磨历劫克艰攻难，谱写创业者的旋律。国事家事天下事，事事关心；亲情友情人间情，情情相系；为人处世，光明磊落，诚挚仁义；尊老爱幼，呵护有加，温馨备至。多少年来，与吾聚少离多，但始终身影相随，心灵相系；多少年来，与吾异国他乡，但始终和衷共济，精神辉映。人生代代相递，生命辈辈承续，前辈之恩泽绵延，后代之茁壮成长，是宗族之幸，家庭之福也。遥望南天，欣然祝福，心想事成，吉祥如意。

三十二

人格的高尚不是璀璨缤纷的装饰，而具有博大精深的内涵，因为只有品性真善美，情趣风雅颂，眼界高远，胸襟辽阔，精神澄明，心灵清逸的人，才能有人格的伟岸劲拔；也只有建立在这种基础上的人，才能坚忍不拔的意志，涵化风尚的底蕴。大海之深邃辽阔，是人格的一种彰显，那是涵纳百川万流归宗的气度；高山耸立，是人格的一种呈现，那是包揽群峰一览众山的境界。心灵的纯净是人格的源泉，心灵的诚挚是人格的芬芳；人格是心灵的梅兰松菊，人格是心灵的暗香如故。人生有崇山峻岭的坎坷崎岖，但不能没有人格的奋勇攀登，人生有江河湖海的蜿蜒曲折，但不能缺少人格的坚韧跋涉；人生有成败得失的锱铢必较，但不能没有人格的涵化；人生有阴晴圆缺的悲欢离合，但不能缺少人格的温蕴。人格不以身份地位，功名利禄为品鉴；人格不以学历文凭，知识文化为度量。它来自平常的点点滴滴，它来自平凡的时时刻刻。

三十三

动中求静。现代社会在急促的脚步声中，把一切都甩在了后面，人们总是急切地利用一切发明创造去追逐新的发明，实现新的创造，占有新的领域，享受新的物质精神产品，于是，一路的急行，抛掉了片刻的停顿，没有了短暂的驻足，更失去了欣赏的闲暇，丢掉了相对静止的反思。同时，也在急速的运作中，急切的活动里，彰显了一部分自我，也隐匿了一部分自我，增加里一些自我，也销蚀了一些自我，灵魂赶不上脚步了。失去了耐心的人们急功近利，沉溺眼前，享受当下，只要吞吐，不去咀嚼，只有吸纳，不去消化；失去韧性的人们巧取豪夺，痴迷的贪婪，癫狂的掠夺，只要攫取，不管适当，只有占据，不管适度；时代变成了一部永不停歇的制造机器，社会变成了一部欲壑难填的储存库；人生变成了繁华喧闹的身体力行，疲惫不堪的精神浮躁；生命变成了随波逐流的醉生梦死，空虚无聊的心灵焦灼。所以，在动中求得点静显得格外的珍贵，因为只有这片刻的宁静，使人性得以恢复，情趣得到滋养，精神有所净化，心灵有所超越。

三十四

以静制动。太多的想法和企盼，太多的欲望和攀比，太多的诱惑和追求，整个世界陷入了永动不停的绞杀之中，造成了一股洪流，将一切裹挟，衡量社会发展的标准，人们自我成长的品鉴，变成了没有刻度的漫漶，每有清澈的浑浊，一切随波逐流，一切急功近利。太繁闹了，也太躁动了，清风明月，朝霞夕晖，深谷幽涧，清泉碧流，梅兰松菊，暗香如故已散逸的虚无缥缈；只有高歌猛进横冲直撞，一路狂奔所向披靡，只有痴迷的贪婪癫狂的攫取，眼前的既得当下的享受；人们与自然越来越疏远，人们与自我越来越隔膜，仿佛已变成了一种荒诞的异形，畸形的怪物。特别是寻找一点相对宁静的时空非常困难，拥有一点明心见性的思考非常珍贵。因为，精神家园需要宁静的温蕴，心灵故乡需要宁静的涵护，以静制动，说的容易，做起来就难了，但必须要做，至于怎样做，就看人类自己了。

三十五

有些看似简单的问题其实并不简单，一些习以为常的表面现象，往往隐含着丰富的内容和错综复杂的关系。点的表象面的状态，只有从经纬交织纵横交错的网状联系中，才能厘清脉络，寻找根本。熟视无睹，并不说明完全看清，众口一词，未必证明充分理解；看似简单平常，好像平淡无奇，其蕴含的道理可能博大精深，其彰显的奥秘可能云诡波谲；需要人们秉持全面客观，熟谙公平合理，遵从科学理性，去认识了解，去粗存精，去伪存真，条分缕析，辩证诠释，挖掘本质，把握规律。经过反复的精萃，不断地提炼，会得出与简单问题相对应的精确答案，让人一目了然。正所谓只有简单问题复杂化的认识过程，才能得出大道至简的结果。简单平常是认识道理的出发点和归宿，而复杂繁琐是把握道理的必然过程。人生如此，社会也是如此，一切复杂不过是建构在亘古至今人类基本需求上的一种简单，而一切简单不过是蕴含在继往开来人类无限追求中的复杂。

三十六

境界高远，不是自以为是的渲染，不是众人附和的喧闹，不是生搬硬套的雕凿，不是随心所欲的拔高；而是品性纯真质朴，情趣温蕴典雅，胸襟深邃辽阔的相得益彰，是人格劲拔伟岸，精神清逸澄明，心灵温馨安和的交相辉映，唯有在此境界，原野苍茫辽阔，苍穹深邃无限，万物纷纭，物我相忘天人合一的意蕴；唯有在此境界，烟熏火燎的时俗风尚云淡风轻，痴迷癫狂的追名逐利分崩离析，人世沧桑，明心见性返璞归真的超逸。唯有在此境界，纯真善良美好璀璨缤纷，虚假恶劣丑陋支离破碎，人性晶莹剔透，宁静安和恬淡温馨的清逸；唯有在此境界，春风夏雨秋霜冬雪的时光，春耕夏耘秋收冬藏的岁月，阴阳交融，生生不息欣欣向荣的蓊郁。唯有此境界，看山看水，是山是水，又不是山不是水，又是山又是水；看人看事，是人是事，又不是人又不是事，又是人又是事。唯有此境界，才能品味平淡中的博大精深，平常里的远见卓识；感悟平静中的深思熟虑，平凡里的崇高伟大。境界高远，没有持之以恒的修持，坚忍不拔的陶冶，没有身体力行的践履，殚精竭虑的精萃，怕是很难达到吧？

三十七

虽有几十年的经历，终很少能上升到阅历的层面，实现从量的积累到质的飞跃，只是停留在一种粗浅的感知之中，只是在一大堆碎片般的精神领域游山玩水而已，终不成器。虽然年已花甲，人生之事，社会之境，久浸其中，但脱胎换骨的造化却很少，明心见性的觉悟不多，名来利往，求得一点物质上的报偿和精神上的享受，没有什么真知灼见，即便有点火花，即刻就灭，终燃不起一簇火焰来。虽然志以学，焚膏继晷，日月相累，青史黄卷，书海搜奇，但只是博杂而已，不能穷究其理，尚无脉息之通，皮毛辞章，东鳞西爪，浅尝辄止，没有坐看云起时的境界与涵养，至今不过白发蒙童而已，遑论什么文化！不要丢了文化这个神圣的名号就可以了。

三十八

一个俗字，表象平常简单，内涵复杂深刻，贯穿时代，渗透社会，浸润生活，萦绕人生，无时不在，无处不有也；然对俗字的认识却是见仁见智，众说纷纭矣。其实，世间诸物，皆有其生存之根由，皆有其变化之妙趣，俗与不俗，全在于人们心中的一个境界和见识而已。心之高雅者，必视物为自然，观形于天成地就，无须人为之粉饰，不需意念之干扰；其物纷呈于自然，彰显于当下，内在与外象皆相一致，真实与本意相融通，大俗正是大雅乎。反而有时人们因其主观取舍，断章取义，零敲碎打，各取所需，沉溺于陈规陋矩，拘泥于行为习惯，僵固于思维定势，率性随心，任情使意，把自然之形态，本真之实意变成一种为自我裁度的取舍，自我需要的权衡，岂不是一种大俗！其实俗不俗，在于心灵能否与天地相通 与自然和谐，与精神相通，与心灵共鸣。

三十九

研究历史，探索未来，两者的交汇处都是在当代，两者的碰撞点都是在当下，因为，人们作为历史链条中的一环，具有承前启后的使命，承担继往开来的责任；当然有些时候因为特殊的原因，这种承续会发生异变，产生畸形，这种连接会存在褶皱，甚至断裂，但这种现象也是历史发展的一种特殊形态，也是必然规律的一种偶然表达而已。所以，历史的研究应当首先是客观真实地呈现，条分缕析的梳理，精雕细琢的考证，史事史实的辩证诠释，实事求是的演绎品鉴；至于一些史论则可以当成一种参考印证，但绝不能以论代史，只有建立在史料基础上的真实，才是史论正确与否的前提。以史为鉴，关键是要尊重历史的客观真实，重视对历史求真务实的研究，探究符合历史发展的客观规律，绝不是率性随意的杜撰，为我所需的阉割。历史研究的困难不只是时空的变幻，各种材料的缺失，也是人们习以为常的见识，鸿篇巨制的论述，似是而非的所谓定论。

四十

当今的时代，眼下的社会，有时最感到人们的精神黯淡萎靡，人们的心灵琐屑晦涩；追附时俗风尚，痴迷趋炎附势，奉急功近利为至尊，视锱铢必较为圭臬，沉溺于眼前的既得，沉醉于当下的享受。论及理想，虚无缥缈，不着边际；谈到信念，迷蒙漫漶，分崩离析；说到人格，随波逐流，浑噩苟且；涉及胸襟，繁杂琐屑，鄙陋促狭。缺少点气势雄浑的精神气象，缺失点朝气蓬勃的心灵风韵，缺少点光明正大的理直气壮，缺失点公平正义的顶天立地。国之本在于民，民众之素质决定着国家之根基，民不强则国必弱，民不明则国必晦。民众的启迪必须涵化品性，温蕴情趣，拓展眼界，开阔胸襟，民众的引领必须启其心智，通达事理，家国为至要，天下为根本；才能有血气有理性，有思想有作为，有性情有境界，有意志有精神有声势。如果培养的民众品性猥琐，情趣鄙陋，眼界浅薄，心胸促狭，精神萎靡不振，心灵晦暗迷离，一盘散沙，那将是何等的可悲可怕。物质丰盈不能以精神堕落为代价，社会发展不能以心灵沉沦为成本。

四十一

历史毕竟是历史，原有的时代场景已变幻，原有的社会剧目已谢幕，原有的生旦净末丑已云淡风轻，原有的唱念做打舞已烟消云散；而人们所掌握的历史，虽然有其物质的蚀刻精神的记载，但也远离了当时的社会环境和时代特点，远离了当时的具体事物和人际关系，加上受历代道统思想的取舍和现实需要的权衡，反映的文字描述和品鉴，与真实的事实已有了很大的差异和出入；愈远的历史虽然有遗物稀少，比较容易抛开传统成见的藩篱和当下思潮的裹挟，给以客观地总结评判，但毕竟也是漫漶的多清晰的少也；而愈近的历史虽然离现在不远，但因盘根错节的纠缠和急功近利的需要，其客观的论述和正确的评价也会大打折扣了。所以，怎样回忆历史，怎样对待历史是衡量当代人思想素养和理论水平的一把尺子，怎样评价历史，怎样运用历史，是测度当代人道德水平和精神境界的一种坐标。淡漠或忘记历史是一种背叛，篡改或扭曲历史也是一种背叛。

四十二

用结果去判定成败、总结人生没有什么错，但结果的成因和过程是复杂的，如果停留在成则王侯败则贼的历史怪圈中，满足于对历史的一种胜利者的居高临下，主观臆断，妄为自裁，那就失去了历史真正的借鉴作用，也会因为这种粗鄙的游戏让历史变得荒诞不经，经不起史实的印证，事实的检验，经不起逻辑的演绎推理，理论的辩证诠释。只有求真务实的探索，精益求精的研究，客观公正的解析，全面正确的品鉴，才能达到真实呈现历史的风貌，准确厘清历史的脉络，比较翔实的描述纷繁复杂的历史事件，比较清楚的明晰盘根错节的人际关系；原因结果相得益彰，偶然必然交相辉映，客观主观珠联璧合，物质精神琴瑟和鸣，使人们能在历史发展的今天，全面的捡校历史，正确的创造历史，客观的书写历史，为将来的发展铺下坚实深厚的基础，奠定博大精深的蕴含。

四十三

理论炽热或冷峻，僵化或繁闹，在相对静止的字辞篇章中，在跌宕起伏的抒发阐述里，在纵横交错的逻辑体系中，在条分缕析的辩证诠释里；无论是鸿篇巨制，还是杂典碎文；无论是博大精深，还是深入浅出；都汇集着丰富的知识，蕴含着深刻的内容，闪烁着灵动的智慧，彰显着独到的精神。简单梳理，有的是充满理性的感性释放，给人以昂扬向上、积极进取的精神动力，甚至有一种充溢感情色彩的神采飞扬；在淋漓尽致的张扬中体现着真性情，表达着真意蕴，仿佛能聆听到心的跳动，感触到血的流淌，豪放激越，璀璨缤纷。有的是洋溢感性的理性精萃，给人以清逸警醒，冷峻澄明的心灵启迪。甚至有一种渗透哲理蕴含的殚精竭虑；在入木三分的笔意和见微知著的论述中，直抒人性的本质，直溯社会的本源，直达时代的心脏，用手术刀般的冰冷坚硬，剥离时俗风尚的附着，解析功名利禄的缠绕，将现实生活内涵和人性的本质昭示于光天化日之下，有一个明心见性的净化，返璞归真的升华。不同的理论形态，彰显了理论深刻的内涵丰富的外延，具有同工异曲殊途同归的意义。

四十四

人生是由简单走向复杂，又由复杂回归简单的砥砺，人生是由淡泊走向浓郁，又由浓郁回归淡泊的陶冶。每走一步，都有每一步的山重水复，柳暗花明；每经一事，都有每一事的阴晴圆缺，悲欢离合。从初始白纸般的起点上，融汇了一生的浓墨淡彩，变成了五颜六色的人生长卷，有些是自己身体力行的蚀刻，倾心尽力的描绘，有些则是社会的雕凿别人的涂抹，总之是越来越多，越集越厚，掩盖了纯真质朴的品性情趣，熏染了清逸澄明的精神境界，人变成了异化的纸老虎、花孔雀，沉溺于一种自我的褒贬和别人的臧否中。所以，行动不再矫捷，思想不再敏锐，精神不再澄明，心灵不再轻扬，浑浑噩噩，苟苟且且，随波逐流，沉沦晦涩。所以，人们必须要经历由繁到简的精萃，由浓到淡的净化，有一个超凡脱俗的漂白，有一个返璞归真的超越。回归不是精神自然而然的实现，不是心灵顺理成章的达到，要有持之以恒的修炼，要有明心见性的觉悟。

四十五

剥去附着在身上璀璨缤纷的装饰，是实现人生超越的一个物象表达，清理沉淀在心中盘根错节的经纬，是实现生命升华的一个心象映照。只有抛弃习以为常的陈规陋矩，只有扫除熟视无睹的庸风俗雨，只有丢掉追名逐利的趋炎附势，只有消除云诡波谲的锱铢必较，让一切成败得失烟消云散，让一切阴晴圆缺云淡风轻，让一切哗众取宠自以为是分崩离析，让一切冠冕堂皇装模作样支离破碎；只剩下一种质本洁来还洁质去的纯真诚挚，才能解脱时俗风尚的萦绕，名缰利锁的桎梏，让精神自由的驰骋，让心灵轻盈的翱翔。沉重的精神负担是人生不可推卸的必然承载，也是一种直面应对的超然挑战，因为有了它才有了战胜和超越的动力，因为在战胜它的过程中，使心灵家园不断的清净温馨，安和超逸。

四十六

极度的依仗身份地位，一味的耍权弄势，看似得心应手，呼风唤雨，招之即来，挥之即去，其实很有可能使骄横日盛，暴戾增长，品性猥琐，情趣粗鄙，眼界短浅，胸襟促狭，知识锐减，智慧丧失。因为当追名逐利之时，还要身体力行殚精竭虑，趋炎附势俯仰更替，工于心计，善于运作，有点倾心尽力的付出，有点精雕细琢的功力；而一旦取势获权，便高高在上，满足于一种功成名就志得意满，学习少了，思虑淡了，进取颓唐，奢靡日盛，久而久之，只是倚仗地位为人处世，凭借权势捞名取利，精神必然沉沦，心灵必然晦暗，导致自我的堕落，政事的凋敝，风气的污秽，民心的丧失。当权为政者，特别要注意自身的学习修养，注重自我的性情涵蕴，不能用屁股决定思想，用权位代替脑袋。应该执政为民，行政为公，光明磊落，诚挚待人，公平正义，敬业谋事，克勤克俭，奉公守法，谨慎处事，修身养性，以成就事业，完善自我，切不可滥用权势，腐化堕落也。当今，此类人不少吧？

四十七

心之平静，不在于自然的崇山峻岭，深谷幽涧，江河湖海，蜿蜒盘桓，梅兰松菊，暗香浮动；心之平静，不在乎时俗风尚的烟熏火燎，追名逐利的盘根错节，繁杂琐屑的生活，跌宕起伏的人生；心之平静，在于品性的纯真情趣的温润，在于胸襟的伟岸意志的劲拔，在于精神的恬淡境界的澄明。犹如晶莹碧透之水，清澈则映照万物，幽静则涵化众生，一种天造地和的博大精深，一种顺其自然的温馨安谧。清水出芙蓉，天然去雕饰，现实里的心之平静不是刻意的营造，执拗的追寻，而是一种繁华喧闹中的品味和净化，人情世故里的超越和升华。大浪淘沙，激浊扬清，喧嚣沉寂，宁静氤氲，万物纷纭的映照，世相变幻的反观；竹篱茅舍，青史黄卷，粗茶浊酒，天光云影，人生百态的呈现，生命神奇奥秘的彰显；以温润柔和的朗朗心田，承载生命之欣欣向荣；以轻扬飘逸的云蒸霞蔚，托起幽幻灵动的精神之舟，遨游于无限之中。心之平静，来自于精神家园的根深蒂固枝繁叶茂，来自于心灵故乡的源远流长万象归一。

四十八

悟是一种心之自由的释放，不讲条件，无谓环境，没有什么过多过执的念想，也不存在自我的过分苛制和社会的严格约束，犹如清风徐来，任情使意的轻抚，恬如春雨慰藉，率性随心的滋润。心性之明完全在于一种明心见性的灵光普照，在于一种超凡脱俗的精神辉映。想无所想其实是有所想，想无所求是有所求，只要有一种对目的性东西的设想，便是杂念未降的一种表现。真正的悟，表面是修炼的正果，而实质是精神的自然，灵魂的自由。行云流水，不为名利场所扰；明月清风，不为是非地所攘，求得一个心灵的宁静。其实，悟是一种精神的净化，心灵的超越，一个返璞归真的历程。

四十九

人生如流。人们从一生下来就被投入汹涌澎湃的时代大潮之中，在跌宕起伏中留下了自己始终停不下的波飞浪卷，蜿蜒曲折，盘桓阻滞，四通八达；目标接着目标，过程连着过程，欲望催着欲望，行动赶着行动；自我的奋斗，社会的环境，自我的举止，周围的眼神，时髦的价值标准和时尚的社会风气，让人们黯淡了清逸澄明的心灵，萧疏了恬淡轻扬的精神，失去了温馨安谧的意蕴，丢掉了纯真净洁的真谛；就像没有了冰山雪峰的溪流，没有了深谷幽涧的碧潭，没有了湖泊温蕴的江河，没有了万流归宗的大海，一切只有速度的快感，没有停顿中的思索，一切只有急促的奔忙，没有了休憩时的感想。长此以往，人生变得非常的短直，没有了一路山重水复的回望，没有了柳暗花明的回味，没有了阴晴圆缺的感触，没有了悲欢离合的感悟，精神浮躁，心灵焦灼；自我已成为一种匪夷所思的符号，个性已成为徒有虚名的装饰。人生如流，不知自己是那一滴水，什么样的一滴水，从何处来，向何处流？

五十

小山村太寂静了，只有溪流的呢喃，只有鸡鸣犬吠的断续，只有清风拂过枝叶的微响，只有牛羊不时的几声啼唤，在一群小鸟的合唱中偶尔飘过几声“布谷、布谷”的云板，只有炊烟暮霭萦绕着窑洞的孤独，只有清风白云温蕴着乡村的寂寞。露珠儿在风中坠落，打湿了沙土小径，草儿盈盈，一片一片地铺展开来，各色的小花张开天真质朴的笑脸，承接着来自天地的问候。行走中没有了时间的催促，没有了目标的招引，随心所欲地让思想跟着脚步，让灵魂附着在幽静之中，生命的生机勃勃欣欣向荣，是那样的平静平淡，平凡平常，人生的一切在此时都化作了率性随心的漫游。

五十一

人生之长短，命运之变幻，看似神奇奥秘，其实也很平常。人生的时间是有一定限度的，空间是有一定容度的，命运与客观的生存条件和主观的努力也是相互适应的；然而，由于时代发展的不同阶段，社会生活的不同时期，人生的具体内容和行程具有多样性和不确定性，使生命的舞台场景和剧目情节纷纭变幻；由于人们自身的素养和实际的努力千差万别，又赋予了生命生旦净末丑的不同角色，唱念做打舞的不同演绎。正是这种偶然性的特点拉长了时间的刻度，丰富了空间的场景，增加了内容的丰富性和形式的多样性，人生之途变得云诡波谲，命运之途变得神秘莫测。其实，仰望苍穹，群星闪烁，星系萦绕，既有各自的璀璨缤纷，又有彼此的交相辉映；俯瞰原野，万物丛生，万象纷纭，既有各自的根深蒂固，又有相互的枝繁叶茂；人生的长与短，命运的顺与不顺，都是客观主观的共同演绎，偶然必然的相互辩证，原因结果的循环交替，复杂中的平常，深奥里的平淡，崇高中的平凡，觉悟里的平静。

五十二

生命的意义，具有博大精深的内涵，也有璀璨缤纷的表现；具有身形具备的物象，也有神秘幽幻的心象。无论是惊天动地，还是默默无闻；无论是光辉灿烂，还是黯淡阴晦；无论是功成名就，还是平庸琐屑；无论是志得意满，还是灰头土脸；其本质是平常的平凡的平淡的平静的，因为生命起始纯真质朴，生命的历程纷繁复杂浓墨淡彩，生命的归宿清逸安谧；由简到繁，又由繁到简；由淡到浓，又由浓到淡。所以，生命之伟大，呈现于山重水复的攀登跋涉，彰显于成败得失的跌宕起伏，映照于阴晴圆缺的悲欢离合，闪烁于起始回归的晶莹剔透。是生死交替的无限循环，是生生不息的永恒承续；是一座峰峦叠嶂，深涧幽谷，嶙峋劲拔，坎坷崎岖的山脉；是一条溪流瀑布，江河湖泽，蜿蜒曲折，深邃辽阔的水系；有每一粒沙石的身影，有每一滴水珠的心灵。生命的意义就在于生命本身。

五十三

文化的基因是强大和持久的，因为无论到什么地方，只要有文化的种子就能长出参天大树，以支撑和呈现任何社会的形象，映照和彰显任何时代的风貌。但文化的基因遗传和演化发展必然要由人来实现，千万年的熏陶，物质文化的积淀，精神文化的浸润，制度文化的变迁，形成了源远流长的文化意蕴，根深蒂固的文化习惯，在不同的历史时期，不同的社会条件下，因为相同或不同的人，而得以巩固性的承续和创新性的发展，也有扭曲的变异畸形的演化。所以，看世界历史，看各个民族和国家的现状，我们会从既得的结果中找到其原始的源泉和发展的历程，看到透过大量偶然性而揭示出的必然性规律，而其最为深刻的恰恰是隐含于物象背后，心象其里，制度其中的文化因果渊源。

五十四

对本民族国家的历史缺乏深入的了解，对世界各国的历史缺乏详细的探究，沉溺于对表面形态的直观把握上，停留在对现实焦点的直接判断上，便以为有了全面正确的认识，客观公正的把握，这只是一种片面狭隘的观念，断章取义的曲解，只能得出东鳞西爪，支离破碎的认识，云遮雾绕首尾不见的判断，无法把握事情的来龙去脉，更无法制定出具有科学前瞻性的战略和切实可行的具体部署来。所以，知人者明，自知者强，只有把二者相结合，才能赢得对问题的深刻认识和规律性的把握，也只有在知彼知己的基础上去高瞻远瞩，见微知著，着眼长远，谋划未来，着手现实，考量当今，才能走得更远更长更稳更快。执政者最大的问题是不愿去思考，不会去思考，只停留在对现有问题的纠葛中，沉溺于对当下事物的缠绕里，而缺乏历史的眼光和胸襟，没有历史的高度和境界。

五十五

剔除掉思想上的污垢，清理掉心灵上的灰尘，一切所谓的成绩或成果都淡然归零，一切所谓的名利或荣耀都悄然淹没。只有清除了心灵中过多的虚饰，才能彰显纯真善良美好的品性；只有溶解了精神上刻板的僵化，才能呈现温馨恬淡平和的情趣；只有破解了自以为是，好大喜功的癫狂痴迷，才能有高远的眼界开阔的胸襟；只有丢弃了妄自菲薄，虚无缥缈的乖戾晦涩，才能有劲拔的意志伟岸的境界。超凡脱俗必须要有千锤百炼的精萃，返璞归真必须要有殚精竭虑的陶冶，精神家园必须不断得净化，心灵故乡必须不断地升华。人们用一生去追求，都有自己或多或少的收获；人们用一生去思索，都有自己或深或浅的感悟；成败得失，可以自我测度，可以别人评说；悲欢离合，可以自我回味，可以风尚品鉴；但这毕竟是一种过程的回复和结果的衡量，并不代表明心见性的觉悟，清逸恬淡的超越。

五十六

有很好的记忆能力，但时光流逝岁月变幻中的很多人和事却轻易不敢回望，不敢回味，有些支离破碎的念头在脑海中一闪而过，即刻又让它烟消云散虚无缥缈，生怕会生根发芽开出难以忘怀的花朵来，更害怕去咀嚼那一颗颗甜酸苦辣的果实。心灵中的热切企盼和情绪上的害怕相互交织，以至于不敢去翻开历史山重水复的画卷，去捕捉亲情每一幅悲欢离合的画面，去描述每一个委婉动听故事，去品尝回味无穷的抚慰温馨和柔安然。真的，不敢打开记忆的闸门，不敢牵起回望的帷幕，只能在想与非想之间徘徊，只能在情感欲露时寻找到别的视角，不让胸中积满的思念倾泻，不让头脑中贮存的亲情迸放。因为，它沉重地让我不敢去想，不敢去写，稍一眷恋便泪流满面。

五十七

提笔无字、欲说无言，刚有一个念头马上也会被忧伤惧怕所打断，任何记忆的溪流江河总是在蜿蜒曲折中断流，任何往事的峰峦叠嶂总是在崎岖坎坷里消失；碎片式的画面一闪即过，从来都不敢让它停下来，更不敢让它串成完整的剧情和长卷；零散的音符稍纵即逝，从来不敢让它萦绕，更不敢让它奏出真切的旋律和乐章。因为心里的情感就像火山一样积聚着，奔流的烈焰会烧掉一切，浓烈的岩浆会让情感无法控制，此时写不了一个字，说不出一句话，人已泪流满面。太深的记忆，太浓的情感，太多的往事，让人心里如压上了一座连绵起伏的大山；太多的想念，太多的追索，太多的忏悔，让精神充满了江河湖海的波澜；只能看看深邃苍穹中的淡月残星，只能看看苍茫原野的萧疏漫漶，有点孤独中形单影只的徘徊，有点寂寞里虚无缥缈的散淡。

五十八

当人们远离追名逐利的时候，离自己才能更近一些，因为淹没在风尘世俗中的人们，是没有时间和精力去寻找自己的，只能从别人的眼光和评价中看到自己的镜像；久而久之，人们会变得自己看不清，别人认不得的境地。大千世界，芸芸众生，都是大自然的子孙，都是社会的儿女，从本性和本质上是一致的，但又由于每个人的年龄、经历、学识、素养、身份，地位等等的不同，必然呈现出各种风貌来，特别是应该有自己独立的精神和自由的思想；有一种表现自己特立独行的品性，有一种彰显自己标新立异的情趣，不然人们会变成一块混凝土，一片黄沙地，没有精神的枝繁叶茂，没有心灵的幽幻奥妙，千人一面，刻板僵固，或一盘散沙，众心仳离，这个世界就会毫无生机，沉沦灭亡。所以，离自己近一些，有点超凡脱俗的净化，有点明心见性的升华，也是人生的意蕴，也是生命的真谛。

五十九

自然的美妙在于它的博大深奥，社会的诱惑在于它的纷纭变幻，人生的意蕴在于它的云诡波谲，生命的真谛在于它的悲欢离合；人们立足于现实生活，沉浸于社会关系，既要保持自我又要顺乎潮流。没有了自我的人生是失败的人生，而不能适应社会发展的人生也是人生的失败；处理二者的关系，只有适当适度时，才能取得相得益彰的效果，如果不恰当不合适时，则会造成分崩离析的失败，而将二者剑拔弩张的对立起来，固然有其针锋相对的缘由，或好或坏，或是或非，但精神烦恼心灵痛苦肯定是巨大的。沉浸在时代大潮的波飞浪卷中，感知于社会生活的跌宕起伏里，经磨历劫，砥砺锤炼，人生百态，莫衷一是。有时，可能趋炎附势，随波逐流，同流合污；有时可能特立独行，标新立异，激浊扬清；有时，可能勇立涛头波峰，中流浩荡，气势磅礴；有时可能迟滞波尾浪谷，细枝末节，逶迤盘桓。不管怎样，都应有自己自由的思想独立的精神，劲拔的意志伟岸的境界，都应有了解现象认识本质，掌握规律把握趋势的能力。

六十

有时看到小动物们孤立无援的卑微弱小，感到很伤感；有时听到小动物凄切忧伤的呜咽啼鸣，感到很苦痛。一只流浪的猫或狗，一头负重的牛或马，一群觅食的鸟雀，一队负重的骆驼，让人心里充满了惆怅，壅塞了怜悯；看到它们的弱小，仿佛看到了人类自己的弱小；看到它们的泪水，犹如看到了人类自己的泪水；看到它们的身影，就像看到了人类自己的身影；听到它们的心声，感觉听到了人类自己的心声。在物欲横流，功利弥漫，品性凋敝，情趣猥琐的当下，人性中纯真善良美好的基因越来越少，越来越淡，自己不能尽情地涵护温蕴，不能随意的开扩延展，社会不能及时的熏陶引领，不能有效的教诲弘扬；只有在面对更弱小的动物时，才能唤起那点柔性的怜悯和善良，才能触动那些僵化的细胞和神经，有了情真意切的感触，有了涵护万物情怀，有了普度众生的境界。不知是自己太情绪化了，控制不住泪眼；不知是自己太孤寂了，放纵晶莹的泪珠；一些动物们的生存遭遇，也是人类生活的一种映照，看似为动物流泪，其实自己心里在流泪。

六十一

秉承天地之间的灵气，凝聚万物之中的精要，通晓时代的纷纭变幻，明晰社会的云诡波谲，熟谙生活的繁华喧闹，感悟人生的阴晴圆缺。修持的是个人的品性情趣，陶冶的是自我的胸怀境界；涵护的是家园的温馨安和，温蕴的是众生的融洽和睦；锤炼的是国家民族的强大富裕文明，铸就的是世界大同的进步发展和谐。人们处于一种时空条件下，长于一定的时代社会中，都有一种生存之道、发展之理，但关键的是要有一种高尚的境界，有一种纯正的人品，有一股凛然的正气，有一身有用的本事，更重要的是要有一颗纯真善良美好的心灵，有一种壁立千仞海纳百川的精神。人生不可能风轻云淡，一帆风顺；生活不可能轻歌曼舞，醉死梦生；但时俗风尚中要有一种光明磊落的气度，追名逐利中要有一种公平正义的胸襟。主动地去洗涤清扫，不能让精神沉溺于贪婪的泥淖；自觉的精萃净化，不能让心灵沉沦于痴迷的荆棘；要有一种蓬勃向上的意兴，要有一种明心见性的自净。

六十二

现实中人们面对飞速发展的社会和日新月异的时代，必须做出自己的选择；生活中人们面对来自四面八方的诱惑和云诡波谲的目标，也要有自己的应对；眼前的利益，长远的发展，现实的享有，未来的企盼，无一不在人们身体力行的实践殚精竭虑的思考之中，无一不在拷问着人们焦灼的精神浮躁的心灵。面对纷繁复杂，人们有很多道路可供选择，面对变幻莫测，人们有许多方法可以凭借，但最根本的还应该是听听内心的声音，人生是什么？人生应该是什么？我们不能因发展而丢掉灵魂，不能因物象的璀璨缤纷而丧失心象的晶莹剔透，不能因眼前的既得当下的享受而销蚀劲拔的意志伟岸的胸襟，不能因阶段性的成就暂时性的业绩遮蔽博大精深的理想深邃辽阔的境界。一切的考验和挑战复杂而简单，一切的承接和应对实际而空灵。

六十三

只有心地纯真，才能清风润雨；只有心地善良，才能阳光雨露；只有心中的美好，才能花好月圆，只有涵蕴万物，才能生机勃勃欣欣向荣；只有包容一切，才能真正地领略自然社会的风韵；只有宽容豁达，才能真实地凝聚时代人类的晶莹。只有在平静中才能思索的最深，只有在平凡中才能感悟的最真，只有在平淡中才能领略的实在，只有在平常中才能知晓的精准。只有看清自己的身影时，才能回望峰峦叠嶂的崎岖坎坷，江河湖海的蜿蜒曲折；只有听到自己的心声时，才能回味阴晴圆缺的人生，悲欢离合的生命；只有明白自己后，才能读懂社会明了时代，只有通晓世界后，才能明晰自己的精神和心灵。行动因为最复杂的时代社会人生都有其起点的纯真，思想因为最繁乱的诠释辨析逻辑都有其归宿的纯净，还你一颗赤子之心，重新领略人生和生活中的意蕴。

六十四

隐藏在璀璨缤纷画面背后的是什么？说不清也道不明；藏匿于光辉灿烂场景之中的是什么？理不清弄不明。一切的繁荣昌盛似乎都理直气壮地渲染着，一切的发展进步似乎都名正言顺地装饰着，但心灵中那些远大的理想崇高的信念呢？精神里那些劲拔坚韧的意志深邃辽阔的境界呢？已经迷离漫漶，虚无缥缈，找不到了踪影。在物质财富的不断挖掘和积聚中，人们疏远了精神家园，淡漠了心灵故乡；在急功近利的趋炎附势中，人们丢失了灵魂，没有了灵动；在成败得失的锱铢必较中，人们销蚀了超凡脱俗的净化，明心见性的升华；在时俗风尚的萦绕熏染中，人们失去了源远流长的渊薮，根深蒂固的脉络。眼前的既得固然不错，当下的享受肯定舒服，但没有从何处来的追本溯源，没有向何处去的高瞻远瞩，当下又能是一种什么样的活法呢！物质的丰盈和精神的奢靡，贫富的悬殊和心灵的参差，映射着现实生活的光怪陆离，也折射着人们漫无目的的生存状况。当人们失去自然的山清水秀，社会的公平正义，生活的温馨和谐，当人们失去自我的道德情怀精神境界时，这人生的意义还有吗？

六十五

生命的长度不是生命的自定，而是主观客观的撮合，偶然必然的匹配，原因结果的交替；是生命链条上的一个环节的呈现，它不均匀地分布在生命长河的某一个时段，或长或短，或直或曲，往近里看是山重水复的线段，往远里看只是一个经纬交错的点。所以，生命是人生的彰显，人生是命运的呈现，正是在这纷繁复杂的萦绕中，生命才有了博大精深的真谛，正是在这云诡波谲的纠缠中，生命才有了幽幻神秘的意蕴。生命，是万物和人类永恒的主题，是一个扑朔迷离，莫衷一是，无法解答的奥秘，是一个神秘莫测，至高无上，凌驾一切的圭臬；只有在这样的基础上，才有丰富的人生，繁杂的社会，进步的时代，只有在它的旗帜下，一切才能达到真正的平等、自由和博爱。但恰恰这个至理却被人们所轻视、所淡忘，以至于生命已悲惨到只能刻度一下生存的线段而已了。

六十六

对于最质朴的真理我们会视而不见、听而不闻，因为它们平常的让人熟视无睹，而对于最荒诞的谬论我们却视为圭臬、奉为至尊，拼命地去追求和探寻。真理太平凡平淡了，没有了崇光泛彩的光环和璀璨缤纷的装饰，让人感到冷峻直率，澄明通透，让心灵中幻起的虚妄没有了根基，使人们直面人生，少了一点幽幻的自慰；所以，宁愿丢掉真理，也要求得一点虚荣的荒谬，因为折射的曲线，变幻的光泽，给人以不真实但符合自我需要的精神享受，在感官中沉醉远比在真理面前清醒要快活的多。有时面对真理人们会觉得简单直白，主动或被动的疏离，自觉或不自觉的淡漠，而沉溺于五光十色的荒谬之中，却感到自我的随心随意，舒适安逸，麻木中消解了把握真理的意义。真理啊，你在孤独中疏影横斜，你在寂寞里暗香如故。

六十七

人们在冠冕堂皇的讲精神境界的时候，也要求真务实一些，因为任何精深的思想和远大的理想，也离不开具体的客观环境，一定的物质基础，是身体力行的实践殚精竭虑的思考的总结、提炼和升华而已；有时神采飞扬的谈论和淋漓尽致的思辨，就像多喝了一些浓茶，多饮了几杯醇酒，云遮雾绕的弥漫，如梦似幻的飘摇，有点可上九天揽月，可下五洋捉鳖的感觉了。灵魂好像虚无缥缈，但它始终萦绕在人们心象的意蕴中，抽象的思绪里，附着在一些被神秘化后的物象形态和具象载体中；有时需要一定的道场，一定的仪式，一定的环境，一定的氛围；好像才能捕捉到灵魂的踪迹；有时需要一定的情趣，一定的意兴，一定的深思，一定的幻想，似乎才能领悟灵魂的真谛。酒和茶就成了灵魂天然的伴侣，率性随心的放飞，任情使意的翱翔。从这点讲，灵魂不是虚无缥缈，境界不是空中楼阁，都有物象的承载，具象的呈现；崇高远大，求真务实辩证统一，才能相得益彰，交相辉映。

六十八

心里空旷了，精神反而更丰富了，因为深邃辽阔的心里可以容纳更多更新的东西，也能让旧的东西充分的分解化合，孕育出新的东西来。精神丰富了，境界也就有所提升；远离了对具象事物繁杂琐屑的具体把握，具有了一种条分缕逻辑推理辩证诠释的高度抽象，脱离了物象经纬交织盘根错节的直接缠绕，具有了清逸澄明超凡脱俗的心象意蕴。境界高了，人们就会活得更简单更纯粹了，因为一切经历的事儿，相处的人，在经过砥砺和磨合后，化为一种普遍性的相处和认识，知道了其最真实的内涵和最平常的道理，由繁入简，达到了一种平和平静的状态。人生就是由简入繁、又由繁入简的历程，心儿空旷了，孤独的回望，寂寞的畅想，自由的翱翔，浪漫的驰骋。

六十九

父亲是山，母亲是河。有山的存在，为我们遮挡住了时间的有限和稍纵即逝，在那崎岖坎坷的山路上不停地攀援，经历艰难困苦也领略无限风光，生命的时间被尽情地拉长，延伸在峰峦叠嶂，深谷幽涧，峰回路转，曲径通幽，温蕴在神奇奥妙的无限遐想和身心愉悦的幸福之中。有河的存在，为我们充盈了空间的内容和深邃辽阔，在那蜿蜒曲折的河流中不断地跋涉，经历壅塞阻滞也享有涛飞浪卷，生命的空间被尽情地放大，逶迤在清泉碧潭，溪流瀑布，九曲回绕，江河湖海，浸润在倾心尽力的无限探寻和温馨安谧的快乐之中。崇山峻岭的攀登，有刚性的坚忍不拔；江河湖海的跋涉，有柔性的持之以恒。山河壮丽，让我们享受着坚实的承载，温柔的呵护；山河相伴，让我们品味着呕心沥血的哺育，倾心尽力的教诲；我们有了山的劲拔伟岸，我们有了河的委婉旖旎。父亲是山，母亲是河，代代相传，辈辈承续，源远流长，生生不息。

七十

年龄的增长，生活的磨砺，经验的积累，思想的精萃，早已从应用性的学习中淡出，早已从功利性的学习中疏离，沉浸于明心见性的精神家园，安逸于超凡脱俗的心灵故乡。没有什么要读要写要背诵要考试的压力，没有什么要争要抢要获取要享受的动力；没有什么时俗风尚的趋炎附势，没有什么追名逐利的巧取豪夺；没有什么成败得失的锱铢必较，没有什么阴晴圆缺的深思熟虑；只是静静地坐下来，率性随心的品阅，任情使意的浏览，只是信笔由来的挥洒，零敲碎打的散逸；经史子集，鸿篇巨制，能看多少就多少，囫囵吞枣，不求甚解，只是一种意兴；野闻荒趣，繁杂琐屑，能阅多少就多少，一目十行，无意解析，只是一种情趣。追本溯源，根深蒂固，枝繁叶茂，源远流长，涛飞浪卷，只是一种精神的回望；超凡脱俗，原野苍茫，苍穹深邃，繁华消解，喧闹隐匿，只是一种心灵中的超逸。人生的负重化作如梦似幻的飘逸，生命的承载化作云遮雾绕的漫漶，风来则来，风去则去，偶有凝结，便是淡月残星里的露珠，晨曦暮霭里的空灵，稍纵即逝。

七十一

厚道和宽容，既有先天基因的演化遗传，更有后天孕育的进化提升，因为缺少好的基因，就像失去了肥沃的土地，厚道善良的种子无法生根发芽开花结果，但这种基因不能自然而然的彰显，而只有建立在生理遗传的基础上，经过多少代文化的熏陶，文明的浸润；经过都少家庭传承的涵护，民族精神温蕴，才能达到理想的境界。就某一个人来讲，莫过于自己的身体力行，家人的言传身教；莫过于时代的锤炼，社会的陶冶了。所以，只有这样的氛围和环境才有利于人们厚道和宽容的根深蒂固，枝繁叶茂；只有让这种基因经风雨见世面，激浊扬清，抑恶杨善，增强其抵抗恶假丑的能力，蕴养真善美的品性，才能真正达到厚道宽容的境界。

七十二

真正的宽容不是无原则的接纳，而是在是非曲直底线上的选择，因为现实中有些人和事是不能随便宽容的，如果接纳了就是对人性纯真善良美好的侵蚀，就是对社会公平正义和谐的损害，就是对猥琐卑鄙的放纵，就是对阴谋诡计的助力。讲宽容必须要有泾渭分明的底线，必须要有清浊明晰的界度；只有心灵中人性质朴纯真的坚守，只有精神里人性仁义善良的把握，才能面对社会面对人生，宽容地去接纳，宽容的去担待。只有秉持壁立千仞的劲拔伟岸，才能有宽容崇高的心灵；只有彰显海纳百川的深邃辽阔，才能有宽容博大的胸襟；失去原则的宽容是一种行为的苟且思想的缴械；失去底线的宽容是一种精神的沉沦心灵的晦暗。宽容是品性情趣的晶莹剔透，宽容是人格意志的坚忍不拔，宽容是明心见性的自我净化，宽容是普度众生的返璞归真。宽容不是放任自流，更不是助纣为虐；宽容不是随波逐流，更不是同流合污。宽容不是逃避责任的借口，更不是讳疾忌医的凭据；宽容不是哗众取宠的装饰，更不是沽名钓誉的诱饵。宽容面对万象纷纭的世界，宽容直达奥妙幽幻的自我。

七十三

正直是一种经磨历劫的砥砺，正直是一种千锤百炼的陶冶，正直是一种自我的净化，正直是一种自我的超越。付出的代价很大，不入俗流很难前进，在什么都实惠化的环境中，什么都功利化的条件下，各种交易五花八门，各种伎俩云诡波谲，巧取豪夺理直气壮，阴谋诡计冠冕堂皇；财富，名誉，地位，权势众望所归；品性，情趣，胸怀，境界无人问津；眼前的既得被视为圭臬，当下的享受被奉为至尊。但吾不能，因为先祖列宗没有趋炎附势的传统，家传身教没有急功近利的内容，精神里缺少这种基因，心灵中没有这种遗传。总有一点特立独行的张狂，总有一些标新立异的傲慢，总有一点劲拔坚韧的矜持，总有一些暗香如故的自尊。虽然学问不大，经历不多，精力有限，能力平常，但孤独中保持那份洁净的心灵，寂寞中坚守那份清高的精神。生活平平常常，朋友稀稀疏疏，门前可罗雀，室内有孤影，梅兰松菊的情致，青史黄卷的意蕴，有点超凡脱俗的清逸，有点明心见性的澄明。

七十四

敬畏是人类的一种高度的自觉，是文明程度内化于心的一种标志。当人类迈出文明的第一步时，就把对自然、祖先和神灵的敬畏放在了头等重要的地位，赋予了最神圣的仪式、最虔诚的膜拜，从内心深处树起了天人合一、敬畏一切的基础。时至今日，我们什么也不怕，更谈不上敬畏二字了，面对博大精深的自然，面对源远流长的先人，面对如梦似幻的灵魂，人们失去了敬畏；面对社会发展的公平正义，面对时代进步的和谐共荣，面对众生的富裕文明，人们失去了敬畏；只有肆无忌惮地疯狂攫取，只有目空一切的痴迷贪婪。不怕天诛，不怕地灭，不怕神灵，不怕哲理；更不怕千夫所指，万物所弃，更不怕精神沉沦，心灵凋敝。没有敬畏的人生是人生的不幸，没有敬畏的生命是生命的悲哀；没有敬畏是人类的堕落，没有敬畏是文明的毁弃。

七十五

启程是灵魂的放飞，回归是灵魂的飘逸。一路走来，时俗风尚的熏染，名缰利锁的缠绕，趋炎附势的侵蚀，锱铢必较的雕凿，精神已匪夷所思，心灵已面目全非；没有了纯真的品性，缺少了善良的胸怀，丢掉了美好的情趣；没有了鲜亮的色彩，缺少了灵动的旋律，丢失了幽幻的梦呓。只是杂草丛生荆棘遍野的荒芜，只是云遮雾绕云诡波谲的空虚。有点功成名就的自我感喟，有点志得意满的自我慰藉，有点眼前既得的得意忘形，有点当下享受的随心适意；不过是远离纯真善良美好的烟熏火燎，不过是疏离公平正义和谐的分崩离析，不过是是非对错好坏的盘根错节，不过是成败得失褒贬的经纬交织。自以为是的经历，有太多品性情趣的丢失；得心应手的成熟，有太多意志胸襟的销蚀；目空一切的骄赫，有太多精神的萎靡；唯我独尊的炫耀，有太多心灵的晦涩。启程是欣悦的，不断地在欣悦中经受痛苦；回归是痛苦的，不断地在痛苦中品味欣悦。回归是灵魂的净化，回归是灵魂的超越。

七十六

不要在乎自己那点所谓的名誉。说到底，是欺骗自己的华丽外衣，没有什么实质性的内容，只是一点时光的瘢痕，岁月的印迹，烟火的缥缈，灰烬的堆积。来一番脱胎换骨的自我剖析，把一切从时俗风尚中得来的，还给时俗风尚；把一切从追名逐利中获取的，还给追名逐利；行到水穷处，坐看云起时，一切都轻扬飘逸，幽幻灵动；一切都晶莹剔透，奥妙神奇；一切都融入崇山峻岭，汇入江河湖海；一切都镶嵌在深邃辽阔的苍穹，日月经天，斗转星移；一切都散漫于苍茫浑然的原野，万物纷纭，生生不息。简单地不能再简单，平常的不能再平常，返璞归真，既是一种持之以恒的净化，也是一种明心见性的升华，物我相忘，天人合一。

七十七

从物象中看到的自己，披上了行程的衣衫，花花绿绿；从心象中看到的自己，赤裸着性情的本真，淳朴单一；从具象中看到的自己，浓墨淡彩的涂抹，璀璨缤纷的装饰；从抽象中看到的自己，条分缕析的精练，晶莹剔透的清澈。透过岁月的尘埃，还自己一颗纯洁的心灵，洗涤社会的烟火，还自己一缕清亮的灵魂。毕竟行程不短，有多少烟熏火燎将自身熏染；毕竟结果不少，有多少追名逐利将心灵浸泡；失去的总是名实相副的纯真善良美好，换来的总是盘根错节的是非对错好坏。没有了山高水长的崎岖蜿蜒，没有了清风明月的清逸澄澈，没有了万物纷纭的葱茏蓊郁，没有了阳光普照的爽朗炽热。春风夏雨秋霜冬雪，有多少生命意蕴的启迪；春耕夏耘秋收冬藏，有多少人生真谛的昭示；何须自我的殚精竭虑，何须自我的犹豫彷徨？

七十八

露珠是天地的泪，在寂静中把人生那点纯洁凝固，让心灵有了清亮的点滴；露珠是心灵的痛，在孤独的沉思中把人生的风尘洗去，让灵魂扬起翅膀高飞。露珠是短暂的，形成和消失的都很快；露珠是长久的，凝结和蒸腾需要持久的能力。反射不了太阳，但有七彩之光；照耀不了人生，但有清逸的启迪。你是灵魂的眼睛，始终不离我蜿蜒的行程，你是心灵的泉水，永远滋润我蓊郁的领地。轻轻地洒在草木花朵上，轻轻地融汇在苍茫原野里，轻轻地在阳光和空气中弥漫，轻轻地浸润着精神的家园，轻轻地温馨着游子的心灵。

第三十一集　生命意蕴

DISANSHIYIJI SHENGMING YIYUN

一

精神贵族不是一个抽象的概念，而是由丰富的内涵和广博的外延交相辉映的人文情怀和精神境界。人们可以在不同的物质基础、社会环境、精神生活中生存与发展，也可以有不同的目标取舍和路径选择，衡量的标准也会千差万别；有时长短不一，有时薄厚不同，有时大小迥异，有时多少参差；有物象与心象交融的，有具象和抽象背离的，有物质璀璨缤纷的，有精神云诡波谲的。特别是在当代，价值规律横扫一切，实惠型的观念视为圭臬，功利性的目标奉为至尊，精神贵族的概念已经有些分崩离析，支离破碎了，很少为人所提及，更别说津津乐道了。但无论贫富贵贱，只要是人的正常生存和合理发展，都应有自己的精神家园，都应有自己的心灵境界，而衡量它的标准却是超验的，在看不见摸不到中，却又能品味的到，感受得到，体会得到，感悟得到。

二

人格的尊严，总是被披上了纷繁复杂的外衣，增添了璀璨缤纷的饰物；总是被沉浸在权势地位，财富名誉的时俗风尚之中；总是萦绕在成败得失，锱铢必较的盘根错节之中；纷纭变幻，云诡波谲，首尾不见，真身难觅。人们把人格的尊严捧到了顶礼膜拜的祭坛，但忘却了它是人性中纯真善良美好的禀赋；人们把人格的尊严诠释到了博大精深的境地，却疏忽了它是人性中平常平凡平静的呈现。只有建立在人性的基础之上，沐浴光明正大公平正义的阳光雨露，浸润源远流长浑厚沧桑的历史滋养，接纳根深蒂固枝繁叶茂的现实温蕴，拥有如梦似幻神奇美好的未来向往，才能真正托起尊严的内在之晶莹剔透，外在之灿烂辉煌，才能在任何条件下拥有自我劲拔的意志，伟岸的胸襟，独立的精神，自由的思想，也才能面临万难而始终保持着为人处世的本分，守住那份历久弥新的本真。

三

内心的宁静和淡然是一种明心见性的境地，更是一种超凡脱俗的修炼，只有在尘世的繁杂喧嚣之中能够风来迎之、雨来接之，顺势而为、定心以思，才能在纷乱之中求得一些暗香如故的宁静，清风白云的平淡；只有在返璞归真的净化中，才能抛弃时俗风尚的萦绕，解除追名逐利的纠缠，打碎锱铢必较的枷锁，丢掉成败得失的桎梏，去除随波逐流的行为习惯和趋炎附势的思维定势，洗涤精神中的猥琐颓废和心灵中的污秽阴暗；还品性一个洁净，还情趣一个温润，还眼界一个高远，还胸襟一个伟岸，还意志一个劲拔，还精神一个自由。唯有如此，才能保持人格的自尊自立，保持思想的自由澄明，保持灵魂的轻扬超逸。入世的纷乱，以出世之心态而待之；出世之超越，以入世之勤奋去待之；得到的是精神家园的宁静的淡然。

四

生活是错综复杂的，万象纷纭云诡波谲；生活是繁复琐屑的，日夜相继岁月交替；生活是一幅山高水长的画卷，生活是一曲神奇幽幻的乐章。峰峦叠嶂的崎岖坎坷，江河湖海的蜿蜒曲折；一览众山的壁立千仞，深谷幽涧的婉转迂回；万流归宗的涵纳百川，波飞浪卷的低吟高歌。是狂风暴雨，电闪雷鸣，是云淡风轻，澄明安和；是急功近利，巧取豪夺，是随波逐流，顺其自然；在成败荣辱中挣扎，在鄙俗典雅中纠葛，或泥淖难离，欲壑难填，争名于朝，争利于市，或安于平常，沉浸平淡，竹篱茅舍，梅兰松菊；都有自己的身体力行，都有自己的殚精竭虑。但无论其内容多么丰富，形式如何多样，不外乎是人生主观客观的一种因果相续，不外乎是生命生死交替的必然安排。只有坦荡的面对生，坦诚地面对死；只有宽容的应对，温蕴的涵纳；只有淋漓尽致的呈现，真实自在的彰显。心灵中有圣洁的真谛，精神里有幽深的意蕴，行为上有自己特立独行的风范，思想上有自己晶莹剔透的精粹，生活就是人生璀璨缤纷的画卷，生活就生命神采飞扬的旋律。

五

心灵中的自由是任何东西都无法拘禁的，因为向往灵魂的纯洁高贵，就要让它高高地飘在苍穹，不要染上世俗的污浊和戾气；因为人格的独立和昂扬，就要让它特立独行地行走在苍茫原野，不要被虚幻的梦魇所折磨；因为精神上的清逸和翱翔，就要让它幻化成不同的形态，弥漫于天地之间，浸润于万象纷纭。人们从生之始，一件件披上外在的装饰，套上心灵的枷锁，让时俗风尚的品阅，急功近利的权衡，自我的贪婪欲望和疯狂行为所驾驭，湮没于趋炎附势巧取豪夺的污泥浊水之中，心灵中充满了眼前实惠当下利益的味道，纯真善良美好的品性支离破碎，清逸澄明境界的心灵漫漶迷离。只有不断地清洗，不断的超越，才能放飞自己的自由之神灵，翱翔于神奇幽幻的境界。不能被动的随年龄的增长而等待回归时自然而然的返璞归真，而要在征程中就深刻的陶冶净化，不断地升华超越。

六

沉浸于感官直接刺激下，对自然社会人类真善美的品阅欣赏，激起心灵中的愉悦和感喟，情景交融引人入胜，但总是觉得缺少一种深刻的品味和独到的感悟，缺少点殚精竭虑的陶冶，明心见性的升华。一时沉溺其中，满心欢喜，稍纵即逝的愉悦往往不能够持久，而留下的印象也就会随着时间的推移逐渐漫漶疏离。而有时在这样一个感性的接触后，在一种独特的精神品味与心灵的品阅中，更能把握那沁人心脾的愉悦，情真意切的意蕴，而且持久性上升到一种永久记忆之中，形成灵性思维中的一个有机组成部分，建立在物象直观又超然心象通达，寄付于具象纷呈又超越于抽象精练，升华为一种精神上的永恒，任何时候品味都会是新鲜、深情而愉悦的。这就是禅念中因修持而产生的一种最大菩提和心灵的超越吧！

七

初夏的雨来得非常急，一切都笼罩在湿润之中，心儿也随之温润了下来，静静地守着那份孤独和寂寞，在一种似有非有的灵幻中，享受着安静的美和淡泊的意。人们需要多种营养，从物质到精神，从生理到心灵，但唯有触及自然之景，生发自然之心的情趣最让人留恋，最值得人去品味或追忆。因为这来自天地间的精神，带着原始的禀赋，凝结着时空的晶莹，生发出令万物着迷的淋漓。悄然而来，滋润着万物，也沁人心脾，养心养身，让在生活中蒙尘积垢的心灵，有一番清爽澄澈的洗涤，有一种温馨柔和的抚慰。因为，来自天空中的问候，是最如梦似幻的启迪。

八

回归本真的过程不是简单的倒退和回忆性的反思与总结，而是在继续前行中的一种脱胎换骨超凡脱俗。因为生命在向前，生活在发展，人们不可能脱离时代的洪流而独立于岸边，但在这种无限的运动中，随着时间的推移和空间的转换，经历过的必然有所继承有所扬弃，有所有积累有所突破，特别是一些时俗风尚功名利禄等，渐渐失去了过去向往时的炽热焦灼，追求时的急促执着，得到后的舒心达意，变成了一种附着在心灵中的负担，精神里的包袱，只有不断地去清理，让品性的纯纯真和清逸显露出来，并赋予更深刻更超然的认识，才能使思想更为接近真善美的本源，使灵魂得到超越，正所谓“为道日损、回归赤子”就是明心见性返璞归真这个道理。

九

历史不是一面镜子，因为它不会反射历史的真实，更不会对现状的映照给出一个客观的评判。历史是已经发生但已逝去的客观事实，是一连串事件的复合，是带有原因和结果的山重水复，是充满偶然和必然的阴晴圆缺。历史遗存的不断发掘，历史史料的保存与新的发现，可以还原一个历史的概况，但其丰富的内容和详尽的细节，很难全面准确的复述了；更何况当时编纂的人受到其本人素质和社会风气的影响，在史料筛选的择取中，在真相的描述和谬误的阐述中，都不可避免带有那个时代和个人的印迹，或多或少掺杂主观的成分，或大或小具有了臆造的因素。所以不能把历史当作一面简单地镜子，只能当成一幅丰富内容和逻辑体系及诸多事件的图画，我们可以认识，汲取力量，但不是为了衬托现实中的人们，更不是附会现实里的生活，不是为了演绎现实中的剧目，更不是注释现实里的奥秘。历史提供认识规律，把握趋势的智慧。

十

历史可以去总结，但由于受多种因素的影响，对历史的回顾和评价会是千姿百态的，每个人眼中的历史都有其独特的色彩，历史呈现着迷幻的光泽。看待历史，是一个客观还原和理性辨析的过程，要善于利用各种历史遗存和记载，进行深入的研究分析，找出其客观的真实和内在的逻辑，要善于始终站在客观的角度，实事求是地去展现历史的本来面目，尽量少带为我所需的主观臆断和断章取义的个人好恶取舍。只有还原于一个最真实的历史，我们才能看清现实的社会和时代，看清现在的众生与自己，从这个意义上讲，人是历史的缔造者，是继承与发展的辩证体，因为，你也创造着历史，书写着历史，也将成为历史。

十一

生命的年轮向花甲蔓延时，一路的场景都抛在了后边，所有的舞台剧目只是一种记忆，所有的唱念做打舞只是一种惆怅的回味。洗去了附着在身上的烟熏火燎，去除了沉淀在心灵的成败得失，丢开了各种物质的包袱与精神的负担，一种苍凉萧瑟油然而生，一种沧桑孤寂悄然涌起。生命从初始的雪山冰川源起，在时代的阳光和社会的召唤中融化，成为涓涓细流，奔腾于崇山峻岭之中，蜿蜒曲折地向未来淌去，容纳了不同时期不同阶段的清泉碧溪幽潭湖泊，汇集了不同内容不同路径的江河，蜿蜒曲折，一泻千里；承载着童年的欢乐嬉戏，少年的浪漫幻想，青年的激情朝气，中年的沉稳深厚。一路上有高歌有低吟，有独奏有和声；有神采飞扬的兴高采烈，有一筹莫展的凄楚迷离；有功成名就时志得意满的雀跃，有壅塞阻滞时灰心丧气的颓唐；更多的是在蜿蜒曲折中不知疲倦地奔走，追名逐利中倾心尽力的博取。长亭短亭，岁月如梭，峰起波伏，时光如织，生活纷纭，人生如旅，经历了一点砥砺奋进的拼搏，具有了一点殚精竭虑的思绪，领略了一点名声，取得了一点成绩，但精神好像更空虚了，心灵似乎更荒瘠了，对于繁闹的过程淡漠了，对于未来的祈盼空灵了，笼罩心头的只是一种欲罢不能的尴尬，欲说还休的无奈。这时去思去想，才真正感知了生命的坚韧和脆弱，才明白了生活的真谛和谬误；真正读懂了人生这本书时已是白发苍苍，唯有赤子之心在风雨历练后洗净铅华，露出纯真洁净的本色来，有一种归程的召唤，有一种超越的启迪。

十二

了解历史既要全面又要客观，要从正反两个方面去梳理历史事件纷繁复杂的现象，探寻隐藏背后的规律，要从当时的现状出发客观地陈述事件的来龙去脉，辨析事件的因果关系。读史使人明智，是要从波澜壮阔的历史场景中去领略人类社会发展中的那些客观和主观表现，那些现象和本质的联系，那些偶然性事件与必然性规律之间的关系；对于生旦净末丑的历史角色有一个清晰的把握，对于唱念做打舞的历史演绎有一个正确的分析，从历史的成败得失找到推动历史发展的根本原因和力量，找到完善自我的智慧和法宝，找到克服困难的思想和方法。读史本身对任何人来讲都是一种考验，唯大智者大勇者方能做到从历史出发，创造现世的成就，开劈未来的辉煌。

十三

文化的承载体很多，小说是一个非常重要的方面，人们在欣赏阅读时，沉浸于复杂的情节、典型的人物、奇诡的事件中时，得到一种故事的吸引，文化的润泽，思想的萦绕，精神的熏陶。瑰丽曼妙的文字词汇，条分缕析篇章架构，诡异奥秘的故事情节，让精神得到一种启迪或警示，让心灵得到一种刺激或慰藉。但仅有此是不够的，因为小说中有贯穿始终的生活场景和习俗风情，云诡波谲的时尚观念和思想意蕴，有某个时代和社会条件下的文化内涵，在字里行间、篇章架构、叙事逻辑等方面，都会有一种作者以其特有的手法呈现出一种隐念其中见识，渗透着丰富的精神意蕴。当读一部小说时，能沉浸其中的文化现象和脉络，把握其时代精神和社会特征时，就能产生更为有效的阅读情趣和思想启迪来。所以，阅读小说不只是简单的欣赏，而是一种学习，但怎样阅读，达到开卷有益也是一种检验。

十四

趋炎附势地去学习，满足的是实惠性的结果，功利性的目的，求得的是眼前的既得和当下的享受。很多时候，人的在学习上所犯的糊涂不是学不学，而是以什么样的目的为指引，以什么样的方式去实现。为了生存不能不有基础理论方面的学习，为了适应发展不能不有专业知识方面的学习，为了提升素质完善自我，不能不有明心见性方面的学习，三者是有机的统一。由下到上是学习的积累，由上到下是学习的精练，由浅到深是学习深化，由深到浅是学习的升华；由具象到抽象的学习是过程的精萃，由抽象到具象的学习是结果的净化，由物象到心象的学习是精神的陶冶，由心象到物象的学习是心灵的超越。所以，不能一谈学习就以为信手拈来。顺理成章，开卷有益，水到渠成，如果不明确学习的层级结构，基础和应用，方向和手段，精神内涵和心灵意蕴，就会把学习变成一种庸俗化的东西，开卷不有益，反而贻害更甚，助长了以学助邪的风气。

十五

读书的阶段性特点非常重要，幼童时期以启蒙为主，在纯真净洁的人性基点上，用最通俗易懂言传身教，浅显但事关人性根本的道理去教育孩子，让其在天真好奇中感受自然，品味万物，温蕴人性的真善美；少年时带有应对社会生存与发展的基础知识，简单技能，让其在兴趣爱好里，勤学苦练，博览众采，不断地积累知识，丰富思想，打造本领，提升素质，奠定为人处世的基础；青年时要大胆实践，敢于拼搏，善于思索，勇于创新，倾心尽力，博览群书，开阔视野，砥砺精萃，拓展胸襟，提高境界，远见卓识，打造建功立业的平台；壮年时深思熟虑，旁征博引，入微求精，使所行与所学升华到一定的高度，成为过去的回顾，现实的指导，将来的精进；老年已到，去粗存精，去伪存真，知识、经验、阅历愈多，而求其道理愈明，智慧能力愈高，而求其本真越简，是一种明心见性的净化，返璞归真的升华。所以，从时间这个维度来讲，不同时期的人生内容和基点不同，所谓阅读学习也就会有内容的迥异，形式的参差，特别是心路的历程蜿蜒曲折，所思所想所悟枝繁叶茂，璀璨缤纷，云诡波谲，幽幻奥妙了。人生无处不读书，人生无时不读书，既有历史之书，现实之书，未来之书，也有文字之书，实践之书，经历之书；读自然之书穷万物之理，读社会之事，究无人之际，读心灵之书，悟生命之真谛。而且读书之基础，应用，功利，超越之功能各有侧重，不可或缺，但相互依存，互为条件，由上到下的统领，由下到上的升华，是伴随人生、社会、时代的主线，也是读书的基本要求。

十六

信手拈来、随意翻阅，心猿意马、囫囵吞枣，不求甚解、浅尝辄止，也是读书的一种境界；去掉功利性的色彩后，一切书均显示出自己的本真特点和原始风貌，读书人也就有了发自内心的几份天真和雅趣，隐含于书中的知识、道理随风潜入夜，润物细无声般的顺其自然，直达心扉。有时的强制浏览，刻意研习，博闻强记，精雕细琢，反而失去了读书的趣味；特别是各种应对升学求职趋炎附势之品读，应付人情世故追名逐利之阅览，呕心沥血，殚精竭虑，夜以继日，把书本都翻烂了，文章熟谙于目，意蕴精致于心，好像心领意会，满腹经纶，得心应手，一旦立竿见影后，或得或失，或成或败，弃之敝屣，又不知其所以然了。所以，读书之意趣在于自然，在于天真，在于平常，在于平淡，消除烟熏火燎，有一个云淡风轻的境界，恰是读书人的祈盼。

十七

青春永驻，不是容貌身形的崇光泛彩，而是精神境界的晶莹剔透。山重水复的砥砺，蚀刻着生命的身躯，阴晴圆缺的陶冶，孕育着生命的灵魂，有形的开始褶皱断裂，无形的开始升华超越。时光的侵蚀，春风夏雨秋霜冬雪书写了沧桑的人生画卷；岁月的雕凿，春耕夏耘秋收冬藏演绎了幽幻的人生旋律；生活的经磨历劫，生理上的峰峦叠嶂，苍鬓白发，佝偻身躯；生活的精雕细琢，心理上的江河湖海，精神恬淡，心灵超逸。没有了青春的躯壳，一切都漫漶成云遮雾绕；没有了躯壳的青春，一切都化作和风细雨。年年岁岁的野火春风，岁岁年年的芳草萋萋，依然生出天真稚嫩的思想幼芽，在不经意间给青春的花蕾一个惊喜。

十八

回顾历史一定要看到它痛苦残破的一面，一定要找到它凄楚哀绝的内伤；只有对历史上最为惨痛的一页有深刻的了解和把握，才能真正担当起民族复兴、国家强盛、人们幸福的使命。一个腐朽的王朝，一套陈旧的枷锁，一种僵化的思想意识，一系列颓废腐烂的机制和行为；一个没有民族精神活力和国家凝聚内控力的时代，终究是一个国破族灭种亡的舞台，一个满足于自我享受和奢靡之风气下的泱泱大国，终会成为被外力强暴和自我沉沦所绞杀的。我们讲五千年的文明，但这文明中的耻辱才能让我们清醒；我们讲源远流长的历史长河，但这长河中的血雨腥风才能让我们砥砺振作。记住历史的耻辱，才能有今天的辉煌。

十九

不要沉醉于一时的发展取得的成就中，而应从发展的缺陷和不足中去找出问题，看到差距；不要满足于一时物质的丰厚和生活的变化上，而应从发展的精神和境界中看到奢靡和腐败的堆积；不要为一时的速度所狂躁，因为社会的活力在于持久的耐力；不要为一时的满足所遮蔽，因为社会的生机在于公正平等的机制。物质高耸的峰峦中有多少乌烟瘴气，精神丰富的海洋中有多少污泥浊水。发展的速度赶不上衰败的时间，前进的质量满足不了腐烂的进程。因为，检验一个民族、一个国家的标准，不是一时一地的风光，而是众志成城的底气。

二十

人们重视结果，因为它显而易见，让人产生一种可视可摸可掌控的享受和精神愉悦，而对于过程来讲，则因为结果的光彩而黯淡了自己的印迹，中间的所有内容变得毫无印象，其中最有价值的东西也被遗忘了。试想在向目标进发的行程中，要经历多少崇山峻岭的坎坷崎岖，要经历多少江河湖海的蜿蜒曲折，要经受多少艰难困苦的磨难，要经受多少危亡急乱的砥砺；要有崇高的理想和坚定的信念，要有高瞻远瞩的谋划和见微知著的举措；要有坚忍不拔的意志，要有前赴后继的勇气，要有承载成功担待失败的心理，要有求真务实拨乱反正的作为。一切智慧和能力均在过程中得到锤炼，一切价值和精神都在过程中得到精萃，但我们却恰恰满足于果实的丰硕，淡漠了过程的伟大，忘记了那波澜壮阔的场面和激励人心的时刻。人太容易在结果中失去自我最真实的禀赋，让成功把自己毁灭。

二十一

赤子之心，稚嫩之情，天真的想法，好奇地发问，让任何历练长久，成熟有度的精神产生振荡，让那颗被世俗之尘蒙住的心灵产生一种醍醐灌顶的警醒。沉溺于多少年时俗风尚的熏染中，纠缠于多少年追名逐利的萦绕里，按不住贪婪的欲望，停不下癫狂的攫取，见得多了，识得广了，经历日渐丰富，阅历不断深厚，但思想反而僵固，精神不再清灵；满目望去，只是欲望的峰峦叠嶂，没有意志壁立千仞的劲拔伟岸；只是功利的江河湖泊，没有胸襟海纳百川的深邃辽阔；仔细品味，看不到崎岖坎坷的攀登，领略无限的风光；看不到蜿蜒曲折的跋涉，品阅永恒的奥妙；更看不到万象纷纭的自然平常安和，人生百态的纯真善良美好。人们容易忘却是被太多的积淀和满足充盈了精神，人们容易忘却是被太多的空虚和无聊挤满了心灵，让一些盘根错节的成就束缚住了灵魂的翅膀，让一些经纬交织的名利缠绕住了自由的向往。面对一个稚童的发问，有些不知所措的踟蹰，有些如梦似幻的恍惚，有些明心见性的净化，有些返璞归真的升华。

二十二

人们喜欢收藏，无论是奇珍异石、花草乔木、古玩旧物、文字书画等等，不一而论，实际上除了兴趣之意和趋利之向以外，更多地应该是一种对逝去岁月的回味，对自己心灵的一种寄托吧！因为，过去的东西在沉淀中容易让人去思索追寻，想象力丰富而且能有各种旧物的承载，虚幻中有着天然的实在，回味里有一种追本溯源的悠长，与旧相伴心灵中有一种似曾相识的感觉，有一种物我相忘的情怀，所以，收藏的至高境界是一种灵性的感动。通过历史的遗迹，对逝去的生命过往的生活是一种尊重，对一去不复返的岁月是一种感怀，延长的是人生的时间，拓展的是生活的空间，是对现实即时性的一种超脱，是对未来不确定性的一种梦幻，是对自我的一种熏陶，是对生活的一种温蕴。收藏是形，收获是心，这才是收藏的真谛也。

二十三

当面对大风大浪的紧要关头，反而是易于集中精神汇集力量的关键时刻，因为此时人们的注意力全部集中在克服眼前的危机，应对当下的挑战上，只要有坚定的信念正确的方向，只要有智慧的引领举措的应对，只要有精英的领导骨干的支撑，就能凝精聚力，同心同德，众志成城，砥砺奋进，无坚而不摧，无难而不克；此时的群体或团队，民族和国家，必定是内在团结精进，外在强大有力的。恰恰是在风平浪静的时候，个体或团体、阶层或集团的利益凸显，统一的目标支离破碎，变成了千姿百态的不同追求，彼此间的关系处于一种云诡波谲的竞争状态，执拗于碎片化的个性之中，反而会产生跌宕起伏的内部紊乱和变化莫测的外部动荡。所谓创业难守业更难就是这个道理，居安思危是一种历史的警鉴，是现实的要求，更是发永远要绷紧的底线。

二十四

面对狂风巨浪，要让生命之舟奔向安全之处，需要精明果敢的舵手和同心同德的共力。只有这样，才能保证航船的正确航行和每一个生命的安全，此时所呈现的团队精神、民族意志、国家信念是无比强大的，而民心也是最为团结和坚韧的。当达到胜利的彼岸，停泊于风平浪静的港湾时，统一的意志和崇高的信念在既得利益的追求中逐渐瓦解了、崩溃了，人沉溺于各种群体，集团，阶层的藩篱中，因为不需要应对太多的风险，付出太多的精力，承担太多的责任，就能获取眼前的实惠，享受当下的名利，思想萎靡，精神懈怠了；而领袖的选择也比较注重循规蹈矩，按部就班，忽视了理想信念，人格魅力，意志禀赋，思想水平，驾驭能力，道德情操，精神境界等因素了，只求安稳平庸即可，因为众人需要和事佬、妥协者，于是，英雄退出历史舞台，平庸成为历史主角。

二十五

在分析取得胜利或成就的原因时，不能被表面的现象所蒙蔽，而应该看到其实质。因为有时天时地利的条件，加上领袖人物的英明，精英集团的智慧，也会取得辉煌的成就；而有时则是靠一种优良的政治体制和高效的运作机制，也能达到理想的目的；甚至有时靠的是坚定的信仰纯高的理想，正确的筹划部署和得当的措施手段，也会取的卓有成效的业绩；但究其本质，都是建立在对客观规律的认识，对时代发展趋势的把握，对社会现实的熟谙，对芸芸众生的了解上的。同时，又璀璨缤纷各有千秋，奠定的基础不同，持续的跨度不同，对后世产生的影响也就莫衷一是了。建立在英雄时代上的国家治理，带有专制的色彩；建立在民主政治基础上的国家治理，具有体制机制上的优势；而依托精神强大指导下的治理，具有凝聚力的特点；但归根而讲，民主政治的体制机制是现代国家治理的根本，是现代社会建设基础，是民心民意的保障，只有符合本国国情的，符合发展趋势的，将会是强大无比的。国家治理，任重道远。

二十六

世间的道理其实很简单很平常，在稚童的眼中，在赤子的心里，可以直观认识，可以丰富想象，清风明月般通透，和风细雨般洁净。但被世俗一浸染，被欲念一控制，简单的东西变得复杂了，看不清弄不明，只是在时俗风尚中的演绎，追名逐利中的诠释了，只是在自我的感觉和外在的评价中纠缠了。本来平常的道理，披上了各色之理论，不同之学说，左抹右涂，失去了本真，花里胡哨的看不出原样；而且人们越来越迷失于自我的成熟和丰富，好像一切都被主观所控制所掌握，把自己的臆测变成了客观的真实，把真理变成了为己所用的护身符。殊不知，这只是被各种利益和欲望放大了的虚幻，离简单平常越远，人们的心灵越会积满尘垢，失去纯真诚挚的晶莹剔透。

二十七

人们总是回忆着乡村的生活，因为那里有人类童年的记忆，那里有天然的情趣，更有天人合一的境界和欢悦。人沉醉于自然之中时，与四季相伴，与五谷相邻，与野草野花为伍，与朝霞与夕晖相随，嗅着大地的清香，数着天上的星辰，没有一点功利色彩的童稚之心，没有一点矫揉造作的诚挚之情，令人难以忘怀，常常如梦似幻的萦绕，回味无穷。虽然那时的条件差、生活苦，但苍茫的原野给赤子童心的是生机盎然，草木蓊郁，竹篱茅舍，鸡鸣犬吠，牛羊盈野，家长里短，天伦之乐；虽然那时财富少，精神简，但深邃的苍穹给青春少年的是日月轮回，斗转星移，春风夏雨，秋霜冬雪，云遮雾绕，物我相忘，天人合一。久居尘世，经历已多，满心的荷重，满身的污浊，总想在乡村的原始小河中漂泊，总想在故园的清风中沐浴，让身心有一个轻松的片刻，让梦常常在夜里萦绕。

二十八

欲望愈少，心灵愈静；想法愈少，思想平和。只有清空了精神上沉淀太多的积累，去除太重的负担，才能接纳更多的清风明月，蓝天丽日，才能融汇更多的万木葱茏，芬芳蓊郁。人们总是处在一种忘却的记忆之中，想把一些东西抛弃，总是有放不下它的念头，经纬交织；想把一些东西梳理，总是扯出一大堆的盘根错节来，剪不断理还乱；并没有真正让心灵平静下来，只不过是一时的空白，短暂的虚无罢了，说到底是欲念太重，把时俗风尚当成了圭臬，把追名逐利当成了至尊，把眼前的既得当下的享受当成了一种永恒。殊不知大千世界，万象纷纭，宁静平和是一种超然的意蕴，既是安身立命的基础，又是特立独行的呈现；既是殚精竭虑的陶冶，又是超凡脱俗的升华；既是明心见性的净化，又是返璞归真的超越。宁静平和是一种心灵的安逸，精神的空灵，是人生云诡波谲的奥妙，是生命神奇幽幻的梦境。有点宁静平和，具象的纷繁复杂，抽象的条分缕析，相得益彰；有点宁静平和，物象的璀璨缤纷，心象的晶莹剔透，交相辉映。

二十九

人们赋予了自然万物以各种诗意的阐述和情感的描绘，注入了神灵的寄托和希望的企盼，说明此时的人们依然是大自然之子，有着自然赋予的本性。往往在人类相对独立于自然之后，以社会形态雄踞，对自然的掠夺征伐变得为所欲为时，也就失掉了来自自然的禀赋，缺失了朴拙的底蕴。那是一种宏远博大，安然平淡，贯通天地的气象；那是人们主观臆断无法彰显的客观精灵；那是一种博大精深神秘奥妙的永恒之光。人们锱铢必较眼前的既得当下的享受，俯仰时俗风尚，膜拜急功近利，一切诗意的生活被套上了得失枷锁，一切精神的家园笼罩上了成败的雾霾。失去与自然和谐生存的人类，是自然演化的变异畸形，失去与心灵温馨安谧的人类，是社会发展的谬误荒诞。

三十

列国纷争时期，各呈其特点，有以谋略制胜的，有以实力制胜的，有以文化制胜的，有以物质制胜的，有以巧取豪夺制胜的，有以阴谋诡计制胜的，但不管特点如何，最关键的问题，乃是能否适应社会发展的趋向和民众的普遍向往，建构一种符合理想与实际的战略目标，形成一种治理机制和运作模式，从而保证竞争力的创新性、目标性、可操作性和可持续性。所以，罗马帝国的崛起，从根本上讲是一种制度的崛起，是一种物质积累由此产生的文明创造和精神凝聚的结果。治理国家必须要从长远和整体上去考虑，要有高瞻远瞩见微知著的宏图伟业，要有符合国情民意发展趋势的制度体制，要有科学合理行之有效的运作机制，要有精益求精的精英治理全民参与的和谐共振，这是一个博大精深的战略筹划，精雕细琢的系统工程，不能偏执于一时一事的短视狭隘，不能执拗于空中楼阁的虚无缥缈。

三十一

创业者或守成者的能力可以有所不同，但要取得成绩，离不开崇高的道德自律和精神修养。有天下情怀者，才能站得更高看得更远；有家国情怀者，才能思之愈精虑之愈细；集天下之理为治国之用，聚天下之力为民所享。所以，治国理政，能否有好的开头和持续的发展，取决于创业者和守业者的境界和品格、能力与智慧。当然更关键的是要建立适合本国本民族的治理机制，用一种普遍的具象的运作去规范人们的行为，用一种博大仁慈的精神去引导人民，实现真正的家国同体、民君相融、天下同心，这样才能是天下的幸事、民众的福祉。

三十二

受历代各种文化的浸润，人格的内涵和外延都发生了很大的变化，实际上已变成了各种风俗习惯思维模式理论学说的承载和表现，彰显的是各种文化的基因和特点。抛开这些附着在人格上的主流意识和时代概念，还原一个真实的本意，人格是基于人性中对自然万物之慈爱和向往精神自由之追求的有机统一，因为只有仁爱之心与自然之中的其他分离，体现出人的主体性；只有精神上的自由向往才能泛动思想上的浪漫与不懈追寻。唯有这个根本之源，在几千年文明长河中又受到不同文化的洗礼和融汇，形成了不同的注解，赋予了一定的时代和社会内容，具有了璀璨缤纷的特征，但究其根本，还应该是基于人性中的本真继承和精神里的自由向往。

三十三

位卑未敢忘国忧，贫贱不失家园情，几千年文明的熏陶，中国人身上的伤痕累累，心里的创口频频，但贯穿其命脉的家国情怀却始终根深蒂固；无论是身居庙堂还是栖居乡野，无论是高僧大德，还是凡夫俗子，家国情怀是衡量一个赤子的根本底线，也是凝聚民族向心力的根本内核。所有的演变和进化，所有的改革与创新，所有的主流意识和时代理论，所有的杂文异趣和家长里短，或雅或俗，或大或小，或深或浅，或长或短，透过它们的浮光掠影云诡波谲，总能找到隐藏背后的款款深情、厚厚意蕴；正是有了这样的家国情怀，中华民族才千难万险，经磨历劫，承前启后，砥砺奋进，继往开来，开拓创新，以自己绵延数千年的宏伟壮丽博大精深，巍然屹立于世界民族之林。家国情怀，在世界历史的长河中唯有此源远流长，在人类发展的山脉中唯有此劲拔伟岸。一句话，每个人心中的家国情怀是中华民族的精神之家园，心灵之故乡。

三十四

身居闹市而心能平静，是一种修炼也是一种际遇。因为纷繁复杂的事情少了，盘根错节的人际淡了，疏离了精神中追名逐利的烟熏火燎，去除了心灵上随波逐流的风尘浮俗，露出了本真的底色，虽然稚嫩柔弱，但却是鲜活和轻灵的。从古至今，大凡修持各种宗教和研习某家经典者，都能繁中取简，动中取静，在恬淡与平静中求得一种精神的感悟和心灵的超逸。无论是寂寥萧瑟的深山老林，还是繁闹熙攘的街头巷尾；无论是竹篱茅舍的门可罗雀，还是高楼大厦的车马盈门，无论是残灯断烛的青史黄卷，还是璀璨缤纷的鸿篇巨制；均会有一种气定神闲的潇洒，云淡风轻的意趣，梅兰松菊的情怀，暗香如故的意蕴，精神恬淡，心灵宁静，物我相忘，沉浸于一种哲理学说的品味或苦思冥想的神游之中，放飞灵魂于苍茫原野，深邃苍穹。一个静字儿了得。

三十五

一个轻扬的转身，抖掉了时俗风尚的装饰，留下野老村夫孤独的身影，去承载云淡风轻的精神；一个曼妙的回望，抛弃了名缰利锁的光彩，迎来游子归客空寂的心灵，去接纳散淡超逸的灵魂。走过千山万水，只为寻觅一个源远流长的纯真善良美好；经过千难万险，只为探求一个根深蒂固的温馨安谧和顺。没有什么功成名就的业绩，没有什么志得意满的虚荣；没有什么日常琐屑的烦恼，没有什么乖戾晦涩的忧闷。没有什么精彩绝伦的见解，没有什么牢骚满腹的絮叨；没有什么瑰丽曼妙的辞章，没有什么家长里短的俚俗。像天上的云，牵过霭，蒙过雾，载过雨，飘过雪，还大地一份深情；像地上的土，孕过种，护过芽，长过叶，升过枝，向天空敬一份真诚；悄悄地躲在世俗红尘偏隅的一角，静静地听着燥闹嬉戏中的清音，来自心灵的声音总是难以捕捉，稍一闪失，就了无踪影；只是静静地守候在时光的流逝中，回味生活，品味人生。

三十六

峰峦叠嶂深谷幽涧中，走出一条蜿蜒曲折的小径，璀璨缤纷的漫山黄叶点缀着一路的风景，只是清风白云静静地陪伴前行，不管是阳光温润的晴，还是斑驳变幻的阴。没有什么人情世故的问候，几声鸟鸣，声声入耳，倍感亲切，欣喜便是心声；没有什么世俗风尘的相伴，一溪清流，淙淙入怀，欢畅便是灵魂。没有什么牵挂，一切殚精竭虑交给了回望，源远流长，云淡风轻；没有什么眷念，一切云诡波谲付与了回味，斗转星移，朝霞夕晖；一切如梦似幻寄托了感喟，化作天光云影的徘徊变幻，化为草木溪流的婉转漫漶。只是慢慢地行，不敢惊动心中的清泉，让它沉静在幽幻中，有时的凝结是一种沸腾，因为能听到心的独语；只是轻轻地走，不愿触及心中的溪流，有时的热烈是一种安静，因为灵魂会轻扬飞升。千山万水，还是回归到自己的小径，没有什么打扰，更没有什么纠缠，只有清风黄叶，只有一路的空灵。

三十七

面对孩子的纯真，自觉形秽，倍感思陋，因为一切的说教都被风尘世俗熏染的晦暗僵硬，化不成阳光雨露，去滋润鲜嫩的幼芽；面对孩子的质朴，心焦力乏，无能为力，因为一切的经历都被随波逐流浸泡的肮脏浑浊，变不成山清水秀，去承载鲜活的花蕾；面对孩子，失去了自以为是的劲拔身躯，伟大胸襟，仿佛置身于自然精灵的环顾，社会奥秘的萦绕，没有了一点自信和自持；面对孩子，没有了虚假恶劣丑陋的藏身之处，功名利禄的隐匿之地，犹如面对阳光灿烂，明月皎洁，精神清逸而澄明，心灵净洁而安和。面对孩子，才感到自己多么的世俗功利，污浊猥琐；面对孩子，才明白多么需要一种超凡脱俗的净化，返璞归真的升华。

三十八

人生的积累，从好处说是一种成功的记录，有辉煌的光环；从坏里说是一部失败的见证，有沮丧的晦暗；但有时从正反两面来说，却失去了对与错的界定，好和坏的评阅，只是一种山重水复经历，一种阴晴圆缺的品味；只是一种原因结果的变幻，一种偶然必然的交割；只是一些具象的盘根错节，抽象的条分缕析；只是一些物象的璀璨缤纷，心象的云诡波谲。长久的积累，厚重的堆积，变成了压在人们精神上的大山，总想从中挖掘点有用的宝藏，其实翻过来调过去，只是一些记忆的碎片，只是一些带有想往的重复罢了。有形的东西多了，无形的东西就会被挤压，有形的东西少了，无形的东西就会被释放，有一天有形和无形的东西都黯淡了疏远了，灵魂才真正地自由放飞，在深邃辽阔的苍穹轻扬的飘逸，在苍茫浑然的原野自由的漫游。没有什么成败得失的锱铢必较，没有什么对错好坏的诠释评判，只是一种历史的回望。

三十九

爱是什么？没有人能说得清说得透，因为它是发自心灵的一种神圣，是浸润万物的甘霖，是抚慰世界的阳光，是在经意或不经意间的自然温蕴，任何描述对它来讲都是矫揉造作和多余的。人生经历多了，阅历丰富了，似乎对一切都有了基本的了解和掌握，但唯独对它欲罢不能，欲说还休，弄不清搞不明，只能始终保持着一种顶礼膜拜的尊崇。只能拥有一种刻骨铭心的敬畏。其实，在生活中它在任何一个点面上都有表现，只是我们太匆忙于自己的追求而不能详细注视与品尝，只是我们太功利世俗而让美好的平常一瞬即过，只是我们积满红尘的心灵不能去感觉纯真新鲜，只是我们被污染的情怀容纳不了温馨的拂煦，柔和的慰藉。爱能涵纳一切，包容一切，分解一切，净化一切，检验一切，升华一切。爱，平常平凡平淡平静，就在我们的身边，就在我们的心里，只是经常把它疏远，甚至忘记。

四十

孩子一句稚朴的发问，胜过汗牛充栋的鸿篇巨制；孩子一声亲切的问候，胜过精雕细琢的华丽辞章。孩子的眼睛，晴空万里，晶莹碧透，没有一点云霓，没有一丝雾霭，品性的纯真直达心扉；孩子的脸庞，清风拂煦，阳光灿烂，没有一点世故，没有一点圆滑，情趣的诚挚沁入心脾。孩子的行为，率性随心，任情使意，没有一点僵硬死板，没有一点矫揉造作，胸襟的畅朗天空海阔；孩子的思绪，浪漫驰骋，自由翱翔，没有一点随波逐流，没有一点趋炎附势，境界的高远地久天长。因为有了孩子，我们才有了长大成熟的感受；因为有了孩子，我们才有了超凡脱俗的觉悟；因为有了孩子，历史回味才变得神圣庄重，不容别人胡编乱造，任意涂抹；因为有了孩子，现实的创造才更为求真务实，不能有急功近利，巧取豪夺；因为有了孩子，未来的憧憬才更加辉煌灿烂，不会奢靡腐化，晦暗壅塞。这个世界是孩子的世界，因为我们曾经是孩子，这个世界是永恒的世界，因为我们永远是个孩子。且记，孩子的心灵与纯洁你还会有吗？

四十一

有些事要顺其自然，就像长在深山峻岭中的苍松翠柏杂树丛竹一样，在不同的地形山势上，扎下自己的根，生出自己的枝，或耸立悬崖峭壁，或盘桓深谷幽涧，或劲拔伟岸直矗苍穹，或逶迤虬曲婉转山野，千姿百态，参差缤纷，但都在自然的怀抱中呈现出自己顽强的生机和富有特色的容貌。所以，栋梁椽檩之材，花圃盆景之用，都为世之所需要，人之所赏阅，没有什么高低贵贱的区别，只有用度与审美的异趣罢了。教育孩子，培养后代，也是如此，好的想法愿望固然可取，但成长的历程则在于时代的砥砺社会的陶冶，生活的锤炼自我的精萃，无论是顺利还是曲折，无论是功成名就，还是卑微平常，要有顺其自然的心态，要有平等相待的胸襟；即便是一簇野草，年年春风普度，不也绿茵漫漶葱茏蓊郁，呈现生机勃勃吗！

四十二

对于这个世界我们不懂的东西太多，上穷碧落下黄泉，宏观、中观、微观，不同领域和层次的学问无法穷尽，在无限面前，人类只是一个有限的稚童；但这并不重要，因为人们在生命的延续中会向前行，以有限的连接迈向无限的征程。问题是我们在探讨未知的世界时，却往往忽略了自己，搞不清身在何处，心在哪里；总是时俗风尚的一路俯仰，急功近利的一路奔波，总是在别人的眼里和社会的评价中演绎过程诠释因果，却从未明心见性的知晓自己。像是一粒微小的沙尘，随风飞扬，不知缥缈何处；像是一叶游动的浮萍，随波逐流，没有了自己的根系。所以，认识世界是一个永恒的主题，明白自己是一个无限的解析。

四十三

人类在征服自然的掠夺中，也摧残着万物，人类在绞杀同类的争斗里，也阉割着自己。同是大自然之子，当某一物种进化到顶端位置时，既是文明进步的启程，也是残暴横虐的开始，既是人性的光辉灿烂，也是兽性的张牙舞爪；稍有不慎，兽性的遗传就会凭借超越万物的强大力量，把自己的狂野粗暴膨胀到极致，就会造成异类的支离破碎分崩离析，就会导致同类的剑拔弩张腥风血雨，最终毁灭掉自然源远流长的结晶，最终葬送掉社会根深蒂固的精粹。而要避免这种状况，人类就要持之以恒的涵护和弘扬人性中的纯真善良美好，抑制和消解人性里的虚假恶劣丑陋；要升华平等博爱的精神和世界大同的境界，要将兽性的基因不断地退化，不断地削弱，要把兽性的冲动销蚀并控制在一定的范围内。从根本上讲，要淡化主观生成的好恶是非，强化对客观现实的真实反映和必然规律的正确把握，具有物我相忘的精神，天人合一的境界。这才是唯一的选择。

四十四

回忆不是浮光掠影的简单回望，也不是任情使意的粗疏复读，而是一次又一次精神的回放，一次又一次心灵的映照，是人生跌宕起伏的精萃，是生命悲欢离合的升华。虽然有时支离破碎，残垣断壁，虽然有时凋零模糊，漫漶迷离，但点缀其间的如梦似幻，就像一滴清亮的露珠，涵蕴着时代的风云，凝聚着社会的变幻，彰显着人生的意蕴，映射着生命的奥秘；在现实的阳光下，总是闪烁着赤橙黄绿青蓝紫的七彩光辉。任何记忆都是心灵中最纯真的记载，是精神中最纯洁的表现。因为，它给予人们的是超凡脱俗的净化，返璞归真的升华，在积满风尘俗垢的灵魂桎梏上打开一个明亮的窗口，让阳光雨露清风明月都融进来，还干涸的心灵故乡一个温馨柔润，给荒芜的精神家园一点葱茏蓊郁。不经意的一刹那，芳草绿如茵，鲜花杂如云，清泉幽潭晶莹碧透，清风明月清逸温蕴，足以抚慰我们焦灼的精神，浮躁的心灵。

四十五

远离了喧嚣，拒绝了热闹，守住心田的安宁，让精神回归到一种本真的状态，这是一种修炼也是一种向往。世间的诱惑太多，大到深邃辽阔的宇宙小到精微迷离的粒子，纷纷扰扰，无不用各种方法诱惑着人们的感官和神经，促动着人们追名逐利的行为，刺激着人们锱铢必较的思绪；于是沉溺于时俗风尚的俯仰之中，争名于朝、夺利于市，不给人生戴上一顶漂亮的帽子，披上一袭虚饰的外衣，不有点功成名就的自以为是，志得意满的自作多情，就好像手足无措，魂飞魄散，没有了自我一样。其实，这是一种自欺欺人，因为一切的世相皆是水中月、镜中花，而只有人心灵中的宁静与淡泊才是精神家园的根本。只有在这看似孤独寂寞的静谧中，品性暗香如故，情趣典雅温润，人格劲拔伟岸，胸襟深邃辽阔，境界清逸澄明，才真正看清了自己的身影，感悟了自己的心灵。

四十六

喜欢用一些趣闻逸事吸引自己的眼球，喜欢用别人的喜怒哀乐满足自己的感受，其实是一种无聊的表现。因为，从别人那里折射的现象有其特殊的原因，一旦成为结果是自然之事，没有必要去倾心关注，刻意探寻，特别是作为一种满足自我感受的兴奋剂或镇静药，就太龌龊猥琐了。平静客观地看待一切，可以从任何事物或人物的变化中去领悟人性、感知社会、升华理性、提高境界，但决不能沉溺于一种功利性的评判和自我的安抚之中，特别是把苦难的事件或凄楚的人物当成自己幸运的衬托，把别人壅塞阻滞的遭遇当成自己一帆风顺的庆幸，就太低级趣味了。用别人的教训教育自己是一种自觉，用别人的成功激励自己是一种自信。

四十七

静气是一种历练后的成熟，更是一种阅历后的升华。无论是身居高庙，置于喧闹之市，还是荒野陋巷，置于门可罗雀之地，心里非常坦然，心情非常平淡，入眼的皆风来云去，入心的终是孤寂沉默；与明月交清辉，与溪流融清意，花影树踪、野草荒径，既是自然的路，更是心灵的程。幽谷深涧，只有梅兰松菊，暗香浮动；翠叶清嶂，孤影自赏，别有一番精神上的愉悦，心灵上的温蕴。这种静气不是靠选择物理时空得来的，而是一种精神经磨历劫锤炼后的气定神闲，一种心灵返璞归真超越中的轻扬飘逸。固然有野径荒地，竹篱茅舍，草木芬芳，琴棋书画更好，但即便身在红尘熏染下，名利萦绕中，心儿依然淡泊，那宁静自然也就有了。

四十八

心中藏着无数的精灵，但我不忍去打扰它们，因为安谧和谐地融在凝固的心灵时空中，远比在喧嚣中癫狂烦躁要好得多。特别是有些精灵是抚慰自我精神的镇静剂，也会是刺激心灵激动的兴奋药，既然已凝结成一朵记忆的蓓蕾，不愿在触动它时流出伤感的汁液，既然已绽放出一支向往的花朵，不忍在感悟它时惊动幽幻的梦境；所以，只是静静地守候，在孤独寂寞中陪伴着安静了的精灵。每一个精灵都有其不同的行程，不同的因果；都有不同的内容和形态，不同的偶然和必然；但都有其或长或短或显或隐的情趣，都有其或深或浅或大或小的风韵，唯有安静地和它们相处，才能求得一份心灵中的平和，在这红尘滚滚的世上，做一个梦里桃源的闲人，是繁华喧闹中的宁静湖泊，静静的映照天光云影。

四十九

过去的都是真实的，因为它不仅经历过，而且深深地铭刻在记忆中，但也不一定；现在的都是变幻的，一切实在和不实在的交相辉映，暂不能用谢幕后的评判去封存，但也不一定；在记忆中看似虚幻地逝去却勾起了最纯真的感动，让心灵受到洗礼，回归于天真和稚纯，一种如梦似幻的灵动；在现实中却只能功于计较，让名利各色的欲念充斥于心，一切的追求都显得那样赤裸粗鄙，甚至不愿披上一点遮掩的装饰，一种原形毕露的塑造。人们的孤独恰恰是现实不确定性的产物，身处名利场，心在是非地，反而上穷碧落下黄泉，看不见往者和来人。而只有在记忆的回溯中，才与自然有了亲近，与社会有了了解，与人类有了真正的沟通。孤独是当世的伴侣，记忆是永恒的港湾。

五十

幸福的晚年，是清风明月的夜空，温蕴柔和的恬淡宁静；是夕阳的辉映，璀璨斑斓的浓郁厚重。幸福的晚年，是深谷中的幽兰，自在地开放，无须引蜂斗蝶；是山间的松柏，可曲可直，无须成梁成栋。幸福的晚年，是品尝甜酸苦辣后的淡然，风来云去，任时光轻轻拂过沧桑，不带一点眷恋；是品味悲欢离合后的安谧沉淬，宠辱不惊，任岁月悄悄地带来萧瑟，不留一点踪影。幸福的晚年，是多有一份纯真，多有一份善良，多有一份美好，明心见性的超逸；是多有一份笑容，多有一份情趣，多有一份胸襟，返璞归真的安然。幸福的晚年，是高堂从不间断的呵护，夫妻从不分离的温蕴，儿孙从不淡漠的情韵，亲朋从不疏远的坦诚。幸福的晚年，一切都顺其自然，率性随心，一切都恬淡自如，安和平静；无须曲径通幽，无须一帆风顺，无须胆大妄为，无须胆小谨慎，无须踟蹰彷徨，无须盲动急进。幸福的晚年，在孤独中静思，在寂寞中畅想，心灵驰骋苍茫原野，翱翔深邃苍穹。

五十一

生活是平常的，但生活感是沉重的。前者是一种再正常不过的事，无论柴米油盐酱醋茶，琴棋书画诗酒花；无论春风夏雨秋霜冬雪，春耕夏耘秋收冬藏。无论功名事业成败得失，家长里短儿女情长；无论生旦净末丑的角色，唱念做打舞的演绎。或坎坷崎岖或一路通畅，或蜿蜒曲折或一泻千里；或功成名就或壅塞阻滞，或志得意满或心灰意冷；只是时代场景里的生活剧目，社会舞台上的生活情节，只是人生的正常生存发展而已。但对于生活的感悟却给人们带来了无比的沉重，因为时俗风尚的俯仰，急功近利的计较，人情世故的纠葛，成败得失的权衡，社会评价的尺度，时代检验的标准，时人的眼光，具体的环境，给自我的评判带来很大的压力，终日陷入焦灼浮躁之中，承载着繁重的精神包袱，久而久之，自我便消融于一种世俗的潮流之中，淹没于一种行为的随意之里，精神家园萧瑟凋零，心灵故乡干涸荒芜；浑浑噩噩的生存，苟苟且且应付，没有了理想，失去了信念，颓唐了意志，庸俗了境界。所以，生活不可怕，可怕的是不正确不正常的生活感悟，生活是生活实际与生活感悟的有机统一，二者相互砥砺相互交融，不能割裂不能混淆。

五十二

内心平静不是一种顺其自然的状态，也不是一种刻意营造的氛围，而是一种更为深远幽幻的胸襟，更为如梦似幻的意境。有点暗香如故的欣悦，有些欲说还休的空灵。因为，心中的想法犹如峰峦叠嶂的山脉，攀登一峰又一峰，没有尽头；因为，心中的向往犹如跌宕起伏的江河，跋涉一程又一程，没有终点；都想领略峰顶的无限风光，都想享受无限的碧波万顷，而这想法本身就是平静的孕育，这种向往本身就是平静的凝聚。所以，内心的平静是一种经磨历劫后的品味，殚精竭虑中的感悟；是一种超凡脱俗的净化，返璞归真的升华；是一种历史的回望，现实的思索，未来的憧憬；是一种精雕细琢而不能，精益求精而不得的精神意蕴，是一种明心见性，物我相忘而达到的心灵境界。

五十三

起始的冰峰雪岭劲拔伟岸，归宿的苍茫大海深邃辽阔，一切生命的循环都是永恒的映照。承前启后，生死交替，继往开来，生生不息，人类走过千山万水，领略一路风光，品尝着成功的喜悦和失败的沮丧，也在追溯与向往中让心灵不断地陶冶，不断地净化，以求精神家园的纯洁和安谧。有太多的话想说，就像奔腾的河流；有太多的事想做，就像起伏的山峰；有太多崇高远大的宏图伟业，有太多如梦似幻的精神境界。但生命的时空对个体而言总是有限，只能雕凿一个点、蚀刻一条线，充盈一点空隅、染绿一片莽原，这就足够了。因为，在无限的发展链条中，每一环都是珍贵的，即便露珠般短暂，也能映射太阳的七彩之光，朝霞夕晖，也有自我的璀璨缤纷，晶莹剔透。

五十四

人生中有许多东西可以学习培养训练，只要付出辛苦和努力，就能达到一定的认识程度和思想水平，就能形成一定的运作能力和具体方法；但更为重要的是，人生中有不多的内容，虽然简单平常却非常不易保存和坚持，那就是品性的纯真善良美好，情趣的健康温润典雅；人格的劲拔伟岸，胸襟的深邃辽阔；精神的清逸澄明，心灵的温馨安和。对生命的敬重对人生的珍视，既潜在于我们的基本素质中，隐含在我们的基因里，又要在纷纭变幻的时代中陶冶，在纷繁复杂的社会里的精萃，在繁复琐屑的生活中磨砺，在山重水复的人生里锤炼，在超凡脱俗的人性历练中的净化，在返璞归真的人性觉悟里升华。只有保持了这种人性的至纯至真，才有对生命的敬重和对人生的珍视，才能真正从心里去拥抱世界，感怀众生，热爱生活，才能真正做到不断提高素质，完善自我，服务社会。

五十五

只有把心灵放到自己的胸中时，才会感到一种真正的安静，因为很多时候，心灵会漫天游荡，寄托在时俗风尚的云遮雾绕中，附着在追名逐利的盘根错节里，纠缠在具体的事物和别人身上，总想找到一种令自己安静下来的方法，总想寻觅一处安身立命的处所；殊不知，世俗的风把它吹得更远更乱，势利的火把它燃烧得更热更旺。精神家园杂草漫野，荆棘丛生，百念云集，千思萦绕，总是一团混乱不堪的焦灼，总是一阵跌宕起伏的浮躁。所以，寄情山水、附意佛道、安于儒学、纵横百家，都不能真正让心灵平静下来，只不过是在外化的境界中，给自己一个瞬间的安慰和刹那的解脱罢了。真正的安静，是让心灵回到自自己胸中，安于平常平淡平凡，安于超凡脱俗的孤独，安于明心见性的寂寞，物我相忘，地老天荒。

五十六

听到各种声音是一种福气，不要计较它的声高或音低，不要关注它的柔和或聒噪，不要执拗它的悠远或短暂，不要偏执它的典雅或俚俗，不要计较它的赞赏或讽刺，不要在意它的褒扬或贬斥；因为声音的发出自有它的道理，正是这种声音让世界有了生机，噪音也好，清音也可，飘于世上，自是一种有趣的事，因为它更能呈现孤独的心领神会，更能彰显寂寞的如梦似幻，品味真正的宁静，感悟真正的安谧。所以，包容万象，涵纳纷纭，敬重生命，善待一切，本是精神的高地，心灵的境界，更何况是一些声音了。有些人爱制造一些自己喜欢但又伤害别人的噪音，其实是心灵中的自卑自丑在作怪，从理解的角度上讲，是一种防护性的冲动，情绪性的宣泄吧，不必去计较，也无须深究。社会上的各种声音，繁杂喧闹，震耳欲聋，但其中蕴含着天籁地韵，大道至理，关键是倾听者的胸怀和智慧了。要灭绝声音是一种愚蠢的精神自杀，是一种无能的心灵退化。

五十七

纯真诚挚的感情流露是非常自然的，也是平常的，它随着年龄的增长而不断注入新的内容，但也会因为远离出生时的纯洁而遭到不同程度的污染。因为，在一张洁白的纸上作画，可能有很多结果，成功的精品的固然不少，但失败的庸常的也非常之多，甚至占据很大的比重。所以，保持心灵的纯真洁净，是在不断地接受社会各种物质雕凿和精神蚀刻中实现的，也是在自我的不断剖析和净化中生成的。往往一些社会盛行的行为习惯，时髦的思想观念，标新立异的理论说教；往往一些人们自以为是的宝贵经验，自作聪明的见识品阅，花里胡哨的奇谈怪论，将精神桎梏，将心灵扭曲，用一种强制来达到所谓升华的目的，荒诞不经，荒谬至极。其实，这只是一种极端错误的做法和背离人们性情的思路。

五十八

用一个点上的现象来分解全部，有可取之处，但终究缺乏全面性和系统性，就像苏轼入庐山，由外及里、由里及外、由此及彼，形成“横看成岭侧成峰”“远近高低各不同”的具体解析；由具象到抽象，由物象到心象，最终达到不识庐山真面目，只缘身在此山中的整体概念；并从对自然的描述中将以自我为中心的微观感触和品味，化为宏观上的整体把握和精神上的超越，营造了由不知到有知，又由有知到不知的新境界，强调了自己的身体与心灵的有限性和即时感。虽然有识别的“岭与峰”“各不同”，也更生出了“不识”的感叹和身在其中的时空局限性。所以，精神境界的孕育和涵蕴，既有其心中的向往，现实的努力，也会深深打上时代和社会的烙印。人是被束缚着的自由者。

五十九

有些东西永远存在，可你并不需要；有些东西只要失去，就永远回不来了；儿时的记忆已很淡漠，像是可有可无的轻风，掠过时，掀起一点涟漪，涌动几缕微澜，似真似幻让人更多地充满了回味。很多记忆涌出，时间很短，稍纵即逝，而在心灵中留下的疑问和追索却绵长。所以，当在孩童身上看到生命初始的纯真和洁净，便感到无限的喜悦，仿佛让自己再出生了一次，又一次领略着成长的愉悦，清新稚嫩的芽突破僵硬的壳，伸出碧透欲滴的枝叶，孕育纯真净洁的花蕾，散发着嵌入心脾的清逸芬芳；给红尘滚滚、污秽漫漫的世界一丝清纯靓丽的光彩，给自己麻痹的心灵萎靡的精神一点晶莹剔透的温蕴。真的，有时的一个简单笑脸和动作，一声亲切稚嫩的呼唤，使自己得到的是一种生命纯真的召唤和人生深切的洗礼。

六十

我们可以清理一些多余的物品。并能在这种清理的过程中释放一部分空间，让思想的包袱轻松一些，让灵魂的翅膀轻飘一些，让精神的篱笆松散一些。但由于清理中选择的标准取舍的尺度非常难以把握，每一件具象的事物人际，每一段抽象的情趣意蕴，经纬交织，盘根错节，使清理的任务不是轻松的条分缕析，而是更叠床架屋的沉重了；即便处置完后，反而有了更多地回忆、更多地思索、更多地展望。本想腾笼换鸟，却引来了百鸟朝凤般的热闹；本想清出一点空间容纳孤独和寂寞，没想到又挤满了很多怀旧和思新的内容。抽刀断水、举杯消愁，只是不断地增加，物象的可能少了，而心象的又会更多了，想象的就更为丰富了。所以，清空是一种美好的想法，不易实现的奢望。

六十一

因为有了本我，才能有那份人格的劲拔和伟岸；因为有了真我，才能有那份境界的深邃和辽阔。太久地被时俗风尚所熏陶，太多地被追名逐利所缠绕，养成了一种失去本我而一味随波逐流的行为习惯，养成了失去真我而一味趋炎附势的思维定势；于是乎，为人处世，先将周围的各种利益进行权衡，对各种人际关系进行取舍，然后把客观的事实和真实的思想，梳理辨析，归纳分类，为自己所需，为风尚所认可，涂脂抹粉，浓墨淡彩，精雕细琢后，套进约定俗成的僵硬模式，好像做出了一个谨慎明智的决定，其实，既背离了客观事实，更远离了自己的本真。所以，现代社会中人们失去的很多，在看似丰厚的各种回报中，自由之思想，独立之精神，意志之坚韧，境界之高远，淡然隐去，本我黯淡，真我隐匿，只剩下一点孤独时的尴尬，寂寞时的无奈了。

六十二

知识让我们见多识广，领略万象，但并不能直接得到深刻的道理，马上达到智慧的高度，具有精神的意蕴，心灵的境界。因为知识的博大精深涵蕴着不同的方向和不同的内容，具有不同的路径和形式，多多益善是件好事，但也会产生一种纷繁复杂中的迷蒙，拥有一种盘根错节般的迷惘。自然社会及人本身的基本道理其实很清晰单纯，因为其高度概括的抽象神明是普照一切的阳光，通达澄明无处不在，平常的让我们熟视无睹，淡漠疏离，身在其中而心却不能领悟；但人们却一味的沉溺于知识大与小，多与少，深与浅，高与低的繁文缛节之中，满足于寻章摘句，条分缕析，繁琐考据的斤斤计较之里。所以，用知识丰富自我，是为人处世的需要，而求得一种道理的明晰、精神的通达、心灵的超逸，需要不断地去粗存精、去繁就简，沥去喧嚣、褪去浮华，把世界的本质呈现，让心灵的纯真显现。知识是智慧的阶梯，但不能自然的达到，知识是境界的路径，但不能随意的实现。

六十三

白云飘逸，只是一个如梦似幻的景致，带着几多回忆，托着几多想往，一任清风吹拂，变幻着形，松散着心，在深邃辽阔的天宇自由的翱翔。清风拂煦，只是一段似曾相识的情韵，带着几多依恋，牵起几多的眷念，一任白云承载，来时无意，去时有心，在苍茫浑厚的原野潇洒的驰骋。只是给了白云一个造梦的任务，给了清风一个寻情的责任；于是一个轻扬曼妙，在天空中变幻着现实与理想，以承载超越的神圣；于是一个幽幻空灵，在万物中挥洒着回忆与向往，以留下晶莹剔透的精神。只是二者都很松散也很适性，不管梦的根情的种，只是一种弥漫中的幽幻，只是一种自然中的常景。

六十四

万水千山的行程，领略风光无限，读懂了人生的历程，悟出了很多道理，但山依然是那座山，水仍然是那条水，你还是你自己，只是在行程中多了点感触，有了点品味，更多的是返璞归真的意蕴。万紫千红的盛景，阅遍人间风情，领悟了生活的内涵，得出了本真的内容，但万物依然是万物，生活仍然是生活，你还是你自己，只是熏染了人生的沧桑，蚀刻了生命的皱纹，更多的是明心见性的觉悟。不要把天地的变化看得太重，因为在它们面前，人类永远是稚童；不要把生活看得太浓，因为清淡是它的基本；不要把自己的经历看得很深，其实那只是一个灵性的刻痕，既平淡又平凡，既平常又平静。

六十五

用一生的努力去打造自己，其实得到的不是什么阅历丰富，成熟有度，功成名就，志得意满，不是什么山重水复，成败得失，阴晴圆缺，悲欢离合，而是一颗更为脆弱的心灵和敏感的神经；因为任何璀璨的饰物，在心灵中会变得毫无价值，因为任何浓艳的色彩，在精神中会变得黯淡无光。倾心尽力想使自我成熟的过程，并没有感到身体力行经磨历劫后的升华，并没有觉得刻骨铭心殚精竭虑中的超越，只是在不断的攀登中的精萃，不断地跋涉里的陶冶，使心灵得到一种返璞归真般的梦幻，让精神有了一种云淡风轻后的空灵。在繁闹的名利场收获的是孤独，在纷纭的是非地得到的是寂寞，一种心灵的暗香如故，一种精神的散淡清逸，好像是原因结果的无限循环，偶然必然的永恒交替。其实，自己打造自己，只是多了多了点物象的承载，只是多了点心象的映照而已。

六十六

精神超越的意义停留在当下有限的身心之中，离开了它无法领略耕耘的辛劳收获后的愉悦；因为，真正领略精神的超越是留给历史和后人的课题，只有他们的深思熟虑的诠释，精益求精的演绎，千锤百炼的精萃，精雕细琢的选择，才能实现对精神超越的真正领略。所以，人在世时的任何精神超越只是一定生存努力后的反思与提炼，是一种阅历后的品味与省悟，谈不上真正的超越，因为它缺少丰富的想象空间，不会把灵魂放飞得更高更远。所以，代代传承，辈辈延续，日积月累，时光凝聚的阅历会让人有一种向上的升腾，有一种愉悦的超然，有一种对精神超越最真切的了解；这是一个登上更高境界连绵不断的台阶，每一阶都是对历史的感悟，对现实的思考，对未来的向往，每一阶都是对原有的精神超越的超越。当然，当下的领略，也可看作是一种精神超越的启迪吧。

六十七

心灵中再杂乱也要留一块可以时时耕耘未来的土地，留一些可以时时播种理想的种子，萌发清新的幼芽，伸展稚嫩的枝叶，成长茁壮的躯干，让精神的家园始终根深蒂固，枝繁叶茂；心灵中再喧闹也要留一处可以时时安静的竹篱茅舍，有一隅可以时时悠然的梅兰松菊，经史子集，琴棋书画，粗茶浊酒，让心灵的故乡始终云淡风轻，温馨安和。世间的忙乱不能完全扰乱心灵的步伐，因为要活得有尊严、有自信、有人格、有风骨，还需要自身的修养和自悟。沉溺于时俗风尚久了，会随波逐流，在混日子的大潮中清浊不分，甚至会同流合污；沉浸于追名逐利长了，会趋炎附势，在巧取豪夺的云诡波谲中，看不清自己本来的面目，失去本真的自我。人们在乎物质是否富裕或贫瘠，而更在乎精神是否充盈或欠缺；要有自己的精神原野，哪怕一点点葱茏蓊郁；要有自己的心灵苍穹，哪怕一点点淡月疏星。足矣。

六十八

季节变换，大自然呈现不同的景色，让五彩缤纷的彰显，诉说着时光的冲动和激情的向往，让凋零萧瑟的呈现，抒发着岁月的安稳和冷静的感悟。生命的奥秘正是在春风夏雨秋霜冬雪中精萃的，人生的意蕴正是在春耕夏耘秋收冬藏里陶冶的。心灵中的一切憧憬也是在物候变化中呈现出不同的内涵和外延的，但就其本质而言，悲欢离合，生生不息的生命，山重水复，成败得失的人生；一页页书写着博大精深的画卷，一曲曲演绎着幽幻奥秘的旋律。有很多感动来自于对自然的接触和了解，有很多感叹来自于对生命的敬畏和尊崇，有很多的黄钟大吕低吟浅唱是万物的基调，有很多的绿茵漫漶璀璨缤纷是万物的场景。只有情入自然、心入生命，才能悟出一点物我相忘天人合一的道理，才能还自己一个自然之子的本分。

六十九

对很多事知之甚少或不知道，胜过知道；对很多人了解不多甚至不了解，胜过了解。因为太多的杂音和聒噪容易干扰自我的宁静，太多的推测和分析会破坏心灵的安谧。因为知道的少而不断去探寻，因为了解的少而不断去思考，以至于糟粕与精华不分地全灌在了有限的脑袋中，思维的空间充斥着时俗风尚的烟熏火燎，缠绕着人情世故的盘根错节，充满了追名逐利的锱铢必较，而把本真的情怀和纯善的精神挤得毫无立足之地。心中的繁闹说明不了精神的富有，只是一种贪婪无度的欲望堆积；灵魂的躁动说明不了心灵的超越，只是一种声嘶力竭的死水微澜。知识的鸿篇巨制并不等同于道理的明白，理论的博大精深并不说明真理的把握。心之真善美，简单之至，却是精神的澄明，心灵的安逸。无须知道很多事，无须了解很多人。

七十

入世之人，哪有不染风尘之嫌，何能避势利之俗。滚滚红尘、滔滔浊浪，入于其中，虽百般挣扎，千般回避，亦不免欲念难填，奢望缠绕；但只要有天地之胸襟，日月之情怀，壁立千仞之意志，海纳百川之境界，自有一番孤高清俊的精神，恬淡超逸的心灵。所以，仁人志士，生于世、安于世、行于世、立于世，但不与污浊同行，不与俗尘共舞。志向的高雅和品格的清净，是根本所在。有时的应酬、应付、应对，看似风来雨去，但要有品位，有自己真正的意蕴和内涵。谁不入世，但能以出世之心所待之；谁不出世，但能以入世之力以适之。出入之间，唯在心矣。

七十一

起起伏伏的曲线，只是隐约于苍茫大地上的山峦；峰高谷低，有长城和峰燧在上面点缀；一股经沙漠过滤后的清泉从山脚下沁出，蜿蜒地流淌在黄沙起伏黄土丘陵的怀抱中，冲出了九曲十八弯的一沟翡翠，芳草萋萋，杂花点点，林木蓊郁，庄稼茁壮；温蕴了一沟的窑洞土屋，晨炊暮霭，鸡鸣犬吠，家长里短。几朵懒散的云，随风游荡，在蓝天上轻盈的滑动，不时变幻着身姿，把奇形怪状投在荒漠与河沟之间，想让二者有个亲密地接触，转瞬间却又云飞影散。河流已被各种植物漫漶，只能听到淙淙的呢喃声，稍宽阔出露出清澈的身影，春天鹅黄柳绿，夏天葱茏温润，秋天斑斓浓郁，冬天荒芜萧瑟。时光在沟里走得很慢很慢，岁月在崖畔逗留的很长很长，只是少了些孩童的嬉闹，社火的喧腾，只是多了些孤独的身影，寂寞的灵魂。

七十二

历史太神秘了，虽然已是过去的，但它比当今的事情更丰富，更有一种神秘的气息。因为，无论是物物象的遗存，还是文字的记载，都不再是过去场景剧目事件人物的直接呈现，而是一种如梦似幻的反观，虚实交融的映射，许多方面已远离了事实本身，有些已具有了神话的色彩宗教的光环。所以，读史并不简单，而且也不寻常，人们往往简单地认为只要过去的事一定是僵硬固化的，铁板上钉钉，早已盖棺论定了，没有什么变幻的，恰恰这种淹没在历史长河中的事实最难弄清，云遮雾绕，神奇奥秘，很难清晰的梳理，明确的判定。人们认为读史就是复述，其实错了，因为已不可能在原来的环境氛围场景中品味真相了，只能在基本线索和事实的甄别中作一番思索和借鉴了。所以，读史是一门博大精深的学问，也是衡量学人见识的一个衡器。

七十三

人的社会性特点决定了单个人独处的不易，无论是衣食住行，还是为人处世，无论行为习惯，还是思想观念，总要依赖于具体的环境，周旋于熙攘的群体，久而久之，心中的自我之感会有所淡化，而一切思想和行为又会以社会流行的时俗风尚为标签，以群体的思潮观念为评价，于是思想的自由越来越少，精神的独立越来越弱，意志的坚韧越来越钝，总是愿意在随波逐流中行动，总是在锱铢必较中思考，一切皆依时俗的浓淡来取舍，一切以流行的深浅来权衡，实惠形成了普遍的度量器，功利性成了唯一的价值观。长此以往，人性中的自我淡然消失，像是依附于他物的藤蔓，无法承担劲拔的风骨。这种伤痛既是人类本身所带来的，也是在生存发展中被强化了的。所以，人格的独立与精神的自强，是人类永恒的课题，无限的挑战。

七十四

孤独中的清醒是痛苦的，它让人能够比较全面和深刻地去把握自己了解他人，认识时代把握社会，更能深入地剖析深层次的原因，将真实的本质揭示出来，让人清醒，让人警悟；同时，这种清醒是愉悦的，这种警悟欣慰的，因为只有它才能使人们脱离烦躁的时俗，远离喧嚣的风尚，置身于一种清静无为的境地，真正地去品味人生，感知世界，达到一种脱离苦海般的超越。寂寞中的想象是可贵的，让人在一种脱离任何思想观念束缚的境界中去编织梦幻般的向往，在抛弃一切世俗理念的前提下去重新感悟世界，更全面真实，更透彻清晰；当然寂寞中的无奈也是正常的，但可以聆听心灵的脉动，感受精神的游弋。

七十五

心中自有清明志，不向尘俗惹是非；既然超然于时俗风尚，疏离于名缰利锁，就要坚持孤独的守望，秉承寂寞的沉思。唯有读懂自己，方可领略人性，只有感悟人性，才能升华自我。人不能因为其社会性的特点而陷入盘根错节的名利之中不能自拔，人不能因为其群体性的特征而迷入经纬交织的得失之中不能自悟。保持孤独不是率性随心的自我封闭，保持寂寞不是任情使意的自我隐匿。拒绝纠缠，是要让心灵拥有自我的空间；隔离喧闹，是要让灵魂保持自我的思考。浑浑噩噩于名利场，苟苟且且于是非地，失之于据，迷之于理，只是一味地混，而不能有一点自我的秉性和特征，何以能称之为人呢？

七十六

当我们满足于经过努力所享有的一切时，也应当警醒由于过度的发展所带来的弊端；当我们满怀信心的向往未来时，也要看到现实大地上的诸多问题，对于成功理所应当的去享有，但对于取得成功所付出的代价，也要有清醒的认识，特别是以牺牲可持续发展而取得的成就，更要进行深刻的反思，人类的发展与进步的目的是为什么？所以，无论是对未来乐观或悲观的预测，都是一种站在现实基础上，对于过去评价总结后的一种期待，都会从不同的角度或侧面，去提醒人类更好地迈出前进的每一步，肩负起义不容辞的责任，承担起地球保护者的使命，实现自我的救赎和人类的进步。

第三十二集　云淡风轻

DISANSHIERJI YUNDAN FENGQING

一

一夜夏雨，消了暑气，去了燥闷，带来清凉，心灵受到了些许洗涤，灰尘少了，污垢去了，露出纯真的本色，有了几份新鲜澄明的透爽。栉风沐雨，是一种天赐的享受，滋润心灵则是一种自我的感悟。人是大自然之子，更是社会的主人，但二者既有联系更有区别，往往人们因为自己强调了社会主人的身份，而凌驾于自然之上，失去了来时的本真和万物同源的平等，特别是在社会的时俗风尚中浸润久了，便生出许多乌七八糟的东西，占据了心灵的空间，弥漫于身体的各个部分，初始的本真渐渐隐没，人性的禀赋有所销蚀，只剩下一副机械的习以为常的奔波，自以为是的僵化偏执的思想。有时，自然物候的变幻，给人以很多的启迪，一夜夏雨，消炎降暑，也会有些去除精神烦躁，平熨心灵焦灼的意蕴。

二

宁静的守望，只是将心灵归于一种恬逸淡然的状态，无须名利场中跌宕起伏的焦灼，不用是非地焦头烂额的浮躁。因为一切蜿蜒曲折清浊混溶的江河都融进了更为深邃辽阔的精神之海，在那里风光无限，可以领略到博大精深的宏伟，也可以品味到卑微琐屑的渺小，可以品阅纷纭变幻的社会，也可以感悟成败得失的自我。有时人们在云诡波谲的时代中激流勇进，奋力拼搏，一味的沉溺于急促的攫取，及时的享受，抑制不住贪婪的欲望和癫狂的掠夺，缺乏一些深思熟虑的精萃，明心见性的净化，没有与自然社会和自我的真正沟通。人仿佛是一粒灰尘，在人生的历程中随风飘荡，又像是一滴浊泪，随意地划过生命的脸庞，沉没于一种随波逐流的浑浑噩噩苟苟且且之中。失去心灵宁静的世界肯定是繁华喧闹的，但总是缺失一些纯真善良美好的意蕴，没有了心灵超凡脱俗的升华。

三

要达到精神清风明月般的自然爽朗，必须有内心的淡泊与涵养，面对四面八方的滚滚红尘禄利，必须有自己的定力和守持。心之所想，无物不及，总想殚精竭虑，得出一个明晰的品阅；行之所为，无事不做，总想身体力行，达到一种实际的结果。然岁月不居，时光如梭，客观环境纷纭变幻，主观条件云诡波谲，所想所为受到制约，有些只能停留在一种想法上或理论的描述中，有些只能附会于一种方法中或技巧上，有些只能随风而去，拂动枝条云影水波，发一点感叹，有些只能顺其自然，繁杂琐屑，随波逐流而已。悠悠使然，顿生孤独，看得清自己的身影，看得明万物的奥秘；淡淡归程，独守寂寞，听得到自己的心语，悟的到天籁地韵。有点超凡脱俗的净化，有点明心见性的超逸。

四

精神的超越在于去繁就简，把一切多余的负担卸掉，让心灵的翅膀舞动起来，翱翔深邃的天宇，驰骋苍茫的大地，漫游辽阔的海洋。在精神的追求中，我们往往把常识性知识性信息类的东西集得太多，看似丰富其实只是一种数量的总汇，品种的堆积，有时因为太多而应接不暇，反而失去了探其本真、究其内涵、求其至道的意蕴；脑里好像充满了深思熟虑，胸中好像具有了满腹经纶，言行举止好像浸透了学问，但缺失了灵魂的主线，至简至纯的真善美被繁冗浓艳的虚饰淹没了，总是有点矫揉造作，自以为是的感觉。所以，精神的超越并不复杂，在于对自然社会和自我的净化，在于心灵的恬淡和宁静；精神的超越又不容易，需要持之以恒的修持，明心见性的菩提。

五

人间是非人间造，莫向圣明问奥妙。因为生存和发展的需要，人们适应自然，推动时代，丰富社会，提升自我，于是形成了错综复杂的天地人关系，形成了盘根错节的利益纠葛，创造了许多璀璨缤纷的丰功伟业，也产生了很多污泥浊水的废物垃圾；是非混淆，对错交织，好坏纠葛，繁杂喧闹，莫衷一是。其实，很多是非仔细推敲，并不是自然社会和人类的规律性正误，并不是客观内在的本质性对错，而是人们在为人处世纠缠中因过多节点而产生的行为习惯，认识偏差，是一种主观色彩甚浓，感情内容太多，眼界太短视，胸襟太促狭，的一种自我表现而已，并且自以为是的判断凌驾一切，如果再借助于世俗的强权和利益，一切都会更加是非了。脱是非者，要有高瞻远瞩见微知著的精神意蕴，要有恬淡超逸的心灵境界，身处纷繁复杂喧闹纷扰，而独守自我的孤独，安于自我的寂寞为好。

六

人们可以在自己喜欢的有兴趣的事情上多下一点功夫，多用一些精力，获得更多的物质或精神享受，得到一种心旷神怡的心灵愉悦。因为，只有这种动心与动手，思维与行为自然和谐的举动，才能达到一种相得益彰的效果，无须刻意僵硬的强制，更不是为时俗功利所迫。

但就是这样一种选择其实也或多或少带有了浓厚的时俗风韵和主观意蕴，因为率性随心的写一幅字，读一本书，任情使意的绘一幅画，弹一首曲，身体力行的做一件具体的事，殚精竭虑思考一些问题时，短暂的超脱并未离开物象的承载具象的呈现，要有品性的温蕴，情趣的涵护，抽象的精练，心象的引领，不可避免地带有客观世界的印迹，主观世界的色彩了。所以，心灵中的愉悦是一种具象与抽象的自然吻合，物象与心象的有机结合，在恰到好处时的不自知，在心有灵犀时的不自觉，行到水穷处，坐看云起时的恬淡超逸吧。

七

通透是一种向往，因为世事纷繁复杂盘根错节，将很多真相和道理掩没其中，看不明，理不清，识不透，弄不懂，但人们总想搞的条分缕析，事明理清，有一个准确的了解和把握，这种想法既是现实的一种要求，也是未来憧憬的基础，以承载心领神会的理想。通透又是一种境界，因为，世事的烦乱不可能彻底理清楚弄明白，只有在一种有限的束缚中，保持一种超然于上的情怀，做一个无限的努力，让精神不陷于具象的纠缠之中，有一丝抽象的精致，让心灵不萦绕物象的烦扰，有一点心象的超逸。所以，通透犹如为人处世的水晶，在折射中，用超越的梦幻般地、似明非明、似真非真的视角来历览品阅，就会有一种超然的境界和情怀，享受一种至简的透亮和通融。

八

一个冠冕堂皇的自我渐渐褪去时俗的光环，散漫于苍茫的原野；一个追逐名利的灵魂静静超越得失的喧嚣，飘逸于深邃的苍穹。一切五光十色的繁华变成最单纯的意蕴，一切张扬四溢的冲动化为最恬淡的情趣。可以接受清风白云的拂煦，可以聆听深谷幽涧的泉声，可以承载日月星辰的变幻，可以涵纳梅兰松菊的温馨。曾经多少山重水复的征程，化为记忆中的柳暗花明，扯起蜿蜒曲折的回望；曾经多少经磨历劫的砥砺，化为回味中的阴晴圆缺，牵动悲欢离合的感喟。只是从原处启程，又向原处回归，多了一身的疲惫，多了心灵上的倦怠；好在青山绿水的精神家园，给游子一个返璞归真的净化，好在温润安和的心灵故乡，给归人一个的明心见性的升华。

九

丰富多彩的语言，博大精深的学问，就像一溪清流，滋润着心灵，但永远满足不了欲望的冲动；成功的历程名誉的光环，就像朝阳夕晖，让精神愉悦，但永远不能让心灵安静。人们从起点中祈盼的，在实现中不断地增添或脱落，变成了一种欲罢不能的焦灼；人们从取得的成就里，在回忆和向往中不断地承续或忘却，变成了一种欲说还休的浮躁。天真纯朴的原点，是无限的渊源，稚嫩单纯的起始，是永恒的根蒂。人们在丰满中失掉了一些纯真善良美好的基因，人们在丰富中丢掉了一些恬淡宁静安和的底蕴，只有精神的回归，才能有点超越的灵动，才能找回一点失去已久的自我。

十

时代再变，心灵中的那份家园情怀不会变；人心再乱，精神里的那份乡愁永远缠恋。因为从自然中走出时，就有源远流长的波飞浪卷，因为在社会中行进时，就有根深蒂固的枝繁叶茂。追根溯源，莽莽荒原山高水长的身影，经磨历劫，滚滚红尘繁华喧闹的心灵；时间无限地延伸，空间无限地拓展，但人们总是要在时空的经纬线上，交织着自己的坐标和基点，人们总是要在时代的场景中。呈现着自己的剧目和角色。来时的征程有些漫漶，现时的功利有些浓艳，未来的向往有些幽幻，但精神家园依然是永远的温蕴，心灵故乡依然是永恒的思恋。欲罢不能的乡愁始终轻盈的萦绕，欲说还休的乡愁永远浑厚的沉淀。

十一

不要被所谓的思想潮流和理论体系所迷惑，因为它们的丰富和提炼有了过多的社会痕迹和时代色彩，更有了过多的主观诠释和外在粉饰，离淳朴真切已经很远。要保持思想的自由，人格的劲拔，精神的独立，需要从繁杂中呈现正义的躯干，从虚荣中彰显真理的光泽。不要被所谓的时俗风尚所缠绕，不要被所谓的权势潮流所裹挟，因为一切都是必然规律的偶然表现，一切都是无限链条的有限环节；或长或短，或大或小，或得或失，或成或败，历史长河中的一朵浪花或泡沫，时代山脉里的一粒沙石或灰尘；虽然有了繁华喧闹的剧目，淋漓尽致的表演，毕竟大江东去，留下臧否真假的论断，留下任人评说的品鉴。要有卓然而立的人格，清俊嶙峋的风骨，坚忍不拔的意志，深邃辽阔的胸襟，才是壁立千仞，海纳百川的根本。人啊人，特别是追求真理、拥有知识的人，应该怎样为人处世，是挑战也是检验；依靠权贵，攀附势力，为恶政劣法添砖加瓦，为庸行败俗浓妆淡抹，为暴虐粗鄙推波助澜，为歪门邪道鼓吹造势，是为人不齿，为世不容，为理所弃的，是一个读书人的可耻和悲哀。生于盛世，或进或退，存于乱世，或显或隐，只有保持精神的光明磊落，心灵的澄明清逸，才能有高瞻远瞩见微知著的气度，才能有经磨历劫克艰攻难的勇气；只有深邃开阔的胸襟，恬淡超然的境界，才能视功名利禄如烟云，才能视成败得失如浮尘；也只有在孤独中坚守，在寂寞中深思，读懂天地社会人心，才能读懂自己，才能有凌然之正气，傲然之风骨，廉洁之品行。

十二

人近甲子，阅历不少，按道理见得多了，心灵也应该坚韧一些了，但总是感到非常的柔软脆弱；因为感触万物，品阅人事，触景生情，感人生意，情景交融，心绪跌宕，不能自已。只要是碰到让人可怜的事，见到让人心痛的人，总会心里涌起无限的凄楚，眼泪在眶中打转，虽不及泪流满面，但已感朦胧了。是自己不够坚韧，还是缺乏意志？好像都不能说明这种表现的真正根由；只有一种从心灵中生起的纯朴之情、诚挚之意反而最能说明问题，这就是在人生征程中丢掉了一些人性中最美最善最真的东西，在生命的回归里又一点一滴地涌动起来，不由自主的抒发，不经意间的倾泻。有时泪眼婆娑，洗涤布满尘垢的心灵，有些返璞归真的净化，有时晶莹雨滴，温润干涸荒芜的精神，有些明心见性的升华。眼泪是品性的凝聚，是情趣的散漫，眼泪是精神的反照，心灵的映射。

十三

静到了极致就是激越，仿佛草原上扑面而来的万马飞驰，又像是来自地火沸腾中的火山爆发；一切的静只是将繁华喧闹陶冶后的暂时安歇，一切的静只是将焦灼浮躁平熨后短时的休憩，一切的静只是精神跌宕起伏中稍纵即逝的驻足，一切的静只是心灵云诡波谲里清逸空灵的梦幻。只要有由静而感知的意蕴，由静而悟到的真谛，由静而品味的真情，由静而孕育的境界；一切都会喷涌而出，化为漫天的群星，一切都会生机盎然，化为原野的蓊郁，一切都会像太阳般炽热的燃烧，一切都会像明月般清逸的温蕴，一切都在山呼海啸的激情之中。诉说一个静，就是孤独中的寂寞，诉说一个静，就是思想精萃的时空。不，这只是一个相对安逸的竹篱茅舍，相对温馨的梅兰松菊，暂时安歇那颗暗香如故的灵魂。

十四

纯真的大眼睛，能净化人的心灵；淡蓝色的天宇，镶嵌着黑又亮的珍珠，一个抛洒，一个微笑，一阵春风拂过，一阵碧波万顷。纵有千万首美好的诗，道不出此时心灵的愉悦；纵有千万曲美妙的歌，唱不出此时灵魂的空灵；一切的教化在这眼中变得苍白无语，一切的丰富在这眼前黯然失色，一切的功名利禄名销蚀掉了色泽斑斓的装饰，一切的荣华富贵贫瘠只剩下萧瑟凋零的影形。纯真美丽的大眼睛，能看透人世间的虚伪，能读懂至亲至爱的真情，能让迷茫的心灵飞跃起来，享有风清月明的每一分钟。孩子那纯真的大眼睛。

十五

精神内涵是人类生存的根本，而其质量的高低数量的多寡，是安身立命，为人处世的底蕴。只有根深蒂固的内在，才有枝繁叶茂的外形；只有源远流长的渊薮，才有波飞浪卷的流脉；只有丰富健康的晶莹剔透，才能有激情四溢的璀璨缤纷；只有劲拔伟岸的品性，才有卓然而立的人格；只有高远澄明的境界，才有超凡脱俗的胸襟。孕育精神内涵，在于品性的历练，在于情趣的陶冶，在于精神的不断的净化，心灵不断的超越。读万卷书，行万里路，丰富自我不可或缺，但最关键的还在于自我的认识、自我的反思、自我的觉悟。养浩然之正气，才能精进而有为；育天地之情怀，才能有坚韧而宽阔。自由的思想，独立的意志，是精神的主线，是读书识事待人的根本，唯其清正朗润，才能普照而泽被，才能度己度人。

十六

丰富的经历是财富，但也是一种桎梏，如果不能提炼升华的话，就会沉淀为一种具象性经验性的堆积，看似随手拈来游刃有余，立竿见影马上见效，实际上只是一种日积月累的行为惯性的不断重复，陈旧僵化的思维模式的反复演绎而已。只有将人生有限的经历，经过精萃，凝聚精华，超越具象，精要抽象，陶冶物象，升华心象，有了精神的灵动，有了心灵的超越，才能在经历的基础上转化为阅历，在阅历的提炼中上升到情怀和境界。所以，人生之富有不只是经历的多寡，而是心灵的纯真和善良，只有达到质朴的简单，安谧的自静，才能彰显生命的本真，才能超然于凡俗平庸，具有高瞻远瞩见微知著的意蕴。

十七

我们思想上有了太多的积垢，凝固成僵硬陈腐的躯壳，窒息着精神的鲜活和灵动；我们心灵中有太多繁杂的欲念，纵横交错织成了密厚的网，束缚着品性的天真和纯洁。从纯真简单中走来的我们，一路上经历着、收集着、收获着，但在丰富的经历好中却也丢失掉了最本质的纯真和质朴；太多的向往，太多的攫取，太浓重的欲念，太势利的抉择，太丰富的感官刺激、太奢靡的自我享受，一切的丰厚是以失去本真为代价的。没有了恬淡的蓝天白云、清风明月；没有了清逸的梅兰松菊，暗香四溢；没有了纯真的坦荡诚挚，没有了通透的光明磊落；只能在云遮雾绕的时俗风尚中，偶尔看到深邃的苍穹，品味璀璨的日月星辰；只能在盘根错节的追名逐利中，偶尔回望苍茫的原野，感悟变幻的万象缤纷。

十八

一切的行程都是稍纵即逝的音符，一切的感受都是刹那飘逸的旋律。追寻希望，走向山重水复的征程；带着记忆，回归温馨安逸的故乡。携一身的风尘、披一身的烟云，带着满心的伤痕，只是轻轻地脚步，不敢搅扰精神家园的安谧，不敢惊动心灵故乡的长梦。多年的拼搏，在繁闹中开始歇息，多年的焦躁，在孤寂中憧憬安定；出发时的苍白，被岁月涂抹后，又被岁月洗涤，只是留下生活雕凿的痕迹；幼时的天真，被世俗的明争暗斗浸泡，又被社会的风雨吹打，只剩下了人生斑驳的褶皱。从单一里走出，在真假善恶美丑中前行，走过千山万水，依然回到了单一的原点，不知还有多少真善美的底蕴，不知还有多少假恶丑的顽疾；回归更是一次返璞归真的净化，能否还原一个明心见性的自我。

十九

还原人的本真，是一个无法解答的叩问，是一个永远探寻的课题。因为，本真的起点已被淹没在清浊混流，云遮雾绕之中；本真的行程已充盈了时俗风尚的熏染，追名逐利的缠绕；本真的品鉴已镶嵌了成败得失的尺度，阴晴圆缺的标的。本真的那点星光，在时代的夜空显得非常的明亮，但又非常的孤独和凄清；本真的那点尊崇，在社会的繁闹中显得非常的珍贵，但又变得孤独寂寞，萧瑟凋零。找回本真是一个时间的尴尬，是一个空间的无奈，是一个超凡脱俗的精神砥砺，是一个明心见性的心灵陶冶。本真拥有中的销蚀，秉持里的坚持，经磨历劫中的锤炼，殚精竭虑里的精萃，失去只能在记忆中如梦似幻的回味，留下的只能在感悟中刻骨铭心的升华，离本真愈远就愈需要山重水复的心路来一次重新的攀登跋涉。本真并没有消失，只是孤独的隐匿于精神的一隅，寂寞的安然于心灵的一处，让你去重新认识，重新感悟。

二十

酷热几日，清风渐起，漫天云朵，几成蔽日；独坐陋室，浅吟长诵，少有心动，只是安逸。生活之大潮，名来利往；社会之大堂，权来势去；万象纷纭，粉墨登场，趋炎附势比比皆是，五花八门，千奇百怪，争名夺利攘攘熙熙。生存之道，衣食住行是其根本，文化精神是其内涵，但二者相辅相成之时渐少，乖离对峙之日太多；物欲太盛、噪音太强，人心沉溺于势利之中不能自拔，精神堕落于奢靡之中难能彰显，是谓人间花红柳绿，难得清风明月了。孤独一处，寂寞为伴，读书为尊，其实求得是一个心静。只有在此清净之中，多少能有点本真的思考，多少有点自我的独语，真性情能有些率性随心的自然流淌的吧。

二十一

离俗事愈远，内心越空旷一些；离俗人愈远，精神会更单纯一点。久居尘世，所见愈多接触愈广，一方面增加了较多的见识，有了丰富的阅历；另一方面也会由于过多的接触浸润，养成一种习以为常的庸俗情结，而且达到一定程度会产生厌恶之感、讨嫌之情。所以，既然身心已在云天外，何必计较旧尘事。一切的由来纷争置之脑后，不去理睬为妙；闲言碎语，几近耳畔之风，来去自然；功利变幻之事，且为鸡零狗碎，任其平常。因为太多的繁杂堵添思想的通道，挤满灵性的空间，会让精神破碎、清净皆失的。所以，置身闹市，心系自然，全在于一个淡泊的心态和超俗的境界。

二十二

在一种主流意识形态说教的长期浸润下，在一种社会治理模式的僵化桎梏中，在一种芸芸众生习以为常的社会生活影响里，人们的思想和行为被同化，成为一种随大流而去的顺从，有时即便有一点思想的火花或行为上的冲动，也只是一瞬即过，留不下燃烧的勇气和走下去的执着。现代人的麻木不是在孤独安静中形成的，恰恰相反是在物欲横流、势利盈天、疯狂地追名逐利过程中养成的，因为不需深思熟虑，更不用高瞻远瞩，既不要殚精竭虑，更不要精益求精，只跟上潮流，赶上时髦，享受到实际的感官快乐和那一丁点心灵暂时的愉悦，其他的均麻木了。这是现代的空虚和无聊，是繁闹形式下的苍白与萧瑟。

二十三

心心灵之澄明、意志之坚韧、品性之纯真，情趣之温润，胸襟之坦荡，境界之深远，才是安身立命的真谛；唯有平常之心，平淡之意，平静之态，平凡之本，才是为人处世的根本。凡世间诸事各有成因、各有其形、各有其理，但超然于上的应该是一种性情胸襟和精神境界了。以动制动，是一时一事之为；而要做到以静制动，则需要精神的超越和心灵的升华了。所以，要有一种由简到繁的经历，要有一种由繁至简的阅历，更要有一种超乎其上的义理，更要有一种无形但永恒的飞跃。世间人与事，本是平常，但因利益不同，生出诸多是非，小者鸡零狗碎，大者剑拔弩张，明着巧取豪夺，暗着阴谋诡计，然成败之举皆是正常，终归为自然所淹没，留下一段故事而已。

二十四

时间是消亡一切的根本，也是永恒的基础，在它面前，一切都是一个时段的蜿蜒曲折，一个点面的定位蔓延，一个原因结果的循环，一个偶然必然的呈现。万水千山，长亭又短亭，阴晴圆缺，起始又回归。在时间面前，一切的荣辱与成败只是一段过眼烟云，一切的欢乐与痛苦只是短暂的云遮雾绕；在时间的链条上，有波澜起伏的深刻印记，也有直线的平淡回望，更多的是一种看似复杂其实简单的过程而已。用时间对待一切，一切都变得无足轻重；用时间衡量一切，一切都显得云淡风轻；在时间的永恒怀抱中，人们的生死之旅是那样的从容；在时间的历练下，人生的意义丰富而又简单，充实但也很平常。时间，是有意无意地汇集，主观客观的交融，是一种永恒的自然规律，是一种变幻的社会现象，唯一幽幻奥妙的是我们每个人的感受不同而已。

二十五

有时的麻木也是一种超然，虽然无奈，但也会从是非繁闹中让灵魂保持一种孤独的状态；有时无聊也是一种财富，虽然没有什么意义，但也会从一种淡漠中远离世俗的尘嚣。有时无奈也是一种反抗，虽然感到软弱无力，但也会从束手无策中少了些势利的掠夺与冲动；有时空虚也是一种超越，清空了的身心头脑，少了一些是是非非的缠绕，多一点容纳清新纯真的空间，多一些想象和梦幻的通畅。有时的懦弱也是一种修养，虽然看似无能为力，但也会从隐退卑微之中领略更多的世态人情、风雨炎凉，看到更多的真实，更多的面目与人心。

二十六

大自然的美丽是无处不在的，关键是这种美的自然性总是被人类所忽视，人们往往沉醉于建立在掠夺自然基础上的各种主观欲望之中，对于美的自然属性缺少深刻的认识，能接近自然的人越来越少，更遑论读懂和知晓自然了。因为，只有真正能读懂自己的人，才能领略自然社会和众生，只有真正能明白自己的人，才能聆听到捕捉到社会和自然的真谛，才能享受自然性中美的体验；也只有自然性的美感浸润我们的心灵，才能真正地远离烦躁和功利，达到一种精神上的超越和境界上的安静。自然之美，不仅在于它自身，而在于人们对它的感知和感受，在于人们能否从中读懂自然明白自己，赋予一颗平常的自然之心。

二十七

有些事不能看淡，而是要看真切了，看全面了，倾心尽力，精益求精。因为，世间大凡纯真洁净之事，不能有半点疏忽之心、淡漠之意，只有用心去品味，用心去感悟，才能得到一种精神上的启迪，心灵上的超越。往往人们总是爱用淡这个字，仿佛世间万物不过如此，过眼烟云而已，殊不知最本真和纯洁的却是简单和平常的，但永远是人类的精神家园心灵故乡；往往由于它们的平常简单被人们所疏忽了淡漠了，但它们却璀璨缤纷的在大自然中呈现，巍然屹立于社会的时俗风尚功名利禄之上，给人们一种提示和警醒。所以，看似热闹的事未必很重要，看似平常简单的事未必清淡，往往品性的真善美，真理的博大精深就孕育其中。

二十八

安于命运的困顿，孤独地守住一份寂寞的时空，让心灵有一个宁静的思考，让灵魂有一点轻扬的幻动。人生浮云一般地飘去，几滴雨几片雪从天际洒落，融入大地江河，总是一种无声的行程；再大的风浪，也是长河一瞬，再高的山峦，依然是苍穹下的一峰，一切的初始都非常干净纯洁，一切的回归虽然带有污秽和浊尘，但追求返璞归真的精神指向都是纯洁干净的。因为，人们不可能带着附着在身上的无用之物去净化灵魂，更不会用活着的感受去品味孤寂的境遇，一切都走向平淡无奇，一切都走向原点的平静。

二十九

心灵中的纯净想往，是在孤独中孕育，寂寞里萌发的，如果满腹痴迷的欲望，癫狂的念想，一切都会被烟熏火燎充斥，一切都会被焦灼浮躁挤满，哪里会有空间来容纳清净之心、安谧之意呢！人们在努力奋斗中追逐着梦想，实现着理想；以达到某种目的，获得某种结果为指向的精神引领和实践活动，伴随着人生的每一步。行之匆匆，思之急急，仿佛一切都在前方，其实，这只是一种寄心象于物象的反观而已，因为物的形态品质发生了巨大的变化，但心灵的追求和精神的祈盼，是一个永远如梦似幻神奇奥秘的向往，因为超然于物化之上的心灵是无法用僵固的有形之果所能证明的；心灵中的家园是无法抹去的，始终是浓浓的乡愁和淡淡的惆怅。

三十

任何一件事，都有其错综复杂的缘由，也有其蜿蜒曲折的过程，都有其云诡波谲的变化，也有其得失迥异的结果。对于为人处世的具体人来说，正是横看成岭侧成峰，远近高低各不同。因为事情的内在本质和外在表现，在具有主观色彩的每个人心中都有着截然不同的认识，从而也就会有千差万别的处理方式了。但就本质而言，其规律性的必然制约和表象的偶然形态，应该是有共适性的处理原则和基本性的应对方法，不然，社会就会分崩离析，生活就会支离破碎。那么讲规则、讲秩序、讲程序就是一种具有普遍性的原则，对待任何人都是一样的；否则，社会发展就无法维持，人们的生活也会杂乱无章。这里的矛盾在于，如何规范事物的认识和规则是否客观公正，因为它反映的都是人们的认识水平和道德程度，是否符合现实状况和客观规律具有极大地不确定性，不可能整齐划一的僵硬固化，也不能率性随心的散乱凋零，不可能一劳永逸的偏执刻板，也不能变化莫测的虚无缥缈。

三十一

有时候的自我封闭也是一种必要的修炼，知道的太多，看到的太杂，心里就多了几份繁乱喧闹，千丝万缕，反而失去了宁静的天地，变成了一团乱麻，盘根错节，纠缠不清。该入眼的入眼，该了断的了断，孤独地静处，寂寞的相守，目送日月星辰，笑看万象纷纭，在孤寂中倒有了许多雅致的情怀恬淡的意蕴，拥有一处清逸超越的境界来。所以，在时俗风尚的熏染中，在功名利禄的缠绕里，唯有一种精神上的自持，心灵里的自觉，才能脱去风尘，远离俗流，泾渭分明，激浊扬清，置于劲拔伟岸之地，享有明心见性的空间。安静自甘淡漠，寂静不负雅韵，只是心里的温润安和，澄明超逸，清泉澄澈，溪流潺湲，滋养一份天性的纯真。

三十二

人们的成败得失总需要别人来评价，人们的悲欢离合总需要别人来品阅；人们的心灵中离不开各种亲情友情的呵护，人们的精神中缺失不了各种思想观念的滋润。其实，人的这种社会性也是一种软弱，只能在群居群依中才能保持一种生存的价值，离开了具象的坐标、他人的关注，就像丢了魂魄，无所措了。大千世界，万象纷纭，人来人往，友去友存，犹如大江东去，蜿蜒连绵，曲折盘桓，什么关系都是同流之中的一滴水，相亲近的激起浪花，泛起波澜，相远离的随波逐流，疏离浑然，相交多的盘根错节，相离多的分崩离析，但唯有在洪流中保持一种自我，在同流中挺立本真，才是一种真正的精神独立，才是一种超然的心灵自觉。

三十三

时间是条永恒的河流，没有始终，只有经过；人生是座崎岖的山路，没有捷径，只有征程。一路走来，积攒了多少值得殚精竭虑的思考；一路行程，汇集了多少令人深思熟虑的感悟；其实，一边走，一边积累；一边行，也在一边丢弃；很多的人物与事情，在时间的侵蚀下，变成了残破的记忆；很多的欢乐与痛苦，在征程的攀登跋涉中，变成了萧瑟的回味；由简入繁的生动逐渐化为由繁入简的孤独单一，由喧嚣热闹逐渐变得冷清的寂寞空灵。只有留在精神家园中最本真的初始和归宿中的醒悟，扯起串串的记忆之珠、思念之链，构成心灵上最有诗意的倾诉。

三十四

通透与执迷都没错，因为对于不同的人来讲，两种结局是一种必然；通透有豁达的彰显，显得潇洒一些；执迷有固化的硬壳，显得僵硬一些；但这毕竟都是一种人生，一种价值观，无须刻意的评价偏执的诠释，贴上太多太沉重的标签。关键在于对什么通透，对什么执迷。如果一种为远大理想深思熟虑的通透，那是一种聪明智慧；如果是为宏伟事业倾心尽力的执迷，那是一种坚忍不拔；如果一味沉溺于不求进取，安于愚昧陈腐的通透，那只是一种沉沦萎靡；如果只是沉溺于追名逐利锱铢必较的执迷，那只能是一种癫狂迷失。所以，无论通透或执迷，不在于字眼上的理解，而在于其内在的蕴含和外在的呈现，在于其境界的远近高低了。

三十五

很多词的中性化含义，人们往往视而不见，总是赋予了太多的主观臆断和时俗判断，形成了是与非，好与坏，对与错截然对立的界定，失去了其相通相融中的广泛适用。因为对于大千世界、芸芸众生而言，更多的词是发自心灵的正常使用，略带平淡日常的意蕴，有些幽默荒诞的嬉戏，甚至不乏苦涩凄楚的倾诉，尴尬无奈的散逸，并不具有判断定论的功能，往往最不起眼的词用在最平淡的人和事上，才有了最贴切的意义和指向，给人以真正的精神享受。所以，词的平常性普遍性给人们注入的生命力远比其宏大性主题性要强得多。芳草萋萋，杂花点点，朝阳夕晖，疏星淡月，竹篱茅舍，梅兰松菊，衣食住行，家长里短，是生命力的一种最平常的展现，因为在最平淡无奇中有一种发自本能的率性随心，来自内心的任情使意，自由的愉悦，散淡的忧患。平常的词具有普世的内涵，平淡的词具有深刻的意蕴，飞平凡的词具有幽幻的奥的妙，平静的词具有灵动的梦境。

三十六

喝茶的意境并不在于时间的长短、数量的多少、质量的好坏，因为长期的浸润，固然有很多直接的感受和品味，但也会沉溺于其习以为常的理解之中，缺少一种清新净爽的情趣；所以，长期喝水，不以为然，偶尔一茶，却是别有一番滋味。因为，水的平常性和解渴的适用性已融入日常的生活之中，偶尔一端茶，顿觉清雅之气扑面而来，一种神圣的品味感和幽幻的哲理感从心中涌起，在那叶的翻滚和水的清色中，精神得到了一种说不清的愉悦，一种想象会从心底升腾飘逸，而且，生活中的繁复琐屑，性情里的浮躁焦灼会悄然退隐，让位于清静无为、物我相忘的意境。

三十七

透过瑰丽曼妙的辞藻和博大精深的篇章，我们可以清晰地看到，世界的根本和社会的内涵以及人的本质，是建立在自在性和自由性之上的社会性；而这种社会性的关系和观念，则是人们衣食住行的物象需要在不同时代场景，不同社会环境，不同生活条件下的关系编织和心象映照而已，究其根本，人们的具象性存在决定着其抽象性的层次。同样，其形成的精神抽象并不完全是物质存在性的直接反映，而是一种生于其中又远离其中、融于其中又高于其中的主观行为，它或大或小或多或少或深或浅，或正面或反面或积极或消极，对人类的社会存在起着相辅相成作用，所以，精神描述的物化基础虽有变化但本质是永存的。

三十八

我们享受着现实中可以看得见、摸得着、听得到的各种具象之物，以为自己很实在了，似乎对事物有了全面的把握；殊不知，隐含在这些具象之物后的抽象之灵，却始终在我们的头脑中萦绕，它将一切的形象具体化为抽象的朦胧，将一切观赏与品味的客观变成了精神的行游，往往具象已过，但抽象依然，物质的感受结束了，而精神的思索才刚刚开始，并且超越了原有的束缚，上升为更灵动的境界，有了一种美得让人难以诉说、难以描述的幽幻。滋养人心、丰富自我的，可能就是这种来自物象现实映射后的心象灵动，唯有它才是人性提升、真善美彰显的真谛。

三十九

走出自然，走出社会，走出生活，走出自我，需要艰难困苦的攀登，经磨历劫的跋涉，更需要精神的升华，心灵的超越。因为只有精神意蕴的深邃辽阔，心灵境界的高远清逸，才能从立足行程的困顿中拨开云雾，看到深邃的天宇，看到指路的星辰。人们在征程中总是被每一个个具体的自然现象和社会现实所困扰，总会陷入到盘根错节的缠绕与锱铢必较的纠葛之中，总会在时俗风尚的熏染名缰利锁的桎梏下，失去精神的澄明，心灵的超越，总会为一些看似重要其实简单的浮光掠影所遮蔽。超越自我，需要仰视星空，俯瞰大地，感触具象，精练抽象，品味物象，升华心象，而这种高瞻远瞩见微知著的见识，升华超越的能力，又都来自于对自然、社会的超凡脱俗的深刻认识，来自于对自我和人生的明心见性的彻底觉悟。

四十

无论怎样解释，历史已是既成的实事，但记述这种实事的载体和主观评价，会是精准全面实事求是的，又会是粗鄙漫漶似是而非的，因为见仁见智，历史已被人们涂抹的真真假假，很难还原其初始的本真和面貌了。但历史毕竟是被岁月验证的，是天造地化人成的，透过迷宫式的历史线索，可以看到它风云变幻的时代场景、承上启下的社会风格、千秋各异的人物事迹；人类从原始走来的步伐是加速度的，但也有规律可循，从中会挖掘出真正的宝藏。我们看历史既要客观，更要有自我的判断，因为只有给历史一个更明确的坐标，现在的努力将来的发展才更为客观、更为真实，也就会正确和持续一些了。

四十一

知识人们可以去汲取，但素养却要从自我思考中不断地精萃；因为很多知识，可以供人类去认识和改造世界，也为认识改造自我提供了材料，但要提高人的素养，并不是这些知识的物理累积或数量的堆砌，而是要有质的飞跃和自我的深刻反思和超越。知识的中性特点可以为任何人所用，自然知识不用说，就连人文知识看似有好坏之取舍，但也会为不同的人所运用，当它真正地启迪人心、感化心灵、超越自我，达到真善美的境界，才能放射出光明和正义的辉泽。如果变成了一种趋利的工具、谋生的手段，那么知识永远可以丰富但终究开不出永恒的人性之花。

四十二

总把一些历史上有巨大成就和学养的仁人智者的情怀和学识奉为楷模，当成为人处世的标准、建功立业的度量，这固然没错，但芸芸众生的生活和精神也有其值得尊敬和学习的一面；不能有了所谓的高低贵贱之分，成败得失之别，而忽略了黎民百姓的真善美之品性，日常平淡之情趣，故乡家国之胸怀。因为透过附着在人们身上的各种装饰，其内心的禀赋和精神的意蕴，却是值得赞赏的。凡夫俗子，虽然为时局所限，为时俗市所束，为生活所累，为学识所困，但生在那长在那活在那，以野火春风芳草杂花，竹篱茅舍梅兰松菊，承载岁月；以春风夏雨，秋霜冬雪，春耕夏耘秋收冬藏诠释四季，不也是一道亮丽的风景吗？往往那些不入典籍不登大雅的人和事，都有着经天纬地的意义，不能因为他们平常平淡而忽略不计。

四十三

人们在不断地拔高和美化被自己倾心关注的历史和人物，因为是衬托自己，映照时代，所以掐头去尾，断章取义，增删隐扬，偏执臧否的取舍和衡量让历史变成了一种随意，看到的固然有真实的记载、客观的评论，但也有失之理性没有事实的主观臆断了。在光环萦绕中的人物与事件，总是矫揉造作，缺少真正的生气和韵动，在冠冕堂皇笼罩中的丰功伟业，总是显得说教多而且苍白无力。恰恰有些历史上的小人物小事物，不为人们所注意，犹如路边的野草杂花，湖中的绿萍蒲苇，倒有一种自然和清新，彰显着人性的本真和生活的本来。所以，人之理性的升华，不是一味的高大全精雅圣，而应该珍视生活中的平常，事物中的平凡，人生中的平淡，生命中的平静，因为此中的意义才是整个人生和社会的本源。

四十四

爱情是人类永恒的主题，但这个主题却从来没有精准的解析，明确的答案；繁花似锦的表现，刻骨铭心的记忆，山盟海誓、海枯石烂的豪言壮语，都是一种云诡波谲稍纵即逝的短暂剧目，都是一种阴晴圆缺生死交替的有限情节。物质条件再变化，精神生活再丰富，灵魂再超越，或沉入其中不能自拔，或远离它而躲避，但它是永恒地摆在任何人面前，你要么投入要么决离，但都必须面对它，有些看似繁花似锦，硕果累累，其实也是附着在它身上的如梦似幻，云遮雾绕，奥妙灵动。因为它从来没有统一的标准，没有精确的定义，尽管人们赋予了它丰富的内容和繁多的形式，但相对于人类本身来讲，只是一个短暂的梦的记忆，并且不断在记忆中重复，岁岁年年，年年岁岁。

四十五

和人打交道，是一个综合性的概念，究其方方面面，因打交道的内容方式、意义目的、层次深浅等的不同，具有了远近高低各不同的意蕴。但透过这些纷繁复杂的外在表现，品味云诡波谲的内在蕴含，关键在于要和人品打交道。因为做人的基本点和品质是交往的基础，也是衡量为人处世的标准。人品是一个人综合素质的反映，更是其品性和思想的集中表现。良好的道德自律，具有人性纯真的本质，坦诚质朴的情怀，于义而为的行为，公正仁厚的心境，彰显着一个人的本质。和人打交道，有些似乎近却远，有些似乎远却近，有些不远不近；有些似乎深却浅，有些似乎浅却深，有些不深不浅；关键在于和什么样的人及具有什么品性的人交往而已。

四十六

把心灵清理一遍，发现无用的东西积累得太多，充斥着每一个角落，纵横交错地缠绕着陈腐，叠床架屋的交织着僵化，没有一点生机和活力；把精神梳理一下，发现太多的想法和欲念已占据了整个思考的空间，彼此你争我夺，繁复琐屑的碎片混乱不堪，盘根错节的联想漫漶迷离，好像非常活跃，其实是已麻木了的那部分灵魂，死水微澜般的有点气息。物质上的获取，总是要盆满钵溢，多多益善；精神上的占有，总是要锱铢必较，点点入怀；其实，前者的堆积和后者的拥堵，都是尘垢的累积，并没有什么本质的不同。让心灵空阔一些，让精神灵动一些，这需要一定的空间，而且是没有拥挤和污染的空间，所以就要让不该见的不该听的不该做的都拒之于门外，留下孤独的思考和寂寞的感悟，有一个明心见性的自我。

四十七

我是情感丰富的人，年近花甲，遇到一些人物场景，看到一些书籍视频，感人处总是令我泪流满面，甚至不起眼的小事也会令我浮想联翩，泪眼蒙眬，心旌摇曳，情感难抑。难道是泪腺发达，还是意志脆弱？难道是悟性不够，迷恋世情？但这个现实却反射着自己内心的那份纯真善良，当然谈不上高尚仁慈了。恰恰正是这一点看似不起眼的感情之源，才涌动了自身追求真善美的意念，才有了懂得善待一切的良心，才知道任何深刻理论学说揭示的真理，在真性情面前只是一阵过眼烟云。眼泪是灵魂的结晶，是心灵的源泉，是一个人内心纯洁真实与否的表征。流不尽的眼泪，说明人心善良未泯。

四十八

人们最缺少的是孤独，因为只有身与心的形单影只，才能相对隔绝世俗的侵蚀，让自己看到挺立的自己；人们最难得的是寂寞，因为只有身与心的萧瑟寂寥，才能远离风尘的喧嚣，让自己听到灵魂的倾诉。人们从孤独和寂寞中走来，闯进了繁闹的社会、喧嚣的时代，在生活的红尘禄利中一路努力，总想取得点成绩，披上一些光环；殊不知，陷入利益坐标系的评判中，堕入比较价值的藩篱里，人们迷失了自我，丢掉了灵魂；一切都是随波逐流、泥沙俱下；一切都是烟熏火燎，浮躁焦灼；缺少的是劲拔伟岸的孤独，恬淡宁静的寂寞。没有孤独的人生是漫漶浑浊的，没有了寂寞的人生是浮华喧闹的。

四十九

有眼泪的人生，不是人生的不幸；没有眼泪的人生，也难说是人生的有幸；眼泪的流淌是一种生理现象，但关键还在于它是流于心流于情，还是流于生理的本能和对外界刺激的反应。眼泪是生命之珠，只有发自心底的源泉，才能让人情动；眼泪是灵魂的倾诉，只有精神家园的滋养，才能触动人心。眼泪的价值远远超乎生理的功能，因为，无论是清纯或浑浊的泪花都代表着当时真实的感情。没有眼泪的人生其实是一种缺憾，因为无论成功与失败，欢乐与痛苦，眼泪都是最真情的表白，都是心之源的呈现，都是灵魂那一刻的纯真。珍惜眼泪。

五十

随着时光的流逝，有很多人和事，声情并茂的音容笑貌漫漶了，形实清晰的内容过程淡漠了，只剩下一点粗枝大叶的轮廓，东鳞西爪的碎片，但意象的烙印却深刻了，总是萦绕在脑海中，在一种欲说还休，似曾相识，欲罢不能，如梦似幻中飘逸着，并带动一切思绪随它翩翩起舞，姗姗游荡，赋予了新的感受和体验，这可能就是所谓的精神永恒、灵魂不死吧！世间的人与事寻根溯源都会有其脉络，而上升到精神层面，却是放射性散漫，可以自由翱翔于任何时空；不知逝去的人和事是否也在继续的游荡，以一种警示性的存在长驻于活着的人的心灵中？世界真的很奇怪，因为物质和精神的关系有时云遮雾绕，存在与灵魂的对话也就云诡波谲了。

五十一

秋的意蕴在于一种过程的总结和自身的净化。收获了辛勤劳作的硕果，净化了苍茫萧瑟的原野，还一个本我的寥廓。收获时，是沉甸甸的喜悦或轻飘飘的失望；净化中，是对时光飞逝的盘点或岁月更迭的清算；只有回到原点才能看到掩隐在万象纷纭中的自己。秋高气爽、云淡风轻，是一种心灵的启迪，是一种灵魂的召唤。收获的毕竟是过去，净化则带来一种预言的味道，在反思和检验中，让岁月留下自己的灵魂印迹，让精神有自己孤独寂寥而澄明清逸。收去的果实是大地的饰物，收来的思想却是天空的奥秘。当你步入秋天时节，心里的丰满和惆怅更为冲动，更为交织，因为双重的思索都是向一个未来的预测和向往。

五十二

秋天是一个想象的季节，在收获了自己的劳作果实后，欣悦的风扯开斑驳浑厚的饰物，天空一片湛蓝通透，云朵是那样的洁白轻扬，原野一片苍茫萧瑟，裸露出生命母体的本色。朝霞夕晖，霜晨雁影的飘逸，疏星淡月，低吟浅唱的秋韵；苍穹深邃辽阔，极目望去，没有虚无缥缈的惆怅，只有如梦似幻的遐想，精神可以少点有形的束缚，灵魂可以多点自由的翱翔。无论是丰收还是亏欠已然成为过去，挥手于岁月的沧桑，心中的孤独嶙峋傲然，寂寥中挺着劲拔的风骨，灵动中净化着晶莹剔透的向往。曲径通幽的独步，有点暗香如故的品味；深谷幽涧的徘徊，有些跌宕起伏的感喟；物我相忘的浑然，有点返璞归真的净化；天人合一的空灵，有些明心见性的超越。秋是一个转换的时节，只有澄澈晴朗寥廓空旷的洗礼，方能迎来粉妆玉琢，冰晶雪洁的抚慰。

五十三

在繁闹喧嚣中走过，好像是具有了一些见识，增加了一点阅历，但感到心力交瘁疲惫不堪，在名利的裹挟下，只是挺着一点可以自慰的色彩而已，思想是压抑晦暗的，灵魂是萧索寂寥的。有时想到故乡的亲人们，虽然历代生活在那黄土丘陵，沙漠崖畔，一沟清澈，两岸蓊郁，四季忙碌，五谷杂粮，牛哞羊咩，鸡鸣犬吠，窑洞土屋，晨炊暮霭，日出而作，日落而息；与天地同伫，与万物共生，抬头见天，低头是地，举目远人少，近观故人稀；四季更迭，岁月沧桑，也是一番情趣。活得简单却充实，生的艰辛但恬淡，只有亲切的问候，没有诡诈算计，只有直率的倾诉，没有乖戾的隐晦，岁月留在心里的只是一种实实在在。真的，生活的标准可以高低不同，而心灵的感受，却是那最平常的日子里。

五十四

身处闹市，心在名利，随俗流滚动，同风尘起舞，终日碌碌，无非衣食住行，孜孜以求，无非身价名誉；混得个一生平庸，捞上个虚名淡誉，顶着个冠冕堂皇，守得个猥琐粗鄙。满心的惶恐，不知天高云淡；整脑的污浊，不知清风明月；岁月轮换，不改的是追名逐利；季节轮回，守住的是锱铢必较。在灵魂的堕落中化为尘土，在精神的迷惘中扬起灰烬。人生被解构成利益的支离破碎，没有一点生机和活力。现代人的生活就是这样，但还罩着一层前进发展丰富成熟的外衣，殊不知内心的迷失已导致精神家园的凋敝，心灵故乡的荒芜，人们有时已无家可归无室可依。

五十五

孤独是人生中最诚挚的伴侣，寂寞是生命中最空灵的境地。孤独中可以看清自己的身影，品阅万象纷纭的幽幻，品尝繁复琐屑的滋味；寂寞里可以聆听自己的心声，把握社会跌宕起伏的脉搏，领略时代的云诡波谲的旋律。孤独中，一切的簇拥和繁华终归要回到起始的形单影只，因为时间让一切变化，岁月让一切飘去；寂寞里，一切的喧闹和熙攘终究要回到启程的平静安然，因为时代让一切转换，社会让一切更替。孤独中，你会发现自我的纯真与丰富，也会了解自我的虚伪与浅薄；寂寞里，没有时俗风尚的噪音，没有争名夺利的喧闹，将自我放到平静的位置，你会听到天音地韵，万物的韵律，心灵的独语。孤独寂寞是人类的精神家园最真实的意蕴，也是人类灵魂的最超逸的精粹。

五十六

诗意的生存是一种向往，因为世俗的烟熏火燎太浓太重，名利的侵蚀雕凿太深太急，人们的心灵被各种成败得失所充斥所绞杀，芳草不见，杂花难觅，哪来一点诗的绿意呢！但灵魂的追求是春雨，始终不断地滋润着希望，精神的超越像阳光，始终不断地孕育着思绪；由内而生的幼芽就这样不断突破僵壳的束缚，长出浅嫩的叶芽来，使枯燥乏味的心灵世界充满一种清新之象，由此隔断了尘世的污染，保持着一种淡然的清爽与蓊郁。诗意的生存不是浪漫，是繁华喧闹中的寂寞，是盘根错节里的孤独，是发自心底的一种召唤，是人性本真的一次回归，是人自然性的一种升华，是人社会性的一种超越。诗意的生存，似假成真，如梦似幻，始终应该在心里。

五十七

鹤发童颜、稚子心态，恰似闲云野鹤，自由于天地之间；妙如清风白云，嬉戏于江河之上。身已老，心还嫩，一生的经历只是过眼云烟，看似山重水复，实则虚妄迷离；得到的名利只是镜中花、水中月，看似实在明确，实则空幻虚无。唯有赤子之心不为岁月所侵，不为时光所蚀，依然情趣萌生，稚意百态，看天地是天地，视人间乃人间，观万物即万物，有自己的本心，就有了本原的世界；有了自己的想象，一切皆为心灵所意会。人生之旅，纷纭变幻，成败莫测，但从幼至老，生死交替，生生不息乃是不移之铁律；身已老，终难续，但心灵的回归则是一种超凡脱俗的净化，返璞归真的超越，返老还童的重生，可以享有神奇奥妙的真谛！

五十八

人贵清雅，不在乎物质上的富或贫，不在乎精神上的丰与寡，而在于精神中的一种意蕴，心里中的一种境界，行为上的一种风韵。天地之事可谓之大，人间之事可谓之杂，但透过形形色色的表象而直透其里的，却是一种意象性的存在。有些东西深奥的只能意会，形成质地纯朴的精气神来。所以清雅是一个意象境界的表述，清者，虽浊流并行而不失其洁；雅者，虽俗尘纷纭而不失其真，精神上的标新立异，行动上的特立独行，也就成全了灵魂上的一种浪漫散逸。有时，为人处世的一点天真诚挚，触物待事的一点直率通达，衣食住行的一点琐屑卑微，也能溢动出清雅的气韵，关键在于是否具有清逸澄明的心灵。

五十九

我们尊崇和坚信的理想并没有错，一切仁人志士为之努力的方向是人类的美好未来；我们探索和追求的路径也不差，尽管崎岖坎坷，蜿蜒曲折；我们在实践经验和失败教训上总结出了很多的理论，精萃出很多闪光的真理；我们努力的方式既有成功也存在弊端，但始终在前行。一切的历史都已铸就，但现实的问题是我们一度陷在自我迷失中不能自拔，理想之光开始黯淡，信念之魂开始堕落，目光开始短浅，行为开始功利，一切有激情的奋斗和努力，被自身的腐败和堕落所侵蚀，一切的精神源泉和灵魂脉搏被污染切割。这一点是极为可怕的，哀莫大于心死，民众的茫然说明了执政的无能与无知，更说明了执政的艰难困苦，任重道远。治国理政，聚精集力，缺乏理想的引领，信念的支撑，比什么都可怕。

六十

故乡的回忆不是简单的回望，而是心灵中真善美那份基因的新生。历久人世，历经沧桑，一切的成败如灰如尘，一切的名利如烟如云，太多的感受压抑着灵动的思想，僵化的思维制约着跳跃的灵魂。于是往原点望去，纯真善良美好，惠风和畅，扑面而来；在那里人们找到了品性的渊源，情趣的根蒂；在那里人们开阔了胸襟，升华了境界；是一次返璞归真的再造，试一次脱胎换骨的重生。故园情怀不是简单的恋旧，随着过去场景的展现、人事的铺开，仿佛又行进在成长的途中，而童年的故乡最为美丽清纯，童年的回忆最为真实朴素，正是有了这种回复的功能，才能让我们入世久了后麻木的精神泛起涟漪，涌起波浪，源远流长；正是有了这种超越的作用，才能使我们生活磨砺中萎靡的心灵生机盎然，枝繁叶茂，根深蒂固。

六十一

富贵与贫穷是生活中的一种现状，是在不同价值标准衡量中的比值，与高贵雅致或猥琐鄙陋有一定的联系，但并不是必然的规律。因为富且不仁不义比比皆是，穷则逞凶斗狠要恶也历历在目，反之亦然。所以，贵是一种源于传统、修炼自身、具有未来之意象的内在精神和外在气度，绝不可能用一时富有而充填其历史的脉络，也不会因一时的权势而彰显其本质的内涵，更不会因短暂的飞黄腾达而凌驾于一切。所以，功名利禄富有未必为贵，贫瘠困顿简陋未必为贱，当然从历史的经验来看，高贵典雅的基础也是源远流长的，没有传统的熏染，没有现实的陶冶，没有未来的温蕴，没有自我的努力，没有世事的历练，没有一种由外及内、由内及外的升华，是难以达到的，几代才能培养一个思想绅士，孕育一个精神贵族，此话有一定的道理也。

六十二

从心而发的东西虽然可爱，但未必真实，因为有了主观的意象和情趣的倾向，有了习以为常的思维模式和约定俗成的诠释方法，或放大或缩小其真实的意蕴。大凡世间的文章诗词书画发自于心的，未必是真的境地和实情，却带有一定的渲染氛围和旨意色彩的。所以，还要去研探其心中所感由何而发，适时所出，才能真正把握其深刻的内涵，从而领略其风格与笔触。修养心性是一种超越的过程，其本身就包含了对所接触人与事的感受，从内心里去做孤独的判断寂寞的梳理，然后上升为一种清逸澄明的境界，达到心性的自然平和。所以，发自内心是个基本的出发点，而奠定其基础的则是由所发之人与事的客观真实了。

六十三

人生的悲欢离合，在风云变幻、社会激荡的条件下，呈现着不同的色彩和风韵，表达出不同的内容和形态，但其共同的规律则是相通的，这种源自于人类自身发展的根本基因，只会随着时代有所增减，表现不同，但却是人类永恒的本性。置于其中便是千般的感受，万般的感慨，盘根错节的萦绕，刻骨铭心的蚀刻了。究其本溯其源，唯在一个人性的自觉与超越之中，才能真正接受悲欢离合的现实，品味悲欢离合的意蕴，感悟悲欢离合的真谛。看月有阴晴圆缺，看季有春夏秋冬，看山有峰峦叠嶂，看水有江河湖海，看人生有崎岖坎坷，看生活有蜿蜒曲折；唯有对美的追求，对善的尊崇，对真的执着，坚定着自我，感动着众人，让思想多一些火花，让灵魂多一些灵动，让精神柔情万种，让大爱融于天地万物，我在悲欢离合之中，悲欢离合在我心里。

六十四

忧患和悲情是乐观和欣悦的副产品，因为只有真正地乐观豁达、心绪纯真，光明磊落，清逸畅朗，才能具有悲天悯人的情怀，才能对欢乐时光的持续和长久发展怀有深深地忧虑，才会对人们的喜悦和欣然的享有及长度有深深地忧患。所以，它们不是矛盾对立的，而是一种心灵的不同方面，从而构成了人们真正地人性之本。世间万事万物，都是大自然或社会的杰作，只要存在就有其必然的意义，只要存在就有其清醒或困惑的缠绕；自我的丰厚在于精神的自由，在于灵魂双翅的振荡，大慈悲大欢喜大苦难大悲伤是紧密不可分的，因为只有这样，人类才能达到一种自我的精神平衡和心灵的安和。

六十五

经历比较丰富，心理也会相对成熟，精神也就恬淡一些，殊不知遇到值得怜悯的人和物，心里却一阵酸楚，就连读童话故事，看到伤心之处，泪眼蒙眬，一时竟无语，仿佛心中有巨大的苦楚。年与时驰、意与日去，花甲悄然而至，但心灵却在风尘中变得越来越柔弱，遇到一点不平之事即可悲愤难忍，忧伤难诉，情不自禁，跌宕起伏；一生的磨砺，没有打造出铁硬的心肠，却落得个愁肠百结，如梦似幻，一幅秋霜漫荒野、万物呈寥廓的心态来了。到底是人们由童真稚朴不断走向成熟，达到水火不入的刚硬，还是在经磨历劫的陶冶中，让心灵从风霜刀剑之中退出，化为温润柔和，重生一个率性随心的自我来呢？

六十六

人们匆匆地走过岁月，追逐着自己的理想和希望，不管山有多高，水有多长，不管征程中任何艰难险阻，只是一路地攀登，一路的跋涉；思想聚焦于前方的目标，可能是功名利禄，可能是荣华富贵，也许是一种精神的愉悦心灵的满足。但在这辛苦忙碌的奔波中，也丢失了很多过程的感受，很多风景的欣赏，甚至自己内心中许多稍纵即逝的美感，倏忽而去的顿悟，来不及回味，来不及品阅，又被辉煌的前景所召唤，又被急切的行动所催促。不停步并不意味着成长，不停顿并不意味着发展，有时的驻足恰恰是成长的阶梯，有时的停顿恰恰是发展的聚力。到返璞归真，生命回归的时候，逝去的一切接连不断的涌入脑海，掀起一波一波的浪，击打着疲惫不堪的心灵，开始了最有意蕴的回望，最有情趣的品味，但又显得朦胧抽象，如梦似幻地滑过脑际，留下无限的惆怅。

六十七

建立在宽宏大度富有涵养之上的自信，才能让人有超然于世的感受，因为自知之明的思想境界道德情怀和知识积累，使人对社会和时代拥有了一种客观公正的远见卓识，对人生和生活拥有了一种鞭辟入里的透彻澄明；也会有一种高览微阅的性情，博大精深的胸襟，“曾经沧海难为水，除却巫山不是云”，一种历练后的升华远比经历重要得多。所以，人们的自信，不是一种简单的自我强力和意志的主张，而是对真理的把握对世态的了解，更有一种经历中的思考，思考后的境界，境界里的超越。清风白云、明月朝阳，那样的自信让人觉得可敬可爱可信，是一种说不清道不明但能感受到的气度与情怀。

六十八

探讨人们非要坚持的一种看法，重点是要研究的是建立在什么基础上的看法。如果主观褊狭扭曲，那么这种坚持的看法就会与现实大相径庭，只能是一种不全面不公正不客观的主观判断了。所以，坚持的原则在于其基础的正确与否，在于能否从现实中把握现象探究规律找出因果，达到一种全面客观正确的认识，然后有理性有激情地去坚持，这是一种成熟，也彰显着素养和境界；如果失去这样的基础，一味地沉溺于主观的自我取舍与判断上，顽固地坚持并强制刻意的推行，那就是一种痴迷的偏执荒谬的扭曲了。所以，要善于奠定坚持的根深蒂固，善于舒展坚持的枝繁叶茂，才能有坚持的标新立异，才能有坚持的特立独行。

六十九

心里的茫然不是一种空幻，而是一种实在。因为人生经历越多，好像实在的东西不少，但有时感觉心里并没有多么充实，反而有一种虚无的空寂；过去理解过眼云烟，只是一种具象的景物之画，现在则是一种抽象的惆怅和无奈了。远看原野寥廓，苍穹深邃，清风拂煦，白云飘逸，增添了几份孤独和伤感；近观秋叶渐黄，璀璨斑驳，漫动飘落，一地金黄，更是说不清的忧虑与愁索。本已尘垢积满的心灵，好像忽然之间恬淡了许多，本已浮躁焦灼的精神，好像忽然之间平静了许多，只是一种茫然的状态，不知所云不知所为，呆呆地看着岁月的变化，静静地看着时光的流逝。茫然是一种精神的休憩，还是心灵的梦呓？

七十

秋风劲扫，秋云飘逸，秋天深邃，秋野辽阔，秋山清俊，秋江澄澈。当清理了一遍季节轮换的璀璨缤纷，繁茂盛郁后，留下一个空旷萧瑟的大地，晶莹碧透的天空，让精神驰骋的更远，让心灵翱翔的更高。秋的意韵是收获中的思绪，更是丰收后的感悟，一切的经历唯有此时得到品鉴，一切的因果唯有此时得到诠释，收获过去的同时也清空了现实，让一种恬淡的闲适和平静的幽幻，熨平浮躁，冷却焦灼。秋天的这种转承是其他季节无法代替的，也是人们成熟中进一步思考的天然礼物；唯有秋天一切才能安静下来，一切才能清澈起来，一切才有收获后的品味和沉思，一切才有洗礼后的回味和感悟。秋韵悠远，秋意绵长，秋声婉转，秋趣清逸，秋情幽幻，秋心奥秘。

七十一

再丰富的阅历，再渊博的知识，再智慧的头脑，再充溢的感情，也抵不上孩子们的言行举止音容笑貌；在她的身上，洋溢着纯真，能让你返老还童；在她的脸上，散发着温馨，能让你心灵安静；在她的心中，充满着朝气，能让你感到生命力的旺盛；在她的笑语中，你会感到自然的神奇奥妙，社会的博大精深；在她的嬉闹里，你会感到品性的真善美，情趣的风雅颂。别吹嘘我们的经历和阅历，别张扬我们的思想和意志，别相信我们领略生命感知世界的智慧和能力，一切的成熟在孩子面前云淡风轻，一切的得失在孩子面前过眼烟云，因为她才是世界，她才是生命的真谛，她才是至高无上的神圣；只有匍匐在她的脚下，才能看到自己的卑微浅薄，有点明心见性的自知之明。

七十二

时光的流逝，岁月的更迭，在秋高气爽的时节最令人浮想联翩，回味无穷；白云飘逸，黄叶斑斓，清风爽透，雁阵逶迤，斑马啸鸣，游子归意，在晶莹碧透的苍穹，苍茫辽阔的原野，散发着离别和伤感的味道，漫动着惆怅与祈盼的气息。生命离不开春的生机、夏的繁盛、冬的安宁，但唯有秋的收获与净空更让人沉思回味，展盼未来，有一种丰实后的惆怅，丰满之中的孤独，热闹后的寂寞。虽然霜叶红于二月花，秋高气爽，天高地远；虽然满城尽带黄金甲，秋色斑斓，万物缤纷；但秋给人的意蕴却是幽幻的伤感的，再大的欣悦匹配再大的忧伤，再深的回忆相应再深的向往；在秋的怀抱里，仿佛都失去了原来的意义，灵魂超越了自然的束缚，社会的羁绊，在一种自由散逸的漫游中，仿佛有了自己形单影只的身影，又似乎失掉了自己虚无缥缈的心灵。

七十三

心中的淡然不是一种强制，更不是一种造作，而是一种经历丰富后的自省，阅历广泛后的升华；是建立在自我的认知之上，又有理性的自我解剖，达到一种去粗存精、去伪存真，由具象感觉，上升为意向理性，直达灵魂的过程。人们在现实中往往只是在对具体事物[illegible]识中，具体问题的解决里，给自己制造一定的欢欣愉悦之感，强制性地杜撰出一些浓墨淡彩的斑斓，其实是色彩的泡沫，看似悦目，一捅就破；更有甚者，沉溺于一种自以为是的自恋之中，精雕细琢一种淡然的感觉去消解一切，注释自我，其实质更是一种举杯消愁，抽刀断流的矫揉造作了。真正的淡然明之于世，省之于事，感触于人，发自于心，是一种精神的升华和心灵的超越，行到水穷处，坐看云起时，才是淡然的真正境界。

七十四

人性之光的最亮之处在于自我。只有思想上的自由，人格上的独立，精神上的自强，才能锻造一种入世出世的真切情怀，养成自我鲜明的个性与风格，形成特立独行的风骨与境界。真正的自我，来自自然的神奇奥秘，来自社会的云诡波谲，来自人际的盘根错节，来自经磨历劫的砥砺锤炼，来自成败得失的超凡脱俗，来自悲欢离合的返璞归真。只有这种自我才能彰显于俗世，端行于浊流，行为高洁、志趣雅静，有明确的自我坚守、道德情怀；有傲然的风骨品格、意志韧性；行于众而超于众，融于群而逸于群。正所谓淡月明辉、清泉松涧，在空灵的返照中有一种非凡的气度，有一种博大深邃的仁善。

七十五

人来人往，旧的逝去了，新的又来了，仿佛永远没有终结，生命的有限创造力在人类社会长期的发展中呈现着无限的意蕴，彰显着永恒的奥妙；但相对于宏阔的宇宙，灿烂的银河，璀璨的星空来讲，又是沧海一粟，转瞬即逝了。所以，人类的小我因为视野开阔才能有自然的大我；而自然的大我因为具象的实际才有了看得见摸得着的小我。对于一个社会、一个时代来讲，要看到自己的特点和使命，承担起历[illegible]的责任，但更要看到发展的永恒性和前途的无限性，且不满足眼前的利益，短暂的成功，一时的富有与精神的满足；只有这样，这个世界才能是持续平衡和谐的，才是一种大我小我的有机统一。

七十六

乡愁已成为如梦似幻的萦绕，因为没有了故乡原有的纷纭变幻的场景，失去了真切的跌宕起伏的舞台，缺失了灵动的生旦净末丑的角色，隐匿了复杂的唱念做打舞的演绎；在现代化的大潮之中，一切有点故乡的记忆，都被浑水浊浪般地物质摧残和精神刺激所销蚀所涤荡，人们功利般地生存发展，使从历史中走出的脚步变得踯躅徘徊，向未来奔去的希望变得晦涩暗淡，只是对眼前的利益当下的享受看得很重；前不见乡，后不见村，只是一种时俗风尚的熏染，急功近利的缠绕。何处觅乡愁，只能是记忆中的依恋，想往中的眷顾，只是在红尘扑面中保留一隅精神的绿洲，好让生命的旅程有所承载，有所寄托。乡愁变得浓重又淡泊，悠长又短暂，乡愁是一种即时的抚慰，又是一种永远的温馨。

七十七

失去了人性的自尊，丢掉了人格的自我，也就失去了有价值的人生。固然由于主观客观条件的限制，环境的使然，人们都在随波逐流顺其自然，但失去一些自己的本真已是遗憾，却又失去自我的品格就更悲哀了。适应社会不是简单消极的俯仰，适应时代不是同流合污的追随，为人处世不是趋炎附势的谄媚，建功立业不是巧取豪夺的伎俩；任何问题面前要有自己的远见卓识，任何功利面前都不能丧失自我的劲拔伟岸，任何时候都不能降低人格的境界和底线。人何其为人，是有道德的生存，有理性的生活，有情趣的发展，有风骨的完善；可以丰富自我，可以适应众俗，但不能丢掉做人的根本。来自天质的纯真善良，来自后天的品格陶冶，要有一种凛然而立的个性，彰显出自我的气度与胸襟，要濯清涟不妖，要出淤泥而不染。

第三十三集　疏星淡月

DISANSHISANJI SHUXING DANYUE

一

月跃上深邃幽幻天宇，在清风的吹拂中逐渐圆了起来，普照千江，光映四野泽，是一种如梦如幻的浸染，更是一种如诉如泣的弥漫；几缕飘散的云絮，不时地来缠绕，恍惚之间又轻轻地离去，像是拂去了月上的尘，愈加的明亮和圆润了。秋的大地收获了季节轮回后的丰盈，只剩得寥廓的粗犷和苍茫，与秋的天宇相互映衬，两相之交，拓展了更为深邃的意绪，向四面八方射出精灵的向往，无休止地演绎着灵魂飘逸的旋律。微风月下，枯草池边，只是岁月悄悄地流逝；残灯昏照，青史黄卷，只是历史不停地脚步；红尘扑面，利欲充盈，只是当下里生存获取的狂妄；清心寡欲，松涧清流，只是心灵中企盼的福祉。明月清辉的朗照，一切都晶莹剔透，奥妙神奇，但这疏影摇曳中，能扯起多少思索，涌出多少情愁，只有月亮懂得吧！

二

秋天的变化是渐进式的，一阵风过，一场雨浸，丰富多彩的山河大地，慢慢地被随意所催熟了，所有的付出都有了结果，或实的或虚的；江天呈现出一种富裕的气象和金色的光泽，随着颜色的渐深又渐淡，随着实物的充盈与收取，随着枝叶的繁茂与凋零，由繁至简的涤荡中，弥漫着几分欲说还休的惆怅。收获后的原野显得格外的沧桑萧瑟，有些殚精竭虑张顾不及的困惑；清扫后的苍穹深邃寂寥，让人神思飞扬却又失去了一点身体力行的依托，心里略显得幽幻空荡；更有一种自省与反思的情怀，在得失的衡量中增添了几分精神上的不安；心灵感到寂寞孤独，悲情涌上，忧思漫漶，如若再有一些离别之事，那就更为伤感了。与江天辽阔、万物萧索的气韵相融，更是难以释怀却又沉吟不已，感慨万千了。秋的景致和心路的历程是吻合的，即便有点不同，但却是一种得失后的精神意象吧！

三

人类的步伐越来越远，但人们的视野却越来越促狭了，在征服自然的过程中，征服不了自己那颗充满欲望的狭隘心灵；人们的空间越来越大，但人们的气度越来越偏窄了，在拓展无限的过程中，却让心灵封闭在了自以为是的僵硬自我之中；人类的伟大建立在对外物的征服和掠夺之中，人类的自尊是被弱的物种所映衬的，是被自我的不自量力贪婪癫狂培养的；正是人们的这种劣根性，才给自然和社会带来了无穷的灾难，最重要的还在于，人们不能从中汲取教训，深刻反思，把自己回归到一个合适的位置。我们扪心自问，生命的历史中人类才占了多少时段，但加速度的发展，使人类的生活改善、寿命延长，却以破坏自然生命为特征，以中断生命多样性为前提，这样的自私自利又有什么意义呢！我们发展得越快越远，涉及的时空越深越广，应该有更宽阔的胸怀和宏远的气度，有更深的敬畏自然之意博爱万物之情，有更为丰富的慈善之胸襟，更为纯真的心灵之境界。

四

人类的成熟一方面是不断进步的积累，另一方面则是时有倒退的掺杂。因为人类在进步中征服了更广阔的空间，占有了更丰富的物质资源，享受了更完美的精神产品，形成了以自我为中心的价值体系和支配一切的评价坐标；但这种成功和进步是以破坏自然和谐为条件的，是以损伤自然系统为代价的，是建立在不平等基础上的强势暂享；更何况人们的心灵更为空虚和麻木，精神更为焦灼和浮躁，看似装满各种欲望和想法的头脑，其实非常的浅陋和狭隘，没有了任何梦幻的憧憬和精神的灵动。人们远离了童年的纯真和质朴，善良的唤起只能靠新生的幼童给人类以一种本真的召唤，只有在她们身上，才能暂时的脱离俗海，短时的疏离恶习，淳朴真切的心灵之泉得以流淌，天性中的纯真稚朴才能重新萌发。人类的自救不仅在于自然和社会的教训，更主要在于从我们自身能否有更多的反思和自省，上天用新生命在不断召唤我们，警示我们，可我们却在这纯真善良美好慈爱之中迷茫不自知，岂不悲乎！

五

心灵的安谧是一种向往，在不断地超凡脱俗中得以陶冶，在不断地返璞归真中得到升华；精神的超越是一个过程，历经艰难困苦才能得以实现，精萃成败荣辱方能得到超越。最关键的是从简单中走来，在繁杂中积累，又要实现脱胎换骨的重生，回归一种类似起点的启迪，达到至简至纯至真的境界。这既要靠经历的丰厚、阅历的广阔，更需要从自然社会人生的风雨中去发现自我、陶冶自我、净化自我、超越自我。因为在行程中，积满了太多的俗尘，积累了太重的利益，充斥了太多的欲念，玷污了太多的思想；满足于既有的成败却让精神堕落了，意志萎靡了，心灵晦暗了，沉入到虚无缥缈而又傲慢自负的状态，以为实现了所谓的人生目标，其实只是一种过眼烟云的虚幻，以为通晓了人生的意蕴，其实只是一种浮光掠影的映照，说明不了问题。真正的心灵家园是简单和纯真的，也是相当洁净和安谧的。

六

浓重的秋云堆满了天宇，大地显得有些苍茫浑厚，空气中透着秋的气息和味道，是惆怅中的一丝寂寥，还是萧瑟中的一点孤独？心灵中翻腾起回忆的溪流瀑布，把诸多的旧事旧物旧人带到眼前，一番重温和倾诉后，只剩下一声的叹息；不愿寂寞的精神又飘向远方或高处，把思绪放飞到四面八方，编织成乱七八糟的网，想收获点有价值的思考，得到的却是更加的空虚。眼前的景物似曾相识，年年如此、岁岁轮回，心里的路程曲曲折折，崎岖坎坷，缺乏了欲说还休的新意。唯有静静地坐在桌前，让整个生息停止，在凝结中感知内在的冰冷，让滚烫的想法之河凝成晶莹剔透，好映照一下有形可依的灵动，让人心里有个精神家园的皈依。风轻轻地吹过，带着细细的雨，洒在脸上是一种滋润，融进心灵是一种淡淡地空虚，连接天宇的精灵给人带来思索的无限空间，却怎么也织不成思想的网，捕捉到灵感的星火。

七

人们成长了，但也远离了纯真；人们成熟了，但也远离了清逸；一切的成长都是有代价的，我们只注目于既有的丰盈成果，却忽略了有时失掉的更为珍贵。社会在发展，时代在前行，人类在不断地进步，但这种趋势的起点是永恒的，因为人类的童年是最美好和单纯的，因而具有了天性的善良和纯真的美丽，但在具体的过程和时段中，人们又是以牺牲这种本性来实现所谓发展进步的。人们离原点愈远，积累的东西越多，心灵中的空间被太多的经历和阅历所充斥，品性的纯真善良美好有时也被挤兑得没有立锥之地，布满俗尘的身躯和心灵，充溢浊流污迹的灵魂与境界，让人们走上了一条违反自我的不归之路，速度愈快灭亡越快。偶尔回忆童年，不是一种享受，而是一种痛苦，人类无法回到本真之中，但能在恶俗浊利中有分量有侧重的童年之忆，也是一种自省自警和自我升华吧！

八

很多事看似都重要，但其实细究起来，也不过如此。因为这世界上的事情太多，也太复杂，以有限的精力去应对无限的世界，是不可能的；人们只能从某一点或某几个方面集中自己有限的体力和能力，从事相对比较专业的进取和努力，众志成城、凝精聚力，由此构成宏伟的事业来，从而彰显每一个人的贡献和努力，使个体的光与热融在众生的温暖与光辉之中。所以，大凡世间之事无以粗细、无论轻重，皆以平常心而待之，来之则适应、去之则平易，自由来往，不拘一格；绝不能被偏见和无知所遮蔽，更不能被即得之名利而蒙蔽心灵，失之于当下的成败得失；放开心胸看待世界，一己之力犹显微弱，更遑论事无巨细、万象纷纭了。人生中可能遇到非常多的事情，无论宏大还是卑微，无论顺利还是坎坷，不过是峰峦叠嶂的一粒，江河湖海的一滴，只有从历史的长河中才能领略时代的宏伟，只有从历史的山脉中才能感悟人生的真谛，只有从更高的精神层面去把握才能高瞻远瞩，见微知著，超脱于具象之纷繁复杂，升华出灵魂中的恬淡与安谧来。有限之人生，无限之世界，而这相得益彰，皆在彼此的交相辉映中矣。

九

不知能用多少秋雨洗净心灵的忧患，不知能用多少秋风扫去心灵的烦愁；不知怎样回望逝去的岁月，不知如何品阅当下的现实；不知怎样安抚浮躁的精神，不知怎样慰藉焦灼的灵魂。只是注目着天际扯不断的雨丝，编织着巨大的网，把一切都俘获；只是凝视着滚动的阵云，堆起高峰扯起帷幕，把人生的悲欢离合演绎得淋漓尽致。无意的自我思索，毫无目的地游走，只想让万物将自己掩去；有思的自我感悟，只是漫步在荒原之上，在孤独中寻找寂寞的庇护。好一个秋的浓韵，格外的深沉，让人心中如堵，好一个秋的寥廓，分外的苍茫，让思飞如絮。做一个秋天的游客是一种痛苦，可能更是一种享受，能抓住心弦的，只有这秋风秋雨秋声秋气，淡淡地融入躁狂的血液中，将浓的欲念烈的追求化解成清风白云，变成梦幻般的向往。只有四季轮回的秋，才有能力让心灵充实后有一丝苍凉和辽阔，在怅惘中多了几分忧伤，在安谧中有了几分惆怅。充满的心反而是无聊的，因为容不得灵动的想象，只有空寂的深谷幽涧才能留住松影月光，才能驻足清流；只有淡泊的清泉才能溪流汩汩，瀑布腾跃；只有静静地守着孤寂，才能召唤一切的空灵，伴思绪漫无边际的起舞。

十

爱很软弱，因为只有得到抚慰才能展现，只有心底里非常善良才能坚强；现实中，爱往往被一些虚饰的外在所掩蔽，被一些片刻的感动所淡化；谈爱时可以漫天成阵，铺天盖地，山盟海誓，海枯石烂；离开时无情无义、弃之如屣履，瞬间就没有了踪影。爱是一种催化剂，但催生出什么样的花朵，结出什么样的果实，有时却无能为力，付出并不代表一切，有时有心插花，无意栽柳，有时南辕北辙，背道而驰；关键在于爱的纯真善良美好的人性本真，能否根深蒂固枝繁叶茂，关键在于爱的原因结果能否相得益彰，偶然必然能否交相辉映，爱才能真正地呈现，纯洁质朴真诚中放射出灿烂的光芒。爱是软弱的，因为她经常被人们熟视无睹，淡漠荒芜，凋零憔悴，只有人们涌出心田的泉水才能滋养，只有人们发自肺腑的真情才能培育，只有人们出自灵魂的呵护才能长久永恒。我时时泪眼蒙眬，精神迷离，是因为爱的深沉，我经常沉醉不能自已，是因为爱的厚重，我无理承载，偏偏爱的软弱压垮了自己。

十一

顺应好像有点委屈的意味，但却是存在的一种现状，因为社会发展、人类进步、潮流滚滚，每个人不可能独立于其外，不食人间烟火。但顺应又是一种生存的态度和方式，不管什么潮流都去适应，怕也丢掉了做人的本分和人格了，要有自己的坚持和底线。这样说来，顺应又是一种可供选择的方式和心态了。滚滚时俗风尚，浓浓功名利禄，生在其中久得其染，不可避免地养成了一种应俗的态度和方法，看似顺应其实只是一种自然地反应而已，因为心灵深处的人性之光并未泯灭，精神的独立还有秉持，该适应的适应，不该适应的不适应，同流不合污，也是一直顺应中的自觉吧！大势之顺应是社会和时代的要求，小事之顺应是具体情况的应对，外在的顺应是一种随俗而从的本能，内在的顺应则要服从于心灵的真善和本分。不能因为不分区别地去顺应，丢掉了自我，也失去了本我的真谛，要有选择有底线有坚持的顺应，因为天命不可违，世事皆有度，每个人的心灵和行为总是与其素养人格紧密相连的。所以，顺应天地之大势、社会之前行，是一种必然，而诸事中的具体选择与判别，则是衡量顺应的一个基础，该顺应的顺应，不该顺应的绝不顺应。

十二

圆满是一种向往，因为世上事都有缺憾，月亮周而复始的阴晴圆缺，也是在不完美中呈现着美得意境，也是在刚圆后又缺，缺失后又圆。很多美好的理想，梦幻般地挂我们丰富向往的精神追求之中，恰恰是它深深地植根于我们现实中的各种困难、缺憾、不完美不完善的土壤中的。只有缺失才能映照圆满，只有困顿才能彰显顺利，只有坎坷才能成就平坦，只有经历一番艰难困苦，历练了人间百态，品味了精神的熬煎，才有了欢乐和幸福感的享受，才有了一种升华中的境界。

面对人生要有一种美好的向往，更要有战胜缺憾的意志和行动。当我们升华出真善美的欣喜时，当我们领略了从艰辛苦难中熬煎出的欢乐愉悦时，正是人间月圆的场面。因为久久的企盼和风雨的洗礼，她是那样的朗润清亮，银辉普天，笼罩一切，使心灵儿像是透亮的结晶，了无纤尘。

十三

有了千山万水的阻隔，思念的情感更加深了，空间的距离拉开了人们亲近的接触，却增添了情感的重量；有了几载几度的分离，想念的精神更加浓了，时间的长度扯开了人们相交的频率，却加深了爱的浓厚。人世间，时空的隔离让精神处在极度的思恋之中，让思想在丰富的想象中成熟。有时人们的自知之明，恰恰是靠这种物理上的时空隔断来验证的，真善美的纯洁质朴只有在这种悲欢离合的演绎中才璀璨缤纷如星光灿烂。四季轮回，季节变换，山河依旧，人世沧桑，在现代发展的速度中，人们已无暇停步思考，更无时回顾一下来路，只是倾心尽力地一味前行，仿佛有一种欲罢不能的召唤，一种不由自主的驱使，其实是一种茫然，随着大流，清浊不分，泥沙俱下地翻滚或沉沦着。走出原始的文明步伐变得粗野了，走出蒙昧的灵性之光变得黯淡了，眼前的利益，当下的享有，把宏远高雅的精神境界置于促狭局促之隅，束缚了灵魂的自由驰骋，浪漫翱翔。所以，远离也是一种心灵的调适吧！

十四

提笔无字，写不出一点意蕴；欲说无语，道不出一点感受，只是默然的静坐，一似秋风拂着枯叶，一任秋雨浸着原野。孤独中，心灵似乎停止了活动，凝结成一块冰的结晶，冷清且透明，一眼望穿后，又是一阵的迷蒙；寂寞里，灵魂似乎已飞到了身外，化为漫天的秋风秋雨，随意地挥洒，没有行踪；空透的胸中了无杂事，只是一种空润的伤痛，伴着无聊中的空虚。很多时候，无形的忧无根的想总是萦绕心头，很多年历练的意志和思想荡然无存，即便能因果逻辑地详尽梳理一番，但苦觉无趣，仿佛是束缚人的藩篱，陈腐中透着僵硬。多愁善感是一根永恒的绳索，捆着精神家园的门户，挡住了所有的时俗之风、时髦之流，也封闭了自我，将热闹埋在残灯昏照里，将愁绪注入思想中。总是愿意孤独中无奈，寂寞中沉静，一味地融入到混沌之中。

十五

空间的距离隔断了相见时的亲近，但更增添了思虑中的想念成分，千里之外的想象远比近在咫尺的接触深刻的多，但都是悲忧的，带有淡淡的惆怅和孤独的味道。人们因为生活在一起而不知彼此的存在，因为亲近的空间中熟视无睹，直接的碰撞中习以为常。一旦离开思念的成分徒然升起弥漫成浓重的云遮雾绕云，不时会洒下漫天的雨雪，几分凄趣几分幽深。现实中，人们结成不同的群体，以不同的方式生活工作在一起，熟悉的程度是感性的，来得快，去的疾，在不知不觉中，日子就消磨掉了，剩下的只是琐碎的记忆，即便天天见面，日日交谈，也当成了一种正常不过的交往，劲来兴起，意去趣终。总有一种离别才能填补这种由亲近而造成的麻木，让平时浓重但忽视的情浓得化不开，越过千山万水，去寻找一星半点的残迹，去在灰烬中求得重燃的故事，增添到自己浓重的思念之中，就像沙漠中的绿洲，只有封闭后的清新才能让生命有更深刻的理解，才能有精神上脱俗返真的回归，相距千里，只是一种形的断离，却又是情的加深。

十六

生命悄悄地流逝，没有什么大江东去、高歌行云，没有什么崇山峻岭、回肠荡气，只是平静地淡淡地流淌，不知不觉中，时光已在身躯和面庞蚀刻下了重重地印迹，岁月在心灵中精神里积满了琐碎的风尘，一切都平常得像没有经过一样。起点的天真纯朴是回忆的最好材料，只有回到原点，才能领略生命的清纯和本真，才能享受到启程时的天真好奇。只是随着小溪流的扩张，清浊不分的流淌让回忆变得有些沉重，该记得却已淡忘，不该记得却时时来访，过去认为生命中最有激情的事与人，皆化为烟云，不留半点痕迹，只能靠追想挖出一星半点。唯有心灵中的一点天真和稚气还保留着原样，生命就这样在安静平淡中逝去，一切的努力换回的只是一种似曾相识的淡忘，有时浮现在眼前，仿佛是历史的重现，恍然间又消失地无影无踪；有时根本无法捕捉，却不经意间涌上心头，久久不愿离去。生命的源流只是一个过程的回放，静静地来，悄然地去，不留声响，不留痕迹。

十七

心灵是空的，因为只有足够的空间，才能盛下丰富的思想；只有广阔的空间，才能让灵魂飞翔。有时人们往往把心灵的空间[illegible]法和欲念占得满满的，以至于生活中的阳光雨露不能沐浴[illegible]不能浸润，像是一个杂货铺，东西不少，但却少了一种灵动；有时人们往往把飘动的精神之魂束上名利的锁链，在功成名就里背上沉重的负担，再也飘逸不起，只是一味地沉溺于既有的成果；有时人们很想清理一下心灵，但旧的不愿舍弃，新的又想容纳，终究只是越清理越多，越梳理越乱；有时人们很厌烦生活的琐碎，但又满足于世俗的享有和感官的愉悦，建立在物欲之上的灵魂不愿翱翔，只愿饱食后昏昏欲睡；有时人们无聊之极，总想让心灵放飞一下，但来到自然之中，放松片刻之时，却又想到了名利场中的追逐。心灵是空的，正因为空才能让精神丰富起来，让灵魂飘逸起来，让人性的本真焕发出来。让心灵空一些吧！

十八

经过春夏的繁盛和热闹，秋天开始收获璀璨缤纷，也开始剥去大地身上的装饰，还原一个赤裸本真的原野。天，在秋风的扫拂下变得更湛蓝了，水，在清风的轻抚中沉淀下来更为澄澈了，斑斓的大地五彩缤纷后被秋风梳理的呈现出单一的色调，更为寂寥和苍凉了，忙碌了大半年的人们，也得以在自然的转换中感叹一番时光的流逝，岁月的飞去。一切都在收获中得到检验，一切都在返璞归真中得到深思，唯有秋的这种景致和状态，才能让人有点忧伤和愁思，有点淡泊和清静，造物主聪明地赋予了四季不同的功能，更给人类提供了自我升华的场景，但这一切只是舞台，人们怎样去演绎生命的轮回、季节的风采、得失的衡量，都在于自己的智慧和灵感了。秋的深沉和辽阔让行与思沉溺在繁闹中的人们有所放开。极目望去，天高云淡水清山静之中，有一种自我的回归和认可，有一种发自内心的召唤。

十九

人类在砥砺奋进中不断地发展，但也会在前行中由于过分的狂妄自大而走向毁灭，从自然界中走出是一个漫长的过程，经历了艰难险阻、风霜雨雪，但真正进入与自然界分离的状态时，人类社会发展的速度提高了，在加速度的前行中，把一切法则抛到了脑后，唯有利益至上。人类自尊，视万物为草芥，但这种前进和发展并不能达到美好的境界，只是加速死亡的进程而已。因为人类的运行短视，一切以既得利益和现实享受为根本，从何处而来无人去深思，向何处去无人去深究，停留在一批批以自我为中心的人们身上，亨有当前的一切，遑论过去和未来；人们变成了自然和社会的掠夺者，在一种自足自愉中把人类漫长的演化征程和未来的道路统统堵死，形成了封闭的堡垒，一切都开始僵化腐烂堕落，一切都呈现表面的繁荣而丧失了永恒的根基，一切都在满足当下中缺失了灵魂，没有精神的人类是可悲的。

二十

虚度光阴，看云在风中飘去，看叶在风中落下，古塔钟声，伴着朝霞和暮霭，诉说着千年的孤独和寂寞，但已然站出了永恒，只是在静静地矗立中感受了时光的流动。物是人非，光景时新，唯有不变的根扎在历史的土壤中，被传说和演义所滋润，化为浓荫和繁枝，扰动着游客的思古幽情，诉说着隐秘的千古之梦，给人以充分的想象，暂时抛弃尘世的纷扰，享受片刻的宁静。古松苍柏，长得粗壮且奇清，在岁月中栉风沐雨，饱览了人世间的成败荣辱，目睹了时代的更迭和火与血的洗礼，只是从容的淡定，无言中像是几位失语的老人，只有轻微的叹息，只有低闷得沉吟。漫行青砖碧石铺砌的小道上，只是不停地行走，没有目的，没有想法，更没有欲念，只是一心向远古走去，在灵魂的追逐中，感受一点历史的抚摸，领略一点岁月的慰藉。

二十一

总想在回忆中找到点儿纯真的感受，它虽然遥远模糊，但在似真似幻中有一种朦胧的美，仿佛是江南水乡一夜春雨后的杏花巷，漠北高风大沙后的青绿荡漾；更像一种久别的情怀，美酒般地贮藏了时代的味道，光阴荏苒中沉淀着生活的芬芳。越是遥远就愈令人追思，因为放飞一点想象，便能捕捉到无数的梦境；因为展开一点思索，纷繁复杂的社会也会升腾起朴实纯真的情趣。久在尘世中奔波，太多的名利之尘掩去了灵动的想象，太多的成败得失压抑了精神的昂扬；不经意间扯起回忆的风筝，在自由地飘荡中，跨越时空捕捉一点灵光。不是心里的事太少，是太多的事让心灵躁狂，不是清静下来就无聊，是清静后的身心总被无聊占尽。唯有从原点流出的清流还是那样叮咚作响，清纯地让一切都脱去俗装，还一个本来的幼稚和天真，还一个本来洁净的头脑和灵魂。有时，人们就是在无奈中选择回忆作为醒酒的圣水。

二十二

沉浸于记忆之中，往事历历，清晰地跃上眼前，却又恍惚不定，在时空的变幻中，如梦似幻地流动着，像是一朵朵的云，承载着雨雾，化作漫天的梦境。有时从这混沌不清的潭中捞出一星半点，转眼间又化作了星光般的幻影。经历的人和事依然清楚可识可忆，但已脱离了具体的内容，留在心灵中的总是那淡淡的依恋和纯真的感动，就像脱去了装饰的大地，在秋风萧瑟中，以苍茫浑阔去呈现原野的美，让初始的新嫩和荒芜铺满充斥着尘垢的心。人们感知世界空间的流逝和变幻，感受着人生的山重水复阴晴圆缺，感动着自然万物的生生不息和自身的悲欢离合。因为，在永恒的步伐中，一切都烟消云散，凋零缥缈，一切都是记忆的一个有限场景，短暂剧目，只能捕捉到由它支离破碎的点线残迹中，透出的那点幽亮光泽，虽然弱小，但可照亮灵魂的归宿，好安顿疲惫的精神。沉没于记忆中，其实是在修行，想悟出一点空冥。

二十三

苦难是一种现实的存在，关键是对苦难的态度和行为，人们不能去选择自己的出生，也会被生存的既有条件环境所限制，但在适应性的成长过程中，无论是苦难还是幸运伴随自己，一点一滴中浸润着生命的意义，彰显着生存的抗争。有时的苦难把人压抑得扭曲了性情，但也会锤炼了品性，陶冶了情趣，锤炼了品格，开阔了胸襟，温蕴了精神，在最低生存线上磨炼了坚韧的毅力和劲拔的意志。苦难对于每一个人来讲都是存在的，只不过表现的程度不同，影响的范围不同罢了，但苦难的基本点则是生存的物质条件，因为它决定着苦难的浓度，正是在这种浸泡中的经历，才能让人看到人生的意义，看到生活中深刻和厚重的真谛，面对苦难，更要尊重经过苦难而得到升华的人们，因为他们树立了一面旗帜，它不会飘扬在名利场的上空，不会为更多的物质和精神欲望所遮蔽，它只浸润着人们的心灵，使灵魂得到一张脱离苦海后的升华，使人们对社会的理解、人生的觉悟更为纯真。

二十四

我们往往把纯真挚朴丰富的人性之善美轻易地抛了出去，换回了一大堆的所谓生存法则、发展策略、工作技巧，甚至厚黑伎俩等等；在世俗的大潮中，将珍贵的宝贝当成一种流行的时尚，换上了圆滑、虚伪、投机的成熟，好像是成长了，其实是堕落了。人们的成长过程有时也是堕落的过程，因为以牺牲纯真挚朴为代价所取得的名利，看似发展和进步了，其实是包裹在物质或一定精神色彩之下的污浊不堪。往往在生命快要接近尾声的时候，才会有所醒悟，但为时已晚，只能留下一点感叹，几多的思索，只能编织一张无尽的惆怅之网，打捞起一路走来丢失掉的本真和质朴的一星半点。以牺牲真善美的人性之初换取的成熟是精神的自杀，是灵魂的堕落，获取的越多，失去的也将越多。因为，有限的精神家园被过多的欲望或有形的享有所占据，没有了原本的洁净和安宁了。

二十五

当人们沉醉于一种思维模式和行为习惯时，反映出其内心的惰性和保守，因为一切随波逐流式的熟能生巧圆滑世故已能顺畅的生活和平静的思考，无须再掀起行动的波澜和思想上的风暴了，久而久之，一切的峰峦叠嶂都变成了平庸的地平线，一切的江河湖泊都变成了琐屑的海平面；安逸的轻风轻轻抚慰，懒散的阳光轻轻沐浴，身心处于一种志得意满之中，灵魂没有了升腾的激情，更缺乏想象的力量，麻木中接受着自然社会人生的安排，时光流淌的速度更快了，一切都在趋炎附势的时俗风尚中度过。这种闲散和懒惰是精神信仰的损毁，更是一种自生自灭的安顿。对于个人来讲，可能是生存里的一种变异疾患，对于社会来讲，可能是发展中的一种恶性肿瘤；对于一个发展前行的个体和民族来言，是一种精神的自杀和心灵的自毁。可以看淡一切，但不能没有信念的追寻；可以适应一切，但不能没有创造的冲动；可以享受现成，但不能忘记来路和去处；可以困顿或顺利，但精神的乐观与昂扬要始终保持。

二十六

真正的理解，是透过琐碎事情后一种情感的交流，一种幽深情绪的宣泄，一种欲说还休的忧患，一种欲罢不能的惆怅。在这里没有冠冕堂皇的说教，没有矫揉造作的抚慰，只有轻轻地一声叹息，只是静静的相视，只有高山流水的应答，只有阴晴圆缺的眷顾。无论是年轻人还是老年人，在征途中还是在征程后，做好事情的瞬间，享受了所谓的成果，但也会带来收获结果后的迷茫。因为人们精神的灵动是无法用现实的标准所匡算的，也不是用现实的成果所衡量的。恰恰是人们在交流的过程中，忽视了这心灵中最本真的情绪，而导致了刻板的梳理和僵化的说教，非要给没有答案的灵动之思安上一个明晰的结论。真正的理解，大概就是这样一种心灵的自然碰撞，思想的自由挥发，是一种有时很忧伤但却愉悦、有时很沉重但很轻快地自然流淌吧。

二十七

我和很多青年朋友交流，无论征途中还是征程后，所有的成熟并不能让人的精神完全愉悦，恰恰是一种收获后的迷惘和惆怅，这是源于人对于过去的回望，现实的思考，未来向往的本性使然。分析问题就要找到具象背后的抽象，理性背后的灵感，你能透过既定的现实，呈现本真的直观，正是我要寻找的，非常高兴。我意识到架起代际沟通桥梁的正是这种纯真直率的精神意象表达，就像我虽然也取得一定所谓的成绩，但真正的享受，不只是愉悦和兴奋，而更多是似真似幻的迷惘，它的境界内涵更为深刻。人生中人们可能会遇到各种问题，为人处世，总有成功与失误的结果，总有顺畅与阻滞的过程，但在这荣辱与共成败得失中，正是人们思想上成熟、精神上超越的历练，正是一种灵魂的升华，心灵的超越。只有找到失去的贯穿人性的本性之属，才能高屋建瓴、一览众山。生活教会人们的不是生活本身，而是生活中的灵动意蕴，生活中的忧患奥妙。

二十八

成长中的惶惑是最大的也是最持久的，因为人们是在成长中感知世界、认识社会、实现自我的，每一步的行走、每一次的经历，无论是功成名就或者失败挫折，无论是一帆风顺或蹇塞阻滞，无论是名利璀璨缤纷的花环或平庸黯淡的沮丧，都会产生一种享受后的喜悦与兴奋或接受里的痛苦忧伤，同时伴随着一个又一个不能彻底诠释的疑惑，难道这就是生活，它的意义难道就是由这种琐碎的过程和环节所连接的吗？所以，成长中的困惑是永恒的，虽然古圣人哲者用各种理论观点加以阐释，并且赋予了与生命周期、年龄结构、社会阅历为条件的界定，但都是一种成长中的自我解脱而已，并没有真正回答生之意义的永恒之问。因为这个基于人类本身的终极思考，是伴随人类全过程的，是植于人类本性之中的，我们可以领略，可以享有，但永远都在追问之中，辈辈承续，代代相接，以致永恒。成长的困惑永远大于成长的愉悦。

二十九

做父亲的慢慢会老去，抛掉了身上的一生积累，变得单薄和软弱了，去掉了心灵上的追求和欲念，变得单纯简洁幼稚了。孩子慢慢地会长大，不断在年龄的增长中添砖加瓦，奠定了事业的基础，不断在建设和装饰中远离简单纯真，走向了成熟与完善，也带有了世故和圆滑，身上的光环、心灵中的积淀开始笼罩一切。在这种相反的发展中，总有一个交集，在此汇合会有很多的冲突和矛盾；碰撞在所难免，交锋当仁不让，但更多的是相互的理解和融通，相得益彰的斑斓，交相辉映的彰显。因为，逝去的岁月让老人们有所总结，在回顾中展现出行程后的阅历，抽象出精神的条理，凝结成经验感悟类的硕果；而迎接未来的孩子们企盼前途，在展望里努力伸出自己的枝叶，去争取更大的阳光和空间，撑起属于自己的那片浓荫，精神上的冲动与激情光焰四射，但也会有淡淡地忧愁和迷茫。因为，成长的烦恼和成长一样的沉重。两者相交时，彼此的相望，都会看到自己的身影，都会领略到心灵中相同的那一瞬间。

三十

人们在努力地实现着个人、民族、国家的目标，虽然场景舞台容量不同，但精神性的前瞻描绘和物质性的现实性积累却是一样的。唯一的区别不在于大小深浅，而在于后两者是要时光的长度和岁月的变幻而检验的，而前者只是这大河中的一滴水一朵浪花，在流淌中有自己自生自灭的轨迹。个人的意义和社会的意义，是一种辩证，更是一种有限与无限的统一。当我们沉浸于大河流的某一阶段时，会遇到特定的社会环境和时代条件，一滴水在大河的奔腾裹挟下，激发着自我的能力，实现着自己的理想，同时也会为大河的永恒注入一点微薄的力量。往往因为个人生涯的有限，而沉溺于己的利益和精神占有的狭小圈子里，失去了大河的广阔和长流，失去了历史感的厚重，人生就变得灰暗迷惘起来，陷入一种时不我待、事不我及、成后又惑、迷茫自失的状态。要有点儿历史的眼光和境界。

三十一

不要赋予读书太多的意义和揣测，因为读书就是读书，至于什么样的目的、方法、形式、趣味，没有必要去细究。人们在生活中会遇到各种问题，和千姿百态的人打交道，和云诡波谲的社会交往，和纷纭变幻的时代对话，要学的东西太多太多，但精力有限，特别是亲身实践的领域不可能无限的大，亲身体验的事情不可能无限的多，于是在各自的环境和心情中，捧书而阅、择其所要、观其所述，悟其精要，既是一种体验，更是一种超脱，很多有用无用的东西都会自然地涌入头脑，至于如何消化、怎样吸收，则是一个自然的过程，久而久之，会得到很多的知识，在潜移默化之中有了书卷之气，有了一份精神上的愉悦。所以，读书是一种自然的状态，无须为此深阐意义，诠释作用，强调功效，刻意目的，非要强调到崇高的境界或实用的范畴不可。而且书的涵义甚广，自然、社会、人生何不为书！只要能沉浸其中，自然会有收获。专心致志的阅读并没错，但自由浪漫的品味也深得其精髓也。

三十二

社会发展的各种原因、过程和结果都会造成人生不同的境遇，也会有难以企料预料的结果。当人们从年轻奔向老年时，往往一边丢掉了很多最原始纯真的亲情，也又建立了以利益交换为主的工作生活联系，在一丢一取之中，基于血脉民族的联系相对弱化了，而交易性的来往增多了，当然也不排除后者的亲情友情的建立和持续，但毕竟受到工作环境条件的影响，总是离纯情远一些，距价值近一点。随着时光的流逝，工作的结束，关系开始淡漠，人们在向原点回归，但此时只是一种孤独的行为，寂寞的思绪，无人会企及你的精神深处，更无法紧密地接触，就像山岭上的孤松劲柏一样，挺然屹立，呈现着自我，彰显着品类，但没办法再融入到林海中，领略蓊郁浓厚的环境和林涛涌动的氛围了。所以，历练人生、品味人生，要关注心性的锻炼，有抚清风、弄明月、孤独傲岸、寂寞淡泊的心胸和气度，方能在返璞归真中有身心的一席之地。

三十三

人生的经验看似很冠冕堂皇，凌驾于一切之上，有指导教诲的尊严和旨意，其实也是乱七八糟。人们过分地关注，只是听点儿茶余饭后的戏文而已，当然也会满足于一些技巧的选择，为牟利的生存提供点养料，说到底经验只不过是针对不同时代条件、不同社会环境、不同从业历程、不同个人境遇所有事件和人物的流水账罢了，偶有瀑布深潭也是一种正常，遑论什么经典意义了。人们从出生起，开始像画油画一般在纯净洁白的人性之基上涂抹起来，稚笔粗意倒还有点人生的气韵之象，但随着时间的推移，越来越杂、越来越乱，乌七八糟、清浊不分，像是抽象派的原料泼洒，全无体统，但只可印证出画画人的心态和思想了，而且始终在修改涂抹之中，终不能究其完整的全貌，真正到该停笔时，偶能得出一点感慨，便是上等的福分了，奢谈经验，只会伤害后人，祸患无穷矣。当然，透过杂乱看到真谛，那是经验的内涵，透过绚烂看到精要，那是经验的意蕴。但从心而论，技巧偶可用，心态皆已非，还是随心随意，而少谈一些经验吧！

三十四

人生的虚无不是恶象，而是一种精神的境界，因为只有虚无才能超脱，只有虚无才能澄澈，淘空了一切，留下更为想象的空间、更为深邃的时间，让灵魂自由地飘荡一阵，让精神自由散漫起来，以恢复生活中磨损掉的那份灵性，有什么不好呢？人生喜欢充实，用一切之物来充填，用一切精神来装饰，唯恐热闹不起来，乱七八糟的充填让自我感到了繁杂不堪，痛苦难耐的充实，把灵性的位置挤占的一点也没有了。很多人看似充实，其实很虚弱，因为堆砌起身心的只是生活积累的垃圾，只是粉饰的色彩，离开了简单纯真的幼年，一点点地把自己涂抹的面目全非，心灵中又充斥着各种满足或不满足的欲念杂想，人还是个人吗？一定的虚无倒像清风明月一般，只把无形的气流和光泽洒在身上，融进心里，在清逸通透之中放飞自我的想象，离开生存的土壤，做点凌空的梦幻，也是一种悟的气韵吧！

三十五

逝水无声、岁月有情，在形体上刻下了诸多印迹，白发皓首、皱纹伛形；在心灵中留下很多记忆，星星点点、似真似幻。从清纯至简的启程到复杂繁重的规程，一路行走一路收获一路丢失一路反思，从看重点滴的成绩，看重星点的失误，升腾点思想的火花，到悄悄取之于淡泊、安之于平常，行之于至简，把身上的包袱一一卸掉，把心灵中的灰尘一一扫去，在一种与天地共享的潇洒和自在中，重新检索人生的轨迹，重新思考生命的本真。原来，行程的起点和归宿是那样的相近，但成长的过程是增的积累，而归宿的历练却是减的释放。当剥去附着在身心的种种粉饰之后，还原了一个原本就无的灵魂，一切都恍如清风拂煦、明月朗照，在无形的弥漫中化作无解的自在。人生的真谛并不在于人生的内容和行程，而是人生的永恒之秘，好像是有始有终的规律，其实是欲说还休的无奈何惆怅。因为，每个人的有限性在无限性的重复中变得无迹可循。

三十六

孤独是一种境界，达到它的高度是很不容易的。因为只有经风见雨、阅世繁多、历事长久、深谙人间光明与黑暗，人性愉悦与痛楚的，才能真正地享有孤独的那份意韵。每当置身于形单影只之时，置心于萧瑟寂寥之中，从繁杂喧闹中褪去烟熏火燎的熏染，从盘根错节里消去时俗风尚的缠绕，一种至纯至静的空灵会涌上心头，会弥漫在精神的天空。入世长了，人间的冷暖在四季交替中演绎的多了，享有了达到峰峦上的喜悦和自足后，渐入离群索居、远离亲朋的寂寞之处，一切的热闹都归于平静，一切的热情都了无声息，一切利益的交割得到了得失的清算，一切精神的交往得到了是非的品鉴，唯有心里的冲动依然，只是一味地沉思、一味地沉默，给心灵留出更多的空间。能说的不说了，不能说的凝固了，宁愿让精神封闭，不愿再开放，只在有限的空间中做不思的静默，像一座山无语，像一棵树无言，任风吹雨拂，冷暖相迭，守着那点残存的心火，付于千江万湖的辽阔，呈现星星点点地闪烁。孤独是心的沉寂，却是精神的飨宴。因为只有在孤独中真正领略了一切，感到了真实的世界，真实的自我；因为孤独中的向往最为真切和挚朴。

三十七

任何东西都不神秘，因为不被感知的一切虽然都客观存在着，但并没有什么意义。只有赋予了具体的时间、时代、社会、事业、家庭、情谊等等的丰富内容和繁多形式，才有了所谓的成败荣辱的价值判断，才有了所谓的悲欢离合的情感品鉴。以所谓的神秘来衡量，以各种感悟所匡算，其实在貌似真实的过程和结果中，二者也是转瞬即逝的虚无。因为感受到的灵魂和思索后的精神，依附着心灵中的向往在追索在探求，依然是一个没有答案的循环问题，永远是永恒面前的小把戏。所以，不要用任何抽象的概念或具体的事实去界定，离开了人类自身的所思所想之外，一切都是永恒的存在，不会因为谁强谁弱而得到一种永恒的答案。从这个意义上讲，生存中的人是问题的核心，因为你的特性和本质决定了再强大的思想也是现有的反映，再宏伟的理论也是现实的描述，当人们沉寂后，没有了，这个世界与谁相干呢？“吾心即是世界，世界即是吾心”，一切的真实皆是物的灵的幻象而已。

三十八

在人生的历程中，重返自然，亲近山水是一种唤醒良知恢复本性、返璞归真的有效方式，也是从红尘禄利的繁杂喧闹中暂时超凡脱俗，在自然的怀抱中还自己一个纯真稚朴的身心，营造一个相对平静淡泊的精神环境。大凡游山玩水，让身心得到解脱，是一种理想性的寄托，是一种精神性的麻痹。因为，江山多娇，终为人们所追索，引起无数的烽火狼烟，逐鹿竞鼎；也会演绎出气壮山河的宏伟史篇，也会蚀刻出国破家残民贫的悲惨境况。山水承载着太多的义务，把我们从蒙昧中养大，从野蛮中培育；当刚刚给人类断奶后不久，便又被自己的孩子开始掠夺瓜分侵蚀，满足他们贪婪的欲望癫狂的攫取，还要时时接纳成功或失败的游子，做一番情感的抚慰和心灵的安顿，也只有自然才有这种涵化万物的功能，更有这种温蕴心灵的坦荡。因为，孕育出人类进入自行之道后，唤醒其本真的纯朴依然还是大自然了。有时想，人类再能走多远，也离不开初始的根，即便遨游太空，漫步宇宙，安家它处，但地球赋予的家园之基、自然之根是永远忘不掉的。

三十九

生活的意蕴是平静的平淡的，生活的真谛是平常的平凡的，它不管自然、社会、时代、民族或民众有什么样的生活内容和形式，不管是死水微澜，还是波澜壮阔，它都实实在在地存在着，不以人的意志为转移。当人们置身其中时，因为带有各种主观的追求和希望，给生活注入了富有精神色彩的内因和外形；因为太多的生活经历和欲望，在固有的思维定式和行为习惯中，传承的力量和新的索取产生着剧烈的冲撞，以致生活充满了复杂的因素，形成了谜团般的问题。所以，从这个意义上讲，生活也是被人们打扰了的客观实在，也是承载时代洪涛和社会动荡万象丛生的巨大海洋；因为被带有主观臆造的冲动和精神欲望所所制约所激发，人们沉浸于热闹之中，满足于随波逐流，计较于成败得失，享受于荣耀与名利之中，于是生活的本质被掩饰了，消解了，只剩下生活的表象和外壳，只剩下人们在打着生活旗号下的非正常生活，而宁静平凡、正常的生活被忽视了，以致人们虽然沉浸于生活其中，但不知什么是生活，为什么生活，怎样生活了。

四十

生命的真谛是对生命本身的感悟，因为生活的奔波，过多地在追求欲望和成败得失中忘却了生命本身，享有了满足身心的物质和精神成果后，把一切过眼烟云的外在和装饰当成了生命本身。人在途中，却在途中丢掉了自我，失去了本真，有时偶尔在花红柳绿中、酒醉饭饱时看到天上的风云、地上的落叶、飞过的鸟蜂，似乎有点儿醒悟，但还是为红尘所蒙，继续着时尚的前行。正因为如此，生命的内涵被风尘侵蚀得千疮百孔，生命的本真被熏染得五颜六色，生命的起点模糊黯淡，生命的历程繁闹喧杂，生命的归宿一片朦胧。生命的真谛在现实中无解，已融化于具体的过程中，体现在了阴晴圆缺悲欢离合中。躬身自悟、扪心自问，何以是生命？只是一种茫然，只是一种迷蒙，因为生命本身承载了扼杀生命的基因，生命变得只在诞生之初和死亡之时才真正彰显其至高无上的神韵了。

四十一

徜徉于青山绿水之中，身心得到了解放，满眼的生命之色，让世俗的红尘禄利化为烟云，被清静和淡泊挥扫而去，剩下的只是一种默默地相对，看山看水、看树看草，仿佛时间凝滞、岁月停驻，只听得心的跳动和血管中的流淌之声，与大自然融为一体后的安谧。征程已久，稍有停顿，便是一种回味和瞻望了，更是一种暂时静止中的深思和沉静；只有此时，将世俗中的风尘轻轻地拂去，将欲望的烈焰静静地熄灭，在一种淡然中去感知灵魂的厚重，倾听精神的沉吟，找到本我的纯挚和天真。人们在生活中创造着一切，同样也在失去一些；人们在努力中赢得一切，同样也在丢掉一些。前行中有了丰富的经历，有了厚重的见识，但却少了些精神的灵性，丢掉了一些心灵的本真，需要在适当的回望与向往中去捡拾回来。

四十二

读书是一种生活的常态，没有必要赋予它太多的要求，无论是晨花夕月，还是清风松声；无论是明堂高亭，还是竹篱茅舍；无论是名士俊杰，还是草莽野夫；凭心性之喜，顺自然之爱，择其所有，不分糟粕，极目览去，随意品阅，全是一个自由自在，至于能否得其所要、汲其所养、用其所识、行其所法，只是一种不自觉的润养而已。读书唯有无目的，方能有境界。一旦捧书握卷、功利熏染，则虽有书香，也难掩污秽之意了。所以，读书的境界是从无中而来，至于是否有所得，全是一种长期的浸润和平常的陶冶了。如果带上功利的色彩，则味同嚼蜡，理不胜情，终不能有提养之功了。

四十三

人其实很渺小，只是在生活中被各种外在的东西所衬托，有了点自我的味道，特别是大小取得点所谓成绩，有了点势利名誉财富地位的人，更是被外在的装饰烘托的高大完美崇光泛彩了，以至于不知道自己身在何处，能吃几碗干饭了。人类总是犯自以为是的错误，因为总在群体性的生活中去攀比，总是在与时俗风尚的坐标系指引和追名逐利的攫取中迷失自己。在经济利益和权力利益及所谓名声利益的诱惑下，人们千般钻营、万般追索，以求得脱离渺小的地位或卑微的身份。殊不知，任何包装也只是一种过眼烟云，永远不会塑造一个自身不伟大却非要装饰成伟大的自己。认识到自我的渺小卑微就是伟大和崇高，因为，平凡平常的才是永恒的。

四十四

心灵的安静是人生最大的幸福，精神上的无欲是人生最好的享受，身体的自然而然，灵魂的自由自觉，是人生的最大收获；只是这些向往，非要经过世俗大浪的考验，名利风云的浸润，成败得失的历程，悲喜交加的阅历后，才可能有所收获。因为人生从无开始，在有中迷失，在无中积累沉淀，在有中化和分解，最后才能升出超然的境界来。试想，各种宗教讲究的修炼和悟道，不也是要在繁琐枯燥的程式和诵读中，在修持与勤勉中才能达到菩提的境界吗！因为，人生是一种生存，而生存离不开相应的时空，不同的生产力水平又决定了物质精神财富的所有性质和数量程度，构成了不同的社会价值坐标系和人生观世界观的走向，在这样一个繁杂的环境和曲折的历程中，人们的得与失是对矛盾，而总体上的从无到有，只奠定了行程的一段，关键的一段则是从有到无的升华。因为，超凡脱俗，返璞归真，此时的境界最为难得！

四十五

知识犹如海洋，只能在其中遨游，能获得的也非常有限，遑论博大精深了。所以，对于丰富的知识，人类是无法全面掌握，也不可能学完穷尽的。未知的领域还在不断地被开发，新的知识不断在涌现。但从有限的学习和知识获取中，人们可以把握不同知识的共同性内涵，那就是自然社会思维的一般性规律，在认识它们的过程中认识自己，从而达到一种精神上的明白和灵魂上的清晰。就此而言，对于个人来讲，为学日增是必须的，因为只有不断地学习，才能掌握更多的知识，更广泛地去了解这个世界、社会、时代和人心；同时，透过这种不断地学习，在掌握知识中又升华自己的思想，寻找一种天人合一的精神灵光，减少众多的繁杂，为道日损就是一个扬弃具象而达到抽象、最终成就灵象的过程。所以，有限的人生、无限的知识，构成了学习的永恒和心灵的超越，这才是一种真正的人生辩证。

四十六

能在嘈杂的名利场中找到一种寂寞，能在繁闹的是非地中觅得一份孤独，是一种际遇，也是一种福气；因为，在轰轰烈烈的时代潮流中，在热热闹闹的社会发展里，已无法找到一处寂静之处，无法寻到一个孤独的角落，这是对身心均在激流勇进的人士而言的，因为此时的奋斗和努力，让你身心置于繁闹热烈之中，能寻得一点寂寞和孤独，是很难得的。当然，只要心灵中有此追求，也会在名利的热闹之中求得一点心灵上的安宁。另外一种寂寞和孤独则是退出时的境地，努力了一生，感受了成败荣辱，品味了悲欢离合，收获了丰硕的果实和失败的苦涩，被中流推到了边缘，世俗的人情淡漠，欲望的纠缠离去，门可罗雀，车马已稀，熙攘无迹，形单影只，此时的寂寞是一种实在的，此时的孤独是真切的。因为，繁闹的人和事都主动地离你而去，造就了与巅峰之上相对应的深谷和幽涧。只有这时的寂寞才有意韵，只有这时的孤独才是本真，因为，一切从有中抽身，回到了无的境地。

四十七

人们长久地浸淫在一种金钱万能，享受至上的氛围里，一切的拼搏与努力只是在计较和满足感官及心理的活动中，慢慢地退化成了一种没有人格和血性的动物性生存之中。这样的群体和社会是堕落的，肯定会灭亡的。长久的麻痹，持续的自我陶醉，不知不觉中的计较于争权夺利，满足于阴谋与诡计，在巧妙的方法和手段中，灵魂中的圣洁、精神上的纯净、信仰上的执着，人格上的坚挺，悄然而逝，只有看似平静、稍有微澜，见不得阳光和风雨的争斗和攫取。一个人一个群体当被这些东西淘空了心灵后，便失去了生命力，只是一种披着时髦外衣、时尚光环的行尸走兽而已。有时的野蛮也比扭曲的文明强大，有时的愚昧也比荒谬的智慧高明，因为它饱含着人格的本真，有着血性的张扬，有着心中的执着和念头。野兽的本能有时强于人类的小聪明恶智慧，因为，保持本真胜过一切。

四十八

心中自有豪气在，谁论千秋名利状，只要有血气的喷张，有气宇的轩昂，有长天阔地的胸襟，有气吞如虎的豪情，何必计较于世俗风光中的斜雨轻风，谁还会耽误于名利场中的成败得失。只有真正的强者，才能义薄云天，意通万里；只有真正的智者，才能壁立千仞，巍峨嶙峋；只有真正的仁者，才能海纳百川，上善若水。人生苦短，事业绵长，长风几万里，吹度的是千年的历史，掀开的是时代的万象纷纭；风云变天地，笼罩的是历史的峰回路转，推动的是社会的云诡波谲。唯有心底的清纯，才能涌出洁净的清流；唯有心底的本真，才能绘出辽阔的江天；只有胸怀的高大和博雅，才能立浊流之上；只有清淡的闲雅和淡定，才能弃名利于不齿。而这一切，不在弃物弃利的空洞，而是超然于其上的精神境界。人之为人，当为名高行雅、清廉方正之人，乃是做人的基准，也是做人的本分。

四十九

不要总是想从既得的利益中得到愉快，更不要总是从攀比的评判中得到幸福。人生的成败荣辱是一种命运的安排，风云际会和潦倒阻滞都是一种过程的历练而已。有些东西用看得见、摸得着的形态去衬托，有的东西靠无形无影的东西所陪伴，但一切的物象都是心象的外饰，可能带来的成就感愉悦心，也是一种感官的暂时激动和精神上的暂时麻痹而已。放下的心，其实并未到原来的位置，只是让理性给安置了一个空间，满足了看不明说不清的困惑。世间哪有放得下的心呢！只有适应变化、超然于形的精神指向，为我们的心灵营造一点淡然的意蕴，得以自知自明地看清自己，不过是一个平凡和普遍的芸芸众生而已。一切的外化只是内心的一种波澜，有时涛飞浪卷，有时悄无声息。

五十

生命是美丽的伟大的，但也是脆弱的渺小的，因为生命这个神奇奥妙的精灵，充满了生机与活力，一切都张扬着蓬勃向上的气息，像初升的太阳，光照一切，万物欣欣向荣、葱茏蓊郁，因为有了生命而欢喜；同样，生命的美丽是在脆弱中前行的，是在恶劣中维持的，光环的背后却是一种无能为力。因为生命是受到各种挑战和制约的，无论是来自人自身或外部的因素，都会在不经意间击倒生命，都会让生机变成绝望，让繁荣变成枯萎，尤其是在自然的变故和人类制造的危机灾难中，在人自身机能的异变里，生命像一个茫然失措的小鸟，不小心就会撞到死亡的网眼里。生命的崇高是由卑微来成全的，生命的伟大恰恰在于它的渺小。因为，生命的本源来自于最初始的生存、最简单的适应，是无力的成长，最漫长的进化。

五十一

冠冕堂皇的伟大有时是用渺小衬托出来的，但有时这种渺小却是真正的伟大，因为很多人性的本真和善良构成了渺小的本质，彰显了人性的真谛。社会中被人们所忽视的平常平淡甚至卑微渺小，往往有着人性至善至真至美的崇高，而五颜六色的璀璨缤纷却显得那样的空洞无味，给人以一种丑陋和世俗的映象。纯真善良美好在平凡平常中默默地前行，承担风霜雨雪的陶冶，经受严寒酷暑的锤炼，依然在春天发芽、在夏天成长、在秋天收获、在冬天储藏，不见它有什么显赫的声势和华丽的形象，如野草般匍匐于地，年年野火、岁岁春风，只是顽强的生长。碧色连天中，让人们透过红尘看到希望，繁闹喧嚣中看到生命的清纯亮丽。真的，有时的渺小卑微是为人所不耻的，但却是伟大的内核，崇高的精粹，因为它凝聚了人性纯真善良美好，晶莹剔透。

五十二

人从寂静中走来，也会向寂寞处走去，但一路的行程都是山重水复，蜿蜒崎岖，繁华喧闹。纷纭熙攘；天真的一点灵性，随着时间的推移，随着空间的变幻，涉世之际多了思索，多了感慨，形成了错综复杂的情感体味，铸成了富有主观的思想见识理论观念，也积淀了社会的一切精华和糟粕。在欲念和奢望、挣扎与努力中将自己浓墨淡彩的涂抹，失去了原来的本色，变成了一个精雕细琢奇形怪状的异物，身之璀璨缤纷，心之荒疏凋零，成了行程中匪夷所思的人格异化，精神畸形。所以，人们有时总要沉浸在对过去的回忆之中，去寻找一点清洁的源泉，去洗涤一布满尘垢的心灵，也会从对未来的憧憬中找到一点梦的幻境，有些美好的希冀。随着时间的流逝，年龄的增长，阅历的丰富，由简入繁的过程已达到了一定的程度，人们会开始自我醒悟，反思人生，剥开久已看不到的内在，让心灵逐渐呈现出原有的本真。但有时回归只是一种带有主观色彩为我所用的描述，不是一种历练和反思后的升华，更不是一种真正的精神之悟。回归不是自然而然的达到，而是返璞归真的超越。回归不易。

五十三

学习是一件好事，但为学的目的和方法则有不同，终为时代条件社会环境和风气使然；但学习的本质乃是亘古不变的，那就是认识和解决自然、社会和人类自身的各种疑惑和难题了。所以，学习历来被冠以正面的高大的光环，熠熠生辉，掩隐一切，变成了金字招牌，只要一提学习，仿佛身价倍增，可钦可佩。其实呢，并非如此。因为，为学者的目的不一，取舍不同，方法迥异，学习的内涵就会发生极大的变化，特别是在功利性色彩浓重的市场经济条件下，实用性铺天盖地的商品交换大潮中，价值的判断取舍以功利为圭臬，以实惠为至尊，把义早丢掉到了脑后，这就更使人们注重于当前，满足与当下，看到表面获得既时利益，却忘了学习的真正内涵和目的了。当然这种学习也是好事，总比那不学无术、但钻营有能的混混强一些吧，更比那打着学习招牌谋取私利的人好一些吧！

五十四

文化的概念抽象而深远，它可以涵盖一切，同样一切也被它所笼罩，越是普遍的越是简单的，越是简单的越是抽象的，越是抽象的越是普遍的。所以，世人一旦套上文化的字眼，便有了百媚千娇的状态了。文化是一种历史，从远古走来，向未来奔去，沉淀的是千万年的人类精神和物化意象，没有历史长河蜿蜒曲折的量度，没有社会现实江河湖海的呈现，没有时代发展跌宕起伏的彰显，没有日常生活繁杂琐屑的承应，没有深谷幽涧的曲径通幽，没有梅兰松菊的暗香如故，文化是难以产生并延续的。所以，了解文化应当注重文化的历史，从中才能梳理清楚贯穿人类社会的全部密码。文化是一种社会的映照，呈现着不同的风貌，无论是蛮荒之时的粗陋还是当代的博雅，以及以后的奥秘的趋向，反映的是社会的基本面貌和人们的精神状态，从而构成了人类不同发展社会形态下的，既连续又变革的文化意象和特征。文化是一种时代精粹，在风云变幻中，注入着不同的元素，形成不同的因子，构成不同的内容，展现不同的形式，每一面时代的旗帜上，最鲜艳的是文化的颜色，每一个时代的特征中，最突出的是文化的亮点。文化是一种思维模式行为习惯，在动态中丰富着自己的举止和思索内容。延续中继承、变革中发展，像一条长河，五彩斑斓，映射着社会的风貌和人们的风格、世俗的博雅，是呈现在鲜明特色和具体的表象上的。

五十五

岁月有自己的步伐，无论是崇山峻岭，还是平川沃野，无论是溪流曲折，还是大江东去，在季节的轮回中，在时间的飞驰里，江山依旧在，人世几沧桑，一切的涌动永无停止，一切的存在都变化无穷。就像初升的朝日，一跃而出海面或地平线时，通红的赤诚天真之颜，让人们感到庄重和伟大，让万物莫不顶礼膜拜；当它喷射出万道金光，将一切呈现于普照之下时，万物有了自己的轮廓，在光的弥漫中都找到了自己，并在自己与它物的相互区别与联系中形成了自然的系统，社会的网络，历史的经纬，时代的架构。汹涌澎湃的发展之潮，浪起波伏，推动着标有时代徽章的航船，载着命运的向往与征程的艰难；崎岖蜿蜒的社会山脉，峰峦叠嶂，深谷幽涧，延伴着有限个体的曲径通幽，展现着无限群体的山重水复柳暗花明；岁月只是把一切注视投到自然和社会的变化之中，只是映射到每个人的心里。岁月是一种物象的变幻，更是一种心象的映射。

五十六

总想回到初生的时刻，惊诧于自己的第一声啼哭，以一种响亮的发泄，迎接世俗的光亮；总想回到童年，呀呀呜呜、蹒蹒跚跚，以一种稚嫩承接岁月的风雨，迎接人生的启程；总想从青春的勃发重新开始，一路的风景尽情领略，把生机盎然相抱在怀；总想在成熟中见识更多的事，接触更多的人，了解更多的心，成败得失中领略那份真实的感受；总想在攀登的崇山峻岭，跋涉的江河湖海，领略无限的风光，也经历各种风霜雪雨严寒酷暑的考验，在峰峦叠嶂上瞻望，在涛飞浪卷中观览；总想着物质不断地丰厚、精神的不断升华，在心情愉悦中把一切世俗的价值坐标摧毁，留一个自由的天平。其实，一切的回忆只是心路的回望，不再是实践中的重行，只是精神上的回味，不再是人生的再生；因为，一切皆已过去，铸造的历史悄然耸立于心中，无论渺小还是高大，无论是黯淡还是辉煌，皆成定局，只是静静地孤守在陋室里，青灯黄卷依然发出更多地感叹和惊奇，只是心灵上的灰尘逐渐扫去，鲜红的颜色和热烈的跳动，卷起灵魂不息的旋律；只是心系长天，胸有大地的情怀，在孤寂中依然如故，像初生时的惊异。

五十七

山河沧桑，人世巨变，时空的背景在永恒中，而人生的画面却不时地更新变幻，转瞬之间，光阴荏苒，已是月缺月圆、日出日落、春夏秋冬、似水流年了。一切的感触皆是行走后的回味，一切的思索皆是历练后的检验。一切都像梦幻的雾，从远方飘来，笼罩心头，四处弥漫，不见了身影的轮廓，失去了心灵的依托，只是一种似真似幻的感觉。朦胧中，一切生的历程一一展现，一切死的归程点点汇集；从生到死、从死到生，无限的循环中，来的去的只是人类重重复复的身影，只是精神上星星点点的璀璨。因为，太多的追索无法找到源头，太多的向往不知归宿何处，恰似永恒的途中，只有驿站可供停歇，断无永久的住所让人留恋，只有永恒的感悟不断重复，更无永恒的身心可供依托。一切的虚幻是根本的实在，一切的实在是缥缈的虚幻。像云雾一般，聚时聚、散时散，像一阵风、一场雨，来之有、去之无，只是与这个世界打个照面。

五十八

心里一个静字儿了得！没有了名誉的吸引，没有了利益的争夺，没有了权利的攫取，没有了计谋的盘算；独孤地守住寂寞，寂寞地陪伴着孤独。清风明月，秋草黄叶，便是心中的景象；朝日夕露，潇雨淡云，更是心中的意境。闭眼望去，山河依旧，万物丛生，自是一番平常。寄情抒发，天高云淡，岁月轮回，却是别有情怀；独坐陋室，无关乎风云际会；孤守茅舍，岂注意鸡零狗碎。只是将心胸淘得空空荡荡，让清风进来，让细雨进来，让明月进来，让朝霞进来。只是天籁地音的旋律，梅兰松菊的吟哦，只有精神的高山流水，心灵的阳春白雪。久居闹市，不胜风尘喧嚣，身居时俗，难辞名缰利锁；唯有寻得一点心灵的宁静，也好涤清荒浊的思想，洗净尘垢的心扉。万籁沉寂时，才有心声的自吟；百事消歇处，终有灵魂的浅唱。安闲于一种封闭的自我之中，胜过名利场里的片刻尊荣；独守于一种安谧的处所，却是超凡脱俗的自然；该孤独时就孤独，其中奥妙难与君说；该寂寞时就寂寞，个中长短心灵自知。守住那份自尊自豪自乐自得的自我，留下那个无声无色无欲无念的空灵吧！

五十九

千里之遥，万里之隔；乡音断续，相思浓重；有鸿雁传书，无青鸟探看；朝顾夕盼，目送阳光普照，夜以日继，情蕴淡月疏星；清风有语，话到眼前君在远方；白云无声，思入心胸我在窗前。推窗展目，碧空无垠云作使；开门行走，咫尺天涯思为行；点滴成穿孔之力，断石有绳墨之功。不求闻达于诸侯，但愿稚子知心；难求思念于分秒，但得苦心自宁静。少小离家，读书求学，历事经业，超然于外，独自拼搏无所依；青春有力，奋飞翅膀，开阔天空任翱翔；恋父恋母，孝慈为本，重家成业成庭堂。是谓君子远行有豪情，无愧吾家好儿郎。常忍不能忍之事，常行不能行之路，常念不能思之思，常怀不能情之情，是谓丈夫万里疆域任驰骋，海阔天空翱翔。心在九天，志在寰宇，何必儿女情长！唯有思念在心，山高水长。望北斗、看群星、道祝福，心想事成，吉祥安康。

六十

在追求崇高的理想中，人们总是做着卑微的事；在求得功名利禄的目的中，人们只是看到眼前的东西。一切的衣食住行，生老病死都被披上了华丽的外衣，让人看到的是如何的伟大光明，如何地光宗耀祖；光环照耀下的那些平常，失去了本来的面目，本真躲到了一边，隐藏在黑暗的角落里，积满了尘土。人世间的这种荒谬就是这样真实地存在着，并且延续着，花样不断地翻新，但一切的努力离初始的想法和目的却大相径庭，完全走到了事物的反面。在过度地不平等的差距中，世界撕裂成了碎片，社会分离成了两半，人心被捅得千疮百孔，只能用一些冠冕堂皇的理论，流行的时髦和物质感官的享受刺激来充填。人们在缺乏物质条件时的精神追求有一种诗意的朦胧，但稍微得到点物质享有后，却陷入了欲望的泥淖，好像疏离精神，才能获得一切似的，心灵干涸荒芜，荆棘杂乱。

六十一

人性中最闪光的不是附着在身上的各种光环，而是最平常平凡的善良之根。只有它才能生出枝芽，长成绿叶，撑起枝干，让人顶天立地的矗立在万物的崇山峻岭，奔腾在人群的江河湖海。人们因为善良而崇高，也会因为善良而渺小；因为社会的风尚、时代的环境有时给善良提供了宽广的舞台，有时却压抑了善良的生存空间，更有甚者，用强权专制残忍贪婪侵蚀着善良的内核和肌体，以至于形成了对善良的曲解和鄙视。但善良是永恒的存在，虽然它隐藏在人的心底，有时会被外在的各种因素所遮蔽，但只要有时空的铺展，总会枝繁叶茂，绿茵蓊郁，生机盎然！野火春风，年年岁岁，社会可以变化，时代可以变迁，风尚可以变幻，但善良这颗种子永远在发芽生根，蓬勃于万众的心灵之中。因为，在众多的普通人身上，它的色彩更晶莹碧透，本质更清逸净洁，意蕴更飘逸悠然。

六十二

有太多想说的事，话到嘴边却无言；有太多想做的事，刚要行动却无力；有太多的回忆需要追述，可像风一样吹来荡去，留下的是惆怅；有太多的向往需要去努力，可憧憬中雾一般弥漫又悄然逝去。总是沉寂在孤独中，想把世界的一切信息封闭，停住脚步，留下沉思，让心灵暂时休息；总是在寂寞中翻开书本，找点趣味的蛛丝马迹，捕捉点断断续续的梦幻。人们沉溺于自己的深刻之中，其实只是一种简单肤浅的麻痹；人们总想唤起精神家园春天的气息，却总是种下的奢望收获不到一丁点果实，只有一声叹息。远离了自然也就远离了自己，失去了根脉的枝干，在孤独中艰难的挺立，向上拓展的浓荫，看似生机勃勃，其实掩藏不住历史的空虚，一切的风霜雨雪也不曾唤醒岁月的感觉，污泥浊水的世俗和欲望斩断了生命的延续。有时的深刻恰是一种无奈的沉沦，最好沉到底，才能仰头向上看看天上的银河，数数苍穹的星辰。

六十三

无论是风云激荡的时代，还是平庸日常的生活，都需要有与之相适应的各类人物，正像风狂浪大的海上航行，要有聪明坚强勇敢的水手和船长。在平静安谧的田园中，要有勤劳安详自在的农人和家人。世界之大，社会之变，总是给不同的人提供着不同的舞台，装扮着不同的角色，演绎着不同的剧目。但有一点不能否认，无论是黄钟大吕，还是低吟浅唱，无论是大江东去，还是晓风残月，都是人的心性所在，气宇所显，只要处于那样的境地，自然会有相应的意蕴多样的表达了。所以，有时不要去苛责时代，严究社会，指斥生活，好像没有给自我提供什么，亏欠了什么；人类生存不能总是高歌猛进、大气磅礴，也不总是风平浪静、竹林茅舍，关键在于我们把心灵怎样安放，让自己的精神家园丰盈起来，才能逢春开花，遇夏生长，伴秋收获，与冬共眠。真的，时代择人和人适时代是彼此的相融，不是相斥。

六十四

雨夹着雪花，伴着季节交替中的如梦似幻，残枝枯叶在寒风中纷纷落下，被雨或雪裹挟着融入大地，天空中弥漫着湿润的气息，一切都显得萧瑟了许多，寂寥了不少。听着窗外的声响，静静地坐在一边，默默地放松精神的琴弦，松弛中只有浓重的低音，有声无声地在心头盘旋。一切的造化都只是历程中的一段，平常的让人感觉不到它的存在，熟视无睹中放任着岁月的流逝，偶尔一个关注，刹那一个关心，涌上心头的却是惆怅无限。经历的多了，并没有使思想丰富，而是在太多的人和事中麻痹了灵感，一味的承应，没有什么新的发现和激动，麻木的精神习惯性滑动，偶有点加速度，也是转瞬即逝的火花，燃不起激情的火焰，只是在这天地之交的雨雪之中，只是在这暗夜的寂寞里，有一点心灵上的触动，把繁杂的尘网破掉，把炫目的外饰剥去，露出一点纯真的幼稚，去做一回梦中的游仙。飘动中，一切越来越远，只是苍茫之间的地平线。

六十五

欲念无处不在，遑论物质的有形和精神的无限。因为，短暂的享有和长久的企盼，都逃不出欲念的桎梏，这种无形但杀伤力极强的人性禀赋之一，始终贯穿着人的一生，人类的一生。有时停顿一下脚步，在孤独寂寞中做一点反思，好像懂得了这种虚幻的本相，但稍微一看时世，便又悄然沉浸其中而不自知了。有时刻意地去追寻一种解脱，其实还是一种变形的欲念，只不过想从灵魂的筵席上分到一杯羹罢了。所以，精神中的折磨是持久不断的，并不会因为尘世的所谓解脱而有所超越，只是又铸就了获得更大欲念的平台而已。心灵中的解脱不是简单地历练和深刻地反思，也不是精神的升华而是一种淡出的回归。只有抛去一切的附着，才能有一个清洁的空间，去充溢天真的无欲，稚嫩的梦幻，才能有点看似无的充实。因为，所有努力的结果，都终将化为一种虚无的本源，都会回到混沌初始的虚无之中。

六十六

幸福的定义有千千万万，幸福的诠释有万万千千，幸福的内容丰富繁杂，幸福的方法缤纷灿烂；但幸福的规律却是非常简单的，无外乎，外在的适应和内在的愉悦，生理的和谐心理的温蕴，物质的适度和精神的享有。构成幸福的时代背景，社会条件，风俗时尚，主要内容，表现方式会是变化的，但其贯穿始终的主线却是永恒的。从某种意义上讲，前者的有形和后者的无形是辩证的统一，不是对等式的相承，而是犬牙交错式的相衡，不是彼此的替代，而是相互的融合，而且是一种不平衡状态下的相安。所以，对于幸福的评价或追索，不能太简单，但也不要太复杂，因为它是一种因果，更是一段过程，始终处于运动之中，保持着自已的本质状态。人们是否享有幸福，取决于适应的程度和愉悦的感觉，只有两者的和谐才能构成幸福的永恒，架构起各种要素，绘画出幸福的蓝本，说好一点，幸福在自我的把握与社会的适应双重交合中。

六十七

冬雪初临，浑厚浓重的云层笼罩四野，雾霭弥漫着天地，在朦胧中落下的片片雪花，虽然有些小，却也晶莹剔透。飘洒之间，白了原野、山岭、村庄、草木，给苍茫的大地披上了银装。一切都失去了秋收后苍茫萧瑟的痕迹，一切都隐没于粉妆玉琢的抚慰之中，心儿从躁烦中冷静了下来，思想从焦灼中脱离了出来，仰望天宇上的厚重，瞻望苍茫中的皑皑，心灵中静气顿生，无思无形的沉默笼罩着一切。冬天的第一场雪，年年都有，年年不同，不是季节物候安排的不同，不是雪花大小的不同，而是心灵感受的不同。因为在这年年岁岁的飘雪之中，岁月匆匆而逝，人生转瞬即变，抛掉尘垢的外饰和心灵上的负担，让一种清寒占据暂时空旷的精神家园，是一种难得的机遇，是一种驻足无行无思无望的停滞，更是一个听到心声的佳节。雪落无声，沁心有意，还世界一个本色的纯真，还社会一个无为的清爽，还心灵一个安谧的清净，看落雪纷飞。

六十八

很多问题的实质是没办法讲清楚的，因为本身没有准确的答案，只有一种合乎某种规则或道理的解释；就像人从何处来，虽然有进化论的诠释和各种人类遗迹的演绎推理，但在一些关键性环节上还是说不清楚；再如人向何处去，再好的描述与设想，也只是一种预想的梦，再具体的指标也只是能看得见的几步而已；所以，把一些永恒的东西设置成问题，不是求解答案，而是给行程注入一种内容和活力，好让这种无解的追问指导人们去理性地思考问题，正确地把握自我的行为和精神而已。但作为人来讲又会在这个根本性的问题上放不下手，毕竟无论与否，它都置于我们的头顶，时时令人惊颤不已，如果没有较为合理的解释和满意的答案，仿佛会立刻斩掉生命之头颅，于是创造了与问题共生的宗教或哲理，不管其外在如何，都在说教和逻辑上给予一种主观的设计，让人们有所思、有所想，有所取、有所舍，年复一年、日复一日地沉浸于这个无限循环的永恒之中，精神的自悟自解也能麻痹一切，再有点物质的衬托，一切皆成为了常态的生存了。

六十九

信仰是什么，它始终萦绕在人们的心头，或赋予它具体的时代目标，或赋予它终极的理想任务，或给它注入功利性的内容，或给它涂上闪亮的世俗之光；太繁多的解释，太复杂的论述，太抽象的把握，太直白的描述，听过了，看过了，却觉得是漫天的云朵，瞬间就会清风拂去，因为，总觉得不能让人清晰的了解，精准的把握。其实，信仰就是一种生命的意蕴，人生的执着。岁岁年年，辈辈相传，代代承继，好像是一条有环节没终点的无限之链，但贯穿始终的，却是在生命中的思考和对生命的企盼。只有这种执着才会化为对时代、社会、未来的向往，才会确立当世的价值坐标，才会指引自我攀登在坎坷崎岖的崇山峻岭，跋涉于蜿蜒曲折的江河湖海。恰恰是解释的多了，反而淡漠了对信念本真含义的了解，恰恰是描绘的细了，反而粗梳了对信念崇高的把握。生命是崇高的，只有在这种崇高中指向崇高，人才能有其真善美的本性。生命是平凡的，只有在这种平凡的生存中才能彰显伟大；热爱生命是基础，让生命有意义的生存发展是执着的目标。人无信不立，这不是简单的信誉，而是信念的浓缩。

七十

念天地之悠然，万象之纷纭；思人生之短暂，百代于一瞬；风流总被云卷浪去，亲情岂在功名利禄；庙堂之伟，多少兴亡付于烟火碎砾；千古文章，万代雄辞丽章都在青山绿水；迎朝日与晨，万物粲然；迎明月于暮，千家幽隐；风清处，清泉瀑布弄珠碎玉；云来时，竹篱茅舍残灯断烛；三春不争，万花自芬芳起；九秋不辍，万物定丰硕成。东南西北中，人间烟火红尘浓，义利之界自分明，取得是衣食住行；春夏秋冬里，自然风景逐相替，春花秋月堪慰情；说什么人生志向，万代雄心，千秋大业，尽是过眼烟云；江涛处，唯有渔樵唱晚，浊酒古今；说什么宏图大略，立言立功，建勋成名，不过天地一芥，海阔天空。山峦处，唯有松竹溪浣，抚琴自鸣；借得风云腾跃尘上，也有一番豪兴；耐得清廉孤巷陋室，也是万般幽静；孤独里，常有前贤论道；寂寞里，自有大德心经，何必纠缠于琐碎，辜负淡泊之心。回首处，白云依然，不见旧时踪影。

七十一

就像大江大河融入海洋一样，过去的行程无论怎样曲折艰难，都已成为平淡，只是一种似有非有的朦胧。因为生命的历程就是在这样的磨折中，冲上浪谷，潜入深渊，跌宕起伏，几经折腾留下的波光涛影，只是沧桑的回望，寂寥的回味，没有了往昔的热闹和炫然。历史需要寻找，当拨开遮在它身上的枯枝败叶、污泥浊垢时，露出来的却也失去了本来的真实，在岁月的侵蚀下，在时光的磨砺中，一切真实的过程和内容显得遥远和漫漶，反而升起一种不真实的幻象，让人觉得似曾相识，但永远无法说清，理起来更乱。静静地注目着时光荏苒岁月变幻，在平静中又增添了平静的内涵。江河入海，只有无限的博大精深，才能溶解个性的特质，才能提炼共性的普遍，只有沉落到极致后的反弹，才能有一些生机和活力。把往事的尘灰掠起，有一些云烟般的记忆，升腾起岁月中已经虚无缥缈的云朵，洒下一些支离破碎的风雨雷电、霜雪雾霭的画面，有点暗香如故的回味。一切的往事皆是现实的基础，一切的现实皆是往事的必然。

七十二

超凡脱俗的过程是一个心灵的解析，一切都会从烦恼热烈、琐碎杂乱中脱开，一切都会从泥沙俱下、鱼龙混杂中分离，一切都会从清浊同流、雅俗混交中沉淀；一切都会在形而下的堆积和形而上的升华中冶炼。久入世俗之流，难免有很多积习沉淀和思维惯性，依然执着于一种物质的追求和精神的享有，依然在一种追求的冲动中让思想处于亢奋之中，但毕竟是死水微澜、火灭灰烬后的残动而已。随着很多具象之事的远离，精神的指向开始变得深邃和辽阔，仿佛登上峰顶后注目于更高的宇宙，更为深奥但却宁静，更为空旷却很充实；仿佛初入大海后，万顷碧波，无垠的湛蓝，深不可测，但却产生了无限的空灵之想，没有了欲念的蠢动。人们从世俗和欲念中求得生存的动力，获得感官和精神的享受，但在这种基础上是否有灵魂的飞跃，还是精神的沉沦，却是永恒的难题；人入世的思想和行为永远萦绕着人们的灵魂，永远挑战着人们的精神世界，因为它是一个永恒的发问，只有短暂的注解，而无最终的答案。

七十三

有的日子确实要记住，因为它给人以时间的存在，岁月的感触，让你在不知不觉中总能有一个记忆的窗口，感悟的抓手，不然的话，滚滚红尘会淹没一切，让人过得昏头晕脑，今夕何夕，糊涂迷蒙。所以，生命的诞生之日还是要记住的，因为只有在此时，才能有点精神的停顿与反思，有点灵魂的驻足于回味，本真的淳朴会油然而生，能让人在模糊的记忆中，给以清新质朴的感动，亲切的堤岸打开了口，让温情的溪流直泻而下，有瀑布的奏鸣，有深潭的幽静，有潺潺的情趣，有淙淙的妙意。每逢此时，抛开一切附着在身心的装饰，让生命裸露出本色，一条由幼稚纯真到世故圆滑的曲线蜿蜒在历史的波峰浪谷、崎岖山路上；也唯有此时，才能召唤起一点快要泯灭的良心，让善意和爱怜充斥于心，旁及众生和万物。

七十四

生命很短暂，对于个体的人来讲，有限的生之涯如过眼烟云，转瞬即逝；生命又很漫长，对于整体的人来讲，无限的生之途，前不见古人，后不见来者，海阔天空，深邃寂寥；但生命又是实在的，像一粒粒珍珠，在痛苦中靠沙与石、血与泪层层砥砺，在悲欢离合、荣辱成败中形成不同的形状、不同的颜色，不同的质地，不同的光泽，让贯穿始终的命运之线串起来，变成挂在时代胸前的项链和装饰。人们赞美生命，既是在有限的起始中，也是在无限的链接里；因为，只有这种启迪性的呼唤，才能感受生命的过程性，才能体味生命的深刻性；也只有在生命的诗句分段中，才能明白生命的真谛，才能通晓生命的意义。几根幽明的烛火，诉说着生命历程中的节点，一盘蛋糕，融汇了生命内容的复杂，一个沉默但诚实的祝福，一个轻轻地吹拂，告别的是岁月，看到的是自己，印证的却是时代，铸就的是历史。

七十五

一阵雨夹雪的洗涤后，天空变得湛蓝湛蓝，万里无云。只是圣洁中的一轮太阳，晶莹璀璨，清澈通透。深邃的宇空没有了一丁点的灰尘，仿佛是凝结的翡翠；一阵清冽的寒风吹来，大地铺满了枯枝败叶，满目的苍茫萧瑟，只有地平线在远处朦胧的蜿蜒起伏，带着季节的拷问，又会有什么新的向往。只是孤独地坐在桌前，享受着热闹的荒凉，没有什么可侵扰，只有自己的心在跳动，血在流淌。只是寂寞地翻动书卷，前贤后智，高僧大德，英雄豪杰，才子佳人，芸芸众生的幻象化为字迹图画，一目十行的浏览，一书十页的品阅。把酒问青天，破涛看岁月，英雄何在，风流谁存？只是断肠的悲吟，高歌的响亮。沉寂下来的精神，有了点儿回味的冲动，安谧中的灵魂，有了点儿奋飞的企望。只是更愿意幻化为特立独行的游子，不分山野江河，不顾白昼黑夜，一味地漫游在故乡的村巷和原野上。冬的封存，能有多少结晶，储藏生命的丰富诗卷；凝结的音符没有了声音，只有形象，高低不平地构成冬的乐章，将自我在冰晶雪莹中冬藏。

第三十四集　朝霞夕照

DISANSHISIJI ZHAOXIA XIZHAO

一

融入自然，才能领会那份诚挚的情感，才能有一种回归的享有。因为，从自然中孕育，从自然中成长，相对独立于自然之后，依然离不开它的怀抱；无论人的社会有多热闹，无论人的时代有多辉煌，一切的悲欢离合离开了自然的怀抱便索然无味，一切的荣辱成败失去了自然的承载便没有意义。再伟大的心灵也要有自然的胸怀去接纳，因为海阔天空，江河横流，千峰竞雄，万木争荣，才能彰显人的高远境界与宏伟志向；因为大地苍茫，草木繁盛，春花秋月，松青柏翠，才能体现人的温柔与淳朴，慈悲与善良。太多的答案要靠自然去解决，一切的个人的智慧只是一种单一的星光，即便是人类精神的群星闪烁，还得镶嵌在深邃的蓝天之上；即便云诡波谲，风云际会，还得融汇到无限的时代之中。人世间的美与丑、真与假、善与恶，人心中的欢乐与痛苦，人生的蜿蜒崎岖与平坦顺畅，都会写在大自然的身上，映在大自然的心里，得到澄明的安抚，会有清逸的爽朗。入世愈久，便会产生离世的祈盼；进俗愈深，便会有脱离苦海的强望。给你这个机会和场景的，唯有自然这个强大而慈悲的怀抱，一切都会温馨安详。

二

历史是一条长河，源远流长，蜿蜒曲折，支系繁多，清浊混溶，对于每个人来讲，要想理清太难了，就拿故乡来说吧，在心头如何萦绕，在口中如何描述，在笔下如何书写，在梦中如何回忆，就像一阵清风，只是把片段偶尔缀起，让人们有一定的回味，却很难有一个完整的映象。因为，即便是生活过的故乡，也不过是几辈人游走中的一个暂居之地，往远处溯源，可能还更远更长。久而久之，故乡由景到情，由感官的追索变成精神的回望，只有这样才能赋予它最美丽的景致，最深厚的情愫，是深情的回望，使我们在追名逐利的道路上，四面八方的奔波与劳作中，有一个精神疲惫时的安歇之地，使我们布满尘垢的心灵有一个可供温蕴的渊薮；故乡是一种高度的精神抽象，一切从它那产生，一切到它那归宿，行程中也离不开它的陪伴，有时是提神，有时是醒目，有时是警示，有时是启迪，有时是慰藉，有时是刺激。精神家园的意义已成为我们生命中的不可或缺，诗意栖居的任何地方都会有你心灵中的故乡。

三

拿得起、放得下，是一种担当，是一种责任，是一种通透，是一种豁达。仁人志士，生于当世，敢作敢为。勇于涛头而立，敢向峰岭攀行，以天下为己任，砥砺志气，奋发精神，无论从事什么样的工作，处于什么样的社会环境，存在于什么样的生活条件，面对什么样的时代变幻，铁肩担道义，妙手著文章，倾心尽力干事业，敢于应对，知其可为而为，知其不可为也为之，拼得是意志，更是智慧，此中担当正所谓拿得起，没有什么可推诿的理由和苟且的退缩；天地万物，各有其需，各有其适，长河汇集，终归为海，峰峦簇拥，必为山岳，野草鲜花，梅兰松菊，自有一番世间生存的道理，荣辱成败阴晴圆缺，只是人间的万象之常，不论取得什么样的成就，获取什么样的财富，依然是来之空空，去之匆匆，留下的只是后人的评述，逝去的只是云淡风轻的记忆；量力而行，适度而择，当该放下时悄然退身，当该离去时静雅退心，以孤独做伴，以寂寞为本，独守淡泊之志，雅静之心，岂不是一种通透天地的参悟，凌越一切的超然。正所谓，该拿得起时有努力所担当，该放得下时有智慧所隐归，是谓仁人志士、君子达人做本分的要义，而其贯穿人生每一环节，时刻相遇，处之不惊，临之不惧，得之不喜，失之不忧，是谓灵与肉的净化，是一种精神的超越。

四

心如止水，泛不起一点涟漪；心如暗夜，没有了一点星光；从崇山峻岭中蜿蜒而来，走过崎岖，走过坎坷，一跃而下，在珠飞玉溅中跃入深潭，喧哗过后，一片寂静，一种幽深。只是静静地停驻，云影徘徊，朝霞夕晖，松影月光，幽草灵星，从心中慢慢地滑过，轻轻地升起或落下，最终还原为一个安谧的奥幻。仿佛听到了大地的声音，沉闷中有些粗犷，好像来自久远；仿佛听到了河流的喧哗，激情中有些浑浊，好像就在眼前；一切均幻化成静止的画面，一切都演变成凝结的音符，只能一眼掠过，了无声容；唯有倾听中的自我有一点感动，心脏在悄悄地打鼓，血液在缓缓地演绎，神经在跌宕起伏的运作，灵魂附着其中，想沉寂下来，却又欲跳跃。久居尘世的繁闹热烈，嘈杂中领略太多的风情世故，红紫相间，眼花缭乱，只是感官的舞场和演出，幕起幕合，都是走马灯式的苟且；唯有此时的静止，才终结了一点风尘中的侵扰，在寒冷中凝结，冰晶的照耀。

五

人们容易忘却，因为时光流逝，岁月不居；过去的事情悄然远行，离开了人们的感触和视野，即便有时间回忆起来，也是东鳞西爪的画面，支离破碎的音符，更何况在当今注重眼前既得、满足当下享受的环境中，想起过去的历程更显得漫漶而遥远了。但是江河湖海不忘渊薮，总是在太阳的蒸腾中化为云雨霜雪重返生命的源头，循环着生命的永恒；山岳不忘沙砾，总是在风吹日晒的侵蚀中将身躯的一部分复返大地。一切自然的循环看似平常，却蕴含着最直白的真理，始于何处，去往何方，在永恒的变动中不能有所忘记。人类社会飞速发展，呈加速度的态势，每一代人的相交集更短更多，同时，心灵的距离也扯得更远了。即便同在一起，对生命的感悟，对生活的感受也会大相径庭，时代的烙印繁多且杂乱，短暂且肤浅，蚀刻在了不同年龄的心里，彼此之间的联系在盘根错节中反而萧疏荒远了，在错综复杂中却形单影只了，以至于忘却成了一道亮丽的风景，淡漠成了一场风尚的剧目，变幻莫测，瞬间即逝，让人无法去追寻成长的轨迹，断代的思维代替了承前启后的逻辑。所以，当代人容易忘记过去。

六

人们在忘却中慢慢老了，在记忆中淡淡地远了。岁月能沉淀很多丰富的内容，也会抛弃很多繁杂的东西，有些是精华被遗存或抛弃，有些是糟粕被抛弃或延续，历史的大河不会大浪淘沙，剩下只是金子，而是泥沙俱下，集珍玉与沙石、清流与浊水于一体，推动者生命之舟，在继承中不断地前行。有时，我们接受了珍贵的历史智慧、传统精粹；有时，我们吸纳的却是社会的污秽、精神的鸦片。在不同的发展阶段上，历史以新的面目出现，社会以新的内容充实，时代以新的发展展现，但真与假、美与丑、善与恶永远相伴。只是比例不太一样，成分各有不同，而且似犬牙交错，你中有我、我中有你，是一对辩证统一的伴侣。追忆往事，不只是简单的溯源，更多的应该是疏浚，源远才能流长，不只是随意的追本，更多的应是固本，根深才能叶茂。谵妄未来不只是展现，因为需要更无限的时间，更广阔的空间，但人们在前行中总是被具体的事务所羁绊，被眼前的利益所吸引，被既得的诱惑所俘虏，只是站在狭小的时空点上进行着自我的盘算，一切贯穿始终的源流被截成支离破碎的沉淀，一切缠绕始终的根脉被疏离成凋零干枯的堆积，于是，只能在忘却中慢慢老了，在记忆中淡淡地远了。

七

人们在时间流程中慢慢成长，也会在时光荏苒中渐渐缩小。一个老人遇到孩子时，绝不是高下的关系，而是一种双相融合的情趣；孩子要成长，老人要回归，在某一点上的交集，形成了人生最大的乐趣，生出了最有意义的哲理。对于太多未知的世界和领域，幼小的心灵更多的是向往和憧憬，映入眼帘的苍老白发是人生智慧的写照，是人生经验的表征，它唤起的是无限的向往和企盼；对于太少有知的世界和领域，苍老的心灵更多的是回忆和思索，进入眼界的淳朴稚嫩是人生的起点和基础，那里有最洁净的天真，最美好的回味，唤起心灵中最富有人性的那份感觉，使麻木的精神，污染的灵魂，沉重的负荷，利欲充斥的身心有一种久旱逢甘霖的通透，有一种超凡脱俗的欣喜。真的，只有过度的成熟和初始的幼稚才能相辅相成，酿造出人间最美的酒，饮之甘醇，回味无穷。老就是小，小就是老，这个辩证的法则里，最关键的问题是由小变老的正常性，怎样变老的历程性；由老变小的反思性，怎样变小的超越性；前者可以是一种逐时日的过程，后者则是返照型的回归和升华了。赞美人生之美，美就美在老了遇到幼的，是一种最大的慰藉，也是一种最美的回归。

八

君子小人之别，好人坏人之分，看似简单，其实指的是两个不同的概念，两种不同的价值判断，两种不同的意识内涵。从人类的源头溯起，中国的修身养性和民族阶层划分，构成了对君子和小人的界限之分，内涵之别，最早只是社会身份的一种识别，没有什么文化道德上的意义。随着社会发展，赋予了一种文化的标的道德的内涵，君子小人皆成为普世的一种存在，并无太多的贬损或褒扬；久而久之上升到人格的意义和境界的层面，二者的指意性就越来越强了，君子的道德底线和内在要求，外在表现，与小人拉来了距离，形成了尖锐对立的两种风范。而好人坏人则直接标明准则，将人一分为二，用一种利刃般的概念截取，不是此就是彼，当然其内涵各有所指，而且标准也会因时因事而不同，但评判的尖锐性是决绝的，特别是在人类争斗的过程中会愈演愈烈，大有非你死我活不可的境地。但就社会的维系来讲，基于人性之始，君子小人之意是贯穿始终的主脉，而好人坏人则是变幻中的暂时取舍，因为君子之道小人之道皆是人性之道，只要合乎于自然、社会、人类自身，适者生存即可；而好人坏人之别则是一种强制的选择和必然的评判，非要有个时下的结论不可。所以，君子小人普天下皆是，好人坏人则相对而言了。

九

君子之道，乃是文武的兼备、知行的合一，立德、立言、立功的三位统一。当然也可能由于环境的制约、社会的选择、时代的需要和个人的禀赋，有所侧重、表现不同罢了。但就其传统文化中的初始来讲，绝对是一种理论修养和实践能力的凝聚。孔子提倡“六艺”就是一种具体的要求，也是一个标准吧。但发展到后来，君子的定义产生了极大的扭曲，过度地转向了内在的修行，强调了自我完善的主体，而淡化了外在的功能，忽视了建功立业的客观，久而久之，君子变成了文弱书生、帝王辅师、著书立说、文质彬彬的名词，一切践行的活动都归宿于舞文弄墨的虚饰中，还自以为成就了所谓的至圣之境。这是历史的荒谬，是人们扭曲了自我身心后对社会现实的一种苟且和麻木。所以，细论起来，君子的伟岸之气、雅致之风、践行之力软化成了一种说客式的清谈、辅助性的风雅，甚至是帮闲的一种用具，而贪污劣浊之流皆可以冠之以名，行其恶俗之实。君子的贬损不是一朝一夕形成的。同样，要树立君子之形、扬君子之风、成君子之势，也得花费几代人的努力。

十

再丰富的阅历，也要通过内省的提炼才能升华出灿烂的精神结晶；再丰富的生活，也要通过处置善良美好的感受升华为心灵的境界。一切的外在丰富和内在蕴含，都要有一个净化提纯的过程，淘尽黄沙始见真金，沥去污浊方见清流。只有一种坚定的拒绝才能隔断诱惑，让孤独的心灵沉浸于寂寞之中，才能倾听到心声，才能真正地反思社会、认识自我。太多的喧哗遮掩了本真的安谧，人们失去了真实的召唤，沉溺于感官的刺激之中；太多的欲念与享有堵塞了精神的自由通道，人格附着于成败荣辱之中。没有傲扬的头颅，哪来高贵的灵魂；没有挺拔的身躯，哪来坚韧的风范；没有清静的思考，何谈澄明的真理；没有践行的步履，何能攀登于时代的崇山峻岭，跋涉与社会的江河湖海。强大到孤独地面对一切时俗风尚，坚韧到寂寞地暗淡功名利禄，才会有所升华，得到灵性之光，顿悟生命的真谛；只有享受到内心的明白，才有外在的淡定和豁达。在孤独中前行，在寂寞里思考，是人生大幸之事。

十一

清风吹来，自是爽朗，不挟一丝杂尘，不掳一点浊痕，轻轻拂来，淡淡挥去，自是天地之间的一种灵性，更是自然界里的精神，它不似疾风狂飙，也不是沙尘混气，而是一种清新的流动、柔和的沟通，是本真本善的性情，在可感可悟中融入胸中。家风犹如清风，但如清风之态、清风之意的却并不多，因为风之源不同。虽生于青萍之末，但在行程中如不能自清，必然会秽气充盈、杂质纷陈、扬尘荡灰，得不到一丁点儿的洁净；如不能代代有所思，正本清源，根深蒂固，源远流长，以援家养，温蕴代际，就会任其野性肆虐，恶习漫漶，鄙俗浓重，终不能家风清逸，世风洁净，风清气正承前启后了。所以，家风不是空穴来风，而是从历史中来，在现实中行，向未来吹去，与诸辈人的努力和勤劳是分不开的，与历代的修炼和养成密切相关的，只有贯穿的清雅，只有秉持的高洁，才能有传世的风韵。当今社会，洪流滚滚，江河俱下，鱼龙混杂，各种贪婪奢念铺天而来，各种癫狂攫取盖地而盛，人人沉醉于急功近利的烟熏火燎之中，着迷于感官的享有和成败得失的锱铢必较里，至于耕读的精髓仁义的温蕴，早已随时迁而付于脑后，一味的用现代化来进行自我解脱，家风在此环境之中，不可避免地杂质相揉，品相俱杂，色彩斑斓，内容庸俗，很少能清风扑面，晶莹剔透，交相辉映了，但家风的承续还是在进行。因为，历史的基因会变异，但也会在遗传中不断进化，乃至新生。

十二

对一切都充满温情，以热烈的目光去注视，以宽阔的胸怀去拥抱，因为无论是自然社会，还是人类自身都是存在的必然，自有品阅承载它的道理；当然也有必须去掉的杂质，但这并不影响一个人的情怀，它是衡量善良与纯真的一把尺子，也应该是贯穿人性始终的基本主线。看大自然，万千气象，江河湖海、山川田野、花草树木、日月星辰、风霜雪雨、电闪雷鸣，何等的壮观、何等的气派，让我们置身其中不觉渺小、不觉高大，只是一个有机的组成部分，享受着无边的宠爱，也经历着适应的苦痛，更多的是得到抚慰，有了精神家园的最基础环境；看大千世界，芸芸众生，从远古走来，茹毛饮血，一路风尘，一路艰辛，一路开拓，一路奋进，带着遗传的基因，融着代代各异的风韵，挺着脊梁，撑起思想，迈出雄健的步伐，在万年的演变中，跌宕起伏，涛起浪飞，奏响着生命的旋律，高唱着时代的凯歌，虽然风尘滚滚、浊浪排空，但在江河俱下、鱼龙混杂中依然风生水起、气势磅礴，昂扬着灵性的风帆，推动着文明的前行。像一株草，承载着阳光，沐浴着雨露，年年岁岁，野火春风，撑起一点绿，铺就春夏秋冬的基调，风抚雨慰，披星戴月，餐雾饮露，恰是自然的情怀，淡定的心胸，韧性的延伸，连接着无限的生命之流，彰显着天地的精华之彩。有温情的湿润，便有了爱的博大和广远。

十三

宁愿孤独，也不愿意在没有意趣的喧哗中俯仰奉迎，守住自尊的高贵，不怕孤寂的冷清，默默地注目天宇，和苍穹交流，朝霞夕晖，淡月疏星，云遮雾绕，雨雪纷飞，都是精灵般的意味，给你的是永恒的苍凉；静静地极目原野，群山层峦，荒原野漠，都是灵动感的慰藉，给你的是空旷的沧桑。孤独中造就了灵魂的自立，精神的独尊，没有了应酬的红尘扑面，花天酒地，假话连篇，才能听到心灵的真实语言，才能看到本真的自我，作一番通透的化解与组合，才能涵养心的高尚和灵魂的纯洁。孤独中失掉的是喧嚣后的杂质，过滤掉的是光环下的污浊；唯有将自我封藏在冬天的冰雪中，才能有晶体的呈现，才能让生命澄澈。孤独中，可以汇集远山的溪流瀑布，可以容纳深深谷幽涧的古潭湖泊，可以拥抱蓝天白云，梅兰松菊，可以享有自然流淌的岁月；因为孤独而幸运，因为孤独而愉悦，远离的身影脚步，只能逃避暂时的纷扰，而心灵的孤独却是崇高的坚守，气韵的养成，人格的高傲。我喜欢孤独。

十四

寂寞是一种境界。人在喧嚣中生，在繁闹中长，经风见雨，历练诸事，体味着人生的酸甜苦辣，经受着生活的成败得失，不管有无什么样的结果，总是活在当下，活在众人的喧哗中，让世俗的天平称量，用取舍的价值划分；在利益的波涛浪谷上下颠倾，让众多的时髦围裹自我，融在一种无法抗拒的红尘浊流之中，随波起伏，只是一味地适应，在众声一致的嘈杂中，失去了自我的本真和个性。要想有点思考，要想有点联想，要想看到自我那点本真，往往思智所起，马上又被欲念的洪流裹挟，汇入到众我唯一的涛声中。只有寂寞才能拒绝一切喧闹，给自己营造一个反思的环境，这里没有奉承和陷害，这里没有鲜花和荆棘，这里没有众口铄金，这里没有时髦作祟，这里只有安静，可以听到自我的心声，可以捕捉灵魂的行迹，可以塑造精神的意象，可以还一个真实的人性。寂寞中的天地如此广阔，只有遨游，没有停顿。

十五

血性或理性，对于一个人一个群体，一个民族一个国家来讲，是不可或缺的，没有血性就没有了做人的刚强，没有理性就失去了做人的本分。而现在有些情况恰恰是二者缺失了，或有前或有后，彼此相互的抵牾，不能统一于具体的人与事中，特别是血性的缺失更为严重，人们没有了精神的主旨，意志的脊梁，自我的傲扬，随波逐流，逆来顺受，满足于既得利益的占有，麻木于物质享受的诱惑，灵魂堕落，血气全无，苍白的只剩下苟且而已了。世界上很多事，虽然要透过现象看本质，透过表面看内涵，透过表象找规律，要由感性上升到理性，但这种上升超越不是以牺牲血性为代价的，而是让血性得到更大的张扬，更适度的发挥。如果割裂了血性的命脉，那一切的理性将是无能和软弱，有些人连该说的话也不想说，该做的事业也不敢做，行之则顺从，不管对与错，思之则私利，不管家与国，长此以往，这个人这个民族这个国家是要自我退化、自我堕落的。因为，血性的基础是一切行事做人的条件和出发点，没有了这个人性中最激昂的部分，一切都只能是风花雪月、空有其名了。

十六

很多事经过时间的洗刷后才显得清晰，有些道理经过岁月的砥砺后才得以明白；时间是一切事物的见证者、检验者，但它的作用只是一种淡淡地坦然，没有什么言辞的评说，更没有什么是非的仲裁，让一切自然地流淌，任凭风起浪涌，只是一种静静的等待。时过境迁，人事沧桑，人们走过的路再长，也是从回味中去思量，人们经过的事再多，也是在记忆中去思索，太多的遗憾和未解，只能留给岁月，在风吹雨打的凋零萧瑟中，在残垣断壁的支离破碎中，得到一些珍贵的启迪，在愁肠百结，感叹不已中，留下几多惆怅和希冀。前面的召唤太急太多，人们停不住急促的脚步、止不住癫狂的欲望，一味地前行，总想得到更多，而行走的步伐如何，一路的风景怎样，全然抛在脑后，任由岁月的风刀霜剑去阉割。当达到生命的个体终点时，偶一回头，残阳夕照中，仿佛看到依稀的征程，断断续续地残存在记忆的崇山峻岭中，坎坷崎岖，那样的遥不可及，那样的如梦似幻。只是茫然地回顾，在回望中有点零星的感叹，欲说还休的无奈。浊酒粗茶，青史黄卷，点燃疏星淡月的氤氲，梅兰松菊，竹篱茅舍，陪伴着孤独的身躯，寂寞的心灵。再长的路也是尽头与尽头的连接，再浓的酒也是点滴与点滴的汇聚。

十七

人生如戏，一出出、一幕幕，开启时的那份凝重，闭合时的那份苍凉，一开一合中，唱念做打舞，云诡波谲的场景故事历历在目，生旦净末丑，淋漓尽致的悲欢离合犹如眼前，却又无法回复，仿佛是远去了的梦幻般的神话，如梦似幻的萦绕，似真似假地盘桓，只是一种淡淡地回忆。人们在演戏，但真演还是假演却无法分得清。有时的生活将人们置于非常尖刻的境地，你必须裸露身心，全力以待，做好每一件事物，处理好每一个人际，倾心尽力的投入，那是真正的人生；有时则乌烟瘴气、清浊混杂，沉溺于一种世俗的洪流之中，假戏也开始真唱了，而且唱得有声有色，以至于把假的演成真的，而将真的抛到了爪哇国里。有时却是真戏所演，一出具有主题意义、明确事理的好戏，不是直接表现，而是曲径通幽，千呼万唤，有了很多虚饰和遮掩，才委婉地表演出来，人们在看得糊涂的时候，真的事实却暗中实现了。人生如戏，不是简单的表演，而是风云际会中的角色适应，既要考虑天时，又要掂量地利，更要揣测人事；在沟通上下，纵横内外，平衡左右、交接四方中，把一切均纳入到了有限的舞台和无限的表演空间，闹得个乱哄哄你方唱罢我登场的鸿篇巨制，演绎出人生悲欢离合的生死剧来。其实，人生的戏剧性不是演出来的，是由历史的幕帐、现实的舞台、时代的场景、社会的剧本，众生的演绎所共同构成的必然呈现。

十八

人一思考上帝就会发笑，可人不思考，魔鬼也会张狂的吧！人类的有限性生涯和思考的无限矛盾，始终是人的矛盾统一体，只要人类存在它就永远解决不了，而只能在思与不思间徘徊，只能在矛盾中寻求一种暂时的平衡。对无限的时空来言，人类思考的有限性是明显的，任何深思熟虑、远见卓识，不过是自我标榜的一种欲望罢了。在丰富的向往和狭隘的生存中，让自己过得丰满一点，情绪一点，所谓的诗意栖居，也是一种积极上进的态度；但有时想得太多，超越了客观现实和主观素养所提供的基础，便会竖起自以为是的象牙之塔，有了不切实际的幻觉，有了不能了断的妄念，把一切主观的愿望当成了世界的本源，终会被自然社会思维的法则所摧毁。但不去思考，满足于浑浑噩噩，苟苟且且，寄生性的掠夺，反射性的享受，醉生梦死，形如禽兽，污秽浑浊，却也丧失了人性的善良与真切，丢掉了美的意境；

虽然品性的真善美有时处于不堪的淤泥之中，但依然如青莲红荷，光鲜夺目地映射着万里江天，依然似芳草杂花，年年岁岁，野火春风，璀璨原野大地，即便有些欲念，有些痴迷，也是丰富的肥基和养料，起码也能搏得与魔鬼的一拼吧！

十九

年轻时的天真烂漫被当成了幼稚，于是全身心地去寻找成熟的路径，当时光流逝往昔不在、两鬓斑白的时候，发现所谓的成熟是以牺牲天真美好为代价的自我毁灭。因为一切本真的纯洁善良美好被世俗的利益、欲望、奢求所代替，一切的真实感受和美好憧憬被既得的红尘所遮蔽，看似功成名就的光环里，是残破的心灵肮脏的灵魂，猥琐的精神，苟且的行为，一切以世故和圆滑为标准，一切以浑浑噩噩的生存为评价，就像一颗熟透了的果实，看似圆满浑然，光泽充盈，其实已烂到一碰即破，根本无法收拾的境地。人类的进步不可否认，但这种进步的代价又如此之沉重，当我们满足于物质丰厚，精神充盈时，是否看到其品性情趣胸襟本性基石的损毁，纯真善良美好直接感受能力的降损；当我们自以为是的认为已是自然社会的主人，是否反思到自己已变成了自己的奴隶，没有特立独行的意志和思想，没有了精神纯真的内涵和灵魂的超越，只剩下躯壳里残存的灰烬，一点星火，能否燃起新的火焰还很难说。人们从洁白纯真走向污浊不堪，从憧憬幻想走向世俗功利，从天性的自然自在自由走向强制的被动、专横、自私，但却冠之以成熟的标记，这是进化中莫大的讽刺，关键是我们把这种讽刺当成了顶礼膜拜的圭臬。

二十

人类的发展应该是全方位的，社会的进步应该是全方程的，物质和精神的双重提升是发展的出发点，也应该是目标或归宿。虽然在波浪式的前进中有时重点有所不同；虽然在螺旋式的发展中有时表象各有所异；但这个价值标准是不应随便抹杀的，更不能相互代替，甚至相互对立。人们坚实地立在大地之上，只有这种立足的基础才能成就事业和人生的辉煌；人也应该高瞻远瞩，极目深邃广阔的天宇，只有这样远大的向往，才能丰富精神世界，让灵魂飞翔。当功名利禄的崇拜成为唯一坐标时，一切的成败得失皆以眼前的既得当下的享受之秤去衡量，看似数据充实，繁复丰盈，逻辑顺畅，条分缕析，其实远离了全面发展自我完善的主旨，走向了畸形堕落的荒谬之路。当精神至上主观万能笼罩一切，不管实际地空想狂妄时，一切的精神美好皆会变成一种歇斯底里的偏执，以为自我心灵的膨胀就能让世界变样，其实是更为残忍的自负自灭。因为失去了生存的基础和条件，我们在前行中离不开物质和精神的哺育，更不能割裂二者的相互联系。只有实现其相互对立的统一，达到一种动态和适度的平衡，才能让自我和社会呈现全面的进步与和谐的发展，达到一种参差不齐的物我相忘，得到一种和而不同的天人合一。

二十一

从平常平静平淡中走来，一路的风云变幻，波起浪伏，增加了丰富的阅历，有了深刻地思想，人生的经验似乎也达到了可以理论的程度，但经过峰顶时却是一路的下行，展眼望去，天地辽阔，万物渺小，所有的成就感荡然无存，所有的失落意漫漶迷离。一阵清风拂煦，依然是平常平静平淡，仿佛又回到了起点的简单和纯真，只不过是一种经历后的回忆、追索中的思考罢了。人生如梦，像是一个永恒的真理，代代诉说、辈辈相传，人生的接力就是这样，从平常平静平淡出，无论经历什么样的境况，也会向平常平静平淡归，因为人生的真谛是平凡，谁也无法背离；因为附着在人身上的荣辱成败，印在心里的悲欢离合，只是经历的使然，命运的安排，没有什么可以大惊小怪的。有时人们的惊诧，其实是一种反思性质的感悟，但这个感悟的时间有时长了点儿，过程曲折了点儿，是用有限的一生去注解的，所以，回味时感慨也就特别多。试想始行时的雄迈豪放，视天下为己任的胸怀，气势磅礴的志向，仿佛万事皆备于吾，能有一番改天换地的壮举，一番风雨下来，依然春夏秋冬，花开花落，多了些物象的内容，少了点心象的灵性，拥有了具象的享受，精神的刺激，少了些灵魂的浪漫，梦幻的憧憬。一路行来，心里甜酸苦辣，五味杂陈，阴晴圆缺，感慨不已，无论成败与否，都是西风枯树般的惆怅，都是雁飞天空的苍凉，平静平淡平常才是人生的根本，因为平凡是生命的真谛。

二十二

注重内心是很难的，因为影响内心的东西太多，既有外在的多种诱惑，也有内在的很多思考，但究其根本而言，主要的还是取决于自我的定力和理性自觉了。世界上的事太多，价值坐标系太杂，功利性的诱惑太盛，人们处于一种锱铢必较地疯狂之中，视眼前利益为圭臬，攫一己之利为实惠，至于精神的超越、境界的打造、心灵的提升，早已忘之脑后，感官的愉悦和直接的享有，已遮蔽了人们的视线，封闭了人们的心胸，一切以当下为重，一切以既得为先，至于内心的深层次的感受和反思已提不到议事日程，更不会成为“三省吾身”的准则了。内心的感触更多的是外部的诱惑和侵扰，扑面的红尘和滔天浊浪，充溢于有限的心灵空间，容不下一点内悟的遨游和反思的驰骋，自由思想细胞的生死存亡，付与直接的物质应对，独立精神的劲拔颓废，寄托直接的得失权衡，没有一丝可供修养自省的时空。人们活着，但不知为什么活着，只是随波逐流地俯仰，只是醉生梦死的苟且；偶尔看看天地间的风景，觉得是一种提醒，但往往又回到了污秽的现实时空中；偶尔与圣智进行一点浮皮毛躁式的交流，好像是一种自觉，但又立即被利益的烟火迷失。所以，人们的内心不再有人去光顾，只是让它承担着发动机的效用，支撑着毫无思想的躯壳运行，人类丢掉自我的本质表现，就是没有了自我的内心世界。

二十三

历史的风雨飘过不同时代的天空，留下无数令人遐想的幽幻灵动，无数的人和事不论其声名地位影响如何，不论其应给予什么样的评价，均凝固成一种记忆，在书本里，在遗迹中，在传说里，在承续或遗忘的途中，其呈现的时代特色、社会背景、具体内容虽各有千秋，但是贯穿始终的都是忠与奸、义与利、君子与小人、善良与邪恶的精神脉络，让人能厘清人性发展中的矛盾，社会运行中的复杂，更让人看到大江东去的豪迈，污泥浊水的混杂，给后人尽可能蚀刻一个翔实而全面、客观而真实的历史。星河钩沉，有时一星半点的记忆之光，彰显着人性中最普遍但又最本真的慈善与真挚；鱼龙混杂，有时一滴一流，映衬着人性中最常见最恶劣的猥琐和卑鄙。风吹起，心中展示的是崇高的向往和代代承续的宏伟蓝图，也会是苟且偷安的阴谋诡计；雨打处，胸中浮现的是美好的家国情怀和山河壮丽的灿烂辉煌，也会是山河凋敝的家破人亡；无论是英雄豪杰，还是芸芸众生，无论是正人君子，还是卑劣小人，都是历史旋律中的一个音符，都是历史篇章中的一个符号，都有自己生的理由、存在的价值，都享有被历史审判和评价的事迹；只是有时的公判来得太晚，有时的赞誉来得太迟，往往还之以真相时，历史已悄然掩卷，令人在追索中丧失了很多直观的感悟和直面的分析。真的，历史是一部残缺的记忆，时常被记忆的主观色彩和情感所笼罩。

二十四

封闭自我是一种境界，只有相对隔断与外界的接触，疏远世俗的红尘禄利，拒绝盈耳不绝的噪声杂音，独处而单行,相对来讲，耳根清净了许多，眼界明亮了几许，心灵安稳了一些，精神灵动了一点，能听到自我交流的对话，能听到自我跳动的心声，能有一点自我透析深刻的反思，从迷惘顺从的同流中择出不合污的清流，从浑浑噩噩的泥沙俱下中，洗涤点闪烁亮点的结晶。试想久居浮躁烦恼之中，浸染的东西杂乱繁多，会影响到思想的敏感度；久在利益纷争之中，算计和揣测布满心机，会淡化精神的质量和高度；如形成了一定的行为习惯和思维定势，那就更可怜了。只能是苟且的生存，惨淡的混日子，满足于一种麻木与沉醉了。所以，适时适当将自我封闭，是一种被动式的主动，像隐蔽山中的寺庙，总有几分的清净，在孤独中领悟真谛，在寂寞中反省自我，入心入脑的不是盲目的接受，不是随波逐流的承纳，而是一种深刻的解析，在灵魂的化合与分解中，升华出新的幼芽，撑出稚嫩的枝干，开出纯洁的花朵，给心灵一个晶莹剔透的澄明，灵动飘逸的自由。所以，身在闹市，心系孤独，是一种选择，也是一种向往，更是一种境界。

二十五

历史的传承不是单一的，因为书写历史的是丰富的事件和人物，构筑历史的是繁多的物质和精神的复杂构件，塑造历史的是多彩而深刻的文化传承。往往历史以遗迹的，建筑的，文字的，艺术的各种物象的形态和具象的形式承载下来，以思想的，精神的，哲理的，宗教的各种抽象的凝练和心象的灵动映照出来，给人以一种情景交融的品阅，心领神会的感喟；特别是一些基于身体力行亲历亲为的具体实践，殚精竭虑深思熟虑的心路历程，只能大致的领略和粗疏的意会，很难直接感触和精准把握了。久而久之，沉浸于一种主观意念追思感悟的浸润之中，寻章摘句式的理解多了，具有血肉气息的内容少了，条分缕析的抽象领会多了，丰富多彩的具象接触没了。人们继承历史传统时，多了些文气、少了些野气；在追寻历史足迹中，是一种文脉的把持，而不是一种全面立体的承续。历史的观点变成了少数精英或学者的专利，而且大多的联系只能以习惯的方式加以不自觉的继承。这样就造成了当今时代，人们在塑造自我的过程中，先天性的缺陷和单一性的不足。有时陷入一种文饰的逻辑演绎或文章的悲情诉说之中，没有了宏大精神意志的培养，没有具象纷争的气度，缺少了阳刚的骨骼，有点软化的倾向。如何解决这一问题是个千载的难题，也是一个现实的问题，只有继承的全方位性和实践中的重塑性相结合，才能把历史的篇章读写的有声有色，才能打造每一历史时段人的风骨和性格，才能有文武兼备，德识相溶，思行合一的人物风采，才能有风云变幻，云诡波谲，万象峥嵘的时代风貌。

二十六

有时的刻意反成一种矫情，有时的规范可能是一种桎梏。自然之常，社会之态，人世之律，皆有其万象纷纭，千变万化之意，更有其内蕴本质所依。大凡法天遵地守道者，只要有一个顺其自然，趋势而为，相时而动的意蕴，达到身心的和谐、处事的恰当，务人的合适，也就是平常之中的崇山峻岭，平淡之中的江河湖海，平静之中的风和日丽花好月圆了。但这种向往并不是随波逐流式的浑噩，趋炎附势中的苟且，行尸走肉般的猥琐，晦暗沉沦的堕落，而是要在风云变幻的时代，云诡波谲的社会，繁杂琐屑的生活，阴晴圆缺的人生，走该走的路，想该想的事，集客观与主观为一体，聚理想与实践于一心，亲历所为，反思深析，在适应中求得一种深刻地认识，达到一种俯仰自如的境界，求得一种心灵中的安和。从这个意义上讲，人们的行程和目的是一种有机的联系。因为，目的指引着行程，行程体现着目的，若将两者割裂开来，则会失于偏颇，几至于荒谬矣。人们要活得有意义，就需要从平常行，具平常意，不可拔高或缩小客观现实的本状，膨胀或抑制主观能动的作用；就需要有平常心，处平常事，不以身份地位财富权势等外在的尊卑，来破坏全面客观的公正，影响光明正大的昭示；更需要一种平凡的本性，视万物为一体，共享自然社会之舞台，演出色彩交织、高潮与平淡相谐的人生之剧来。

二十七

很多既成的东西，虽然客观存在着，但未必就是真实，因为已失去了存在的价值和意义；很多逝去的东西，虽然已消失于历史的长河中，但依然浪花飞溅，始终冲击着人们的记忆。在现实的冷漠中，也可视现有为荒漠，在记忆的热情中，也可视往事如眼前；近的反而很远，而远的似乎很近，一远一近的交织，构成了人的丰富的想象和怪异的测度，一近一远的对立，编织了人们物象的诧异心象的幻动。能够面对的总不愿去正视，好像不存在，不入法眼，难以引起心灵的震颤；无法面对的，总是追本溯源的从幽深中寻找，始终缠绕于心中，时时泛起涟漪，涌起波澜；因为生存中的焦虑和急躁，把现实的一切都置于干燥的柴火之上，一瞬间可以烈焰升腾，化为昏天黑地的熏染；因为心灵总想找一个世外桃源，在那里享有一点风清月明，竹影松涛的幽静。人们在矛盾的激烈对抗之中，始终找不到一个平衡点，只能随波逐流式的风起波谷，上下颠簸，世事纷扰，万象迷惘，杂乱纷呈，盘根错节；眼前的利益太多、诱惑太重，享有的机会和能力有很大的扩张性，使人们生之繁闹，沉湎于轰轰烈烈之中，但带来的烦恼与苦楚又无法用现成的自酿之酒一醉了之；只好把目光远去，从起点寻找，向归宿探寻，求得一种精神上的安抚，心灵中的安静。

二十八

人们生活在这样一个充满矛盾的时代，有很多事需要去做，但却没有充分的时间和自由的抉择，有很多事不需要去做，却浪费着很多的时间和资源；有的事只需一种简洁的方法和能力，在极为有限的资源条件下即可完成，却花费了无比繁冗的过程，浪费海量的资源，最终内在的价值永远小于外在的包装；有的事需要投入极大的能力和资源，只有集全力才能成就的，却因为没人重视，或视而不见，忽略不计，只是简单地应付一下，导致重大的失误。人们的精力有限，但细算一下，这种精力的应用又会有多少能被真正利用，有多少在一种无奈的主观和客观条件制约中白白浪费掉了。我们说到浪费和腐败，总是以可看得见摸得着的实物和数量来衡定的额度，但对于人们最宝贵的精神和心智来讲，却一再忽视而得不到应有的重视，谋财害命不是只指身心的灭亡和消失，而是一种身心虽在精神却无的悲惨状况。人们扯起冠冕堂皇的大旗，包罗万象的理论，数不清的逻辑体系，但包裹的却是掩藏无知的自负和骄傲。因为，这样做很简单，蒙上一层花里胡哨的外皮，就能变成灿烂夺目的圭臬至宝，就能掩饰一切的无能与无力。人们行进中有多少真正的精力能力用在了有效的刀刃上呢？

二十九

时间流逝，岁月奔去，一切都显得那样急急匆匆，慌慌忙忙，不经意间，人生已是百年，社会已历万变；但这有限的时光中有多少的真谛为人们所领略，有多少至理为人们所掌握，都是欲说还休的无奈，欲罢不能的尴尬。因为，人生中的有限时光，不可能穷尽一切事理，但也有很多浪费于无用之中，想起来，甚感惶恐。做事明理为人治事，谋得一种自我的彰显和社会的公益，也是人生的主要内容。儒道释众说虽有异曲，但做人立事上却是同工的，因为求证大道，为天地立心，为生民立命，为万事开基业，是一种真切的目的和自我要求，是一种衡量人生质量的秤码。但由于时风参差，世态不同，每一代人终有每一代人的作为。都有各领风骚的迥异，所结之果也异样纷呈了。但是贯穿其主线的都一样，是一种进取是一种努力，在奋斗中无论结果如何，终将汇入时代的大潮之中，奏响着千古绝唱中的每一个音符，演绎着万代吟诵里的每一段旋律；但这种投入的分量是不同的，在可计量的生命历程中，在可估价的人生建树中，真正用于事业的不过很少很少，太多的精力用在了应付人与自然、人与社会、人与人、人与自身，一些细枝末节的关系调节之中，为了谋求一种通达，一种共识，或是一件具体事情上的共力，往往所耗的生命占比很大，但效果却非常有限，构成了人们有为之中的无奈之举。光阴的流逝，很多是闲花流水，只能寄托一种伤情忧思而已。

三十

深刻的东西并不见得是鸿篇巨制的汇集，也不一定是富丽堂皇的凝聚，因为往往平凡简单的事就能折射出一种至理明道，就能阐明一个浅显但深邃的哲理。人们在生活的百相中去感悟，在人群的繁杂中去接触，通过理性的路径去达到神明般的超越，但往往流于用繁杂的理论描述、逻辑辨析、方法演绎，从而导致了一种过分的词语堆砌，文章冗长且繁杂，论说琐碎而细密，陷于一种叠床架屋盘根错节的枯燥论说之中，掩盖了真理的纯真与澄明，因为最深刻的道理往往是最平常的。我们在人类进步中，丰富着自我，充填着时代的内容，但也在积淀着不必要的记述和注解，让过多的心路涂上了虚饰的外表，反而显得在浓墨重彩五光十色中，远离了人类本性中至纯至真至善的本性，再好的东西附着多了粉饰的道具，也会失掉其本有的美好，何况主观臆断自以为是的强势，会渗透到事物的内部，会解构真的内涵、美的意蕴、善的真谛。久而久之，人们会沉溺于一种寻章摘句，繁文缛节的行为习惯中，满足于条分缕析，繁琐枯燥的思维定势里，而离事物的本质愈来愈远，像一个南辕北辙的迷途者了。

三十一

任何宗教或哲学，是想让人们的眼光看得更长远，精神的向往更持久，生存于一世或当下的任何物质活动或精神活动，既近观它现实的合理性基础性，更远瞩它长久的奥秘性灵动性。因为生命是一个永恒的过程，不可能一代人就完成，更不可能短期内就能领悟，人们的视野宽广了，境界高远了，前瞻性的憧憬就会坚强明确起来，现实中的努力和攫取就会更为理性；不会因为眼前的既得利益和繁多的诱惑而执迷于当下，把一切疯狂的掠夺，无止境的占有，纵情的享受当成终极的理想；有时的物质丰富享受频繁，好像是一种进步，其实从生命永恒的发展过程来讲，这只是一种倒退，一种对生命的无知和狭隘的物质主义崇拜。所以，要把精神世界向远方延伸，才能克服当下的束缚，才能有一种崇高的信念和慈爱的情怀，才能对世界万物秉持一种天性的尊重，才能在继承中去发展，在发展中继承，不以一时一事的成就来衡定永恒的过程，不以一世一人的享有而忽视持久的延续和众生的福祉；让人们有所企盼，有所想往，有所期待，想到今生来世的因缘，把生生不息的向往注入到理念之中，在现实中有了对来世的尊崇。这是一种进步，是一种人类生存至今的证明，也是人类发展的根本动因之一。

三十二

一切的执着都有其深层次的内涵。因为生于世上，对事物和人性的了解把握因人而异，但对于当时的理想和目标都有一种执着的追求，而在这努力中又巩固和加深了执着的分量；问题不在于是否有执着，而在于执着什么，怎样执着？因为基于一种现实享受的目的性的执着，会将人们的身心紧紧捆绑在利益的战车上，在世俗的红尘禄利中拼杀，在荣辱成败的泥淖中爬行，以至于目光短浅，境界全无；在貌似坚定性的外罩下，是一颗残忍冷酷的心灵，只是为一种生存的数量与质量较劲，只是为物质的占有和短暂的精神享有而发狂，这种执着只是一种被偏执化了的妄念，因为它缺乏永恒精神的指导，缺少慈善为本的关怀，失去了本真和美的意境。普世的灵光照耀一切，它是永恒的呼唤，从不会拘于一时一世的舍与得，而是在生死之链上的永恒转换。只有放下具象的功利性的执着，才能给灵魂一个飞翔的天地，才能让精神在过去、现在与将来的长河中波飞浪卷；只有放下眼前身心的枷锁，才能展开灵性的翅膀，翱翔于无限的天地之间，放下的是尘垢的欲念，获得的是永恒的幽幻。

三十三

佛即觉性，一切的证悟皆是心灵的明允和把持。人们的心性是繁杂的，由不同的层次和内容构成，特别是在现实世界中，物在的具象会成为心性的桎梏，并制约着心性的自度，有时的迷离会加剧心性中外观的僵壳，而让心性的本真淹没于一种无端的浅陋之中。所以，佛教中讲究觉性，既是一种他证，更是一种自证，他证来自于佛学的启迪和教育，自证来自于个性的修持与觉悟。世间万物各有其外在的景观和内在的本性，世间人类也会有其既得的取舍和心灵的观照，二者相互联系、互为印证，但其区别和差异不容忽视，前者是一种应世的俗行，因为人处世的所作所为浸染，具有功利性的色彩，久而久之会影响到本性的纯净；后者则是一种心灵的超越，至纯至真至善的明本，它使人性中的杂质滤去、精粹生成，直指心性的本真，让人在二重矛盾的交集中，有心灵的指向，有意境的天宇，有自悟后的宁静。所以，成佛不是一种神圣的尊严，而一种心性的觉悟，一切的本真的灵动。

三十四

当一切离开功利性的判断，当一切抛掉了荣辱成败的衡定，当一切似有非有的本质得以呈现，当一切明澈清纯的无极生成，人们心性中的超越便自然而成。有时静思独默之中，万念俱生，越思越乱，但某一刹那间的停滞，一切皆无，满目无物，心中无尘；空灵中的一种超越让一切融成寂静无声、迷幻无形之时，人性中的本真露出了真相，它无声无色无欲无念，只能在一种体味中去享有，只能在一种顿悟中去感受。任何世俗的是非之别，好坏之分，大小之界，深浅之度，远近之意，高下之境，都化为云淡风轻的空寂，都成为水中月镜中影。唯有心灵的返观自照，此时一切都失去了客观存在的真实，留下了一个虚幻的无影，此时一切都模糊了界限，凝结成通透的结晶，空灵的弥漫是一种印证后的觉悟，更是一种灵魂的升腾。真的，有时的这种感悟发现人性中最深刻的内涵，说不清道不明中有很多的感动，这是一种人类本真的天性，但却被世俗的红尘所遮蔽了。

三十五

自我观照是一种自然的但又深刻的反思，因为只有对自我进行一番详细的解剖，梳理其真与假、善与恶、美与丑的条脉，让清逸的直上，让污浊的沉淀，才能有一种愉悦的感悟，才能将自我升华到一种安静与纯净之中。此时的自我，已失去了笼罩身上的各种光泽，褪去了蒙在心头的各种是非，一切的精神负担卸下，一切的幽静升起，在灿烂的星空中看到了自己的位置，在浩瀚的海洋中闪烁着自己的波浪。人的反观自照是很难的，因为长期在社会中行走，有意无意间接受了很多正确与不正确的观念，养成了是非对错好坏似清非清的感觉，形成了行走端正与不端正的行为；长此以往，总是侵蚀了自己的精神内核，影响了自己的行为准则，把一切只要存在的，均当成了必然的去承纳，从而失去了自我的独特本性，也丢失了客观正确看待一切的头脑。所以，自我观照不是闭门造车，更不是一种脱离世俗的纯粹封闭，而是出淤泥而不染的一种精华，是一种内悟的养成。当人们真正的理性得以清水出芙蓉般地呈现，精神领域的喜悦是何等的浓烈；当人们善良的本体得以固持，灵魂的安详将达到一种境界。世间人们总是在奋斗和拼搏中去做应世的功课，求得外在的评判，殊不知，自我观照的深刻，恰恰是就人性最重要的功课，是人性臻达的通途。

三十六

无我的智慧是一种达到主客相融、彼此相一、万物相合的境界。在这里，各种的对立与判断，各种观念与行为，均失去了本身的意义，而形成了一种高度相像的整合，没有了界线的划分，一切人间的美好则乐于其中，所谓的正确与对错误的批判，所谓的真善美对假丑恶的鞭挞，皆失去了尖锐对立的意义，而只是一种相融后的平静，就像千江百流的水，清浊同流地汇入了大海，在无限之中没有了你我之分，只是无限地辽阔深邃的幽静，不时的波涛也是一种内在的呼唤。这就是融个性与共性之中的大境界，是一种汇聚中生成的大智慧。人们总是爱在现实中用尖锐的两分法割裂事物的本质、人性的本真，其实，无论正确的还是错误的，都是人类的智慧源泉，甚至有时正确的往往形成智慧的灾难，错误的却孕育了智慧的幼芽。因为，错误一经实证则能为人所识、所改、所警惕；而正确的则因为盲目的继承而变得无所作为，形成惯性的负面，终究沉淀为一种精神的负担。所以，达到一种无我的智慧，不是对与错的博弈，而是一种相互的吸收与融通。只有消去了二元的对立，才能达到一种崇高的境界，实现一种真正的安顺和畅。无我的智慧是人生的精神高地，灵魂的栖息之所。

三十七

人们不可能满足于物质的享受或感官的愉悦，因为这些东西既非常重要，但不能直达人的心灵之枢。人是会思考的社会性动物，基于心灵中的梦幻与向往，始终召唤着精神不断地去探索，社会中彼此的相互照应，使心灵始终处于一种脱离不了的精神苦海之中。物质可以获取和享受，感官可以得到满足和刺激，但隐藏在心中的无限之忧、永恒之愁，人类是无法解决的。从何处来脉理并不清晰，向何处去一片茫然。在现实中短暂的生命个体处于一种极度的矛盾之中，对于生命无法言说的神秘性，让人们在极度地殚精竭虑苦思冥想的缠绕中，感悟无限的深邃、有限的短暂。因为，一切的东西都在时光中诞生，又在岁月中逝去，看似永恒的，顷刻间灰飞烟灭，看似短促的却横亘于生活的长河中，任何态势的变化令人难以捉摸；成可能是败，败又可能是成，得可能是失，失又可能在是得。正是人们心性之中的忧虑，决定了想用暂时的既得的物质条件和感官刺激解决永恒之思是一种痴心妄想，麻木可以逞得一时，醒时会更凄楚痛苦，苟且可以相伴一生，终时会更漫漶迷离。一切的随波逐流只是一种简单的适应，一切的成败荣辱只是一种相替的历程，人们终究逃脱不了社会的判决和自己心灵的裁定，总是在一种矛盾的煎熬中度过自生的春夏秋冬。从这点上讲，人的苦难是心灵的苦难，是思考者的命运。

三十八

适当的拒绝是一种自我修持的良方，因为相对的封闭有助于清静的生成，有利于思想的酝酿，让精神处于一种安静的氛围中，听得到内心的跳动，能捕捉到感悟的任何想法，并凝结提炼出最精致的结晶来。红尘滚滚中，人们接收的信息太多太广，太杂太乱，占据了整个头脑，没有一丝的空灵之地，欲念的弥漫铺天盖地，阻塞了曲径通幽的心灵之路，沉陷于一种物质攫取和享受的繁琐之中，只是感官的刺激和应激式的反应；久而久之，人们的心灵就会麻痹，人们的智慧就会消失，人们的境界就会黯淡，沉迷乱象的烟熏火燎污泥浊水，会令生活变得支离破碎，会让灵魂堕落，精神萎靡。所以，对于来自四面八方的召唤和诱惑要学会拒绝，敢于从心里划清界限，要以自持的坚定和清静为底线，保持空间上的深邃，时间上的悠远；仰望日月星辰，注目苍穹无限；俯瞰江河大地，关心万物的奥幻。只有心灵空了，灵魂才能飞翔起来，脱红尘而凌太虚；只有心灵静了，精神家园才能清逸澄澈，竹篱茅舍，梅兰松菊，疏星淡月，朝霞夕晖，一派人性的天然。只有适当的拒绝，才能营造属于自己的精神天地。

三十九

真理是一种客观存在，但它又会体现在各种思想观念和理论说教中，会被具体的哲人智者和高僧大德所承映；有时会给人一种迷惑，仿佛真理是被一些特殊的人掌握的，特别是由于世俗社会的影响，人们关注身份地位等具象的东西，容易把真理和这些现实中比较强势的东西当成真理本身，这是一种极大地偏见，但又是一种世俗的常见。其实，无论地位权势如何、身份名名声如何，在真理面前没有什么特权；只能有对真理的认识和把握，只能有对真理的反射与宣扬。任何人都能接近真理，但任何人只是真理的一个反观者，既不是真理本身，更不是真理的专权者。太阳高悬于天空，光辉普照、万物浸润，每个人都沐浴着它的温暖，都体会着它的存在和本真，但并不是每个人都是它，或者说完全拥有了它。我们只是在感知中去领略，在思考中去呈现，在现行中去遵循；真理犹如天空中的太阳，不会被世人的普遍感受而改变，更不会成为某种权威的依靠。当人们在追求真理时，一切的行径和努力都要发自本心的执着；当人们掌握真理时，只是得到了真理阳光的朗照，绝不是以真理自身而炫耀。一切的光环均是真理的辐射，一切的光影俱是真理的萦绕；本真的外在可以多样，但繁杂的外在永远不是内核本身。所以，不要被所谓建立在世俗基础上的观念蒙骗，更不要把对真理的强行解释和表述当成真理本身。因为，真理是平常、平淡、平静的，真理是平凡的。

四十

人们的修持和证悟，是一种内在本性纯真稚朴的呼唤，也是外部引导启迪感化的扶持，只有这种内外的交相辉映，才能达到一种境界，形成无上的空灵。但现实中很难有非常完美的内外结合，总会此长彼短，呈犬牙交错之势，正是这种繁杂变幻的态势，决定了人们自知自明的艰辛和获得外在指导的困难；特别是在自修的过程中，既要身体力行，殚精竭虑，探究道理，明白是非，求得一种内心的澄明空灵，有时也需要一种点拨式的启迪，可能有智慧的人一句话、一个动作就能将纠结的思绪打通，形成飞流直下的通畅和飘逸。大千世界，可能朋友很多，但知音难觅，具有这种点化或引领的智者更是凤毛麟角，有时只好从浩繁卷帙的经典中去寻找，从寻章摘句中感悟了。人海茫茫，你来我往，总是披着世俗的装饰，顶着名利的光环，呈现着等差的位势，具有明心见性通理达道的人往往被淹没其中，偶尔遇到又会因各种原因，或失或隐，东鳞西爪，正所谓知音难觅，更何况是精神的引领者，心灵的启迪者了。所以，人们追求真理的行程是曲折艰辛的，达到觉悟的境界是孤独寂寞的，正因为这种困难和苦楚，才有了自省自悟的砥砺，自立自强的精萃，当接触澄明的一刹那，灵光的弥漫让一切化为乌有，本真的纯性得以呈现，那是一种晶莹剔透的澄明，是一种幽幻奥妙的灵动。

四十一

知识并不代表一切，更不能简单地和智慧画等号，因为随着时代的发展，社会的进步，科技的创新，生活的积累，关于自然社会人类的知识会不断涌现，并为人们去掌握应用，似乎越多越好，但它并不表明数量和广度的积淀就能自然而然的生成智慧。因为知识只是相对于一定领域的学问或技巧，会越来越多，越来越杂，浩繁卷帙，盘根错节，并呈现出理论化系统化的状态，普世性大众化的覆盖。人们终身都会在知识的学习进程中，也会因学习而使自己丰富起来，但这并不代表心性的完美和道义上的提升。因为人们灵魂中的至高境界，是基于人性基础上的道理，是关于本源的探究与心灵的升华；它是一个由简到繁，又由繁到简，由具象纷纭到抽象精练的过程，是一个去粗存精、去伪存真、由表及里的内化提炼，是一个探求真理的陶冶净化之行。在这里知识的作用非常有限，而思考和解析的功力非同寻常，要从粉饰的外在中找出内在的本质，要从世俗的浊流中涤出清流，要从知识的庞杂具体中寻出反映规律的真谛，没有一定的修炼和自悟是很难达到的。所以圣人云；为学日增，为道日损，它与知识的倍增既相得益彰，交相辉映，又各呈意蕴，境界不同。圣人云；朝问道、夕死足矣。它是一种超凡脱俗，返璞归真，幽幻灵动，最高境界的达到。所以，衡量社会的成熟性不只是知识的多寡，衡量个人的品性，不只是读书的多少，而是一种至理的通达，智慧的养成，心灵的涵蕴，境界的升华。

四十二

小溪流在崎岖的山路中奔跑，时而淙淙作响，时而深潭休憩：时而跃上悬崖，时而扑向深涧；和山石相击，浪花飞溅，笑语一串；与小花小草嬉戏，柔情缠绵，映射朝霞夕晖，观照疏星淡月，温蕴梅兰松菊，氤氲暗香四溢；清风拂煦，细雨浸润，和苍松劲柏谈谈历史，与万象纷纭聊聊现实，向云遮雾绕想想未来，回味无穷，感慨万千，如梦似幻。可曾也是天真稚趣，纯洁无瑕。总是要冲出崎岖坎坷的崇山峻岭，总是要经历跌宕起伏的峰峦叠嶂，挟千山万水，聚千江百流，一路的奔跑，时紧时慢，唯有永恒的召唤让胸襟身躯日益宏大，唯有无限的引领，让心灵愈加灿烂。推动航船，承载沉重的历史一路曲折前行；冲过多少激流险滩；滋润大地，沉淀丰厚的文化，孕育春夏秋冬的史篇；汇聚时代的巨流细支，清浊同流中不断地净化着自我；泥沙俱下，鱼龙混杂中依然中流滚滚高歌向前；由激越到沉默，由喧哗到寂然，由烦躁的跳动到稳重的浑厚，从繁华中走出简单的平淡；当汇入大海时，心灵中的崇高化成朦胧的史篇，每一个音符每一章节每一旋律，都诉说着生命的无限；当在大海中高歌劲吼，低吟浅唱时，灵魂中的纯洁质朴回复了初始的容颜，那样的清纯和顺天真稚趣，那样的让人向往和留恋。在阳光的照耀下，升腾其云朵，在无限的苍穹中漫游，重回起始的山峦。

四十三

人们生来创造的多，消费的少，就大多数具体的个人来讲是这样的，就大多数家庭来讲也是这样的；当然个别败家之子把祖上几代的福荫一朝荡尽也是不少的，但就整个人类来讲，极不好说了。因为人们在相互的竞争和攀比中，以获取数量为标杆，形成不同的利益群体，无止境的欲望和贪婪的攫取，会过度地消耗自然社会人本身有限的资源，而形成贫富不均的社会构成，富可敌国与毫无立锥已是一种常态，而这种状况被人类的平均数诠释和注解后，又形成了一种表面上的进步和发展。但站在成果的峰峦叠嶂上回望时，山河不在，故国难返，过度的消耗导致人类生存的根本基础在退化，个体的或群体的部分，好了或差了，贫了或富了，但基本的东西却破坏了。从这种角度上讲，人们创造的多并不是一件好事，因为是以牺牲千秋大业为代价的，是用未来的资源垫支当下的成本。所以，作为整体人类共性的观念要建立在一种持久和历史的基础之上，不能只看眼前，只注重当世的享有，不顾及后世的繁衍。有时创造的少一点，破坏的少一点，可能是一种看似缓慢实则快速的进步；有点讲究适度的发展更是一种人性最崇高的选择。就个人来言，创造多点，消费少点，留给后代无可非议；就人类来言，则要看是什么样的创造，能给后人以什么样的基础了。

四十四

人生的财富，可以有多种形态，粗分起来不外乎物质和精神两种，前者又可以表现为各种具象的、可为人们感受使用的，而后者也可以成为人们实用的或灵魂的。我以为，属于精神范畴的财富，其中最有意义的莫过于一种品性情趣的纯真典雅，眼界胸襟高远开阔，人格意志的劲拔伟岸，精神境界的清逸灵动。因为方法性的技巧性的虽然也有甚于知识经验的可贵之处，但毕竟随着社会的发展、时代的进步有所变化，层出不穷花样繁多，而一种精气神的形成则是承前启后的、继往开来的人类主题。只有这种看不见摸不着但底气十足、意蕴深远的内涵才能贯穿古今，温蕴人生，成为人类永恒的主线。有时人们因为现实的急切需要和火烧眉毛顾眼前的急迫，把时俗风尚的追附急功近利的取舍，眼前的既得当下的享受变成了永恒的主题，让人性沉溺于感官的刺激之中，品性驳杂，情趣鄙俗，胸襟促狭，人格颓丧，精神萎靡，心灵晦暗，高尚典雅的东西远离了，黯淡了；特别是有些人甚至把一些方法性技术性的东西当成了人性的主体，加以理论化合系统化经典化合理化的加固，久而久之，社会笼罩在一种随波逐流追名逐利的精神氛围之中，人性的光辉丧失殆尽，人的本真和社会的功能便会退化成一种暂时的求生和简单的适应，人类的崇高和自觉荡然无存，只是一种物质的反照生物的延续而已。

四十五

内心的坦荡，思想的敞亮，精神的自觉，灵魂的高扬，人要有自己的人格风度、襟怀雅量，在世俗的大潮中坚守那份自信，享有那份自尊。风霜雨雪，岁月匆匆，年来岁往，春夏秋冬，经历了时代的风云，社会的波浪，生活的砥砺，人生的锤炼，集荣辱成败于一身，聚酸甜苦辣于一心，品的就是苦中作乐的酒，要的就是难中有趣的乐，忧在前行乐则后至，身在江湖心在空灵。无论身居庙堂，还是驻足茅野；无论高鹏满座，还是门可罗雀；自有灵凤飞至，何期雅凰栖枝，心灵中的洁净与平淡，足以胜过灯红酒绿的张皇。独坐茅屋陋舍，唯有青灯黄卷，读得是天下文章；静持清心逸趣，笔下龙飞凤舞，写得是心语昂扬；远离了尘嚣的纷扰，杜绝了俗欲的侵蚀，邀得清风明月，请得松竹菊梅；寂寞天，清净地，孤独心，思的是千古往事，想得是万代宏业，有天地于心，视小我为芥，不忘人性之本真，使命之责任，倾心尽力中自有一番人生天地。平常人平常事平淡心，通透的是千古一脉的清风浩荡，警悟的是出淤泥不染的心灵，何必人云亦云，沉溺于一种喧哗的自喧与众嚷；何必随波逐流，满足于争名夺利的浊流激荡；守住一颗孤独的心，安于一种寂寞的身，多一点本性的纯真和善良，便是人生最好的时光。

四十六

世界之大，足以容纳万物，但接受不下一颗渺小的心；宇宙浩渺，星汉其中，却接承载不了一点鄙陋的情；广阔无垠的空间，永恒无止的时间，能被人们去认识和理解，却为人们所视而不见。天下的路非常之多，众人非要从一径而终，于是挤挤攘攘，你死我活；天下的事非常之多，众人却要择一而行，纷争四起，头破血流；到底是天下不够大，还是人心太狭隘？其实，天下再大为人们所实用的总是有限的一点，而人心再复杂，唯有利益和欲望却是根本。所以，千军万马过独木桥，挤在名利荣辱的独木桥上，不管死活，只求分得一份自我的享有；所以，世间之事很多想不通的。其实却很平常，不外乎共同的取舍和互相的评价罢了。于是乎，人因为争斗而分成团体，形成层级，结成帮派，聚成民族，变成国家，以各种形态的名目争夺着时空中的位置，获取着应得的享受，领略强大的自尊，独占傲视天下的雄踞。有时想，寻一条幽径，得一点幻隅，享一点愉悦不也很好吗？贫穷困顿，也有不改其乐的超逸，富贵安康，也有暗香如故的散淡；在孤独寂寞中一样享受清风明月的抚慰朗照，一样沐浴朝阳细雨的浸润，一样有神清气爽的恬淡，别有洞天的自在，何必在洪流滚滚中去随波逐流呢！世界真大，我们的心小了，就能适应，我们的心太大了，再大的世界也容纳不了。

四十七

善良是一种本性的使然，更是教化的基础。因为一切的善总是要体现在一定的载体上，表现在一定的附着上，纯真稚朴的善良只有根深蒂固，才能枝繁叶茂，葱茏蓊郁，涵化万物，温蕴众生，在人们的品性中情趣里，眼界中胸襟里，孕育出无限的慈悲和爱怜，以一种纯真诚挚的精神和涵护生灵的行为，去对待万事万物，这就是善良内在的博大精深，外在的璀璨缤纷。每个人的心里都有善的基因，只是它在后天的发展过程中，是否得到进步的强化或提升，是否被不断的爱怜和慈悲去充实，是否成为一种感悟天地通晓人性的价值观和世界观，是否成为经风见雨为人处世的方法论。而这种崇高而普世的境界，不是自然而然生成的，是在生成过程中消除自身邪恶，涤荡自我的兽性中锤炼陶冶的。只有在善与恶的相互交织中，只有在善与恶的相互争斗中，只有善的本质战胜了恶的劣根，才能像莲花一般出淤泥而清逸净洁，芬芳四溢。生活在社会的追名逐利中，行走在时代的风尘世俗里，现实中的各种引诱时刻吞噬着人们的善良，痴迷的贪婪，癫狂的攫取不断地膨胀蔓延，严重地侵蚀着人们善良的本质，占领着善良的园地，让它疲惫脆弱，不堪一击，阻塞困顿，无立锥之地，往往经不住名缰利锁的桎梏，锱铢必较的算计，世态炎凉的煎熬，成败得失的挤兑，这就更需要一种修持和磨砺，是精神坎坷崎岖的艰难攀登，是心灵蜿蜒曲折的长途跋涉，是持之以恒的呵护，明心见性的精萃，是超凡脱俗的净化，返璞归真的超越。

四十八

碧空无垠，湛蓝的近于通透，清澈地升向更深的无限，有看不见的清幽奥妙，有扯不断的如梦似幻。在被寒冽劲风拂拭过的天宇，凝结成了意象的永恒。仰目注视，仿佛有一种冲动，想轻扬直上，在晶莹的蓝色中让自我透明，让一切化为永恒的无我之灵。人们向往澄明洁净，是因为心灵中的尘垢太重；人们向往晶莹碧透，是因为精神中的雾霾太浓。沉浸在红尘禄利之涛中，周身已染满了世俗的功利；徜徉于荣辱成败的风尘里，心灵中已沾满了污秽的名分。过度的装饰使一切失去了本来的面目，急切的占有让一切都变成了囊中的物品；到手的刚到，又迫不及待的把手伸向还可以获得的领域，到心的刚到，又焦灼急促的把心拓展到还可以奢望的时空，人们奔波中奔命，人们享受中沉沦，人们满足于灯红酒绿、时尚时髦的风韵之中，人们沉浸于麻木不仁混吃等死的逍遥迷津，烦乱的生活，躁动的心灵，像是杂叶乱地、飞絮蔽天，终日里浑浑沉沉，没有安静，没有温馨。看看寒冬季节的天宇，清冽中的纯净，是那样的引人入胜，仿佛一种启迪，将烦乱的心引上碧透的幽幻之中，呈现心灵的本真。因为只有清净才有单纯。

四十九

心灵中的境界应当是清净爽朗的，犹如明月的普照，更像是拂面的清风，在一种安谧之中，泛起漫天的碧波，载动着精神的小舟，自由自在地游动。造就这种天地的，必须要有空灵的实相，清理掉世俗的污垢和灰尘，打扫净堆满俗欲恶念的厅堂，留出一片空旷且净洁的庭宇，敞开白茫茫大地真干净的爽透，此时的邀月请风，揽日纳霞，把一切融汇在心，才有了可以激荡的时空，才有了可以相融的寰宇。佛经上云，空则灵、灵则慧。一切皆从空字而来，一切皆向空字而去，现存的具象只是一种印证空的照射而已，只有空才能萌发出无限的生机盎然，只有空才能容纳更多的万象纷纭，只有空才能有孕育心灵的瑰丽空间，只有空才能有凝结精神的璀璨缤纷。人们实相的占有越多，心灵的空相就会越少；人们享有的实相越繁杂，心里的空相就会浑浊。

因为，世间一切的具象，不过是一种过程的印证，从何处来的迷茫，在何处立的迷失，向何处去的迷惘，靠实物和欲望是解决不了的，只有净化了、空净了，才能有灵魂的飞跃、精神的梦想，才会于无中生出无限的无，以至于有了空灵的时光。

五十

何必多想，世间诸事自有其存在的方式和理由，也就无须费尽思量，该来的都来，该去的都去，一切皆在运动中呈现自己的本质，一切皆在幻象中映射自己的真身，与其让繁杂的世俗侵扰安静的心灵，不如忘身于世外，作一番精神的漫游，心灵的翱翔。大千世界，芸芸众生，恒河沙数，转瞬即逝，一刹那的光景，芥粒般的身影，只是一种无限之中的星辰，有其光亮的辉映，有其自然的行程，更有其于有限中生命的本真。很多忘执的念想，只是一种无明的奢望；很多成熟的思想，只是一种说教的感叹。因为，一切的本因皆在永恒的生死之中，一切的因果皆在命运的长河里。人生中的意蕴，清流浊流一样地流逝，生命中的真谛，慈善与恶行一样混杂；芸芸众生各有其特性的浓墨重彩，璀璨缤纷，均会化成即将的逝去，又会演绎出马上到来的将来。站在今世的点上，让一切都成为自然。岁月荏苒，光阴似箭，只留一段可鉴的精神和可照的灵光。

五十一

心地的纯净犹如晶莹碧透的天宇，深邃中泛着明净的光亮，漫漶至虚无缥缈的远方，引领着灵魂的翱翔，只有最深邃辽阔的苍穹，才能有日月星辰的交相辉映，才能有云淡风轻的轻扬飘逸。心灵的安详犹如深谷幽涧，绿树盘绕，山崖耸立，清泉汩汩，溪流淙淙，只是自然的音韵，没有一点烟尘的侵扰，它容纳着孤独，安驻着寂寞，但永远有一种清纯，伴着岁月，留着时光。尘世纷扰，万事繁杂，既缺乏生气，又失去活力，最关键的是没有境界，满心的思索不外乎物质的攫取、欲望的满足，远离了自我的本真和慈善的心灵，失去了灿烂的星光，找不到清洁之地，安详之乡。像是一个无助的游子，只是在天地间游荡，漫无目的地颓废，了无生机地苟且，在灯红酒绿中麻醉，在红尘滚滚中麻木，只剩下一个皮囊。要想找回心灵的纯洁，只有在污泥浊水中的昂扬，一切的同流不能合污，还要将污染的成分不断净化，还一个本来的清纯；要想找回安详的心灵，只能在泥沙俱下中精萃思绪，放飞想象，让奋扬的灵魂脱离世俗的苦海，有自己暗香四溢的故乡。身居名利场，心在是非地，关键是要让它们有一个自我的安静之场，可以独立的沉思，可以浪漫的想象，可以自由的飞翔，可以听点自然的真谛和自我的心语。

五十二

世界就是这样，不会为人们的阴晴圆缺而改变，但它却为人们的悲欢离合提供了最神奇的剧目，最壮阔的舞台，最宏大的场景，最幽幻的情节，最醒目的生旦净末丑，最精彩的唱念做打舞。你只为感知的世界而欢欣、痛苦、喜乐、悲伤。山河依旧在，人世几沧桑，只是人们在纷纭地变化之中，赋予了对世间万象的不同感悟，只是人们在急剧地发展之中，让自然社会有所变化，也使自我有了别样。明月依然朗照，清辉四溢，不分古情今趣；清风依旧轻拂，抚花弄草，不管生死交替；只有我们的有限之躯已代代相替，有了不同的感同身受；只是我们的短暂之心已辈辈承续，有了时过境迁的感触。行程中迷茫时有，看山重水复，还是千古的旧迹，只是多了点新的点缀；前进中惆怅时伴，柳暗花明，还是希望的召唤，只是又有了引领的曙光；注目天际，历史和未来在彼此交替，极目大地，现实和将来相互碰撞，一切的情思皆是自然社会的反射，在历史的基础上，在现代的空间里，在未来的向往中，扭结成我们的万般无奈，一腔深情，还有始终不毁灭的希望之光。面对永恒的自然，心灵中也会有永恒的光亮，只是微弱渺小，但真切而明亮。

五十三

没有目的的人生是无法想象的，但全是目的的人生也是无法理解的。人们在岁月中逐渐长大，像一张洁白的纸，不断涂抹上各种色彩，缀上不同的音符，有了不同的画面，也有了不同的旋律；无论是鸿篇巨制的豪壮，还是小桥流水的风韵，无论是金戈铁马的雄浑，还是杨柳岸晓风残月的凄楚，总是人们有意无意中的杰作，专注或淡漠中的映照。可能出发时目标明确，一路顺风顺水，达到了自己想要的目的；也可能歪打正着，从起点的执着，走到了终点的无奈，却成就了一番事业；更有甚者，南辕北辙，背道而驰，成了风马牛不相及的荒谬，与初始的想法千差万别，甚至形成了尖锐的对立。从小在各种灌输下，我们都有一个被催熟了的理想，目的非常明确，好像只要一用劲就会实现，殊不知行程之艰难，道路之曲折，风云变幻之中，就像小树杂多的枝丫，向空中四面八方的拓展，却只留下了一树的春夏秋冬，嫩绿浓荫蓊郁，萧疏干涸枯萎，唯有根深蒂固于既定的历史中，盘根错节于即成的现实里，汲取着营养，维系着想要达到的目的，但未必具有能达到目的的力量。想起来，别把目的看得太重，也别太轻，别太死板僵化，别太虚无空洞，因为，目的就在一次次的启程里，就在一次次的锤炼中，犹如江河蜿蜒曲折的流向幽幻奥秘的远方。

五十四

没有必要去弄懂人生，因为人们从来没有弄明白过。看似几百万年的进化，还在不断地遗传变异，究竟向何处去，还是说不清道不明。每一代人都在探求人生，实践人生，用自己有限的生命力去给人生增添一些内容和符号，给人生涂抹一些色彩和光亮，关于人生的论述多如崇山峻岭，浩如江河湖海，但又有谁能理得清清爽爽、明明白白呢？因为人生是永恒的拷问，没有终结的明确答案，即使是走过的千山万水，回味起来也是难以描述清楚的，更何况未来的深邃无限，又有多少神秘莫测在等待着人们。所以，人生的探索不在于明确的答案，而是辈辈承载代代相续的过程，以及这种过程中的感悟和精神。虽然时代发展、社会进步，人们和过去比已不能同日而语，但毕竟贯穿人类主线的精神是永存的，物质的形态可以千变万化，灵魂的执着与向往却永远在恒定之中。虽然思考的对象、水平、内容已不一样，但人生的梦境永远离不开人生中的人们。每个人都有自己对人生的看法，也会根据自身的感受得到自己的人生感悟。无论其宏辞博章，还是野语村俗，无论是理论体系还是碎语杂言，人生的铭印却是自己雕凿的，都是时代蚀刻的，都是在砥砺奋进中经磨历劫形成的，又都是被千锤百炼的陶冶中高度抽象而凝聚的，人生不在乎懂不懂，行不行，而在乎能否拿得起，是否放得下。

五十五

光明星就是一种自然的心，它以圣洁的光普照万物，涵化一切，不论彼此，透着温柔和谐，使人们充满了慈爱和善意。一切的差别、是非均消失了，凌驾其上的普照成了唯一。所以，在大千世界中，安抚人心的东西很多，但最真切和普照的都是光的功能。唯有光明才能穿透一切，才能让万物生长，也只有光才能直透世间的各种阴霾，让一切袒露于明白之中。做光中的行者，具有通透的能力，具有示范的效应，裸露于光明之中，一切都会真实的呈现，没有隐藏的沟坎，更没有阴暗的黑影，就像水晶唯光所照射，已是太阳的七彩和神圣了。当然，要让光明注满心胸，穿透一切，关键在于使自我要成为透亮的结晶，只有去除杂质，涤清污垢，将本真的自我昭示于光的穿透之中，才能晶莹剔透像水晶般让光随意穿行。光明星是一种接纳光的抚慰和塑造自我结晶的双重企盼，唯有这种心境，才能做到无限之中永远闪烁真理之光的星。人们最希望活的愉悦，特别是心灵中要有诗意的家园，安谧的圣境，只有光明的居所才是最好的归宿，也是最好的启程。光明星，普照一切，燃烧的内核却在于每个人心中那团纯洁的圣火。因为只有它的净化，才能接纳光明的放射，才能有圣洁的灵魂。

五十六

世界最本真的至简，最纯净的至清，最安谧的至静，最从容的至淡。因为，世界本来就是简单、清洁、安静、淡泊的，正是因为人类太多的欲望，过度的追求，疯狂的掠夺，贪婪的享有，不仅导致了和自然关系的破坏，还引来了社会内部的竞争和厮杀，也撕裂了自我的人格与精神。因此，心灵中也就失去了应有的天性，呈现出一种乖戾的人格和扭曲的精神。世界因为有了人而富于了崭新的内容和形式，也因为人的发展而呈现出参差不齐、千差万别的状态；在人类一路高歌猛进中，低吟浅唱的心语渐失，在人类自以为是的狂妄之中，田园诗般的生存境界破乱不堪；人们用自已的辉煌创造证明着特权的地位，打造着至高无上的地位，崇光泛彩的盛誉，但也在摧毁自然社会的和谐中，撕碎了自己的躯壳和灵魂。小到个人，大到群体，小至民族，大至众生，你争我斗，此强彼弱、相互间的攀比和竞争，已失去了自然界进化出人类的初衷。人们不能因为发展进步就远离自然的本真，人们不能因为丰富享受就抛弃社会发展中自然和谐的魂灵。来于自然，生于自然，长于自然，归于自然这个基本规律是改变不了的。但愿启程时的真善美，不要成为当下的假恶丑，不要成为未来的悲苦痛。

五十七

追求完美并没有错，以一种精益求精的精敬态度去从事每件事，是一种专业职业的要求，更是一种精神的自律道德的自觉；但在追求完美的过程中，要有适时适度，具体情况具体对待的思想观念和合适方法，不能视世间事物为同一尺度同一标准，更不能以自己主观的完美来测度客观的差异。没有理想的人生是灰暗的无意义的，但过分理想主义的人生又是空虚的不切实际的。因为，实现理想不是纯粹精神意义上的努力，而是一种理性指导下的实践活动；理想的科学性趋势性及具象性是人们在实践中感悟出来的，是建立在一种具象基础之上的，不是空中楼阁。只有符合客观规律，遵循发展趋势，秉持人性至真至善至美的理想，才是精神的明灯，心灵的光照。如果脱离实际、凭空想象，只能成为一种自我安慰的虚无缥缈，自我沉醉中将碰得头破血流。同样，从事任何工作都要有一种具体的技能与方法，更重要的在于一种精神和态度。具有良好道德和职业修养的人会以一种敬业精业的精神和匠心独运的手法，去从事具体工作做好具体的事务；但其根本的敬在于尊重规律，把握趋势，尊崇人性，最根本的精在于把握现状，针对问题，量力而行，实事求是。如果陷入一种苛刻地偏执之中，不顾客观条件和主观素养，以主观意志为标杆，以自我感觉为测度，看似完美，其实只是在完美装饰下的不完美了。

五十八

感悟人生，是一个过程，由代代的承续和每个人的传承所体现，数量的叠加，质量的飞跃，铸就了人生的神奇奥秘，博大精深。多少身体力行铸就了人生的崇山峻岭，让人仰望俯察，深谷幽涧，峰峦叠嶂，崎岖坎坷，无限风光；多少殚精竭虑融汇成了人生的江河湖海，在蜿蜒盘桓、九曲回肠中，无数的跌宕起伏，闪烁着智慧之光，无数的涛飞浪卷，奏响人生的高歌劲吼，低吟浅唱。江山依旧，人世沧桑，唯有人生这个主题巍然矗立，既是历史的丰碑，又是现实的坐标，更是未来的引领，人们从不同的角度去解释，去分析，去归纳，去反思，去升华，但只能触及其表面的陈述，从未直达心境的真谛。在浩如烟海的文章典籍中，在汗牛充栋的书牍词汇里，珠玑成陈、彩练当舞，人生是何等的精彩纷呈，气象万千，但最终都是一种剧幕式的开启与闭合，循环不已，始终在命运的安排下，在永恒的舞台上，风来云去，你来我往，阴晴圆缺，悲欢离合。对于人生的探索是人类的精神责任，而人生本身就是一个有限探索和无限追寻的征程，每代人都有断言，每个人都有说法，但人们从未弄得清楚，讲得明白。因为，人生就是无止境的探究，而探究则是人生的根本要义，至今如此，将来如此，永远如此，人生是萦绕人们的永恒之题。

五十九

发自真心的情爱，是在人类天性基础上的一种美德，无须各种粉饰雕琢，更不需要特定方式的表达，它来自于淳朴本真，源自于慈悲善良，清水出芙蓉，天然去雕饰，像春风细雨，明月清辉般自然地呈现，畅意地表达，直入我们的胸怀。有时的无意可能是一种不经意间的正常，有时的有意则可能是经意间的反证，一切如清泉碧透，溪流潺湲，漫游在崇山峻岭，一切如风霜雨雪，雾霭云露，浸润于春夏秋冬。像太阳那样平常，只是温暖地照耀，不求一点回报，平静的欣赏着自然的苍茫辽阔，万物的兴衰更迭，人间的沧桑纷纭；像明月那样清逸，只是温柔地抚慰，不愿喧哗张扬，平淡的变幻着世相的阴晴圆缺，品味着人间的悲欢离合；一切皆在人们的平常平淡平静之中，从不去刻意地寻找，也不会张扬地喧嚷，衣食住行，家长里短，至亲至爱，邻里乡党，芸芸众生的本分，恰在于一种永恒的存在，是心灵中最美好的精神家园。只是呈现于日常之中，让我们有时专注，有时漠然，有时尊崇膜拜，有时熟视无睹。真的，爱是一种至高无上的境界，它能容纳一切，包揽万物，将一切融化于温柔和顺之中；但有时它也会因为纯真稚嫩受到伤害，因为执着坚韧受到摧残，不恰当的表达是过分经意的硬伤，不合适的涵护是过度偏执的痼疾，让人领悟不到爱的真谛，却接受了爱的荒谬，因爱生恨是爱的不幸，因恨生爱更是爱的力量。普天光照，遍地雨润，爱是一种心灵的交相辉映，相得益彰。

六十

人们孜孜不倦，以求一生一世的功名利禄，以博立言、立功、立德的不世成就。其实，无论取得多大的功成名就，抑或丁点儿的平常收获，都是一种过去的收获，对当世的捡校，对未来的奠基罢了。人们尽管因为主客观条件的不同，因而创造的繁简和享有的多少也会千差万别，但无论量的大小，质的优劣，都是一种生活的必然。生命的历程，以不同的分量铸就着时代，塑造着社会，影响着未来，人们的这种博大精深的意蕴，并没有完全被自己所认识，而只是停留在以急功近利衡量为标志的所谓成败得失中，即便君子之泽，延及几世，即便平常之宗，不成脉流，但都是造化的安排，除了量和质上的差别外，从生存意义上来讲，道理都是一样的，没有什么本质的差异。从这个意义上讲，人们不应该为物质和精神有形的成就所满足，更不要躺在它的身上忘乎所以高枕无忧，而应该看到自我内在的强大和深厚，是一种隐藏在各种具象之中的真正品性。高度的抽象可以剥掉纷繁的外饰，精练地概括可以凝结内在的本真。用平淡的心灵去审视一切，你会透过虚幻的光环或斑驳，看到内心的那份真诚和善良。无论富贵还是贫贱，都是一种现实的生存，都是一种当下的奉献，没有这种纷繁复杂，千差万别的构成，现实的社会就会空洞无物，虚无缥缈了，未来也就会失去了发展的基础。所以，大爱无形，正是笼罩天地的真谛，但愿始终在每个人的心里 。

六十一

就像太阳普照一样，平等的光和热赋予万物，但由于万物的具体时空表现不同，而承接的亮度和温度则是不一样的。不能因为人们差异性的存在，而漠视太阳的本性，也不能因为太阳的公正博大无私，而忽略万物的差异性生存。正是因为这样一种矛盾，构成了自然社会运行的基本法则，即规律的客观存在，与客观存在的规律，前者是高度概括的抽象，后者是具体的繁杂呈现，永恒的规律被具体的现象所反射着，具体的表现则印证着本质的辉煌。芸芸众生，从本质上是一样的，因而基于人性之基的内核是共一的，不分种族民族，其人的本真均是来自造物主，体现社会性的，但其又由于所处的地域、历史、变化、发展程度、文明阶段不一样而呈现着五颜六色的光芒，形成参差不齐的结构和特征来；特别是由于后者的直观性现实性，在当世的存在与发展中，往往打上时代的烙印，具有极强的功利性和即时性，从而在一定程度上掩蔽了人性最基本的因子，将生命的真谛附着于世俗的虚饰之中。所以，我们时时感到一种没有信仰的迷惘，没有意志的颓唐，没有定力的苟且，没有思想的迷蒙，甚至随波逐流、趋炎附势的浑噩不堪，以致沉湎于眼前的既得，麻醉于当下的享受。这是人性丧失的表现，也是当代发展中，人们需要深刻反思并重新找回的根本。人类精神家园的根永远在自己的心里，且不能随意的丢失。

六十二

山河依旧在，人世几沧桑，物质的变化、社会的发展，人们心灵中的变幻，呈现着巨大的反差，也在相互的碰撞中形成火花，究竟能否燃起燎原之势，能否在浴火中重生，则是每一代人的思考主题，更是永远也回答不清的永恒之秘。我们在承续自然存在的基础上，接受着物质的积累；我们在继承社会现实的财富中，承载着文化的延续；我们在享有代代相因的具象物质中，精粹着精神的内核；我们更在不断地发展中，丢失着自我。一个巨大的悖论是；进步了，却堕落了；发展了，却落后了；享有了，却失去了；在丰富的物质形态中，一切精神的感受打上了即时可享的感官乐趣，却没有了内心的那份宁静与淡泊；在夸张的物欲统治下，灵魂的空间愈狭隘，已满足不了一对自由翱翔的翅膀。因为我们走得很快、很猛，好像把一切都迅速置于脑后，思想迎接的是一个接一个的新课题，但只有形式的接受，没有内在的锤炼，更没有精粹后的升华和超越；我们只满足于一种生存的喜悦，没有了思考的忧患，以至于苟且偷安是最好的卧床，做着堕落的梦，行走于混吃等死的迷途中。人啊人！不要忘却自己的历史责任，不要在自我的过度扩张中，只书写自己没有内容的表面文章，让自己的浅薄鄙陋去掩饰山河的沧桑依旧。

六十三

有些事沉寂下来远比说出去要好。因为，现在想倾听的人太少了，想说的人也太少了；更何况，想听的未必是想说者所说的意蕴；想说的又未必是想听者所听的情趣。所以，寂寞一点倒也清闲一点，没有什么语言的冲撞，没有什么思想的摩擦，生活就像温吞水一般，既无沸点也无冰点，只是一种简单的存在而已。这个世界封闭的太重太久了，科技发达，网络密布，时空已被打破，人们近在咫尺，可是心灵却疏远了很多，以至于相顾相识却无语，相亲相爱却无心。精神的源流被世俗的沟渠、堤坎所阻隔，灵魂的家园被功利的刀剑所分割，一切都是淡淡地相望，既没有什么激情，也没有什么向往，偶尔的一点热量，也被冰冷的事态所降温，更谈不上星火燎原，以成激昂之态势了。沉醉在冬天的暖阳中，被温暖的光抚慰着，身上没有一点寒意，心里一种惬意，朦胧中感到人生的行程是那样的平淡平常平静，已逝去的山高水长、柳暗花明只是一种印象的回复，像天空中淡淡的云，飘来即去不知所终；只是孤独地守望着那份寂寞，听到点儿内心的呼唤，翻几卷青史古卷，感慨一番圣古前贤的微言大义、文章辞赋，聊得一点远隔千山万水的惆怅，在横亘时空的相望中，有那么一点心灵上的沟通，仿佛寂寞是一种神圣的佳境，孤独才能彼此的欣赏。

六十四

沉默不容易，因为有感而发的事太多，总想一吐为快，不让心中块垒以堵，郁闷壅塞；沉默不容易，因为心灵中的本真和善良，总是因为现实中的恶俗而愤懑。有时的沉默是一种妥协，只是承受世俗的一种无奈；有的沉默是一种苟且，只是随波逐流的一种尴尬。要想达到一种境界层面的沉默是非常难的，犹如置身于烈火烹油之中、枯木逢火之中，鼎沸与燃烧只是刹那间的事，稍纵即逝。沉默的本质是精神的升华，是灵魂在光的照射下，闪烁璀璨缤纷的光彩，是灵魂在无喧嚣时空里的高歌劲吼低吟浅唱，是灵魂苍茫原野的自由驰骋，深邃苍穹的任意轻扬。多少喧闹的陶冶，才能成就一种高尚的沉默；多少纷扰的精萃，才能提炼一种博雅的沉默。身在闹市和名利场中的沉默更为难寻，因为一切烟云的弥漫，一切骤雨的初歇，一切清风的抚慰，一切雪花的飘落，都是一种动中求静的解脱，需要用心灵去感悟，从境界的层面去打造。真正的沉默不是无语，更不是无行，而是一种寒凝春华、无声孕育的生命之章。在前行中，虽然风雨无阻，虽然波峰浪谷，虽然泥沙俱下，虽然浊浪排空，而心底依然是春花秋月、梅兰松菊、清溪蜿蜒，瀑布飞响，只是仰望和俯察中的慈善，只是瞻前顾后的本真，只是一种物我两忘的淡然。

六十五

心胸坦荡，就像冬天被寒风清扫过的蓝天，有着澄明透澈的晶莹，深邃而一碧如洗，感到冰晶玉洁似的通透。只有这样的胸怀，才能容得下日月星辰、风雨雷电，也只有这样的境界，才能净化心灵，有自己独特的精神家园。然而，这样的画面不是静止的呈现，而是在四季轮回中磨砺的结果，是岁月交替中劫难的转换，一碧如洗是经历了多少风狂雨骤，云遮雾绕，电闪雷鸣，冰雕雪琢的历练后，才得以有一刹那的清澈澄明，空灵洁净。深邃无限是千难万阻、风云游荡后沉淀了糟粕，凝结了精华后的奥妙幽幻。自然界中群山起伏，横岭纵峰，社会名利场波峰浪谷、群雄争夺，每个人的心灵都受到污染，每个人的胸怀都抱缺守残，眼前的好处和既得的利益胜过风花雪月的万般情怀，衣食住行的享受和炫耀远高于气壮山河的诗篇。人们在红尘中翻滚，人们在欲浪里游泳，人们沉醉于麻木之中，苟且于感官之乐里，胸怀变成了垃圾堆，令人难以接近。偶尔一仰望冬季的蓝天，心头一震，有了启迪的碧透，引出一点清洁的思恋。

六十六

扑朔迷离的历史，很难说清一些丰富的内容和具体的过程了，但其发展的轨迹是清晰的，不论中间有多少代人的浓墨重彩或浅绘淡描，总是一种记忆，更何况还有旧迹的发掘和各种文物的考证。所以，历史是远去了的，但却对现实产生着巨大的影响，甚至影响着对未来的判断和进程，尊重历史不能沉溺于一些细枝末节之中，必要的考证固然重要，但陷于琐碎就会失去浓重的沧桑感和明晰的方向感，要从源远流长的历史大河中梳清脉络，看到主流从何而来、向何处去，是一种真正地带有战略眼光全局意识的思考，只有这样才能勇立潮头、溯本正源、厘清轨迹，找出隐藏在丰富表象后的内在规律，才能将正确的观点建立在牢固的基础之上。当然，在择其主流的同时，也要傍及枝末，把横向的各种事实做一全面客观的了解和条分缕析的归纳，形成丰厚的印证，使历史不是一种线性的复述，而是立体全方位的呈现，从而加深对历史规律的正确把握，对历史现象的科学认识。历史由于距当下很远，看似很神秘但其实很现实，因为人类文明史的发展始终离不开人类自身的活动和社会的运动，在自然基础上锁建构起来的人类自身进化和时代变迁，其内涵是具有根本性的，只不过跌宕起伏的场景，风云变幻的舞台，云诡波谲的剧目，变化莫测的演绎，精彩绝伦的生旦净末丑，淋漓尽致的唱念做打舞，具有直接的感触和品味，却已然是人类史诗大戏的一个片段。

六十七

冬藏可以将万物纳于胸怀，将一切喧嚣归于寂静，原野失去了往日的繁茂，极目远眺，唯有苍茫可视，沧桑可待。一片萧瑟中，生命都藏进了自己隐蔽的掩体之中，做着悄然的梦。寒风扫过，大地显得清爽了许多，天空更是一片湛蓝，唯有明亮的太阳从东到西，挥洒着自己的光和热，给大地和万物一点温馨。冬藏可以安抚一切，却收纳不了人们的心，因为它提供了更为广阔的天宇和赤裸的大地，让人们的目光看得更远，让人们的想象飞得更高，放大了的空间，有了自由通透的梦想之境，久抑的情怀失去了春夏秋的装饰，会像地火一样喷涌而起，弥漫整个宇空，化作五彩缤纷的丝路花雨。所以，冬天藏住了春的繁茂、夏的盛郁、秋的丰硕，冬天剥去了心灵上虚掩的各种装饰，还原了一个世界的本真之初始，给人们以清醒地自思，从无得回归中去深思无得本质。我喜欢冬天，虽然风有些寒冽，景有些孤寂，天地苍茫中透着一种神圣的凄凉之美，万物萧索中有着别样的空旷之意，孤独地立于天地之间，虽然渺小但特立独行，有了深刻的印迹，如果再有一场飞雪，那将更是一个美丽的冬季。

六十八

寒风悲吼，劲吹中天空被清扫的湛蓝湛蓝，万里无云，只有太阳的光亮呈现着凝结般的恒定；空裸的大地，享受着粗野的抚摸，偶尔的尘烟瞬间消失得无影无踪，天地间展现了无垠的空阔，舞台上只有劲吹的凌厉。极目远眺，是惆怅的相望，看不尽的忧伤悲愁，唯有心灵梦幻般地游漫。低头回顾，是孤独的叹息，说不清的寂寞伤感，唯有灵魂在自言自语。定不下的心，在无尽地迷惘里随风四处狂舞，天上地下只是没有定力的游荡，静不了的思，在空旷的幻觉中扯起四面八方的网，却收获不了一点感悟。只是自由地随风飘荡，像一个游子，没有来的起点，没有终的归宿，行程也是一阵急一阵缓的张狂。多少事，风一样吹来，风一样飘去，起于无形，息于无声，只留下激情式的喧嚣，仿佛是一个幽幻的精灵，不承担任何内容，只负责漫无天际的轻扬。寒风清冽透骨，其实它更透心，仿佛要深入灵魂的深处，将一切扫荡，留下一个洁净的家园，好孕育纯真善良的种子，给它一个神奇幽幻的梦乡。

六十九

年年岁岁地交割，沉浸在几声凄楚地钟声里，像是一阵寒风从心头掠过，多少记忆泛起，多少往事沉寂，无论是丰收还是歉荒，已被岁月轻轻地碾过，只留下点残存的回望和感喟。扯住逝去的时光，千言万语只是话别的衷肠；按住即来的岁月，千思万想只是憧憬的期盼。一阵风过，钟声远扬，天地苍茫，无限的伤怀寂寥，伴着孤独的悲凉。生命的承接应该是喜悦，而时光的交割却是悲伤，长流水不复回，何处寻觅儿时的踪影，哪里求得往事的旧迹，激情的神飞思扬化作白发皓首的苍凉感慨，青春的大江东去，留下的是曲折的驿路和凋零的长亭，晓风残月，晚霜夕阳。时间的飞驰让心灵震撼，来得太急迫，去得太匆忙，不曾驻足，就把生命的永恒之链无限的拉长，神秘地扯着过去，现实地展现着当今，幽幻地伴向未来。岁月交割的钟声响起，不曾有一刹那永恒的停留，因为告别和迎接是以同样的方式发生在同一时光。

七十

置身于万物葱茏之中时，你会觉得自己融入了生机盎然的浑然壮阔里，达到一种物我两忘的境地，自然是一滴水、一粒沙、一阵风、一片叶的感受；当你置身于崇山峻岭之中时，会感到巍峨高大与浑然厚重相拥，将自我压抑浓缩的只剩下渺小了，只能仰望俯观中做一个成分构成的因子，忘我的境界油然而生。但当你裸露于寒风凛冽的冬季里，置身在天地苍茫、万里寂寥的萧瑟之中时，仿佛挺立于天地之间，唯有你是中间的连接，特立独行的怅然让你震撼不已；因为空间的深邃辽阔给了孤独卓然而立的场景，可以放大或缩小人们的身躯与心灵；神奇幽幻的舞台，在唱念做打舞的淋漓尽致的演绎中，个人生旦净末丑的角色既卑微渺小，却又博大宏伟；因为，天地成全了心的无限向往，让精神的光射向四面八方。你面对的是无限的庞大与深厚，但你却形单影只地站立在沧桑寂寥之中，平常的让人熟视无睹，又超然的顶天立地。

七十一

太阳天天从东方升起，平静地将光芒洒向大地，把温暖送给万物，它慈祥地在蓝天上俯看着一切，从没有什么感慨，也不会有任何悲喜，只是执着地行使着自己的责任。来自造化的安排，不以任何的评说而影响自己。往往关系万物生命兴衰的崇高伟大，决定命运更迭的幽幻奥秘，都显得格外的平常平静平淡，让人感觉不到它的存在和意义，顶多有时在自我感叹中，借用一下自然现象来抒发点情怀罢了。在人类进化的历史中，在社会发展的过程里，早期人类对于大自然的依存分外紧密，对自然现象也就格外尊崇，在众多的祈祷祭祀中，太阳始终是顶礼膜拜的至尊首善之神；而随着时代的发展、社会的进步，人类离自然远了些，也使自己对自然的尊崇少了些，一方面说明了人类的进步，另一方面也说明了人类的薄情寡义，这种反差最根本地反映在人们对于带给我们生存基础的东西可以视而不见、听而不闻，而对于以自我为中心的私利却锱铢必较，心胸日益狭隘，境界日趋低下，满足于急功近利的眼前既得，沉溺于苟且偷生的当下享受，只在名利场中彰显自我的狂妄，只在是非地里拨弄自我的痴迷，而对于平常平凡平静的真理，从不去认真对待，更别说尊重了。所以，伟大的平凡被世俗的短见和喧嚣所淹没，崇高的平淡被繁闹的奢欲所侵蚀挤占。但就像太阳一样，无论怎样对待它，依然光辉灿烂，行走天际，平静平淡地注视着一切，不为任何赞誉和损伤所影响，真理的伟大在于它的平常平静，平淡平凡。

七十二

数学的根本不是计量，而是以数的概念和理论去逻辑地描述世界的本质，揭示自然的内涵。只有通过精密或模糊的各种计量与逻辑关系，经过数理的高度概括和精准抽象，才能将自然社会人类繁杂的形态和本质给予最简洁的证明，公式虽然非常简单，但意蕴博大精深，意义非同寻常。往往人们在现实生活中注重了数的实际应用，满足于计量的评估，而忽视其深刻的哲理，这种过度的实用性影响着人们的思考水平和思想深度。因为，对于当下利益的计量，容易让人产生极大的现实感和占有欲，会把人们的境界提到极度的实物层面，沉溺于物化的占有之中。一个公式对付不了一大堆具体的物质精神享受，真理总是被淹没在世俗的成败得失里。人们过分地注重了物质的丰盈，却淡化了精神的享有，即便有点所谓的精神也不过是感官上的刺激所带来的暂时愉悦和快感，丝毫没有一种反思中的升华、净化中的超越。离开了数字的世界是无法理解的，但只停留在数字积累之上的世界是可悲的。因为，没有了高度抽象概括后的内在飞跃，精神的内涵就会肤浅，灵魂的境界就会低俗，人类会因为创造了数字丰盈的各种物质财富后，却被计量后的成果所压垮。所以，衡量一个社会的标准，数字是离不开的，但只有能说明数字背后的逻辑关系和深刻内涵，才能是一种真正的进步、真正的发展。让数字的积累抽象出精神的花朵，有了灵魂的梦境，方能映照世间的真相。

七十三

天地造化、阴阳孕育，大自然的变化以亿万年来展现，社会的发展则是一日千里呈加速度式的跃进，人类越走越快、越走越急，你追我赶之中，克艰攻难，砥砺奋进，固然取得了承前启后的丰功，继往开来的伟绩；在你争我夺之中，剑拔弩张，尔虞我诈，也有了强弱更迭盛衰循环的布局；不管是前涛后浪的涌续，还是前峰后岭的相继，人们总是处于紧张的运动之中，来不及思考、没有了回忆，就是展望也只盯在有限的眼前。所以，在物质不断丰硕、享受不断增加的同时，心灵中的憧憬变得功利世俗了，精神的内核让金钱和利益所腐蚀；灵魂的翅膀被尘垢累积沉重地掩在污泥浊水之中，人们缺乏了激情，没有了信念，疏远了理想，松懈了意志，就连梦想也是到手的实惠，沉重地难以放飞。人类在发展中不断进化完善着自己，同样也在异变和退化，生命底色的纯真善良美好渐失其浓重，苍白的任世间俗风劲吹浊浪猛打，烟熏火燎，强雕硬凿，呈现浓墨重彩轻描淡写的斑驳杂色；人们虽然远离了蒙昧，却在文明中铸就了更高层次的愚暗。人们创造了文明，却在文明中淡化了博大精深的基本定义。前行中的脚步可以不停，但思想是否要深刻地反思解剖；飞快地跨越一切时，可曾去领略风景的色彩与其丰富的内涵，让心灵更为充实自信，让灵魂更加纯洁本真；一切的进步是以人的全面发展为标准的，而成其为人的基本内涵永远不能失去。

七十四

岁月从眼前缓缓地流过，春夏秋冬变幻着自己的色彩和内容，仿佛是一长卷山水巨画，在脑海中展现着无限与有限的相依，永恒与短暂的转换。不经意间，寒风掠过苍茫的原野，空旷中有了更大的想象之地；雪花飘在天地之间轻扬飘逸，一切都弥漫着梦幻般的启迪，人们暂时放缓了身心，在片刻的闲暇中转换思绪，可以仰观深邃的苍穹，俯瞰苍茫的原野，形单影只的孤独，悄无声息的寂寞。让心灵安静一会儿，倾听点儿来自天籁的音韵、大地的旋律；让精神安谧一刻，听听自己的心跳，摸摸社会的脉搏。一切的消停都只是驻足的一刹，虽然主观上营造了这样的氛围，但时间还是执着地前行，无始无终地扯着过去，牵着现在，奔向未来。静坐中，凝视着外在的风景，窥探着矛盾的内心，仿佛天人为一的融合此时最为深切。因为年终岁尾的感慨总是非常的浓重，因为只有此时才能想到新与旧这两个词汇的奥义。不愿让时光匆匆，总想在逝去的记忆中寻找点儿有意义有价值有真情的回味，总想在未到来的向往中耕耘点儿沃土，好让希望的种子有个长出希望的福地，总想把过去与将来都固定于现在，让一切流动的水凝结成晶莹的冰，长久地留在自己的心里。岁月悄然流逝，不管是否有伤感还是留恋张望，因为它永远在静静得流动里。

七十五

喧嚣是生机的张狂，烦恼是生活的痛疾，紧张是生命的催化，琐碎是人生的伴侣；一切的外在表象，都是内在的反映，内外的结晶呈现出迷茫的玲珑，但不剔透，只在阳光的照射下，有光线的折射，有七彩的辉熠。安静地守着安静地心灵，因为一切的始终都是安静的福地；淡泊地操着淡泊的精神，因为一切的过程终将化为淡泊的禅房。孤独中才能与天地做伴，与万物为邻，因为此时没有了自己；寂寞中才能思天想地，与万古相拥，因为此间才有灵魂的无羁。人们想得太多太强，心灵中的欲火有铺天盖地的气势，殊不知生命的永恒在于代代相继，生死交替，生生不已，决不为一时的冲动而着急。人们得到的太多太重，精神的负担压抑着思考的空间，拖住了想象的身躯，展不开的翅膀，只是扬起点儿灰尘，把以混乱不堪的眼前又变成迷失的故地。放下点想法，短暂地停留在安静的时刻，放下重负，让身心放松地沐浴阳光清风，让心里的清泉重新响起，来自纯真洁净的生命之歌是那样的悠扬美丽；让精神脱去僵壳的束缚，有点儿狂想和梦幻，也好回味初始的记忆，营造归宿的梦幻。人啊人，应该在前行与重负中寻找点自我的时空，在精神家园驻足休憩，哪怕是稍纵即逝的片刻，足矣！

七十六

翻开一页合上一页，岁月就这样的流逝，人生就这样的铸就，一部历史溯其源、梳其流，千曲万折，终将向大海中奔去。一个生命始其本、伸其枝，曲杆繁叶，终将在落叶与复萌中延续。季节轮回的是年年岁岁，岁月轮回的是永恒与无限，生命之链条来自何方，又向何处去，人们只是这个无限长链中的环节，呈现着各具时代特色的链接和璀璨缤纷的风采。人生很长，每一个征程都是内容丰富的文章，深刻的让人反复咀嚼；人生很短，一瞬间就完成了从始至终的历程；正是这种长与短的和谐，才谱写了生命的音符，奏响着生命最有意义的乐章。感叹人生是人生的永恒课题，是永恒而无解的奥秘，每一代人都有其自身的特点和自生的内容，但生命的本质却从不会改变。享有生命是最大的幸福，如何享有却在于多重的表现里，无论是悲欢离合，还是荣辱成败；无论是大江东去，还是落花流水；无论是峰峦叠嶂，还是幽谷深涧；无论是江河湖海，还是溪流瀑布；生命的辉煌如太阳普照，如明月抚慰，如清风雨露，总是流淌在生死交替的长河中、山岭里。因为生命的永恒只能从意义上去诠释，任何自然的、社会的、生理的解释或演绎都是徒劳的，只有赋予了意义上的崇高，才能有生命的尊贵与圣洁，只有赋予了灵魂上的神圣，才能有生命永恒的奥秘！

第三十五集　返璞归真

DISANSHIWUJI FANPU GUIZHEN

一

新年来临，太阳依然从东方升起，金色的光芒普照大地，万物沐浴着温暖，积蓄着能量，将在风雪中起舞，迎接的是又一个生机盎然万紫千红的春天。自然地呈现，是那样的从容淡定，赋予了岁月不同的物候特征；社会的变化，是那样的复杂多样，构成了不同的时代气息。人们心理的感悟，一方面来自于自然地昭示、社会的警醒；另一方面则来自于自我的感悟和反省。江山依旧，亘古不变的存在和物候，年年岁岁地呈现于人们面前，但感知它的人们却代代不同，心境各异。因为，一切的感悟都是来自于内心深处，属于灵魂的范畴，且被代代相续，于是就有了连绵古今的长篇巨帙，有了气势磅礴的交响史诗。每个人的音符都在跳跃，每个人的旋律都在流动，汇集成时代的号角，响彻于蓝天白云之间，涤荡于江山众生之中。感悟新年已不是自然的计量，更是一种心理的计数，因为看似重复的循环之中，人生的永恒之链无限地延伸，过去越来越远，未来越来越近，但一切的远近不是自然的照射，而是内心的感应。一切皆从心起，新的起点、新的历程。

二

昂然于天地之间，劲拔于风尘世俗，无论是群山峻岭，还是江河湖海，无论是宏伟高大，还是卑微渺小，无论是阴晴圆缺，还是成败得失，只有挺立自己的身躯，才能生存于岁月的砥砺之中；只有昂扬于自我的精神，才能发展于时光的进陶冶之里。春草年年绿，苍松岁岁青，高大和渺小在自然面前只是一种客观的存在，没有等级的高低、贵贱的层次，是生命意象的万象缤纷，万紫千红，是世界构成的不可或缺。挺然于名利场中，耸立于是非地里，无论是波峰浪谷，还是平静无垠，无论是云诡波谲，还是通透平逸，无论是功成名就志得意满，还是阻滞壅塞凋零孤寂，一切的清流与浊水相融，被无限的胸怀所净化，透着深邃幽幻的永恒色彩，赋予生命的斑斓璀璨。这里没有什么成败荣辱，没有什么价值坐标，唯有无限的超逸永恒的淡然。山水给予了人的启迪，是一种亘古不变的昭示，只是人们在自己的岁月中丢失了生命意蕴的岁月，只是人们在自己的时光中忽视了精神家园的季节。极目天高无际、大地广阔，心灵可以放飞，但永远不能离开真善美的家园；纵目碧海无垠，天水浑然，灵魂可以翱翔，但永远不要忘记安静纯洁淡然的根基。一切的造化于有形的观展，一切的升华都是自悟中的深思；一切的有皆生于无，一切的无孕育着一切的本体。只有浑然于万物之中，才能感知生命，只有融入于天地，才有至纯的境界。

三

简单才能至纯，宁静才能致远，平淡才能归真，平常才能本分。一切的璀璨缤纷都是自我努力的结果，一切的神奇奥秘都是社会雕凿的图案。所有的名利都是人生的印迹，所有的是非都是人生的诠释，所有的成败得失都是人生的计量，所有的悲欢离合都是生命的彰显，是真实的自己，却又不是真正的自己。因为，一切都有崎岖坎坷的历程，一切都有攀登跋涉的砥砺；四季交替之中，付出了春风夏雨秋霜冬雪的岁月，收获了春耕夏耘秋收冬藏的季节，享有了世俗中应该享有的，但这只是一种生存发展的本能，略高于其他生物而已，超凡脱俗的精萃非常繁复，返璞归真的净化任重道远；是要在名缰利锁盘根错节中脱去心灵的桎梏，是要在世俗风尘烟熏火燎中扫除精神的雾霾，净化自我的心灵，升华自我的境界。人们只有在纠缠各种名利的计较权衡中，实现心灵的超越，人们只有在萦绕荣辱成败的经纬交织里，陶冶精神的境界，脱去有形的痕迹，才能享有本真的纯净，才能回归安静的幽幻。繁杂纷纭，丰富多彩并不直接呈现美的积累、真的获得、善的成果，恰恰它给超凡脱俗带来了精萃的基础和升华的条件，给抽象的凝练带来具象的印证，给心象的超越带来物象的反观。事非经过，物非积累，历程的阅览践历，恰恰为我们昭示了心路的回归之标向，实现着由繁至简的心灵回归、精神超越。人们追求的越多、回报的越多，应该提炼的基础就愈大，而经过充分陶冶的精神也就会愈简单愈纯洁，晶莹碧透，清逸淡然。大道至简，通途上各种喧嚣是安静的衬托，事业上的成败得失是淡泊的基础，心灵的真谛是一种至简至淡的安谧。

四

世界的本质是任何主观的意志不能改变的，它客观地存在着，你可以去认识、利用、适应，但决不能违背其内在的规律；人类的本性是自然和社会长期演化而来的，虽然有性善性恶多种说法，但其向真向善向美的根本也是抹杀不了的。只不过人们在追求发展和进步中，把物质的享有、利益的攫取、感官的享受当成了本真的需求，将人类至纯至真的内涵淹没在了各种利益和欲望的浊流之中，迷失了自我，也演绎了社会的畸形、时代的变异。每当我们面对发自人类真性情、善本意、美表现的人和事时，心中会涌起暖流，让在世俗中水火之争的心态发生变化，变得柔软和宁静下来；有些发自本性的人和事，让我们的心灵受到震撼，精神受到刺激，思想得到启迪。因为，它唤醒了我们被世俗尘垢掩住了的本性，它清洁了我们被污泥浊水、尔虞我诈蒙蔽的本真。就像一股清泉，来自崇山峻岭之中，挟着清风明月、松涛野趣，幽谷香兰、碧草青翠，让我们的心灵重返天真稚趣，让我们的精神沐浴和风细雨。这里只有低语的呢喃，只有直白的倾诉，只有纯真的表达，没有任何虚饰的伪意。发自内心的感动是心灵的真谛所现。

五

安守于心灵的宁静，听到的是自然的天籁之声，一切都平常的如山重水复、风霜雨雪，一切都是恒定的春夏秋冬物候的变迁，一切都是执着的寒来暑往季节的更替，犹如一首高歌低吟的咏叹调，毫无根由地起来，漫无边际地散去，只看到风中的云朵飘来飘去，只听到村谷中的风儿吹来荡去，留下一阵空寂；牵起落魄的伤感，悲怆的愤懑，化为漫天的雪花，飘向苍茫的梦幻之境。安守于精神的寂静，不再在喧哗中张扬奋飞的旗帜，热烈的舞台上富有激情的演出已经谢幕，那唱念做打舞主角已变换，云诡波谲的场景已飘逸；波起浪伏中，融进沉默的大海里，看鱼儿游过，听浪花细语，看礁石珊瑚在沉思中幽静的身影，揽一轮明月荡漾在万顷碧波中，生出乡愁无限，唱起普天下的思念。安守于灵魂的孤独，不再和众多的相知相会去纠缠，只是停留在时空树枝上静静地观察倾听，以旁观者的身份去分离污染了的清浊之流，留下清泉一泓，只是静静地求得明月的朗照、碎叶的抚慰；轻到掂不出分量，淡到看不到形体，洁净中有了自由浪漫的自我，有了天真稚趣的自己。安守于一种状态，既取决于环境的使然，更需要心灵的启迪，只有自己唤醒自己，只有自己营造自己，才能从心灵中涌起莲花般的圣洁纯净，才能让精神的家园暗香如故，芬芳四溢。安静于内心的沉静和谧。

六

没有了自己便是有了自己，因为失去红尘中的身影和心迹，剥离了粉饰的功名利禄，外化于己的一切淡然隐去，就会露出一个真实的自己；没有什么遮掩，没有什么隐蔽，没有什么苟且，没有什么混迹，只是无根无由的结晶，透着纯净的光泽，呈现本真的美丽。没有了自己便是有了自己，因为衡量的坐标已失去意义，相互攀比中的价值退场，尔虞我诈的竞争消去，高调的公平，气壮的正义，博大的声势，显赫的名誉，只是高天流云般被自由的风扫荡去，万里澄澈的碧空，只有幽深的向往和洁净的真谛。人生总是为了自己，在寻找中将过多的装饰遮蔽了自己；人生总是为了自己，在成我的事业中太多的涂抹异化了自己；人们总是走向自己的对立面，在世俗的大潮中迷失了方向，迷失了本性，找不到自己。有时的招魂是为了呼唤内心的根基，不要消失在自我的迷惘里；有时的祈祷是为了灵魂的境地，不要淹没在社会的浑浊里。人们在实现人生的过程中经历了成败得失，品味了悲欢离合，但也在成长中丢失了自己，虽然把自我标榜成自然的主人，却从来都是自己欲望的奴隶；心灵的沉沦、精神的堕落，使人性的本真失去光泽，只是一种没有了自己的外在僵壳而已，真的，没有了自己反而得到了自己，这是心灵源远流长的渊薮，精神根深蒂固的福地。

七

爱因为平常而伟大。爱不是精雕细琢的装饰，不是浓墨重彩的涂抹，更不是被说教者搞得高大完美如梦似幻的招牌，更不是被道德家弄得指点江山臧否人物的价值坐标。爱，平常的就像苍茫的大地，野火春风，年年岁岁遍地的碧绿，从不为惊叹而骄矜；爱，平凡的就像深邃的苍穹，日月星辰，朝霞夕晖，日日夜夜幽幻的闪烁，从不为颂扬所迷惑。爱是崇山峻岭中的砂石，任意地熔铸于任何崎岖的峰或深幽的谷，默默地支起伟岸的身躯；爱是冰晶雪洁后的清泉，流淌在山涧，漫过原野，九曲回肠，雄浑而苍茫地融入大海，静静地彰显着生命的真谛；爱是一种基于本性的慈善，是一种本能的质朴，是一种自然的流过，是一种发自心灵深处的表达；任何语言虽然汇成了文海辞山，却道不清它的本质和内涵；任何笔墨虽然成就了绝顶峰巅，却显不出它的本真和灿烂。一个简单的事儿，往往有它博大精深的意蕴；一个淡然的举动，常常有它刻骨铭心的真髓；愈是发自内心深处的愈是真切的，即便表达的形式细腻或粗糙，温柔或冷峻、张狂或含蓄，肆意或执着。爱在感动着人生，人生也被爱所抚慰温润着，没有爱的生命是晦涩暗淡的，生命只有爱的洗礼，才能永恒。有时看到太阳温暖地照耀着纷纭万物，抚慰着花草树木，清风拂过枝叶，小鸟在鸣唱，孩子们在嬉戏，感到了笼罩身心的爱意是那样的质朴浓厚却又淡然超逸。

八

人们衡量事情和臧否人物的标准，在很大程度上都带有自己的主观色彩和思想痕迹。因为自身的经历给思想的形成注入了丰富的内容，也养成了经验或理论的逻辑推理，即便再客观也会有臆断的成分。这是正常的，它可能是一种人的持有自我、彰显个性、弘扬见解的禀赋，是一种不人云亦云、随波逐流的优点；也可能是一种妄意挥斥，执拗偏见、情感熏染、色彩浓重的弊端。所以，要让各种观点看法更接近于实际符合客观，最重要的是要从人性的基本点出发，立足于现实，从中得出公正的解释，虽然可以有情感和主观的影响，但在事理上应当是非分明，不以己见而视公理于不顾；当然也可以在尊重事实的基础上，带有自己的选择，可以有为或不为，可以挥发或抑制。这里有个观念的层次，也有个意境的差别，建立在正确认识基础上的判断应当客观公正，但浓重的情感色彩可以随性而带，就像对事理明白时理性的对待，但不为己所喜之事亦可不为之而偏执，也是一种淡然澄明的态度吧。终其根本，无论什么样的认识和态度，一要基于客观公正，二是在于适度的把持，不要偏一而行，或僵死有余灵动缺乏，或意气喧嚣理智贫乏，明理与性情交相辉映相得益彰才是一种最好的心态。

九

人们往往容易沉溺于所谓的“圈子”里而不能自拔，因为，在利益充盈欲望至上的世俗风气里，无论什么样的连体或圈子，都会生出获取和觅得的机会，特别是与权力利益相关的联系，其范围大小，密切程度，交往疏紧等，直接决定着得失攫取的多寡，名利收获的大小。这样人与人之间的联系好像更紧密了，也更多样了，网织的越来越大，线放得越来越长，盘根错节，盘桓萦绕，但内心的世界却越来越小了，精神的天地越来越窄了；因为失去了理想信念，没有了家国情怀，缺乏了大境界，满足于既得利益的占有和欲望的实现而已。说到底，建立所谓的圈子，无非是获利的途径，谈不上什么志同道合的友谊，就像垒在沙滩上的建筑，风浪袭来，顷刻间土崩瓦解、灰飞烟灭。人们在生活中互相联系，这是社会的本质，但这绝不是决定思想蕴含精神境界的根本；联系是客观的，但怎样在联系中建立正常合理适度的关系，则是至关重要的。道不同不相为谋，首先是理想上的共性是否存在，信念上的同旨是否牢固，如果缺乏这种精神层面的相通，只以简单地利用为目的，一切的关系均会套上狭隘的色彩变成一种寄生性的连环，一损俱损，一荣俱荣，社会的正常结构就会被打乱，杂用性的分割会导致社会的分裂和碎片化，特别是对于执政党来讲，则更会形成内部的纷争和混乱，削蚀其凝聚力和战斗力，终将导致执政理国的失败。所以，圈子是一种客观存在，但绝不是必然的现象，而是一种不健全社会中的毒瘤，不健康时代的恶疾，任其蔓延，祸害无穷。

十

善良是人性中最珍贵的，因为只有这个温床才能孕育出真的枝干、美的花朵。人们在现实中往往忽视善的存在和普适的意义，甚至将它与软弱无能联系在一起，和消极无力捆绑在一切，熟视无睹，轻薄厌弃。其实每个人都有其善的根基，因为它是区别于其他生物的根本标志，只是因为深藏于人们的内心深处，隐蔽于所从事社会生活的方方面面，太普通太平常了，反而被人们所遗忘；尤其是在激烈的人生竞争中，人们沉溺于利益的攫取、欲望的满足，不惜使用各种方法和手段，无所不用其极，久而久之，把一些技术性工具类的术当成了生存之道、处事之理，强化了恶的地位，掩饰了俗的丑恶，并用各种理论说教影响风气，歪曲事实，以至于清浊不分、是非不明，唯价值衡量为契机，时代的风向标被扭曲了。而善却悄然于心灵的深处，被世俗的尘垢淹没，被污浊的恶习封杀，只是偶尔露出幼弱的叶，闪烁一点灵光中的绿意，特别是越有利益基础、名望身份的人士，越离善的根基十万八千里之遥，而一些平常大众、平凡人家却时时于平淡中保持着善的内核，洋溢着善的光辉，星星点点，构筑着人类深邃天宇中的幽境，引导着人们向高处望去。从善的本意来讲，只有平常平凡平淡才是它的源远流长，根深蒂固。

十一

想得很多，未必都是抬起手就能用得上的；干的很多，未必都是想得到就非要去做的，有时人们的想法和做法总是在一种荒谬中进行的。固然，想的多是人的本性，漫天洒去，可以四处漫游，至于能否践行另当别论；干的很多，虽然也留下了可忆可思的痕迹，但也模糊不清，只剩下一点线条或轮廓。人们都想在人生的征途中播云洒雨，有所成就，有所收获，前面想的，实际干的，后来得的，总是大相径庭，没有什么可供欣赏和参照的，只是蹒跚的步履，游丝般的回忆，顶多有点儿星火迸出，闪亮一下又湮灭了。没有想法的人是麻木苟且的，因为想法中有思索有向往，更有梦幻般的憧憬，起码能给枯燥的生活带点精神的滋润，哪怕是暂时的陶醉，也能让人有一种愉悦；但想得太多太杂又会增加精神的负担，因为想的东西离不开现实的社会，任何利益和欲望都会在相互的攀比中形成尖锐的对立，让心灵七上八下，远的扯不回来，近的又不愿意面对。不去干的人生寸步艰难，衣食住行离不开实际的操作，养家糊口是最本职的责任，关键是干了很多可能没有相应的收获，也可能干的少了，反而幸运降临，得到了意想不到的硕果。但大多数都是干的多，而且在杂乱中干了很多无效的事，但又必须去做。想是能想，干必须干，不在于它们本身是否必要，而在于自我与社会的相互适应，更在于自己灵魂中的本真之想和务实之思，实践中的适时而为、适当而行。

十二

痛苦的种类很多，对于个体来言，归纳起来不外乎两类：带给身体的，或是带给心灵的。当然，二者密不可分，时常缠绕在一起，你来我往，是灵与肉的磨合，更是搏击。痛苦的形式不同，具体来讲不外乎有两种：来自外部的，来自内心的。虽然二者彼此不分，因果相绕，但毕竟有一定的区别。人生如梦，痛苦常伴，其实都是心灵的承载和精神的感受，虽然有时自身的伤痛、肠胃的饥饿，衣不蔽体、食不果腹、残居陋室、赤脚跣足、蓬头垢面，但折射在心里才能升成痛苦的因子转化成精神层面的感受，一切外在的痛苦都是正常的待遇，一切身体的痛苦都是生长的必然。正是因为这样，来自外部和自身的触摸式的痛楚，才唤醒了人们精神上的殚精竭虑，矛盾中的剑拔弩张，血雨腥风地开始扯不断、理还乱的痛苦心路。所以，痛苦是一剂良药，虽然苦痛，却能清心净思，给自己一个最真切的感受，有时人们沉浸在幸福之中，欢乐的快感并不十分强烈，因为容易让人习以为常，容易让人产生一种满足后的无聊，而痛苦则撕裂心灵的伤口，直击精神的痛处，让一切平淡变得深刻，让一切平常变得深化，让一切的所谓享有化为灰烬，在解析与碎裂的过程中失去的是装饰的虚伪，剥掉的是温情的面纱，让新鲜的血液流淌，滋润人性最本真最纯朴的善良，升华出美的境界来。

十三

越是久远的越能勾起人们的记忆，越是失去的越觉得格外珍贵。岁月把一切都藏在了追索和回味的过程中，岁月把一切都蕴含在可感可叹的沉思里。一恍惚，春花秋月、夏雨冬雪、季节轮回的周而复始已成了风景依旧的淡漠；一回首，朝露残阳、清风溪流、时代更迭的大浪淘沙已成了心境别样的惆怅。只记得幼时的朦胧，在天真中有世界的奇妙，有亲人的温柔，有做不完的游戏，有吃不尽的饥饿和温饱，有太多的好奇和向往，就像一股清泉从被岁月风尘掩映的心中流出，那样地令人回味。只记得初学时的无知，识字断文时的幼稚，贪玩中忘却的作业，背不熟的课文，邻座的朋友，同桌的伴侣；只记得一路行程，风雨无阻，说是奋斗努力，也只是顺势而行的适应而已，无论生活、工作、家庭有了多大变化，有了多少内容，有了多少故事，只在悲欢离合中品味，只在荣辱成败中寻觅。只记得时光飞渡，过去的已过去，今宵尚在，明月依然阴晴圆缺的照临，一切的实象变成了精神的回流，一会儿像雨一会儿像雪，一会儿是风一会儿是云，只在灵魂的家园飘来荡去；只记得心儿一疲惫，想依偎在枯树残藤旁休憩，看晓风残月的凄楚，在浊酒的酣醉中沉息，只是回味的感受难以斩断，只任它点点滴滴洒在心头，化作无语。

十四

平，是一种自然社会人生的现象，更是一种精神的描绘心灵的想象。大千世界，起伏跌宕，山高水长，蜿蜒崎岖，横看成岭侧成峰，浪涌涛飞各不同，没有绝对的平，只有对比中相对的平；人生世上，就从最基本的生理构造来谈，也是七上八下、各有形态面容，遑论平了；如果加上性别、文化、民族、宗教、地位、权势等因素，那更是千峰参差、万岭嶙峋了，哪有什么平可言！平是一种向往，是一种心态，因为自然社会人群中的高低起伏、参差不齐；所以，要有一种正确对待的观点，一种相融与共的认识，这才有了对平的追求，赋予了它深刻的意义和功能。人们正是基于不平才有了对平的向往，有了对平的理想描述，也有了追求平的实践活动。正是有了这种心境，才使我们能够客观地去看待自然、看待社会、看待众生。也只有建立了平的理念基础，才能铸就人格境界的高度，才能有广阔的胸襟，无论世间因什么原因或结果呈现的差异，都可以去用平的心态对应。不是强求的抹杀，更不是绝对的等同，而是平常的看待，平静的认识，平凡的尊重。只有心灵中的平，才能让万物达到相融与共的和谐，只有精神的平，才能抚慰世俗造成的荣辱成败、悲欢离合，给人以家园的温馨。大海很平，其实也因其大而掩饰了实际上海平面的差异。平的境界是最广阔深邃的心灵，能容纳一切璀璨缤纷的日月星辰。

十五

人是社会的动物，离不开相互间的来往，天天纠缠在一定的时空中，不管是什么关系，总处于一种繁复喧闹，盘根错节中才觉得理所当然；所以，走到哪里都是人来人往，行到何处总是熙攘鼎沸。但在这种繁闹之中却又生出无限的烦恼，因为物质精神的各种原因，人们又处于一种紧张地对峙中，分割成不同的群体，形成不同的层次。就每个人来讲，也是离群索居时间长了，便摁耐不住心头的寂寞，孤单的无聊，总想到热闹的地方去凑凑热闹；但久居闹市之中又会心生烦躁，恨不得立马跑到深山野岭、远村孤岛，当一个闲散的守望者，享受点儿清闲和孤寂。人们所想所行往往处于一种相互矛盾之中，在离不开、断不清的撕扯中，又祈盼着拎得清、分得开的脾性，实在是荒谬得很。细想起来，万物唯自然，做事唯在心，关键是人们从自然中走出来时，带着与万物的千丝万缕，又在社会的熔炉中熟成一锅粥，混混沌沌地存在，苟苟且且地生存，清浊同流、泥沙俱下，越是进化越为复杂，来自天性中的单纯本真被后天的陶冶搞得日益多彩和繁复了，以至于想得更多、做得更细、发展得更快，从而陷入一种群体性的涌动之中，不走也会被时代推着走，不动也会被社会裹挟着动；在大小远近的目标中，离不开生存的环境，少不了酿造的氛围，离不开利益相关的伴侣，但有时又不愿意为这种铺天盖地的关系所迷失，总想找点心灵的孤寂之处，好听点天籁之声、自我之音。

十六

年龄越大，对有形的感受和占有欲愈来愈淡，好像与自己不相干。遥想当年，意气风发，热血沸腾，一副舍我其谁的豪情壮志，一门心思扑到事业的拼搏中去，多少艰难险阻也不畏惧，多少险峰恶浪也敢征服；刻苦地学习，生怕不能腹有诗书，缺少理论的蕴含，认真钻研，唯恐专业不精，技法不熟，缺少务实的本领；更有揣摩事态、窥测人心、俯仰名利、钩心斗角，尔虞我诈，唯有眼前丰硕的果实，当下丰盈的享受，毫无道德上的自律，心性上的自警。一路征程、一路风云，看似风光无限、名利双收；回头看，太多的尘垢，太脏的污浊，太黯的心境，一切五颜六彩的虚饰是那样不中看，一切名利的光环是那样不成形，唯有膨胀了的自我像个吹胀的气球，在虚无中随风飘荡。时间是无情的，岁月是有意的，不管怎样赤裸裸来，攫取多少，终将会白净净去，归宿就是起点，唯有中间的所谓成熟只是镜中花、水中月，供人们在回忆时有点儿想往回味罢了。人生如梦，编织好的壳终要撕破，才能让精神有所升华，才能让灵魂放飞。失去的是尘灰与浮躁，留下的是虚无与淡泊，不断地解脱给不断地增加提供着无限延续的空间，不断地净化给不断地沉淀注入着持之以恒的超越，人们的心灵也就实现了由空到空的转换。

十七

人生的意义是什么？千古之谜、万代之问，何曾有一个标准的答案，众说纷纭，宏章丽辞，只是像风一样吹来，像云一样散去，深邃的天宇依然是不可测的幽幻和神秘。有时细想，以代代人的相续去充填人生的内容也气势如虹，源远流长，有一种感慨的壮观，可面对人生的永恒之问，也只是大江东去，千古风流，万般事迹，落得个涛起浪伏，只有欲说还休的惆怅。其实人生的意义就是为谁而活着，试想为长辈活，奉慈孝忠，为亲友活，友爱敬悌，为同事活，事业同铸，为家人活，承脉续后，前后相继，为民族活，文明不辍，代代有业，为国家活，忠臣士子，庙堂野村，宏然的底气，为世界活，脱于自然，融于万邦，五湖四海，七洋九州，天地一统。只有在为他们而活时才有了自己的人生轨迹，才有了自己的人生内容，才有了人生的自我呈现，倘若离开了为人而活，自己的人生将何为呢！所以，人生的意义不在于你自己的如何瑰丽宏伟，而在于为人的慈胸善怀，真心实意，只有心系万物胸有众生，才能让自己无论是修身正己，还是齐家治国，无论是身在野茫，还是高居庙堂，都能用有限的生命去创造一种人类的共生共存，映射普适的真情厚意，在任何人的身上，映照出自我的心境，彰显出生命的意义。这种回答未必全面，但细究起来，起码是一种发自本真的倾诉，不留雕琢的直率。

十八

生活的形式千变万化，但生活的本质没有变。无论日新月异的巨大变化，使人们的衣食住行发生了天翻地覆的改观，但生活的本质依然。在衣食住行上还是亘古如常，万代延续，没有人能脱离开它的制约，但建立在这种变化基础上的精神世界却具有了丰富的内容，把原来直接生成的思想变成了理论的博大精深，艺术的璀璨缤纷，逻辑的辩证诠释，精神的云诡波谲，心灵的神秘幽幻，赋予了生活本质以更多地意义；看似光辉不少，亮丽种种，但细究起来，还是建立在物象基础上的心象意蕴，植根于具象条件里的抽象映照而已，因为衣食住行的生活内涵没有变，不管是用光鲜、多彩、华丽、快速的各种物质形态去装饰，不论是用丰富、圆满、丰盈的具体表象去阐释，生活的本质依然是平常如故、平凡如常，只是在占有的基础上更多地享有点自我心灵的愉悦而已，所以，从这个意义上讲，不要让生活的形式迷惑心灵的本真，不要用生活中感官的愉悦代替心灵的善良，更不要以享受生活提高后的精神刺激麻痹美好。只有剥掉世俗的外衣，看透形式的表面，才能感悟生活的本真。一切的进步和发展，只是给生活以丰富和递进的享受，但其真谛依然非常现实客观地决定着一切，它平平常常、真真切切、实实在在，很多时候，只在我们喧嚣后的安静中露出芳容。

十九

真正的生活是平常的，柴米油盐酱醋茶的平常，琴棋书画诗酒花的平常，是生活的基本内容，衣食住行，思考向往是人生的第一要义，离开了它，人们就谈不上作为人的性质，但由于这种事情太平常了，天天不离、日日为继，弄得离不开它的人反而疏远了对平常的真切理解，总想超于其上，过点儿不食人间烟火如梦似幻的生活。真正的生活是平凡的，无论从事什么样的工作，享有什么样的待遇，都是时代赋予的一种机遇，社会给予的一种责任，没有什么可赞可叹的，自我努力和风云际会提供了一种适时的相遇或是适度的安排，但成就了一种参差不齐、错落有致的景致，这是非常平凡的事，不会因世俗眼光的趋炎附势而诠释出高低贵贱来的。真正的生活是平静的，即便是血雨腥风的战争年代，也无非是生活跌宕起伏的砥砺，千锤百炼的陶冶，人生山重水复的攀登跋涉，悲欢离合的品味感喟；纵有和平发展的云淡风轻，安然和顺，也少不了峰峦叠嶂的坎坷崎岖，江河湖海的蜿蜒曲折；任何激烈的场景或平常的琐事，均是生活的组成部分。当你从太空中看地球时，任何的差异非常平静地存在着，没有什么横看成岭侧成峰的参差，远近高低各不同的喧嚣，生命的本质就是平静，生活何以太烦躁呢！只有将自身处于一种平常、平凡、平静的心地，才能繁衍出生命的五彩七色，才能映射丰富的生活，在时代中唱响旋律，在社会中展现自己。因为平常平凡平静是生命的真谛。

二十

生命的力量不仅在于生命存在的本身，也在于生命意义的追寻。因为每个有生命的人未必知道生命是一种意义的象征，虽然它体现在大自然的方方面面、社会的里里外外，特别是呈现于作为生命主体的芸芸众生身上，但谁又天天看到生命本身呢？无非是生存的平庸、生活的平常，久而久之，把生命只是用时间计量，用岁月权衡，一天天在生长中耗损，一日日在耗损中生长；只有新的生命诞生和老的生命逝去时，才能最真切地感悟一下生命本身，有时生的麻木与苟且其实是一种有生命的死，有时死的庄重和崇高其实是一种无生命的生。太多的人因为有生命而不知其命，只知其生；太多的人因为有生命而不知其生，只知其命。世俗的红尘禄利，将命的涵义变得非常利益化，赤裸裸地呈现着既得和占有的快感，生的意义完全屈服于所谓命的安排，而命的内涵也蜕变成了生的混沌。珍惜生命是一个动态的过程，生代表着新旧交替，命示范着前后相继，生是一种本体的承载，命是一种过程的机遇，两者的结合，使人有了主体和客体的相融，有了历程的轨迹，有了内容的丰盈；如果将二者割裂，那会削弱生命的力量，减弱生命的热情，僵化生命的灵动。生命的意义在于将生和命赋予一种历史的责任和使命，无论显赫还是卑微，但却如漫天的碧草一样，将生生不息的精神传承。

二十一

山的奇峰峻岭是自然的造化，水的江河湖海是自然的孕育，人生的路程是时代铺就、社会铸成、个人践履的轨迹。一切的差异不要从根本上去寻找，更不要从现实中去分析；因为，继承的来自既成的自然和社会，不是人们的主观选择。当然可以去适应、去改造，去风生水起地开拓一番事业、成就一番业绩，但这一切都基于一个点，那就是平常地对待、平凡地衡量、平静地评判，切记不要用一把好与坏的利剑把复杂的事物一分为二，更不要用一条善与恶的深沟将人性的浑厚割裂开来，因为一切的构成具有复杂的成分，在其因子相融相斥中形成特有的共体。对任何事物的认识要公平、公正、客观、全面。一切的混合才是其基本的形态，就像水晶那样的纯净也包含着不同成分，更何况这个复杂的社会，繁闹的群体，诡异的人心了。有时不可避免地陷入一种局部的具体的细节之中，被小而又小的圈子迷住了境界，视野狭隘，使心灵处于层层密布的枷锁之中，有时则超逸出一种迷惘，沉浸于虚幻的梦境之里，没有了方向和根基。从根本上讲是随波逐流的短视和混沌，过于实相和幻相的两极，终不能真实地反映客观，无法形成主观上的本真和善意。有时需要一点自我封闭，在孤独中去领略；有时需要一点寂寞，在沉静中去思考，还世界和自我本来的面目和心地。

二十二

把一本本书装在眼里，把一首首诗塞进脑里，把一篇篇美文印在心里。其实，什么也没有留下，像一阵清风吹过，天依然湛蓝，云那样洁白，草和树绿的滴翠，远山朦胧，近水无语，留下的只是领略后的孤独、激情后的寂寞；灵魂没有边际地辐射于四面八方、上天入地，人生的图景一幅幅地呈现，社会的场景一幕幕划去，时代的主角配角一个个凋零；掩上一卷、打开一卷，和永恒的历史交谈，和无数的众生私语，漫天的事、铺地的人，无法记起。只是远村的炊烟、近巷的余晖，喧闹的市井、熙攘的人群，唯独没有发现自己，是被大雾弥漫的隐身，还是阳光下的融化天际，像风一样吹来拂去，带着季节的召唤，像云一样变幻形态，染着岁月的画布，看似有形有色有声有情的一页页，瞬间又成了记忆中的记忆。反复的回味让厚重渐渐失去原味，淡淡地变成纯净的雨雪飘在天际。从冰山雪峰上融化，滴成寒冽的小溪，清澈地流淌在苍茫的原野上，只是率性随心地奔跑从不停息。一本本地翻开合上，心里的接纳欲太多，但品味却由浓到淡，剩下的只是一种似曾相识的偶遇和迷离。

二十三

独处是一种状态，并不代表达到什么境界。因为来自他人的封锁、来自社会的拒绝，来自时代的隔离，来自自我的封闭，是一种命运的安排，非人力所为，那么独处也就是一种排斥后的境况了；如果是自觉脱离群体、淡泊世俗、远离风尘，与功利名誉绝交，求得内心的一种安然，却又是另一番别有洞天的境地。人之命运，前者为生之根本，承载的主体，后者则是与生存的适应，取决于各种因素。但无论如何，集于一身乃呈现出不同的轨迹，或顺或滞、或成或败，都是一种行程的记述，都是一种因果的相继。但在这个过程中，总有不同的遭遇，出现截然不同的两种状况，但却都实现了一个目的，无论是被动的强制还是自主的选择，从是非漩涡中游荡开来，在名利场中躲避出来，求得一点清心寡欲的淡泊，得到点和风细雨的安然，也是一种面对生存选择的智取吧！虽然身居闹市、心在俗尘，但能守住那份孤独，黯然于五光十色之中，淡出灯红酒绿之外，脱离缠绕不休的名利，斩断千丝万缕的得失；虽形单影，孑孓孤立，茅舍陋室，青灯黄卷、然心中境界，原野苍茫，苍穹深邃，剩下的是一个完整的自己，没有什么纠缠，没有什么萦绕，风来言诗、雨来赋辞，聆听自己心灵的真声，品味天籁地韵的旋律，独处的奥妙难与人说，只在心头蜿蜒流过，滋润精神的园地。

二十四

计较于别人的评说，纠葛于风俗的臧否，成败得失总是萦绕着众说纷纭，是非对错总是缠系着云诡波谲；自我的衡量全沉溺于社会的浊言秽浪、闲言碎语中，有时还要自我消解一番，名曰看淡、实则无趣。因为，从对评判的结论中求得一点心灵的慰藉，本身就是一种看不透的痴迷。人生一世，前功后绩，点点滴滴呈现着各自的轨迹，有成有败、有得有誉，正常不过，没有必要去分类梳理，非要给自己来个评价的比例。无论是誉过高山，还是错过大海，只看作清风淡雨随它而去。行之自然、得之平常，只是一生必需的应对，往后看，脚印已成故痕，深浅各有印迹，谁能判得何高何低。远看前程依然，还得步步相继，不过是前者的后续，每一步均在大地的身上，每一步都在自己的心里。固然众有所云、群论不已，那又能如何呢！所以，有的文章谈及此事，总要破拔出一种超然来，其实未必是真正的超越，只是对此过分看重后的一种强制而已。没有理由去否认，没有精力去研判，更没有精神去分析，只是像风吹沙扬、云过雨落，在季节变换中花红柳绿，在岁月的流淌中耕耘收获，心灵中的平静、淡泊才是福地。

二十五

太阳慵懒地挂在碧蓝的天空，率性随心的把光和热洒向大地，虽然是冬天了，但依然有些暖洋洋地温蕴。空气中弥漫着一种萎靡的味道，连飞过窗前的小鸟也显得一副散淡的姿态；室内静悄悄地，旧式的时钟迈着固定的步伐，划着时间的无限循环，只把叮叮的响声留在凝结的空气中。仙人掌已快撑不动蟹爪兰的浓叶和繁花了，靠几枝木条奋力托举着室内的春天色彩。在阳光的抚摸中，木制的桌面柜面和茶几面上，微微的灰尘仿佛有了生命的灵动，淡淡地赋予了一种似有若无、似幻又真的朦胧；成捆的书没有书架陈列，只能躺在角落、垒在案旁，高低不平地仿佛是起伏的微缩山峦，又像是支离破碎的渺小城垣。桌上摊开了书，页面不断抖动，好像有幽灵在阅览翻动，其实是穿过窗户缝隙偶尔透进的寒风在嬉戏；一杯白开水已失去了温热，凉乎乎地捧在手里，清亮之中透着一种迷幻的精明，笔记本翻了又翻，在笔尖的滑动中，留下点点墨迹，有了线条的蜿蜒，像是一条小径，向荒野中延伸，不时冒出一两朵无名的小花，清淡无味中有点儿醒目的唤醒，注目向窗外望去，依然是阳光的普照，万物的萧瑟，偶尔残叶飘零、麻雀喧闹时，光阴荏苒，岁月不居。

二十六

高脚花盆中的草长得非常茂盛，同一根中分出的三股枝干，又撑出众多的叶来，由于水肥的充沛，阳光的沐浴，在室内温暖的气息中，翠色欲滴，像是高大的树一般葱茏；挂在墙壁上的条幅与中堂，显得有些庄重，浓淡相宜的墨迹和飘洒自如的字句，仿佛要添一点精神的灵动，在温柔的光线里有了起伏的幻影；窗外蓝天辽阔深邃，没有一丝云絮，唯有太阳静静地挂在一隅，让金色的光辉弥漫整个宇空；偶尔群鸽绕着圈子，从碧蓝的凝结中划过，像是跳跃的音符，留下一点旋律的遗声；一只灰喜鹊衔着枝条停住在窗前的台面上，稍事歇息，又奋力一飞飘向远处。桌上的书刊堆成一座凌乱的城池，只是参差不齐的散逸，有的在上面翻开一页，像是张皇四顾，有的则俯身扣在桌面上，像是在做俯卧撑；字里行间的意蕴行云流水般地淌过，沁入心脾后又流向空灵，偶尔想起点儿什么，却又不知从何抓住，只能任日光悄悄溜走，让岁月匆匆逝去。静静地坐着，看会儿屋内的一切，一切的依旧如故，看会儿窗外的风景，风景的变换可寻。只有淡淡的惆怅像是无端的溪流，从心中流过，没有喧哗，只是沉吟；没有奔跑，只有潺湲，只有淡然的孤寂，笼罩身心。

二十七

古之隐士总是避红尘于山野，寄淡泊于荒岭，把内心的向往，用一种寓意的象征表达出来；当然也有一些心怀志向、曲径通幽之徒，以寄付山水为名，巧取功名利禄之实了。但就人心而言，有时的自明自警自省往往要与自适而匹配，因为暗藏于心的东西，一味的沉寂，无人企及，即便明月松涧、清泉石上，也只是一种自我的空聊而已，倘若成趣成意，为人所解，也不枉化解尘烦的功德了。了解古之隐者，并不是从他们的心迹开始的，往往总是从他们写意的山水花草、赋情的山川气象、托志的清风明月中得到的，一种胸怀，一种情境，总是有自然之物相伴而行，以一种具象的形体承载那如梦似幻的意蕴，欲说还休奥秘。直达心灵的了解虽然透彻，但未免有僵硬执拗之感，通过折射的光才能七彩生辉，有一番精神上的璀璨缤纷晶莹剔透。所以，大凡志节高尚之士、儒雅俊逸之君，总是以意赋物、寄情于它，在承载的日月星辰、山川原野、花草树木中的尽情表达，随意挥洒，占得天地的灵气，涤荡世俗的污浊，得一真性情的豪爽，有了清风拂面、细雨润物、芳心晶莹、精神超逸的自然来，也享有了虽在人间俗世、却有隐者风范的品格了。

二十八

一个人的心真正静下来，就不会讲究所谓的环境，因为彻悟的通透和淡泊，已将尘世的纷纭视为一种自然，也将人生的荣辱成败淡化为无形。所以，身在旷野荒岭，依然心静如水；身在闹市繁盛，却也淡如冰晶，没有什么能够掀起情感的波澜，更不会因名利引起内心的冲突，有的只是适性随情的淡然，在心存高远中化解一切琐碎的缠绕，在志趣雅静中净化尘垢的遮蔽。当然，心静如水并不是人的精神的沉沦，更不是思想的麻痹、灵魂的堕落，而是一种脱俗还真的回归，更是一种去伪存真的超越。将过去视之为圭臬的功名利禄剥去其熏蚀内心的诱惑，将过去奉为至尊的荣辱成败净化为内心的澄明，精神的境界更为深邃广阔，灵魂的天地更为博大宏远，一切的杂质均能在沸腾中凝结成晶透，一切的腐朽尚能幻化成神俊的玲珑。只有心灵的真正平静，才不会拘于过多物物象的寄托和具象的承载；只有心灵的真正的淡泊，才不会执着太多的解析和反思的诠释。只要是心在淡泊的灵动之中，无论置身于什么地方、什么环境、什么氛围，依然朝霞夕晖，疏星淡月，梅兰松菊，暗香浮动，只是一种纯真的本性和善良的洁净。

二十九

古人笔墨有些非常淳朴真诚，而且雅趣横溢，散发着自然的芬芳、人性的甘醇。因为知识的濛瞳、认识的粗疏、思想的单纯，精神视野比较洁净，能容得下风、纳得下云，万物皆入胸怀，天地皆是境界。所以，对一些世间的凡尘琐事、宏图大业都能以一种带有神秘色彩的思维去琢磨，都能用梦幻般的畅想去描述；于是自然崇拜，万物有灵，皆是生命的构成；祖先敬仰，万年相继，烟火中延续着生命的内容；梦幻神圣，幻想未来，把脑际中不能实现的各种图景用梦的幻影一一展开。因为是思从心起，心里又是纯净之地，故语言美妙流畅，似清流潺溪，蜿蜒曲折，或瀑或潭，纳明月、销朝日、映松柏、示方影，就是一际荒野定也绿草萋萋，让人心灵始终荡漾着一种至纯至净的感动。每翻开古卷的扉页，寻启一段发自心灵的叩问，带着朦胧的解答，似是而非、不求甚解的论证，顿感到心灵中阵阵的感动，是那人性中最有情义最富仁性的春风细雨，滋润着在世俗中干枯燥裂的心田，萌发野草漫坡，沐浴春风拂面，吸吮细语润心了。所以，人类的稚朴起程，带有天性的淳朴，迷幻的至真，所作之书画，皆有一种神秘的令人沉醉的感应，一篇刚启、一篇又续，仿佛生命的永恒始终在唤醒迷途中的世俗痴迷。

三十

有感而发的不一定是心声，因为触景生情的东西会很多，来者不拒、去者不留，只是思想中的一点涟漪、精神里的一阵清风。有思想的不一定是真谛，因为放射性的思维在尘世的纷纭之中，描东绘西、南驰北往、天上地下，值得思考的东西太多太杂，反而失去了往深里想的毅力，只是浮光掠影地一瞬而过。有时的思考在散乱无序、张皇无意间，却捕捉到了生命的真谛，不经意的一刹那，领略了世界的本真；有的感受漫无边际，乱如麻线，扯不清头绪，但偶尔惊觉，被发自心灵的奇妙所感悟，顿生仁心善意。长期的积累固然可以升华出结晶的硕果，偶尔的拾取也能获得人生的奥秘，一切的感动和思想看似无心，实则有意。因为，久蓄丰蕴修养会生出新的枝芽，开出鲜艳的花朵，散发出缕缕清香，飘逸在心田。漫际的云好像无目的的飘，可能或雨或雪；游荡的风四处窜游，可能拂动岭枝或水域，一切的无意想象，织成庞大的网，总是能在沉静中捞到日月星辰的残辉剩迹，即便瞬间逝去，依然在心里流淌，经年累月地滋润快要干涸的精神园地；一切在随意中行、随意中去。

三十一

感叹时光流逝是一种常人心态，因为生命对于每个人来言，都是至关重要的，但这种感叹又是无力的，只能是一种流逝中无所作为的痛苦，没有什么可回忆的印迹。人生如梦，在憧憬的成长中让时间充填了发展的内容，有时只是看到年年岁岁的记载，却没有岁岁年年的感喟。一条连贯过去与现在的主线，也就是时间上的积累、年龄的增长，数字冰冷地映照着一切，而其中的内容却变得模糊不堪，只留下一些碎片式的记忆，甚至很多经历过的事情也变得黯淡了，遇到的人也模糊了。人们的这种感叹是对生命的神秘性的无解，也是对永恒的无奈。自然界的变化非常缓慢，虽然在新的条件下，人们生存的空间有了日新月异的变换，但这只是第二自然的改观，并未影响第一自然的苍茫。虽然有些自然也在变化之中，但和人类自身相比要慢多了。但恰恰是这种慢说明了生命的永恒，是一种亘古延续的无限，而人类的快则印证了生命的有限，是一种稍纵即逝的瞬间；人们感叹时光流逝，是一种无奈中的消遣，对于永恒不停的时间而言，我们只是在其中随波逐流，固然有了可圈可点的作为，但只是一刹那的浪花或暗涛，稍一放松已是百年。有时的感叹是从迷惘中出发，向糊涂中归宿；有时的感叹是从清醒中启程，在惆怅中落幕。

三十二

人性的崇高，在于其初始的本真和回归的质朴，因为只有这样的基础，才能夯筑人格的大厦，意蕴的境界。不管人生的征程如何风狂雨骤、清涛浊流；不管人生的历程如何凶险复杂、明争暗斗；不管人生的心路如何阴暗光明、荣辱与共；只要坚持人性的底线，任何附着其上的光环或污垢都会被净化。因为人性的起航和归途都说明只有作为人根本的真善美才是其内核和魂魄。可能会因为各种理论所迷惑，也会因各种思想所污染，更会为利禄的巧取豪夺所蒙蔽，风尚的烟熏火燎所迷蒙，但透过一切生存中的灰暗与污浊，你会发现心灵中最有意义的不是利益和荣誉的享有，而是淡泊宁静后的欣悦。生之存，可能是复杂的多样的，无论其光鲜或黯淡，无论其成败荣辱，唯有人性的本质能得到坚守，才能彰显人格的高尚纯洁，才能脱离世俗而呈现高远清净的境界。对于热闹的世界，不缺乏热闹的心思；对于复杂的社会，不缺乏纷纭的思考；对于日新月异的时代，不缺乏激流勇进的拼搏；但对于人性的打造却时刻离不开自我的修养，只有历练后的提升，只有净化后的超越，才能凝结成水晶般的灵性。虽然没有本身的色彩，却可以反射整个太阳，能呈现世界的本真善良和美丽。

三十三

超然于政坛之外，隐逸于学问之中，拒光环之普照，掩静心于孤寂，不求闻达庙堂诸野，只得秉烛独于精神之宥。过去的大师级人物，莫不以孤高千丈、丹心寂寞为荣，在世俗的名利场中，撑出一片高耸云霄的伟岸，在污浊的政治斗争里，辟开一处洁净无声的福地，究其根本，乃学问的深化已入骨髓、精神的超越已进云霄。而做人之本分，则秉持性之初的善；处事之道，则固守情之始的真；万物之中唯精神之真、气象之美，才是灵动的世界、清幽的宇宙；有这般胸襟情怀者，虽一时淹滞于世俗浊流之中，混迹于污泥尘垢之里，但终是精光自溢、不可掩隐也。从他们身上，看到的是文化源远流长的传承，精神根深蒂固的秉持，家园情怀的普适，万物人性的至纯。在当今世风日下、利禄充盈的环境中，能通过读其书识其人交期心，对自我来讲是一种真正的学习、真正的思考、真正的砥砺、真正的深造。满目的红尘，使身心皆有其垢；切肤的利益，使目光短视而浅陋。天不高不蓝、地不阔不洁，只是心里的污染太重，境界全无，只剩下了名利场中的成败得失，是非地里的锱铢必较了，哪有一点至真的清泉、至善的清流、至美的清纯！和大师对话，只能从其言辞文章中感受，虽然相距遥远，不可企及，但总觉心头振荡、心气相通，是一种云起霞飞的飘逸和俊朗，心有灵犀的通透清逸。

三十四

大凡有气势的词赋，必然以胸中的气象为意，或抑或扬是一种意境和情绪的挥洒。每逢有触景生情、触痛伤心、触悲伤身、触喜伤神之时，定有文字的气象万千、胸怀的云飞霞舞。然要装下这一腔的丰富内容、热烈感悟，却要有一个宽阔的心胸、空灵的脑海，容得下风雨、接得住悲欢。试看古往今来，凡有大胸怀大意象大手笔大境界者，哪一个不是荡胸生层云、九天飞瀑布的；哪一个不是山重水复、柳暗花明的。唯有这种真性情，才能有自然的抒放、潇洒的表达，这种直抒的胸臆和曲折的笔意，凝结着人性的艰辛，蕴藏着时代的风云，彰显着社会的风貌，更抒发着个人的身世情怀及意志指向，让人如沐春风夏雨、如临秋叶冬雪，心头的感触变成了一种现实的慰藉和深刻的思考。所以，凡读诗书不能刻意，只要在自然之中，心胸放开、情怀淡定，用空阔去接纳，用灵性去融会，才能有所得，以求心声相系、情感相通。信手拈来，意趣无限，顺思而读，便是挚友相知，图的是个自然畅快，通达和灵性；倘若一味刻意奉迎按己所取，以为有所得，其实荒谬了。因为，一切的相应均是自然之旨，流转千岭，潺跃深潭，溪流潺湲，瀑布飞跃，自是一番清明在心头，方能与前人同语同流矣。

三十五

提笔无字、欲言无语，心之所思、情之所伤，只是辜负了这大好时光。青史几卷，文辞数章，细细品尝，滋味难思量。茫然呆坐，寒风掠过，不留天际一丝云絮。湛蓝深邃有着神秘无限的召唤，几多豪情总被时光吞去，唯留清泪千行。极目远眺，天高地阔，容不下孤独一身；地久天长，耐得住万般凄凉。寂静处，残灯昏暗，黄卷半掩，梦里彷徨。行走间，山高水长，已是凋零模样，万物收藏生机，只将希望孕育。停步处，残山剩水，荒野裸地，唯有寂寥耐得轻狂。人生如梦，可谁知梦有多长？连天的风雪，接地的骤雨，淋漓出多少温柔的故乡。历经千秋万代，多少金戈铁马，化作残照夕阳；堪言雄奇史篇，多少宏业伟绩化作清风淡月；英雄气概，才子情怀，红袖温柔，终是残梦醒来，依然陋室茅舍，鸡鸣犬吠，旧时模样。心惆怅，只凭点滴淡墨，难书天下文章；闲散处，听得寒风劲吹；孤独地，何有高山流水，知音难觅，终付与东流之水，残音缺律，琴破灵空，说不尽的忧伤。任心思无拘，东闯西荡，南来北往，聊作狂妄痴想，不愿停驻，何必寻辞摘句，白发坠残阳。

三十六

生活很平常，只是人们把它弄复杂化了。衣食住行、生老病死，生活之常态、生命之常情，没有什么高深的意义，也没有什么复杂的内容。但在人们代代的注入过程中，越来越变得花里胡哨、粉头彩面了。于是，一提生活必须要色彩斑斓，非要上档次有门面，没有外在的气势和衬托仿佛就不能生存了；一提生命就是意义价值，没有点儿宏大叙事的记载、可圈可点的业绩，就是黯淡无光、没有色彩了。人们沉溺于自我的造势之中，也不断固化着心理上的追求欲望，并申之以理论指导、政策规范、措施保障，赋之以坐标衡量和价值评判，变成意义中的顺理成章。殊不知，人们往往在进步中退化着，在前进中倒退着，在进化中变异着；生活的本质被不断侵蚀，生命的意义被不断曲解。越是发展，物的崇拜甚嚣尘上，心灵中的短视越来越重，以至于沉溺当下、享受当世，把生活的全部意义让眼前的麻痹和无聊所充斥，把生命的意义当成一次性用具，全力攫尽，断源绝流；看似繁花似锦、烈火烹油，其实灵魂已堕落，精神更萎靡，只是一种混吃等死、无所作为的麻痹与自残而已。还生活以本真，不是不去更好地生活，而是更加理性和自觉；还生命以本真，不是不生存，而是要更自由和适性。可以享有生命的富足美好、生命的欣悦，但一切都要来自生活本身、心灵之中；求真的生存，求善的生命，开出美的精神之花来。

三十七

柔顺不是软弱，而是一种大道德的承载、大智慧的表征，更是一种大境界的彰显，它像水一样在至柔至顺的自然流淌中，开辟自我的道路，浸润万物，从不会因为个性的本真而媚俗于既成的世见，从不会因顺性的自为而迁就于当下的时俗。无论其是雪的飘洒、雨的零落、小溪流的欢畅、露珠的微莹、古潭的沉寂、瀑布的飞响、河流的蜿蜒、大海的辽阔，总是适性顺情地呈现着生命的真切、力量的坚韧、永恒的善良，将爱的深切化为滋养万物的甘霖。当然有时的暴狂也让人有所不及，但造成的原因却并不是它本身，自然的安排、社会的干扰、时代的纷争，人们主观上的妄恣，总是给它以性格相悖的表现，但过后的自省依然不失其至善至顺的本真，“上善若水”，是流动中的永恒，唯有其源远流深才能惠及众生；唯有其清浊混同，自洁自净才能承载人性。有时的离不开，反而生疏；有时的亲近，反而远隔。但无论身处何地，心在何所，见一水形时，便会想到一种柔情的万种，让心灵之月映射于皎洁的幻影之中。人们享有物的有形，也贪图灵的无意，在双重复合中求得点欣慰的平生。其实，将形与意深刻地相融于一体，莫过于至善至顺的本性。因为，物质精神的本源在于每个人的心里，在于人性之根本，就像来自天上地下的水，无论其形态如何，意蕴纷呈，但临水而感的情思，总是千古不变、万代同宗。

三十八

深涧古潭，四周碧树环绕，潭边芳草萋萋，岸石耸卧，嫩苇摇曳；抬头圆顶苍穹，只是星辰日月，风飘雾遮，偶有飞鸟掠过，一声啁鸣，万云寂寞；俯视镜面静止，深邃幽沉，凝碧湛蓝，或有鱼虾游迹，只有涟漪，不见波澜，上接点滴之细流，随心汇入，下无倾泻之道，尽意渗出；无风浪之虞，有暗寂之态；缺长歌之慷慨，盛孤独之低吟。寻得佳境，非人间自有，修来寂寞之地，乃内心独幽；隐身于红尘闹市，掩雄心于绿树芳踪。不求闻达，再逞雄豪之气，愿融荒野，抒闲人之怀。忙来只是春夏秋冬，万般景象只从心过；闲时岁月如梭，千种惆怅自与言说；听风见雨，接雪笼雾，滋润干涸灵性；正意养心，回归本真，孕育赤子之怀；成败荣辱，时间过客；生死与共，岁月情怀。枯心独守，也是辞世的明证；淡意单存，更显蔑俗的胸襟。冷眼看去，皆冰清世界，热心回来，定赤子情怀；视名利过眼云烟，谈成就风卷残云。青灯黄卷，多是古人圣贤；残章旧辞，还看文士风流；鸡鸣五更，俗间事难入心怀；晨曦曙光，玲珑意趣态撒播；陋室空堂，唯有气韵之吟；荒心野胸，只任山高水长。偶有投石，即沉潭底，不见回响，只是点墨入海，不见踪迹；随时入定，无关修炼，只是随意兴常。

三十九

刻意地求索随着年龄的增长慢慢淡去，随心地倾注却油然而生。不经意间，四季轮回，岁月迢递，积满世俗尘垢的身心，开始了淡淡地清爽，积习沉淀的精神有了纯真的气息，心灵的原野呈现出芳草萋萋，溪流淙淙，鲜花争艳，蝶飞蜂舞，云淡风轻的敞亮和清逸来。时间是最好的净化器，点滴中一切都在变化，一切都在变化中从始到终，又从终开始。生命的历程被造物主安排得非常恰当，挟天真稚朴以进，以赤子坦荡而归。原点虽然物境已非，人事漫漶，但心灵的感触却如初始的欣喜与好奇一样浓重。生命的起点是一种无中生有，不断在生活中汲取营养，丰富身心，成就家业，享受成败，品味荣辱；同样也会在一定的条件和界限中蜕去凡尘，抛弃粉饰，丢掉执着，看淡名利，追求平静；由有到无的净化，还自我一个空灵的境界，为生命创造一个洁净的沃野，以生出新的幼芽来。有时为时光流逝而感叹，因为一去不复返的悲情色彩始终萦绕人心；有时却为岁月而赞叹，因为褪去璀璨缤纷的色彩，涤除浓重凡俗的积习，卸去沉重的功名利禄，心灵的重负得以解脱，又是一片云淡风轻的佳境，更好容纳朝日的热烈，明月的清辉。此时的执拗刻意全无，或忙或闲，只是心灵的自然动作，无须命令的指教，更不用僵化的奉行。只是心情的自适，恰似东去的流水，无语向海，一片轻盈。

四十

静心独守，既是一种修持，也是一种境地。对于纷纭变幻的时事，繁杂躁狂的社会，名利鼎沸的喧嚣，身置其中，心漫其里，长此以往，会清浊不分，同流相污，终究会养成一种思想上的苟同与精神上的麻木，也会形成一种行为上的默许与取舍上的认同。人类自我精神的家园看似繁花似锦，其实虚有其名；看似硕果丰富，其实糟粕盛行。特别是当今发展中，过分偏重于物质财富的成就，而将精神的创造捆绑其上，表面上两相繁荣，实则头轻脚重；堆积的形象化财富形态已充斥于堕落的抽象化精神品相之中，唯利是图，唯己是尊，置天下之道而不顾，人间大义而不理；民之生存、国之发展、现实之基础、未来之方向，仿佛已成为空有的说教、欺世的名号；人们精神萎靡，思想沉沦，意志颓丧，苟且于势利之风中，摇摆于私利之里，前望渺茫，回首空寂，只唯当下，也是醉生梦死的灯红酒绿，一时的光焰罩住了海纳百川的胸怀、壁立千仞的境界。几千年的文明历史长河，缺乏高歌，但多沉沦，没有激情，但多颓唐。这样的情景是不能忽视的，更是不能容忍的。

四十一

人生如画，无论内容有多丰富，山高水长的铺陈，总要留下空白的想象，填涂得太满太实，也就变成了或明或暗的单一，在枯燥和乏味中呈现着毫无生气和灵性的僵硬。唯有山石的奇异，溪流的回荡，岸树的妩媚，草花的幽静，清风的抚慰，雨雪的浸润，再有些山路蜿蜒，轻舟独钓，朝霞夕晖，淡月疏星，才成就了一幅画的清俊幽幻，才记录下自然或人生的几多美妙。我们用时间的笔在自我生命白纸上素描，我们用时代的墨在人生的途中着彩，太多的内容只能在几笔洗练曲线中，太多的故事只能在简单的画面上，太多的精神只能有平常的色彩去充填，太多的向往留在天地两端让灵魂去游荡。只是人在画中，从不知自己画的如何，当真正面对它时，已是迟暮的夕照，能反射岁月，但却再也燃烧不起春风夏雨秋霜冬雪的璀璨缤纷，再也不能在春耕夏耘秋收冬藏中直接享受那份瞬间的感动。有时的顺笔非常流畅灵动，有时的滞墨则显阻隔曲折，有时刮来一阵风，有时送去几滴雨，有时飘来几朵云，有时萦绕一片雾。飞鸟掠过，留下清脆的鸣啼；深潭映月，只有恍惚的镜语；画面无人，人在画外，画中有意，因为人就在画里。只是迷失于生命的奥秘之中，只是隐伏在生活的布局里。有时看到天际的延伸，总想探出画面，但只有虚无的朦胧，有时沉到地白的深处，总想寻根探基，但只有盘根错节的记忆。一幅生命的画，只是展开自我人生的平面。

四十二

一枝枯竹的茕立，一块奇石的嶙峋，一叶野草的矜持，一只鸥鹭的白眼，简单的笔墨浓集中涵蕴生命的意象，疏落的架构撑起傲岸的孤寂；把大块的空白留给世俗的万象纷纭，芸芸众生的云诡波谲，只是一种傲视的空灵，不留一点名缰利锁的痕迹。浓烈的心语，寄付与最平常的形态，成就最丰富的意趣，一种超然的性情，淡泊中透着不随风尘的坚定；一种孤傲的境界，寂寞中呈现出刚劲风骨的毅力。冷眼向世，只是生命本真的渺小，占有点滴的位置，让出更多的空间，以彰显心的博大空灵。揽风追月，与心对话，做着自己不曾诉说的梦，满腔的沸腾凝结成清净的孤寂，成就一番自我的痛楚，不在世间乞得半点的麻醉。似疯似狂，如傻如颠，摇摇晃晃，古古怪怪，从历史中走来，印入梦中的片刻相逢，便又云烟般消失在晨曦的微照里。宏大的篇章也曾令人震撼，细柔的辞文也曾令人陶醉，但从未有这样的警醒，简单、直白、孤独、寂寞中却领略了生命的真谛。静静地伫立在沧桑的画卷前，任何语言也无法述说心中的感悟，只是静静地看那枯竹的、奇石的、野草的、鸥鹭的意象，只是听那悲风愁雨中隐逸的黄钟大吕，只是让心灵中流过一条潺湲澄澈的小溪。

四十三

我们谈物质文明、精神文明、制度文明，推动现代社会发展，离不开这三驾马车，它们互为配合、各有所重，推动着历史的巨轮碾过千秋万代，走过亘古远方。而精神文明似乎蕴含更为深刻，同样也最难以把握，因为它充溢着一种虚实相应的梦境，有着雾般地灵动，在弥漫中浸润着一切，又在一切中呈现着时代的特色和社会进步的尺度，更彰显着人性的进化与变异，像是王冠上的明珠，高踞于一切之上，让精神的灵光普照一切。就其个人而言，这种精神的文明特征更为具体更为直接，因为师承什么、家续什么、学习什么、修炼什么，凝聚于身的一切都会体现在努力的行程中，表现于物质和精神的硕果上。红尘扑面，禄利冲撞，人们在衣食住行的攫取中，不断设定更高的目标，不断修订更细的价值，创造的过程渗透着工具性的色彩、功利性的意志，似乎一切的成就都应该以具象的东西所衡量，而其最为抽象的等价物则是金钱，以及建立在此观念上的精神内容。久而久之，人们的精神中关于人性的善与恶、人格的美与丑、人欲的真与假失去了相互的矛盾和斗争，被一种世俗的衡量标准所代替，没有了是非意义的超越，更没有了真善美的升华，人离人越来越远，人与自己越来越疏离。因为，人性僵固了躯壳，桎梏了灵魂，精神的狭隘短视，使一切沉溺眼前，活在当下，浑噩于苟且麻木之中。所以，精神的继承和创造乃是驾驭物质和制度的制高点。

四十四

信念是人精神的内核，思想的中坚，智慧的舵手，知识的总纂，力量的源泉，行为的标杆。就像航海中的罗盘，行程中的指南；信念是否内存于心、外发于力，是衡量人品的关键。当然，具有什么样的信念则是精神的明灯、灵魂的启照，是从人性真善美出发，历经风雨后的执着坚定；还是以私利的卑鄙为基，争名夺利中的固执疯狂，世人有不同的答案。为了确定正确的信念，人们需要修身养性，在社会实践中去砥砺人性中的精华，剔去糟粕，让个性的修养与社会的需要得到最佳的结合，以真善美的情怀和向往推动时代的前进，要在不断战胜自我的劣性上深省反思，化腐朽为神奇，在淤泥中生出青莲，于污浊中长出洁净。唯有信念的高尚，才能有天地的胸怀，唯有信念的美好，才能有洁净的情趣。只有信念的坚定，才能经受住名利的考验，才能赢得个性的完善和社会的事业。但这个信念不是空洞的理论说教，更不是只有光环而无温暖的虚饰，更不是人们的招牌旗遮羞布，天天喊着、时时念着，好像形成了宏伟博大的滚滚洪流，其实只是一种虚幻和欺骗，因为信念的打造，没有来自心灵的纯真，没有来自灵魂的企盼，那必然会是一种狭隘和短视的利益之羽，轻飘而永无根基。

四十五

我们违背着自己的意志，因为从来没有意志，只是一种对命运的屈服和对世俗的苟且；我们失去了本身的信念，因为从未打造坚实的信念基础，只是一种顺从的盲目和迷信的执着。尘世的太多诱惑迷失了方向，五光十色的理论学说造成了混乱，见仁见智中没有探索出真理的光芒，却只是迷惘的黯淡。失去了本身的底线，一切欲念像洪水四溢，冲破传统的堤坎，到处漫延；没有了主导的支柱，一切的行为像雪崩后的山峦，冲破现实的规范，四处溃散；人们失去了根，任由污泥浊水冲荡，在不确定性中漂浮；人们失去了向往，随波逐流，浑浑噩噩中将岁月打发。人们初始的性情被雕刻的千疮百孔，难以承受世俗风雨的侵蚀，抵挡不住腐朽堕落的蔓延。一种颓废的风气在灯红酒绿中吹拂，多少清纯的心灵受到污染，趋炎附势，巧取豪夺，阴谋诡计，锱铢必较，只是心中的小算盘。纵横交错的网捕捉的是眼前的实惠，何论道德的底线，苍白的精神之域抵挡不住烟熏火燎的浸染，朦胧中变得干涸，不再有心灵芝草的萌芽、精神之花的灿烂。缺乏自知之明的人啊，需要的警钟什么时候才在心头撞响？

四十六

等待已久的一场飘飘洒洒的冬雪，漫天飞舞、银装素裹，是大地的企盼，还是江河的希望，其实是人们心里的奢求了。因为，躁动的生活，像风干了一样，稍有火星就会燃起大火，就会响起雷霆。很小的事，再不起眼，也会因为心情的烦躁而燃起烽火缭绕狼烟。所以，需要一场雪的滋润，只有在这漫天的飘洒中，才能将天地连在一起，于朦胧中放大心怀；只有在这无声地抚慰中，才能将燥火压下去，于洁净中安下心灵。人们很自然地决定着生活中的很多事，但有些内心的烦恼却不是人间就能解决的，总不如一场春风夏雨秋霜冬雪来得畅快。因为在自然的浸润下，心灵的干涸会滋润起来，柔和了许多，灵性的种子可以生根，精神的枝叶可以萌发，梦的幽幻轻飘直上，脱开直接的烦躁有了一种憧憬的意境，人心也就安稳了许多。好像老天也喜欢与人开玩笑，总是将浓云密布后，又让风儿扯开一丝缝隙，透出起光亮，看不到雪的踪影，只是灰暗中一点黄色的弥漫，让人们期待的心又揪扯一番，把希望又提到了心头，仰望苍穹，多了些祈祷，多了些念想。只能静静地等待，寒风掠过，树木惊悚，一阵尘土飞扬，转瞬逝于原野。人们仰着头，看着天，在冬季里本应到来的雪天里，急切地盼望着姗姗来迟的落雪。

四十七

有时的闲散是一种状况，也是一种无奈；当满足了衣食住行的基本条件后，当具备了一定的攻坚克难的本领后，当跃跃如试，以求仰天大笑出门去时，却是满目的惆怅，受各种条件的制约，只能让所有学识精力用于有限的领域，闲散之态悠然而来，既是一种无奈，更是一种无聊了。人们都云“穷则独善其身，达则兼济天下”，此圣人哲语、世之公论，但细究起来，独善其身，兼有天下之识，终不能造业于世，也是一种心灵的自我安慰而已，即便有很多修养如兰菊松竹之境界，大凡也只能“零落成泥碾作尘，只有香如故”了。所以，人们由于生命的短暂、岁月的流逝，总想抓紧时间，以求有所作为，这是人性向上的使然，由于各种条件的因素，或进或退，或显或隐，却又千奇百怪，栋梁之材、盆景之趣，虽为同质，境况却有天壤之别了。所以，有时的闲散也是一种修养中的功谋，也是一种历练之后的涵养。豁达的人生态度既要有坦荡的胸襟以承接，也要以气吞万里的努力去实践；而风雨停歇后的安闲，也是不能或缺的品性，更何况身在红尘、心系名利，终生的奔命劳碌中偶有闲散，放下功利，多点情趣，松开功名，得点淡泊，不也是一种生活的内容和真谛吗！有时闲散如清风白云，看似无意，实则有心，成全了精神的灵境，有一点超越的意味。

四十八

一场冬雪虽不盛大，但也掩天盖地、笼罩四野，粉妆玉琢、万物晶莹了。既是一场天造地就的壮观，也是一次清心寡欲的洗涤。原本烦躁干涸的精神之园、灵魂之境有了湿润的气韵，更有了超然的洁净。人们喜欢雪，不只是一种对季节的垂青和仰顾，更是一种对美好的向往与憧憬。试看，漫天飘洒的雪花，让天地浑然一体，苍穹朦胧，一切皆掩隐其中，生出无限的想象和梦幻；试想，万物峥嵘、红尘禄利、尔虞我诈、刀光剑影、金戈铁马、明争暗斗，心头之沟壑、胸中之隅垒，尽是浊水横流、秽气盈胸，一场雪以洁净之体，履破乱肮脏之身，更让人于洁净之中，忘却生存的繁杂琐屑，求得点心灵上的纯真素洁，此番升华，早已超越了雪之本身了。所以，一年盼雪，是一种净化，是一种涤荡，哪怕是暂时的隐去，让心灵得片刻之净洁，也强于读书万卷后的一点启蒙。自然之母，其博大精深慈善普惠之怀是能容纳一切的；岁月如驹，时光荏苒，再繁花似锦，也需要一场冬雪的收尾，做一个洁白无瑕的评介，还大地与万物一个清静，让人们在烦躁中看到世界的本真，看到自己的本心；让一切崇山峻岭、山河湖海归于初始的单一和素洁，让看似有实则无的铺展，留下新的启程和行踪，落雪时节，心沉下来了，思静止了，因为只有雪润万物于无声。

四十九

书之所读，乘兴而来，随性所去，皆发自一个内心的真切和欣赏的自然。贯古通今，多少人为读书铺设下种种的场景，甚是纷繁，也细致入微，无非春夏秋冬、岁月时光；品风鉴雨，于环境心情相通适，以为读书的佳境。其实，读书本一平常之事，无论是求功名于当下，获名誉于时今，藏宝鼎于心中，挥雅智于外形，内修其心，外展其身，内外相融；或圣或贤或名或利，庙堂草莽、官宦士子、苍头众生，所求不同，动力不一，但读书则是一种正常之事，不必以期待之成果而衡量，以获取多寡而计较。著述等山、汗牛充栋，是结晶；功成名就，志得意满，是精粹；渔樵耕读，清风明月，照样情怀隽永，雅趣蓊郁；街头巷尾，家长里短，也有真知灼见，醍醐灌顶。读书就是读书，何论其有用无用，不谈其入世出世，得一个随情适性的真切，那是自然不过的事情。当然，择时而读、适事而阅，为目的所用，也是正常之事。人立于世，必有其行，无论山高水长，路是要一步步走来的，行之所行、止之所止，纳天地与胸襟，融万物于心中，自是一种人生的历程。不管其功业如何，名利大小，结果丰歉，但归宿却是一样的，超凡脱俗，返其本真。所以，读书是一种自然之现象，社会之根本，可以赋予更多的意义性教诲，可以有繁多的理论性论说，甚至为此而著述千言、贤语哲言，但种种繁多的铺陈，并不能影响读书的本质，并不能为其增彩涂色，有时反而失了本意。读书随性情而自然，恰似岁月交替、季节轮回，平常之事。

五十

生命的历程非常奇特，进退之中有很多奥秘，进退之间有许多技巧，进退之间有许多的含义。年少气盛，生命之精力旺盛，前途的曙光召唤，只想前进得快一些、狂一些，一跃而雄踞山巅，稳站涛头，那一个进字儿了得。只是由于进的基础不太稳固，功力不太扎实，阅历不太丰厚，能力有限、水平不高，志大而力弱，终是在进中退的多，构成了人生中最曲折的线段，就像发自崇山峻岭的溪流，千曲百折，才形成浑厚的河脉。盛年气壮，阅历已蓄，基础已有，功力尚可，知道了曲径通幽，也晓得了大江高歌，更懂得了沉稳浑厚，于是步伐看似慢了，速度看似低了，有时甚至是退着走路，却也能实现进的目的，就像形成江河的干流，缓慢中顺势而为，不经意间已远赴东海了。所以，这进退二字看似相对立，实则相通适。年轻时的进之所失，或年老后的退之所得，两相一交割，却是人生行程中的一种平均，实际上是一种生命的不同生存和精神状态而已。所以，不必要过分强调进退的意义，过分阐述其所谓深刻的哲理。平常事谁人都会经历，只是这进退中的场景不同，剧目不同，角色不同，演绎不同，意义也就有所不一样了；但就生命的本质来讲，就是存在，就是存在中的真实，没有必要设定进退的标准和时限，更没有必要去讲解进退的奥秘了。

五十一

学习是终生的大事，年轻时的学习可能功利性的色彩浓重一些，因为要生存，必须有立世的本事和才能，年龄大了以后，功利性的内容少了些许，而精神上的陶冶成了主体。因为此时，基本解决了生存的问题，事业的问题，家庭的问题，很多学习只是为了一种精神上的愉悦或是心灵上的安慰。学习已不是一件可有可无的事，也不是一件非此不可的事，关键是人生中的各种要求自然而然地就会赋予人们这种义不容辞意蕴了。学习是可以多样的，既有书本的传承，经验的鉴取，实践的总结，理论的概括，无论是什么样的形式，其本质都是丰富自我、陶冶性情、提升品质、完善人格，从人性的道德追求，到处世的行为养成，从精神的品味到思想的真实，从自我的修养到执业行责的工作，从点点滴滴的生活琐屑到精神博大的命题，学习永远是第一推动力，也是衡量人的自我修养程度的一个标尺。随着年龄的增长，涉世的繁杂，历练的增多，心灵中的江河已比较雄浑沉稳了，胸中的山峰已参差相拥了，相对平稳的工作和生活浓重了，学习的动力更多地来自于一种内心而发的自然，没有了刻意的要求、具体的考核、直接的应用，也不会因为急用而必学，求生的层次已升华为对生的深刻理解和把握上了。所以，学习又像一条刚从群山中流出的小溪，欢快地呈现着纯真清洁的面目来。

五十二

沉默需要修养的培育，需要历练的养成，但最根本的却是来自心灵中的善良。因为，能沉默的只是一种容忍的宽厚，更是一种豁达的和谐。当经历了许多，懂得了不少，能以一种比较客观公正的眼光去看待人与事，能以一种哲理的思考和普适的精神去衡量得与失，能敞开心扉面对万花筒般的时代和五彩缤纷的社会时，很多能语的内容已不再像小溪流一般淙淙作响，也不像大河高歌怒吼，更像是平静时的海洋，再大的风浪和潜流，在无限中都显得极为安然平和，于无声处呈现着博大精深的力量。有时感到需要说的事理太多，但总是缺乏无形的道理，在不同层次上的交流很难，平面上百流争锋，立体上前后不继，方位里上下相隔，唯有超乎其上的一种精神灵性可以涵盖一切，做一番透彻的弥漫吧！所以，沉默中的感知更深切，领悟更真实，得到的空间更为广阔；沉默中的对付更为平常，平淡中有着豁达，平实中有着承纳；就像酒入窖，经历时间的尘封、岁月的隔绝，在没有催促的无语中，才能酿成琼浆玉液。有时的沉默看似一种无能的表示、无奈的表态，但更多的是一种坦然地面对，直露心怀的表白，无须表情，不要语言，在无声中倾诉的思想更为深刻，在无言中的讲述更为精彩。一切的喧嚣始终在萦绕生活的方方面面，只有沉默的关注和沉淀，才能有凝结淬炼后的结晶。

五十三

人们祖祖辈辈都有自己的生计，生是面对的现实环境和可利用的一切资源，计则是努力的目标和实现的方向，于是就有了参差不齐的向往和安排来。一代一代的把人生填的满满的，让人生过得足足的，一切都像是意志的安排，顺从地达到或达不到理想的彼岸。其实细想起来，人们的进步固然可观，但精神的丰富始终没有改变人生的基点，那条贯穿生命的主线扯起不同时代和不同社会不同生活的不同人们，永远拉着生计的风筝之线，让憧憬不离眼前，让希望放在身后，放在代代承续的努力上。可这一切的变化，看似是人们的主观努力，可从实质上讲，也是自然进化、社会蜕变的一种命运必然。因为，不管生于何时何地，计于何思何想，都是从客观现实出发，向理想境界迈步的永恒征程，在无限之中划着每一代人的圆圈，构成了生命的项链。每一次生计，总是带着太多的向往、太多的企盼，是一场无尽的接力，从远古走来，向未来奔去，在现实中承前继后，做着桥梁的事业。很多事情都有自己的原因结果，但唯有生计没有什么过多的考虑，它涵盖一切，包罗万象，将丰富的人生变成一种适应，变成一种创造，在平淡中扯着信念的风帆，生之永恒、计之无限，生计的启动器发动机正是人性中最根本的纯真和善良以及美好的灵感。

五十四

从孩子出生起，大人们就会用各种方法去捕捉他或她未来的成长标志，用各种形式的引诱，希望达到一种长辈的心愿。看似简单，实则是一种希望的播种，不是孩子的主观，而是长辈的主动了。正是这种初始的寄托，在孩子们成长的过程中，便有了定向的演绎，不经意间，长大成人后从事不同的工作，取得了不同的成就，也印证着初始的被动式选择的优劣了。人们在代代相继的历史长河中，总会泛起属于自己的那朵浪花，总会淌出表现自我的那段河流，总会承载富有个性的命运航船，而前后相继中，过多过重的希望和企盼总是前人种下，在未来的收获中又变成一次周而复始的循环。人生就这样滚动着，从任何一代人身上，都能看到自己的身影，听到自己的心声。因为，希望总是扎根于人们的心灵之中，不管时代如何变化，内容如何复杂，但美好的向往却从古至今从未改变，不管是物的丰盈还是神的崇高，不管是利的获取还是义的占有，不管是沉沦的苟且麻木，还是升华中的奋勇警醒，从孩子身上所萌发出的一切，都像是大人们的向往，都是大人们的希望。亲情的表现是多种多样的，但对生命的膜拜在于把希望代代传下去，仍然收获着希望。

五十五

我们创造不了什么，只能将一大堆问题留给后人；我们完成不了什么，只能将未解的题目交给后人；我们做不了什么，只能将想做或未做成的事交给后人；我们没有什么成果，只能让耕耘的犁耙交给后人；我们没有积累什么丰富的物质财富，只能把追求的动力交给后人；我们没有精神的丰满，只能把憧憬和希望留给后人。有时的努力看似成功，其实只是一种浅显的尝试；有时的成就看似可以，其实只是一种短暂的收获；留下的一切，只是在前人留下的基础上增了一砖、添了一瓦，只是给后续的道路开启了新的起点；我们想把基础打得非常坚实，但路的延伸永远是坎坷崎岖，蜿蜒曲折；我们想把精神的空间拓展的更大，却满足不了精神驰骋的广度，灵魂飞翔的高度。只是静静地承载着岁月，在时光中变换着季节，在季节中交替着生活，在生活中延续着物与思的轨迹，在物与思的矛盾与和谐中，将永恒之秘代代相递。从前人手中接下来的，不一定全能承续，从后人身上看到的依然是生生不息。永恒的主啊！你将我们置于什么样的境地，在前后相继的中间，做着逝去的记忆，思着将来的境地。我们只是默默地承载，让日月星辰每天升起，我们只是平静地生活，让春夏秋冬浸润心扉，我们只是人类的一个片段，不间断的片段，片段与片段的无限连续。

五十六

生命的呈现是多彩的，但也是平淡的。因为表现在每一个具体的生命载体上的生命有着不同的形式、内容和运行轨迹，呈现出各异千秋的特征。但就其本质来言，一样是从出生到死亡的简单历程和生死相继的无限循环而已。生命的美丽可以是灿如星辰、骄如艳阳丽日，也可以是清风明月、云蒸霞蔚；也有卑微低下、琐屑苟且，阻滞壅塞，黯然无光的；无论怎样，都会滑过季节的画面，镶嵌在时间的光盘里，在长河滚滚的无限生命之中，有点浪花水滴的印迹。所以，生命的本质对于任何人、任何生物都是一样的，这是造物主安排的平等，是上天的公正，人们必然要以这种纯真去领略生命、把握人生，而把生命承载物的高低贵贱、荣辱成败放淡放轻。因为生命的选择不是为后天的差异所决定，只要是生命就应该得到尊重。现实里，人们赋予了生命太多的意义，但这种意义拉来了生命的地位，形成了对生命不公的对待，仿佛生命之光只由外在的东西所决定，一切以现行的价值判断和时髦坐标去衡定，人们陷入了对生命的误区，把生命的现象当成了生命的本质，而这种错误导致了人们对生命整体性的判断失误，人性的力量变得软弱无力，而附着生命之身上的装饰反而光辉灿烂了。

五十七

历史不是汗牛充栋的史籍，虽然它有历史的记忆；历史不是风花雪月的描述，虽然它有历史的痕迹；历史不是依然耸立的亭台楼阁、残砖断瓦、颓墙断垣，虽然它们曾经承载过历史的身躯；历史不是渔樵话说、世言流俗、家长里短、成败荣辱，虽然它们曾经构成历史的碎片。历史是生命的轨迹，是生死的相续，是生生不已的永恒，你只能在这无限中领略点残章断页，听到点闲言碎语，因为你已触不进逝去的血脉中，去感知它的温度；因为你已看不到即景的场面，去充当直接的角色，目击具体的情节，演绎真实的剧目。即便是最深刻的历史体验，也只是在当今条件下对逝去岁月的追忆，很苍茫很遥远很隔膜，已失去了亲身感受的意义。但毕竟有点历史的观念和灵魂，才是人们应有的本意，因为一切历史都是当代史，是因为当代人没有失去记忆，溯源追根，把残破的历史碎片一一串起，扯开漫天的迷惘，去捕捉深藏于尘封中的痕迹。不能还原历史，但可以还历史的公平，不能给历史下一个合理的结论，但可以让解释永远延续。因为只有厚重的历史，才能铺就未来的基础，因为只有残乱的历史，才能触动人性中最薄弱的记忆。心灵的滴血是历史永恒的源泉，精神超越是历史无限的脉流，一切都是历史。

五十八

繁闹中寻求寂静，是一种经历沧桑后的企盼，其实未必能寻找到，只是一杯清水、几卷古书，将心安顿了下来，有了一点寂寞和安静的风韵；交往中寻找孤独是一种劫后余生的感觉，其实并不能独立，只是一间陋室、几曲古调，将纠缠的丝网扯断，有一点超越的感觉和自我的朗照。世事的交割是斩不断的网，是扯不断的线，只是在这经纬交织盘根错节中，描出心灵的日月星辰，山高水长，阴晴圆缺，梅兰松菊；只是在这繁闹和喧嚣之中，精萃出精神的晶莹、灵感的露珠、心灵的安逸。置身于红尘万丈的名利之中，不是意志的选择，而是命运的安排，没有什么值得惊诧的；纠缠于烟熏火燎的交际中，不是本性的决断，而是生活的必然，没有什么大惊小怪的；只是这沉重的枷锁捆住了思想的翅膀，不能自由地翱翔；只是这繁闹的噪声遮蔽了心灵的眼睛，看不到深邃的天宇。有时积俗成真、积恶成山，变成了思想的定势和行为的日常，就像久入浊流已不知身心的污染；幻觉中的本真至善从心头升起化为云烟，直上九霄，变成雨或雪的飘洒，在山岭中流出，在大地上汇聚，在江河中高歌，在大海中安顿。有时的一念放飞，便是万般的超越，有时一念的沉沦，便是千重的沉沦。只有心灵中一点本真的泉，才能沁出清澈的溪流，在岁月中潺湲逶迤，淙淙流淌。

五十九

人们内心里的感受都会通过外在的形式表现出来，相由心生，即便是沉默也是一种心灵的反映。内心的思考可以是深刻的痛苦的，也可能是浅显的欢悦的，但外在的表现却不完全相得益彰的直接对应，有时甚至是剑拔弩张的尖锐对立，或痛苦的内心，欢快的表达，或忧戚的表象，恬淡的心绪。因为内心要真正地反映出来，需要经过层层地把关、过程的筛选，在真实意蕴和表现形式之间，多次地碰撞，形成了让别人难以把握的真实。所以，人们心灵的里子和表象的面子从未真正统一起来，有时为了里子的舒坦而给面子以难受，有时则因面子的光鲜而给里子以痛苦。内外合一，言行一致成了人们的向往和追求，从来不是真实人生的所在。世俗社会中因为功利性色彩的浓重，势力化特征的强势，人们沉浮于一种表象上的崇拜之中，一切皆以可以观览品阅的当下为成败得失的评价，一切以功名利禄的暂时显赫为荣辱褒贬的砝码，至于内心的真正感受，既不去深究也不会挖掘，只要有其世态的场景就足矣。人心长久地浸淫于一种表面风气的熏陶，在流光溢彩、五光十色中，人性的本真失去了纯净，灵性的天地一片朦胧，精神的境界唯有迷惘的光谱，沉溺于苟且偷生的麻木变成一种时髦而流行的生活。人们内心的真实感受已不再纯净，即便非常清爽的思考也会涂上折射的光谱，变幻色彩，呈现于众，于是里子和面子分离开来，互为尖锐的异类，呈现人性的扭曲。

六十

幸福是一种感觉，在不经意间涌上心头，溢满全身，精神为之愉悦；幸福是一种品位，在经历或尝试了一些事或接触一些人后，因为相通相洽会产生一种灵性的互动，达到一种默契的认同，而感到分外痛快；幸福是一种付出，将自己有限的身心托付于该有所用的地方，无论是家庭、民族、国家、世界，不论其力量大小，成就如何，付出后的快感会油然而生，占领心胸的每一个空间；幸福也是一种索取，因为努力在生命中取得了一定的物质或精神成果，遑论大小，但很实际，享有了那份成就感和满足意，心里顿生出一种自我的慰藉。其实，幸福是被说教固化了的平常，是被理论演绎后的平淡。它守着生存的有限，奉献着生命的光和热，成就着自己和他人的感受，承载着生命的风云雷电，在人们的生活中渗透在衣食住行的点点滴滴，散发于柴米油盐酱醋茶的繁杂琐屑，闪烁于琴棋书画诗酒花的星星点点，一句话一个笑脸，一句问候一个看望，甚至是萍水相逢稍纵即逝的瞬间。幸福是心中的梦，有充填不完的内容，有拓展不尽的空间，梦是心中的幸福。无论好坏，总是默默中去企盼，缥缈中呈现。虽然醒来时依然一地鸡毛、瓦砾碎片，但依然听得到鸡鸣五更的晨曦之声，青白相间的山水婉转。幸福在心里，只是不让你经常看见，不让你轻易感悟。

六十一

简单不是一种静止的符号，不是对复杂的对应，而是一种过程中的节奏，是一种精神状态；人生总是从简单开始的，一笔一画书写自己生活的篇章，一砖一石建筑自己事业的大厦，从纯真洁净的源头流出，一路上纳流融物、清浊同流的变成了五彩之河，有光鲜的有阴暗的，画面变得日趋复杂，房屋建的稀奇古怪，一切的繁琐占据了生活的空间，一切的琐屑布满了灵性的头脑；人们创造着直接的生活，也被生活中的自己弄复杂了，当这种复杂程度达到浓厚时，便有了欲脱出去的冲动，因为太多的占有或享有总是以失去最美好的为代价的，看不到自己的身影是最悲惨的，听不到自己的心声是最痛苦的，但这一切根源，恰恰在于人生由简到繁的必然历程，在于积累中量的凝聚而形成的压抑。于是，由繁去简的历程开始了，不像由简到繁是一个自然的过程。这是一个逆向反思、不断精简的净化。要清除掉物质上的东西很容易，但要洗涤掉精神上的积尘灰垢则要难得多，因为它已成为我们头脑的一部分、行动的一常态，不自觉中就会在思想和行动上表现出来；潜意识的深藏远大于表面上的风采。需要用理性的锋刃剃割，更需要心灵的纯真呼唤，更需要人性中至纯至真至善的启迪，才能从崇山峻岭中开辟出一条自然而清澈的溪流，慢慢地滋润着本初的灵性，回归到简单。想简单真不容易，因为已是甲子的积累，尘垢太多。

六十二

当具有信仰标志的宗教变成一种官员问仕求荣的工具时，当一些宗教开始用权势的实力壮大自我时，信仰的崇高就值得思考了。因为，看似风马牛不相及的两种取向却被利益之绳紧紧地捆绑在了一起。创造生活、应对挑战、迎接未来，离不开精神的指引；安慰人性、抚慰心灵、陶冶精神，离不开精神的滋润；建立家国、富足生活、惠及众生，离不开物质的投入，也得要用物质的标准去衡量；打造教化人心的平台，祈求心灵平安的堂室，也离不开经济的投入；但问题是，必须要有一种根本的界定和区别，由信仰的自觉而从自身的利益中奉献，乃是一种精神的寄托；这是最正常的人心俗务；而为了达到私利的获取和保有，用神灵的庇护求得心理的安慰和犯罪的保护，那只是一种对神灵的亵渎；同样为了弘扬教法、安顺人心去进行合理的募捐也是正常，但一味承欢媚俗，变成势利者的精神奴婢，则与修行的崇高十万八千里了。真正的信仰发自于心，来不得半点虚伪，那是对人性纯真的秉持，对善良社会的向往，对人间正义公平的努力，那是一心向善、万念皆真、唯仁臻美的宏大誓愿，更是平常人平常心的直接体现。这是没有什么地位势利的区别，只是众生的平等，唯有这条无形的门槛才是区分真假的界限。

六十三

文化的承载体是多样的，因为它的生成与发展渗透于自然社会的方方面面，无论是有形象的还是精神层面的，甚至是心理习性的。所以，了解文化是一个宏大而繁杂的过程，更是一个让人殚精竭虑难以精准解析和求全的奥秘。自然的变化很慢，但附着在其上的文化承载特征却很多而且很快；社会的变化很快，但反映其特征的文化却时快时慢；人类的进化既缓慢又快速，但缓慢中留下的需要费很大力气去挖掘探寻，而快速中呈现的却很容易在浮光掠影中消失淡忘。文化承载体的丰富说明文化本身的神秘性和复杂性特点，即便是已有定论的见解，也会因为新的佐证而得以重新考证和界定，隐在各种现象背后的主线可以贯通一切，但每个环节的特点却未必能弄得清清楚楚明明白白；甚至有时一个细节上的重掘，犹如打开一扇大门，呈现出完全不同的内容，划出不同的发展线段，有了难以述说的历史认同。文化的深奥令现代的人感到知识浅薄、精力有限。所以，不能企及的只好放弃，不能诠释的散漫，过分地注重了当下，失去了源流的探寻，没有了灵魂的根基，一切的随波逐流显得生猛武断，无法从精神的灵动里得到启迪，无法在文化的延续中得到浸润；有时面对历史只是一种无奈的回顾，很多东西已无法探寻，但追本溯源的精神不应该放弃。正是这种无望的有望中，文化才能有自己的润泽，有自己的灵动，有辈辈的承载，有代代的相续。

六十四

滚滚的历史长河，似乎在某个阶段后就中断了，没有了前赴后继的相涌，变成了一种断崖式的阻隔，好像从头又涌起了一条大河，是一种由强力和意志造就的，把各种碎片化的湖泊、河流融在一起，构成了一种喧嚣中的滚动，而奔涌中又出现了几次断裂，像壶口瀑布似地收窄又放开，像庐山瀑布积聚后的一跃而下；纵然有一条主线可供把握，但凌乱和断裂感却深深地烙在时代的身上。人们普遍缺乏了历史的厚重，没有了来自远古的气息，更失去了对未来的憧憬，只是在当下里生存于一种看似成就的物质和欲望之中，浅薄地对当代事物进行着功利性的取舍或评价。当每个人走过一段行程后，没有值得总结的精华，没有一种历史感的纵深，只觉得五光十色中，一切现有的都可以赋予一种解释，既不用深沉的哲理，也无须系统的逻辑，更遑论灵动精妙的境界了。失之于迷惘之中，总感觉没有了根脉，没有了承续，在创造历史的过程中却没有了历史，心灵中的主题是不完整的，甚至是混乱不堪的。究其根由，可能很多，但与自我简单地否定和粗暴的割断是有直接原因的，为了一种历史新的创造和面貌，而淡化甚至否定它的过程与来由，就会在这种没有继承的创造中失掉自我的灵魂，就会让历史变成一堆口号的堆积、一些文字的杂拌、一些理论的混杂，从而导致了当代人没有了自己的历史感，缺乏了文明大国的厚重与持久。没有历史感的历史不是历史。

六十五

家风不是一个空洞的概念，它是一种历史范畴，具有翔实的内容和一定的形式，是承前启后的连接，是继往开来的永续。在农业文明的时代条件下，以家族为主体的生存方式，给家风提供了承载的条件和环境；因为家风要有代的递延，要有群的相依，要有内在主体构成的多样，群居以宗祠、散杂以家庭，即便行商从宦、远游千里，其根脉还是深深扎根于故里，精神的源泉始终流淌在心里。工业化条件下，传统的家庭模式逐步解体，家族的共存变成了社会广阔的分解与化合，作为家庭日益分散于社会的大海之中，而家庭构成也相对缺少了纵向上的紧密、横向上的多样，变成了一种简单由年龄和性别相组合的积木式架构；特别是特殊年代的特殊政策，又让生理上的正常遗传变异渠道阻滞，强制性的安排，使家庭更为畸形，上大下小的家庭结构完全颠覆了上小下大的传统家庭格局。此时的家风延续缺少了源头的补给，缺乏了横向的共融；一条线上串几个点，任何信息的来龙去脉只是一种贫白式的单一，无法推动家的风帆，无力承载家族的船只。此时的家风已变得非常微弱，非常短暂，根本不能浑然而成、横贯天地、荡溢家庭了。所以，现在有家，但无家风，因为现在这种风已不是浓重的世传之风、凝重的精粹之风、发自心灵的崇敬之风，只是一种飘来即来、荡去即去的世俗之风了，转眼不见踪影，上穷碧落下黄泉，何处还有那可敬可羡的家风呢！

六十六

被文化浸润后的人格必然闪耀出孤岸冷傲的光芒，就像深夜寂寥的寒星，发着自己神圣洁净的灵光，独居一隅，冷眼整个苍穹。沉浸于文化长河中的人，在耳濡目染的日积月累中，领略了历史的久远，现实的宏大，未来的幽深，也深知世俗的流与心灵的河有着根本的不同，因而养成了客观冷静的眼光、高屋建瓴的视角、一览众山的情怀。虽然入世也深、见识也广，但始终能在同流中保持自己的品性，在清浊中秉持自己的洁净。生于世、行于市，总会为衣食住行而奔走，为柴米油盐酱醋茶而忙碌，更为成败荣辱而操心，但一切的适应不是苟且，一切的随流不是媚世，只是生存中的本能，却能成就心灵造化的基础。沉浸于文化之中的孤独是领略其真谛的必备，安静于文化之中的寂寞是把握其灵性的使然；只有从精神境界的高度去拓展视野、形成思想、培养人性、养怡心灵，才能超然于世俗的沉醉和混世的麻木，才能有诗意的生存有梦幻的境界。人与人的差异可能有多种表现，但透过一切有形有名有声的表象后，唯有心灵的真、人格的善、精神的美，才是一种永恒。它或大或小、或多或少地体现在每个人身上；只是对能战胜繁闹虚华的有识之士、有高风亮节的仁义之君来言，一种常态让人领略到的更是风清气正。平淡的日出日落，平常的潮起潮落，唯有一种浑然中的深沉。

六十七

春的节气按时而来，执着于自己的坚定，不为冷暖所限制，也不为人们的感慨而止步。从冬的沉思中渐渐伸出新的灵动翅膀，从僵硬的躯壳里长出嫩的精神之芽，虽然还没有什么大的变化，但内在的萌动已开始，寂静中能听到春的生长枝节之声，能悟到春的生命张力，能感到春的热烈与奔放，能想象出春的生机盎然、春的碧草萋萋、春的江河奔涌、春的姹紫嫣红。实际上，人心中的春天早就生成，在冬的蕴藏中酝酿发酵，在冬的寂寞中积聚能量，在冬的干涸中膨胀意境，从心中已展示了对春的向往，已沉醉于春的享受中了。所以，感春不是在春的来临后，而是在思春盼春时的虔诚和急切。因为前边有希望的召唤，更何况季节交替的时运，是任何主观意志不能阻挡的，它肯定会到来，那这份追寻的信念就会更为执着和坚定。冰未化，心里的湖泊已荡起涟漪；风还冷，心里的山峦已披上了淡而绿的芳菲，万物不再享受残梦与睡意，精神的鸣动已吹响在原野苍穹，萧瑟荒芜中有了浸润，风清气冷中有了温情，草木开始有了湿润的膨胀，禽兽开始有了朦胧的游动。静坐桌前，看着夕阳的一抹残辉，像是燃烧的血液，让天地彤红，一切的生硬变得柔软起来。因为春的使者是柔情万种的女子，待她只有倾心尽力的奉迎。

六十八

人之在世，不论思想行为如何，总有各种纷议。不论是浊浪排空波涛汹涌，还是云淡风轻一番平静；不论是盛誉扑面好评如潮，还是诋毁如云鞭笞纷纭；不论是毁誉参半对错平分，还是功过交织犬牙交错；其实都是一种主观的评价，并不能真正地说明问题。因为贯穿人一生的，是由小到大、由雅到杂、由浅到深、由朦胧到精明的过程，也是随波逐流、清浊同行的历练，好与坏、真与假、美与丑总是相伴而行，对人生构成主要的内容，形成复杂的结构。由于每个人的秉持不同，修炼各异，思想和行为各有千秋，其基本状况可以具体而论，但截然分离开来则是一种纯粹的主观臆断了。圣人有瑕，但无掩其光辉；小人有才，则无助于其阴晦。但在人性之中，真假善恶美丑彼此交织的存在、彼此尖锐的对立、彼此相对的转化，形成你我混一旦比重不同的状况却是现实的。所以，遇到各种议论，不管其褒扬于九霄，还是贬损于九泉，唯以自己的道德思想行为表现而衡量，以事实为根据，绝不能陷入偏执片面而不能自拔，更不能挟此而影响自明矣。人性之复杂，社会之纷扰，总会给人们的思想和行为打上诸多烙印，总会为各种舆论所评议，被各种言论所臧否，但只要坚守灵魂的自净、精神的高逸、心灵的真诚坦荡，荣辱成败便是转瞬即逝的过眼烟云。一切都会得到最公允的答案，心灵的平衡，是承载议论的利器，心灵的恬淡，是面对热浪冷涛的稳定剂，心灵的平和，是看清一切的放大镜，唯自知者强，阅人在于看明白自己。

六十九

陋室不陋，只要有书做伴，便会生出璀璨缤纷。历史的长河跌宕起伏汹涌澎湃，场景剧目角色演绎云诡波谲，纷纭变幻诗情画意，别是一番天地，何陋之有！孤寂不孤，左拥书右抱诗，经史子集中外精粹，古贤圣哲相聚于此，谈天说地，论古及今，可谓高朋满座，何孤之有！人们沉浸于世俗，满足于表面上的热闹和喧哗，注重于利益的占有和名誉的享受，以为一切以物质的丰厚为标志，一切以暂时的感官快乐为归宿，就像抽刀断水、举杯消愁一样，麻醉过后，依然是浑浑噩噩的苟且、醉生梦死的残喘。任何时代的进步是建立在物质丰富基础上的制度完善、心灵和谐，虽然三者之间会有时间上的错位，分量上的悬殊，结果上的不同，但唯有此三者的相互构成、相互照应，才能彰显一个社会的文明程度，才能映照人性的善良与真诚。横目以望，利益之山成岭成峰，哪有止境；纵目以览，前鉴后续曲曲折折，哪有归程。人们从脱离了原始以后，便也抛掉了纯真，同时也开始了获取的进程，也开始了返真的回复；因为只有在获取中有一种升华有一种觉醒，不致让利欲迷惑心灵，才能凌驾于一切物化的遮蔽之上，才能从更为复杂的境地升华出更为宁静致远、公平纯正的精神视野，才能让心灵依然清澈于初始的泉流，始终涤尘荡灰，映照深邃的蓝天，承载日月星辰。

七十

依附于政治机器上的文人有时是最无耻的，因为他们泯灭了人性，把自己的知识文化完全捆绑于一种政治需要上，冲锋陷阵，置事实于不顾，弃人性于脑后，充当着比刽子手还凶残的职能。所以，人们道德的真伪良心的善恶乃是决定人性的根本，也是人性的最根本保证。

如果丧失了这点，那么再多的文化素养，再多的知识理论，只能变成作恶的工具，绝不会成为行善的手段。政治固然需要文化的衬托，文化的装饰，文化的阐述，文化的诠释，但政治的正确科学与否，是一个关键性的因素，失去这个底线，不分善恶地投身于政治，将一切文化的润泽，知识的成果化为帮凶的器物，实在是文化人的耻辱和堕落。当一个社会中，因为暂时的迷惘还有点依附时，及时觉醒还是来得及的；但一味地癫狂痴迷，趋炎附势，为虎作伥，为纣施虐，从心里完全接受了充当打手的职能时，道德的沦丧就变成了唯一的选择。客观环境和当时氛围的解释中，就更暴露出了无耻中的罪恶基因，没有了真正的自我反省，没有了道德良心的判别，只是一味去解脱自己，原谅罪恶深重的丑行，只能加重无耻的重量。有时想，难道为了自己的生存就要泯灭良知吗！即便无声也应该是一种真正的自我良心。

七十一

书是无言的朋友，但它却满怀情愫，将自己的内心完全裸露，用各种各样的文字或词句呈现在你的面前，供你有意或无意的阅览，有所求或无所求的享受。字里行间，可能是哲人贤士的隽言哲语，也可能是落花流水的伤感情怀；也有清流飞瀑的豪兴意趣，也有泥沙俱下的浊浪排空。听到了天籁之音，地宛之声；听到了衷心诉说，柔情万种；看到了荣辱成败，悲欢离合；看到了云卷云舒，花开花落；全都镶嵌于跌宕起伏的文字之中，一幅图画插页也会令人产生无限遐想。大千世界、风尘浓重，交往之事越来越俗，以利益为纽带，以占有为标准，已失去了原本的情商和意境，只剩下赤裸裸地应酬。相对而言，其语言也变得世故圆滑起来，字斟句酌地可以滴水不漏，但缺少了真情真性。特别是同流之中，清浊共存、道异而途殊，言及问题，各云东西，遑论南北，缺少了一种知情知心的交流，与其应付不如远避。陋室狭堂，独促一室，迎清风明月、捧书本华章，到底是一番不壅塞胸襟的坦荡，不阻滞情趣的真诚，收获的是善良，感受到的是美好，也就安抚了孤独，驱走了寂寞，让心灵静止如凝结的璞玉，晶莹中有了坚硬的分量。

七十二

满腹经纶，不见得有抒发的场所，学富五车，可能只是一种自我的修养。一生的历练能够写一部丰富的史籍，多少经验教训，感受思索都是一种财富；但视之为宝的别人未必认同，非常有用的智慧众生也难接受。每个人都在书写自己的章回小说，沉浸于自我的感受和思考之中，至于来自旁人的事迹，也是一阵清风吹过，不留半点痕迹。生命的丰盈是从小开始，从简起步，生命的积累是年岁熬煎的，生命的超越是欢乐与痛苦陶冶的，生命中的每一阶段都有写不完的乐谱、抒不完的旋律；有时如深藏名山的至宝，有时如裸露炽热的阳光，总想被挖掘、借鉴，以使人性的真善美不断增光添彩，总想给更多人以启迪教诲，为信念和理想注入力量。当今社会，人们太忙碌了，沉溺于名利场中，纠缠与是非地里，已被世俗的功利之风吹得昏昏然，关注眼前，即时可得，一夜成名或暴富，成为一种时尚。活在当下没错，但把当下当成一切就大谬了。因为，生命的永恒是没有止境的，人生的道路是没有尽头的，脚踏实地、注目长远、仰观星辰、心怀自律乃是人们应有的态度和行为。多请教一些先贤，多学习一些智慧，多一份积累，都一点感悟，对个人和时代都是重要的财富和智慧之源。鄙视存在的真理之平常，丢弃智慧的平淡之表现，其实也证明自己内心的苍白无力了。

七十三

打开记忆的匣子，听到的不是音乐，而是攀登跋涉的脚步声。在崎岖蜿蜒的人生之路上，有太多的激动和悲伤，也有太多的欢乐与沉默，但脚步声从未停歇，一声声叩响着心灵的思绪，冲撞着灵魂的情愫。因为，任何记忆都会变成静止不动的文字或印象，但心灵中的脚步声却永远奏响。很漫长的人生之路其实很短暂，但走得是那样的艰辛，从儿时的自由自在，到逐步成年后的负重累累，太多的烙印刻在历史的路上，回味起来，一阵欢歌笑语，一阵悲痛凄凉，但无论是风调雨顺的收获，还是风雨如晦的失望，都成为了不可剥去的果实，让你在岁月催熟后，沉静下来细细地品尝。都云人生之短，百年一瞬间，梦幻之中，代代相继，完成着生死交替的永恒使命。仿佛刚看到前辈还未逝去的身影，又目睹了新生稚嫩的脸庞；好像刚刚离开故乡的怀抱，又沉浸于乡愁的回味之中了。很多情景烟云一般，在记忆的风中升起，在回味的雨中浸染，又会化为漫天的雾霭，弥漫混沌，也会变成飘扬的雨雪，散漫四面八方。一切都如梦如幻，让久历尘俗、久经世态的心灵有了点儿湿润，可以容纳更多的想象；那是一条小溪流的奔跑，从雪山而来，越过千山万岭，流过苍茫大地，在岁月中蜿蜒，在心中永远高歌低吟。

七十四

精神的传递需要各种载体，特别是人的作用更为巨大，用什么样的品质人格教养行为影响后代，是一个持续不断而又充满挑战的过程。农耕时代发展的相对缓慢性，使得人际代传的积淀持久而浓重；而在急功近利的当今社会，飞速地发展失去了沉淀和凝聚的过程，一切都破碎成了凌乱的残片，偶尔拾起，即刻抛弃，像是断了流的河道，整体的贯穿性荡然丢失。一阵暴风雨来临，漫天皆透；一阵艳阳高照，碧空万里；来之迅猛，去之匆匆，人们来不及消化，来不及思考，就被融入场景剧目的变幻之中，被所谓的新鲜事情迷蒙了胸襟，被所谓时髦的做法晃晕了眼界，思想的浅薄性越强，深刻性丧失，只有承应，没有了反省；看似非常热闹，其实只是一种色彩斑斓的泡沫而已。要把一点好的精神传承下去，虽然有砥砺奋进的身体力行，有象形的承载，但也要有殚心竭虑的心得体会，精益求精的心灵映照。只有将生活中的各种感受、思索一一记来，付之笔墨，书成文章，虽无宏辞丽意，但只要平静真实、直白简朴，也是一份真切的心意和殷切的寄托吧！有时动笔书写的难度很大，但只要平常以待也就容易了。

七十五

人们总是用奋斗的字眼来增加自己的色彩，用拼搏的语言抒发自己的才能，用一种博大精深的鸿篇巨制去诠释一切，用一种深奥迷幻的浓墨重彩涂抹时代。但人生却是平常的事情，无论多么巨大的变革，都是建立在衣食住行之上的，为了实现衣食住行的进步公平，人们用各种思想去解释，用各种理论去分析，用各种行动去证明，在翻天覆地的革命中，在热火朝天的建设中，在波澜壮阔的改革开放进程里，由实践的成果和理论的结晶，不断彰显着社会的发展人类的进步，人们一切的努力都被赋予了神圣的意义和灿烂的光辉，好像完全变成了自然和自我的主人，号令一切，并满足于这种任情使意的状态。其实，生活的内容和形式虽然不断在变化，但其根本乃是一种平凡的过程，人生中有高有低、有起有伏、有成败荣辱、有阴晴圆缺，但这并不是意义的符号，而是实实在在的社会构成，点点滴滴的基本生活现象。无论任何人都会在自己有限的时空中保持着思想的色彩，铸就着精神的幽幻，过着自我平常或异常的生活，这是人生的根本。生命的生理延续和精神延续，始终相伴而行，有时的分离只是一种短暂的告别，不远处依然会合并。

七十六

精神的愉悦来自很多方面，但根本的却是发自心灵中真善美的直白。这里没有刻意的安排，没有主观的选择，没有造作的虚饰，没有制式的僵硬，唯有一种纯真的情感，唯有一种善良的仁厚，唯有一种美丽的弥漫。发自于心的难以用语言表达，来自行为的抒发，让灵魂轻飘直上，精神阳光普照，胸中溢满温暖，充满亲情，似真似幻的洋溢着浓厚和至诚的意蕴。而能够激发心灵愉悦的莫过于真情二字，无论是亲情爱情，只要触及此心扉，就像融冰雪成溪流，蜿蜒于崇山峻岭，古潭飞瀑，沁人心脾；就像是天高云淡，深邃而幽深，孕育着无尽的向往，令人神飞思扬；就像是枝条拂风，草叶承露，花儿绽放，月儿朦胧。有时读书万卷，不及真心一瓣，有时行途万里，不如真情一点。因为，纯真中所呈现的洁净，纯善中表达的安和，纯美中洋溢的温馨，是任何东西无法相比的，更是任何东西无法代替的。

第三十六集　灵动飘逸

DISANSHILIUJI LINGDONG PIAOYI

一

思想其实并不复杂，往往一些简单的话语、浅显的文字，甚至一些日常的行为动作，都可以准确地表达出来。只是由于人们心灵中充满想象的成分很多，希望的时空又长又阔，只好用丰富多彩的语言词汇，辩证逻辑去演绎，用鸿篇巨制的文章书籍去诠释，以至于一提思想二字，便让人感到一种博大精深的奥秘，一种神秘幽幻的意蕴。汗牛充栋、浩如烟海的典章文籍是思想的承载；飞流直下、落珠溅玉的字词语言是思想的表现；楼堂馆所，画梁雕栋，殿室庙宇，残垣断壁，也反映着思想的轨迹，山川万物更是思想取之不尽、用之不竭丰富宝藏，而作为具有思想能力的人更是思想的创造者提供者承载者传承者，承前启后，接受了思想，继往开来，又创造了思想，使思想之链呈现出永恒的光芒。而人们表达思想的方式多种多样，无论是刻苦钻研、辛勤苦究、著书立说，还是村言俚语、街头巷尾、日常家话，无不透着思想的灵性。无论是条分缕析繁文缛节的复杂系统，还是支离破碎繁复琐屑的片言只语，如浩瀚的宇空，自有日月星辰的璀璨缤纷，如苍茫的原野，自有万物纷纭的丰富多彩。只要去认识，思想会在你心中，因为你就是思想的本体。

二

随着年龄的增长，人们的视野由狭到广，由小到大，由简到繁，由浅到深，又会由广到狭，由大到小，由繁到简，由深到浅；看似矛盾，其实是一种人生的正常，从小起步，总想取得大的事业、大的成功，不断放大自己的志向和目标；从老回归，肯定会从经历的积累中收缩自己的视野，聚焦自己的胸襟；但心灵的变化并没有根本改变，只不过是让人生的起点和角度发生了变化，行程和归宿有了意象，都是一种非常正常的现象，一种人生意蕴的彰显。年轻时，身体强健，思想活跃，经验虽少，阅历欠缺，但热情旺盛精力充沛，只需向宏伟的目标去迈进，向确定的事业打拼就是了；年老时，身体衰弱，精力锐减，反应迟钝，思想僵化，但阅历丰富智慧充盈，只是从已经践履的行程中去感悟人生的意义，从即成的成败得失里精萃生命的真谛。年轻时的不断积累使人的负担愈来愈重，年老时的不断抛弃让繁杂日益简单，犹如小溪流不断汇集而成江河湖海，犹如海纳百川后升华出云蒸霞蔚，化成迷幻再将雨或雪飘洒下来。心里的变化只是一种经历后的超凡脱俗，净化中的返璞归真，没有什么云诡波谲的神秘莫测，只有一种云淡风轻的超逸而已。

三

繁闹中的独处是一种状况，更是一种精神，因为人们生性的趋利性迫使心灵向往热闹和繁华，以为只有在繁华中才能享有一切，也以为只有在创造繁华的热闹中才能看到自己，于是像滚滚洪流，大家一起涌入时尚的大潮之中，风来浪起、云去涛伏，热闹地缔造着人生的辉煌，实现着自己的理想。所以，从古至今的发展中，人们从自然的简单孤寂中走向了自然的繁闹，又从自然的繁闹中走向了社会的繁闹，从自我的个性里创造了繁闹的情韵，又将个性的追寻融入到群体的繁闹之中，铸就了每个时代独有的风貌。长此以往，人类的繁闹伴随着数量的增加，质量的提高，范围日益扩大，程度日益加深，构成了整个世界的一种共同趋势，唯繁闹才是本真，一切都被它的声势和作为所淹没了。所以，有时从这种喧嚣中脱得身来，寻一陋处独居也是一种幸运；有时能在繁闹之中求得一点心灵的宁静更是一种奢求了。独处固然是一种离索，但离不开繁闹的背景和尘烟，只不过由于繁闹的衬托，顿生出很多孤独寂寞的清冽，有一点由心而涌的宁静与淡泊，这怕是独处的妙意了吧！

四

从本质上讲，身上依然保持着传统社会农民的本色，不喜欢穿新的艳的衣服，不愿意打扮的五光十色；心里依然是古朴陈旧，没有多少新的观念和高一点的境界，满足于日子的平静，安于生活的平淡，有点儿欲望无非是少花点儿多挣点儿，少用点儿多攒点儿，能够用有限的能力给孩子们提供点儿有限的帮助吧。至于高级的享受、愉快的旅游，只是一种随遇而安的碰巧吧，从不会去主动安排，刻意筹划。境界并不高、理想并不大、思想也不丰富，境界也不高远，只是一种按四季而生活的顺序，依时间流逝的命运安排而已。有时狂妄一点，不过是借劲发癫，有点人来疯的成分；有时浪漫一点，不过是过盛精力的一种宣泄，并没有什么世故的老练和故弄玄虚。每当遇到事情，总是举轻若重放不下心、离不开手，偶尔有点举重若轻的感觉，但很快也会被认真所代替，还是一门心思做好事情吧。从总体上来讲，只是一个在时空中耕作的老农，享着天光云影，知道季节变化，喜欢原野苍茫，经历春夏秋冬，有点小狡猾偷着乐，有点小情怀心里滋润，只是从骨子里不想改变，和发展的社会多少有点疏离，和变化的时代总有点隔阂。

五

很多东西从骨子里是没法儿改掉的，它像一个源泉在人生的漫长历程中，总是提供着源源不断的溪流，虽然在流淌中也会汇入千山万岭的水，但其主线的内容却不曾改变。“君子之泽、五世而斩”，说的是发自远处的恩德泽荫也有断流的时候；“三代培养一个贵族”，说的是历经代代打造，才能修炼得到一种质态的超越；无论从继承还是变异来讲，改变骨子里的东西是很难的。血永远浓于水，这是亘古不变的道理，当然会有所进化，有所异化，特别是在当今社会的条件下，一切皆以失去岁月积累、代际更替为代价的，转瞬之间，人们会失去根脉，也会丧失方向，只剩下一个前无古人后无来者的尴尬境地；仿佛一座飞来的顽石，突兀地矗立在荒野之中，找不到前世的脉络，更看不到未来的趋势，只是当下的一种存在，孤独而无用。所以，人们在精心打造着自己的时候，也在随时毁灭着自己。因为，任何改造都会走向被改造目的的对面，就像今天的时髦有时是过去的翻版，只不过披了一张进步和时尚的外衣和装饰而已。骨子里的沉淀要深厚浓重持久的多，有时纯真善良美好源远流长，根深蒂固；有时的虚假恶劣丑陋盘根错节，肆意妄为；构成人生的脉络中它们是相混而生，比例不同罢了。

六

人生的苦难是一种命运的安排，因为苦难是生的必然，只要生就必须要去适应、去应对、去战胜。当然也有悖逆和拒绝，更有失败；但无论成败都构成了人生的全部内容，彰显了人生的根本意义。试想飞流直下，既无曲折也无波澜，那是一条什么样的河流？试想一生平稳，没有一点艰难磨折，一马平川那是一种什么样的人生？更何况人们对人生寄予了太多的希望，描绘了太多的蓝图，但理想与现实又何曾完全对应了呢？所以，苦难是一种正常，关键是怎样去看待它，应对它，感悟它，战胜它，因它而起的向往与希望，总是富有生气和召唤地推动着人们前行的脚步，因它而生的征服感进取心，总是顽强地拓展出一条虽有荆棘但前程可展的道路。苦难是一杯酒，能麻醉自我于一时，只会得到更重的痛苦；苦难是一杯茶，能安慰于一时，但会将愉悦的清芬留得更长久。其实现实中没有什么痛苦的现实，却有着造成痛苦的精神之源。因为对人生的所有经历和感受的不同都会产生痛苦的感觉，抽象出痛苦的概念，让痛苦萦绕于灵魂之中，使人生的内容丰满起来，有了内在的矛盾与动力，也有了战胜后的平淡、领略后的欣慰。有时，痛苦是一种离不开的心愁，它会永远飘在心头。

七

很多说教让人心烦，殊不知人们正是在这种说教中成长起来的。因为每个时代都会有一种主导的精神主线，无论其好坏，但确实存在着，并且以强权强势的形态主宰着一切；社会的环境与氛围提供了人们思想存在的条件，不可能不受到它的制约和影响，有时甚至被其裹挟而同流合污了。所以，说教本身并不是一种错误，关键是它是否符合人性、适应人性、合乎时代、推动社会，特别是它能以超越一切偏见的灵性贯通一切，那才是公正的彰显、平等的天平。如果一味以权势作为说教的支撑，固然可以喧嚣一定的时期，并形成强大的束缚力，但终究会因为其自身的缺陷而导致说教本身的毁灭，因为要维系一种东西，而不顾人性本质的强力说教，即便是好的，可能也会造成坏的结果，真理的发现和表达并不是一回事，真理的捍卫与阐述也未必完全相符，因为对真理的理解和抒发更会是万千色彩、参差不齐的。所以，对的未必要用强势的说教，错的用了也不起作用，说教的本意没有错，但说教必须发自于自然的本真、人心的本源，是一种灵魂的普照、精神的透明。

八

生命的意义不只在鸿篇巨制的典籍中，不只在日积月累的物质财富和精神财富中，它根深蒂固枝繁叶茂的矗立在人们的心中。因为生命本身就是用来实践和认识的永恒载体，由无止境的链条相串，由无限的未来召唤，只要身体力行自己的努力，殚精竭虑自己的思考，便会诠释真谛的内涵意义的所在。从任何时候地方都能得到生命过程的演绎和生命意义的诠释，虽然千差万别，但却会是人生的结晶。无论苦乐、无论成败，只要有历练、有陶冶、有凝结、有升华，都会放射出舍利般的神圣之光来。追寻生命的意义，不在于起点的高低和时间的前后，不在于历程的起伏或平坦，不在于事业的成功或失败，它只在心间，是一种心灵的境界，是一种精神的升华，是把一切的经历化为一种平常的心态，变成一种平淡的回味，当成一种平静的抚慰。生命的意义我们赋予了太多的内涵，包裹了太多的外饰，其实它非常简单，因为生命本身就是意义的母体，善恶相交、真假混杂、美丑共担，唯有真善美的灵光才能消解一切，唯有平常平静平淡的感悟才能熨平心灵的功利褶皱，才能彰显生命超凡脱俗的蕴含。

九

行为自然来自于内向的坦荡真诚，把一些至理名言始终挂在眼前，只能是一种装饰，把一些哲理慧句说在嘴里，只能是一种修掩。因为任何道德的说教虽然来自于本初的纯真，但久而久之，则变成了一种包装或是旗帜，而其内在的含义和实际的内容，却已发生了很大的变化，正所谓，过分强调的恰恰是最为缺失的，天天响应的可能并不会为人去遵从。有时人们为了达到一种身心的自适，会寻找各种理由，找来各种依据，实际上是给自己一个借口和自慰而已。作为人，来自于天然，安于本真，思之畅然，行之自然，便是一种真正的意义，无需要过多的理论支持和道德论述，更不用自我安慰。顺其天意，适其大道，通其地理，顺其大势，无为时有点为，有为时有点无为，行云流水，天然而成，一切皆从心发，皆依情而走，通理适性，合规顺矩，偶有激荡，也是天性自然，何必天天相省，以为修行呢！

十

春风又渡，只是北国的风范，塞上的特征，挟其沙粒，搅动积尘、冷冽清寒，劲吹狂舞，一番惊天动地的喧闹；残枝摇曳、枯叶乱零，远山朦胧，近水萧瑟。唯有呼喊的震天动地；仿佛只有这热烈和癫狂才能冲破冬的僵壳和矜持，才能掀开大幕迎接一个春草绿染、奇花异放的春天。年年逢春、岁岁迎春，心头的喜悦和憧憬从未消歇过，但时光的叠加，时代的增删，精神的提升，灵魂的灵动，总是在春的怀抱里，萌生出太多的情韵。关山千重，长河万里，九州同体，万国一尊，把对生命的企盼和延续，把对生活的憧憬和展望，把对人生的来龙去脉作一番分解与化合，编织出永恒的神圣。静坐下来，心灵也曾在热望中逐渐冷静，炽热的欢腾是一种形象的展示，而心的安和平淡，却是人性的本分，犹如春的来临是那样的从容，不必为人们所注目，但必入景入情入人入心。

十一

透过变化莫测的云絮看到深邃的天宇，幽深中有日月星辰，更有无尽的想象和梦幻；有时安静下来后，总是会把目光送向天宇，好像那里有神秘的宝藏，让你千寻不得、万寻依然。其实，我知道是自己在尘世中的心境狭窄了，眼界低短了，胸怀变小了，居于一隅，偏执一点，小天地里束缚住了丰富的想象，失去了梦幻的翅膀。幼时憧憬的基因变成了唾手可得的实际，天真的好奇让世俗的应酬推到了一旁，久沉其中，不知其害，养成了一种狭隘，万事万物皆以自我的忖度而纳入眼界胸怀，天下诸景皆以自我的欣赏而进行了缝裁。所以，有时活得很累，是被有限的自我时空所限，放眼望去，总有一种无限的召唤，虽然身体依然安坐于桌前，但放飞的心灵却是漫天舞动，不受一点的拘束和限制。真的，把心放的深远一点、高阔一点，虽然有些虚无缥缈如梦似幻。

十二

思念是人生最重要的精神支柱，因为有了它，人类的生活才有了温蕴，充满了情趣；因为有了它，人们才能应对各方面的问题，化解一切困苦和不惑。沉浸于思念之中，犹如春雨入心、清风拂面，犹如朝阳送暖、明月朗照，光的炽热和清辉一样抚慰着烦躁的心，赋予它安静的甘醇，致远的精密。常常在思念中架起长桥，跨越时空的距离，将心灵相系；常常编织着思念的网，在想往的梦幻中捕捉漫天的日月星辰；常常在阅读中停歇一会儿，让飞跃的思索停下脚步，看看周围的景色，生出几枝春花冬梅；常常在孤独地行走中四处张望，漫无目的地放飞灵魂，寻找美好的归宿。因为有了思念，才在痛苦的土壤中培育出了鲜嫩的新苗，生机盎然，才在欢乐的时空中扬起春枝碧叶，揽月栖鸟。思念的我永远在思念中，因为，它是生命的最灵动组成，最有意蕴的彰显。

十三

登上峰顶的人其实并没有多少喜悦，成功的享受瞬间即逝，因为面对的深远和广阔让自己变得更为渺小，并没有因为你站在山巅就高大了，而是显得更卑微了。在行程中和山石溪流曲径为友，和林木花草禽兽为伴，日月星辰的抚慰，风霜雪雨的沐浴，犹如大自然的一个组成部分，还能有点自我的存在感；但达到峰顶后，一切皆失，孤独耸立的只是一种无奈与惆怅，找不到自我是因为失去了相互对应的参照物，看不见内心是缺失了外物的反观。靠回忆能有些补偿，但逝去的毕竟波飞浪卷、灰飞烟灭，愈想愈觉空迷；靠展望可能会唤起前行的激情，但在苍茫无限之中，四顾茫然的迷惘更会让自我失控。有时细想，生的历程虽有很多可忆可感之处，好像很自然无须过多的注释，虽然当时可能百般苦恼、千般不易；有时深究，永恒的生命之链虽然生生不息、生死相续，但每一环每一结不也是一种有所不同的阵阵相固吗！高处不胜寒是一种自知自警的人性之感悟。

十四

人生在世不想做什么是不可能的，因为要生存要发展。衣食住行来不得半点虚假，要实实在在的报酬，不然生存都无法进行了，遑论其他更高层面的发展了；但人生有时不愿多想什么却更难做到，来自四面八方的诱惑和攀比，将心里的坐标一再拔高，将灵魂的飞翔范围不断扩大，时空里堆满了想法，境界中全是梦幻，就连最简单的生活也要寻找出点意义性的感受，好像不如此就不是人生了。特别是更愿意让一些宏伟的辞章或理论把自己包装，让一些意义境界的语言把自己来时髦一下，整体像是一个雕塑，被赋予了一种象征性的意味，其实呢，不过是一种自欺欺人的自我陶醉罢了。人生中不想做的非要去做，不想想的非要去想，人从动物分离后的进步也可能就是一种衰退，人从蒙昧中得到的文明也可能是一种愚蛮。因为，人越发展、成熟，越远离了本初的真实。

十五

打动人心的是平常之事和对平常事的感悟，可那些亲身经历、心灵浸润过的平常事，却总是在心中灰飞烟灭、无法真实直接的呈现了。多年的学习是一种进步的修炼，但也是一种教化的禁锢，太多的灵性被教条束缚住了，语言僵化硬冷，口气空洞狂妄，看似辉煌的论说，其实没有什么可供借鉴的哲理、可供启迪的故事，一切都变得面目全非，根本无法变成一种平常。正因为失去了平常的心态，没有了平常的思维，缺失了平常的情怀，一种道貌岸然的僵化变成了雕塑般的固守，享受云诡波谲的眼光，接受言不由衷的话语，只剩下内心的孤独和寂寥，一任风吹雨打，残躯依然，灵魂无味，萧索中很想返回平常的原点，却逃不出僵化的藩篱，不由自主中又溢出了教条的本色，执拗的偏颇。平常难得，逝去很难回复也！

十六

沙尘的弥漫是北国塞外春天的独特风景，犹如江南的春雨雾霭一样，都是一种如梦似幻的笼罩，都在用自己的行为唤醒更替的季节，滋生出一个生机盎然。沙尘的浑浊给万物以躁烦的不安，一切都安顿于天上地下的干涸之中，灵感的湿润会被吸干，留下一张想象的网，捕捉不到日月星辰的灵动，让她们似隐似显的挂在天隅，留下朦胧的企盼。有时的想法也像这沙尘一样，没有规则地散乱，只是四面八方地放射开来，无论融在何处，落在哪里，只是默然地观望，不做任何预期的描述。因为分解了的有形之土，无垠之沙，离开久久禁锢的约束，来一个漫天的狂舞，也是一种意兴的阑珊，搅得天地朦胧，万物混一，还心灵一个最原始的姿态，也好迎接年复一年的启蒙，在浓重中领略清新，那是一种超越季节本身的精神之悟，是压抑久了后的一种释然。

十七

剥去岁月铸就的僵壳，清掉时间积累的尘垢，一切的悲欢离合化为烟云，一切的成败得失变成灰烬；回顾行程，虽然有很多值得记忆的人与事，但更多的是迷惘和怀疑。人生美好的时光在为各种欲望的攫取中消失殆尽，人生丰富的内容却是不堪入目的污浊与混杂；人们总是喜欢沉浸于过去，因为遥远而有了朦胧的感觉，掩饰掉了眼前太多的粗俗与丑陋，不清晰的回望又一次遮蔽了即将要醒悟的心灵。展望未来，想象的时空是那样的深邃无限，可以让思想的日月星辰任意闪烁，麻木了现实中的缺憾和不足，沉醉了随波逐流的行动。因为，梦的膨胀堵住了现存的崎岖，弥漫着掩饰的色彩，在忘却中苟且偷生，还要赋予一种精神上的神圣。人生如梦，从开始真诚直白地去想去做，到现在虚伪的描绘和雕琢，时光就这样一去不复返，生命就这样在无聊中延伸。人们只有深刻地反思，无情地剖析，让灵魂的伤口流出新的血，才能真正浇灌诚实的幼苗，才能滋润纯洁的心灵。能不能直面自身的丑陋与缺陷，不是一种简单的态度，而是人类要发展的根本动能。

十八

躲进心灵的小楼，将一切繁杂的喧嚣拒之于外，一份孤独、几分寂寞，深潭古月，别是一番清辉的朗照；松风空谷，定有一阵清凉的抚慰。久居尘世之中，让热闹盈满了头脑，填塞了胸襟，失去了让自己安静下来的本领了。天天热气腾腾，喊声震耳，琐碎中打造着拼凑的时间历程、空间布局，只是一种堆砌的造型，没有什么精灵的怪异，更缺乏一种灵动的泛活，真正寻得一处清静，不是在偏僻之处，而是自己的心灵。因为在烦乱中的沉思才是真正的深刻，寂静时的思索反而有些激动。有时，心灵的安静恰恰是在一种纷扰之中的凝结，此时的氛围映射着热闹渗不进去的空灵，犹如一座水晶之宫，可以看到人影浮动，但听不到一点声音。所以，非常向往心灵中的那份安宁，只有达到它的境界，才能有点发自灵魂的任情使意，有点精神的率性随心。

十九

轻轻地剥去罩在身上的成败僵壳，让生命在自由自在中洒脱起来；静静地洗去心灵上的荣辱灰尘，让精神在无拘无束中飘扬起来。太多的沉重，让生命感到重负后的压抑；太多的深刻，让灵魂负担不起厚实的枷锁。为什么非要让过眼的烟云遮蔽自我，为什么非要让虚饰粉妆的光环弥漫本真，沉醉于世俗的成就之中，浸淫于计较的失败之中，阴晴圆缺的月失去了意象的美，空谷静音的美失去了幽幻的魂。太多的思虑遮蔽住了单纯的想象，太重的欲念束缚住了轻扬的幻动；人们为获取而失去，同样，也会在失去中获得。因为，生命的本真就是一种自然的驰骋，生活的意义就在于一种春种夏耕秋收冬藏的轮回中。丢掉附着在精神上的太多是非观念，抛弃寄生于灵魂上太浓的好坏标准，还一个混沌的世界，还一个清亮的本真，不要因为失去而感到无颜，只有这种无颜才能描绘最新的图腾。

二十

婴儿时期，每个人的灵魂是净洁的，而且非常的稚嫩与纯真。人的所有想法和动作都是灵魂的表现，与孩子在一起时，你会感到真正的灵魂熏陶、灵魂对话、灵魂交融。而随着年龄的不断增长，人们在看似成长的过程中慢慢失去了灵魂，以至于到了垂暮之时，才又想起唤回灵魂，重新在自己心灵中驻扎。人类社会的进步是以某种退化为代价的，人类社会的发展是以某种倒退为成本的，人类本身的纯真是上天的赐予、自然的恩宠，但在生命的历程中却会为生活所挤压，慢慢丢失在飞速发展的行程中。看似丰厚的物质成果，看似多彩的精神财富，其实有很多已是脱离了灵魂的华丽外衣，可以光彩夺目，但永远不能使心灵纯真安静。从失去灵魂到找回灵魂，这是人类的命运无法拒绝，只是丢掉的是否能少一点，寻找时又能早一点，让灵魂始终清逸飘游，但厚重的存在。

二十一

沉浸于自己的天地时，风也轻了，云也白了，天也蓝了，一切都温馨如梦、美好如画，没有了世俗的侵扰，失去了功利的喧嚣。心里所想的，放任飞去，不管天高地阔；眼中所看的，随兴而至，不管是书本还是自然。自己把自己孤立，自己把自己寂寞，也就是自己解放了自己。年轻时欲望是一种动力，年龄大了，超逸便是休憩的港湾。整理着残存的记忆，回味着零散的事迹，星星点点地闪烁一下，又马上消失在深邃的岁月长空里；一段议论的抒发，一点感悟的品味，拉近了与过去的距离，缩短了与未来的差距，一切都融汇在静如止水，闲如风月的安谧里。深谷中的幽潭，纳清风映明月，迎朝阳送霜雪，一切的变化都是心头的波澜，只是深沉地自我感受，不与热闹分享半点清幽。心灵的平静已达到一种无物所侵的状态，只是静静地守护着岁月留下的轨迹，拾掇着时代刻下的烙印，串起露珠，挂在自然的胸前，留点瞬间的璀璨，化为无形的气息，弥漫于人生的整个时空中，没有形没有声，只有心灵的自语。

二十二

自然孕育着人类，是摇篮也是战场，同样也会以各种形式去满足人们的欲望，容忍人们的无法无天，但也会在适当的时机，用自己特有的方式给人一个致命的教训。所以，人类一定要记住，你永远都不是自然的主人，甚至都不是自己的主人。要放下自己的狂妄自大，要收起自己的胡作非为，用敬畏之心去对待自然，用适度的想法和做法去与自然相适应，求得一种和谐。亘古长远，有太多的故事，把人与自然的联系描述得很清楚，把人与自然地关系讲得很明白，关键是人类很容易健忘，教训来时，深刻反省，稍一安顿，便旧态重生，依然我行我素。所以，有时来自自然的禁示，虽然有些恐怖，但确是能起到警醒提示的作用。

二十三

岁月会剥去装饰在每个人身上的名利外套，也会洗涤掉积聚在心灵中的成败灰尘，饱经沧桑后的蜕变，不是强制的剥离，不是自觉的醒悟，而是一种自然的生成，就像溪流千曲百折，终于汇入了大海，就像残叶放飞了季节的风韵，静静的坠落于大地。心灵中的那点纯真慢慢地回来了，像是一阵清风，无意间掀起记忆的门帘，让久藏的事物呈现于流动之中；像一阵润雨，悄然于干涸的思绪，让沉默已久的人事展现在面前。一泓深幽的古潭，失去了往日的繁闹，只有云影月光的抚慰；少了汇入的溪流，缺了奔走的动力和能量，只是静静地守护着孤独，享受着寂静。从深处涌起的是简单纯真的灵性，仿佛岁月回到了从前，犹如季节轮回到了原点。一切的真实在经过漫长的征程和风雨的雕琢后恢复了本来的性情与面目，一切的幻象却在此时真正成为了唯一的永恒。

二十四

吃时粗茶淡饭，睡时木床棉被，行时漫步信游，住时蜗居陋室，没有什么天经地义的安排，没有什么冠冕堂皇的借口，没有什么刻意的索取，没有什么奢望的乞求。读书不分好坏，是非不辨黑白，只汲取源远流长的脉络，只享受岁月流逝的感怀；思考不管高低，得失不论多少，只经历山高水长的砥砺，只承载风雨雷电的洗礼。清风明月，轻轻而来，默默而去，不留一点尘埃。朗月松谷，静静而待，悄悄离开，不洒半点感慨。来的自然，平静如雨润原野，雪落山河；去的痛快，寂寞如江河溪流，沧海无垠。谈天说地，没什么伟业丰功，谈古论今，只有点渔樵闲话。再多的醇酒也醉不了淡泊的心，再浓的香茗也激不起平静的情。天光云影的映照，人间万象的轮动，只是默默地守望，只是轻轻地游走，在天地间弥漫着如梦似幻的灵韵。

二十五

生命的轮回是一个充满欢乐与痛苦的过程。在欢乐中孕育，在痛苦中诞生，在欢乐中成长，在痛苦中历练，享受欢乐的欣悦，承载痛苦的熬煎；有时乐中有苦，有时痛中有欢，凝结的可能是晶莹，交融的也许是精粹。在时光荏苒、岁月流逝中，生命的主体由小到大，由弱到强，由简单到复杂；同样，也会从某一时空开始复归之程，化繁为简，化浓为淡，逆向的前行，带着不断剥离的残思断念，或苦或乐，低吟浅唱着人生的咏叹。此时的欢乐与痛苦，变成了一种极度混合的江河，分不清你我，看不出区别，只在平常的行为中，只在平淡的思想里，回忆的成分变多，瞻望的内容锐减，深刻的印象往往来自最远的启步开智，淡泊的心态往往只是眼前的蹒跚衰残。扯一朵云絮，擦擦久聚的尘俗，牵一缕清风，拂去心灵的雾霾，只是安静地坐在那里，没有深刻地思，没有激越地情，只是一种淡泊的张望，不带一点企盼。

二十六

生活很简单，生活很纯朴，因为它本来就是平常的事，无非生老病死，无非衣食住行。有时的物质匮乏，反而精神纯净多了，有时过多的物质享受，却让精神负担沉重不堪。物质的丰富和精神的愉悦仿佛是一对难兄难弟，互相离不开，却又打得不可开交，始终没有对等的关系，也不会交融到不分你我。所以，人生的平常就变得复杂起来了。因为，想法在不断获取的物质利益上枝繁叶茂，开花结果，欲望像是收不住的野马，在急功近利的原野上疯狂地追逐。太多的超前，反而阻滞了生活的正常步伐，影响了生活的平静安然。世俗的风吹遍社会的每一个角落，也浸润着每一个人的心灵，浮尘躁土太多，积累沉淀的太厚，心灵的活力就会减弱，精神的翅膀就会沉重，再也飞不高、想不远了。所以，经常沉思冥想，生活的平常平淡，平凡平静，为什么人类非要注入太多的变异和畸形呢？

二十七

世界很大，我很渺小，但心里却装下了整个世界；人心很大，世界很小，但世界容纳了无数的心灵。我与世界为伍，不分彼此，因为，你中有我，我中有你，只是有限与无限将我们分隔，只是短暂与永恒把我们分离。有时在一定的时空中，你我相依，我靠你生存，你靠我指迷；有时在一定的场景中，你我分离，我找不到你，你丢弃了我。失去了我，有谁会倾听你的呢喃细语；失去了你，有谁能承载我孤独的旅途。我和世界是伴侣，虽然走不了多长，但始终在一起。心里有你，你有了心里，才构成了完整的生命意义。有时暂时的分开，反而增加了情意，有时长久的相处，反而会忘记彼此的存在。我们都怕孤独，只是一个能表达，一个被表达；我们都不喜欢寂寞，只是一个只承受，另一个能倾诉。我和世界是永恒的天地，世界在心灵中安然，心灵在世界中放飞。

二十八

再好的文章也要有人去撰写，有人去阅读，失去了书写者和阅读者的彼此交融，文章是孤独沉寂的，但它确实存在。因为这个世界上，繁花似锦的历程被人们写遍了，风云变幻的景致被人们写尽了，唯有心灵的独语，思想的倾诉，精神的寂寞，灵魂的孤独，涵蕴着欲说还休、欲罢不能，无法尽述的沧桑之感，永远都不会枯竭。只是人们挖掘时，不能完全准确的呈现，不能淋漓尽致的表达，只是一种不断地攫取，不断地提炼，就那么简单的几个字、几句话，反复诉说了几千年，还是难以真切地表达出那份心灵中的幽幻奥秘。这就是精神的魅力，也是灵魂的妙韵。因为只有最深切最深奥的，可能会显得简单平常平凡，但平常的不能用直接的语言表达，简单的不能让真切的文字展现，平凡的让人说不清道不明，心里的沉闷可想有多深重啊。

二十九

欲说无言、提笔无字，只是一味的沉默；思绪飞扬，意趣张扬，只是无奈的向往。相逢时的嬉闹，离别时的凄楚，激荡着岁月的长河；短暂的聚会，长久的分离，剥离着时间的外壳。只是一种欲说还休的沉寂，只是一种孤独黯然的空虚。赤子之心、稚子之态，萦绕苍头童颜；纯真之意、质朴之语，沁润干涸心怀。是以离别的思念承载着人生的历程，是以相聚的盼望连接着生命的无限。很多的虚空，无法用真实的东西去充实，只能放任于思想的驰骋、精神的漫游；很多的惆怅，无法用眼前的东西排除，只能在心里安家，在灵魂中永驻。一个愁字了得的话语诉说了几千年，其实这是几千年人们最真切的人生感受。

三十

有时的想法挺多，就是无法与你诉说，只怕触动烦乱的思绪，变成纠缠不清的烦恼；有时思念很重，就是不敢与你倾诉，只怕打扰正常的思考，变成折磨不定的忧虑。只是静静地待在自己的世界里，摘一朵蓝天上的白云，擦拭一下朦胧的心情；只是轻轻地躲在世界的一隅，看天上的星辰、数地上的花草，有点寄意的企盼。太多的平静只为了等待，太重的思念只是为了相逢。其实，平静中思考的最多，思念中向往的更深，真正相聚时，却无言以对。只是淡淡地笑，默默地听，想把一切都捕捉在心里，编织在灵魂中。深邃的天宇，寂寞的苍穹，只为容纳思念的星辰；辽阔的原野，沧桑的历史，只为铭刻企盼的亲情；注目远方，心灵已飞越万水千山，与你同行。

三十一

有时的事情让人难以琢磨，行走于人行道上，却不慎被一辆三轮电动车失控撞倒，所幸无大碍，只是走路不畅，本想是一个倒霉的事儿，可细想起来，只不过一点皮毛，如若伤筋动骨，岂不难受万分了。所以，人世间，遇到的事，很多不是按规则出牌，直接把规律呈现在人们的面前，有时往往弄起意想不到的诡异，让你感到莫名其妙，让你感到诧异不已。所以，通晓一切的道理是没有的，只是对现实的一种描述，对规律的一种探索，任何理论都是相对的陈述、短暂的说教，不可能成为永恒的真理，唯一的永恒恰恰是自然社会人生中的普通事情。因为，无须怎样了解和阐述，它总是客观地存在、变化性的表现，既可让你认识，也可让你迷惑，在不经意间给你一个警示。

三十二

不论时代如何进步、社会怎样发展，人类都是其主要的载体。所以，人的数量与质量是一个值得思考的问题，数量的多寡还可另当别论，而质量则关系着人类命运向何处去。物质的疯狂攫取，精神的过度占有，满足于感官的享受和刺激，麻木于安逸的生活和情趣，一切以当下为重，一切以眼前为本，看似非常的实在，其实是一种人性的过度损伤、心灵的加倍耗损；没有了灵性的空间，失去了品性的沃土，滋生的繁草杂花，看似葱郁灿烂，其实只是一种缺失根茎的表象；没有了思考的维度，失去了安放心灵的家园，生长的痴迷欲念、癫狂行为，其实只是一种没有灵魂的苟且，失去根深蒂固的丰厚，无法承载枝繁叶茂的精神意韵。人性善恶真假美丑的界定不好妄断，但人性真善美的呵护却不能淡漠，假恶丑的抑制不能丢弃；失去人性真善美的基因，遗传变异的后果就非常可怕了，人类必然会走向人性的对立面。

三十三

人生的任何事看似偶然而独特，其实必然而正常。因为，人生就是由各种事情相互作用而呈现的，不论遇到什么样的事，当时无论愿意或是不愿意面对，但它的出现就是一种必然的安排，你只有积极地应对，当然逃避也是一种方法，但做出选择是必然的。正因为这种偶然中体现的必然，将人生的起伏扯成了一条直线，很多曲折只不过是线段的纠缠而已。没有什么意义的蕴含，反而平常中所表达的必然却始终与人们相依相伴，最后都能有一个比较现实的结果，有一个合理的答案。人们只是在必然的五线谱上作曲，人们只是在事物的冲撞中积累，人们只是在成败得失中去感悟，而最终的结果不是物化的具体，也不是名誉的虚幻，而是一种心灵平静的回归，由原来的基点起始，复归于原点。所以，深刻的人生意义，不在于人生的深刻，而在于人生的平常平淡。

三十四

看不清所有人的面孔，因为，所有的人都隐没在世俗的雾霾中；听不清所有人的声音，因为，所有人都沉溺于名利的喧嚣里。其实，失去了自我的明心见性，丢掉了本真的感悟和真切，一切由内心的偏见变成了外延的迷蒙，一切昏暗的思索遮蔽着太多的清新。总想从繁闹中走出来，却始终扯着不肯断绝的线条，总想从狂妄里超脱出来，却始终找不到出口的缝隙；只是在尘世中的游荡，想寻找一切，却又丢失一切。得到答案，却是问题，遇到问题，原来是答案。人生的迷茫在于风尘中的迷眼，人生的失落在于得失中的麻木。只有静静地守在一隅，看疏星淡月、朝霞夕晖，才能有点清逸空灵的感觉。何必要看清一切，听到一切呢？

三十五

改革固然重要，是时代进步、社会发展的助推器，但改革的动力在于人们的主观努力和客观需要。这里最为关键的是以什么样的思想指导改革，以什么样的方法实施改革。人们沉溺于改革的洪流之中，只是一种随波逐流的顺从，只是一种趋炎附势的仰仗，没有真正从心里思考用什么去改革，是以自己的主观意志强加于社会、制约于时代、约束于人心呢？还是遵从自然法则、尊重时代特征、符合社会规律、满足人性特点呢？正因为这二者有着本质的区别，所以改革的内容非常的复杂、形式繁多、结果千差万别。因为，只有修炼好了自己，才能赋予改革真正的内涵和动力。如果只想把个人的想法强制推行，不管优劣对错，那将是一种改革的扭曲和畸形。

三十六

生活的简单一点，是一种心灵的舒适，更是精神的安然。人们总是因为欲望太多、追求太盛，把自己搞得烦心燥气、七上八下，处于一种毫无灵性的僵硬惰性之中。一切的心思全用在了巧取豪夺的名利攫取上，一切的行为全表现在了投机取巧的荣辱得失中。忙乱了心情，失去了雅致，满身心的尘俗灰垢。有时的一点清醒只是流星似的闪过，没有留下一点值得回味的意趣，悄然消失，依然是空虚无聊的心灵。只是一种适应性的生存，谈不上觉悟的思想，如何去迈出深刻认识奋勇前行的步履，说不上超逸的灵魂，如何能赶上倾心尽力的精萃，明心见性的净化。人们只是沉溺在一种无所谓之中，一切的事看似有板有眼，其实只是流水般的散漫，一任流淌的自由自在。生老病死，一切均服从于自然的安排。心里很麻乱，生不出什么挺拔嶙峋的枝干，开不出璀璨缤纷的花朵，结不出丰盛充盈的硕果，只是一种随波逐流的顺从，苟且偷安的浑然。有时一星半点的想法，闪烁一点火花，短暂的照亮了眼前，又瞬间的消失于当下。远处有光亮，近处是暗影。

三十七

孤独是一种品质，犹如壁立千仞的山峰，自有的巍峨耸立，无暇世俗的风云；孤独是一种境界，海纳百川，本分的深邃辽阔，睥睨权势的浊流；孤独伴随着人生，有时长有时短，孤独依附着生命，有时浓有时淡。孤独是一颗星辰，只在天宇的一隅，有时看冷眼的光泽；孤独是一滴水露，在原野的躯体，有着清纯的晶莹。孤独是从历史传统中继承下来的默默无语，孤独是在现实生活中呈现的淡泊寂寥；只是坚守着那份纯真执着，只是安然于那点超逸洁净。门庭若市的喧哗，不曾惊动；门可罗雀的清冷，不会凝固。来是一阵风，去是一阵雨，轻轻地拂过岁月的烟云；看似一朵云，听是一阵雪，静静地转换时代的章页。有时偶然的闪烁，便有电光的照耀，有时刹那的呼喊，即成惊世的启迪。孕育太深的哲理，枝叶繁茂，内涵太重的智慧，郁郁葱葱；只是守在心灵的荒芜之地，裸露真理的容颜，只是沉浮精神的寂静家园，蕴藏灵魂的品质。孤独是人生的永恒。

三十八

时间流逝，不曾留下一点痕迹，远山近水，苍茫原野，只是季节的轮回，颜色的转换，年年的相逢，岁岁的循环。一切的始点都是终点，一切的终点都是始点。只是始终的过程一遍遍地展现着自己的风貌，有时光彩有时黯淡，有时沉默有时激烈。化为烟云，飘散于苍穹，变成云霭，朦胧于心间。人生的意蕴早已被命运的安排所布局，只是偶尔的一星半点新意，转瞬也会化为亘古不变的沧桑，一任风云的吹拂，一任雨雪的洗礼。送走了回忆，迎来了希望，埋葬了憧憬，勾起了追溯，零乱中铺出了丝路花雨，破碎中堆砌成了蜿蜒曲折。思想的内容不多，行程有限，只是色彩并不单调，声律并不暗哑，有一点低吟浅唱的寂寞，有一点孤独无聊的空虚。有时的思索只是一种无意的倾泻，不管时间地点，随意就来，任性而去。不会影响世界，只是心中泛起的涟漪，一圈一圈漫开，又复归于平静安和。

三十九

人们总是无休止地打造自我，修持本性，以求得一种超凡脱俗的回归，返璞归真的超越，殊不知这种刻意的修炼、粉饰的打造，反而远离了纯真本身，只是一种想脱去枷锁行动后的又一次加固而已，以至于修炼无度，僵硬无比，失去了本真的灵性。人从自然中走来，在社会中生存，不断积累生存的知识技巧，不断获得所谓的成就，原来的本性之基，砌上了名利的高塔，也布满了世俗的灰尘。久而久之，心灵蒙蔽、精神污浊，必要的洗涤是应该的，但这种清除也不应该有太多的精心布置、巧妙安排，随心适意，自然而为是最好的。因为，沾染污垢的过程是自然或刻意的，去掉的时候也应该是适情适性的。任何有意的取舍其实都是没有真正放得下、想得通、看得透的迷障，都是心中欲望的一种曲折表现而已。适情适性，随心随意，释放天性，乃是一种正常的自然而已。

四十

平生事已是过眼云烟的缥缈，多少意已是风吹雨打后的残零；唯有一种似连非断的记忆，茫然地织就着历史之网，想多打捞一点残垣断壁的踪迹；唯有一点似喜非嗔的感喟，散漫地游荡着幽幻的探寻，想多得一点悲欢离合的场景。只是清风白云般地来，又清风白云般地去，天宇澄碧，深邃辽阔，再多的充填也无法让她布满相思的身影；江山苍茫，寂寥萧瑟，再大的变化也不能雕琢岁月的空虚，一任寒风吹拂，心头的起伏时兴时灭，只凭枯叶飘零，血脉的伸张时高时低。有时一点残破的碎片幻化成了崎岖蜿蜒的历程，有时一些断续的水流凝结成僵硬的冰天雪地，只有惆怅的张望，无聊的独语，拽不住流逝的光阴，阻不了逝去的思绪。默默地注视着残章断句的跳跃，凑成无音的幽幻，向远方飘去。

四十一

一天的阴云，既不浓郁，也不散淡，既不撒雨，也不飘雪，只是沉闷地罩在大地身上，昏昏欲睡的压抑。心绪此时此刻无法放飞，只是眼前有路看不清，远方有朦胧的召唤，却无法意会。思想的翅膀耷拉着凌乱的羽毛，精神的躯壳布满灰色的雾霾，一切都将自己深深地埋葬，不愿有一点声音，不愿有一点动作，仿佛被凝固了的灰尘，连一点飘零的感觉都失去了。心灵的泉干涸了，只是龟裂的残迹，没有涌动的清流；只是烦躁的气息，东张一会儿，天地朦胧，西望一会儿，朦胧天地。只是静静地坐着，让自己麻木，褪却对一切的敏感，藏匿对万物的情趣。有时人们精神的意蕴非常暗淡灰色，了无生气，恰似这灰蒙蒙的云霓，只是懒散地相拥，却不曾泛动一点雨的淅沥雪的飘逸。只是茫然地等待，从不自然地挥洒一下自己。

四十二

一夜的冻雨和雪粒，将阴云暗霾扫去，碧空如洗，白云如絮，清朗爽透，清冽的抚慰，寒冷的洗涤，给心灵以晶莹剔透的畅朗，让思绪清逸净洁的飘逸。太阳忸怩地露出脸庞，给白雪的残存涂上金边，给白云的飘逸染上色彩，光在清新的空气中毫无拘束地穿梭着，但就是织就不了一件定型的时装，只是散漫的灵动。雪在道路上不断融化，变成泥泞，雪在草地上存在，依然晶莹洁白。原野形成了黑与白的斑驳，偶有的小鸟点缀在雪中，像是跳跃的音符。心灵在不断地凝结，想变成灵动的雪花，思想又在不停地融化，想流露清亮的水流，矛盾地交织在一起，说不清是欣喜还是郁闷，谈不上是激动还是压抑。一场初冬的雪，似落似飘的就这样走来，给人一个惊喜的照面，给人一个寒冽的打扰。常常处于一种清醒与混沌的纠缠里。说不清想什么，谈不透做什么，只是迷迷茫茫地随波逐流，一任岁月的飞驰，时光的暗渡。朦胧中，有一点欲罢不能的无奈，更多的是寂寥萧瑟的孤独，雪后的晴朗，多是一种清冷的启程，却也是沉思的入睡。

四十三

人们只有能独立思考，才有真正的心语，一切的俯仰或附着，只是表面的应对，缺乏深邃的意绪；但人们独立思考时，更多的是漫无边际。只有孤独寂寞时的精神，才显得散漫而无序，一味地飘来荡去，没有根由的驻足，永远不停地忙乱；只有为急迫的人与事思考时，才有一种秩序的逻辑，指向的定义，但也少了些许灵动的气息。岁月养成的习惯，时间铸就的行为，在很短的时间内有些变化，就会使自己不适应起来，精力不能集中，漫无边际的想法撕扯着没有规矩的经纬，终是乱麻般的你来我往。片刻的宁静，也只是头脑迷茫中的短暂休息，不时又为纷纭的乱象所塞满，依然理不出一点头绪。人们苦恼的是不能始终清醒，而清醒又是经常苦恼的伴侣；因为苦恼而求得清醒，清醒时却又面临更大的苦恼。因为，看不清自己时可以朦胧的迷茫，看清时却是尖刻的失意。失去自我独立的思考从来没有达到清醒的目的地，只是路上的辗转反侧，犹豫徘徊而已。

四十四

回忆是一件难得的事，因为岁月已将很多行程的轨迹涂抹去了，残垣断壁，杂乱零碎中的闪烁，稍不留意，又会马上消失。回忆是一件珍贵的活，因为能用情感的丝线把零散的水滴、沙石、草木、枯枝串在一起，呈现光怪陆离的朦胧，便能享有难以诉说的欣慰。有时，想回忆的事总理不出个头，抽不出一点线，织不成一张网，捞不起时间的沉淀；有时不想回忆的事，不经意间，泛起了涟漪，一圈圈漫开，汇成惊涛骇浪的河，诉说不完的跌宕起伏。回忆是人生的启蒙老师，总是在进入成熟后才开始行程，谆谆教诲经历风霜后的心灵；回忆是觉悟的先导，总是在展望和祈盼中注入动力的源泉，充实成长的基石，支撑前行的执着。有时，回忆沉重的让人喘不过气来，太多的积淀让精神来不及感悟；有时回忆轻的犹如雾霭，缥缈之中有散漫的遐想，有任意的捕捉，却稍纵即逝。回忆是一把衡量人生的尺子，长短都在其权衡之下；回忆是一种测度人生的衡器，轻重都在其度量之中。其实，一步一回头是回忆，百步一回头是回忆，几十年的回头是回忆，几千年的回头是回忆；回忆不断地累积，回忆不断的销蚀，回忆是一个永恒的奥秘。

四十五

有时的散漫成就了一种超逸的情怀，有时的执着熔铸了一段璀璨的事业，有时的无奈安静了烦躁的心情，有时的兴奋激越了平淡的思绪。无意中的收获，多的是灵感；有意的栽培，领略的是荆棘。无拘无束时，思绪反而没有了自由翱翔的冲动；循规蹈矩时，精神却充满着幽幻与灵动。不知不觉中，岁月流逝，物是人非；精雕细琢里，时光荏苒，沧桑巨变。太多的向往，幻化成漫天的云朵，轻轻飘来、悄悄飘去；太多的沉淀，填充着崎岖的山脉，连绵不断，思绪无期。想扯起记忆的风帆，在历史的长河中溯本回源，无奈时空已不在，模糊的碎片，连接不起顺畅的九曲蜿蜒；总想张开向往的翅膀，在未来的天宇中遨游，寻幽探奇，可惜深邃奥妙、虚无缥缈的梦呓，无法呈现精彩的画面。只是一味的懒散，坐在桌前，让心灵无语，精神无言。

四十六

孤独一隅，寂寞无时，竟然想不起和谁最亲近，和谁最疏远了；仿佛岁月之刃，已将情仇恩怨剥离殆尽，不留一点痕迹；犹如时间之雾，已将山重水复的崎岖蜿蜒、阴晴圆缺的悲欢离合轻轻掩去，只留点梦幻中的朦胧。人是在人堆中生存的，也是在人堆中成长的，但总想从人堆中走出来，虽然身体力行依然的盘根错节，但心已是过眼云烟的淡漠，虚无缥缈的忘记了。有时点点滴滴从残破的记忆碎片中跳出，多少有点清新的感喟，但瞬间又化为了烟云，缥缈不知去向；有时断章残句偶尔迸发于脑际，有了点余音绕梁的萦系，转眼之间又变成绝响的天籁之音，不知何处散逸。读书不辍，没有一点获取和启迪的兴奋，只是一种如饮浊酒自醉的麻木；思绪无聊，没有一丝思前虑后的缠绕，只是空灵的尴尬、散漫的无奈。任日月匆匆而过，留下光亮的辉泽斑驳的碎影。人都远去了，虽然还在近处相逢，时有联系，可是心却远了。不知年轮中沉淀的纪实可曾清晰，不知风雨中精粹的情谊还那样浓郁？只是静静地坐着，默默地看着，寒冽的风吹拂着云絮，在湛蓝的天宇上轻轻地飘去。

四十七

历事无数、感悟颇丰，要紧的两个字，无非是去形，或是证道，其实一个意思，明心见性的爽透，清逸澄澈的晶莹。此时的万事万物已是一种客观的实在，更是主观的幻影，形状的差异虽然纷呈，但本质的同属已经相通。人从至简至纯中诞生，一路的成长，兼容并蓄诸多的纷纭，场景更迭，角色转换，剧情曲折，演绎的是人生，蚀刻的是人心。思绪愈来愈复杂，精神越来越迷蒙，物象的包袱和具象的积淀让灵魂浑厚沉重，不能任情使意的遨游苍穹，也无法率性随心的下落黄泉，只是一味地堆积成僵硬的枷锁，失去自由浪漫的灵动。经历的坎坷是正常的，感悟的砥砺是应该的，人生的意蕴不断积累，生命的奥秘不断增加，也无可厚非，但这绝不应该是一种简单地堆砌，而应是一种精粹，一种净化。抛去有形，直达无形，却又贯通一切，拥有大象无形的恬淡，大音希声的宁静，超凡脱俗的安然，返璞归真的温馨。世界看得真切了又模糊了，又真切了又模糊了，只是境由心生的随意，情由意出的漫动，绝不再刻意的雕凿，执拗的蚀刻，化去有形的桎梏，升华无形的灵性。

四十八

经过的并不一定都有所感悟，有些事犹如行云流水般平常，来的随意，去的无心；只有经过比较深刻思考的事可能会留下一星半点的残迹，疏落地点缀在记忆的梦幻中。岁月的流淌不是束缚行程的绳索，更不是网起经历的丝线，只是在永恒的运动中，让旧的逝去新的到来，让新旧交织编成承前启后的音符，继往开来的旋律。偶一沉浸便会扯出点儿东拉西扯的前因后果，稍一思索又能滋生出雾里看花水中望月的惆怅。有时刻意去捕捉点记忆中的火花，却是一阵的黯淡，沉坠于无边的失忆之中；有时随意地遐想，却牵起了纷繁复杂的经纬，让过去的人和事历历在目、幽动变幻。生命的初始与归宿意蕴简单纯真，但行程却是丰富多彩和纷纭变幻。太多的思考和精力赋予了行色匆匆的过程，来不及回味初始的天真，也不愿品味归宿的深奥，人生的丰富难以描述，简单的又令人感到清澈透底。只是扯起两点时，岁月的风撕扯着中间的线段，上下起伏、左摇右摆，不停地奏出点儿奇特的音符和旋律来。

四十九

时间就是身心俱在的呈现，空间就是行与思的凝结，太多的感叹赋予了时间的无情，太深的磨炼给予了空间的残片。人们总想探究时间的渊源，总想穷尽空间的奥秘；其实，一个有限的心做着无限的梦，划出一点可供记忆的片段或瓦砾，存在时感受一切，消散后一片茫然。人们赋予了时空太多的意义，从古至今连篇累牍的陈述和提炼，任何注释都带着各自的光泽，有着自己鲜明的璀璨，但永远没有阐明时空本身的意蕴，只是不断安抚自我躁动的心田，期待有一点梦幻般的欣慰，让身心不再精疲力竭，疲惫不堪。存在就是存在，消散就是消散，不要用时空填写它的空白，更不要用时空笼罩它的虚幻。心儿感知的就是时空的晶莹之珠，放射出奇妙的光泽，说不清也扯不断。有时，赋予意义的作为是一种枉然，因为世界的本质就是简单的存在，没有什么深奥的圣典。

五十

悄然而去的清风，不曾留下一点蚀刻的痕迹，只是来去潇洒的虚无缥缈；多少崎岖蜿蜒的历程，多少阴晴圆缺的感叹，只是渺无踪迹的幽幻，只是梦中回味的依恋。太多的尘来不及吹拂，任岁月积淀成土石，化为凝固的记忆；太重的思来不及清除，任历史精粹成晶莹，镶嵌在向往的空间。不愿去多想，不愿去多看，不是心灵麻痹了，目光黯淡了，只是一种浸入天道地理的恬淡；不愿去回味，不愿去探究，不是精神萎靡了，意气消沉了，只是一点超凡脱俗的安然。源远流长的启程，化为超逸升华的归宿，从纯真而来向质朴而去，化复杂为简单；风云游荡的演绎，终成云淡风轻的落幕，让浓艳变成朴素。起点和归宿是永恒的召唤，无论经历多少山重水复、柳暗花明，无论享有多少成败荣辱、名利得失，只是静静地安然于孤独，只是寞寞地享受寂寥，化为一阵清风，漫际于天地之间。

五十一

清风曾经吹拂过的地方，没有留下什么痕迹，却播下了造访的信息，以春夏秋冬的景致彰显出真实的存在；明月经常普照的世界，没有蚀刻下什么雕塑，却滋润了无形的缠绵，以悲欢离合的演绎，诠释着生命的意蕴。不经意的思绪，有时会触动心灵的琴弦，演奏出幻妙的旋律；刻意的营造，却封杀了精神的畅想，编织成僵硬的藩篱。人们有意的抉择取得了可观可赏的成败得失，人们无心的随意成就了幽幻深奥的孤独寂寞。有形的享有，使人麻木于灵魂的苍白，无形的乐趣，使人升华于心灵的超越。浓墨重彩的岁月之巨画，承载着山重水复的人生历程，云诡波谲的历史篇章，阐释着柳暗花明的生命感悟。人们从简单出发，向复杂生存，人们从纯真启程，向深奥求情。当领略了风云变幻后，便是心灵的茫然，当感悟了荣辱褒贬后，肯定灵魂惆怅。因为起始的纯真善良美好，孕育了品性的根深蒂固，行程的名缰利锁束缚了太多的独立精神自由向往。清风依然无意地吹拂，还一个本真的随性，明月依旧潇洒的映照，持一种纯洁的淡然，唯有心灵的独语，此时还在呢喃，不知是喜悦还是悲伤。

五十二

生活像一条河流，始终在运动，谈不上起始，也遑论归宿，因为循环的往复构成了无尽的游走。有时的弱小是一种强大的必然积累过程，有时的崎岖蜿蜒是深邃博大的铺垫，有时的喧哗繁闹是沉静深奥的映射，有时高歌怒吼却是孤独寂寞的反抗。只要生命不息，生活依然前行，即便生命终止，生活依然不停。因为，生命是新旧交替、生死相续的永恒，赋予了生活最根本的底蕴。驻足停顿，掩卷长思，不是生活的尴尬，而是一种精神的启动；沉思暗淡，寂寥无为，不是生命的消沉，而是心灵的滋润。每一段时空，总有相对的场景，每一个剧幕，总有特殊的演绎，只是碎片化的表达，零散的纷呈让思绪显得有些驳杂而已，并不会影响生活的执着，并不能掩去生命的亮泽。生活之河流无论大小巨细，无论沉静喧闹，既是客观的规律，也是心灵的宣告；置于其中可以坎坷崎岖，跌宕起伏；可以蜿蜒曲折，波飞浪卷；可以淋漓尽致的张扬，可有曲径通幽的委婉；但都是客观真实的存在，神奇奥妙的运动，虽然不可能系统全面的感受，但却具体真切实在的经历着。

五十三

记忆是一堆杂乱纷呈的碎片，不经意间会泛起无根由的涟漪，向虚幻中弥漫，没有逻辑的束缚，没有来去的踪影，东来西往，南游北散。记忆是一条清晰的河流，总是从崇山峻岭的源头沁出，蜿蜒曲折的前行，在大小高低、深浅厚薄之中流淌，把无关的事联系在一起，编织出经纬分明的想象，似真似幻地让你去浏览。记忆总是像个调皮的孩童，没有执着的定义，没有束缚的样式，兴来即起、情来即往，不管时间的长短，不管空间的大小，不论身在何处，不论心在何方，自由自在，潇洒浪漫。记忆总是想寻找一条因果相系的线，串起珍珠般的岁月旧事，镶嵌项链般的历史片断，让人有了回归的故道，不至于迷失于世俗的荒原。记忆总是陪伴着白日里的迷糊，黑夜里的梦幻，虚无缥缈中有一点灵动的自由，有一点精神的醉意，让身心淡然。记忆是孤独的产物，寂寞中才能领略它的演绎，记忆是沉寂的伴侣，无意中才能让它的场景再现。有时，人们不能沉浸其中，是世俗的脚步太忙。有时，人们不能享有其乐，是势利的欲念太重。记忆只能在心灵深处，似有非有，一种超逸的淡然。

五十四

淡到极致便是灿然，没有了风雨的侵扰，没有了霜雪的叨烦，只剩下深邃的寂寥，惆怅的孤独，还有欲说还休的无奈，沉静不思的无聊。一切的回归都是起点的复位，一切的行程都是循环的承续，没有什么走完走不完的路，没有什么想完想不完的事。时光不会因人而异，岁月不会因事而停，该来的接着来，该去的接着去。长画璀璨，依然是山重水复的行程，剧目曲折，肯定是悲欢离合的演绎。红尘之中浸染的太久，以至于心灵麻木，总是拘泥于时俗的规范；名利之中沉沦的太深，以至于精神颓靡，总是安然于得失的桎梏。生的惯性依然不能随时的刹车，拼的执拗依然不能松散；不知是砥砺后的结晶，还是养成后的恶习；不知是经验的积累，还是劣性的沉淀。有时想一生历练的身心，说不清是对是错，是成是败，只觉得纯真太少，凡俗太多，善良渐萎，恶习不断，美好频失，丑陋顿生。难道生的意义全是一种品性的退化，心灵的消解吗？不忍回天，是来时太多的粗鄙；不愿展望，是走时的无限企盼。只在此时做一点停留，抛去一切的记忆和思索，停止一切的探究与回味，只是静静地孤寂，默默地茫然。清风拂过，无动于心，明月来照，无意于情，听天地的微细之声，一种空寂明澈的淡然了于胸襟，泪流满面。

五十五

自然万物，人世百相，皆可入笔添画，但皆不是其本真之意。天然形成，自然状态，时势情景，人迹事态，定是一种正常的表现。不需张扬的辞藻、夸张的笔墨，所有的描绘与感叹，不过是供物借事的主观发挥而已。清风明月自是天地的造化，人事纷呈难脱世俗的安排，只是人心的繁杂，赋予了正常景象万象事物以浓重的内涵，衍化出色彩斑斓的想象。于是自然的表达变成了璀璨的纷呈，正常的现状幻化成跌宕的情缘。物还是原物，事还是原事，境却由心造，已经云诡波谲，意蕴万千了。世事纷然只是人心的迷乱，物之繁杂只是精神的执迷，有时的感遇只是触景生情触事有发的心绪而已。一切的本真皆是平常的生死，安然的循环。太多的情感弥漫了万物的本相，太多的惆怅掩没了事物的本源，一切的描述，只是抒发了心境的感觉，一切的陈述，只是寄托了精神的向往。人之所以为人，大概就是衣食住行上的奢靡，一时的赋之以超越的形式，并未改变其本真的内涵。寄情山水，只是身在尘俗的苦恼需要一种寄托，感悟世事，只是心坠名利的沉沦需要一种解脱。

五十六

有时的相聚只是分别的祭祀，有时的分别又是相聚的祈盼，分分合合，人生就这样不断地延续，合合分分，生命就这样的新旧交替。人们离不开群居的依恋，只有经常在一起才有相互的情感；人们躲不掉孤独的寂寞，只有适时的独处才能有所思考。川流不息的人群，熙熙攘攘，构成俗世的洪流，漫漫几万年的时空，冲刷出历史的沟壑，岁月的崎岖；偶尔的孤寂和飘零，星星点点镶嵌在时间的天幕上，闪烁着幽幻的灵光，依然映射着人际的氤氲。有时汇入红尘俗流之中，麻木的随波逐流，朦胧的醉生梦死，没有什么宏伟的目标，也无力现实的博取，只是一种随形附影的依旧；有时脱离于名利的缠绕，让灵魂出窍，缥缈于无垠的向往，东游西荡，不去依附任何的寄托。人心的复杂不在乎生世的艰难曲折，而在于自在的灵动和欲望。太多的沉重是自身的梦幻积累，太多的压抑是境由心造的凝结。无论身在何处，心灵总是不受既成条件环境的限制，而是幻化出无限的思绪，编织着经纬交错的梦想。久居尘世，百相俱识，只是不能真正认识自己，心有所外，超逸灵动，只是不能跳出想象的藩篱。于是乎，分别时的伤痛，聚合时的喜悦，点缀着人生的行程，演绎着生命的高歌怒吼低吟浅唱。

五十七

现代人没有了根的感觉，仿佛是浮萍般的游荡，没有一种稳定的心绪。城市的变化太大，高楼大厦阻断了与泥土的紧密联系，人流车水隔绝了野草杂花的天然亲密，只是时来运去的寻觅，只是得失成败的博弈。心灵装满了各种欲念杂想，行动上总是急躁匆忙，没有一点的淡然，没有一丝的宁静。不知这是人类进步的必然，还是退化的宿命，不知是精神的堕落，还是心灵的灰暗。一滴水不知来自何方，一粒沙不知来自何处，一朵云不知飘向哪里，一阵风不知吹拂何时，一切的迷惘在心头扯起漫天的网，说不清的来去之由，说不明的真假之理，仿佛人生的虚无缥缈变成了永恒的定数，只是东南西北的流转，不能生根开花结果的虚无。红尘俗利固然成就了丰富多彩物质生活，荣辱褒贬铁定了云诡波谲的精神意向，人们注目于枝叶的繁盛，枝干的伟岸，不再探索根的博大深邃，不再向往更辽阔的空间，一切都满足于花前月下的眼前。即刻的享受淹没了灵感的火花，感官的苦乐阻滞了思想的深刻。没有根的社会，总觉得不甚安稳，没有根的人生，总觉得缺少底气，没有根的生命，总觉得过于浅薄，因为没有了根，是因为过于求快求成的急躁荒芜了精神的故乡，心灵的家园，以至于虚无缥缈，迷蒙漫漶。

五十八

一遍遍的咀嚼历史，从头到尾都是一样的开始，同样的结尾，无非行程有了场景的特征，剧目的特点，角色的迥异，演绎的不同罢了。一次次的回味人生，起始和归宿总是唤起人们心灵的震撼，而风云变幻的经历，犹如清风的时断时续，月亮的阴晴圆缺，碎片般地呈现着斑驳的杂影。很多的感悟不曾感悟，只是岁月蚀刻下的一些陈迹。很多的超越不是超越，只是生命过程中的一点回味。人们总是给人生注入了太多的内容，太深的意义，繁琐的记述与注释中，把主观的想法一再地强化，以求得到一种内心的自慰，殊不知这种强制性的思考注释让精神过度陷入一种僵化的藩篱，产生不了灵动的意韵。过分的追索让生命的泉流满足于记忆的沟渠，而失去蜿蜒曲折的欢呼跳跃、低吟浅唱。人们赋予了自己沉重的阅历包袱，又给灵魂镶嵌了更多的桎梏；每当宁静时，旧事浮现，每当孤独时，琐物不辍，只能沉浸其中得到片刻的麻醉。其实人的任何社会性只是一种自然的现象，不要过多赋予意义的蕴含，真谛的注释；人的任何创造性只是一种自然的造就，不要太多注入道理的凭据，辩证的解析。一切都是这个星球的正常开始，也预示着它的正常结束。一切的意义不在于如何的认识诠释，而在于本质的客观规律。

五十九

世事繁杂、万象纷纭，既是社会的必然现实，也是人生的基本场景。因为，自然造就的成果，无论谁都要去品尝，这个星球的使命就是承载一切、造就一切，与一切共存亡。大到无限的空间，小到有限的简隅，无一不是生死道理的呈现，新旧相替的永恒。有时人们因为时间享有的不同，就把人生与宇宙割裂开来了，因为自己的有限而放大了生活的意义，却为宇宙的无限缩小了心灵的境界。试想漫无止境的宇宙，任何星球置于其中，都是一粒尘埃般的存在，近观人生相对于有限的生涯局促的环境，反而成了宏伟的事业。大小多少，长远短暂，相对于不同时空有了截然不同的诠释，也生出了多样的猜想和万花筒般的答案。站在每一个角度都有其充分的理由，但放大或缩小看，都有其偏执谬误的残缺。所以，人本身是自然的产物，又是感悟自然的灵者，终究离不开自然之本，无论其社会性如何光辉灿烂，无论其人生如何阴晴圆缺，终是从自然中来到自然中去，不会因为一时一事的拔高或贬低而让自我超越其中。从这个角度来讲，人们只有在有限的生涯中去实践探索无限的意义，活出适合自己的光彩，无论辉煌还是暗淡，无论宏大还是渺小，只要真实善良美好就是最亮丽的精彩。不要因小失大，更不要以大失小，大小都是人生意蕴的彰显。

六十

初春的飘雪，是对冬的依恋，也是一种对春的抗争，唯有对逝去的追忆回望，给世间一种警醒的冷静；唯有对未来的憧憬向往，给心灵一点幽幻的企盼。在春的气息中洒一点漫天的雪花，和鹅黄柳绿相伴，与芳菲缤纷共舞，于欣欣向荣中有一丝清醒的警觉，于姹紫嫣红里有一点晶莹的感悟，这是上天的安排，人意的交织，恰恰给心灵一种难以说得清、理得透的奥秘。世事本驻，无非是生老病死，无非是悲欢离合，一个生死的永恒之结，牵系着万千的生命，一个离合的无限之环，承续着变幻的新旧；但其中的内容却又在简单的陈述中，有太多的坎坷崎岖，蜿蜒曲折，在跌宕起伏的流动中，有太多的漩涡，有太多的波澜，不经意间，人们会陷入热情与冷漠的极端，会在崇高与卑微之间寻求一种自欺欺人的安慰。有时，寄托太纯真，会有太大的失望，有时得到太容易，反而虚幻了向往。人们铸就一生的功业，孕育了全部的精神，其实正是剥掉一切的名利，去除一切的奢念，留下一点如梦似幻的星火而已。春风雪花说明自然中缠绕着生与死、新与旧的依恋，人世间何曾不是始终盘桓着回忆与向往的翻来覆去？只是这种场景稍纵即逝，不会留下太多的痕迹，年年有太多的剧目，我们只是感应后又忘却，疏离中又亲近。恋恋不舍的飘雪，在春风里轻轻地来飘逸，静静的融入聪明的原野，沁润心脾。

六十一

春夏秋冬，四季轮回，有时交接的早一些，有时更迭的晚一些，并不影响它们的转换；有时表现的平淡一些，有时表现的剧烈一些，并不增加它们的特色。自然的法则不以人们的意志而改变，只是人们的意志却总是要强加于自然法则之上，用一种主观的臆断，荒谬的虚幻，不切实际的思绪，漫无边际的描绘，给季节披上色彩缤纷的装饰，注入丰富多样的内容，使自己麻醉于一种情感的迷宫中，沉溺于一种虚幻的享受里。其实，一切的主观选择，任意涂抹，终究改变不了时光的脚步、岁月的变迁。人生就是一个接一个的交替，注入了新的，埋葬了旧的，但行程依旧阴晴圆缺，内容依然悲欢离合，结果一样生死相继生生不已；无论是庙堂的巍峨典雅，江湖的草莽粗鄙，无论是冠冕堂皇的炫目，卑微琐屑的黯淡，都会付与时光的长河，来有源、去无际，始终的奔流不息。太多的想法会淹没生命的意蕴，生命其实很简单很纯真，不管怎样来如何去，只是一种天造地设的安排，人事纷纭的际会。人生其实很平常直观，不管有多么复杂的内容和表现，只是一种偶然必然的印证，原因结果的循环。太多的感悟是人们对于神秘的失望，太多的回味是人们对于无奈的顺从；一个季节绝不会因为自己的独特而永远不变，悄然地让渡也是一种个性的张扬，更是一种共性的彰显。所以，不要太注目于季节的悲欢，而应享受不同的风景，只有四季的轮回，才能谱写生命的音符，弹奏人生的旋律，听到天音地韵心灵的呼唤。

六十二

思维定势一旦形成，影响会是顽固的，因为它渗透到思想深处，扎根于灵魂之中，无论遇到什么时间什么地点什么事情，总是从一种既有的模式、僵硬的框架出发，把生动变幻的事实纳入既成的沟渠，而不会有任何的漂流。所以，思维定势的稳定性便成为人们前进中的一种阻力，特别是在创新过程中更是盘根错节的桎梏了。思维定势长期养成，一旦得势就会力大无穷，每一实施总会冠以堂皇的面目，逻辑的说教，丰富的案例，精细的叙述，编织成一张巨大的网络，让任何新思想、新行为的自由之鸟笼入其中，不得翱翔。有时看似谋略长远，其实未必长远，只是一种惯性的依赖；有时看似方法全面，其实局限极大，只是一种应对性的适应。世界之大，千奇百怪，固然有规律可循，但事物的本质不是一下就呈现的，规律不是一下就把握的，需要长期的探索，不断的实践。因此，思想应当是一条蜿蜒曲折跌宕起伏的河流，适时适度地激发活力；精神应当是一座坎坷崎岖参差嶙峋的山峰，适度适时地劲拔伟岸。人生的极致，无非是生死，而生死之间的历程却是丰富多彩的，敢于突破虽然要承担风险，但皆是人生的一种精彩，何须用一种思维定势束缚它呢？破除藩篱、丢掉枷锁，也是一种超然的进步吧！

六十三

过多的思考看似很好，虑事详备、瞻前顾后，其实也是一种无奈的心绪，在于对时事发展的难以预料，在于对事态变化的捉摸不定。由此而用一种既成的经验和长期的思维方式，去编织一种看似周全长远，实则急促短视带有自慰性质的思考，便是一种常态。很多时候，人们的这种带有自我慰藉的思考，并未在生活中起过什么大的作用，反而造成了一种自欺欺人的麻痹，以为思考了便是做了充分的准备，便可以给以后发展的不确定性一个自圆其说的解释。所学愈多愈好，是一种知识阅历的积累，而所知所悟愈简则是大道的明理；因为世间一切的根本并不复杂，只是一种生死的交替、命运的相逢、天时地利人和的碰撞罢了。至于其经历的复杂、行程的坎坷、内容的丰富，固然会有许多山重水复、悲欢离合的奥妙，但就大道至简的人生意蕴来讲，则简单的多了；所以，有时过多的思考不是自信的表现，反而是卑弱的写照。当人们愈接近真理时，世界的纷纭就会愈少，因为真理客观存在，简单明了，只是被世界的纷繁所遮蔽而已。所以，思考的本意不只是由简至繁的积累，更重要的是由繁至简的辨析，达到一种淡泊清澈的明静，一种超然的寂寥。云雾朦胧、阳光普照，不同的是幽幻中的思考、感悟后的磊落。所以，不是不思考，而是向何处思考，从思考中悟出什么道理。

六十四

很多的经验积累后，如不精粹陶冶，只会成为简单的知识堆积，看似博大宏伟，其实毫无灵性；很多经历积聚后，如不提炼净化，只会成为记忆的碎片，看似丰富多样，其实没有内涵。人一生要接受很多知识经验道理，拥有丰富的思想，但这些只有经过心灵的净化，精神的精粹，才能升华出一种灵性的智慧，蕴含幽幻的境界，使人生的内涵丰韵起来，使生命的历程温润起来。往往太多的道理只是一味地简单堆积，变成了坐以论道的砝码，挥斥方遒的鞭戟，而不能成为化解迷津的灵光；往往太丰富的经历，让经验不断增加，教训不断铭记，蚀刻成了僵硬的桎梏，模式的藩篱，窒息了心灵的春意。人们总想让自己物质丰盈、精神富有，但简单的积累只是加重了人们的灵魂负担，沉堕于一种沉重的应对，而缺失了超越的灵性。有时的简洁反而变成了难得的珍宝，有时的浅陋反而成为解脱的法杖。道理是简单纯真的，无须太多的积累，而是抽丝剥茧的超越，返璞归真的至简；经历是复杂多样的，无须太多的品味，而是溯源清流的觉悟，探求人生的意义；感悟这些并不是一种消极的无谓，而是凤凰涅槃的重生。一切尽失，都是永恒的获得，一切皆无，定能超逸的相取。繁复过后，应是清明的空灵，容纳一种灵魂的安逸。

六十五

主观和客观是一种现实的存在，彼此不能分离，相融于人类自身，一旦分离，便失去了意义。因为没有主观的客观只是一种简单的存在，没有客观的主观只是一种幽幻的空寂。人类不能将主客观分割开来，否则就失去了人生的意义；人类更不能将主客观混淆起来，辨别不清人生的哲理。往往我们陷入到一种景观中不能把持自己，听任偏执的交接，做出些极端的事情，将主观淹没在狂妄的欲念或消颓的沉迷中，把客观扭曲在荒谬的意象中或畸形于臆造的藩篱里。人格的分裂是主客观的关系发生了错位或断裂，人生无趣是主客观的位置既无界定又不能准确。人是主客观的产物，更是主客观的统一体，但总是处理不好主客观的关系，失误于客观与主观的分离之中，失离于物质与精神的背离之中，更纠结于主客观的扭曲荒诞里。不可能完全达到主客观的统一，这是永恒的矛盾，人类社会的特征是不断地探索，可以在某个时空中相对的适应，有一种适度的契合，便是人类的幸运了。不要指望一种永恒的和谐，那是妄想，但相应的关照，却是人生中的一种正常，而这个合理的安排是在主客观矛盾中实现的。寂静地坐在那里，无所事事，也不曾有太多的想法，只是觉得主客观的幽灵始终在缠绕着自我，以期有点不甚了了的回味。

六十六

人们一路走来，从单纯变得复杂，质朴净洁的基础上堆积起了数不清的物质精神碎片，心中布满了各种欲念的灰尘，有时自然的一阵风雨可能带点初始的清醒，有时稚童的天真嬉戏也会令人精神一振，但毕竟岁月蚀刻的太多太深，纵横交错的藩篱永远束缚着心灵，没有自由的天空，看不到飘浮的白云，感不到轻扬的清风，偶尔的飞鸟也是一个简单的符号，日月轮换，只是一种光和色彩的转换，失去了灵性的意蕴。人们一路走来，总想往自己的有限生涯中注入更多的享有，不论是否真正的需要，只是一味的攫取，甚至不惜身心攻城略地上天入地，仿佛只有填满无底洞般的奢望，才能将自我浮出人世的水平线，矗立起名利的山峰；殊不知，过度的占有和无止境的欲望，淹没了本是平淡而纯真的本性，污染了洁净清爽的品格，将天性中的真善美变成了荒漠，杂生出太多的荆棘丛林。迷失于一种既得之中，问题在于还不能及时清醒。既成的思维模式和行为惯性，将自我坠入罪恶的深渊，安然于一种麻木与沉沦之中。人们向前走，取得一切的成果没错，关键是能否让这成果有了内在的生命力，依然那样纯真；这些成果能否转化为新的种子，茁壮成长，去撑起人性的根深叶茂，闪烁人格的璀璨缤纷。真的，既得的物质还可以卸掉，而精神的堆积却很难净化，精萃不易，升华更难。

六十七

孤独不是用来享受的，它只能品味，只能感悟，犹如明月松间照，清泉石上流，自然地暂驻心头，片刻的凝固精神，把长久的时间深邃的空间镶嵌成一幅幽幻的景致，让你沉入其中，再仔细的观察，细细地咀嚼。孤独不是用来描述的，它只能意味，只能感觉，犹如浮云飘荡在深邃的天宇，残星寂寥的疏挂于夜空，太多的迷幻太多的向往，只能是一粒沙石的渺小，一滴水珠的短暂，让你有说不出的心声、道不明的思索。孤独是繁华过后的萧瑟，成败历练后的空寂，一切都从心灵中解脱，一切都从精神里剔除，唯有一丝灵魂的游荡，来无由头，去无踪影；孤独是悲欢离合的溶剂，清除一切荣辱得失的沉痛与欢欣，留下一大片空白，不再有墨痕词迹的渲染，不再有低吟浅唱的呻吟，只是漫无边际的深奥，看不到底，摸不着边。孤独是精粹后的结晶，又是净化后的升腾，没有形状没有内容，更没有可供贴切表达的词句，只是寄托于自然或心灵的一种意蕴。人是社会的动物，离不开群居的相伴，但又想超凡脱俗，寻求一份难得的自我，于是就有了孤独的梦，以及追寻这个梦的努力，而努力本身也是一种孤独的行程。有没有孤独，不在于身在何处，而是心在何处。因为，最容易容纳它的始终在心灵中。

六十八

抛弃一切额外的束缚，丢掉一切世俗的桎梏，还一个清静的心灵，留一份爽朗的胸怀，真正走入自我的时候，才真正开始感知久已相识的自然社会，久已习惯的人生与群际，一种从未有过的视角和境界便油然而生。仿佛经历了坎坷崎岖的山径达到一定的高峰，天高地阔，空灵绝伦；仿佛走过了蜿蜒曲折的流荡汇入到大海，万里澄澈，深邃辽阔。人生总是在取舍之中不断的砥砺，更是在荣辱里得到精萃。置身于各种时俗风尚的熏染之中，无暇顾及更为广阔的世界；沉溺于锱铢必较的纠缠时，无意触及深奥的自我内心。风云变幻，世态炎凉，疏离了心灵那份纯真善良美好博爱的基因，遮蔽了人性公平正义光明磊落的本色，有些画面污泥浊水难以入目，有些内容粗俗不堪难入情怀。看似丰富实则是碎片的堆积，垃圾的凝固。当这一切随着时光的流逝，岁月的置换，变成了模糊漫漶的过去，云淡风轻的心灵，显得深邃而广阔，清逸而幽幻。随着时空的转换丢掉了虚饰，孤独寂寞的心灵显得幽静而深奥，回归到了起点，返璞归真的欣悦始终笼罩心头，一切都经过精神的净化后，透彻而清幽。此时看世界谈人生，已是一份淡然的客观；此时讲自我观社会，已是一种沧桑的意蕴，真正达到了一种物我两忘、天人合一的境地。真的，舍比取更有意义，对于心灵来讲，灵动空阔远胜于繁杂琐屑。

六十九

碧草红花，轻风淡雾，清新中有一点朦胧，直观中有些幽幻。随着太阳的高照、亮光的拂扫，一切褪去了梦幻的色彩，呈现着真实的自我，但过于直白的表现又显得枯燥，总是缺少点什么。心儿在沉思中抽丝剥茧般地扯着过去连着未来，却始终编织不成一张像样的网，把记忆中的时光捞起，把想象的岁月捕捉，满是凌乱的碎片，纠缠的线头，总有剪不断、理还乱的无奈，总有分不清道不明的惆怅。人生从简单开始，在白纸一张的初始上，逐渐添满了风云变幻、气象万千的笔墨，演绎了悲欢离合、阴晴圆缺的场景，留下欲说还休的苍凉，终成为繁杂的回味忧戚的追思，一遍遍划过心头，又沉静在精神的泥淖之中，始终得不到解脱。过去只嫌学不够、识不多、积不丰、得不厚，现在却嫌其太杂太乱太沉太烦，却不能从心灵中一一剥去，只能随波逐流地才下眉头、又上心头。年年芳草绿，不见故人影，岁岁百花艳，谁云人世情；仿佛一切的变化都从简单开始，又回归到那个简单的窠臼，循环往复，无论怎样去精粹净化，提炼的永远是一种哲理上的深奥，表述中的朦胧。因为人生的自我矛盾，是一个永恒的秘密，人们只能不断去猜测探寻，却永远没有一个自己的准确答案，虽然它是生死相继，生生不已的永恒。

七十

人们总是在有目的的追求，从物质的到精神的，从众生的到自我的，好像唯有达到一种目的才是完整的。其实，这只是一种自欺欺人的无奈，是一种对人生无法把握又不能深悟的悲哀。太多的探索，太多的描述，化作历史的尘埃；太多的感受，太多的沉思，只是现实的碎片；唯一能得到的，是没有尽头的幽幻，向深邃奥秘的永恒中延伸，没有起点没有归宿，唯有长短不一的光点或曲线。人不能自拔头发离开地面，但可以放飞灵魂去做漫天的翱翔，只是一阵阵的飘逸后，终究被生活的线所牵扯，即便离断，也是一阵狂舞后的坠落。生命以非常复杂的形态和深刻的内涵所展示，但从不彰显自己的本真；人生以非常的行程丰富的内容所承续，但从不穷尽自己的至理；人们在不断地追索中，悲欢离合、宠辱得失，一遍遍地咀嚼，一次次地尝试，只是添了几多的愁绪，更多的无奈。有时追本溯源的回忆，以求得一种回归的慰藉；有时倾心尽力现在的感喟，以获取一种即刻的安逸；有时朦胧未来的梦境，以憧憬一种向往的幽幻。只是不知不觉中，追求的得与失、成与败，一样化为清风白云、朝日朗月，春夏秋冬，花草树木，在心中留下太多的哀愁与情思。

七十一

心儿沉静久了，像一泓秋水，像一汪碧潭，天光云影的徘徊，飞鸟落叶的叩问，偶尔有一点心灵中的思绪，鱼一般跃起又马上归于沉寂，只是没有一点波澜的凝固，不泛一点涟漪的静止。幽深的水中到底潜藏着什么样的奥秘，说不清道不明，只好付与岁月之梭、时光之流，空虚地编织无聊，默然地打发生活。心儿沉静下来，总是伴随着很多的记忆，仿佛一遍遍地回复，让过去重新燃起星星点点的火焰，照亮一点孤独的心扉；但诡异灵动的星火总是捉摸不定，没有灿烂的光芒，只有零星的闪烁，终成为历史的灰烬，没有交相辉映的欣慰。心儿沉静下来，总有很多企盼的想法，向四面八方漫射出无穷的思绪，不管白天黑夜，不管阴晴圆缺；只是想有点幽幻的憧憬，美丽的梦境，好让灵魂不再沉沦下坠，停留在岁月的浮动中，有一点轻飘的浪漫。心儿沉静久了，不知是沉淀中的净化，还是精粹中的升华；只是一味地放松放慢，让一切都不再有焦灼浮躁，只是永恒地平静恬淡，让一切都隔离封闭，不再死灰复燃的萌发。偶有一粒沙石，一滴水珠，一缕清风，一缕云絮，也像召唤中的告别，不再具有启示的意义。沉静是一种欲说还休凝结，更是一种欲罢不能的呈现，因为一切都将变悠远空灵，平静安谧。

七十二

世俗的浊流无孔不入，已侵袭到了社会肌体的每一个细胞，一切的亲情都疏离淡薄，化为一点可有可无的烟云，点缀在所谓的社会群体或家庭亲友之间，偶尔亮一下迷蒙的光泽，好像还有一点精神层面的意蕴。社会变化达到了前所未有的功利化程度，在自然生长的缓慢进程被发展的加速度打破后，在正常的遗传净化变异被肢解扭曲畸形所代替后，温情脉脉的交往之纱终究抵挡不住势利的尖刃，被解构的残缺不全，支离破碎。市场变成了唯一的生存之地，价值成了一切的衡量标准，任何物质与精神的东西都要让这冷冰冰的尺度来衡量，名利的标准已取代了仅有的一点人性之光。社会进步是人类的幸运，但精神退化则是社会的悲哀。人们过渡沉溺于世俗之中，计较于得失时，一切的人性之本质就会失去纯真善良美好，满足于片刻的既得或愉悦；一切是非的标准会混淆不请，不知对错、不分好坏地变成一堆碎片的垃圾。人们想行走的更远，却时时在倒退，人们在追求的征途中，失去了过多的质量内涵，得到的过多是数量堆积。因为人性的污染是无法用既得的成果来清理的，也不会在很短的时间内就能治愈。远去的精神之灵，可曾照耀着世俗的行走？

七十三

总想用丰富的内容，繁杂的形式将时空充实，却不知时空并不关注这些物质精神的五花八门、五光十色，只是一味地流淌消逝，没有太多的在意更没有更深的记忆，我们总是把想象的奥秘赋予时空，让它生根开花结果，留下成长的年轮，铸就丰厚的痕迹；殊不知一切的努力在回头一眸时，化作了消散的烟云，只留下依然清澈深邃的苍穹。有时的无意却留下点残存的回忆，像是飞鸿燕迹，谱点断离的旋律；有时无聊的闲坐，也是一种与时空相伴的美好意趣，就像把手伸在流淌的溪流中，有浸润的抚摸，却是无须费神费力的索取。往往愈向时空索取生命的内容，却收获着苍白的过去；往往愈向时空奢求人生的价值，却蚀刻下凋零的碎片；往往在主观强力的作为中让时空丰富多彩，只是得到一些缤纷过后的萧瑟；往往有目的有方法的让时空动荡起来，只是深邃碧透的无限之湖中投下的一个涟漪。太多的时空总是寂寞地陪伴着生命的旅程，不管阴晴圆缺、悲欢离合；太多的时空总是孤独地奏响幽幻的人生曲谱，不管生老病死、生死相继。只是寂静地坐在时空的小河边，没有刻意的安排，只是发呆发愣的孤寂，偶有云影徘徊、飞鸟掠过，只是一种淡然的抚慰；偶有清风拂煦、落叶沉飘，只是一点萧瑟的暂驻。人在时空里，还是时空在心里？

七十四

享受孤独是一种奢望，因为从来没有真正的孤独，无论何时何地，不是外界的干扰，就是内心的纠缠，人们从未真正的享有孤独，只是想象中创造一种精神的意向和幽幻的氛围，便自以为是的认为享有了孤独。享受寂寞是一种寄托，因为从来没有真正的寂寞，无论天高地远，来自四面八方的纷扰，总是会浸入人们的灵魂，漫无边际得扯起凌乱的思线，散开斑驳的碎片，或尖锐或钝击地割裂与锤击着心灵，既有呻吟的无奈，更有情感的绝望，还有一些莫名其妙的畅想。人生经历多了，也就总想从复杂的事务和混乱的思线中退出身来，清空心灵，来一份孤独的享受和寂寞的小憩，但这种工于心计的营造并没有达到初始的想法，更无法实现企盼的梦想，仿佛一个泡沫接一个泡沫的堆积；久而久之，反而淹没了原本的清澈，浑浊了既有的淡泊。所以，孤独是一种生命的祈盼，寂寞是人生的畅想，一次次地努力求索，一次次地刻意突破，必然地又回归于世俗的喧嚣和内心的浮躁，一层层演绎着物质有形的变幻心灵无意的僵硬。春夏秋冬、四季轮回，都有自己的内涵和外貌，无论是草的绿茵，花的芬芳，叶的葱郁，果的丰硕，在个性中呈现着自己应有的执着，在共性里践履着自然的法则。偶尔一刹那的隔绝便是一种精粹后的境界。不想孤独便是孤独，不愿寂寞便是寂寞。

七十五

总想从历史的长河中撷取一朵浪花，好给有限的生命以崇高的记忆；总想从岁月的山峦里择取一块砺石，好给短暂的人生以坚实的铭记；总想有一点心灵的安慰，不经意间抚慰一下依然的雄心壮志；总想有一些精神的追索，刻意探求中拓展一些梦幻的豪言壮语。一次次的置身于记忆的往事，碎片般得泛起阵阵的涟漪；一遍遍地舒放憧憬的梦想，漫滤般地浸润着快要干涸的深潭；只是想有点可做的事情，不要让激情的惯性刹那间停顿；只是想有点可思的意趣，不要使思索的射线片刻中凝固；只是摆脱世俗旋涡后的一种淡出，只是丢弃名利缠绕后的一段孤寂。白云悠然地飘逸，没有了悲欢离合的羁绊；清风随意飘逸，没有成败得失的桎梏。明月独照，一地的银辉，好安放孤独的身影；树影婆娑，一阵的清幽，好寄托寂寞的心扉。没有什么太多的奢望，更不会偏执刻意地追求，只是看看书，浏览着过去，关注着现在，憧憬着将来；只是写写字，点缀着回望，捕捉着记忆，品味着逝去。看惯了春花秋月，经历了夏炎冬寒，独居一隅，听心灵的风霜雨雪依然敲打历史的照壁，看世俗的雾霭灰霾频繁萦绕未来的启迪。简陋的孤独、荒凉的沉寂，只有听听心在跳动、血在流淌、灵魂在不断地净化中超逸，幻化成永恒的空虚。

七十六

岁月是一曲无始无终的旋律，无论是高歌怒吼还是低吟浅唱，生命的阴晴圆缺悲欢离合像跳跃的音符，不断敲击着山重水的音节、跌宕起伏的旋律。时间是一首没有意义的歌曲，无论是坎坷崎岖，还是直道坦途，无论是蜿蜒曲折，还是一泻千里；人生的宠辱得失、成败褒贬像撕扯的五线谱，牵连着逝去的光阴，连接着未来的梦想，裸露着现在的身影。总是在记忆中想找点动力的源泉，可那遥远的碎片只是斑驳的灵光，转瞬间变成梦幻后的遐想；总是在憧憬里想得到点儿理想的慰藉，可那缥缈的断续只是欲清还浊的纠缠，顷刻间织成欲说还休的呓语。纳入的日月星辰，已失去往日的辉泽，暗淡无光，只有幽灵般的迷蒙与混沌；吸收的清风白云，褪去了纯净与质朴，尘来雾往，只剩点残灭的灵性与幻想。把心灵的积淀一一卸去，但又被思索的网一一捞起；把胸中的尘垢一一洗涤，却又让依恋的绳一一牵上。太多的长亭接短亭，说不尽岁月的无限，太长太短的相逢与离别，走不完的人生永恒。只是默默地厮守着门前一棵树、桌上一本书、眼前几张纸、手中一支笔，漫画着喜怒哀乐的篇章，没有宏词丽句，只是一点心灵碎片的堆积，没有气势典雅，只是一点灵魂迷失的探望。有时，只是在岁月中无目的地随波逐流，在人生中求一点带有浪花的低吟浅唱。

七十七

像挖掘矿藏一样，在记忆中不断地搜寻，很多似曾相忘的场景与人事，又似曾相识地回到了眼前，有些似曾相识的岁月，却又似曾相忘的消失在了远方。人们总是在回忆和展望中把人生的道理蜿蜒曲折地铺开，一头牵着过去，一头漫向未来，只是在该张望的时候不去尽情地张望，该回味的时候不去用心地回味。随着年龄的增长，自我的人生似乎已很漫长，但又显得那样短暂，向前展望只是一点时光的延展，不会有远大长久的朗照；也不愿去寻根探底地去想象，于是就将逝去的一一扯起，在头脑中涌出新的源泉，把往事汇成溪流、小河，重新践旅一下人生的山重水复、柳暗花明，重新感悟一下生命的阴晴圆缺、悲欢离合。仿佛展开了一幅清晰又漫漶、详细又简单、深刻又淡泊的画卷，云烟缥缈处有太多的故事不时出现，有太多的回味来不及品尝，似断似续地构成了人生中最富幻觉的梦境。有时却不知是经历过的回复，还是心灵中又一次的历练，孤独中总是爱回想一路的山高水长，寂寞里总是偏爱心灵中的愁绪与幽幻。撒开漫天的记忆之网，打捞点往事的日月星辰，也好安慰不愿动、只愿想的心灵，让它清流四溢、暗香浮动。

后记

一路走来，山重水复，柳暗花明；一路走来，阴晴圆缺，悲欢离合。留下太多的记忆，只是零零碎碎，大部分已散佚；留下太多的思绪，只是断断续续，大部分已残落；留下太多的向往，只是星星点点，大部分已飘逸；剩下一点支离破碎，勉强记述下来，有些肤浅简陋的印迹。

感谢家人的支持，年迈的老母，善良的妻子，拼搏的儿子儿媳，聪明漂亮的孙女，刚刚出生的孙子，给我注入了巨大的精神动力，提供了丰实的物质保障。

感谢诸位同仁好友热情的鼓励和由衷的帮助，吴燕、周晓瑾、李莹帮助输入了一些文稿。感谢好友书法家宇轩张君先生，挥毫泼墨，匠心独运，精雕细琢，精益求精，题写了书名。感谢宁夏人民出版社姚小云女士，热心指导，精心编审，耐心运筹，细心筹划。

由于自己才疏学浅，缺文少意，终有疏漏荒谬之处，只求宽容，承蒙赐教了。

夜已深沉，万籁俱寂，云淡风轻，疏星淡月，孤独中有点身影的摇曳，寂寞里有些心灵的飘逸。

二〇一八年六月于银川